Droemer
Knaur®

P. D. James

Der Beigeschmack des Todes

Roman

Aus dem Englischen von
Georg Auerbach

Droemer Knaur

CIP-Titelaufnahme der Deutschen Bibliothek

James, P. D.:

Der Beigeschmack des Todes: Roman/P. D. James. Aus d. Engl. von Georg Auerbach. – München: Droemer Knaur, 1988
Einheitssacht.: A taste for death ‹dt.›
ISBN 3-426-19199-7
Vw: White, Phyllis [Wirkl. Name] → James P. D.

Für den Abdruck der Zeilen von A. E. Housman danken wir der Society of Authors als literarischem Repräsentanten des Nachlasses von A. E. Housman und dem Jonathan Cape Verlag, in dem A. E. Housmans *Collected Poems* erschienen sind.

Umschlaggestaltung: Claus-J. Grube, München
Satzarbeiten: Compusatz GmbH, München
Druck und Bindearbeiten: May & Co., Darmstadt
Printed in Germany
3-426-19199-7

4 5 3

Für meine Töchter
Clare und Jane
und zum Gedenken an ihren Vater
Connor Bantry White

Vorwort

Bei den Bewohnern von Campden Hill Square möchte ich mich für die Kühnheit entschuldigen, mit der ich ein Haus von Sir John Soane errichtet und die Symmetrie der Häuserreihe gestört habe, und bei der Londoner Diözese für die Erweiterung des seelsorgerischen Bedarfs um eine Basilika von Sir Arthur Blomfield sowie deren Kirchturm am Ufer des Grand Union Canal. Die anderen hier beschriebenen Örtlichkeiten gehören erkennbar zu London. Um so wichtiger ist es daher festzuhalten, daß alle im Roman geschilderten Ereignisse fiktiv und alle toten und lebenden Personen vollkommen frei erfunden sind.

Dem Direktor und den Angestellten des Gerichtsmedizinischen Labors der Metropolitan Police möchte ich für ihre großzügige Hilfe bei den wissenschaftlichen Details danken.

Manche können mit offenen Augen durch die Welt laufen,
ohne daß ihnen schlecht wird,
Doch ich habe das nie gelernt.
Eins kann man vom Leben wirklich sagen:
Für den Menschen hat es einen Beigeschmack des Todes.

A. E. Housman

Erstes Buch

Tod eines Baronets

1

Entdeckt wurden die Toten um Viertel vor neun – am Mittwoch, den 18. September – von Miss Emily Wharton, einer 65jährigen alten Jungfer aus der Londoner Pfarrei St. Matthew in Paddington, und dem erst zehnjährigen Darren Wilkes, der seines Wissens keinem bestimmten Sprengel angehörte, falls ihn das überhaupt interessierte. Das ungleiche Paar hatte Miss Whartons Wohnung in Crowhurst Gardens knapp vor halb acht verlassen, um die wenigen hundert Meter längs des Grand-Union-Kanals zur St.-Matthew-Kirche zu Fuß zu gehen. Wie jeden Mittwoch und Freitag wollte Miss Wharton die verwelkten Blumen aus der Vase vor der Muttergottesstatue entfernen, die Messingleuchter von heruntergelaufenem Wachs und Kerzenstümpfen befreien, in der Marienkapelle von den beiden Stuhlreihen, die für die wenigen zur Morgenmesse erwarteten Gläubigen völlig ausreichten, den Staub wischen und alles übrige für die Ankunft von Hochwürden Barnes um zwanzig nach neun vorbereiten.

Vor sieben Monaten hatte sie auf dem Weg zu solchen Verrichtungen Darren erstmals getroffen. Er spielte gerade allein auf dem einstigen Treidelpfad, sofern man so etwas Unsinniges wie das Schleudern leerer Bierdosen in den Kanal überhaupt als Spiel bezeichnen kann. Sie blieb stehen, um ihm einen guten Morgen zu wünschen. Es mochte ihn erstaunt haben, daß ihn eine erwachsene Frau ansprach, ohne ihm Vorhaltungen zu machen oder ins Gewissen zu reden. Nach seiner anfänglichen Verblüffung schloß er sich ihr aus irgendeinem unerfindlichen Grund an. Zuerst folgte er ihr zögernd, dann umkreiste er sie wie ein streunender Hund. Nach einer Weile trottete er neben ihr her, und bedenkenlos ging er ihr ins Innere der St.-Matthew-Kirche nach, als wären sie an jenem Morgen gemeinsam aufgebrochen.

Miss Wharton war schon am ersten Tag aufgefallen, daß er noch nie in einer Kirche gewesen sein konnte. Aber weder damals noch bei einem der nachfolgenden Kirchenbesuche bekundete er die geringste Wißbegier, fragte nach Sinn und Zweck. Während sie ihre Arbeit verrichtete, strolchte er in der Sakristei und im Glockenraum umher, sah mit kritischem Gesichtsausdruck zu, wie sie die sechs Narzissen samt Zierlaub in der Vase zu Füßen der Marienstatue arrangierte, und registrierte mit der gelassenen Gleichgültigkeit eines Kindes ihre häufigen Kniebeugen. Für ihn waren diese unerwarteten Verrenkungen offenbar nur eine weitere Manifestation des befremdlichen Verhaltens der Erwachsenen.

In den beiden folgenden Wochen hatte sie ihn abermals auf dem Treidelpfad getroffen. Nach dem dritten Kirchenbesuch ging er unaufgefordert mit in ihre Wohnung, wo sie gemeinsam eine Tomatensuppe und Fischstäbchen verzehrten. Und dieses Mahl begründete wie eine sakrale Handlung das sonderbare, mit keinem Wort erwähnte Zusammengehörigkeitsgefühl, das sie seither aneinanderband. Aber schon vorher war ihr in einer Aufwallung von Dankbarkeit und Scheu bewußt geworden, daß sie ihn nicht mehr missen wollte. Bei ihren gemeinsamen Besuchen verschwand er jedesmal urplötzlich aus der Kirche, sobald die ersten Gemeindemitglieder eintrafen. Doch nach der Messe begegnete sie ihm abermals auf dem Treidelpfad, wo er sich irgendwie die Zeit vertrieben hatte. Er schloß sich ihr wieder an, als hätten sie sich nie getrennt. Miss Wharton hatte über ihn weder mit Pfarrer Barnes noch mit einem anderen Mitglied des Sprengels von St. Matthew gesprochen. Und soviel sie wußte, hatte auch er in seiner kindlichen Verschlossenheit mit niemandem über sie geredet. Sie wußte über ihn, seine Eltern, sein Leben ebenso wenig wie bei ihrer ersten Begegnung. Das war vor sieben Monaten gewesen. An einem kalten Vormittag Mitte Februar, als die Büsche, die die sich anschließende Sozialsiedlung vom Kanalweg abschirmten, einem leblosen, dornenstarrenden Dickicht glichen. Die schwarzen Knospen an den Eschenzweigen waren noch so starr, daß man sich nur schwer vorstellen konnte, sie würden sich einmal zu grünem Laub entfalten. Die dünnen, nackten Weidenruten hatten das zu neuem Leben erwachende Kanalwasser gestreift und gekräuselt.

Doch jetzt begann der Spätsommer die Natur braun einzufärben, allmählich wurde es Herbst. Miss Wharton schloß kurz die Augen, während sie über das herabgefallene Laub schritt, und meinte, sie

könne trotz des von dem träge dahinströmenden Kanalwasser und der feuchten Erde aufsteigenden Geruchs den berauschenden Duft der Holunderblüten im Juni wahrnehmen. Dieser Duft eines Sommermorgens erinnerte sie eindringlich an ihre in Shropshire verbrachte Kindheit. Es graute ihr vor dem bevorstehenden Winter. Als sie heute morgen erwacht war, hatte sie sich eingebildet, sie verspüre bereits seinen eisigen Atem. Obwohl es seit einer Woche nicht geregnet hatte, war der Pfad mit einer glitschigen Laubschicht bedeckt, die ihre Schritte dämpfte. In beklemmender Stille gingen sie unter den Baumkronen weiter. Selbst das helle Tschilpen der Spatzen war verstummt. Der Graben zu ihrer Rechten, der den Kanal säumte, war noch üppig grün. Dichte Grasbüschel wuchsen zwischen geborstenen Autoreifen, weggeworfenen Matratzen und Kleidungsstücken, die in der Mulde allmählich verrotteten. Die Weiden ließen die zerzausten Zweige mit den zierlichen Blättern ins ölige, stehende Wasser hängen.
Es war ein Viertel vor neun, als sie sich der Kirche näherten. Sie mußten nur noch einen der niedrigen Tunnels durchqueren, die unter dem Kanal hindurch führten. Darren, dem dieser Teil des Weges am besten gefiel, rannte hinein und stieß einen wilden Schrei aus, um ein Echo hervorzurufen. Mit den Händen, die an fahle Seeigel erinnerten, strich er über die Backsteine. Miss Wharton folgte dem vorauseilenden Jungen und ängstigte sich zugleich vor dem Augenblick, da sie durch den Ziegelsteinbogen in die beengende, feuchte, nach fauligem Flußwasser riechende Finsternis treten mußte und überlaut hören würde, wie das Wasser gegen die Steinplatten schwappte und von der niedrigen Decke Tropfen schwer herabfielen. Sie schritt rascher aus. Nach einiger Zeit wurde der helle Halbmond am Tunnelende immer größer, und sie traten endlich ins Tageslicht. Darren, den es zu frösteln schien, trottete wieder an ihrer Seite.
»Es ist kalt heute, Darren«, sagte sie. »Wäre es da nicht besser gewesen, du hättest deinen Parka angezogen?«
Er hob die mageren Schultern und schüttelte den Kopf. Es verwunderte sie immer wieder, daß ihm die Kälte offensichtlich nichts ausmachte, obwohl er unzureichend bekleidet war. Anscheinend machte es ihm Spaß, wenn ihn ständig fröstelte. Sich an einem herbstlich kühlen Morgen wärmer anzuziehen konnte doch nicht

unmännlich sein. Zudem stand ihm der Parka. Es hatte sie irgendwie erleichtert, als er erstmals darin erschienen war. Er war hellblau mit roten Streifen, ein teures, offensichtlich neues Kleidungsstück, ein beruhigendes Anzeichen dafür, daß seine Mutter, die sie bisher noch nicht kennengelernt hatte und von der er nie sprach, für ihn sorgte.

Mittwochs wechselte Miss Wharton zuerst die Blumen aus. An diesem Morgen hatte sie, in dünnes Papier eingeschlagen, einen Strauß hellroter Rosen und einen kleineren aus weißen Chrysanthemen dabei. Die Stiele waren noch feucht, und sie spürte, wie die Nässe durch ihre Wollhandschuhe drang. Die Blüten waren noch geschlossen. Nur eine war halb geöffnet, beschwor für einen flüchtigen Augenblick die Pracht des Sommers herauf und machte Miss Wharton dennoch ein wenig beklommen.

Darren schenkte ihr häufig Blumen, wenn sie zur Kirche gingen. Sie stammten, wie er ihr versicherte, von seinem Onkel Frank, der in Brixton einen Blumenstand hatte. Aber stimmte das auch? Letzten Freitag hatte er ihr vor dem Abendessen geräucherten Lachs in die Wohnung gebracht. Er sei von Onkel Joe, der in der Nähe von Kilburn eine Gaststätte betreibe. Aber die saftigen, delikaten Scheiben waren mit Pergamentpapier voneinander getrennt, und die weiße Porzellanplatte, auf der sie lagen, erinnerte sie an das Geschirr im Schaufenster von Marks and Spencer's, das sie einmal mit unerfüllbarem Verlangen gemustert hatte. Nur das Firmenetikett fehlte. Angewidert verzog er das Gesicht, als sie ihm auch etwas anbot, und beobachtete sie weiterhin mit einer geradezu trotzigen Befriedigung. Wie eine Mutter, dachte sie, die zusieht, wie ihr Kind nach überstandener Krankheit erstmals wieder etwas zu sich nimmt. Aber da sie alles aufaß und noch eine Weile später den köstlichen Nachgeschmack verspürte, wäre sie sich undankbar vorgekommen, hätte sie ihn eingehender befragt. Doch die Geschenke häuften sich. Sollte er ihr wieder einmal etwas schenken, würde sie ernsthaft mit ihm reden müssen.

»Darren, hat deine Mutter wirklich nichts dagegen, wenn du mir in der Kirche hilfst?« fragte sie ihn.

»Nee. Das geht in Ordnung. Hab' ich Ihnen ja schon gesagt.«

»Du besuchst mich auch so oft in meiner Wohnung. Ich finde das zwar schön, aber bist du sicher, daß es sie nicht stört?«

»Ach was! Das ist okay.«
»Wäre es nicht besser, wenn ich sie mal besuchte, sie kennenlernte, damit sie weiß, mit wem du zusammen bist?«
»Das weiß sie. Außerdem ist sie nicht zu Haus. Sie ist nach Romford zu meinem Onkel Ron gefahren.«
Ein weiterer Onkel. Wie sollte sie sich nur alle merken können? Ein peinigender Gedanke überfiel sie. »Wer kümmert sich denn jetzt um dich, Darren? Ist sonst noch jemand in eurer Wohnung?«
»Nein, niemand. Bis zu ihrer Rückkehr schlafe ich bei einer Nachbarin. Mir fehlt es an nichts.«
»Hast du denn heute keinen Unterricht?«
»Hab' ich Ihnen doch schon gesagt. Heute ist keine Schule. Wir haben frei. Ich hab's Ihnen doch gesagt.« Seine Stimme klang dünn, überschlug sich fast. Als sie darauf nichts erwiderte, paßte er sich ihrem Schrittempo an und sagte in normalem Tonfall: »In Notting Hill gibt's Küchenkrepp für 48 Pence die Doppelrolle. In dem neuen Supermarkt. Ich könnte Ihnen ein paar Rollen besorgen, wenn Sie wollen.«
Er muß sich häufig in Supermärkten herumtreiben, dachte sie. Vielleicht kaufte er auf dem Heimweg von der Schule für seine Mutter ein. Er hatte auch ein bewundernswertes Gespür für billige Sachen und berichtete ihr immer wieder von Sonderangeboten und erstaunlichen Preisnachlässen.
»Ich werde mich dort selbst mal umsehen, Darren«, sagte sie. »Denn das ist wirklich preiswert.«
»Ja, das denke ich auch. Echt billig. Unter 50 Pence habe ich noch keine gesehen.«
Fast die ganze Zeit über hatten sie ihr Ziel vor Augen gehabt: die 1870 von Arthur Blomfield im romanischen Stil erbaute Basilika mit ihrem hohen Glockenturm, den ein grünspaniges Runddach zierte. Jetzt ragte der mächtige Bau unmittelbar vor ihnen auf. Sie zwängten sich durch das Drehkreuz im Kanalgitter und schlugen den Kiesweg zum überdachten Südportal ein, für das Miss Wharton einen Schlüssel hatte. Dahinter lagen die kleine Sakristei, in der sie ihren Mantel aufhängen konnte, und die Küche, wo sie immer die Vasen auswusch und die frischen Gestecke arrangierte. Als sie vor dem Portal standen, warf sie noch kurz einen Blick auf das kleine Blumenbeet, das gärtnerisch begabte Gemeindemitglieder mit mehr

Optimismus denn Erfolg dem kümmerlichen Boden längs des Kiesweges abzutrotzen suchten.
»Schau mal, Darren!« rief sie. »Sind sie nicht hübsch? Die ersten Dahlien. Ich hätte nie gedacht, daß sie hier blühen würden. Nicht doch, pflück sie nicht! Sie sind doch so schön!«
Er hatte sich über das Beet gebeugt, und seine Hand tastete suchend zwischen den Pflanzen. Nach ihrer Ermahnung richtete er sich auf und steckte die erdbeschmierte Hand in die Hosentasche. »Können Sie die denn nicht für die Marienstatue brauchen?«
»Die Muttergottes bekommt die Rosen von deinem Onkel«, erwiderte sie. Wenn sie doch nur tatsächlich von seinem Onkel kämen! Ich muß mal ernstlich mit ihm reden, dachte sie. Ich kann doch der Muttergottes keine gestohlenen Rosen zumuten! Aber vielleicht sind sie gar nicht gestohlen. Was ist, wenn sie's nicht sind und ich ihn des Diebstahls bezichtige? Damit zerstöre ich doch alles, was zwischen uns ist. Ich will ihn nicht verlieren. Außerdem könnte er erst dadurch zum Diebstahl verleitet werden. Längst vergessen geglaubte Phrasen kamen ihr in den Sinn: Man darf die kindliche Unschuld nicht verderben, keinen Anlaß zur Sünde bieten. Das muß ich mir genau überlegen, dachte sie. Aber jetzt ist nicht die Zeit dafür.
Sie kramte in ihrer Handtasche nach dem Schlüssel an dem Holzring und versuchte ihn ins Schloß zu stecken. Es gelang ihr nicht. Als sie verwirrt, aber keineswegs beunruhigt den Türknauf drehte, ging das schwere, eisenbeschlagene Portal langsam auf: Es war nicht verschlossen. Innen steckte ein Schlüssel. Im Gang war kein Laut zu hören. Es brannte auch kein Licht. Die Eichentür zur kleinen Sakristei auf der linken Seite war zu. Pfarrer Barnes mußte also schon dasein. Merkwürdig, daß er vor ihr gekommen war. Warum hatte er nicht das Ganglicht brennen lassen? Während sie mit behandschuhter Hand nach dem Schalter tastete, zwängte sich Darren vorbei und rannte zu dem Gußeisengitter, das den Gang vom Kirchenschiff trennte. Es bereitete ihm offensichtlich Spaß, gleich nach ihrer Ankunft eine Kerze anzuzünden. Wenn er seine dünnen Arme durch das Gitter steckte, konnte er den Kerzenständer und den Opferstock gerade noch erreichen. Schon zu Beginn ihres Spaziergangs hatte sie ihm wie gewöhnlich ein Zehn-Penny-Stück zugesteckt. Sie hörte ein leises Klirren und sah, wie er die Kerze in

die Halterung schob und nach den Streichhölzern in dem Messinghalter griff.
Erst in diesem Augenblick verspürte sie so etwas wie Furcht. Eine dumpfe Vorahnung überkam sie. Eine gewisse Unruhe und ein vages Gefühl von Bedrohung vermischten sich zu Angst. Da war dieser schwache Geruch, der ihr fremd, aber auch irgendwie erschreckend vertraut vorkam. Jemand mußte vor kurzem hier gewesen sein. Was hatte das unversperrte Portal zu bedeuten? Warum brannte im Gang kein Licht? Plötzlich war sie sich sicher, daß etwas Schreckliches geschehen sein mußte.
»Darren!« rief sie.
Er drehte sich um, musterte ihr Gesicht und rannte zu ihr.
Sie öffnete zunächst ganz sachte, dann mit einem Ruck die Tür. Das grelle Licht blendete sie. Die lange Neonröhre, die die Decke verunstaltete, war eingeschaltet. Ihre Helligkeit verdrängte das sanfte Tageslicht im Gang. Miss Wharton erschauerte.
Zwei waren es, und sie wußte sogleich und mit unerschütterlicher Gewißheit, daß sie tot waren. Der Raum glich einer Stätte des Grauens. Mit durchschnittenen Kehlen lagen die Toten in einer Blutlache, wie hingeschlachtete Tiere. Unwillkürlich schob sie Darren hinter sich. Aber es war zu spät. Auch er hatte die Toten erspäht. Er hatte zwar nicht aufgeschrien, aber sie spürte, wie er zitterte. Er stieß einen leisen, dumpfen Klagelaut aus wie ein kleiner, in die Enge getriebener Hund. Sie schob ihn in den Gang hinaus, schloß die Tür und lehnte sich dagegen. Sie nahm nur wahr, daß ihr erschreckend kalt war und ihr Herz wie rasend pochte. Es schien aufzuquellen, kam ihr riesig vor, schien zu glühen. Das schmerzende Hämmern ließ ihren schmächtigen Körper erzittern, als würde er gleich bersten. Und der Geruch, der zunächst ganz schwach, geradezu flüchtig gewesen war, schien ihr hinaus auf den Gang gefolgt zu sein, als ließe sich der Tod nicht aufhalten.
Sie stemmte sich gegen die Tür und fand es tröstlich, daß das dicke, mit Schnitzereien verzierte Eichenholz nicht nachgab. Aber weder dieser Halt noch ihre fest geschlossenen Augen konnten sie den grauenhaften Anblick vergessen machen. Hell erleuchtet wie auf einer Theaterbühne sah sie noch immer die Leichen vor sich liegen, deutlicher, in noch grellerem Licht als vorhin. Der eine Tote war von der niedrigen Liege rechts zur Tür hin geglitten und schien sie –

den Mund weit aufgerissen, den Kopf fast vom Körper getrennt – anzustarren. Sie sah die durchschnittenen Blutgefäße, die wie zerfranste Kanülen aus dem geronnenen Blut ragten. Der zweite Tote lehnte wie eine unförmige Stoffpuppe an der Wand gegenüber. Der Kopf hing herab, und wie ein vorgebundenes rotes Lätzchen bedeckte ein großer Blutfleck die Brust. Eine braunblaue Wollhaube saß schief auf dem Kopf. Das rechte Auge war verdeckt, das linke glotzte sie mit einem abscheulich wissenden Ausdruck an. Die Verstümmelungen schienen die Toten nicht nur des Lebens, sondern auch jeglicher Identität, jeglicher Menschenwürde beraubt zu haben. Sie glichen keinen Menschen mehr. Und überall diese Blutspritzer. Es kam ihr vor, als ertrinke sie in Blut. Blut pochte in ihren Ohren, zwängte sich in ihren Mund, spritzte in hellroten Tropfen gegen die Netzhaut ihrer geschlossenen Augen. Das Bild des Todes, dem sie sich nicht entziehen konnte, drängte sich ihr in einem blutigen Schwall auf, der sich auflöste, neu bildete und abermals verschwand. Plötzlich hörte sie Darrens Stimme und merkte, daß er sie am Ärmel zog.

»Wir müssen abhauen, bevor die Bullen kommen«, flüsterte er. »Kommen Sie schon! Wir haben einfach nichts gesehen, gar nichts. Wir sind nie hier gewesen.«

Seine Stimme klang angsterfüllt. Er packte ihren Arm. Wie spitze Zähne gruben sich seine schmutzigen Finger durch den dünnen Tweed. Behutsam löste sie sich aus seinem Griff. Sie war selbst überrascht, daß sie trotz allem so gleichmütig sprechen konnte.

»Das ist Unsinn, Darren. Uns werden sie schon nicht verdächtigen. Wenn wir aber weglaufen, könnte das Verdacht erregen.« Sie schob ihn weiter in den Gang hinaus. »Ich bleibe hier. Du holst Hilfe. Wir müssen die Tür abschließen. Niemand darf eintreten. Ich warte hier, und du holst Pfarrer Barnes. Du weißt doch, wo die Pfarrwohnung ist? Es ist die Eckwohnung in dem großen Mietshaus in der Barrow Road. Pfarrer Barnes weiß schon, was zu tun ist. Er wird die Polizei benachrichtigen.«

»Aber Sie können doch nicht so ganz allein hier bleiben! Wenn er noch immer da ist! Wenn er irgendwo in der Kirche lauert und alles beobachtet! Nein, wir bleiben zusammen. Okay?«

Der gebieterische Tonfall seiner kindlichen Stimme verwirrte sie.

»Aber es gehört sich nicht, die Toten allein zu lassen, Darren. Einer muß hier bleiben. Es wäre gefühllos, unanständig. Ich muß dableiben.«

»Das ist doch Blödsinn! Sie können ohnehin nichts tun. Die beiden sind tot, mausetot. Sie haben's doch selbst gesehen.« Er machte eine rasche Bewegung mit der Hand, als würde er sich mit einem Messer über die Kehle fahren, verdrehte die Augen und röchelte. Der Laut hörte sich gräßlich realistisch an, als bekäme er tatsächlich einen Blutsturz.

»Nicht doch, Darren!« rief sie. »Laß das bitte!«

Sogleich versuchte er, sie zu beruhigen. Auch seine Stimme klang gelassener. Er ergriff ihre Hand. »Sie gehen jetzt mit mir zu Pfarrer Barnes.«

Ängstlich schaute sie auf ihn herab, als sei sie das Kind. »Wenn du meinst, Darren.«

Er hatte sich durchgesetzt. Sein schmächtiger Körper schien gewachsen zu sein. »Ja, das meine ich. Sie kommen jetzt mit.« Er war der Situation gewachsen. Sie schloß es aus seinem Tonfall, sah es dem Ausdruck seiner leuchtenden Augen an. Er war nicht länger entsetzt, ja nicht einmal verwirrt. Ihre Regung, ihn vor dem schrecklichen Anblick schützen zu müssen, war unangebracht gewesen. Er hatte den Anflug von Angst bei dem Gedanken, der Polizei zu begegnen, längst überwunden. Vertraut mit all den Gewalttätigkeiten im Fernsehen konnte er zwischen ihnen und der Wirklichkeit sehr wohl unterscheiden. Vielleicht wäre es aber besser gewesen, er hätte das in seiner kindlichen Unschuld noch nicht gekonnt. Er legte seinen dünnen Arm um ihre Schulter und geleitete sie zur Tür. Sie stützte sich auf ihn.

Wie besorgt er um mich ist, dachte sie. Ein lieber Junge, dieser Darren. Trotzdem mußte sie mit ihm mal über die vielen Blumen und den Lachs reden. Aber jetzt war nicht der richtige Zeitpunkt, darüber nachzudenken.

Sie traten ins Freie. Die frische, kühle Luft kam ihr wie eine belebende Meeresbrise vor. Doch nachdem sie vereint das schwere, eisenbeschlagene Portal geschlossen hatten, schaffte sie es nicht mehr, den Schlüssel ins Schloß zu stecken, so zitterten ihr die Hände. Darren nahm ihr den Schlüssel ab, reckte sich und schob ihn ins Schloß. Plötzlich knickten ihre Beine ein, und sie sank langsam und ungraziös wie eine erschlaffte Marionette auf die Steinstufe. Er musterte sie forschend.

»Ist Ihnen nicht gut?« fragte er.
»Ich fürchte, ich kann nicht mehr gehen, Darren. Das ist gleich vorüber. Aber so lange muß ich hier bleiben. Du mußt allein Pfarrer Barnes holen. Beeil dich!« Als er zögerte, sagte sie: »Der Mörder kann nicht mehr in der Kirche sein. Das Portal war nicht verschlossen, als wir kamen. Er ist geflüchtet, nachdem er... Er würde doch nicht bleiben und riskieren, geschnappt zu werden, oder?«
Sonderbar, dachte sie, wie mein Verstand noch funktioniert, während mein Körper mich im Stich läßt. Aber die Annahme war doch logisch. Er konnte nicht mehr dasein und sich, das Messer in der Faust, irgendwo in der Kirche verbergen. Es sei denn, der Tod wäre erst vor kurzem eingetreten. Aber das viele Blut sah nicht danach aus. Oder doch? Ihr wurde plötzlich flau im Magen. Lieber Gott, bat sie, erspar mir das! Bis zur Toilette schaffe ich es nicht mehr. Ich wage es nicht, da noch einmal hineinzugehen. Es wäre so demütigend, wenn dann noch Pfarrer Barnes und die Polizei einträfen. Es war schon peinlich genug, hier zu liegen wie ein Bündel alter Kleider.
»Beeil dich!« flüsterte sie. »Mir geht's gleich besser. Lauf schon, Darren!«
Er hetzte davon. Nachdem er verschwunden war, kämpfte sie weiter gegen das quälende Gurgeln in ihrem Magen und gegen den Brechreiz an. Sie versuchte zu beten, aber sonderbarerweise fielen ihr nicht die richtigen Worte ein. »Gütiger Gott, schenk den Seelen der Gerechten in deiner Barmherzigkeit die ewige Ruhe!« Aber vielleicht waren die beiden keine Gerechten gewesen. Es mußte doch ein Gebet geben, das auf alle Menschen, auf alle Ermordeten zutraf. Bestimmt. Sie mußte Pfarrer Barnes fragen. Er kannte sicherlich eins.
Ein neuer Schrecken überfiel sie. Wo hatte sie nur ihren Schlüssel gelassen? Sie musterte den Schlüssel in ihrer Hand. An ihm hing ein Holztäfelchen, das an einer Ecke versengt war, weil Pfarrer Barnes es versehentlich zu nahe an die Gasflamme gehalten hatte. Das war der Ersatzschlüssel, den er in der Pfarrwohnung aufbewahrte. Der hatte im Schloß gesteckt, und sie hatte ihn Darren gegeben, damit er das Portal wieder zusperrte. Aber was hatte sie nur mit ihrem getan? Sie wühlte wie von Sinnen in ihrer Handtasche, als sei der Schlüssel ein ungemein wichtiger Gegenstand, sein Verlust eine Katastrophe.

Sie sah schon deutlich, wie sie eine Phalanx von Augen argwöhnisch musterte, die Polizei schroff Rechenschaft von ihr verlangte, während Pfarrer Barnes sich müde und niedergeschlagen abwandte. Doch dann fanden ihre tastenden Finger den Schlüssel zwischen der Geldbörse und dem Taschenfutter, und sie holte ihn mit einem Seufzer der Erleichterung hervor. Sie mußte ihn geistesabwesend eingesteckt haben, als sie feststellte, daß das Portal bereits aufgeschlossen war. Sonderbar war nur, daß sie sich nicht mehr darauf besinnen konnte. Was sich zwischen ihrer Ankunft und dem Augenblick, als sie die Tür zur kleinen Sakristei öffnete, zugetragen hatte, war wie weggewischt.

Plötzlich merkte sie, daß eine dunkle, hochgewachsene Gestalt neben ihr stand. Sie schaute auf und erkannte Pfarrer Barnes. Ein Gefühl der Geborgenheit überkam sie.

»Haben Sie die Polizei benachrichtigt, Herr Pfarrer?« fragte sie.

»Noch nicht. Ich wollte mich selbst überzeugen. Der Junge hätte mir ja auch einen Streich spielen können.«

Sie mußten an ihr vorbei in die Kirche, in diesen grauenhaften Raum gegangen sein. Und sie hatte es, an die Mauer geschmiegt, überhaupt nicht bemerkt. Ungeduld wallte in ihr hoch wie ein würgender Brechreiz. Am liebsten hätte sie ausgerufen: Jetzt haben Sie's ja endlich gesehen! Sie hatte angenommen, mit seinem Erscheinen würde sich alles zum besten wenden. Nein, nicht zum besten, aber der Vorfall würde sich klären lassen, einen Sinn ergeben. Pfarrer Barnes würde schon die passenden Worte finden. Aber wenn sie ihn so ansah, wurde ihr klar, daß er nichts Tröstliches zu sagen hatte. Sie musterte sein Gesicht: die rötlichen Flecken, die von der morgendlichen Kühle herrührten, die farblosen Bartstoppel, die starren Haare am Mundwinkel, den dunklen Tupfer geronnenen Blutes im linken Nasenloch, der wohl auf Nasenbluten zurückzuführen war, die noch vom Schlaf verklebten Augen. Wie dumm von ihr, daß sie sich eingebildet hatte, er könnte sie aufmuntern, das Grauen irgendwie erträglicher machen. Er wußte nicht einmal, was er tun sollte. So war es auch schon damals bei der Weihnachtsdekoration gewesen. Seit Pfarrer Collins' Weggang hatte Mrs. Noakes immer die Kanzel geschmückt. Doch dann hatte Lilly Moore gemeint, das sei ungerecht, sie sollten einander beim Schmücken der Kanzel und des Taufsteins abwechseln. Pfarrer Barnes hätte eine klare Entscheidung treffen und auch zu ihr stehen sollen. Es war immer das gleiche. Aber jetzt war wohl kaum der geeignete Zeitpunkt, an die Weihnachtsdekoration zu denken, selbst wenn ihr ihre Phantasie blutrote Stechpalmenbeeren und Weihnachtssterne vorgaukelte. Außerdem war das da drinnen gar nicht blutrot gewesen, eher ein rötliches Braun.

Armer Pfarrer Barnes, dachte sie, als ihre Gereiztheit in Rührseligkeit umschlug. Er ist eben ein Versager wie ich. Wir sind beide Versager. Jetzt wurde ihr auch bewußt, daß Darren neben ihr stand und zitterte. Jemand sollte ihn nach Hause bringen. Gütiger Himmel, wie mag sich all das nur auf ihn auswirken, dachte sie. Auf uns beide. Pfarrer Barnes stand noch immer unschlüssig neben ihr und drehte den Schlüssel in seinen unbehandschuhten Händen.

»Herr Pfarrer, wir müssen die Polizei benachrichtigen!« mahnte sie leise.

»Die Polizei. Selbstverständlich. Ja, wir müssen die Polizei benachrichtigen. Ich werde sie von der Pfarrwohnung aus anrufen.«

Als er weiterhin zögerte, kam ihr ein Einfall. »Kennen Sie die Toten, Herr Pfarrer?«

»Ja. Der Tippelbruder ist Harry Mack. Armer Harry! Er hat zuweilen unterm Vordach genächtigt.«

Diese Angabe hätte er sich sparen können. Als ob sie nicht wüßte, daß Harry gelegentlich unterm Vordach die Nacht verbrachte! Schließlich hatte sie danach schon öfter den ganzen Unrat fortschaffen müssen, die Essensreste, die Einkaufstüten, die herumliegenden Weinflaschen, hin und wieder auch abscheulichere Dinge. An der Wollmütze, der Jacke hätte sie Harry eigentlich erkennen müssen. Sie verdrängte den Gedanken, warum sie ihn nicht wiedererkannt hatte.

»Und der andere, Pfarrer Barnes? Kennen Sie den auch?« fragte sie mit der gleichen Sanftmut wie vorhin.

Er schaute auf sie herab. Sie ahnte seine Angst, seine Bestürzung, seine Verwirrung wegen all der Mißlichkeiten, die nun auf ihn zukamen.

Er wandte den Blick ab und sagte stockend: »Der andere ist Paul Berowne, Sir Paul Berowne. Er ist... er war Minister in der Regierung Ihrer Majestät.«

2

Sobald Commander Adam Dalgliesh nach der Besprechung mit dem Polizeichef wieder in sein Büro kam, rief er Chefinspektor John Massingham an. Der Hörer wurde beim ersten Läutton abgehoben. Massingham meldete sich mit kaum gebändigter Ungeduld.

»Der Polizeichef hat mit dem Innenministerium gesprochen«, sagte Dalgliesh. »Wir sollen den Fall übernehmen, John. Da die neue Sonderkommission offiziell vom nächsten Montag an einsatzbereit ist, ziehen wir die Sache eben sechs Tage früher durch. Außerdem gilt Paul Berowne rechtlich gesehen noch als Abgeordneter des Wahlbezirks Hertfordshire North East. Er hat zwar am Samstag in einem Brief an den Finanzminister sein Amt zur Verfügung gestellt, aber niemand scheint zu wissen, ob nun sein Rücktritt vom Ankunftstag des Briefes an gilt oder von dem Tag an, an dem der Finanzminister das Abschiedsgesuch bewilligte. Aber das sind nur Spitzfindigkeiten. Wir haben den Fall zu bearbeiten.«

Massingham war die genaue Prozedur bei der Aufgabe eines Parlamentssitzes ohnehin gleichgültig. »Steht es fest, daß der Tote Sir Paul Berowne ist, Sir?«

»Einer der Toten. Vergessen Sie den Stadtstreicher nicht. Ja, es handelt sich um Paul Berowne. Noch am Tatort konnte seine Identität festgestellt werden. Er war dem Gemeindepfarrer bekannt. Es war nicht das erste Mal, daß Berowne die Nacht in der Sakristei der St.-Matthew-Kirche verbrachte.«

»Ein seltsamer Ort zum Übernachten.«

»Oder zum Sterben. Haben Sie schon Inspektor Miskin informiert?« Zwar wurde Miss Miskin seit ihrem ersten Einsatz von beiden nur »Kate« genannt, aber diesmal erwähnte Dalgliesh auch ihren Rang.

»Sie hat heute dienstfrei, Sir«, antwortete Massingham. »Ich habe sie jedoch in ihrer Wohnung erreichen können. Ich habe Robins beauftragt, ihre Ausrüstung mitzubringen. Sie stößt am Tatort zu uns. Auch die übrigen Teammitglieder sind informiert.«

»In Ordnung, John. Nehmen Sie den Rover. Wir treffen uns draußen. In vier Minuten.«

Massingham hätte sicher nichts dagegen gehabt, dachte Dalgliesh, wenn er Kate Miskin in ihrer Wohnung nicht erreicht, sie nicht

hätte benachrichtigen können. Die neue Sonderkommission war in Zusammenarbeit mit C1 gebildet worden und sollte Verbrechen aufklären, die aus politischen und anderen Gründen ein gewisses Fingerspitzengefühl erforderten. Dalgliesh war es von Anfang an klar gewesen, daß der Sonderkommission auch eine erfahrene Polizeibeamtin angehören mußte. Deshalb war es ihm wichtiger gewesen, die Beste auszuwählen, als darüber nachzudenken, ob sie auch ins Team paßte. Er hatte die siebenundzwanzigjährige Kate Miskin aufgrund ihrer dienstlichen Beurteilung und ihres Verhaltens beim Vorgespräch genommen. Sie besaß die Qualitäten, die er vor allem schätzte: Intelligenz, Mut, Diskretion und gesunden Menschenverstand, lauter Eigenschaften, die einen Polizeifahnder auszeichnen sollten. Man mußte abwarten, was sie sonst noch einbrachte. Er wußte, daß sie und Massingham vorher schon einmal zusammengearbeitet hatten. Er war damals gerade zum Polizeiinspektor befördert worden, während sie als Sergeant Dienst tat. Es hieß, die Zusammenarbeit sei nicht ohne Reibungen abgelaufen. Doch seitdem hatte Massingham gelernt, seine Vorurteile – trotz seiner allseits bekannten Eigenwilligkeit – zu zügeln. Überdies konnte eine neue, unvoreingenommene Denkungsart, selbst eine gesunde Rivalität der Lösung ihrer Aufgaben förderlicher sein als die abschottende Macho-Mentalität, die zumeist ein nur aus Männern bestehendes Team zusammenband.
Dalgliesh räumte rasch, aber methodisch die Akten auf seinem Schreibtisch beiseite und überprüfte noch seine Tasche mit den Einsatzutensilien. Massingham hatte er vier Minuten gegeben, und die wollte auch er einhalten. Als hätte er sich bewußt programmiert, befand er sich bereits in einer Welt, in der Zeitangaben eine wichtige Rolle spielen, Details genau registriert werden, die Sinne auf Geräusche, Gerüche, optische und sonstige Wahrnehmungen, auf das Zucken eines Augenlids etwa, den Tonfall einer Stimme überscharf reagieren. Er war schon zu so vielen Leichen beordert worden, zu so vielen Tatorten, war auf so viele Stadien körperlicher Verwesung gestoßen. Er hatte alte und noch junge Menschen tot daliegen sehen, die Mitleid oder Grauen erregten. Ihr einziges gemeinsames Merkmal war, daß sie durch einen anderen Menschen ein gewaltsames Ende gefunden hatten. Dieser Fall jedoch war anders. Es war das erste Mal, daß er das Opfer kannte, daß er den Ermordeten

gemocht hatte. Er sagte sich, es sei sinnlos, darüber nachzudenken, ob das die Untersuchung beeinflussen könne. Aber daß es diesmal irgendwie anders war, war ihm zutiefst bewußt.
»Vielleicht hat er sich auch selbst die Kehle durchgeschnitten«, hatte der Polizeichef gemeint. »Aber da gibt es noch einen Toten, einen Stadtstreicher. Der Fall ist in mehr als nur einer Hinsicht überaus heikel.«
Seine Empfindungen auf diese Eröffnung hin waren teils voraussehbar, teils komplex und deswegen verwirrend gewesen. Selbstverständlich bestürzte es ihn zunächst einmal, als er von dem gänzlich unerwarteten Tod eines Menschen hörte, den er, wenn auch nur flüchtig, gekannt hatte. Seine Gefühle wären kaum anders gewesen, wenn man ihm mitgeteilt hätte, Berowne wäre einem Herzinfarkt erlegen oder bei einem Autounfall umgekommen. Doch gleich darauf empfand er so etwas wie Empörung, eine Leere, eine Aufwallung von Melancholie, die zwar nicht so bedrückend war, als daß man sie hätte Trauer nennen können, aber immerhin ausgeprägter als nur eine Regung des Bedauerns. Aber so stark war das Gefühl nun auch wieder nicht gewesen, daß er gesagt hätte: Ich kann den Fall nicht übernehmen, Chef. Ich bin persönlich betroffen. Er geht mir zu nahe.
Während er auf den Fahrstuhl wartete, machte er sich klar, daß sein Engagement keineswegs größer war als in irgendeinem anderen Fall. Berowne war tot. Es war seine Aufgabe herauszufinden, wie und warum er gestorben war. Er fühlte sich seinem Job verpflichtet, den Lebenden, nicht den Toten.
Massingham fuhr mit dem Rover an der Rampe vor, als er die Schwingtür passierte.
»Sind die Spurensicherer und der Photograph schon unterwegs?« fragte Dalgliesh beim Einsteigen.
»Ja, Sir.«
»Und was ist mit den Leuten vom Labor?«
»Sie schicken uns eine erfahrene Gerichtsmedizinerin. Wir treffen uns am Tatort.«
»Haben Sie Doktor Kynaston erreicht?«
»Nein, Sir. Nur seine Haushälterin. Er hat seine Tochter in Neuengland besucht. Das macht er jeden Herbst. Die BA-Maschine sollte um sieben Uhr fünfundzwanzig in Heathrow eintreffen. Sie ist sicherlich

schon gelandet, aber er wird auf dem Westway im Verkehr steckengeblieben sein.«
»Versuchen Sie's noch einmal. Vielleicht ist er jetzt zu Hause.«
»Doktor Greeley ist verfügbar, Sir. Kynaston macht sicher die Zeitumstellung noch zu schaffen.«
»Ich möchte Kynaston haben, gleichgültig, ob ihm die Zeitumstellung zu schaffen macht oder nicht.«
»Bei diesem Kadaver muß anscheinend die Elite ran«, murmelte Massingham.
Etwas in seiner Stimme, ein Unterton von Belustigung, möglicherweise Verachtung, irritierte Dalgliesh. Reagiere ich etwa jetzt schon überempfindlich in diesem Fall, noch bevor ich den Toten gesehen habe, fragte er sich. Wortlos legte er den Gurt an, während der Rover sich in den Verkehr auf dem Broadway einfädelte. Diese Straße hatte er vor knapp vierzehn Tagen genommen, um sich mit Sir Paul Berowne zu treffen.
Während er geradeaus blickte, die Welt außerhalb des beengenden Wageninneren kaum wahrnahm, auch nicht, wie Massingham fast geräuschlos von einem Gang in den anderen schaltete, wie die Verkehrsampeln ihre Signale wechselten, unterdrückte er jeden Gedanken an die Gegenwart und seine bevorstehende Arbeit und bemühte sich angestrengt, als sei jede Kleinigkeit bedeutsam, sich seine letzte Begegnung mit dem nun Verstorbenen ins Gedächtnis zurückzurufen.

3

Es war am Donnerstag, den 5. September gewesen. Er wollte eben sein Büro verlassen, um zum Police College in Bramshill zu fahren, wo er vor höheren Polizeibeamten ein Referat halten sollte, als der Anruf kam. Berownes Privatsekretär redete, wie es ihm seine Stellung abverlangte. Sir Paul wäre überaus dankbar, wenn Commander Dalgliesh für eine kurze Unterredung ein paar Minuten erübrigen könnte. Es wäre reizend, könnte er gleich kommen. Denn Sir Paul müsse in etwa einer Stunde im House of Commons eine Besuchergruppe aus seinem Wahlkreis treffen.

Die Aufforderung kam ihm ungelegen, obgleich er Berowne sympathisch fand. Da man ihn erst nach dem Lunch in Bramshill erwartete, hatte er eine Fahrt nach Nord-Hampshire geplant, um die Kirchen in Sherborne St. John und Winchfield zu besichtigen. Den Lunch wollte er danach in einem Pub in der Nähe von Stratfield Saye einnehmen.
Er ließ die Reisetasche im Büro, zog wegen der herbstlichen Morgenkühle seinen Tweedmantel an und fuhr an der St.-James-Station vorbei zum Ministerium.
Kaum war er durch die Schwingtür eingetreten, stellte er erneut fest, daß ihm der alte Bau in Whitehall samt seiner neugotischen Pracht weitaus besser gefallen hatte. Die Arbeit in dem alten Kasten war sicherlich mit mehr Unzulänglichkeiten und weniger Komfort verbunden gewesen. Denn er war in einer Zeit errichtet worden, als die Räume noch mit Kohleöfen beheizt wurden, deren Bedienung einer Heerschar dienstbarer Geister oblag. Damals konnte man noch mit wenigen handgeschriebenen Sitzungsprotokollen, penibel angefertigt von jenen legendären Sonderlingen im Ministerium, all die Ereignisse steuern, für die man heute drei gesonderte Abteilungen und etliche Staatssekretäre benötigte. Das neue Gebäude war zweifellos in seiner Art gelungen. Doch wenn es unerschütterliche Autorität mit menschlicher Note suggerieren sollte, so war sich Dalgliesh nicht sicher, ob derlei dem Architekten auch geglückt war. Es schien ihm eher für einen multinationalen Konzern tauglich zu sein denn für ein weitläufiges Staatsministerium. Vor allem vermißte er die riesigen Porträts, die dem imposanten Treppenhaus in Whitehall eine unbestreitbare Würde verliehen hatten. Von jeher hatte ihn die Darstellungskunst beeindruckt, mit der Maler von unterschiedlichem Talent einer unscheinbaren, bisweilen auch reizlosen Gestalt durch imposante Gewandung, einem rundlichen Gesicht durch den Ausdruck imperialer Macht eine gewisse Noblesse bescheren konnten. Doch zumindest hatte man inzwischen das großformatige Konterfei der Prinzessin entfernt, das noch unlängst die Eingangshalle geschmückt hatte. Die Photographie hätte ohnehin besser in einen Coiffeursalon im Londoner West End gepaßt.
Obwohl man Dalgliesh am Empfangsschalter wiedererkannte und mit einem Lächeln begrüßte, wurde sein Ausweis eingehend über-

prüft. Man ersuchte ihn, auf einen der Ministeriumsdiener zu warten, der ihn eskortieren werde. Dabei hatte er schon an mehreren Besprechungen in dem Gebäude teilgenommen, so daß ihm die vielen Korridore ministerieller Macht durchaus vertraut waren. Von den betagten Dienern waren nur noch wenige im Amt, und seit einigen Jahren stellte das Ministerium auch Frauen ein. Sie geleiteten die ihnen Anvertrauten mit einer fröhlichen, matronenhaft wirkenden Selbstsicherheit, als wollten sie allen klarmachen, daß der Bau vielleicht zwar wie ein Gefängnis aussehe, in Wirklichkeit aber ebenso wohltuend sei wie ein Sanatorium und ihnen nur zum Vorteil gereiche.

Man führte ihn ins Vorzimmer. Da im Ministerium wegen der Parlamentsferien nicht die sonstige Betriebsamkeit herrschte, war es in dem Raum ungewohnt ruhig. Die Schreibmaschinen waren mit Schutzhüllen bedeckt, und eine einzige Sekretärin überprüfte irgendwelche Akten ohne den gewichtigen Ernst, der üblicherweise die Büroflucht eines Ministers prägte.

Nach einer Weile erschien Sir Paul und streckte ihm zur Begrüßung die Hand entgegen, als träfen sie einander zum erstenmal. Sein Gesicht wirkte wie immer ernst, sogar ein wenig melancholisch, was sich aber änderte, wenn er lächelte. Und das tat er jetzt.

»Es tut mir leid, daß ich Sie so überstürzt hergebeten habe. Ich bin froh, daß wir Sie überhaupt noch erreichen konnten. Bis jetzt ist die Angelegenheit nicht ernst, sie könnte es aber werden.«

Jedesmal wenn Dalgliesh ihn wiedersah, mußte er an das Bild seines Vorfahren Sir Hugo Berowne in der National Portrait Gallery denken. Sir Hugo hatte sich im Grunde nur durch seine unerschütterliche, wenn auch wenig wirkungsvolle Treue zum Königshaus ausgezeichnet. Seine einzige bemerkenswerte Leistung bestand darin, daß er Van Dyke beauftragt hatte, ein Porträt von ihm zu malen. Das hatte ausgereicht, ihm zumindest in Form eines Gemäldes eine gewisse Unsterblichkeit zu sichern. Das Herrenhaus in Hampshire befand sich schon längst nicht mehr im Besitz der Familie. Das Vermögen hatte sich erheblich verringert. Aber noch immer blickte Sir Hugos längliches und melancholisches, von einem kostbaren Spitzenkragen gesäumtes Gesicht mit arroganter Herablassung auf die vorbeiziehenden Galeriebesucher, der perfekte royalistische Landedelmann des 17. Jahrhunderts. Es war geradezu unheimlich, wie ähnlich ihm der jetzige Baronet war: das gleiche langgezogene Gesicht, die hoch angesetzten, zu einem spitzen Kinn zulaufenden Wangenknochen, die weit auseinanderstehenden Augen mit dem etwas herabhängenden linken Augenlid, die fahlen Hände mit den langgliedrigen Fingern, der gleiche prüfende, ein wenig ironisch wirkende Blick.

Dalgliesh bemerkte, daß der Schreibtisch des Ministers leer war. Eine Notwendigkeit für einen mit Arbeit überhäuften Mann, der sich nicht um seinen Verstand bringen wollte. Man widmete sich einer bestimmten Sache, vertiefte sich in sie, erledigte sie und gab sie weiter. Im Augenblick vermittelte Sir Paul den Eindruck, die einzige Angelegenheit, die seine volle Aufmerksamkeit erforderte, sei eine mehr oder minder unbedeutende, kurzgefaßte Mitteilung auf einem weißen Papierbogen von DIN-A4-Format. Er überreichte sie Dalgliesh.

»Der Parlamentsabgeordnete für den Wahlkreis Hertfordshire North East«, las Dalgliesh, »zeigt ungeachtet seiner faschistischen Tendenzen eine lobenswert liberale Einstellung, wenn es um die Rechte der Frauen geht. Trotzdem sollten sich die Frauen vorsehen. Denn der Umgang mit dem eleganten Baronet könnte tödliche Folgen haben. Seine erste Frau kam bei einem Autounfall ums Leben; er steuerte den Wagen. Theresa Nolan, die seine Mutter pflegte und in seinem Haus wohnte, tötete sich nach einer Abtreibung. Er wußte, wo man die Tote entdecken würde. Diana Travers, seine Hausangestellte, fand man nackt und ertrunken in der Themse unweit des Ortes, wo seine Frau eine Party anläßlich ihres Geburtstages gab, zu der auch er erwartet wurde. Wenn derlei einmal vorkommt, ist es eine private Tragödie. Beim zweiten Mal sieht es nach einer Unglückssträhne aus. Beim dritten Mal mag sich der Eindruck von Fahrlässigkeit aufdrängen.«

»Das ist mit einer elektrischen Kugelkopfmaschine geschrieben«, meinte Dalgliesh. »Diese Modelle lassen sich schlecht identifizieren. Und das Papier stammt von einem Schreibblock, wie er zu Tausenden verkauft wird. Das bringt uns nicht weiter. Haben Sie eine Ahnung, wer Ihnen das hier zugeschickt haben könnte?«

»Nicht die geringste. Zudem gewöhnt man sich an die alltäglichen Schmähbriefe oder pornographischen Schreiben. Das bringt meine Arbeit so mit sich.«

»Aber das ist doch fast eine Mordanklage. Wenn man den Absender aufspürt, wird Ihnen Ihr Anwalt sicher zu einer Anzeige raten.«
»Mag sein.«
Wer immer den Brief geschrieben hat, dachte Dalgliesh, besitzt eine gewisse Schulbildung. Die Interpunktion stimmte, der Text las sich flüssig. Die Fakten waren verständlich geordnet, die Informationen reichten aus. Das Niveau lag zweifellos über dem des üblichen unflätigen, anonymen Geschreibsels, das sich unter der Post eines Ministers befinden mochte. Deswegen war es auch um so gefährlicher.
»Das ist nicht das Original«, sagte Dalgliesh und gab das Blatt zurück. »Es ist eine Fotokopie. Haben nur Sie allein diesen Brief erhalten, Sir Paul, oder wissen Sie das nicht?«
»Er wurde auch der Presse zugesandt. Einer Zeitung zumindest: der *Paternoster Review.* Sie bringt ihn in der heutigen Ausgabe. Ich habe sie vorhin gelesen.«
Berowne zog eine Schreibtischschublade heraus und entnahm ihr eine Zeitung, die er Dalgliesh gab. Seite 8 war mit einer Büroklammer markiert. Dalgliesh überflog die Kolumne. Die *Paternoster Review* brachte seit einiger Zeit eine Artikelserie über die jüngere Politikergeneration. Diesmal war Paul Berowne an der Reihe. Der erste Teil des Artikels war harmlos und sachlich. Der Verfasser streifte Berownes Karriere als Rechtsanwalt, seinen ersten, vergeblichen Versuch, Parlamentsabgeordneter zu werden, schließlich seinen Durchbruch bei der Wahl von 1979, den erstaunlichen Aufstieg zum Regierungsmitglied und seine mutmaßliche Beziehung zum Premier. Erwähnt wurde ferner, daß er zusammen mit seiner Mutter, Lady Ursula Berowne, und seiner zweiten Frau in einer der wenigen noch erhalten gebliebenen Villen, die Sir John Soane erbaut hatte, wohne und seine Tochter aus erster Ehe, die vierundzwanzigjährige Sarah Berowne, für eine linke Politik eintrete und sich ihrem Vater entfremdet habe. Ein auffallend hämischer Unterton klang aus der Passage über seine zweite Ehe heraus. Nachdem sein älterer Bruder, Major Sir Hugo Berowne, in Nordirland ums Leben gekommen war, hatte Sir Paul knapp fünf Monate nach dem Unfalltod seiner Frau die Verlobte seines Bruders geehelicht. »Es mag durchaus statthaft sein, daß die hinterbliebene Verlobte und der Witwer beieinander Trost suchten, obgleich niemand, der die

schöne Barbara Berowne kennt, auf den Gedanken verfallen könnte, die Eheschließung sei lediglich brüderlichem Verantwortungsgefühl entsprungen.« Danach ließ sich der Verfasser mit einiger Sachkenntnis, aber wenig Sympathie über Sir Pauls politische Zukunft aus. Es war kaum mehr als Parlamentariergeschwätz.
Die Spitze verbarg sich im letzten Absatz, über dessen Quelle es keinen Zweifel gab. »Es ist bekannt, daß er eine Schwäche für Frauen hat. Die meisten finden ihn auch attraktiv. Aber die Frauen, die ihm besonders nahestanden, erlitten ein trauriges Schicksal. Seine erste Frau verlor ihr Leben bei einem Autounfall; er steuerte den Wagen. Theresa Nolan, eine junge Krankenschwester, die seine Mutter, Lady Ursula Berowne, pflegte, verübte nach einer Abtreibung Selbstmord. Paul Berowne entdeckte die Tote. Vor vier Wochen wurde eine junge Frau, Diana Travers, die in seinen Diensten stand, ertrunken aufgefunden. Das war unmittelbar nach einer Party, die anläßlich des Geburtstages seiner Frau stattfand und der er gleichfalls beiwohnen sollte. Wird ein Politiker vom Unglück verfolgt, so ist ihm das ebensowenig förderlich wie Mundgeruch. Denn es könnte durchaus seine politische Karriere beeinträchtigen. Viel eher als der Argwohn, er sei sich über seine Ziele keineswegs im klaren, könnte der bittere Beigeschmack des Unglücks der Voraussage, hier stehe der übernächste Premierminister der Konservativen Partei, jede Grundlage entziehen.«
»Die *Paternoster Review* ist im Ministerium keine Pflichtlektüre«, sagte Berowne. »Vielleicht sollte das anders sein. Nach dem hier zu urteilen, entgeht uns anscheinend einiges an Unterhaltung, wenn nicht sogar an Information. Gelegentlich lese ich die *Review* im Club wegen der interessanten Buchbesprechungen. Wissen Sie etwas Genaueres über dieses Blatt?«
Warum wendet er sich nicht an die PR-Abteilung seines Ministeriums, fragte sich Dalgliesh. Schon merkwürdig, daß er es offenbar nicht getan hat. »Ich kenne Conrad Ackroyd, den Verleger und Herausgeber der *Paternoster Review*, seit Jahren«, sagte er. »Schon sein Großvater und Vater haben die Zeitung herausgegeben. Damals wurde sie noch am Paternoster Place in der City gedruckt. Ackroyd verdient damit kein Geld. Sein Vater hat ihm durch gewinnträchtigere Investitionen ein Vermögen hinterlassen, doch ich glaube, die *Review* bringt einigermaßen die Unkosten herein.

Ackroyd veröffentlicht zwar gelegentlich Klatsch, aber das ist nicht sein Metier. Dazu fehlt ihm die nötige Dreistigkeit. Ich glaube nicht, daß er jemals einen Verleumdungsprozeß riskiert hat. Deswegen ist auch die Zeitung weniger reißerisch und spritzig als ein Boulevardblatt, bis aufs Feuilleton. Das ist dafür herrlich bissig... Die aufgeführten Fakten werden sicherlich stimmen, so was wird vorher stets nachgeprüft. Trotzdem ist der Artikel für die *Paternoster Review* erstaunlich bösartig.«

»Ja, die Fakten stimmen«, bestätigte Berowne. Er sagte es gelassen, beinahe traurig. Er ließ sich nicht weiter darüber aus, noch schien er eine Erklärung abgeben zu wollen.

Welche Fakten denn, wollte Dalgliesh schon nachhaken. Die in dem Artikel oder die in dem anonymen Brief? Aber er unterdrückte die Frage. Bis jetzt war es weder ein Fall für die Polizei noch für ihn. Vorläufig lag die Initiative ganz bei Berowne. »Ich kann mich an die Untersuchung im Zusammenhang mit dem Tod dieser Theresa Nolan erinnern. Vom Tod Diana Travers' weiß ich nichts«, sagte er.

»Der Fall wurde von der überregionalen Presse nicht aufgegriffen«, erklärte Berowne. »Nur das Lokalblatt berichtete kurz über die Untersuchung. Meine Frau wurde nicht erwähnt. Diana Travers nahm an der eigentlichen Geburtstagsparty nicht teil. Aber es war dasselbe Restaurant: der ›Black Swan‹ an der Themse bei Cookham. Man handelte wohl nach der Devise der Versicherungsfirmen: Warum soll man aus einer Krise gleich ein Drama machen?«

Die Angelegenheit war also vertuscht worden, und Berowne hatte davon gewußt. Wenn eine junge Frau, die als Hausangestellte für einen Minister arbeitete, den Tod durch Ertrinken fand, nachdem sie im selben Restaurant gegessen hatte wie die Frau des Ministers – war er nun selbst zugegen oder nicht –, hätte normalerweise eine der überregionalen Zeitungen zumindest in einem kurzen Absatz darüber berichtet.

»Was erwarten Sie nun von mir, Sir Paul?« fragte Dalgliesh.

»Das weiß ich selbst nicht genau«, erwiderte Berowne lächelnd. »Behalten Sie die Sache im Auge. Ich erwarte nicht, daß Sie die Angelegenheit selbst übernehmen. Das wäre zuviel verlangt. Aber sollte sich das zu einem offenen Skandal ausweiten, muß sich jemand dieser Sache annehmen. Im jetzigen Stadium wollte ich Sie lediglich darüber informieren.«

Und das hatte er eigentlich nicht getan. Bei jedem anderen hätte Dalgliesh mit einiger Schärfe darauf hingewiesen. Daß er es bei Berowne nicht tat, irritierte ihn. Über beide Untersuchungen wird es doch Abschlußberichte geben, dachte er dann. Die meisten Fakten kann ich ja den offiziellen Quellen entnehmen. Mit dem Rest muß er herausrücken, wenn die Sache zu einer öffentlichen Anklage aufgebauscht wird. Und sollte das eintreten, hängt es vom Ausmaß des Skandals ab, von der Stichhaltigkeit und dem genauen Inhalt der Anklage, ob Sir Paul die nötigen rechtlichen Schritte einleiten muß oder ob die neugebildete Sonderkommission eingreifen wird. Er überlegte, was Berowne von ihm erwartete. Sollte er den Briefschreiber, der vermutlich eine Erpressung plante, aufspüren oder Berownes Schuld hinsichtlich der beiden Todesfälle feststellen? Wahrscheinlich würde es zu einem Skandal kommen. Wenn schon die *Paternoster Review* den anonymen Brief erhalten hatte, war er auch an andere Blätter und Gazetten geschickt worden, sicherlich auch an die überregionalen Zeitungen. Vermutlich hielten diese sich noch zurück. Aber das bedeutete noch lange nicht, daß der Brief in den Papierkorb gewandert war. Nein, sie hatten ihn vorläufig beiseite gelegt und berieten sich erst einmal mit ihren Anwälten. In der Zwischenzeit war es am klügsten, wenn er die weitere Entwicklung abwartete. Aber ein Gespräch mit Conrad Ackroyd würde nicht schaden. Ackroyd war einer der ergiebigsten Klatschkolporteure von ganz London. Eine halbe Stunde im eleganten, behaglichen Salon seiner Frau brachte zumeist mehr ein und war weitaus unterhaltsamer als stundenlanges Sichten von offiziellen Dokumenten.
»Ich treffe mich gleich mit einer Wählergruppe im House of Commons«, sagte Berowne. »Ich soll die Leute ein wenig herumführen. Falls Sie Zeit haben, könnten Sie mich dorthin begleiten.« Das Ansinnen hörte sich eher nach einem Befehl an.
Aber sobald sie das Ministerium verlassen hatten, wandte sich Berowne ohne jede Erklärung nach links und ging die Treppe zum Birdcage Walk hinunter. Offenbar wollte er den längsten Weg zum House of Commons, am St.-James-Park entlang, einschlagen. Dalgliesh überlegte, ob es Dinge geben könnte, die ihm sein Begleiter lieber außerhalb des Büros anvertrauen wollte.
Doch falls das Berownes Absicht gewesen sein sollte, wurde sie

vereitelt. Kaum hatten sie den Birdcage Walk überquert, rief ihnen jemand mit aufgekratzter Stimme etwas zu. Sie erkannten Jerome Mapleton, der – rundlich, verschwitzt, ein wenig außer Atem – auf sie zueilte. Er war Abgeordneter von Süd-London, einem sicheren Wahlkreis, den er dennoch nur selten verließ, als befürchte er, selbst eine einwöchige Abwesenheit könnte ihn gefährden. Zwanzig Jahre Parlamentszugehörigkeit hatten die Begeisterung für seine Arbeit wie sein Erstaunen, daß er tatsächlich einen Sitz errungen hatte, nicht dämpfen können. Redselig, gesellig, dickfellig, schloß er sich, als würde er magnetisch angezogen, jeder Gruppierung an, die größer oder gerade bedeutsamer war als die, der er gerade angehörte. Er trat vor allem für Recht und Ordnung ein, ein Bemühen, das ihn bei seinen Wählern aus dem prosperierenden Mittelstand, die sich hinter Sicherheitsschlössern und dekorativen Fenstergittern verschanzt hielten, überaus populär machte. Er zwängte sich nun zwischen Berowne und Dalgliesh und begann ausschweifend über ein kürzlich ernanntes Komitee zu reden.

»Und was haben Sie Großes vor, Commander?« fragte er Dalgliesh nach einer Weile.

»Ein Woche voller Referate vor führenden Polizeioffizieren in Bramshill. Danach muß ich wieder zurück, um die neue Sonderkommission zusammenzustellen.«

»Da haben Sie ja reichlich zu tun. Was würde übrigens geschehen, sollte ich den Parlamentsabgeordneten von Chesterfield West ermorden, bevor die neue Sonderkommission einsatzbereit ist?« fragte er und lachte scheppernd über diese abstruse Vorstellung.

»Ich hoffe nur, Sie werden dieser Versuchung widerstehen, Sir«, erwiderte Dalgliesh.

»Ich werde mir alle Mühe geben. Aber da wir schon von Mord sprechen – in der heutigen Ausgabe der *Paternoster Review* steht ein überaus befremdlicher Artikel über Sie, Berowne. Man springt nicht eben freundlich mit Ihnen um.«

»Ja«, erwiderte Berowne kurz angebunden. »Ich hab' ihn gelesen.« Er beschleunigte seinen Schritt, so daß Mapleton, der noch immer etwas außer Atem war, sich entweder aufs Reden oder aufs Schritthalten verlegen mußte. Als sie das Finanzministerium erreichten, mußte er zu dem Schluß gelangt sein, es sei die Mühe nicht wert, und bog, ihnen noch einmal zuwinkend, in die Parliament Street ein. Falls Berowne wirklich vorgehabt hatte, etwas Vertrauliches zu sagen, war der passende Augenblick verstrichen. Die Fußgängerampel schaltete auf Grün. Kein Fußgänger am Parliament Square zögert, wenn die Ampel zu seinen Gunsten umschaltet. Berowne warf Dalgliesh einen bedauernden Blick zu, als wollte er sagen: Sie sehen's ja selbst, auch die Verkehrsampeln haben sich gegen mich verschworen! – und ging schnellen Schritts auf die andere Seite. Dalgliesh sah zu, wie er die Bridge Street überquerte, mit einem Kopfnicken auf den Gruß des diensttuenden Polizisten reagierte und dann im New Palace Yard verschwand. Es war eine kurze und nicht besonders ergiebige Begegnung gewesen. Er hatte das dumpfe Gefühl, daß Berowne in größeren, beunruhigenderen Schwierigkeiten steckte, als solche Schmähbriefe auslösen konnten. Auf dem Weg zum Yard sagte er sich, daß Berowne sich schon melden würde, falls er ihm etwas Vertrauliches mitteilen wollte.

Doch dazu war es nie gekommen. Als er eine Woche später auf der Rückfahrt von Bramshill das Radio einschaltete, hörte er von Berownes Rücktritt als Minister. Einzelheiten wurden nicht genannt. Berownes einzige Erklärung war, daß für ihn der Zeitpunkt gekommen sei, seinem Leben eine andere Richtung zu geben. Das Schreiben des Premiers, am nächsten Tag in der *Times* veröffentlicht, bekundete in konventionelle Floskeln verpacktes Verständnis, fiel aber befremdend kurz aus. Die englische Leserschaft versuchte in einem der verregnetsten Sommer seit Jahren etwas Sonne zu erhaschen und nahm das Ausscheiden eines Neulings im Ministeramt mit Gleichgültigkeit hin; den meisten wäre es ohnehin schwergefallen, auch nur die Namen dreier Kabinettsmitglieder dieser oder irgendeiner Regierung zu nennen. Und die Kolporteure von parlamentarischem Klatsch, die trotz der langweiligen Sauregurkenzeit in London ausharrten, warteten hochgespannt auf den Ausbruch des Skandals. Auch Dalgliesh wartete. Aber es kam zu keinem Skandal. Berownes Rücktritt blieb geheimnisumwittert.

Dalgliesh hatte sich noch in Bramshill die Abschlußberichte über die Fälle Theresa Nolan und Diana Travers zuschicken lassen. Auf den ersten Blick gab es keinen Anlaß zur Besorgnis. Theresa Nolan hatte nach einer Abtreibung mit medizinischer Indikation ihren Großeltern einen Brief hinterlassen, in dem sie ihren Selbstmord ankündigte; diese hatten bezeugt, daß es ihre Handschrift war. An ihrer Absicht, in den Tod zu gehen, konnte folglich nicht gezweifelt werden. Und Diana Travers war, nachdem sie reichlich gegessen und gezecht hatte, in die Themse gesprungen, um zu ihren Freunden zu schwimmen, die sich in einem Kahn vergnügten. Dabei war sie ertrunken. Dalgliesh hatte das ungute Gefühl, daß beide Fälle nicht so eindeutig waren, wie es die Abschlußberichte darstellten, aber offensichtlich stand keiner der Todesfälle mit einem Mord in Verbindung. Er war sich nicht im klaren, ob er jetzt noch weiter nachhaken sollte, ob das nach Berownes Rücktritt überhaupt noch sinnvoll war. Er entschied, vorläufig nichts zu unternehmen und die Initiative Berowne zu überlassen.

Und nun war Berowne, der Vorbote des Todes, selbst tot. Entweder war er freiwillig aus dem Leben geschieden oder jemand hatte ihn umgebracht. Falls er ihm damals auf dem Weg zum House of Commons ein Geheimnis hatte anvertrauen wollen, bliebe das für immer ungesagt. Sollte er aber tatsächlich ermordet worden sein, würde nun vieles ans Tageslicht kommen – durch die Untersuchung der Leiche, die Schattenseiten seines Lebens, die wahrheitsgetreuen, verlogenen, stockenden, widerwilligen Aussagen der Familienangehörigen, seiner Feinde, seiner Freunde. Ein Mord zerstört nun mal die Privatsphäre, wie auch vieles andere. Es ist eine Ironie des Schicksals, dachte Dalgliesh, daß ausgerechnet ich, dem Berowne offenbar vertraut hat, nun im Zuge der Ermittlungen den unaufhaltsamen Zerstörungsprozeß einleiten muß.

4

Dalgliesh schreckte aus seinen Grübeleien hoch, als sie sich der St.-Matthew-Kirche näherten. Massingham war während der Fahrt ungewohnt wortkarg gewesen, als ahnte er, daß sein Chef Zeit brauchte, sich auf die kommende Aufgabe vorzubereiten. Außerdem mußte er sich nicht nach dem Weg erkundigen. Wie immer hatte er vor der Fahrt die Route festgelegt. Sie fuhren die Harrow Road hoch und hatten gerade das weitläufige St.-Mary-Hospital passiert, als nun zu ihrer Linken der Glockenturm von St. Matthew auftauchte.

Schweigend bog Massingham nach links ein und fuhr eine schmale Straße entlang, die auf beiden Seiten von kleinen Häusern gesäumt war. Mit ihren kleinen Fenstern, niedrigen Veranden und verwinkelten Erkern sahen sie alle gleich aus, aber die Straße schien zunehmend an Respektabilität zu gewinnen. Nur wenige Häuser zeigten noch Spuren der obskuren Beschäftigung ihrer Bewohner, wiesen ungepflegten Rasen, herabblätternden Putz oder verschämt zugezogene Vorhänge auf. Ihnen folgten helle kleine Vorzeigestükke sozialen Wohlstands: frisch gestrichene Türen, Lampen am Eingang, ab und zu ein Hängekorb. Die Vorgärten waren gepflasterten Abstellplätzen für den Familienwagen gewichen. Verglichen mit dieser kleinbürgerlichen Gediegenheit wirkte der mächtige Kirchenbau am Ende der Straße mit seinen rauchgeschwärzten Ziegelmauern ein wenig verwahrlost.

Das riesige Nordportal, das eher zu einer Kathedrale passen würde, war geschlossen. Auf der schmuddeligen Tafel daneben standen Name und Adresse des Gemeindepfarrers und die Gottesdienstzeiten, doch sonst deutete nichts darauf hin, daß das Portal jemals geöffnet wurde. Massingham ließ den Wagen auf dem schmalen asphaltierten Streifen zwischen der Südmauer der Kirche und dem am Kanal entlangführenden Geländer ausrollen. Niemand war zu sehen. Offenbar hatte sich der Mord noch nicht herumgesprochen. Vor dem überdachten Südeingang parkten nur zwei Autos. Der eine gehörte vermutlich Detective Sergeant Robins, der rote Metro Kate Miskin. Daß sie schon vor ihnen am Tatort war, wunderte Dalgliesh nicht. Noch bevor Massingham auf den Klingelknopf drücken konnte, öffnete sie die Tür. Ihr hübsches ovales Gesicht, umrahmt von hellbraunem Haar, war gefaßt. In ihrer Hemdbluse, der Jogginghose und dem Lederblouson wirkte sie lässig-elegant, als sei sie eben von einem Landausflug zurückgekehrt.

»Der Inspektor läßt sich entschuldigen, Sir. Er mußte wieder zurück ins Polizeirevier. Bei Royal Oak wurde jemand umgebracht. Er verließ den Tatort, sobald Sergeant Robins und ich eingetroffen waren. Von Mittag an steht er zu Ihrer Verfügung. Die Toten sind hier, Sir. In der sogenannten kleinen Sakristei.«

Daß Inspektor Glyn Morgan sich in den Fall nicht einmischen wollte, war bezeichnend für ihn. Dalgliesh schätzte zwar Morgan als Menschen und Kriminalbeamten, war aber dankbar, daß ihn Pflicht,

Taktgefühl oder beides vertrieben hatte. Es erleichterte ihm die Arbeit, daß er sich nicht um die Empfindungen eines erfahrenen Polizisten kümmern mußte, dem es sicher nicht gelegen kam, wenn ihm der Commander der neugegründeten C1-Sonderkommission ins Handwerk pfuschte.

Kate Miskin öffnete die erste Tür zur Linken und ließ Dalgliesh und Massingham den Vortritt. Die kleine Sakristei war grell ausgeleuchtet wie eine Filmszene. Im gleißenden Licht der Neonröhre wirkte der seltsame Anblick – Berownes dahingestreckter Körper mit der durchschnittenen Kehle, all das geronnene Blut, der wie eine zusammengesackte Marionette an die Wand gelehnte Stadtstreicher – einen Moment lang völlig irreal, wie der Schlußakt in einem Grand-Guignol-Drama, zu übertrieben und gekünstelt, um jemanden zu überzeugen. Dalgliesh warf einen Blick auf Berownes Leiche, stakte dann vorsichtig über den Teppich hinüber zu dem toten Harry Mack und ging in die Hocke.

»Brannte das Licht, als diese Miss Wharton die Toten entdeckte?« fragte er, ohne sich umzuwenden.

»Im Gang nicht, Sir. Aber hier war das Licht an. Der Junge hat es bestätigt.«

»Wo sind die beiden?«

»In der Kirche, Sir. Pfarrer Barnes ist bei ihnen.«

»Nehmen Sie sich die beiden mal vor, Massingham! Sagen Sie, ich werde sie befragen, sobald ich Zeit habe. Und versuchen Sie die Mutter des Jungen ausfindig zu machen. Wir müssen ihn möglichst rasch hier wegbringen. Dann kommen Sie wieder zu mir!«

Harry sah im Tod ebenso verwahrlost aus wie im Leben. Wenn der Brustlatz aus verkrustetem Blut nicht gewesen wäre, hätte man sich einbilden können, er schliefe – die Beine ausgestreckt, den Kopf gesenkt, die Wollmütze übers rechte Auge gezogen. Als Dalgliesh Harry am Kinn faßte und vorsichtig seinen Kopf hob, befürchtete er einen Augenblick lang, er würde sich vom Körper lösen und ihm in die Hände kullern. Wie er erwartet hatte, klaffte am Hals eine einzige Schnittwunde, vermutlich von links nach rechts gezogen. Der Schnitt hatte die Luftröhre durchgetrennt und reichte fast bis zu den Halswirbeln. Die Leichenstarre war längst eingetreten. Die Haut war eiskalt und fühlte sich an wie Gänsehaut, da sich die Haare beim Einsetzen der Starre aufrichten. Welche Verkettung von

Zufällen oder Umständen Harry Mack auch hierhergeführt haben mochte, die Ursache seines Todes stand jedenfalls fest.
Bekleidet war er mit einer alten karierten Wollhose, die viel zu groß und an den Fußknöcheln mit einer Schnur zusammengebunden war. Darüber trug er – soweit man das trotz des vielen Blutes erkennen konnte – ein Matrosenhemd und einen gestreiften Pullover. Die nach Schweiß riechende, vor Schmutz starrende karierte Jacke war aufgeknöpft, das linke Revers nach außen geklappt. Als Dalgliesh die Jacke mit spitzen Fingern vorsichtig etwas anhob, entdeckte er auf dem Teppich darunter einen gut zwei Zentimeter langen Blutfleck, der sich am rechten Ende verbreiterte. Er bildete sich ein, auf dem Jackenfutter einen Fleck ähnlicher Größe zu sehen. Aber sicher war er sich nicht, da das Gewebe allzu verschmutzt war. Doch der Fleck auf dem Teppich konnte nur eines bedeuten. Bevor Harry zusammengebrochen war, mußte Blut geflossen oder von der Mordwaffe getropft und dann, als man den Körper zur Wand schleifte, auf dem Teppich verschmiert worden sein. Doch wessen Blut? Sollte sich herausstellen, daß es von Harry stammte, war die Sache bedeutungslos. Wenn es aber von Sir Paul stammte? Dalgliesh wünschte, die Gerichtsmedizinerin wäre schon da, obwohl er wußte, sie könnte ihm darauf auch keine Antwort geben. Erst bei der Autopsie entnahm man den beiden Toten Blutproben, und es dauerte noch mindestens drei Tage, bis das Untersuchungsergebnis feststand.
Dalgliesh fragte sich, warum er sich zuerst Harry Macks Leiche angesehen hatte. Jetzt ging er zur Liege hinüber und schaute wortlos auf den toten Paul Berowne herab. Schon damals, als er – fünfzehn Jahre alt – am Bett seiner toten Mutter stand, war ihm kein Wort des Abschieds eingefallen, geschweige denn, daß er etwas gesagt hätte. Man kann nicht mit jemandem reden, den es nicht mehr gibt. Zerreden läßt sich alles, dachte er, nur das hier nicht. Dieser Leichnam da mit seiner entstellenden Starre, der schon – so kam es ihm zumindest vor – süßlichen Verwesungsgeruch auszudünsten begann, hatte trotz allem eine nicht wegzuleugnende Würde, weil er einst ein Mensch gewesen war. Aber Dalgliesh wußte auch, daß diese menschliche Würde allzu flüchtig war. Noch bevor die Polizeiärztin ihre Arbeit am Tatort beendet hatte, noch bevor man den Kopf des Toten bandagierte, Plastikbeutel über die

Hände streifte, noch bevor Doktor Kynaston sein Skalpell ansetzte, würde die Leiche nur ein Beweisstück sein, ein zwar wichtigeres, sperrigeres, schwerer zu konservierendes als die übrigen Beweisstücke, aber dennoch nur ein Beweisstück, das man säuberlich etikettieren, dokumentieren, entmenschlichen würde und das fortan nur noch Interesse, Neugierde oder Ekel erregte. Jetzt war es noch nicht soweit. Ich habe diesen Menschen gekannt, dachte er, zwar nicht besonders gut, aber ich habe ihn gekannt. Ich habe ihn sogar gemocht. Deswegen könnte er auch mehr von mir verlangen, als daß ich ihn nur mit dem forschenden Blick eines Polizisten mustere.

Paul Berowne lag, den Kopf der Tür zugewandt, neben der Couch. Seine Schuhe berührten das Fußende. Der linke Arm war ausgestreckt, der rechte näher am Körper. Die Liege hatte eine Wolldecke aus bunten, gestrickten Rechtecken bedeckt. Berowne mußte, als er stürzte, sich in ihr verkrallt und sie mit sich gerissen haben, so daß sie sich nun rechts neben ihm bauschte. Auf ihr lag, nur wenige Zentimeter von seiner rechten Hand entfernt, ein aufgeklapptes Rasiermesser, dessen Klinge mit geronnenem Blut überzogen war. Dalgliesh wunderte es immer wieder, wie viele Einzelheiten er sich gleichzeitig einprägen konnte. Den Keil aus haftengebliebener Erde etwa zwischen dem Absatz und der Sohle des linken Schuhs. Die Blutspritzer auf dem rehbraunen Cashmere-Sweater. Den halboffenen Mund mit dem höhnisch lächelnden Ausdruck. Die toten Augen, die immer tiefer in ihre Höhlen zu sinken schienen. Die linke Hand mit den langgliedrigen, fahlhäutigen Fingern, die leicht gekrümmt und zart wie die einer Frau waren. Die Blutkruste auf der rechten Handfläche. Doch da stimmte irgend etwas nicht. Und er kam auch darauf, was es war. Paul Berowne hatte nicht mit der rechten Hand das Rasiermesser umklammern und zugleich die Wolldecke herabziehen können, als er zu Boden fiel. Wenn er aber das Rasiermesser vorher hatte fallen lassen, wieso lag es dann auf der Decke und so nahe bei seiner Hand, als sei es seinen Fingern entglitten? Und warum war der rechte Handteller dermaßen mit Blut verschmiert? Sah das nicht fast so aus, als hätte jemand Berownes Hand gegen die blutende Halswunde gepreßt? Wenn Berowne das Rasiermesser benützt hätte, wäre die Handfläche sicherlich weniger blutüberkrustet.

Als Dalgliesh hinter sich ein leises Geräusch hörte und sich umdrehte, erblickte er Polizeiinspektor Kate Miskin. Sie musterte ihn, nicht den Toten. Obwohl sie den Blick rasch abwandte, fiel Dalgliesh der Ausdruck einfühlsamer Besorgtheit unangenehm auf.

»Na, was halten Sie davon?« fragte er scharf.

»Scheint ein klarer Fall zu sein, Sir. Mord mit nachfolgender Selbsttötung. Das typische Erscheinungsbild von selbstzugefügten Wunden: drei Schnitte, zwei noch zögerlich durchgeführt, der dritte ging endgültig durch die Luftröhre. Eine Aufnahme davon könnte man gut für ein gerichtsmedizinisches Lehrbuch verwenden.«

»Das Offensichtliche erkennt man leicht«, erwiderte Dalgliesh. »Trotzdem sollte man bei den Rückschlüssen vorsichtiger sein. Würden Sie bitte seine Familie benachrichtigen? Die Adresse ist 62 Campden Hill Square. Dort leben seine Frau, seine betagte Mutter, Lady Ursula Berowne, und eine Haushälterin. Achten Sie darauf, wie sie reagieren. Nehmen Sie einen Constable vom Revier mit. Wenn sich die Neuigkeit herumspricht, brauchen sie möglicherweise wegen des zu erwartenden Rummels Polizeischutz.«

»Ja, Sir.«

Sie bedauerte es nicht, daß er sie vom Tatort fortschickte. Sie wußte, daß die Benachrichtigung der Familienangehörigen keine Routinesache war und er sie nicht deswegen beauftragt hatte, weil sie in seinem Team die einzige Frau war und man so etwas vorzugsweise einer Frau zumuten konnte. Taktvoll, diskret, behutsam, ja sogar mit einem gewissen Mitgefühl würde sie die Nachricht überbringen. Schließlich hatte sie in den zehn Jahren bei der Polizei reichlich Erfahrungen sammeln können. Trotzdem würde sie, wenn sie die konventionellen Beileidsfloskeln äußerte, jede Reaktion für ihre Zwecke ausbeuten, etwa auf das Zucken eines Augenlids achten, auf die Bewegungen der Hände, die Anspannung der Gesichtsmuskeln, auf ein unbedachtes Wort, auf jedes nur denkbare Anzeichen, daß einem der Bewohner der Villa in Campden Hill die Nachricht vielleicht keine Neuigkeit war.

5

Bevor sich Commander Dalgliesh auf ein Verbrechen konzentrierte, sah er sich gern die nähere Umgebung des Tatorts an, um sich ein Gesamtbild zu verschaffen.

Der hellerleuchtete Gang mit dem Fliesenboden und den weißgetünchten Wänden verlief längs der Westseite der Kirche. Die kleine Sakristei war der erste Raum zur Linken. Daneben lag eine etwa dreimal zweieinhalb Meter große Küche mit einer Verbindungstür. Ihr schloß sich eine schmale Toilette mit einer altertümlichen Kloschüssel aus bemaltem Porzellan und einem Mahagonisitz an. Darüber befanden sich der Spülungskasten mit einer Kette und ein hohes Fenster. Durch eine weitere offenstehende Tür blickte Dalgliesh in einen hohen quadratischen Raum, über dem sich wohl der Glockenturm erhob und der als eigentliche Sakristei und zum Läuten der Kirchenglocken genutzt wurde. Der Gang war vom Kirchenraum durch ein gut drei Meter langes Gußeisengitter abgetrennt. Durch das Gitter sah man das Kirchenschiff bis hin zur goldglitzernden Apsis und die Marienkapelle zur Rechten. Die Gittertür, durch die der Geistliche und der Chor die Kirche betraten, war mit zwei Posaune blasenden Engeln geschmückt. Rechts hing ein hölzerner Opferstock mit einem Vorhängeschloß. Gleich dahinter, mit ausgestrecktem Arm gerade noch zu erreichen, stand ein mehrteiliger, gleichfalls aus Gußeisen bestehender Kerzenständer; an ihm hing an einem Kettchen eine Messinghülle, in der eine Streichholzschachtel steckte, und daneben befand sich noch eine Art Tablett, auf dem Kerzen lagen. Man konnte also eine der Kerzen nehmen und sie anzünden, auch wenn die Gittertür zur Kirche verschlossen war. Doch nach dem sauberen Aussehen der Kerzenhalter zu schließen, wurde diese Möglichkeit nur höchst selten genutzt. Nur eine einzige Kerze steckte, aufrecht wie ein fahler Wachsfinger, in der Halterung und war nicht einmal angezündet. Die beiden Messingkronleuchter im Kirchenschiff verbreiteten sanftes, diffuses Licht. Trotzdem wirkte die Kirche, verglichen mit dem hellerleuchteten Gang, als verberge sie irgendwelche Geheimnisse. Massingham und der Detective Sergeant, die sich leise unterhielten, wie auch diese Miss Wharton und der Junge, die vornübergebeugt und ergeben auf niedrigen Stühlen in der Kinderecke saßen, kamen Dalgliesh so fern

und schemenhaft vor, als befänden sie sich in einer anderen Welt. Während er so dastand und schaute, hob Massingham den Kopf. Er fing seinen Blick auf und kam durchs Kirchenschiff auf ihn zu.
Dalgliesh kehrte zur kleinen Sakristei zurück und streifte, bevor er eintrat, die Latex-Handschuhe über. Es wunderte ihn etwas, daß er seine Aufmerksamkeit auf den Raum, die Möbel und sonstigen Gegenstände richten konnte, obwohl die Toten noch nicht fortgeschafft waren. Es schien ihm, als seien sie in ihrer Starrheit und stummen Vergänglichkeit selbst Teil der Einrichtung geworden, als hätten sie die gleiche Bedeutung wie die übrigen Dinge. Erst nach einer Weile wurde ihm bewußt, daß Massingham hinter ihm war, sprungbereit, ebenfalls in Handschuhen, aber ungewöhnlich dienstbeflissen, auf leisen Sohlen, als wollte er seinen Chef nicht stören. Warum benimmt er sich, als müßte er besonders behutsam mit mir umgehen, dachte Dalgliesh. Als hätte ich persönlich einen Verlust erlitten. Für mich ist das ein Fall wie jeder andere. Er ist schon knifflig genug. Da brauchen mich doch John und Kate nicht noch zu behandeln, als hätte ich gerade eine schwere Krankheit hinter mir. Ihm fiel ein, was Henry James kurz vor seinem Tod gesagt hatte: »Da kommt er endlich, der noble Herr!« Sollte Berowne ähnliche Gedanken gehegt haben, dann hatte er sich einen denkbar unpassenden Ort ausgesucht, um diesen Ehrengast zu empfangen. Der Raum war etwa sechzehn Quadratmeter groß. Beleuchtet wurde er von einer Neonröhre, die fast so lang war wie die Decke. Das Tageslicht drang durch zwei hohe, oben abgerundete Fenster ein. Außen wurden sie von einem Drahtnetz gesichert, in dem sich der Schmutz von Jahrzehnten verfangen hatte, so daß die Scheiben grünlichgrauen Bienenwaben glichen. Auch die Möbel schienen über Jahre hinweg gesammelt worden zu sein: geschenkt, dem Sperrmüll entrissen, vom Trödelmarkt herbeigeschleppt. Unter den Fenstern gegenüber der Tür stand ein alter Eichenschreibtisch mit drei Schubladen auf der rechten Seite. An einer fehlte der Griff. Auf dem Schreibtisch befanden sich ein schlichtes Eichenkreuz, ein offenbar vielbenützter lederbezogener Tintenlöscher und ein altertümliches Telefon, dessen Hörer abgehoben danebenlag.
»Es sieht ganz danach aus, als hätte Berowne ihn abgehoben«, meinte Massingham. »Wer möchte schon, daß das Telefon läutet, wenn man sich die Halsschlagader durchschneiden will?«

»Oder der Mörder wollte nicht riskieren, daß die Toten vorzeitig entdeckt werden. Falls dieser Pfarrer Barnes angerufen und niemand abgehoben hätte, wäre er sicherlich gekommen, um nachzusehen, ob Berowne etwas zugestoßen sei. Bei ständigem Besetztzeichen hätte er aber angenommen, daß Berowne ein längeres Telefongespräch führte, und es hätte ihn nicht weiter beunruhigt.«
»Vielleicht können wir einen Handabdruck bekommen.«
»Damit ist nicht zu rechnen. Falls es ein Mord ist, haben wir es nicht mit einem Dummkopf zu tun.«
Dalgliesh setzte seine Erkundung fort. In der obersten Schreibtischschublade fand er einen Stapel weißes Schreibpapier, auf dem als Briefkopf der Name der Kirche stand, und eine Schachtel mit Briefumschlägen. Im übrigen enthielten die Schubläden nichts von Bedeutung. An der Wand zur Linken waren Chromstühle mit Leinenbezug, die wohl für die Kirchenvorstandssitzungen gebraucht wurden, zusammengeklappt und aufeinandergestapelt. Daneben standen ein Karteischrank aus Metall mit fünf Schubläden und ein Bücherschränkchen mit einer Glasfront. Es enthielt alte Gebetbücher, Meßbücher, religiöse Erbauungsschriften und Broschüren über die Geschichte der St.-Matthew-Kirche. Den offenen Kamin flankierten zwei Lehnstühle: ein gedrungener, mit brüchigem braunem Leder bezogen, auf dem ein Patchwork-Kissen lag, und ein modernerer, schon etwas zerschlissen, mit festem Sitzpolster. Einer der aufeinandergestapelten Stühle war aufgeklappt. Ein weißes Handtuch hing über der Lehne. Auf dem Sitz lag eine braune Segeltuchtasche mit geöffnetem Reißverschluß.
Massingham durchsuchte sie und sagte dann: »Ein Pyjama, ein Paar Socken und eine Leinenserviette, in die ein halbes, schon in Scheiben geschnittenes Vollkornbrot und ein Stück Käse, anscheinend Roquefort, eingeschlagen sind. Dazu noch ein Apfel. Ein Cox-Apfel, falls uns das weiterhilft.«
»Wohl kaum. Ist das alles?«
»Ja, Sir. Keine Weinflasche. Was immer er hier treiben wollte, nach einem heimlichen Treffen sieht das nicht aus, schon gar nicht mit einer Frau. Warum sollte er ausgerechnet hierher kommen, wenn ihm ganz London zur Verfügung stand? Die Liege ist verdammt schmal. Und bequem ist sie auch nicht.«
»Was immer er hier gesucht hat, John, Bequemlichkeit war es gewiß nicht.«

Dalgliesh ging zum Kamin, der in der Mitte der rechten Wand eingelassen war. Den schlichten, hölzernen Kaminaufsatz säumte eine mit Trauben und Ranken verzierte Blechleiste. Im Kamin hat bestimmt seit Jahrzehnten kein Holzfeuer mehr gebrannt, dachte Dalgliesh. Vor dem Rost befand sich ein Elektrofeuer mit künstlichen Kohlen, einer geschwungenen Rückwand und drei Brennern. Als er das Elektrofeuer etwas vorzog, sah er, daß man den Kamin vor kurzem benutzt hatte. Jemand hatte versucht, einen Terminkalender zu verbrennen. Mit aufgedrehten, geschwärzten Blättern lag er aufgeschlagen im Glutkorb. Einige Seiten waren offensichtlich herausgerissen und getrennt vernichtet worden. Papieraschenpartikel lagen unter dem Rost, auf einem Wust aus abgebrannten Streichhölzern, Kohlenstaub, Teppichfusseln und was sich sonst noch im Lauf der Zeit da hatte ansammeln können. Der blaue Einband des Terminkalenders mit der aufgedruckten Jahreszahl hatte den Flammen noch am besten widerstanden. Nur eine Ecke war etwas versengt. Wer immer den Terminkalender verbrannt hatte, war offensichtlich in Eile gewesen. Es sei denn, er wollte nur bestimmte Seiten vernichten. Dalgliesh ließ den Terminkalender liegen, wo er war. Das war etwas für Ferris, den Spurensicherungsexperten, der ohnehin schon ungehalten im Gang wartete. Ferris mochte es nicht, wenn jemand anderer als er selbst den Tatort nach irgendwelchen brauchbaren Hinweisen absuchte. Dalgliesh bückte sich und betrachtete den Wust unterm Rost etwas genauer. Zwischen den rauchgeschwärzten Papierfetzen steckte ein abgebranntes Sicherheitsstreichholz. Der unversehrte Teil des Streichholzes war noch hell und sauber, als wäre es erst vor kurzem verwendet worden.

»Vielleicht hat der Täter das Streichholz hier angezündet, um den Terminkalender zu verbrennen«, sagte er zu Massingham. »Wo aber ist die dazugehörige Schachtel? Sehen Sie doch mal in Berownes Jackentaschen nach, John!«

Massingham ging zur Tür, wo Berownes Sakko an einem Haken hing, und durchsuchte sämtliche Taschen.

»Eine Brieftasche, Sir, ein Parker-Füller, ein Schlüsselbund. Kein Feuerzeug, keine Streichhölzer.«

Im Raum waren nirgendwo welche zu sehen.

Von Jagdfieber gepackt, das sich jedoch keiner anmerken lassen wollte, untersuchten sie den Tintenlöscher auf dem Schreibtisch. Auch er mußte schon seit Jahren zur Ausstattung des Raums gehören. Das am Rand zerfranste, rosafarbene Löschpapier wies ein Gewirr verschiedenfarbiger, sich zum Teil überlagernder Abdrücke auf, schon merklich verblichen. Das war nicht weiter verwunderlich; heute benutzen die meisten keine Tinte mehr, sondern Kugelschreiber. Doch bei näherem Hinsehen konnte man erkennen, daß kürzlich jemand mit einem Füller geschrieben haben mußte. Über den älteren Abdrücken waren ganz deutlich schwarze Tintenspuren – Striche und Bögen – zu erkennen, die quer über das Löschpapier verliefen. Sie konnten noch nicht alt sein. Dalgliesh holte den Parker-Füller aus Berownes Jackentasche hervor. Es war ein elegantes Schreibgerät, eins der neuesten Modelle und, wie man deutlich sehen konnte, mit schwarzer Tinte gefüllt. Das Labor fand bestimmt heraus, ob es dieselbe Tinte war, selbst wenn sich die Buchstabenfragmente nicht entziffern ließen. Wenn aber Berowne etwas geschrieben und den Löscher auf dem Schreibtisch verwendet hatte, wo war dann das Schriftstück? Hatte er es vernichtet, zerrissen, in der Toilette hinuntergespült, zusammen mit den Seiten aus dem Terminkalender verbrannt? Oder hatte es jemand anders gefunden? War jemand anders in der Absicht gekommen, es zu vernichten oder an sich zu nehmen?

Zum Schluß gingen Dalgliesh und Massingham vorsichtig, um den toten Harry Mack nicht zu streifen, durch die offenstehende Tür rechts vom Kamin in die kleine Küche. Sie erblickten einen halbwegs neuen Gasboiler über einem tiefen, fleckigen Porzellanspülbecken, an dem ein sauberes, aber zerknittertes Küchentuch baumelte. Dalgliesh zog einen Handschuh aus und befühlte das Tuch. Es war insgesamt noch etwas feucht, als hätte es jemand ins Wasser getaucht, dann ausgewrungen und über Nacht zum Trocknen aufgehängt. Er gab es Massingham, der gleichfalls einen Handschuh abstreifte und es durch die Finger gleiten ließ.

»Selbst wenn der Mörder nackt oder halbnackt war, mußte er sich hinterher die Hände und Arme waschen«, meinte Massingham. »Er könnte das Tuch hier verwendet haben. Berownes Handtuch ist sicher das da über der Stuhllehne. Es kam mir trocken vor.«

Er ging hinaus, um sich zu vergewissern, während Dalgliesh sich weiter umsah. Rechts befand sich ein Küchenschrank. Auf der mit

bräunlichen Teeflecken gesprenkelten Resopalplatte standen ein großer und ein kleinerer, moderner Wasserkessel und zwei Teekannen, daneben noch ein angeschlagener Emaillebecher, der innen schwärzlich gefärbt war und nach Alkohol roch. Der Küchenschrank enthielt zusammengewürfeltes Keramikgeschirr, zwei säuberlich gefaltete, trockene Küchentücher und, im untersten Fach, verschiedene Blumenvasen und einen zerschrammten Korb mit Staublappen, Blechdosen und einer Flasche Möbelpolitur. Das war sicher der Raum, in dem Miss Wharton und ihre Helferinnen den Blumenschmuck arrangierten, die Staublappen auswuschen und sich gelegentlich mit Tee stärkten.
Am Gasboiler hing an einem Messingkettchen eine Messinghülle mit einer Streichholzschachtel. Sie glich der, die am Kerzenständer in der Kirche befestigt war, hatte auch einen aufklappbaren Deckel, so daß man mühelos eine neue Zündholzschachtel hineinschieben konnte. Dalgliesh erinnerte sich: In der Kirche seines Vaters in Norfolk, im Gemeinderaum, hatte es ebenfalls solche Zündholzhüllen an Messingkettchen gegeben. Aber seit damals hatte er keine mehr gesehen. Sie waren nicht besonders praktisch, ließen nicht genug Reibfläche frei. Er konnte sich nicht vorstellen, daß der Täter eine der Zündholzschachteln herausgenommen und danach wieder zurückgebracht hatte. Gleichfalls unwahrscheinlich war, daß er ein Streichholz aus dieser oder der anderen Schachtel an Ort und Stelle entzündet und es flackernd – der geringste Lufthauch konnte das Flämmchen löschen – in die kleine Sakristei getragen hatte, um da den Terminkalender zu verbrennen.
Massingham kehrte zurück. »Das Handtuch im Zimmer nebenan ist gänzlich trocken und kaum verschmutzt«, berichtete er. »Ich denke, Berowne hat sich nach seiner Ankunft die Hände gewaschen. Sonderbar ist nur, daß er es nicht hier gelassen hat. Aber vielleicht konnte er es hier nirgends zum Trocknen aufhängen. Merkwürdig ist auch, daß der Mörder, sofern es sich um Mord handelt, statt des kleineren Küchentuchs nicht Berownes Handtuch benützt hat.«
»Falls er daran dachte, es mit in die Küche zu nehmen«, erwiderte Dalgliesh. »Wenn nicht, wäre er wohl kaum umgekehrt, um es zu holen. Er war blutverschmiert und wollte nicht riskieren, eine identifizierbare Spur zu hinterlassen. So nahm er das, was er vorfand.«

Die Küche war der einzige Raum mit fließendem Wasser und einem Spülbecken. Nur hier konnte man Geschirr spülen oder sich die Hände waschen. Über dem Spülbecken hing ein mehrteiliger Spiegel, darunter befand sich ein schlichtes Glasbord. Eine Toilettentasche mit offenem Reißverschluß lag darauf, die eine Zahnbürste, eine Tube Zahnpasta, einen völlig trockenen Waschlappen und ein bereits benütztes Seifenstück enthielt. Daneben lag noch ein schmales Lederetui mit den aufgedruckten goldfarbenen Initialen »LSB«. Als Dalgliesh es mit behandschuhter Hand vorsichtig öffnete, fand er, was er eigentlich vermutet hatte: das Gegenstück zu dem Rasiermesser, das so auffällig neben Berownes rechter Hand lag. Auf dem Satinfutter prangte ein Etikett, das in altmodisch verschnörkelter Schrift den Namen des Herstellers und seine Adresse verzeichnete: »P. J. Bellingham, Jermyn Street«. Das war der teuerste und nobelste Herrenfriseursalon in ganz London; Bellingham versorgte seine Kunden, die sich mit den Bartschermethoden des 20. Jahrhunderts nicht abfinden mochten, noch mit Rasiermessern.
Nachdem sie in der Toilette nichts Aufschlußreiches gefunden hatten, durchsuchten sie die Gewandkammer der Sakristei. Hier hatte Harry Mack allem Anschein nach die Nacht verbringen wollen. Eine alte Armeedecke, an den Rändern zerfranst und vor Schmutz starrend, lag ausgebreitet in einer Ecke. Ihre Ausdünstungen mischten sich mit dem Weihrauchgeruch, als könnten auch Verwahrlosung und Frömmigkeit eine innige Verbindung eingehen. Daneben lagen eine Flasche, eine schmutziggraue Kordel und eine aufgeschlagene Zeitung mit einer Brotkruste, dem Kerngehäuse eines Apfels und etlichen Käsekrümeln.
Massingham zerrieb einen zwischen Zeigefinger und Daumen und roch daran.
»Das ist Roquefort, Sir«, schloß er. »Den hätte sich Harry wohl kaum geleistet.«
Nichts deutete darauf hin, daß Berowne hier einen Imbiß zu sich genommen hatte – was möglicherweise Rückschlüsse auf den ungefähren Zeitpunkt seines Todes zugelassen hätte. Entweder hatte er Harry Mack mit dem Versprechen einer Gratismahlzeit in die Kirche gelockt oder, was wahrscheinlicher klang, mit dem Essen gewartet, bis Harrys Heißhunger gestillt war.
Doch was hatte Harry aus seinem leicht alkoholisierten Schlaf

gerissen? Ein Aufschrei? Ein lauter Wortwechsel? Ein dumpfer Fall? Hätte er den in der Gewandkammer überhaupt hören können?
»Vielleicht bekam er Durst«, schlug Massingham vor, als könne er Dalglieshs Gedanken lesen, »ging in die Küche, um einen Schluck Wasser zu trinken, und wurde so in das Verbrechen verwickelt. Der Emaillebecher könnte ihm gehören. Pfarrer Barnes wird wissen, ob er zum Kircheninventar gehört, vielleicht lassen sich auch noch Fingerabdrücke feststellen. Oder er mußte zur Toilette. Ich glaube allerdings nicht, daß er von dort etwas gehört hätte.«
Außerdem, dachte Dalgliesh, wäre er danach wohl kaum in die Küche gegangen, um sich die Hände zu waschen. Nein, Massingham hatte vermutlich recht. Harry Mack hatte sich hingelegt und nach einer Weile furchtbaren Durst bekommen. Wenn das nicht passiert wäre, schliefe er vermutlich jetzt noch seelenruhig.
Draußen auf dem Gang tigerte Ferris schon ungeduldig auf und ab.
»Was uns Aufschlüsse geben könnte«, sagte Massingham, »sind der Tintenlöscher auf dem Schreibtisch, der Emaillebecher da drüben, das Küchentuch und der versengte Terminkalender. Unterm Kaminrost liegt noch ein vor kurzem entzündetes Streichholz. Das alles sollte genau untersucht werden. Ferner noch all das Zeugs im Kamin und im U-Teil des Wasserablaufs. Höchstwahrscheinlich hat sich der Mörder in der Küche gewaschen.«
Es war wirklich nicht notwendig, daß er darauf hinwies, schon gar nicht für Charlie Ferris, den unbestrittenen Star unter den Tatortspezialisten der Londoner Metropolitan Police. Nach seiner Überzeugung hinterließ jeder noch so ausgebuffte Mörder auf dem Schauplatz seines Verbrechens irgendwelche Spuren. Und er, Charlie Ferris, würde sie finden.
Im Gang hörte man Stimmen. Der Photograph und die Leute von der Spurensicherung waren eingetroffen. Jemand lachte schallend auf. Die Männer waren zwar weder abgestumpft noch gefühllos, aber sie kamen auch nicht von einem Bestattungsinstitut, mußten daher im Angesicht des Todes keine Trauermiene aufsetzen. Die Gerichtsmedizinerin war noch nicht da. Unter den renommierten Wissenschaftlern des Metropolitan Laboratory befanden sich einige Frauen, und Dalgliesh empfand ihnen gegenüber eine altmodische Fürsorglichkeit, die er jedoch nie eingestanden hätte. Jedenfalls war er immer froh, wenn man die oft gräßlich zugerichteten Leichen

abtransportierte, bevor die Kolleginnen eintrafen, um Blutspuren zu sichern, zu photographieren oder die Entnahme von Gewebeproben zu beaufsichtigen. Er überließ es Massingham, die Neuankömmlinge einzuweisen. Es war an der Zeit, daß er sich mal Pfarrer Barnes vornahm. Vorher wollte er noch mit Darren reden und den Jungen dann nach Hause bringen lassen.

6

»Wir hätten den Jungen längst nach Hause gefahren, Sir«, sagte Sergeant Robins, »wenn er nicht so störrisch gewesen wäre. Die Adresse, die er uns gab, war falsch. Die Straße gibt es nicht. Die Fahrt dorthin wäre pure Zeitverschwendung gewesen. Ich glaube, daß er jetzt mit der Wahrheit herausrückt. Aber ich mußte ihm vorher mit dem Jugendamt, der Fürsorge und was weiß ich alles drohen. Und dann wollte er uns auch noch ausbüxen. Ich konnte ihn gerade noch erwischen.«

Miss Wharton war von einer Polizeibeamtin bereits zu ihrer Wohnung nach Crowhurst Gardens gefahren worden, wo sie sich zweifellos mit einer Tasse Tee und beruhigenden Worten trösten ließ. Obwohl sie tapfer um Selbstbeherrschung kämpfte, war sie zu verwirrt, um die genaue Abfolge der Geschehnisse zwischen der Ankunft in der Kirche und dem Öffnen der Tür zur kleinen Sakristei schildern zu können. Die Polizei wollte vor allem wissen, ob sie oder Darren den Raum betreten und dadurch irgend etwas verändert hätten. Felsenfest verneinten beide. Nachdem sich auch Dalgliesh ihre Version angehört hatte, ohne etwas Neues zu erfahren, ließ er sie gehen.

Es störte ihn, daß sich Darren immer noch am Tatort aufhielt. Falls er abermals vernommen werden mußte, sollte das doch zu Hause im Beisein seiner Eltern geschehen. Dalgliesh wußte, daß Darrens augenblickliche Unbekümmertheit angesichts der Toten nicht bedeutete, die grauenhafte Szene habe ihm nichts anhaben können. Denn nicht immer war es das offensichtliche Trauma, was ein Kind am nachhaltigsten verstörte. Außerdem fand er es seltsam, daß sich der Junge dagegen sträubte, heimgefahren zu werden. Im allgemeinen war eine Autofahrt, zumal in einem Streifenwagen, doch etwas Aufregendes für einen Jungen, besonders da sich draußen schon Neugierige versammelten, Zeugen seiner Berühmtheit. Was die Leute angelockt hatte, waren die weißen Kunststoffseile, mit denen man den Südteil der St.-Matthew-Kirche abriegelte, die Polizeiwagen und der unübersehbare, schwarzlackierte, unheilverkündende Leichenwagen, der zwischen der Kirchenmauer und dem Kanal parkte. Dalgliesh ging zu einem der Streifenwagen und öffnete die Tür.

»Ich bin Commander Dalgliesh«, sagte er zu Darren. »Wir müssen dich jetzt heimfahren. Deine Mutter wird sich schon Sorgen machen.« Außerdem müßte der Junge längst in der Schule sein. Die Ferien waren doch vorbei. Aber das ging ihn Gott sei Dank nichts an.

Darren hockte klein und verkrampft auf dem linken Vordersitz. Er hatte ein sympathisches freches Bubengesicht, eine mit Sommersprossen übersäte, blasse Haut, eine Stupsnase und helle Augen mit borstigen, nahezu farblosen Wimpern. Sergeant Robins und er mußten einander ziemlich auf die Nerven gegangen sein, doch beim Anblick des Commanders heiterte sich seine Miene auf.

»Sind Sie der Boß hier?« fragte er angriffslustig.

»Könnte man sagen«, antwortete Dalgliesh ausweichend.

Darren sah sich argwöhnisch um und sagte dann leise: »Miss Wharton war's nicht. Sie ist unschuldig.«

»Das wissen wir«, erwiderte Dalgliesh ernst. »Eine ältere Dame oder ein Junge wie du haben dazu einfach nicht die Kraft. Ihr beide seid unverdächtig.«

»Das wollte ich nur wissen.«

»Du magst sie, was?« fragte Dalgliesh.

»Sie ist echt in Ordnung. Aber man muß auf sie aufpassen. Wissen Sie, sie ist'n bißchen bescheuert. Sie tickt nicht mehr so richtig wie früher mal. Deswegen kümmere ich mich auch ein bißchen um sie.«

»Sie verläßt sich da auch ganz auf dich. Außerdem hat sie Glück gehabt, daß du bei ihr warst, als ihr die Toten gefunden habt. Es muß schrecklich für sie gewesen sein.«

»Wär' mir fast durchgedreht. Sie kann nämlich kein Blut sehen. Deswegen will sie auch keinen Farbfernseher. Aber sagen tut sie, sie kann sich keinen leisten. Eben bescheuert. Sie kauft auch immer Blumen für die HJM.«

»Für die was?« fragte Dalgliesh und überlegte, was die Abkürzung bedeuten könnte.
»Na, für die Statue in der Kirche. Für die Jungfer in Blau mit den Kerzen davor. Heilige Jungfrau Maria, so heißt sie doch, oder? Sie opfert ihr ständig Blumen und Kerzen. 'ne große kostet zehn Pence, 'ne kleine fünf!« Er blinzelte, als hätte er zuviel verraten. »Ich glaube, sie will keinen Farbfernseher, weil sie sonst sehen tät, wie rot Blut ist«, wechselte er das Thema.
»Da kannst du recht haben, Darren«, sagte Dalgliesh. »Du hast uns sehr geholfen. Bist du sicher, daß ihr, weder du noch Miss Wharton, den Raum da drin nicht betreten habt?«
»Hab' ich schon x-mal gesagt. Ich war die ganze Zeit bei ihr.« Aber die Frage war ihm sichtlich unangenehm. Er verlor etwas von seiner Aufmüpfigkeit. Er machte sich auf dem Sitz möglichst klein und schaute mürrisch aus dem Fenster.
Dalgliesh ging zu Massingham in die Kirche. »Fahren Sie Darren nach Hause! Ich habe das Gefühl, daß er uns etwas verschweigt. Es ist vielleicht nicht wichtig, aber es könnte uns weiterhelfen. Achten Sie darauf, was er seinen Eltern sagt. Sie sind doch mit Brüdern aufgewachsen. Sie wissen, was in kleinen Jungen so vor sich geht.«
»Soll ich gleich fahren, Sir?«
»Ich denke schon.«
Dalgliesh wußte, daß Massingham die Anweisung ungelegen kam. Er verließ ungern, nicht einmal für kurze Zeit, einen Tatort, solange die Leiche nicht fortgeschafft worden war. Außerdem ärgerte es ihn, daß Kate Miskin, die soeben vom Campden Hill Square zurückgekehrt war, bleiben sollte. Aber wenn er schon verschwinden mußte, wollte er die Sache allein erledigen. Mit ungewohnter Schroffheit beorderte er den Polizisten aus dem Streifenwagen und fuhr mit einem Ruck an. Darren sollte seinen Spaß haben.
Dalgliesh trat durch die Gittertür ins Kircheninnere. Vor ihm lag eine stille und geheimnisvolle Welt, die von seinem Metier noch nicht vereinnahmt worden war. Es roch intensiv nach Weihrauch. Er sah die goldschimmernden Mosaiken in der Apsis, die überlebensgroße Christusstatue mit den ausgestreckten Armen und tiefliegenden Augen. Obwohl man im Kirchenschiff zwei weitere Lampen eingeschaltet hatte, war es in der Kirche düster, verglichen

mit dem grellen Licht am Tatort. Er brauchte eine Weile, bis er Pfarrer Barnes ausmachen konnte – eine dunkle Gestalt am Ende der ersten Stuhlreihe unter der Kanzel. Als er auf ihn zuging und seine Schritte auf den Fliesen hörte, fragte er sich, ob sie in den Ohren des Geistlichen ebenso bedrohlich klangen wie in seinen eigenen.
Pfarrer Barnes saß stocksteif auf seinem Stuhl, die Augen auf das Geglitzer der Apsis gerichtet. In seiner verkrampften Haltung wirkte er wie ein Patient, der mit Schmerzen rechnet und sich fest vornimmt, sie zu erdulden. Er drehte sich nicht um, als Dalgliesh näher trat. Offensichtlich war er Hals über Kopf herbeigeeilt. Er hatte sich noch nicht rasiert, und die Hände, die er verschränkt im Schoß hielt, sahen schmutzig aus, als sei er ungewaschen zu Bett gegangen. Die schwarze, herabwallende Soutane, die seine hagere Gestalt noch länger erscheinen ließ, war abgewetzt und mit Flecken gesprenkelt, die von einer Bratensoße herrühren konnten. Einen Flecken hatte er anscheinend stümperhaft zu entfernen versucht. Die schwarzen Halbschuhe waren ungeputzt, an der Seite brach das Leder, und über den Zehen war es bereits ausgebeult. Ein fader, süßlicher Geruch nach alten Kleidern und Weihrauch ging von ihm aus, überlagert von schweißigen Ausdünstungen. Eine klägliche Mischung aus Versagen und Lebensangst. Als sich der hochgewachsene Dalgliesh auf den Stuhl daneben setzte und den Arm lässig auf die Rückenlehne legte, kam es ihm so vor, als verringerten sich durch seine Gelassenheit Furcht und Anspannung des Geistlichen ein wenig. Trotzdem war Dalgliesh die Situation etwas peinlich. Der Mann da neben ihm hatte vor der Morgenmesse sicherlich noch nichts gegessen. Vermutlich sehnte er sich nach einer Tasse Kaffee und einem Frühstück. In so einem Fall hätte schon längst jemand vom Team Tee aufgebrüht. Aber Dalgliesh wollte nicht, daß die Küche benützt wurde, solange die Spuren am Tatort nicht gesichert waren.
»Ich will Sie nicht lange aufhalten, Hochwürden«, sagte er. »Ich habe nur ein paar Fragen. Danach können Sie wieder in Ihre Pfarrwohnung zurückkehren. Ich kann mir denken, daß es für Sie ein Schock gewesen sein muß.«
Pfarrer Barnes hielt den Blick noch immer abgewandt. »Ein Schock. Ja, ein grauenhafter Schock«, bestätigte er mit leiser Stimme. »Ich hätte ihm den Schlüssel nicht überlassen sollen. Ich weiß nicht,

warum ich es tat. Das alles ist so schwer zu erklären.« Seine Stimme war unerwartet tief. Eine Spur von Heiserkeit schwang mit, die sie sympathisch machte. Sie klang kräftiger, als der hagere Körper vermuten ließ. Keine kultivierte Stimme, sondern eine, die trotz aller Ausbildung den provinziellen, wahrscheinlich ostanglischen Akzent der Kindheit nie vollständig unterdrücken konnte.
»Die Leute werden sagen, daß ich daran schuld bin«, klagte er und blickte Commander Dalgliesh an. »Ich hätte ihm den Schlüssel nicht überlassen dürfen. Es ist meine Schuld.«
»Es ist nicht Ihre Schuld«, beruhigte ihn Dalgliesh. »Und das wissen Sie auch. Das wissen auch die Leute da draußen.« Immer die allgegenwärtigen, einschüchternden, krittelnden »Leute«! Ohne es auszusprechen, dachte er an das schaurige Amüsement, das ein Mordfall jenen Leuten verschaffte, die nicht trauerten oder unmittelbar betroffen waren, und wie nachsichtig sie diejenigen, die ihnen zu diesem Spaß verhalfen, im allgemeinen behandelten. Pfarrer Barnes würde – vielleicht nicht unbedingt angenehm – überrascht sein über die vielen Kirchgänger am nächsten Sonntag.
»Gehen wir's der Reihe nach durch«, sagte Dalgliesh. »Wann haben Sie Sir Paul Berowne kennengelernt?«
»Letzten Montag. Vor gut einer Woche. Er rief gegen halb zwei bei mir an und bat, die Kirche besichtigen zu dürfen. Er hatte die Tür verschlossen vorgefunden. Wir würden zwar gern unsere Kirche offenhalten, aber Sie wisssen, wie es heutzutage ist. Es gibt Strolche, die Opferstöcke aufbrechen, Kerzen stehlen. Am Nordportal hängt ein Zettel, auf dem steht, daß man den Schlüssel in der Pfarrwohnung abholen kann.«
»Sir Paul sagte Ihnen wahrscheinlich nicht, was ihn nach Paddington verschlagen hatte.«
»Doch. Er sagte, er habe einen alten Freund im St.-Mary-Hospital besuchen wollen. Da aber der Patient gerade therapeutisch behandelt wurde und im Moment keine Besucher empfangen konnte, hätte er eine Stunde Zeit. Und die St.-Matthew-Kirche habe er schon immer mal besichtigen wollen.«
So hatte es also begonnen. Berownes Leben wurde, wie es bei vielen mit Arbeit überhäuften Männern der Fall ist, von Terminen diktiert. Er hatte sich eine Stunde Zeit genommen, um einen alten Freund zu sehen. Und diese Stunde konnte er dann unerwartet für

sein Steckenpferd nutzen; es war allgemein bekannt, daß er sich für viktorianische Architektur interessierte. Zu welcher Verkettung von Ereignissen ihn dieser Einfall auch immer geführt haben mochte, sein erster Besuch der St.-Matthew-Kirche war zumindest nichts Außergewöhnliches.

»Haben Sie ihm Ihre Begleitung angeboten?« fragte Dalgliesh.

»Ja. Aber er sagte, er wolle keine Umstände machen. Ich habe mich ihm nicht aufgedrängt. Ich dachte, er möchte gern allein sein.«

Scheint ein überaus empfindsamer Mensch zu sein, dieser Pfarrer Barnes, dachte Dalgliesh. »Sie gaben ihm also den Schlüssel«, fuhr er fort. »Welchen denn?«

»Den Ersatzschlüssel. Fürs Südportal gibt es drei. Miss Wharton hat einen, und die beiden andern verwahre ich in der Pfarrwohnung. An jedem Ring hängen zwei Schlüssel: einer fürs Südportal und ein kleinerer für die Gittertür. Wenn Mr. Capstick oder Mr. Pool, unsere beiden Kirchenwärter, einen Schlüssel brauchen, kommen sie zu mir in die Wohnung. Sie liegt ganz nahe. Für das Hauptportal an der Nordseite haben wir nur einen Schlüssel. Den bewahre ich in meinem Arbeitszimmer auf. Den rücke ich nicht heraus, damit er nicht verlorengeht. Außerdem ist er viel zu groß. Ich wies Sir Paul noch darauf hin, daß unser Bücherstand eine Broschüre über die Geschichte der Kirche enthält. Sie stammt noch von Pfarrer Collins. Wir wollen sie demnächst auf den neuesten Stand bringen. Wir verlangen nur drei Pence dafür. Sir Paul muß eine Broschüre genommen haben, weil ich zwei Tage darauf einen Fünf-Pfund-Schein im Opferstock fand. Die Leute werfen meistens nur ein Drei-Pence-Stück ein.«

»Sagte er Ihnen, wer er war?«

»Er stellte sich als Paul Berowne vor. Das sagte mir damals nichts. Er erwähnte nicht, daß er Parlamentsabgeordneter oder ein Baronet sei. Erst durch die Nachricht von seinem Rücktritt erfuhr ich, wer er war. Die Zeitungen und das Fernsehen berichteten ja davon.«

Er stockte. Dalgliesh ließ ihm Zeit. Nach einer Weile sprach er weiter. Seine Stimme klang lauter, entschlossener.

»Er blieb etwa eine Stunde weg. Dann brachte er den Schlüssel zurück und sagte, er würde gern die Nacht in der kleinen Sakristei verbringen. Natürlich nannte er sie nicht so. Er sagte, in dem kleinen Raum mit der Liege. Sie steht da schon seit Pfarrer Collins'

Amtszeit, seit dem Krieg. Pfarrer Collins schlief während des Krieges bei Luftangriffen in der Kirche, um Brandbomben unschädlich zu machen. Das Bett hat sich als nützlich erwiesen, wenn es mal jemandem während des Gottesdienstes übel wird oder ich mich vor der Mitternachtsmesse noch ein wenig ausruhen möchte. Es ist nur ein schmales Feldbett. Sie haben's ja sicher schon gesehen.«

»Ja. Hat Sir Paul Ihnen irgendeinen Grund genannt?«

»Nein. Er stellte es so dar, als sei es ein ganz begreiflicher Wunsch. Ich wollte auch nicht weiter nachforschen. Sir Paul war kein Mann, der sich so ohne weiteres ausfragen ließ. Ich gab noch zu bedenken, daß wir keine Bettwäsche hätten. Da sagte er, er werde alles Notwendige mitbringen.«

»Nahm er den Schlüssel gleich mit, oder kam er am Abend noch mal vorbei?« fragte Dalgliesh.

»Er kam noch mal vorbei. Es muß gegen acht Uhr abends oder etwas früher gewesen sein. Er hatte eine Reisetasche bei sich, als ich ihn vor der Tür stehen sah. Ich glaube nicht, daß er mit einem Wagen gekommen ist. Ich habe keinen gesehen. Ich gab ihm den Schlüssel und traf ihn erst am nächsten Morgen wieder.«

»Was geschah am nächsten Tag?«

»Ich wollte wie immer durchs Südportal hinein. Es war verschlossen. Doch die Tür zur kleinen Sakristei stand offen. Aber da war er nicht. Das Bett war bereits gemacht. Alles sah sehr ordentlich aus. Auf dem Bett lagen ein Laken und ein Kissenbezug. Ich schaute durchs Gitter in das Kirchenschiff. Obwohl die Lichter nicht brannten, konnte ich ihn deutlich sehen. Er saß ziemlich weit vorn. Ich ging in die Sakristei, um mich umzukleiden, und betrat dann durch die Gittertür die Kirche. Als er bemerkte, daß ich die Messe in der Marienkapelle abhalten würde, kam er herüber und setzte sich in die letzte Reihe. Sonst war keiner da. Miss Wharton kam an dem Tag sowieso nicht, und Mr. Capstick, der sonst immer die Messe um halb zehn besucht, hatte eine Erkältung. Wir waren also nur zu zweit. Als ich mich nach dem ersten Gebet umwandte, sah ich, daß er niederkniete. Er ging auch zur Kommunion. Hinterher begaben wir uns gemeinsam in die kleine Sakristei. Er gab mir den Schlüssel zurück, bedankte sich, nahm seine Reisetasche und verschwand.«

»Was haben Sie sonst noch beobachtet?«

Pfarrer Barnes schaute Dalgliesh forschend an. Im gedämpften Licht wirkte sein Gesicht ausdruckslos. Aber aus seinen Augen konnte man so etwas wie die Bitte um Verständnis, Seelenqual, aber auch Entschlossenheit herauslesen. Er sträubte sich, etwas zu sagen, was er eigentlich gern loswerden wollte. Dalgliesh wartete. Warten war er gewöhnt.

»Da war noch was«, sagte Pfarrer Barnes zögernd. »Als er die Hände hob und ich ihm die Hostie überreichte, bildete ich mir ein, ich würde...« – er stockte, redete dann entschlossen weiter – »Wunden, Wundmale, Stigmata sehen.«

»Auf der Handfläche?« fragte Dalgliesh.

»Nein, am Handgelenk. Er hatte ein Hemd an und einen Pullover darüber; die Manschetten waren etwas zurückgerutscht. So konnte ich sie deutlich erkennen.«

»Haben Sie mit irgend jemandem darüber gesprochen?«

»Nein, nur mit Ihnen.«

Beide schwiegen. Dalgliesh konnte sich nicht entsinnen, in all den Jahren als Polizeifahnder von einem Zeugen eine unerwünschtere und – es gab kein besseres Wort dafür – schockierendere Information erhalten zu haben. Er überlegte, wie sich diese Aussage, sollte sie jemals bekanntwerden, auf die Ermittlungen auswirken könnte. Knallige Schlagzeilen in den Zeitungen, hämische Spekulationen der Zyniker, Scharen von neugierigen, abergläubischen, leichtgläubigen, frommen Menschen, die alle in die St.-Matthew-Kirche strömen würden, auf der Suche nach... ja, wonach? Einem Nervenkitzel, einer neuen Kultfigur, Hoffnung, Gewißheit? Er verspürte einen Widerwillen, der stärker war als die Abneigung gegen die unwillkommene Erschwerung der Ermittlungen, gegen das Einsickern von Irrationalität in seine Suche nach Beweismaterial, das – dokumentiert, vorzeigbar, real – vor Gericht standhalten würde.

»Sie sollten auch weiterhin nichts darüber verlauten lassen«, meinte er. »Denn mit Sir Pauls Tod hat das nichts zu tun. Es ist auch nicht nötig, daß Sie diese Beobachtung in Ihre schriftliche Aussage einfügen. Falls Sie sich jemandem anvertrauen möchten, wenden Sie sich doch an Ihren Bischof.«

»Ich werde mit niemandem darüber reden«, versicherte Pfarrer Barnes. »Aber ich wollte es loswerden. Das habe ich jetzt getan.«

»In der Kirche war es dunkel«, sprach Dalgliesh weiter. »Sie

erwähnten ja, daß die Lampen nicht eingeschaltet waren. Zudem hatten Sie noch nicht gefrühstückt. Es könnte auch eine Halluzination gewesen sein. Oder das Dämmerlicht hat Ihnen etwas vorgegaukelt. Sie sahen die Wundmale doch nur einen kurzen Augenblick, als er die Hände hob, um die Hostie zu empfangen. Sie können sich also getäuscht haben.« Wem versuche ich das einzureden, ihm oder mir, dachte Dalgliesh. Trotzdem stellte er die Frage, die er wider alle Vernunft stellen mußte: »Wie sah er denn aus? Wirkte er irgendwie verändert?«
Der Geistliche schüttelte den Kopf. »Sie haben mich da falsch verstanden«, erwiderte er bedrückt. »Mir wäre der Unterschied nicht aufgefallen, selbst wenn es einen gegeben hätte. Was immer ich bemerkt habe, war ja nicht lange zu sehen. Und so ungewöhnlich ist es nun auch wieder nicht. Man hat so etwas schon früher beobachtet. Die Seele beeinflußt den Körper auf wundersame Weise. Denken Sie nur an besonders eindringliche Erlebnisse, an nachhaltige Träume! Zudem haben Sie ja selbst zu bedenken gegeben, daß das Licht nicht eben gut war.«
Pfarrer Barnes glaubte also selbst nicht so recht daran. Er versuchte es wegzudiskutieren. Das ist immerhin besser, dachte Dalgliesh bitter, als eine Nachricht in der Pfarrpostille, ein Telefonat mit einem Massenblatt oder eine Predigt am kommenden Sonntag über das Mysterium der Wundmale Christi oder undurchschaubare Fügungen der Vorsehung. Was immer Paul Berowne in die Sakristei geführt haben mochte, das Rasiermesser hatte ein Mensch benützt – er selbst oder ein anderer.
»Wie war's gestern abend?« fragte Dalgliesh. »Wann wollte er wiederkommen?«
»Er rief mich am Vormittag, kurz nach neun, an. Ich sagte, ich würde abends gegen sechs zu Hause sein. Um diese Zeit holte er den Schlüssel dann ab.«
»Sind Sie sicher, daß es gegen sechs Uhr war?«
»Aber ja! Ich sah mir gerade die Nachrichtensendung um sechs Uhr an. Sie hatte eben begonnen, als er klingelte.«
»Und er gab Ihnen wieder keine Erklärung?«
»Nein. Er hatte dieselbe Reisetasche dabei. Ich glaube, er war mit dem Bus, der U-Bahn oder zu Fuß gekommen. Denn einen Wagen habe ich nicht gesehen. Ich gab ihm wieder denselben Schlüssel. Er

bedankte sich und ging. Gestern abend hatte ich keinen Grund, noch einmal in der Kirche vorbeizuschauen. Und dann kam der Junge und sagte mir, daß zwei Tote in der kleinen Sakristei liegen. Das übrige ist Ihnen ja bekannt.«

»Erzählen Sie mir was von Harry Mack!«

Aus der plötzlichen Redseligkeit von Pfarrer Barnes konnte man schließen, daß ihm das Thema am Herzen lag. Der arme Harry war für die St.-Matthew-Kirche zu einem Problem geworden. Aus einem unerfindlichen Grund nächtigte er seit vier Monaten beim überdachten Südportal. Er bettete sich auf ausgebreitete Zeitungen und hüllte sich in eine alte Decke ein, die er manchmal an Ort und Stelle für die nächste Nacht liegenließ. Zuweilen rollte er sie zusammen und band sie sich mit einer Kordel um den Bauch. Pfarrer Barnes hatte die Decke nie entfernt, wenn er sie wieder einmal bei der Kirche liegen sah. Schließlich war sie Harrys einziger Schutz gegen die Kälte. Aber es war schon unangenehm gewesen, daß Harry das überdachte Südportal als Logis und Aufbewahrungsort für seine übelriechenden Besitztümer benützte. Der Kirchenvorstand hatte schon darüber beraten, ob man nicht ein Gitter und eine Pforte anbringen lassen sollte. Doch das hätte nicht gerade von christlicher Denkungsart gezeugt. Zudem gab es wichtigere Dinge, für die man Geld ausgeben konnte. Man hatte Harry irgendwie helfen wollen, aber er war ein schwieriger Mensch. Im Obdachlosenasyl von St. Marylebone in der Cosway Street kannte man ihn bestens; er erhielt dort meistens eine warme Mittagsmahlzeit, und wenn er kränkelte, kümmerte man sich auch um ihn. Harry trank etwas zu gern und geriet nicht selten in Schlägereien. Man hatte ihn gedrängt, doch im Schlafsaal des Obdachlosenheims zu übernachten, aber er wollte es nicht. Er konnte den engen Kontakt zu anderen Menschen nicht ausstehen. Er wollte nicht einmal im Asyl essen, steckte sich statt dessen immer ein Sandwich ein und aß es dann irgendwo auf der Straße. Das überdachte Südportal war sein Platz. Es war nach Süden offen, bot ihm Schutz vor der Nachtkälte und schirmte ihn vor den Blicken Neugieriger ab.

»Dann ist es unwahrscheinlich«, sagte Dalgliesh, »daß er gestern abend am Portal geklopft und Sir Paul gebeten hat, ihn einzulassen?«

»Das hätte Harry nie getan.«

Trotzdem hatte man ihn in der Kirche gefunden. Vielleicht hatte er sich bereits zum Schlafen hingelegt, als Sir Paul kam. Vielleicht hatte Sir Paul ihm eine kühle Nacht im Freien ersparen wollen und ihn zu einem Imbiß eingeladen. Dalgliesh fragte Pfarrer Barnes, was er von dieser Annahme halte.

»So könnte es gewesen sein. Vielleicht hatte Harry es sich vorm Südportal schon bequem gemacht. Er legte sich im allgemeinen ziemlich früh zum Schlafen nieder. Außerdem war es gestern abend für einen Tag im September ungewöhnlich kühl. Trotzdem finde ich es eigenartig. Sir Paul muß etwas ausgestrahlt haben, was Harry zutraulich machte. Zu fremden Menschen war er sonst zurückhaltend. Selbst der Leiter des Nachtasyls, der weiß, wie man mit Stadtstreichern umgeht, konnte Harry nicht überreden, dort zu übernachten. Im Asyl gibt es ja auch nur einen Schlafsaal. Und Harry hatte was dagegen, mit anderen Leuten zu schlafen oder zu essen.«

Und in der Kirche, dachte Dalgliesh, hatte er die Sakristei ganz für sich allein. Die Zusicherung, ungestört die Nacht verbringen zu können, und das Versprechen einer Gratismahlzeit hätten ihn ohne weiteres aus der Kälte in die Kirche locken können.

»Wann waren Sie gestern zum letztenmal in der Kirche?« fragte er.

»Nachmittags von halb vier bis ungefähr Viertel nach fünf. Ich habe in der Marienkapelle die Abendandacht gehalten.«

»Sind Sie sicher, daß sich niemand in der Kirche verstecken konnte, bevor Sie das Portal verschlossen? Natürlich haben Sie die Kirche nicht durchsucht. Warum sollten Sie auch? Aber hätten Sie es bemerkt, falls sich jemand in der Kirche verborgen hätte?«

»Ich denke schon. Wir haben ja keine hohen Kirchenbänke, nur niedrige Stühle. Wo hätte sich da jemand verstecken sollen?«

»Vielleicht unterm Hochaltar oder in der Marienkapelle. Oder unter der Kanzel.«

»Unterm Altar? Ein schrecklicher Gedanke! Das wäre ja ein Sakrileg! Wie hätte die Person hineingelangen können? Als ich nachmittags um halb fünf kam, war die Kirche verschlossen.«

»Und tagsüber hat niemand die Kirchenschlüssel geholt, auch nicht die Kirchenwärter?«

»Nein, niemand.«

Und Miss Wharton hatte der Polizei versichert, ihr Schlüssel sei die ganze Zeit in ihrer Handtasche gewesen.

»Hätte jemand während der Abendandacht die Kirche betreten können?« fragte er. »Vielleicht als Sie beteten? Waren Sie allein in der Marienkapelle?«
»Ja. Ich ging wie immer durchs Südportal hinein und verschloß es dann, die Gittertür auch. Anschließend öffnete ich das Hauptportal. Ein Fremder, der an der Messe teilnehmen wollte, hätte nur durchs Hauptportal hineingelangen können. Die Gemeindemitglieder wissen, daß ich zur Abendandacht stets das Hauptportal aufsperre. Es ist ein schweres Portal, das zudem unüberhörbar quietscht. Die Angeln sollten mal geölt werden. Niemand hätte eintreten können, ohne daß ich es gehört hätte.«
»Haben Sie gestern jemandem gesagt, daß Sir Paul in der Kirche übernachten wollte?«
»Aber nein! Wem denn? Außerdem hätte ich nie darüber gesprochen. Er hat mich zwar nicht um Verschwiegenheit gebeten; er hat um gar nichts gebeten. Aber ich glaube nicht, daß es ihm angenehm gewesen wäre, wenn jemand davon erfahren hätte. Bis heute morgen wußte niemand etwas darüber.«
Dalgliesh befragte ihn dann über den Tintenlöscher und das abgebrannte Zündholz. Laut Pfarrer Barnes war die kleine Sakristei vor zwei Tagen, am Montag, den 16., benützt worden, als der Kirchenvorstand wie immer nach der Abendandacht um halb sechs zusammenkam. Vom Schreibtisch aus leitete Barnes die Versammlung. Aber der Löscher wurde nicht verwendet. Er hatte auch keine neuen Abdrücke bemerkt, sofern ihm so etwas überhaupt aufgefallen wäre, da er selbst immer mit einem Filzstift schrieb. Ebenso sei er sicher, daß das Streichholz nicht von einem Mitglied des Kirchenvorstands stammen könne. Nur George Capstick war Raucher, aber der zündete seine Pfeife immer mit einem Feuerzeug an. Außerdem nahm er wegen seiner Erkältung an der Versammlung nicht teil. Die übrigen seien froh gewesen, daß sie nicht wie sonst dichte Rauchschwaden umwallten.
»Das sind vermutlich nur unwichtige Einzelheiten«, sagte Dalgliesh. »Aber behalten Sie's für sich. Würden Sie sich den Löscher mal ansehen? Vielleicht können Sie irgendwelche Veränderungen seit Montag feststellen. Uns ist noch ein verschmutzter Emaillebecher aufgefallen. Hat er etwa Harry Mack gehört?«
Als er Pfarrer Barnes' verschreckte Miene sah, fügte er hinzu: »Sie

brauchen deswegen die kleine Sakristei nicht zu betreten. Wenn der Photograph seine Arbeit beendet hat, bringen wir Ihnen die Dinge. Dann können Sie nach Hause gehen. Wir brauchen zwar noch eine schriftliche Aussage von Ihnen, aber das eilt nicht.«

Eine Weile saßen sie schweigend da. Hier in der Kirche, dachte Dalgliesh, liegt also das Geheimnis, warum Sir Paul von seinem Amt so überraschend zurückgetreten ist. Die Entscheidung ließ sich nicht allein mit Desillusionierung, Midlife-Crisis oder der Angst vor einem drohenden Skandal erklären. Was ihm an jenem ersten Abend in der Sakristei von St. Matthew widerfahren war, hatte ihn am darauffolgenden Tag veranlaßt, seinem Leben eine andere Richtung zu geben. Hatte das auch zu seinem Tod geführt?

Beide schreckten hoch, als sie das Knarren der Gittertür vernahmen. Kate Miskin kam auf sie zu. »Die Gerichtsmedizinerin ist soeben eingetroffen, Sir«, sagte sie.

7

Lady Ursula Berowne saß reglos in ihrem Salon im dritten Stock und blickte über die Platanenwipfel hinweg in die Ferne. Sie fühlte sich wie ein übervolles Glas, das nur sie selbst vorm Überschwappen bewahren konnte. Ein kleiner Ruck, ein leichtes Zittern nur, ein geringfügiges Nachlassen ihrer Selbstbeherrschung, und es käme zu einem schrecklichen Chaos, das nur mit dem Tod enden konnte. Es ist schon eigenartig, dachte sie, daß ich auf diesen Schock ebenso reagiere wie damals auf die Nachricht von Hugos Tod. Auch die körperlichen Symptome waren die gleichen: quälender Durst, die Empfindung, ihr Körper sei ausgedörrt und geschrumpft, im trockenen Mund ein säuerlicher Geschmack. Mattie hatte ihr starken Kaffee gemacht, den sie brühheiß und schwarz, ohne wahrzunehmen, daß er viel zu süß war, gierig getrunken hatte.

»Ich möchte etwas Salziges«, hatte sie hernach Mattie angeherrscht. »Bringen Sie mir einen Anchovis-Toast!« Ich benehme mich wie eine Frau, dachte sie, die vor lauter Kummer abstruse Zwangsvorstellungen entwickelt.

Doch diese Anwandlung war nun vorbei. Mattie hatte ihr noch

einen Schal um die Schultern gelegt. Aber sie hatte ihn abgeschüttelt und verlangt, allein gelassen zu werden. Außerhalb meines Körpers, meines Kummers gibt es noch eine andere Welt, dachte sie. Ich werde sie wieder in den Griff bekommen. Ich will weiterleben. Ich muß weiterleben. Sieben Jahre, höchstens zehn brauche ich noch.

Und jetzt bot sie alle ihre Kraftreserven auf und wartete auf den ersten der vielen Besucher. Sie selbst hatte ihn herbeordert. Es gab Dinge, die sie mit ihm besprechen mußte. Später war vielleicht keine Gelegenheit mehr.

Kurz nach elf hörte sie die Hausglocke schellen. Dann vernahm sie das Knarren des Fahrstuhls und gedämpftes Klirren, als die Gittertür ins Schloß fiel. Die Tür zu ihrem Salon wurde geöffnet, und Stephen Lampart trat leise ein.

Es lag ihr viel daran, ihn stehend zu empfangen. Trotzdem konnte sie nicht verhindern, daß sich ihr Gesicht vor jähem Schmerz verzog, als ihre arthritische Hüfte vom Gewicht des Körpers belastet wurde. Sie bemerkte auch, daß ihre Hand, die den Griff des Krückstocks umklammerte, zitterte. Sofort war er neben ihr.

»Aber nicht doch, Lady Ursula!« mahnte er. »Das sollten Sie nicht!«

Er ergriff ihren Arm und drückte sie fürsorglich in den Lehnstuhl. Sie mochte es nicht, wenn man sie berührte, wenn Bekannte oder Fremde meinten, ihre Behinderung gebe ihnen das Recht, mit ihr umzuspringen, als sei ihr Leib eine nichtsnutzige Last, die man, wenn auch behutsam, irgendwo abstellen dürfe. Sie wollte sich schon seinem festen, gebieterischen Griff entwinden, unterließ es aber. Nicht verhindern konnte sie jedoch, daß sich ihre Muskeln bei seiner Berührung verkrampften. Sie war sicher, daß ihm ihre instinktive Abwehr nicht entgangen war. Nachdem er sie rücksichtsvoll mit professionellem Geschick in ihren Sessel gebettet hatte, setzte er sich auf den Stuhl gegenüber. Ein niedriges Tischchen trennte sie. Die polierte Rosenholzplatte symbolisierte gleichsam seine Überlegenheit, den Sieg unverbrauchter Kraft über körperlichen Verfall, der Jugend über das Alter, des Arztes über den fügsamen Patienten. Doch sie war nicht seine Patientin.

»Ich hörte, Sie wollen sich ein künstliches Hüftgelenk einsetzen lassen«, sagte er.

Das konnte ihm nur Barbara anvertraut haben. »Ja. Ich habe mich im orthopädischen Krankenhaus vormerken lassen.«
»Verzeihen Sie mir meine Neugierde – aber warum wenden Sie sich nicht gleich an eine Privatklinik? Dann bräuchten Sie nicht so lange zu leiden.«
Für einen Beileidsbesuch eine höchst unpassende Bemerkung, dachte sie. Oder konnte er ihr Leid, ihre stoische Haltung nur ertragen, wenn er in sein Metier auswich, das ihm Sicherheit bot und seinen gewohnten selbstherrlichen Jargon ermöglichte? »Ich ziehe es vor, als normale Kassenpatientin behandelt zu werden«, erwiderte sie. »Ich hänge zwar an meinen Privilegien, aber diese Sonderbehandlung beanspruche ich nicht.«
Er lächelte freundlich, als müsse er ein störrisches Kind besänftigen. »Das erscheint mir ein wenig masochistisch«, meinte er.
»Mag sein. Überdies habe ich Sie nicht zu mir gebeten, damit Sie mir als Arzt einen Rat geben.«
»Den ich Ihnen als Geburtshelfer auch wohl kaum geben könnte... Lady Ursula, mich hat die Nachricht von Pauls Tod zutiefst bestürzt. Zuerst konnte ich es gar nicht fassen. Warum haben Sie nicht Ihren Hausarzt kommen lassen? Oder jemand anders? Jemand sollte sich um Sie kümmern. In so einer Situation sollten Sie nicht allein sein.«
»Ich habe ja Mattie«, sagte sie, »wenn ich die üblichen Tröstungen wie Kaffee, Alkohol oder ein wärmendes Kaminfeuer brauche. Wenn man zweiundachtzig Jahre alt ist, sind die wenigen Menschen, die man noch gerne um sich hätte, alle tot. Ich habe meine beiden Söhne überlebt. Das ist das Schlimmste, was einer Mutter widerfahren kann. Ich muß damit leben. Und ich brauche niemanden, um darüber zu reden.« Schon gar nicht Sie, hätte sie am liebsten hinzugefügt. Aber es kam ihr so vor, als hätte er die unausgesprochenen Worte durchaus verstanden. Er schwieg einen Augenblick, als müsse er über ihre Berechtigung nachdenken.
»Ich hätte mit meinem Besuch selbstverständlich gewartet, wenn Sie mich nicht gerufen hätten«, sagte er. »Ich war mir nicht sicher, ob Sie jetzt schon Besucher empfangen würden. Haben Sie übrigens meinen Brief erhalten?«
Er mußte ihn sofort geschrieben haben, nachdem ihn Barbara telefonisch informiert hatte. Den Brief hatte eine seiner Kranken-

schwestern gebracht. Da sie vermutlich nach dem Nachtdienst so rasch wie möglich nach Hause fahren wollte, übergab sie den Brief nicht einmal persönlich, sondern warf ihn nur durch den Briefschlitz an der Haustür. Gewiß, er hatte die in so einem Fall angebrachten Worte gefunden. Ein Mord war nun einmal bestürzend, schrecklich, grauenhaft, kaum zu fassen, eine Schandtat. Trotzdem klang sein Brief nicht überzeugend, war eine zu prompt bezeugte gesellschaftliche Konvention. Und er hätte ihn nicht von seiner Sekretärin tippen lassen dürfen. Aber das ist typisch für ihn, dachte Lady Berowne. Kratzt man die mühsam erworbene Patina von beruflichem Erfolg, Prestige, guten Manieren ab, kommt der wahre Stephen Lampart zum Vorschein – ehrgeizig, etwas vulgär, sensibel nur dann, wenn es sich auszahlt. Aber vielleicht saß sie da nur Vorurteilen auf. Und Vorurteile waren gefährlich. Sie durfte sich so wenig wie möglich anmerken lassen, wenn das Gespräch den gewünschten Verlauf nehmen sollte. Zudem war es unfair von ihr, an dem Schreiben herumzumäkeln. Denn es hätte nicht nur seinen Vorrat an konventionellen Floskeln überfordert, sich für die Mutter eines Ermordeten, dem er seit drei Jahren Hörner aufgesetzt hatte, einen angemessenen Beileidsbrief auszudenken.

Da sie ihn seit knapp drei Monaten nicht zu Gesicht bekommen hatte, war sie wieder einmal verblüfft, wie gut er noch immer aussah. Schon in seiner Jugend hatte er – hochgewachsen, etwas schlaksig, die dunklen Haare stets zerzaust – recht attraktiv gewirkt. Mit dem Erfolg war mittlerweile das Linkische geschwunden. Trotz seiner Größe bewegte er sich mit selbstsicherer Gewandtheit, und die grauen Augen, die er so gekonnt zu seinem Vorteil zu nutzen wußte, blickten stets wachsam. Sein inzwischen graumeliertes Haar war noch immer dicht und ließ sich selbst durch einen teuren Schnitt nicht gänzlich bändigen. Aber das steigerte nur seine Attraktivität, deutete auf seine noch ungezähmte Persönlichkeit hin, die ihn von den üblichen, langweiligen Schönlingen reizvoll abhob.

Stephen Lampart neigte sich vor und blickte sie eindringlich an. Mitgefühl sprach aus seinen grauen Augen. Trotzdem lehnte sie seine professionelle Besorgtheit ab, auch wenn er sie noch so gekonnt auszuspielen verstand.

Als Hugo am feudalen Balliol College studierte, war Stephen

Lampart sein vertrautester Freund. Damals mochte sie ihn. Und etwas von dieser Sympathie hatte sie sich bewahrt – widerwillig zwar, halbverleugnet, aber immer noch eingebunden in Erinnerungen an sommerliche Ausflüge nach Port Meadow, an Imbisse und fröhliche Stunden in Hugos Studentenwohnung, an all die Jahre so vieler Hoffnungen und Zukunftspläne. Stephen war ein gerissener, ehrgeiziger Sprößling einer Familie aus der unteren Mittelschicht, der mit seiner Liebenswürdigkeit und ansteckenden Fröhlichkeit, mit seinem Aussehen und Charme Zugang zur erwünschten Gesellschaft fand, ohne sich seine Ambitionen anmerken zu lassen. Ihr Hugo dagegen besaß von vornherein gewisse Privilegien: Seine Mutter war die Tochter eines Earls, sein Vater ein Baronet und hochdekorierter Militär. Hugo trug einen klangvollen Namen und würde einst das erben, was vom Berowneschen Vermögen noch übrig war. Sie fragte sich jetzt, ob Stephen Lampart damals nicht nur gegen Hugo allein, sondern gegen die ganze Familie einen Groll gehegt hatte, ob nicht sein späterer Verrat dieser Freundschaft im Neid jener Jahre begründet liegen könnte.

»Es gibt da zwei Dinge, über die wir reden müssen«, sagte sie. »Vielleicht haben wir später weder die Zeit noch die Gelegenheit dazu. Vorausschicken möchte ich, daß ich Sie nicht zu mir gebeten habe, um mich über die Untreue meiner Schwiegertochter zu beklagen. Es steht mir nicht an, das Sexualleben anderer Menschen zu kritisieren.«

Seine grauen Augen fixierten sie wachsam. »Wie klug von Ihnen«, erwiderte er. »Dazu sind nur wenige Menschen fähig.«

»Doch jetzt ist mein Sohn ermordet worden«, fuhr sie fort. »Die Polizei wird es herausfinden, wenn sie's nicht schon weiß. Ich habe es mittlerweile ja auch erfahren.«

»Sind Sie sich da sicher?« fragte er. »Barbara sagte mir heute morgen nur, daß die Polizei Pauls Leiche und die eines Penners gefunden habe. Beide wiesen Schnittwunden am Hals auf.«

»Man hat ihnen die Kehle durchgeschnitten. Beiden. Und aus der einfühlsamen Art, wie mir die Nachricht übermittelt wurde, schließe ich, daß die Tatwaffe eines von Pauls Rasiermessern war. Meiner Ansicht nach wäre Paul durchaus fähig gewesen, sich selbst umzubringen. Viele brächten das fertig, wenn der Leidensdruck groß genug ist. Aber er wäre niemals fähig gewesen, diesen Stadtstreicher zu töten. Nein, mein Sohn ist ermordet worden. Und das bedeutet, daß es gewisse verdrängte Tatsachen gibt, die die Polizei möglicherweise aufdecken wird.«

»Welche denn, Lady Ursula?« fragte er gelassen.

»Etwa, daß Sie eine Affäre mit meiner Schwiegertochter Barbara haben.«

Seine Hände, die er verschränkt im Schoß gehalten hatte, verkrampften sich einen Augenblick. Aber er schaute ihr noch immer in die Augen. »Ich verstehe. Haben Sie das von Paul oder von Barbara erfahren?«

»Weder von Paul noch von Barbara. Aber ich lebe schon seit vier Jahren mit meiner Schwiegertochter im selben Haus. Ich bin eine Frau. Ich mag ein Krüppel sein, aber ich kann noch immer meine Augen und meinen Verstand gebrauchen.«

»Wie geht es ihr denn?« fragte er beiläufig.

»Das entzieht sich meiner Kenntnis. Ich empfehle Ihnen, das selbst herauszufinden, bevor Sie gehen. Seitdem man mich über den Mord informiert hat, habe ich meine Schwiegertochter nur kurz gesehen. Offenbar ist sie zu mitgenommen, um Besucher zu empfangen. Und ich zähle anscheinend zu den Besuchern.«

»Ist das nicht ein wenig ungerecht? Zuweilen ist der Schmerz eines anderen schwerer zu ertragen als der eigene.«

»Zumal wenn der eigene nicht allzu groß ist.«

»Wir haben kein Recht, so zu urteilen«, erwiderte er ruhig. »Barbaras Gefühle sind vielleicht nicht tief, aber Paul war immerhin ihr Mann. Ihre Zuneigung war vermutlich größer, als wir beide uns vorstellen können. Für sie, für uns alle war es eine Schreckensnachricht. Müssen wir überhaupt darüber reden? Auch wir beide haben den Schock noch nicht überwunden.«

»Wir müssen darüber reden. Und dazu haben wir nicht viel Zeit. Commander Dalgliesh wird mich aufsuchen, sobald sie ihre Arbeit in der Kirche abgeschlossen haben. Wahrscheinlich wird er auch mit Barbara reden wollen. Und früher oder später werden Sie an der Reihe sein. Ich muß wissen, was Sie ihnen sagen werden.«

»Schreibt dieser Dalgliesh nicht nebenbei Gedichte? Ein merkwürdiges Steckenpferd für einen Polizisten.«

»Wenn er als Detektiv ebenso gut ist wie als Dichter, ist er ein gefährlicher Mensch. Unterschätzen Sie bloß nicht die Polizei wegen der Informationen, die Sie aus irgendwelchen Gazetten haben.«

»Ich unterschätze die Polizei ganz gewiß nicht«, erwiderte er. »Aber ich habe auch keinen Grund, sie zu fürchten. Ich weiß, Polizisten neigen dazu, Gewaltverbrechen mit einer Art Macho-Enthusiasmus und den strikten Moralvorstellungen der Mittelklasse aufzuklären. Aber Sie können doch nicht im Ernst meinen, sie würden mich verdächtigen, Paul die Kehle durchgeschnitten zu haben, nur weil ich mit seiner Frau schlafe. Polizisten mögen vom Leben und Treiben der Gesellschaft keine Ahnung haben, aber so naiv sind sie nun auch wieder nicht.«

Das paßt eher zu ihm, dachte sie. Jetzt zeigt er sein wahres Gesicht. »Ich behaupte nicht, daß man Sie verdächtigen wird«, sagte sie. »Zweifellos können Sie für den gestrigen Abend ein überzeugendes Alibi vorweisen. Aber es wird weniger Probleme geben, wenn Sie und Barbara die Beziehung zwischen Ihnen beiden nicht verleugnen. Ich lüge nur ungern. Selbstverständlich würde ich von mir aus nichts sagen. Aber man muß damit rechnen, daß sie sich danach erkundigen.«

»Warum sollten sie, Lady Ursula?«

»Weil sich Commander Dalgliesh auch an den Geheimdienst wenden wird. Mein Sohn war schließlich, wenn auch nur für kurze Zeit, Minister. Glauben Sie denn, daß es etwas im Privatleben eines Ministers, zumal eines Ministers in diesem Ressort, gibt, das die Leute, deren Aufgabe es ist, Skandale rechtzeitig aufzuspüren, nicht kennen? In was für einer Welt leben wir denn, Mr. Lampart?«

Er stand auf und begann hin und her zu gehen. »Daran hätte ich denken sollen«, sagte er. »Wahrscheinlich wäre ich auch darauf gekommen, aber Pauls Tod hat mich zutiefst bestürzt. Mein Verstand arbeitet noch nicht so, wie's sein sollte.«

»Dann sollten Sie sich etwas anstrengen. Sie müssen sich mit Barbara auf eine Aussage einigen. Noch besser wäre es, wenn Sie die Wahrheit sagten. Ich vermute, Barbara war schon Ihre Geliebte, als Sie sie mit Hugo bekannt machten. Und blieb es auch nach Hugos Tod und ihrer Heirat mit Paul.«

Er stockte und schaute sie forschend an. »Glauben Sie mir, Lady Ursula, das habe ich nicht gewollt. So war es nicht.«

»Wollen Sie damit andeuten, Sie beide hätten sich zumindest bis zum Ende der Flitterwochen sexueller Beziehungen enthalten?«
Er trat einen Schritt näher. »Ich würde Ihnen gern etwas sagen, befürchte aber, daß es nicht *gentlemanlike* ist.«
Was bedeutet dieses Wort heute noch, dachte sie. Dem da hat es ohnehin nie was bedeutet. Vor 1914 konnte man den Ausdruck noch gebrauchen, ohne daß er heuchlerisch oder lächerlich klang. Heute nicht mehr. Das Wort und die Welt, die es repräsentierte, sind untergegangen, sind begraben worden im Schlamm der Schlachten in Flandern.
»Man hat meinem Sohn die Kehle durchgeschnitten«, sagte sie. »Angesichts solcher Brutalität brauchen wir uns nicht darüber zu unterhalten, was von einem echten oder angeblichen Gentleman erwartet wird. Es geht um Barbara, nicht wahr?«
»Ja. Es gibt da etwas, das Sie erfahren sollten, wenn Sie's nicht schon wissen. Ich mag ihr Geliebter sein, aber sie liebt mich nicht. Sie will mich auch nicht heiraten. Sie ist mit mir zufrieden, wie sie's auch mit einem anderen Mann wäre, weil ich ihre Sehnsüchte verstehe und keine Forderungen stelle. Zumindest keine großen. Forderungen stellen wir schließlich alle. Außerdem liebe ich sie, soweit ich dazu überhaupt fähig bin. Daran liegt ihr viel. Und sie fühlt sich bei mir geborgen. Aber sie würde sich nicht von einem perfekten Ehemann und einem Adelstitel trennen, nur um mich zu heiraten. Jedenfalls nicht durch eine Scheidung. Und gewiß nicht durch stillschweigende Duldung eines Mordes. Das müssen Sie mir glauben, wenn Sie weiterhin mit ihr unter einem Dach leben wollen.«
»Das war wenigstens ehrlich«, erwiderte sie. »Da scheint ihr wirklich gut zueinander zu passen.«
Er überhörte ihren Spott. »Ja, wir passen gut zueinander«, sagte er leise. »Ich vermute, daß sie überhaupt keine Schuldgefühle hat. Zumindest schwächere als ich – sonderbarerweise. Es ist schwer, einen Ehebruch ernst zu nehmen, wenn man an ihm kein großes Vergnügen empfindet.«
»Ihre Rolle muß demnach höchst anstrengend und wohl kaum beglückend sein. Ich bewundere Ihre aufopfernde Haltung.«
Er lächelte versonnen. »Sie ist eben eine Schönheit. Eine ausgesprochene Schönheit. Und das hängt nicht mal davon ab, ob sie sich wohl oder glücklich fühlt, auch nicht davon, wie sie gekleidet ist. Sie ist es

immer. Sie können mir keine Vorwürfe machen, weil ich dieser Versuchung erlegen bin!«

»Oh, doch«, entgegnete sie. »Das kann ich, und ich tu's auch.« Aber sie wußte, daß sie da nicht ganz ehrlich war. Von jeher hatte sie der körperlichen Schönheit – bei Männern und Frauen – großen Wert beigemessen. Sie selbst hatte sich stets darauf verlassen. Was hatte sie auch schon vorzuweisen, als sie 1918, nach dem Tod ihres Bruders und ihres Verlobten, als Tochter eines Earls jeglicher Tradition getrotzt hatte und zur Bühne gegangen war? Gewiß kein großes dramatisches Talent, dachte sie mit bitterer Selbsterkenntnis. Mit geradezu instinktiver Selbstverständlichkeit hatte sie auch bei all ihren Liebhabern körperliche Schönheit gesucht. Selbst auf die Schönheit ihrer Freundinnen war sie nie neidisch. Deswegen wunderte es auch alle, als sie im Alter von zweiunddreißig – allem Anschein nach wegen minder offensichtlicher Qualitäten – Sir Henry Berowne heiratete und ihm zwei Söhne schenkte. Nein, sie hatte ihre Schwiegertochter oft genug beobachtet, wenn sie regungslos vor dem großen Spiegel in der Eingangsdiele stand. Barbara konnte nicht ohne diese narzißtische Selbstbetrachtung, ohne einen prüfenden Blick an einem Spiegel vorbeigehen. Wonach suchte sie in solchen Augenblicken? Ob sich schon Tränensäcke bildeten, das Blau ihrer Augen langsam verblaßte, ihre Haut weniger elastisch wirkte, ob sich der Hals allmählich zu fälteln begann und ihr deutlich machte, wie flüchtig diese überbewertete Schönheit war?

Lampart hatte die ganze Zeit über weitergeredet. »Barbara will vor allem, daß man ihr Aufmerksamkeit schenkt. Das rangiert noch vor der Sexualität. Und sie erregt auch Aufsehen. Sie will, daß die Männer sie begehren. Aber sie macht sich nicht viel aus körperlicher Berührung. Sollte sie annehmen, daß ich mit Pauls Ermordung etwas zu tun habe, wäre sie mir gewiß nicht dankbar. Sie würde es mir auch nicht vergeben. Und sie würde mich auch nicht decken. Es tut mir leid. Ich bin wohl zu deutlich geworden. Aber ich mußte es mal sagen.«

»Ja, es mußte mal gesagt werden. Wen würde Barbara denn schützen?«

»Höchstens ihren Bruder. Aber nicht allzu lange und gewiß nicht, wenn sie dadurch ein Risiko eingeht. So nahe stehen sich die beiden nun auch wieder nicht.«

»Man wird ihr keine geschwisterliche Loyalität abverlangen«, meinte Lady Ursula. »Dominic Swayne war gestern abend die ganze Zeit hier im Hause bei Mattie.«
»Wer hat das gesagt, er oder sie?«
»Wollen Sie damit andeuten, er sei an der Ermordung meines Sohnes beteiligt?«
»Das nicht. Der Gedanke ist absurd. Wenn Mattie sagt, er sei bei ihr gewesen, zweifle ich nicht daran. Jedermann weiß doch, daß Mattie ein Ausbund an Ehrlichkeit ist. Aber Sie fragten mich, wen Barbara decken würde. Mir ist sonst niemand eingefallen.«
Er setzte sich wieder. »Als Sie mich anriefen, erwähnten Sie, wir müßten zwei Dinge besprechen«, sagte er.
»Ja. Ich wüßte gern, ob das Kind, das Barbara bekommt, mein Enkelkind oder Ihr Bastard ist?«
Seine Schultermuskeln spannten sich an. Einen Augenblick lang saß er völlig regungslos da und starrte auf seine verschränkten Hände. Sie hörte überdeutlich das Ticken der Stutzuhr. Als er aufschaute, wirkte er noch immer gefaßt, aber sein Gesicht war fahl geworden.
»Da gibt es keinen Zweifel. Keinen ernst zu nehmenden Zweifel. Vor drei Jahren habe ich an mir eine Vasektomie vornehmen lassen. Die Vaterrolle liegt mir nämlich nicht. Ich wollte mich auch nicht auf irgendwelche Vaterschaftsklagen einlassen. Ich kann Ihnen sogar den Namen des Chirurgen angeben, falls Sie Gewißheit haben möchten. Das wäre einfacher, als all die Bluttests nach seiner Geburt.«
»Seiner?«
»Ja, es ist ein Junge. Barbara hat ihr Fruchtwasser untersuchen lassen. Ihr Sohn wünschte sich einen Erben. Jetzt bekommt er ihn. Haben Sie's denn nicht gewußt?«
Lady Ursula schwieg eine Weile. »Kann so eine Untersuchung«, fragte sie dann, »zumal im frühen Stadium der Schwangerschaft, den Fötus nicht schädigen?«
»Nicht, wenn die neueste Technik angewandt wird und ein Facharzt die Untersuchung vornimmt. Darauf habe ich geachtet. Nein, ich war's nicht. So töricht bin ich nicht.«
»Wußte Paul von dem Kind?«
»Barbara hat es mir nicht gesagt. Ich glaube nicht. Außerdem weiß sie es selbst erst seit kurzem.«

»Von ihrer Schwangerschaft? Das kann doch nicht sein!«
»Das nicht. Vom Geschlecht des Kindes. Ich habe sie gestern morgen angerufen und es ihr mitgeteilt. Aber Paul könnte vermutet haben, daß sie schwanger ist. Vielleicht ging er deswegen wieder in diese Kirche, um von seinem Gott weitere und sachdienlichere Anweisungen zu erhalten.«
Plötzlich überkam sie eine derartige Wut, daß es ihr einen Moment lang die Sprache verschlug. Als sie sich wieder in der Gewalt hatte, klang ihre Stimme zittrig wie die einer alten, kraftlosen Frau. »Schon in Ihrer Jugend haben Sie nie der Versuchung widerstehen können, Vulgarität mit angeblichem Witz zu verbinden. Was immer meinem Sohn in der Kirche widerfahren ist – ich gebe nicht vor, etwas davon zu verstehen –, es hat zu seinem Tod geführt. Daran sollten Sie denken, wenn Sie wieder mal eine geistreiche Bemerkung machen möchten.«
»Es tut mir leid«, erwiderte er leise und beherrscht. »Ich habe unser Gespräch von Anfang an für einen Fehler gehalten. Der Schock ist noch zu groß, als daß wir klar denken könnten... Wenn Sie mich entschuldigen, gehe ich jetzt hinunter zu Barbara, bevor die Polizei über sie herfällt. Sie ist allein, nehme ich an?«
»Soweit ich weiß, ja. Anthony Farrell wird bald eintreffen. Nachdem ich es erfahren hatte, habe ich ihn in seinem Haus zu erreichen versucht. Er kommt von Winchester hierher.«
»Der Anwalt der Familie? Wird seine Anwesenheit keinen Verdacht erregen, wenn die Polizei eintrifft? Sieht das nicht nach einer Vorsichtsmaßnahme aus?«
»Er ist ein Freund unserer Familie und zugleich ihr Anwalt. Da ist es völlig natürlich, daß wir beide ihn in so einer Situation um uns haben möchten. Aber es wäre gut, wenn Sie vor seiner Ankunft mit Barbara reden würden. Sagen Sie ihr, daß sie Commander Dalgliehs Fragen beantworten, aber von sich aus keinerlei Informationen preisgeben soll. Ich glaube nicht, daß die Polizei das, was nur ein gewöhnlicher Ehebruch war, unnötig dramatisieren wird. Aber falls sie davon weiß, erwartet sie nicht, daß Barbara die Sache von sich aus ausplaudert. Allzu viel Ehrlichkeit wirkt ebenso verdächtig wie allzu wenig.«
»Waren Sie bei Barbara, als die Polizei die Nachricht überbrachte?«
»Ich habe sie informiert, nicht die Polizei. Unter diesen Umständen

hielt ich es für ratsamer. Eine Polizistin hat es mir mitgeteilt. Danach suchte ich Barbara auf. Sie hat sich tadellos gehalten, muß ich sagen. Aber Barbara hat schon immer gewußt, welche Gefühle sie zeigen muß. Sie ist eine gute Schauspielerin. Wie sollte es auch anders sein? Sie hat ja lange genug üben können... Noch was, schärfen Sie ihr ein, nichts von dem Kind zu sagen. Das ist wichtig.«
»Wenn Sie's für richtig halten. Aber vielleicht wäre es günstig, die Schwangerschaft zu erwähnen. Man würde rücksichtsvoller mit ihr umgehen.«
»Man wird rücksichtsvoll mit ihr umgehen. Der Mann, der die Untersuchung leitet, ist kein Dummkopf.«
Sie redeten miteinander wie Kumpane, die eine Verschwörung ausheckten, was jedoch keiner zugegeben hätte. Ekel überkam sie wie ein würgender Brechreiz. Zudem fühlte sie sich so schwach, daß sie sich am Sessel festhalten mußte.
Lampart ging zur Tür. Als er die Hand auf den Türknauf legte, sagte sie: »Da ist noch etwas. Was wissen Sie über Theresa Nolan?«
»Nicht mehr als Sie, vielleicht noch weniger. Sie arbeitete nur vier Wochen in Pembroke Lodge. Ich habe sie kaum wahrgenommen. Sie war Ihre Pflegerin und wohnte etwa sechs Wochen hier bei Ihnen im selben Haus. Als sie zu mir kam, war sie bereits schwanger.«
»Und über Diana Travers?«
»Nichts, außer daß sie unklugerweise zuviel gegessen und getrunken hatte, bevor sie in die Themse sprang. Sie müssen doch wissen, daß Barbara und ich den ›Black Swan‹ längst verlassen hatten, als sie ertrank... Sie denken sicherlich an diesen dummen Artikel in der *Paternoster Review*. Darf ich Ihnen etwas sagen, Lady Ursula? Pauls Ermordung, wenn's denn ein Mord war, läßt sich ganz einfach erklären. Er ließ jemanden in die Kirche herein – einen Dieb, Herumtreiber oder Psychopathen –, und dieser Jemand brachte ihn um. Komplizieren Sie den Fall, der ohnehin schon schrecklich genug ist, nicht noch mit solchen längst vergangenen, bedeutungslosen Tragödien! Die Polizei hat ohnedies schon genug zu knacken.«
»Sind diese Vorfälle wirklich bedeutungslos?«
Statt zu antworten, fragte er: »Ist Sarah schon benachrichtigt worden?«
»Noch nicht. Ich habe sie heute vormittag in ihrer Wohnung nicht erreicht. Ich werde es noch mal versuchen.«

»Soll ich bei ihr vorbeischauen? Schließlich ist sie Pauls Tochter. Sein Tod wird ein Schock für sie sein. Sie sollte es nicht von der Polizei oder aus den Fernsehnachrichten erfahren.«

»Dazu wird es nicht kommen. Notfalls werde ich sie selbst aufsuchen.«

»Wer wird Sie zu ihr fahren? Mittwoch ist doch Halliwells freier Tag.«

»Es gibt auch Taxis.« Es widerte sie an, daß er über sie verfügen wollte, daß er sich ebenso durchtrieben in das Leben ihrer Familie drängte wie damals in Oxford. Doch dann kam sie sich ungerecht vor. Eine gewisse Fürsorglichkeit hatte man ihm auch schon früher nicht absprechen können.

»Man sollte Sarah Zeit geben, sich zu fassen, bevor die Polizei bei ihr reinplatzt«, meinte er.

Zeit wofür, dachte sie. Der Polizei glaubhaft vorzuspielen, daß es ihr nahegeht? Sie gab Lampart keine Antwort. Plötzlich wollte sie ihn nicht länger um sich haben. Am liebsten hätte sie ihn davongejagt. Statt dessen reichte sie ihm die Hand. Er beugte sich etwas vor, ergriff sie und führte sie an die Lippen. Die Geste wirkte zwar übertrieben und gänzlich unangebracht, störte Lady Berowne aber nicht. Nachdem er gegangen war, betrachtete sie ihre mageren, ringgeschmückten Finger, die mit Altersflecken übersäten Knöchel, auf denen ganz kurz seine Lippen geruht hatten. Wollte er mit dieser Geste einer alten Frau, die sich mit Würde und Mut der letzten Tragödie ihres Lebens stellte, seinen Respekt bekunden? Oder war es eine einfühlsamere Regung, das Versprechen vielleicht, daß sie trotz allem Verbündete seien, daß er ihre moralischen Prioritäten verstand und sich an sie halten würde?

8

Ein Chirurg hatte Commander Dalgliesh mal erzählt, Miles Kynaston hätte als Diagnostiker eine brillante Karriere machen können. Doch dann habe er die Allgemeinmedizin aufgegeben und sich der Pathologie zugewandt, weil er es nicht länger ertragen konnte, Menschen leiden zu sehen. Jetzt widmete er seine diagnostischen

Fähigkeiten den klaglosen Toten, deren Augen ihn nicht mehr anflehen konnten, deren Münder stumm blieben. Er hatte einen Hang zum Tode. Nichts, was mit dem Tod zu tun hatte, konnte ihn aus der Ruhe bringen – nicht seine Widerwärtigkeit, sein Geruch, seine zuweilen bizarren Erscheinungsformen. Im Gegensatz zu den meisten Ärzten sah er in ihm nicht den Hauptgegner, sondern ein faszinierendes Rätsel. Jeder Tote – er untersuchte sie ebenso sorgfältig wie einst seine lebenden Patienten – war für ihn weiteres Anschauungsmaterial, das ihn bei zutreffender Interpretation dem Kern des Geheimnisses näherbringen würde.
Zudem haßte er jegliche Zeitverschwendung. Er nickte Dalgliesh kurz zu, zog sein Sakko aus und streifte hauchdünne Latex-Handschuhe über seine kurzfingrigen Hände, die unnatürlich fahl aussahen, als zirkuliere in ihnen kein Blut. Da er groß und von kräftiger Statur war, wirkte er auf den ersten Blick plump und schwerfällig. Doch bei seiner Arbeit bewegte er sich mit der Geschmeidigkeit und Sicherheit einer Katze. Er hatte ein fleischiges Gesicht. Das dunkle Haar über der hohen, sommersprossigen Stirn wurde allmählich schütter. Die Oberlippe war fein geschwungen. Die ausdrucksvollen, dunklen Augen mit den schweren Lidern verliehen seinem Gesicht einen Ausdruck von spöttischer Intelligenz. Er beugte sich über Berownes Leiche und betrachtete die Halswunden eingehend.
»Wer sind die beiden?« fragte er dann.
»Sir Paul Berowne, Parlamentarier und Minister. Der andere ist Harry Mack, ein Stadtstreicher.«
»Mein erster Eindruck ist, daß es sich um Mord mit nachfolgendem Selbstmord handelt. Die Wunden sind typisch – zwei nicht besonders tiefe Schnitte von links nach rechts, ein tiefer Schnitt darüber, der die Halsschlagader durchtrennte. Dazu paßt das Rasiermesser. Wie ich schon sagte – scheint ein klarer Fall zu sein. Etwas zu klar.«
»Das denke ich auch«, sagte Dalgliesh.
Dr. Kynaston stakte vorsichtig, wie ein ungeübter Tänzer, zu Harry Mack hinüber.
»Nur ein Schnitt. Der hat aber ausgereicht. Auch dieser wurde von links nach rechts geführt. Das bedeutet, daß Berowne, wenn er's war, hinter ihm gestanden haben muß.«
»Warum ist dann Berownes rechter Ärmel nicht blutdurchtränkt? Er weist zwar ein paar Blutspritzer auf – sie könnten von ihm oder

Harry oder gar von beiden stammen –, aber es müßten doch viel mehr sein, wenn er Harry umgebracht hat.«

»Nicht, wenn er vorher den Hemdsärmel aufkrempelte.«

»Und bevor er sich selbst die Kehle durchschnitt, hat er den Ärmel wieder glattgestreift. Das ist unwahrscheinlich.«

»Das Labor wird schon feststellen, ob es Harry Macks Blut ist. Das da am Ärmel könnte Harrys, aber auch Berownes Blut sein. Auf dem Boden zwischen den Leichen sind sonst keine Blutspritzer zu sehen.«

»Die Leute von der Spurensicherung haben den Teppich genau untersucht. Möglicherweise haben sie etwas gefunden. Außerdem ist da unter Harrys Jacke ein deutlich sichtbarer Fleck. Und auf dem Futterstoff unmittelbar darüber ist ein weiterer Fleck. Es könnte Blut sein.«

Dalgliesh hob die Jacke etwas an. Beide musterten wortlos die dunkle Stelle auf dem Teppich.

»Als wir ihn entdeckten, befand er sich unmittelbar unter der Jacke. Das kann nur bedeuten, daß er schon dort war, bevor Harry zu Boden fiel. Wenn es Berownes Blut ist, muß er als erster gestorben sein. Es sei denn, er wankte zu Harry hinüber, nachdem er sich die beiden nicht besonders tiefen Schnittwunden am Hals zugefügt hatte. Aber diese Annahme kommt mir unrealistisch vor. Wenn er gerade dabei war, sich umzubringen, wie hätte Harry ihn daran hindern können? Und warum hätte er Harry da noch töten sollen? Aber vorstellbar – auch vom Medizinischen her – ist es schon.«

Dr. Kynaston sah ihn prüfend an. Beiden war klar, was diese Annahme bedeutete.

»Ich denke, nach dem ersten oberflächlichen Schnitt wäre es noch möglich gewesen«, meinte er.

»Aber hätte er noch die Kraft gehabt, Harry umzubringen?«

»Mit dieser Schnittwunde am Hals? Doch – nach dem ersten flachen Schnitt, denke ich, hätte er's noch tun können. Wir müssen davon ausgehen, daß er hochgradig erregt war. Es ist erstaunlich, wieviel Kraft Menschen in diesem Zustand noch aufbringen können. Zudem müssen wir annehmen, daß er in dem Moment, als er sich umbringen wollte, gestört wurde. Wohl kaum eine Situation, in der man vernünftig reagiert. Aber sicher bin ich mir

da nicht. Gewißheit kann Ihnen da niemand verschaffen. Da verlangen Sie etwas Unmögliches von mir, Adam.«
»Dachte ich mir schon. Wäre auch zu simpel gewesen.«
»Oder Sie wollen's nicht haben, daß es so simpel war. Wie sehen Sie's denn?«
»Die Lage der Leiche deutet darauf hin, daß Berowne auf der Bettkante gesessen haben könnte. Nehmen wir mal an, es war Mord. Dann kann doch der Täter zuerst in die Küche gegangen sein, sich leise zurückgeschlichen und Berowne hinterrücks angegriffen haben. Vielleicht hat er ihm einen Schlag versetzt oder ihn mit einem Strick zu strangulieren versucht. Oder er hat ihn beim Haar gepackt, den Kopf zurückgerissen und ihm den ersten tiefen Schnitt zugefügt. Die anderen, die oberflächlich aussehen sollten, sind erst später hinzugekommen. Folglich müßten wir nach Würgemalen oder einer Schwellung am Kopf suchen.«
»Am Kopf ist eine kleine Schwellung«, sagte Dr. Kynaston. »Er könnte sie sich zugezogen haben, als er zu Boden fiel. Nach der Autopsie wissen wir mehr.«
»Der Mörder könnte ihn aber auch niedergeschlagen haben, bevor er in die Küche ging, um sich auszuziehen. Danach ist er zurückgekehrt, um ihm die Kehle durchzuschneiden, bevor Berowne wieder zu sich kam. Aber auch gegen diese Annahme gibt es Einwände. Auch wenn der Mörder die Wucht des Schlages noch so genau berechnete, müßte mehr als nur eine leichte Schwellung die Folge sein.«
»Trotzdem klingt das glaubhafter als die erste Annahme, derzufolge der Täter halbnackt und mit einem Rasiermesser bewaffnet über Berowne herfiel und dieser sich allem Anschein nach nicht wehrte.«
»Er kann ja auch überrascht worden sein. Vielleicht rechnete er damit, daß der Unbekannte durch die Tür zur Küche zurückkehren würde. Doch der schlich in den Gang hinaus und kam zur Eingangstür herein. Nach der Lage des Leichnams ist das die überzeugendste Theorie.«
»Sie gehen also von einem vorsätzlichen Mord aus? Daß der Täter wußte, wo er ein Rasiermesser finden würde?«
»Ja. Wenn Berowne tatsächlich umgebracht wurde, war der Mord geplant. Aber ich theoretisiere da, ohne die Untersuchungsergebnisse zu kennen, unverzeihlich für einen Kriminalbeamten. Trotz-

dem – mir kommt die Sache irgendwie nicht ganz koscher vor, Miles. Das alles ist mir zu offensichtlich, zu glatt.«

»Ich mache jetzt die Voruntersuchung. Dann können Sie die Toten fortschaffen lassen«, sagte Dr. Kynaston. »Normalerweise würde ich die Autopsie gleich morgen früh durchführen. Aber im Krankenhaus erwartet man mich nicht vor Montag. Zudem ist der Autopsieraum bis zum Nachmittag belegt. Halb vier wäre der früheste Termin. Genügt Ihnen das?«

»Wann das Labor soweit ist, weiß ich nicht. Je früher, desto besser.«

Etwas in seiner Stimme machte Dr. Kynaston stutzig. »Kannten Sie ihn denn?« fragte er.

Diese Fragen werde ich wohl nicht los, dachte Dalgliesh. Aha, Sie kannten ihn also. Sie sind wohl emotional engagiert. Sie möchten wohl nicht, daß die Untersuchung ergibt, er sei psychisch verwirrt, lebensmüde, gar ein Mörder gewesen? »Ja, ich kannte ihn flüchtig«, antwortete er. »Von Komiteesitzungen her.«

»Was wollte Berowne überhaupt hier?«

»Er muß hier in diesem Raum irgendein religiös-mystisch geprägtes Erlebnis gehabt haben. Vielleicht wollte er es noch mal erleben. Der Pfarrer gestattete ihm, hier zu übernachten. Warum er es wollte, hat er nicht erklärt.«

»Und dieser Harry Mack?«

»Berowne scheint ihn eingelassen zu haben, als er sah, daß Harry sich draußen vorm Eingang hinlegte. Wahrscheinlich wollte Harry dann in der großen Sakristei schlafen.«

Dr. Kynaston nickte bloß und machte sich an seine Arbeit. Dalgliesh verließ ihn und ging in die Kirche, wo er sich auf einen Stuhl vor der Marienstatue setzte. Das riesige Kirchenschiff war menschenleer. Pfarrer Barnes war, von einem Polizeibeamten begleitet, nach Hause gegangen. Zuvor hatte er noch einige Fragen beantwortet. Ja, der Emaillebecher gehörte Harry. Er hatte ihn hin und wieder bei sich, wenn er draußen vor dem Portal übernachtete. Danach betrachtete Pfarrer Barnes mit geradezu selbstquälerischer Konzentration den Tintenlöscher und meinte schließlich, die schwarzen Tintenabdrücke seien Montag abend noch nicht vorhanden gewesen. Aber mit Bestimmtheit könne er es nicht sagen. Er habe sich bei der Kirchenvorstandssitzung auf einem Blatt Papier Notizen gemacht. Dabei habe der Papierbogen den Löscher teilweise verdeckt, so daß er ihn nicht deutlich sehen konnte. Trotzdem sei er der Meinung, daß es sich um neue Abdrücke handeln müsse.

Dalgliesh hatte endlich Zeit, ein paar Minuten ungestört nachzudenken. Obwohl ihm der Weihrauchduft noch intensiver vorkam, meinte er, einen weiteren, unangenehmeren, bedrohlicheren Geruch wahrzunehmen. Auch die Stille war nicht vollkommen. Er hörte leise Schritte, dann und wann eine selbstsichere, gelassene Stimme. Die Tatortprofis verrichteten hinter dem Gitter ihre Arbeit. Die Stimmen und Geräusche kamen ihm gleichzeitig weit entfernt und ganz nah vor. In der Kirche schien eine verstohlene, unheimliche Geschäftigkeit zu herrschen, als trieben Mäuse hinter einer Holztäfelung ihr Unwesen.

Vor der Muttergottesstatue stand ein schmiedeeiserner Kerzenständer mit einer dreifachen Reihe von Kerzenhalterungen, die vor Wachs überquollen. Die abgebrannten Dochte steckten tief in der Wachsummantelung. Dalgliesh griff gedankenverloren in seine Hosentasche, ertastete ein Zehn-Pence-Stück und ließ es in den Opferstock fallen. Das Klirren kam ihm erschreckend laut vor. Gleich würden Kate und Massingham herbeieilen, um kommentarlos, aber mit forschendem Blick Zeuge seiner ungewohnten Rührseligkeit zu werden. Eine Zündholzschachtel steckte in dem an einem Kettchen vom Kerzenständer herabbaumelnden Messingetui. Dalgliesh nahm eine der kleineren Kerzen, zündete ein Streichholz an und hielt es an den Docht. Es dauerte ungewöhnlich lange, bis der Docht Feuer fing. Dann brannte die Kerze stetig und klar, ohne zu flackern. Er steckte sie in die Halterung, setzte sich wieder, schaute nachdenklich in die Flamme und versuchte sich zu erinnern.

9

Es war erst ein gutes Jahr her, obwohl es ihm viel länger vorkam. Man hatte sie beide zu einem von einer Universität im Norden des Landes veranstalteten Symposion über Rechtsprechung eingeladen. Berowne sollte es mit einem kurzen Referat eröffnen, während Dalgliesh den Standpunkt der Polizei darlegen würde. Sie reisten gemeinsam im selben Erster-Klasse-Abteil. In der ersten Stunde ging Berowne mit seinem Privatsekretär irgendwelche Akten durch. Dalgliesh hingegen machte es sich, nachdem er das Tagungsprogramm überflogen hatte, bequem, um Trollopes *The Way We Live Now* wieder einmal zu lesen. Erst als das letzte Schriftstück im Aktenkoffer verstaut war, blickte Berowne Dalgliesh an, als wolle er mit ihm plaudern. Der junge Mitarbeiter äußerte daraufhin mit einer Einfühlsamkeit, die seiner künftigen Karriere nur zugute kommen konnte, er werde als erster den Speisewagen aufsuchen, wenn der Herr Minister damit einverstanden sei, und ließ sie allein. So kam es zu einem mehrstündigen Gespräch.

Er war heute noch erstaunt, als er sich daran erinnerte, daß Berowne damals so freimütig über sich gesprochen hatte. Es schien, als hätten die Zugreise, das altmodisch-behagliche Coupé, die Ungestörtheit, das Befreitsein von der Tyrannei des Telefons, das Gefühl, die Zeit fliege draußen vorüber, werde von ratternden Rädern zermalmt und beide müßten keine Rechenschaft darüber abgeben – als hätte all das sie von einer Anspannung befreit, die dermaßen mit ihrem Leben verwoben war, daß sie ihr Gewicht erst dann spürten, wenn es ihnen genommen wurde. Beide waren Männer, die sich selbst genügten. Sie hielten nicht viel von der Kameraderie, die man im Club oder auf dem Golfplatz, im Pub oder bei der Moorhuhnjagd antreffen konnte und die so viele ihrer Kollegen als Trost oder Stütze in ihrem aufreibenden Dasein brauchten.

Berowne hatte zu Beginn zurückhaltend, dann zunehmend offener und später vertraulich gesprochen. Von den üblichen Gesprächsthemen wie Büchern, den neuesten Bühnenaufführungen oder gemeinsamen Bekannten war er schließlich auf sich selbst zu sprechen gekommen. Beide saßen leicht vorgeneigt, mit verschränkten Händen da. Auf einen Mitreisenden, der zufällig an ihrem Abteil vorbeikäme und hineinblickte, dachte Dalgliesh, mußten sie wie zwei reuige Sünder wirken, die einander Absolution erteilten. Berowne erwartete von ihm keineswegs das gleiche Maß an Vertrauen, wollte keineswegs gleichfalls etwas Persönliches erfahren. Er redete, und Dalgliesh hörte zu. Dalgliesh war klar, daß kein Politiker so freimütig plaudern würde, könnte er nicht mit der absoluten Verschwiegenheit seines Gesprächspartners rechnen. Dalgliesh mußte zugeben, daß es ihm auch geschmeichelt hatte. Er hatte Berowne schon immer respektiert, jetzt aber fand er ihn auch sympathisch. Trotzdem war er unvoreingenommen genug, um zu bemerken, wie Berowne über seine Familie sprach.

»Wir sind keine bedeutende, nur eine alte Familie. Mein Urgroßvater verlor ein Vermögen, weil er von Geldgeschäften, einem Metier, für das er überhaupt kein Talent besaß, fasziniert war. Jemand muß ihm weisgemacht haben, die beste Art, viel Geld zu machen, bestehe darin, Aktien zu kaufen, wenn sie niedrig bewertet werden, und sie bei einem hohen Kurswert zu verkaufen. Eine höchst simple Regel, die seinem nicht eben geschäftstüchtigen Verstand wie eine göttliche Offenbarung vorgekommen sein muß. Den ersten Teil der Anweisung konnte er noch mühelos befolgen. Sein Problem war nur, daß er nie mehr die Gelegenheit fand, auch den zweiten Teil auszuführen. Er hatte geradezu einen Hang dazu, sich nur mit Verlierern einzulassen. Nicht anders war es bei seinem Vater. Nur handelte es sich in seinem Fall um vierbeinige Verlierer. Trotzdem bin ich meinem Urgroßvater dankbar. Bevor er sein Geld loswurde, bewies er immerhin noch so viel Verstand, daß er Sir John Soane mit dem Entwurf des Hauses am Campden Hill Square beauftragte. Sie interessieren sich doch für Architektur, nicht wahr? Ich würde es Ihnen gern mal zeigen, wenn Sie ein paar Stunden erübrigen können. Soviel Zeit müßten wir uns schon nehmen. Ich finde es reizvoller als etwa das von Soane erbaute Museum an den Inn Fields in Lincoln. Sie würden es wahrscheinlich für abartigen Neoklassizismus halten. Trotzdem gefällt es mir, zumindest vom Architektonischen her. Aber es ist eher ein Haus zum Bewundern als zum Bewohnen.«

Dalgliesh hatte sich verwundert gefragt, woher Berowne von seinem Interesse für Architektur wußte. Er konnte es nur aus seinen Gedichten geschlossen haben.

Und während er nun, die Beine ausgestreckt, auf einem Stuhl saß, der für seine hochgewachsene Gestalt viel zu niedrig war, die Augen auf die Kerze gerichtet hielt, die in der weihrauchduftenden Stille ruhig vor sich hin brannte, vernahm er wieder Berownes Stimme, aus der Selbstverachtung herausklang, als er erklärte, warum er seinen Juristenberuf aufgegeben hatte.

»Es ist schon merkwürdig, welche Dinge dazu führen, daß man so eine Entscheidung trifft. Ich mußte mir schon früher klargemacht haben, daß Menschen ins Gefängnis zu schicken nichts war, was

mich für den Rest meines Lebens befriedigen könnte. Und nur als Strafverteidiger zu arbeiten war mir schon immer als eine allzu bequeme Alternative erschienen. Es ist mir von jeher schwergefallen, so zu tun, als sei ich von der Unschuld meines Klienten überzeugt, nur weil ich oder der Nebenanwalt ihm eingebleut hatten, ja kein Geständnis abzulegen. Und wenn man dann zum dritten Mal erlebt, daß der Sexualverbrecher, den man verteidigt hat, freigesprochen wird, weil man selbst gewitzter plädiert hat als der Staatsanwalt, verringert sich das Hochgefühl über so einen Sieg. Aber das ist nur die oberflächliche Erklärung. Ich vermute, es wäre nicht dazu gekommen, wenn ich nicht einen – für mich zumindest – wichtigen Fall verloren hätte. Sie werden sich wohl kaum an den Fall Percy Matlock erinnern. Er hatte den Geliebten seiner Frau umgebracht. Der Fall war nicht mal besonders schwierig, und wir meinten denn auch, wir könnten ihn auf Totschlag reduzieren. Zudem gab es noch andere Milderungsgründe. Aber ich hatte mich nicht sorgfältig genug vorbereitet. Ich hielt es wohl nicht für nötig, war damals auch ziemlich überheblich. Doch das allein war's nicht. In dieser Zeit war ich sehr verliebt. Eine von den Affären, denen man übergroße Bedeutung zumißt, nach denen man sich aber später fragt, ob man da nicht so etwas wie einer Krankheit erlegen sei. Jedenfalls widmete ich mich dem Fall nicht in dem Maße, wie es hätte sein müssen. Matlock wurde wegen Mordes verurteilt und starb danach im Gefängnis. Er hatte ein Kind, eine Tochter. Die Verurteilung ihres Vaters erschütterte ihre mühsam aufrechterhaltene psychische Stabilität. Nach ihrer Entlassung aus einer Nervenheilanstalt wandte sie sich an mich, und ich verschaffte ihr eine Arbeitsstelle. Sie ist heute noch die Haushälterin meiner Mutter. Ich glaube nicht, daß man das arme Geschöpf anderswo hätte beschäftigen können. Seitdem lebe ich mit der ständigen unangenehmen Erinnerung an meine Dummheit und mein Versagen. Und das tut mir zweifellos gut. Daß sie mir obendrein noch dankbar ist – ergeben sagen die Leute sogar –, macht die Sache nicht leichter.«
Danach hatte er von seinem Bruder gesprochen, der fünf Jahre zuvor in Nordirland umgekommen war.
»Durch seinen Tod fiel mir der Baronettitel zu. Die meisten Dinge, die ich im Leben für erstrebenswert hielt, sind mir durch den Tod zugefallen.«

Er sagte nicht: »Dinge, die ich anstrebte«, sondern: »die ich für erstrebenswert hielt«, ging es Dalgliesh durch den Kopf.
Trotz des durchdringenden Weihrauchdufts irritierte Dalgliesh plötzlich der fade Wachsgeruch. Er stand auf, ließ die Kerze weiterbrennen und ging durch das Kirchenschiff zur Gittertür.
Im Glockenraum hatte Ferris inzwischen auf einem Leichtmetallklapptisch seine Beute – säuberlich etikettiert und in Plastikhüllen verpackt – ausgelegt. Jetzt trat er etwas zurück und betrachtete sie mit dem besorgten Blick eines Verkaufsstandinhabers auf einem Kirchenbasar, der sich überlegt, ob er sein Angebot auch vorteilhaft zur Schau gestellt hat. Die unterschiedlichen, alltäglichen Gegenstände schienen eine neue, geradezu rituelle Bedeutung gewonnen zu haben: die Schuhe etwa mit dem Erdkeil hinter dem Absatz, der fleckige Emaillebecher, der Tintenlöscher mit seinem Liniengewirr, der Terminkalender, die Überbleibsel von Harry Macks letztem Mahl, das geschlossene Rasiermesseretui und – in der Tischmitte – als Haupttrophäe das aufgeklappte Rasiermesser, dessen Klinge und Elfenbeingriff mit geronnenem Blut überzogen waren.
»Was Interessantes gefunden?« erkundigte sich Dalgliesh.
»Im Terminkalender, Sir.« Ferris machte eine Bewegung, als wollte er ihn aus seiner Hülle ziehen.
»Lassen Sie nur! Sagen Sie's mir.«
»Es geht um die letzte Seite, Sir. Anscheinend hat jemand die Seiten mit den Eintragungen der letzten Monate herausgerissen und einzeln verbrannt. Dann hat der Täter den Kalender ins Feuer geworfen. Der Einband ist nur leicht versengt. Auf der letzten Seite stehen die Kalender des vergangenen und kommenden Jahres. Diese Seite ist nicht mal angekohlt. Aber die obere Hälfte fehlt. Der Täter muß sie entzweigerissen haben. Möglicherweise hat er die fehlende Hälfte zu einem Fidibus zusammengefaltet und den am Gasflämmchen unterm Heißwasserboiler entzündet.«
Dalgliesh nahm die Plastikhülle mit den Schuhen in die Hand. »Denkbar wär's schon«, meinte er. Trotzdem hielt er es für unwahrscheinlich. Für einen Täter, der wenig Zeit hatte – und der Mörder hatte nur wenig Zeit gehabt –, wäre das eine umständliche, unsichere Methode gewesen, zu einem Feuer zu kommen. Wenn er schon kein Feuerzeug oder Zündhölzer dabeigehabt hatte, hätte er doch sicherlich die Streichholzschachtel aus dem Messingetui, das am Boiler hing, genommen.

»Maßarbeit«, sagte er bewundernd und wendete die Schuhe hin und her. »Es gibt Annehmlichkeiten, auf die man nur ungern verzichtet. Die Schuhspitze ist noch blank. Die Seiten und Absätze sind glanzlos und mit einem Schmutzfilm überzogen, als seien sie feucht abgewischt worden. An den Seiten und am linken Absatz hängt etwas angetrocknete Erde. Vielleicht finden die im Labor noch Kratzspuren.«
Solche Schuhe, dachte er, kann kein Mann getragen haben, der den ganzen Tag in London verbracht hat. Es sei denn, er war in irgendeinem Park oder auf dem Treidelpfad am Kanal umhergeschlendert. So konnten die Schuhe nicht aussehen, wenn er nur zur St.-Matthew-Kirche gegangen war. Außerdem gab es keine Anzeichen dafür, daß er sie irgendwo in der Kirche gereinigt hatte. Aber er ließ sich da wieder auf Vermutungen ein, ohne die genauen Fakten zu kennen. Vielleicht ließ sich noch eruieren, wo Berowne seinen letzten Tag auf Erden verbracht hatte.

10

Massingham hatte erwartet, daß Darren in einem der städtischen Sozialwohnungsblöcke in Paddington wohnen würde. Aber die Adresse, die man ihm schließlich doch noch hatte entringen können, war eine kurze, enge Seitenstraße der Edgware Road mit billigen, einfachen Restaurants, die sich zumeist im Besitz von Indern oder Griechen befanden. Als sie in die Straße einbogen, wurde Massingham bewußt, daß ihm die Gegend nicht fremd, daß er hier schon öfters gewesen war. Hier in dieser Straße hatten er und der alte George Percival, als sie beide noch Detective Sergeants im Revierdienst waren, mal exzellente vegetarische Gerichte zum Mitnehmen bekommen. Selbst die exotischen Namen, die er längst vergessen glaubte, fielen ihm wieder ein: »Alu Ghobi« und »Sag Bhajee«. Die Straße schien sich seitdem nur wenig verändert zu haben. Obwohl es noch früher Vormittag, die ruhigste Zeit des Tages, war, roch es durchdringend nach Curry und anderen Gewürzen. Da fiel Massingham ein, daß sein Frühstück schon etliche Stunden zurücklag und er nicht wußte, wann er zu seinem Lunch kommen würde.

Es gab nur ein einziges Pub, ein hohes, schmales viktorianisches Haus, das zwischen einem chinesischen Schnellimbißrestaurant und einem Tandoori-Café eingezwängt war. Es wirkte nicht eben einladend. Der auf die Fensterscheibe gemalte Text verkündete mit trotzigem Nationalstolz, daß es hier auch einheimische Gerichte gab. Zwischen dem Pub und dem Café war eine kleine Tür mit einer einzigen Klingel und einem Namensschild, auf dem »Arlene« stand. Darren bückte sich, pulte den Hausschlüssel aus einem seiner knöchelhohen, leinenen Turnschuhe hervor, stellte sich auf die Zehenspitzen und steckte ihn ins Schloß. Massingham folgte ihm die lange, kahle Treppe hinauf. Als sie oben angelangt waren, fragte er: »Wo wohnt deine Mutter?«

Wortlos deutete der Junge auf die Tür zur Linken. Massingham klopfte sachte dagegen. Als niemand darauf reagierte, stieß er die Tür auf.

Die Gardinen waren zugezogen. Aber da sie durchscheinend und ungefüttert waren, konnte er selbst in dem diffusen Licht deutlich sehen, wie verschlampt der Raum war. Auf dem Bett lag eine Frau. Er ging zu ihr und knipste die Lampe über dem Bett an. Als die Frau das Klicken hörte, stieß sie einen ärgerlichen Laut aus, rührte sich aber nicht. Sie lag auf dem Rücken und war nur mit einem kurzen Morgenmantel bekleidet. Eine blaugeäderte Brust war herausgerutscht und ruhte wie eine wabblige Qualle auf dem pinkfarbenen Satin. An den mit einem Lippenstift dünn nachgezogenen, feuchten und leicht geöffneten Lippen klebte eine Speichelblase, die sich in regelmäßigen Abständen aufblähte und wieder zusammensank. Die Frau schnarchte leise, ein kehliges Geräusch, als sei die Luftröhre verschleimt. Die Augenbrauen waren nach der Mode der Dreißiger ausgezupft, dünne Bögen hoch über den Augen. Sie verliehen dem Gesicht der Schlafenden einen Ausdruck clownesker Verwunderung, den das Rouge auf den Wangen noch verstärkte. Auf dem Stuhl neben dem Bett stand ein Tiegel mit Vaseline. Der Deckel lag daneben. Am beschmierten Rand klebte eine Fliege. Kleidungsstükke hingen über der Stuhllehne oder waren über den Boden verstreut. Auf der Kommode, die als Frisiertisch diente, türmten sich unter einem ovalen Spiegel Flaschen, schmutzige Gläser, Make-up-Döschen und Schachteln mit Papiertüchern. Aus dem Wirrwarr ragte ein Marmeladenglas mit Freesien hervor, die noch von einem

Gummiband zusammengehalten wurden. Ihr zarter Duft ging in dem Geruch nach Sex, billigem Parfüm und Whisky unter.

»Ist das da deine Mutter?« fragte Massingham. Ist sie öfters in dieser Verfassung, wollte er noch hinzufügen, zog aber dann den Jungen mit sich hinaus und schloß die Tür. Es widerstrebte ihm, ein Kind über seine Eltern auszufragen. Weswegen sollte er es jetzt tun? Solche Tragödien gab es zuhauf. Aber das war etwas fürs Jugendamt. Das ging ihn nichts an. Je eher sich die Leute von der Jugendfürsorge einschalteten, desto besser war es für den Jungen. Was ihn ärgerte, war, daß sich Kate Miskin mittlerweile am Tatort befinden mußte. Er verübelte es Dalgliesh, daß er ihn in diese mißliche Lage gebracht hatte. »Wo schläfst du denn, Darren?« fragte er.

Der Junge zeigte auf eine Tür im Hintergrund. Massingham schob ihn sanft vor sich her.

Es war eine winzige Kammer mit einem einzigen hohen Fenster. Darunter stand ein schmales, mit einer braunen Armeedecke bezogenes Bett, daneben ein Stuhl mit einem Sammelsurium ordentlich nebeneinander aufgebauter Gegenstände. Er sah einen Feuerwehrlöschwagen, eine kleine hohle Glaskugel, in der man durch Schütteln einen Schneesturm auslösen konnte, zwei Rennwagenmodelle, drei große geäderte Murmeln und ein weiteres Marmeladenglas, diesmal mit Rosen. Die Blüten an den langen, dornenlosen Stielen senkten sich schon. Auf der alten Kommode waren allerlei Dinge gestapelt – Hemden in durchsichtiger Plastikhülle, noch verpackte Frauenunterwäsche, Seidenschals, Dosen mit Lachsscheiben, Bohnen und Suppen, eine Büchse mit Schinken, eine mit Rindszunge, drei Schiffsbaukastensätze, Lippenstifte, eine Schachtel mit Spielzeugsoldaten und drei Packungen billiges Parfüm.

Massingham war schon so lange bei der Polizei, daß ihn nichts so leicht aus der Fassung bringen konnte. Nur wenige Straftaten wie Grausamkeit gegen Kinder oder Tiere, Gewalttätigkeit gegen gebrechliche, alte Menschen konnten noch einen der berüchtigten Massinghamschen Wutausbrüche auslösen, die schon manchem seiner Vorfahren ein Duell oder ein Kriegsgerichtsverfahren eingebracht hatten. Mittlerweile hatte er gelernt, solche Regungen zu zügeln. Aber als er jetzt mit zornigen Augen das Bubenzimmer mit

seiner anrührenden Heimeligkeit sah, all die Manifestationen mühsamer Selbstbehauptung, das Marmeladenglas mit den Blumen, die der Junge sicherlich selbst arrangiert hatte, da packte ihn eine ohnmächtige Wut gegen die betrunkene Schlampe im Zimmer nebenan. »Hast du all das geklaut, Darren?« fragte er.
Darren schwieg, nickte aber nach einer Weile mit dem Kopf.
»Das gibt Ärger, Darren«, sagte Massingham.
Der Junge ließ sich auf die Bettkante fallen. Zwei Tränen liefen die Wangen hinab. Er begann zu schniefen. Der knochige Brustkorb hob und senkte sich. »Mich bringt keiner mehr in ein Heim!« schrie er. »Mich nicht!«
»Hör auf zu brüllen!« sagte Massingham, der Tränenausbrüche haßte und am liebsten davongefahren wäre. Warum zum Teufel hatte ihm Adam Dalgliesh das hier eingebrockt? Was war er denn? Eine Amme? Hin- und hergerissen zwischen Mitleid, Zorn und seiner Ungeduld, endlich wieder zur gewohnten Arbeit zurückzukehren, sagte er barsch: »Hör endlich auf zu heulen!«
Trotzdem mußte seine Stimme irgendwie beruhigend geklungen haben. Denn Darren hörte auf zu schluchzen, obwohl ihm noch die Tränen übers Gesicht liefen.
»Wer redet da von einem Heim?« sagte Massingham freundlicher. »Ich werde nur das Jugendamt verständigen. Jemand muß sich doch um dich kümmern. Die werden eine Polizistin schicken, die dir sicher gefallen wird.«
Darrens Miene drückte eine Skepsis aus, die Massingham unter anderen Umständen belustigt hätte. Der Junge schaute zu ihm empor. »Warum darf ich nicht bei Miss Wharton bleiben?« fragte er.
Tja, warum nicht, dachte Massingham. Der Junge scheint an ihr zu hängen. Zwei vereinsamte Seelen, die sich aneinanderklammern. »Ich glaube nicht, daß das geht«, antwortete er. »Warte hier auf mich! Bin gleich zurück.« Er schaute auf seine Uhr. Er mußte wohl dableiben, bis die Polizistin eintraf. Allzu lange konnte das nicht dauern. Zumindest konnte er Adam Dalgliesh eine Frage beantworten. Er wußte nun, was Darren bedrückt, was er verschwiegen hatte. Ein Problem war immerhin gelöst. Dalgliesh konnte die Untersuchung fortsetzen. Und er würde, falls nichts mehr dazwischenkam, dabeisein.

11

Schon Pfarrer Kendrick, der Vorgänger von Pfarrer Barnes, hatte mit dem Pfarrhaus von St. Matthew nicht viel anfangen können. Es war das Eckhaus am St. Matthew's Court, ein unscheinbares, dreistöckiges Ziegelgebäude mit vielen Mietwohnungen, die zur Harrow Road hinausgingen. Nach dem Krieg hatten sich die Kirchenoberen zu dem Urteil durchgerungen, daß der große viktorianische Kasten schwer zu bewirtschaften und unrentabel sei. Daraufhin hatten sie es an einen Bauunternehmer verkauft, unter der Bedingung, daß die Maisonettewohnung, die sich aufs Erdgeschoß und die erste Etage erstreckte, für alle Zeiten dem Gemeindepfarrer zur Verfügung stehen sollte. Obwohl es die einzige Maisonettewohnung im ganzen Block war, unterschied sie sich, was die kümmerlichen Fenster und die kleinen, schlecht proportionierten Räume anbelangte, kaum von den übrigen Behausungen. Anfangs vermietete man die Wohnungen noch an sorgfältig ausgewählte Leute. Man versuchte sogar, das bißchen Luxus zu erhalten – die an die Straße angrenzende Rasenfläche, die beiden Rosenrabatten, die an den Balkonen hängenden Blumenkästen. Doch dann setzten dem Mietshaus, wie's bei solchen Gebäuden meistens der Fall ist, die Wechselfälle des Lebens zu. Nachdem die erste Immobiliengesellschaft den Konkurs hatte anmelden müssen, war es an eine zweite, dann an die dritte Firma veräußert worden. Obgleich man die Mieten zur Mißbilligung aller anhob, reichten sie für die Unterhaltskosten des veralteten Gebäudes nicht aus. Es kam zu den üblichen erbitterten Streitereien zwischen aufgebrachten Mietern und der Hausverwaltung. Einzig die kircheneigene Maisonettewohnung war noch leidlich erhalten. Die beiden Geschosse mit den weißlackierten Fenstern bildeten inmitten herabblätternder Wandfarbe und verrottenden Blumenkästen ein auffallendes Wahrzeichen von bürgerlicher Respektabilität.
Die ersten Mieter hatten längst dem Strandgut der Großstadt das Feld überlassen, nirgendwo seßhaften Jugendlichen, die sich zu dritt ein Zimmer teilten, unverheirateten Müttern, die von der Sozialfürsorge lebten, ausländischen Studenten. Es war ein kunterbuntes Rassengemisch, das fortwährend die Farben wechselte, wie eine Art Menschen-Kaleidoskop. Die wenigen Kirchgänger unter ihnen fanden in der St.-Anthony-Kirche von Pfarrer Donovan eine Atmosphäre, die

ihnen zusagte: Steel-Bands, karnevalartige Umzüge, überhaupt eine gemischtrassige Fröhlichkeit. Von denen klopfte keiner an Pfarrer Barnes' Tür. Sie beobachteten höchstens mit wachsamen, ausdruckslosen Augen sein geradezu verstohlenes Kommen und Gehen. Er wirkte am St. Matthew's Court ebenso anachronistisch wie die Kirche, die er repräsentierte.

Ein Beamter in Zivil hatte ihn zur Pfarrwohnung begleitet. Es war nicht der gewesen, der eng mit Commander Dalgliesh zusammenzuarbeiten schien, sondern ein schon älterer Mann, breitschultrig, gleichmütig, die Ruhe in Person. Er sprach in einem ländlichen Tonfall, den Pfarrer Barnes nirgendwo einordnen konnte; keinesfalls war es jedoch ein Londoner Akzent. Er sagte, er komme vom Harrow-Road-Revier, sei aber erst vor kurzem vom West-Central-Revier dorthin abkommandiert worden. Geduldig wartete er, bis Pfarrer Barnes die Haustür aufgesperrt hatte, folgte ihm dann in die Wohnung, wo er sich erbot, Tee zu machen, das englische Allheilmittel gegen Katastrophen, Kummer und seelische Erschütterungen. Falls ihn die Schäbigkeit der kläglich ausgestatteten Pfarrküche erstaunte, wußte er es zu verbergen. Er hatte schon an schlimmeren Orten Tee zubereitet. Als Pfarrer Barnes ihm wiederholt versicherte, daß es ihm gutgehe, daß Mrs. McBride, seine Zugehfrau, gegen 10.30 Uhr kommen werde, gab er schließlich nach. Bevor er sich verabschiedete, hatte er Pfarrer Barnes noch einen Zettel mit einer Telefonnummer überreicht.

»Commander Dalgliesh sagte mir, Sie sollen diese Nummer hier anrufen, falls Sie was brauchen. Falls Sie sich ängstigen. Oder falls Ihnen noch was einfällt. Rufen Sie einfach an! Das geht schon in Ordnung. Und wenn die Presse Sie löchert, sagen Sie so wenig wie möglich. Lassen Sie sich ja nicht auf Vermutungen ein! Sagen Sie nur, wie es sich abgespielt hat. Eine alte Dame aus Ihrer Gemeinde und ein Junge hätten die Toten entdeckt. Der Junge hätte Sie dann geholt. Geben Sie keine Namen an, wenn Sie nicht müssen! Nachdem Sie sich selbst überzeugt hätten, daß die beiden tot waren, haben Sie die Polizei gerufen. Mehr brauchen Sie nicht zu verraten. Das reicht völlig.«

Doch dieser Rat, so simpel er auch sein mochte, riß vor Pfarrer Barnes einen neuen Abgrund auf. An die Presse hatte er gar nicht gedacht. Wie lange würde es noch dauern, bis die Leute von der

Presse kamen? Würden sie ihn auch photographieren wollen? Sollte er eine Notsitzung des Kirchenvorstands einberufen? Was würde nur der Bischof dazu sagen? Oder sollte er den Archidiakon anrufen und ihm die Sache überlassen? Ja, das wäre wohl das klügste. Der Archidiakon würde schon wissen, was in so einem Fall zu tun war. Er würde schon mit der Presse, dem Bischof, der Polizei, dem Kirchenvorstand zurechtkommen. Trotzdem ängstigte ihn der Gedanke, die Kirche von St. Matthew könnte zum Mittelpunkt eines peinlichen Rummels werden.

Da er stets mit nüchternem Magen die Frühmesse las, wurde ihm jetzt erstmals bewußt, daß er sich schwach, sonderbarerweise sogar etwas unwohl fühlte. Er ließ sich auf einen der beiden Holzstühle am Küchentisch fallen und schaute verständnislos auf den Zettel mit den sieben deutlich geschriebenen Zahlen. Dann blickte er um sich, als suche er ein Versteck dafür. Nach einer Weile holte er aus der Tasche seiner Soutane seine Brieftasche hervor und steckte den Zettel zu seinem Bankausweis und der einzigen Kreditkarte, die er besaß. Er musterte die Küche und sah die deprimierende Verwahrlosung, die auch dem freundlichen Polizisten aufgefallen sein mußte. Da war der Teller, von dem er Fleischklopse und grüne Bohnen, Tiefkühlbohnen, gegessen hatte. Seine gestrige Abendmahlzeit. Noch immer lag der bekleckerte Teller im Spülbecken. Er sah die Fettspritzer über dem uralten Gasherd, den klebrigen Schmutzfilm zu beiden Seiten des engen Spalts zwischen dem Herd und dem Küchenschrank, das schmuddelige, muffig riechende Geschirrtuch am Haken neben dem Spülbecken, den schief hängenden Kalender vom vorigen Jahr, die beiden Küchenborde mit dem Durcheinander von halbaufgebrauchten Haferflockenpackungen, Gläsern mit längst aromaloser Marmelade, von angeschlagenen Keramiktassen, Plastikbehältern mit Spülmitteln. Er sah den billigen, wackligen Tisch, die beiden Stühle mit den fettig glänzenden Lehnen, das Linoleum, das sich längs der Wand wellte. Er nahm die ganze Atmosphäre von Unbehaglichkeit, Lieblosigkeit, Vernachlässigung und Verschlamptheit wahr. Der übrige Teil der Wohnung war nicht besser. Mrs. McBride, seine Zugehfrau, strengte sich nicht besonders an, weil es keinen Sinn hatte. Es war ihr wie auch ihm gleichgültig. Wahrscheinlich fiel beiden die schleichende Verwahrlosung ihres Daseins längst nicht mehr auf.

Nachdem Beryl McBride schon seit dreißig Jahren mit Tom McBride verheiratet war, wirkte sie noch irischer als er. Mitunter argwöhnte Pfarrer Barnes, daß sie den irischen Tonfall nicht von Kindesbeinen an erworben, sondern sich erst später zugelegt hatte, einen deftigen irischen Music-Hall-Jargon, den sie sich entweder aus ehelicher Loyalität oder aus einem weniger durchschaubaren Grund angeeignet hatte. Er hatte bemerkt, daß sie in den wenigen Augenblicken, da sie sich unter Druck gesetzt fühlte, in ihren angestammten Cockney-Slang verfiel. Die Pfarrei hatte sie für zwölf Stunden die Woche angestellt. Laut Vereinbarung sollte sie montags, mittwochs und freitags kommen, um die Wohnung zu säubern, die Sachen im Schmutzwäschekorb zu waschen und trokkenzuschleudern, dem Pfarrer eine einfache Mahlzeit zu kochen und auf einem Tablett bereitzustellen. An den übrigen Wochentagen mußte sich Pfarrer Barnes selbst verköstigen. Detaillierter waren Mrs. McBrides Aufgaben nie festgelegt worden. Man erwartete von ihr und dem jeweiligen Pfarrherrn, daß sie von sich aus die Uhrzeiten und sonstigen Dinge vereinbarten.
Zwölf Wochenstunden waren ein angemessener, sogar großzügig veranschlagter Zeitaufwand gewesen, als noch der junge Pfarrer Kendrick der Kirche von St. Matthew vorstand. Er war auch mit einer idealen Pfarrersgattin verheiratet, einer umtriebigen, drallen Physiotherapeutin, die sowohl ihren Teilzeitjob im Krankenhaus verrichten wie auch ihre Pflichten in der Pfarrei vollauf erfüllen und obendrein noch Mrs. McBride ebenso auf Trab halten konnten wie ihre Patienten. Selbstverständlich hatte niemand erwartet, daß Pfarrer Kendrick bleiben würde. Er war sozusagen nur eingesprungen, hatte die Stellung nach Pfarrer Collins' langer, fünfundzwanzigjähriger Amtszeit bis zur Bestallung eines Nachfolgers, sollte es ihn je geben, gehalten. St. Matthew war, worauf der Archidiakon immer wieder hinwies, ein kostspieliger Luxus für die Anglikanische Kirche im Zentrum Londons. Da es zwei weitere anglikanische Kirchen im Umkreis von drei Meilen gab, beide versehen mit tatkräftigen jungen Pfarrern und genügend karitativen Pfarrorganisationen, die mit den staatlichen Wohlfahrtsstellen konkurrieren konnten, war die Kirche von St. Matthew mit ihrer kleinen, überalterten Gemeinde nur ein trauriges Mahnmal dafür, wie sehr die Autorität der etablierten Konfessionen in den Großstädten abnahm.

Trotzdem hatte der Archidiakon Pfarrer Barnes im Gespräch versichert: »Die Gemeinde von St. Matthew hängt bewundernswert an ihrer Kirche. Schade ist nur, daß die Leute nicht auch noch vermögend sind. Es ist nicht zu bestreiten, daß die Pfarrei uns eine Menge Geld kostet. Aber wir können die Kirche doch nicht einfach verkaufen. Das Gebäude soll zudem architektonisch von einiger Bedeutung sein. Ich kenne mich da nicht aus. Dieser riesige Glockenturm! Sieht gar nicht englisch aus, oder? Die Gegend ist doch nicht der Lido von Venedig oder was immer dem Architekten dabei vorgeschwebt haben mag.«

Obwohl der Archidiakon den Lido von Venedig noch nie zu Gesicht bekommen hatte, wußte er, da er im altehrwürdigen Salisbury aufgewachsen war, von Kindesbeinen an, wie eine englische Kirche auszusehen hatte.

Und Pfarrer Kendrick hatte ihn noch vor der Abreise zu seiner neuen Pfarrgemeinde – mit einer rassisch gemischten Gemeinde, einem Jugendclub, einem Mütterverein, einer kirchlichen Jugendgruppe, also mit all dem, was ein ehrgeiziger junger Priester begehren konnte – über Beryl McBride aufgeklärt.

»Ehrlich gesagt, mir jagt sie Angst ein. Ich gehe ihr möglichst aus dem Weg. Nur meine Frau Susan kam mit ihr gut zurecht. Man sollte mit ihr noch einmal ihre Aufgaben durchgehen. Ich wünschte, sie hätte von ihrem Mann auch die Konfession und nicht allein seinen Akzent übernommen. Dann kämen katholische Pfarrer in den Genuß ihrer Kochkunst.«

Auch seine Frau Susan hatte, während sie geschickt Porzellangeschirr in Zeitungen einschlug, ein paar Informationen beigesteuert, die kaum beruhigend klangen. »Man muß ihr auf die Finger sehen. Ihre Hausmannskost ist nicht übel, aber die Auswahl ein wenig begrenzt. Und bei der Hausarbeit ist sie nicht sehr verläßlich. Man muß ihr die Marschroute von Anfang an klarmachen. Wenn man ihr die richtigen Ziele setzt und sie weiß, daß sie einen nicht für dumm verkaufen kann, wird sie spuren. Sie ist eben schon so lange hier. Schon seit Pfarrer Collins' Tagen. Es wird schwer sein, sie loszuwerden. Und sie ist ein eifriges Mitglied der Gemeinde. Wie ich schon sagte, man muß ihr die Marschrichtung von Beginn an klarmachen. Oh, und den Sherry sollte man im Auge behalten. Das heißt nicht, daß sie klaut. Man kann alles unbesorgt liegenlassen – Geld, Schmuck, Lebensmittel. Aber sie genehmigt sich dann und wann einen Schluck. Deswegen sollte man ihr hin und wieder von sich aus ein Gläschen anbieten. So kommt sie weniger in Versuchung. Man kann ja die Flasche nicht gut irgendwo wegschließen.«

»Nein, das geht natürlich nicht«, hatte Pfarrer Barnes darauf erwidert.

Doch dann hatte Mrs. McBride von Anfang an die Marschroute vorgezeichnet. Es war von ihrer ersten Begegnung an hoffnungslos. Mit einem Anflug von Scham erinnerte er sich an ihr erstes, alles entscheidende Zusammentreffen. In dem quadratischen kleinen Raum, der als Arbeitszimmer galt, hatte er ihr gegenüber Platz genommen, als sei er ein Bittsteller. Es entging ihm nicht, wie ihre kleinen wachen Augen – dunkel wie schwarze Johannisbeeren – das Zimmer absuchten, die Lücken auf dem Regal wahrnahmen, wo Pfarrer Kendricks ledergebundene Bücher gestanden hatten, den billigen Teppich vor dem Gasfeuerkamin, seine an die Wand gelehnten wenigen Drucke. Und nicht allein das registrierte sie. Sie machte sich auch ein zutreffendes Bild von ihm. Sie ahnte seine Ängstlichkeit, seine Unwissenheit in Haushaltsfragen, seine klägliche Autorität als Mann wie auch als Priester. Er vermutete, daß sie selbst seine intimen Geheimnisse durchschaut hatte – seine Jungfräulichkeit, seine schamhafte Furcht vor ihrer lebensprallen, überwältigenden Weiblichkeit, seine gesellschaftliche Unsicherheit. Er war in einem kleinen, am Fluß gelegenen Haus in Ely zur Welt gekommen. Dort hatte er mit seiner verwitweten Mutter gelebt, dort hatten sie sich in ehrenhafter Armut, mit erfinderischer Verzweiflung und kleinen Notlügen durchs Leben gerettet, mit Einschränkungen, die viel demütigender waren als die wirkliche Armut in den Großstädten.

Er konnte sich vorstellen, wie Mrs. McBride ihn ihrem Mann schilderte. »Nein, ein echter Gentleman wie Pfarrer Kendrick ist der nicht. Das spürt man sofort. Pfarrer Kendricks Vater war immerhin Bischof. Und Mrs. Kendrick ist die Nichte von Lady Nichols. Das darf man nicht vergessen. Aber von welcher Familie er abstammt, weiß man nicht.«

Zuweilen beschlich ihn das Gefühl, sie wisse auch, wie wenig ihm von seinem Glauben geblieben war. Daß es ebendieser Mangel war

und weniger seine sonstigen Unzulänglichkeiten, was ihrer Mißbilligung zugrunde lag.
Vor kurzem hatte er aus der Leihbücherei einen Roman von Barbara Pym mit nach Hause genommen. Mit ungläubigem Neid las er die einfühlsame, ironisch gefärbte Schilderung einer Pfarrei auf dem Lande, wo die geistlichen Herren von den weiblichen Gemeindemitgliedern liebevoll verköstigt und verwöhnt wurden. Mrs. McBride, dachte er, hätte im Sprengel von St. Matthew diesem Treiben bald ein Ende gemacht. Daß sie dazu fähig war, hatte sie schon einmal bewiesen. In der ersten Woche hatte ihm Mrs. Jordan einen selbstgebackenen Obstkuchen verehrt, den Mrs. McBride, als sie mittwochs kam, auf dem Tisch sogleich erspähte.
»Der ist von Ethel Jordan, nicht wahr?« hatte sie säuerlich konstatiert. »Vor ihr sollten Sie sich vorsehen, Hochwürden! Ein unverheirateter Geistlicher wie Sie!« Ihre bedeutungsschweren Worte klangen ihm noch lange Zeit in den Ohren, und die Freude über diese gutgemeinte Geste war ihm verdorben. Als er ein Stück von dem Kuchen aß, kam es ihm so vor, als kaue er geschmacklosen Teig, als nehme er mit jedem Bissen an einer unanständigen Handlung teil.
Mrs. McBride kam zur vereinbarten Zeit. Was immer man ihr sonst vorwerfen konnte – auf Pünktlichkeit legte sie großen Wert. Pfarrer Barnes hörte, wie der Schlüssel umgedreht wurde, und Sekunden später stand sie in der Küche. Sie schien nicht einmal erstaunt zu sein, ihn nach der Messe noch in seinem Umhang sitzen zu sehen. Es war ihr anzumerken, daß sie von den Morden schon wußte. Er beobachtete sie, wie sie bedächtig das Kopftuch abnahm – zum Vorschein kam hochgekämmtes, welliges Haar von unnatürlich dunkler Farbe –, ihren Mantel an der Flurgarderobe aufhängte, den Overall vom Haken an der Küchentür nahm und sich hineinzwängte, dann die Straßenschuhe auszog und in bequeme Hauspantoffel schlüpfte. Erst nachdem sie noch den Wasserkessel für den Morgenkaffee aufgesetzt hatte, begann sie zu reden.
»So was mußte ausgerechnet in unserer Pfarrei passieren, Hochwürden! Zwei Tote! Billy Crawford hat es mir im Zeitungsladen erzählt. Und einer von ihnen ist der alte Harry Mack.«
»So ist es, Mrs. McBride. Einer von ihnen ist Harry.«
»Und wer ist der andere? Oder weiß es die Polizei noch nicht?«

»Ich glaube, da müssen wir uns noch ein wenig gedulden. Die Polizei wird die Angehörigen benachrichtigen und danach erst seine Identität preisgeben.«
»Aber Sie haben ihn doch gesehen, Hochwürden! Mit eigenen Augen gesehen! Und da haben Sie ihn nicht erkannt?«
»Das dürfen Sie mich nicht fragen, Mrs. McBride. Wir müssen abwarten, bis die Polizei den Namen bekanntgibt.«
»Wie kann man nur Harry Mack umbringen? Er hatte doch nichts bei sich, weswegen man ihn umbringen könnte, die arme Seele. Und Selbstmord kann's doch nicht gewesen sein, nicht wahr, Herr Pfarrer? Einer dieser gemeinsamen Selbstmorde? Oder nimmt die Polizei an, daß Harry es getan hat?«
»Man weiß noch nicht, wie es sich abgespielt hat. Wir sollten der Polizei nicht vorgreifen.«
»Ich kann's mir jedenfalls nicht vorstellen. Harry Mack ist kein Mörder. Ich glaube eher, daß der andere, über den Sie mit mir nicht reden, über den Sie nichts sagen wollen, Harry umgebracht hat. Harry war ein widerlicher, diebischer, gemeiner Kerl – Gott sei seiner Seele gnädig! –, aber er hätte niemandem etwas zuleide getan. Die Polizei kann den Mord nicht Harry anhängen!«
»Das wird sie ganz gewiß nicht tun. Es könnte ja auch ein Einbrecher gewesen sein. Oder jemand, den Sir Paul Berowne selbst eingelassen hatte. Irgendein Unbekannter. Als Miss Wharton heute morgen kam, stand die Tür zur Sakristei offen.«
Er schaute zum Küchenherd hin, damit sie nicht sah, wie er vor Scham und Ärger rot wurde, weil ihm Berownes Name entschlüpft war. Aber ihr war es nicht entgangen. Nein, ihr nicht. Warum hatte er auch noch die offene Tür erwähnt? Wollte er damit sie oder sich selbst beruhigen? Doch was machte das jetzt noch aus? Die Einzelheiten würden sich ohnehin bald herumsprechen. Da machten Verschwiegenheit und Mißtrauen nur einen schlechten Eindruck. Warum sollte er auch mißtrauisch sein? Denn niemand, nicht einmal Mrs. McBride, würde ihn verdächtigen. Das vertraute, verwirrende Gefühl von Selbstekel und Hoffnungslosigkeit beschlich ihn, als ihm bewußt wurde, daß er ihr, nur weil er sie wieder einmal günstig stimmen, für sich einnehmen hatte wollen, mehr anvertraut hatte, als er eigentlich durfte. So was war noch nie zu seinen Gunsten ausgegangen, und auch diesmal würde es nicht

funktionieren. Obwohl sie den Namen Berowne nicht aufgriff, wußte er, daß er sich ihrem Gedächtnis eingeprägt hatte. Er sah es an dem triumphierenden Ausdruck ihrer durchtriebenen kleinen Augen, hörte es aus ihrer schadenfrohen Stimme heraus.

»Eine scheußliche Sache, nicht? Und das in unserer Pfarrei! Jetzt müssen Sie die Kirche reinigen, Herr Pfarrer!«

»Reinigen?«

»Na, mit Weihwasser besprengen und so. Mein Tom könnte mal mit Pfarrer Donovan reden. Vielleicht kann der uns mit katholischem Weihwasser aushelfen.«

»Wir haben unser eigenes Weihwasser, Mrs. McBride!«

»In so einem Fall darf man kein Risiko eingehen, Herr Pfarrer. Wir sollten das katholische Weihwasser von Pfarrer Donovan nehmen. Nein, da sollte man auf Nummer Sicher gehen. Mein Tom könnte es am Sonntag nach dem Hochamt mitbringen... Hier ist Ihr Kaffee, Herr Pfarrer. Ich hab' ihn extra stark gemacht. Das muß ein furchtbarer Schock für Sie gewesen sein. Das steht fest.«

Es war, wie immer, Kaffee von der billigsten Sorte. Er war sogar noch ungenießbarer als sonst, da seine Stärke den Geschmack deutlicher hervortreten ließ. Auf der braunen Oberfläche kreiselten Klümpchen säuerlicher Milch, die sich nach einer Weile zusammenballten. Der Tassenrand war mit etwas beschmiert, das wie Lippenstift aussah. Verstohlen drehte Barnes die fleckige Stelle von sich weg, damit Mrs. McBride nichts davon merkte. Er hätte den Kaffee auch in seinem einigermaßen behaglichen Arbeitszimmer trinken können, wagte aber nicht, aufzustehen. Und wenn er ginge, ohne mit ihr gemeinsam Kaffee zu trinken, wäre das eine Kränkung. Schon am allerersten Morgen hatte sie ihm anvertraut: »Mrs. Kendrick und ich haben immer zuerst so richtig gemütlich eine Tasse Kaffee getrunken, bevor ich zu arbeiten anfing.« Er wußte nicht, ob das der Wahrheit entsprach. Aber seitdem war dieses Ritual, das Vertrautheit demonstrieren sollte, zur Gewohnheit geworden.

»Dieser Paul Berowne war doch Parlamentsabgeordneter, nicht wahr? Er ist, soviel ich weiß, zurückgetreten oder so was. Ich habe über ihn im *Standard* gelesen.«

»Ja, er gehörte dem Parlament an.«

»Sagten Sie nicht auch, daß er ein Sir war?«

»Ein Baronet, Mrs. McBride.«

»Was hatte er nur in der kleinen Sakristei zu schaffen, frage ich mich. Ich hatte ja keine Ahnung, daß sogar ein Baronet in unserer Pfarrei zur Kirche ging.«

Für Diskretion war es jetzt zu spät. »Er ging nicht bei uns zur Kirche. Er war nur ein Bekannter von mir. Ich habe ihm den Schlüssel gegeben. Er wollte sich nur mal eine Zeitlang ungestört in der Kirche aufhalten«, fügte er in der vergeblichen Hoffnung hinzu, dieses Eingeständnis, das geradezu an eine streng vertrauliche Mitteilung grenzte, soweit sie ein Geistlicher überhaupt machen konnte, würde ihr schmeicheln, vielleicht sogar ihre Neugierde stillen. »Er wollte da in aller Ruhe nachdenken und beten.«

»In einer kleinen Sakristei? Da hat er sich aber einen merkwürdigen Ort ausgesucht! Warum hat er denn nicht in der Kirche gebetet? Oder vor dem Allerheiligsten in der Marienkapelle? Das wäre der richtige Platz zum Beten, wenn man schon nicht bis zum Sonntag warten kann.« Ihrem mißbilligenden Tonfall nach zu schließen, hatte sie sowohl am Ort wie auch am Beten selbst etwas auszusetzen.

»Aber er konnte doch nicht gut in der Kirche übernachten, Mrs. McBride!«

»Warum wollte er ausgerechnet da schlafen? Hatte er denn daheim kein eigenes Bett?«

Pfarrer Barnes merkte, daß seine Hände wieder zu zittern begannen. Die Kaffeetasse schwankte, und zwei kochendheiße Tropfen spritzten auf seine Hand. Vorsichtig setzte er die Tasse auf dem Unterteller ab und hoffte, das peinliche Zittern würde endlich abklingen. Fast hätte er ihre letzten Worte überhört.

»Wenn er sich wirklich umgebracht hat, ist er zumindest als reinlicher Mensch gestorben. Das muß man ihm lassen.«

»Als reinlicher Mensch gestorben, Mrs. McBride?«

»Er muß sich gewaschen haben, als Tom und ich gestern abend nach acht Uhr vorbeikamen. Er oder Harry Mack. Aber niemand kann mir einreden, daß Harry sich gewaschen hätte, wenn's nicht unbedingt sein mußte! Das Wasser schoß nur so aus dem Abflußrohr heraus. Wir nahmen selbstverständlich an, Sie wären da drinnen. ›Pfarrer Barnes scheint sich in der Sakristei aber ausgiebig

zu waschen‹, sagte ich zu Tom. ›Er will wohl die Gasrechnung in der Pfarrwohnung möglichst niedrig halten.‹ Wir lachten noch beide darüber.«
»Wann genau war das, Mrs. McBride?«
»Ich hab's Ihnen doch schon gesagt, Hochwürden! Nach acht war's. Wir waren auf dem Weg zum ›Three Feathers‹. Wir wären an der Kirche gar nicht vorbeigekommen, wenn wir nicht mit Maggie Sullivan vereinbart hätten, daß wir sie abholen. Aber so war es kürzer.«
»Das müssen wir der Polizei sagen. Das könnte eine wichtige Information sein. Es interessiert die Polizei sicherlich, wer sich gestern abend in der Nähe der St.-Matthew-Kirche aufgehalten hat.«
»Das interessiert sie? Das kann ich mir denken! Worauf wollen Sie hinaus, Hochwürden? Wollen Sie damit andeuten, Tom, die gute Maggie Sullivan und ich hätten ihm die Kehle durchgeschnitten?«
»Selbstverständlich nicht, Mrs. McBride. Das ist doch lächerlich. Aber Sie alle könnten wichtige Zeugen sein. Denken Sie nur an den Wasserschwall! Das bedeutet, daß Sir Paul gegen acht noch am Leben war.«
»Eins steht fest: Gegen acht war da drinnen jemand noch am Leben. Und diese Person hat eine Menge Wasser verbraucht.«
Pfarrer Barnes überkam ein peinigender Gedanke. Ohne lange zu überlegen, fragte er: »Ist Ihnen aufgefallen, was für eine Farbe das Wasser hatte?«
»Hätte ich denn in den Gully gucken sollen? Selbstverständlich habe ich mich nicht darum gekümmert, was für eine Farbe das Wasser hatte. Welche Farbe hätte es denn haben sollen? Es schoß nur so raus. Das steht mal fest.«
Doch dann neigte sie sich jäh über den Tisch. Ihre üppigen Brüste, die so gar nicht zu ihrem mageren Gesicht und den knochigen Armen paßten, wölbten sich wie zwei pralle Halbkugeln auf der Tischplatte. Die Kaffeetasse klirrte auf dem Unterteller. Die stechenden, kleinen Augen weiteten sich. »Meinen Sie denn, Hochwürden, daß es rot gewesen sein könnte?« flüsterte sie begierig.
»Es könnte sein«, antwortete er beklommen.
»Glauben Sie, daß er da drinnen war, Hochwürden? Daß er sich das Blut von den Händen wusch? Großer Gott! Und wenn er herausge-

kommen wäre und uns gesehen hätte? Er hätte uns auf der Stelle umgebracht, Tom, Maggie und mich. Er hätte uns ebenfalls die Kehle durchgeschnitten und in den Kanal geworfen. Das ist sicher. Muttergottes, steh uns bei!«

Ihr Gespräch hatte eine bizarre, realitätsferne, gänzlich unkontrollierbare Wendung genommen. Dabei hatte ihm die Polizei doch eingeschärft, so wenig wie möglich zu verraten. Er hatte auch nichts preisgeben wollen. Aber jetzt wußte sie, wie die Opfer hießen, wer sie entdeckt hatte, daß die Tür nicht zugesperrt gewesen war. Sie wußte, woran sie gestorben waren, obwohl er doch kein Wort von einer durchschnittenen Kehle gesagt hatte. Aber das könnte sie auch erraten haben. In London griff man eher zum Messer als zu einer Schußwaffe. All das wußte sie nun. Obendrein war sie noch um die fragliche Zeit an der Kirche vorbeigekommen. Er schaute sie über die fleckige Tischplatte hinweg mit schreckgeweiteten Augen an, mußte wie sie an das blutgefärbte, herausquellende Wasser denken und stellte sich gleichfalls vor, wie eine Gestalt mit gezücktem, blutigem Messer aus der Kirche stürmte. Noch etwas ging ihm durch den Sinn. So scheußlich die Tat auch sein mochte, die sie plötzlich zu beklommenen Komplizen gemacht hatte, sie führten erstmals ein richtiges Gespräch. In den Augen, die ihn entsetzt anstarrten, glomm eine Erregung, die von Entzücken nicht weit entfernt war, so daß es ihm fast unheimlich wurde. Aber der ihm so sehr vertraute Ausdruck von Dreistigkeit und Verachtung war verschwunden. Er bildete sich sogar ein, sie suche bei ihm Halt. Darüber war er so erleichtert, daß er verstohlen mit der Hand über den Tisch nach ihr tastete, als wollte er gleichzeitig Trost suchen und spenden. Doch gleich darauf zuckte er zurück, als hätte man ihn bei etwas Unschicklichem ertappt.

»Was sollen wir nur tun, Hochwürden?«

Diese Frage hörte er zum erstenmal. Es verwunderte ihn selbst, wie gefaßt seine Stimme klang. »Die Polizei hat mir eine Telefonnummer gegeben. Die sollten wir jetzt anrufen. Sie werden uns einen Polizeibeamten schicken. Entweder hierher oder zu Ihnen. Schließlich sind Sie, Tom und Maggie wichtige Zeugen. Und wenn das erledigt ist, ziehe ich mich in mein Arbeitszimmer zurück. Ich habe die Frühmesse nicht lesen können und muß mein Morgengebet nachholen.«

»Selbstverständlich, Hochwürden«, sagte sie beinahe unterwürfig. Außerdem mußte er noch etwas erledigen. Merkwürdig, daß es ihm nicht schon früher eingefallen war. Sicherlich erwartete man von ihm, daß er in den nächsten Tagen Paul Berownes Frau und seiner Familie einen Kondolenzbesuch abstattete. Da er nun wußte, was er zu tun hatte, fühlte er sich viel wohler. Ein Satz aus der Bibel fiel ihm ein: »Tue Böses, damit Gutes entsteht.« Doch dann verwarf er schleunigst solche Gedanken. Sie kamen ihm allzu blasphemisch vor, als daß er sie hätte gelten lassen können.

Zweites Buch

Familienangehörige

1

Nachdem Commander Dalgliesh die Kirche verlassen hatte, fuhr er noch zum Yard, um die Akten über Theresa Nolan und Diana Travers zu holen. So war Mittag schon vorbei, als sie vor der Villa am Campden Hill Square ankamen. Kate Miskin begleitete ihn. Massingham war in der Kirche geblieben, um die Spurensicherung abzuschließen. Da Kate Dalgliesh mitgeteilt hatte, daß er in der Villa nur Frauen antreffen werde, hatte er es für ratsamer gehalten, sie mitzunehmen, insbesondere, da sie ihnen als erste die Nachricht übermittelt hatte. Diese Entscheidung sagte weder Massingham noch ihm zu. Die ersten Gespräche mit den Angehörigen waren stets von weitreichender Bedeutung, Massingham wäre daher auch gern dabeigewesen. Er hätte zweifellos mit Kate fair zusammengearbeitet, weil er ihre kriminalistischen Fähigkeiten schätzte, aber Dalgliesh wußte, daß Massingham noch immer den Tagen nachtrauerte, als Polizeibeamtinnen sich damit begnügen mußten, entlaufene Kinder aufzuspüren, weibliche Häftlinge zu filzen, Prostituierte zu bessern oder Hinterbliebene zu trösten. Und falls es sie nach einem handfesten Kriminalfall gelüstete, konnten sie sich ja um die diversen Schandtaten jugendlicher Strolche kümmern.

Commander Dalgliesh wußte ferner, daß sich in der Villa kein Polizeibeamter aufhielt. Lady Ursula hatte sich zwar freundlich, aber entschieden gegen den Vorschlag gesträubt, zu ihrem Schutz einen Beamten abzustellen. Kate hatte ihm ihre Worte mitgeteilt: »Sie glauben doch nicht im Ernst, daß der Mörder, falls es einen gibt, nun über die Familienmitglieder herfallen wird. Wir brauchen keinen Polizeischutz. Ich bin sicher, daß Sie Ihre Beamten sinnvoller einsetzen können. Ich möchte nicht, daß ein Polizist wie ein Aufpasser unten in der Eingangsdiele herumlungert.«

Außerdem hatte Lady Ursula darauf bestanden, Schwiegertochter und Haushälterin selbst zu informieren. Kate hatte also keine

Gelegenheit gehabt zu sehen, wie die beiden auf die Nachricht von Berownes Tod reagierten.

Der Campden Hill Square – eine grüne, von georgianischer Eleganz geprägte Oase abseits des unablässigen Verkehrslärms auf der Holland Park Avenue – lag in mittäglicher Stille. Die Vormittagsnebel hatten sich gelichtet, und die Sonne schien flüchtig auf das Laubwerk, das sich schon gelb färbte. Dalgliesh konnte sich nicht daran erinnern, die Villa schon einmal gesehen zu haben. Da er hoch über der Themse am Stadtrand wohnte, kam er nur selten in diesen Teil Londons. Aber die Villa, eins der wenigen von Sir John Soane entworfenen Wohngebäude, war in so vielen Büchern über die Sehenswürdigkeiten Londons abgebildet, daß ihm die eigenwillige architektonische Eleganz derart vertraut war, als würde er die Straßen und Plätze dieses Viertels seit Jahren kennen. Die im konventionellen georgianischen Stil erbauten Häuser links und rechts davon waren zwar ebenso stattlich, aber die Berowne-Villa mit ihrer neoklassizistischen Fassade aus Portland-Stein und Ziegeln bildete dennoch den Blickfang des terrassierten Platzes. Obwohl sie unverkennbar einen Teil des Ensembles bildete, wirkte sie, als beanspruche sie hochmütig eine Sonderstellung.

Dalgliesh blieb kurz stehen und betrachtete wortlos die Fassade. Kate schwieg gleichfalls. Er hatte nicht das Gefühl, daß man sie beobachtete, daß sie jemand irgendwo hinter der Mauer, hinter den im Sonnenlicht glänzenden Fenstern voll Unruhe, Trauer oder gar Furcht erwartete. Als er auf die Türklingel drückte, dauerte es sogar geraume Zeit, bis die Tür geöffnet wurde. Er sah sich einer Frau gegenüber, die nur Evelyn Matlock sein konnte.

Sie mochte Ende Dreißig sein und wirkte unscheinbar, wie es heute nur noch wenige Frauen sind. Eine kleine, spitze Nase stach zwischen prallen Wangen hervor, auf denen eine dünne Make-up-Schicht die geplatzten Äderchen eher noch betonte, statt sie zu kaschieren. Sie hatte schmale, verkniffene Lippen und ein leicht fliehendes Kinn, unter dem die Haut bereits zu erschlaffen begann. Ihr Haar, das aussah, als hätte es jemand ungeschickt gekräuselt, war an den Schläfen hochfrisiert und hing über die hohe Stirn in einem Löckchengewirr herab, wie es zur Zeit Edwards VII. Mode gewesen war. Als sie sie eintreten ließ, bemerkte er, daß sie auffallend schmale Handgelenke und Fesseln hatte, die zu ihrer

kräftigen Figur und dem üppigen Busen unter der hochgeschlossenen Bluse nicht so recht paßten. Ihm fiel ein, was Paul Berowne über sie gesagt hatte. Das war also die junge Frau, deren Vater Paul Berowne erfolglos vor Gericht verteidigt, der er ein Heim und eine Anstellung verschafft hatte, wofür sie ihm angeblich zutiefst dankbar war. Wenn das der Wahrheit entsprach, wußte sie ihre Trauer über seinen Tod hinter beeindruckender Gelassenheit zu verbergen. Ein Polizeibeamter, dachte er, ähnelt doch auf gewisse Weise einem Arzt, der einen Hausbesuch macht. Auch ihm bringt man keine alltäglichen Gefühle entgegen. Dalgliesh war es gewohnt, daß man ihn mit Erleichterung, Beklommenheit, Ablehnung, ja sogar Haß empfing. Jetzt aber, einen kurzen Augenblick nur, sah er in Miss Matlocks Augen nackte Angst. Gleich darauf wich sie einem Ausdruck von – wie ihm schien – unechter, leicht aufsässiger Gleichgültigkeit. Doch es war zweifellos Angst gewesen. Sie drehte ihnen halb den Rücken zu, als sie sagte: »Lady Ursula erwartet Sie, Commander. Folgen Sie mir bitte!«
Die Aufforderung, mit einer hohen, gepreßten Stimme gesprochen, hörte sich an, als würde eine herrische Krankenschwester einen Patienten in Empfang nehmen, von dem sie nichts als Ungelegenheiten erwartet. Sie schritten durch die Eingangsdiele und gelangten in die Halle mit ihrer hohen, kannelierten Kuppeldecke. Wie schwarze Spitze zog sich links von ihnen eine fein gearbeitete Schmiedeeisenbalustrade an einer Steintreppe nach oben.
Miss Matlock öffnete die Doppeltür zur Rechten und ließ ihnen den Vortritt. »Würden Sie hier bitte warten«, sagte sie. »Ich gebe Lady Ursula Bescheid, daß Sie da sind.«
Der Raum, in dem sie sich befanden, hatte etwa die Länge des Hauses und diente offenbar als Eßzimmer und Bibliothek. Er war lichtdurchflutet. Die beiden hohen, oben gerundeten Fenster auf der Frontseite gingen auf den rechteckigen Garten hinaus, während man auf der Rückseite durch ein einziges großes Fenster auf eine Natursteinmauer mit drei Nischen blickte. In jeder stand eine Marmorstatue: eine nackte Venus, die mit einer Hand züchtig den Schamhügel bedeckte, mit der anderen auf ihre linke Brustwarze deutete; eine weitere Göttin, in einem fließenden Gewand, geschmückt mit einem Blumenkranz, und dazwischen ein lorbeerbekränzter Apollo mit seiner Lyra. Hohe Mahagonibücherschränke

teilten den Raum ab. Über ihnen bildeten drei halbkreisförmige, stuckverzierte, grün und goldfarben gestrichene Bögen einen Baldachin. An den Wänden und zwischen den Fenstern standen weitere Bücherschränke, jeder von einer Marmorbüste gekrönt. Die in grünes Leder gebundenen, mit Gold geprägten Bücher waren alle gleich groß und paßten so genau in die Regale, daß sie fast wie gemalt wirkten. Zwischen den Regalen und in den Wandnischen darüber hingen Spiegel, die die Pracht des Raums mit seiner ornamentierten Decke, den Marmorbüsten und ledergebundenen Büchern, mit all dem schimmernden Mahagoni und Glas ins Unendliche reflektierten. Vor dem hinteren Fenster stand ein ovaler Eßzimmertisch. Ihn zierte in der Mitte, als befände man sich in einem Museum, ein Modell der Villa auf einem niedrigen Sockel. Die acht hochlehnigen Stühle waren an der Wand aneinandergereiht. Über dem offenen Kamin mit seiner Marmorumrandung hing ein Porträt, das wohl den Baronet, der die Villa bauen ließ, zeigte. Im Gegensatz zu dem Bild in der National Portrait Gallery mit seinem reizvollen Zeitkolorit war dieses von der schwerfälligeren Eleganz des 19. Jahrhunderts geprägt. Aber das hochmütige Gesicht über der makellos gebundenen Krawatte zeigte unverkennbar die Züge eines Berowne.

Dalgliesh betrachtete es flüchtig und fragte dann: »Was hat Ihnen Lady Ursula gleich gesagt, Kate?«

»›Nach dem ersten Tod kommt kein weiterer.‹ Kam mir wie ein Zitat vor.«

»Es ist auch eins.« Ohne weiter darauf einzugehen, fügte er nur hinzu: »Ihr ältester Sohn wurde in Nordirland umgebracht... – Gefällt Ihnen der Raum?«

»Sollte ich mal ungestört schmökern wollen, würde ich die Kensington-Bibliothek vorziehen. Es ist ein Raum, mit dem man Staat macht, den man aber nicht benützt. Merkwürdiger Einfall, eine Bibliothek mit einem Eßzimmer zu kombinieren! Aber es ist zweifellos ein prachtvoller Raum. Nicht eben behaglich. Ich frage mich, ob man schon einmal jemanden wegen eines Hauses ermordet hat.« Für Kate war das ein ungewöhnlich langer Kommentar.

»Ich kann mich an so einen Fall nicht erinnern«, erwiderte Dalgliesh. »Es wäre zumindest ein rationaleres Motiv, als wenn man jemanden eines anderen Menschen wegen ermordet. Außerdem wäre das Risiko einer späteren Ernüchterung geringer.«

»Und eines späteren Verrats, Sir.«

Miss Matlock erschien im Türrahmen; mit kühler Förmlichkeit sagte sie: »Lady Ursula ist bereit, Sie zu empfangen. Ihr Salon liegt im vierten Stock. Aber das Haus hat einen Fahrstuhl. Wenn Sie mir bitte folgen würden!«

Es klang, als wollten sie sich, ohne große Chancen zu haben, um einen Job im Haushalt bewerben. Der Fahrstuhl glich einem eleganten, goldstrotzenden Vogelkäfig. In dumpfer Stille glitten sie langsam nach oben. Als der Lift mit einem Ruck anhielt, traten sie auf einen schmalen, teppichbelegten Gang hinaus. Miss Matlock öffnete die gegenüber liegende Tür und verkündete: »Commander Dalgliesh und Miss Miskin!«

Sie machte abrupt kehrt und eilte davon. Erst als Dalgliesh Lady Ursulas Salon betrat, hatte er das Gefühl, daß er sich in einem Privathaus befand, in einem Raum, den sich seine Bewohnerin nach ihren Wünschen eingerichtet hatte. Durch zwei hohe, schön proportionierte Sprossenfenster mit zwölf Scheiben sah man den Himmel, den die obersten Äste der Bäume säumten. Licht durchflutete den länglichen, schmalen Raum. Lady Ursula saß aufrecht rechts neben dem offenen Kamin, den Rücken dem Fenster zugekehrt.

Am Sessel lehnte ein Ebenholzstock mit einem goldenen Knauf. Lady Ursula erhob sich nicht, als sie eintraten, sondern streckte lediglich die Hand aus, als Kate Dalgliesh vorstellte. Ihre Finger packten zwar nur flüchtig, aber erstaunlich kräftig zu; trotzdem war ihm, als hätte er von trockenem Wildleder überzogene Knochen umklammert. Lady Ursula warf Kate einen abschätzenden Blick zu und nickte flüchtig, was sich als eine Art Begrüßung oder Zustimmung deuten ließ. »Nehmen Sie doch Platz!« sagte sie. »Falls sich Miss Miskin Notizen machen möchte – der Stuhl am Fenster steht ihr zur Verfügung. Wenn Sie sich mir gegenüber setzen wollen, Commander!«

Die Stimme mit dem Tonfall von Upper-class-Arroganz, der sich die Sprecher oft gar nicht bewußt sind, klang so, wie er es erwartet hatte. Sie hörte sich ein wenig gepreßt an, als bemühte sie sich, ein Tremolo zu unterdrücken. Trotzdem war es eine angenehme Stimme. Dalgliesh bemerkte, daß Lady Ursula kerzengerade in einem Spezialsessel saß, der auf ihre Behinderung abgestimmt war. In der Armlehne befand sich ein Schaltknopf, der den Hebemechanismus im Sitz auslöste. Das moderne, funktionelle Möbel paßte nicht recht zu der sonstigen, aus dem 18. Jahrhundert stammenden Einrichtung. Er sah zwei Armsessel mit Petitpoint-Sitzflächen, einen Pembroke-Tisch und einen kleinen Schreibtisch, die alle so arrangiert waren, daß Lady Ursula einen Halt fand, wenn sie schleppenden Schritts zur Tür ging. Aber dadurch bekam der Raum etwas von einem Antiquitätengeschäft, in dem man die kostbaren Stücke unvorteilhaft zur Schau gestellt hatte. Es war das Zimmer einer alten Frau. Trotz des Geruchs nach Bienenwachs und des schwachen sommerlichen Dufts aus der Potpourri-Schale auf dem Pembroke-Tisch nahm Dalgliesh mit seiner empfindlichen Nase die säuerlichen Ausdünstungen des Alters wahr. Ihre Blicke trafen sich. Die großen, etwas auseinander stehenden Augen mit den schweren Lidern waren immer noch schön. Einst waren sie wohl das einprägsamste Attribut ihrer Schönheit gewesen. Obwohl sie nun tiefer in den Höhlen lagen, hatten sie sich ihren Ausdruck, der von einem scharfen Verstand zeugte, bewahrt. Die Haut war vom Kinn bis zu den hohen, leicht vorspringenden Wangenknochen gefältelt, als würde sie von einer unsichtbaren Hand nach oben gezogen. Dalgliesh bemerkte mit ahnungsvoller Beklommenheit, wie sich unter der dünnen Haut deutlich das Schädelskelett abzeichnete. Die Ohren lagen flach an und waren so groß, daß sie wie abnorme Auswüchse wirkten. In ihrer Jugend hatte sie sie sicherlich unterm Haar verborgen. Kein Make-up bedeckte ihr Gesicht, und mit dem straff nach hinten gekämmten, zu einem Dutt zusammengefaßten Haar sah es nackt aus, zu allem entschlossen. Sie trug schwarze Hosen, darüber eine von einem Gürtel zusammengehaltene Tunika aus feiner grauer Wolle, die fast bis zum Kinn geknöpft war und lange Ärmel hatte. Die Füße steckten in bequemen, mit einem Netzmuster verzierten Schuhen. Sie hielt sie völlig regungslos, als seien sie am Teppich fixiert. Auf dem runden Tisch zu ihrer Rechten lag ein Buch. Dalgliesh sah, daß es Philip Larkins *Required Writing* war. Lady Ursula legte die Hand auf das Buch und sagte: »Mr. Larkin schreibt da, die Idee zu einem Gedicht und eine schon fertige Zeile würden sich zumeist gleichzeitig einstellen. Stimmen Sie dem zu, Commander?«

»Ja. Das kann ich bestätigen, Lady Ursula. Ein Gedicht entsteht schließlich aus Poesie und nicht aus einem poetischen Konzept heraus.« Die Frage wunderte ihn nicht einmal. Er wußte mittlerweile, daß Menschen auf einen Schock, auf Leid oder auf Schicksalsschläge unterschiedlich reagieren. Wenn ihr diese merkwürdige Eröffnung weiterhalf, würde er seine Ungeduld zügeln.

»Die Kombination Dichter und Bibliothekar, so ungewöhnlich sie sein mag, deutet auf eine gewisse Wesensverwandtschaft hin. Aber daß jemand Dichter und Polizist sein kann, kommt mir etwas abwegig, geradezu pervers vor.«

»Meinen Sie damit, daß sich Gedichte nicht mit der Aufklärung von Verbrechen vereinbaren lassen oder die Verbrechensaufklärung nicht mit Gedichten?« fragte er.

»Das letztere. Was geschieht nun, wenn die Muse zuschlägt – nein, das ist wohl nicht das richtige Wort –, wenn die Muse Sie mitten in einem Kriminalfall küßt? Doch wenn ich mich recht erinnere, Commander, hat sich Ihre Muse in letzter Zeit ziemlich rar gemacht... Zu unserem großen Bedauern«, fügte sie mit sanfter Ironie hinzu.

»Das ist mir noch nie widerfahren«, erwiderte Dalgliesh gelassen.

»Vielleicht kann sich die menschliche Psyche nur mit einem einzigen intensiven Erlebnis beschäftigen.«

»Und das Schreiben von Gedichten ist ein besonders intensives Erlebnis?«

»Eins der intensivsten, die ich kenne.«

Sie lächelte ihn überraschend an, was ihren Gesichtsausdruck erhellte, komplizenhaft wirken ließ, als seien sie alte Bekannte. »Sie müssen es mir nachsehen, Commander. Von einem Kriminalbeamten vernommen zu werden ist für mich eine neue, ungewohnte Erfahrung. Sollte es für so eine Situation einen angemessenen Gesprächsstoff geben, dann ist er mir jedenfalls nicht bekannt. Ich bin Ihnen auch dankbar, daß Sie mir nicht kondoliert haben. In früheren Jahren habe ich schon so viele offizielle Beileidsäußerungen zu hören bekommen. Ich habe sie zumeist peinlich oder unehrlich gefunden.«

Dalgliesh überlegte, wie sie wohl reagieren würde, wenn er entgegnete: Ich habe Ihren Sohn gekannt. Zwar nicht besonders gut, aber wir haben öfters miteinander geplaudert. Ich habe Verständnis dafür, daß Sie mein Beileid ablehnen. Aber ich hätte schon die richtigen Worte gefunden. Und sie wären bestimmt nicht unehrlich gewesen.

»Miss Miskin hat mir die Nachricht mit Takt und einer genau

dosierten Rücksichtnahme überbracht«, sprach sie weiter. »Dafür bin ich ihr zu Dank verpflichtet. Aber sie konnte oder mochte mir nicht mehr sagen, als daß mein Sohn tot ist und Verletzungen aufweist. Woran ist er nun gestorben, Commander?«

»An Schnittwunden am Hals, Lady Ursula.« Die brutale Wirklichkeit ließ sich nicht verniedlichen. »Harry Mack, ein Stadtstreicher, der bei ihm war, starb an den gleichen Verletzungen«, fügte er hinzu und fragte sich, warum er Harrys Namen genannt hatte. Armer Harry! Der gleichmacherische Tod hatte ihn in eine absonderliche Situation gebracht. Seinem Leichnam würde nun mehr Aufmerksamkeit zuteil werden, als ihm selbst je im Leben widerfahren war.

»Und die Tatwaffe?« fragte Lady Ursula.

»Neben der Hand Ihres Sohnes lag ein blutbeschmiertes Rasiermesser, das wohl ihm gehörte. Obwohl die Untersuchungen noch nicht abgeschlossen sind, nehme ich an, daß es die Tatwaffe ist.«

»Und die Tür zur Kirche, zur Sakristei oder wo immer man ihn gefunden hat, war sie offen?«

»Miss Wharton, die mit einem Jungen die Toten entdeckte, sagte aus, daß sie nicht abgeschlossen gewesen sei.«

»Gehen Sie davon aus, daß es ein Selbstmord war?«

»Harry Mack, der Stadtstreicher, hat nicht Selbstmord verübt. Ich gehe vorläufig davon aus, daß das auch auf Ihren Sohn zutrifft. Mehr läßt sich noch nicht sagen, solange die Ergebnisse der Autopsie und der übrigen kriminalwissenschaftlichen Tests nicht vorliegen. Ich halte es vorläufig für einen Doppelmord.«

»Ich danke Ihnen, daß Sie meine Fragen so offen beantwortet haben.«

»Auch ich habe ein paar Fragen«, erwiderte Dalgliesh. »Ich kann selbstverständlich ein andermal kommen, wenn Sie zu einer Aussage noch nicht bereit sind. Aber es ist natürlich wichtig, daß wir möglichst wenig Zeit verlieren.«

»Dieser Ansicht bin ich auch, Commander. Zwei Ihrer Fragen kenne ich bereits. Ich habe nicht den geringsten Grund zu der Annahme, daß mein Sohn seinem Leben ein Ende setzen wollte. Und er hatte, soviel ich weiß, kein Feinde.«

»Das wäre bei einem Politiker höchst ungewöhnlich, Lady Ursula.«

»Er hatte zweifellos politische Gegner. Sogar in seiner eigenen Partei. Aber keiner von ihnen würde sich zu einem Mord hinreißen lassen. Und Terroristen würden in so einem Fall Bomben oder Schußwaffen verwenden und nicht das Rasiermesser des Opfers. Verzeihen Sie, Commander, wenn ich das Offensichtliche feststelle – aber ist es nicht am wahrscheinlichsten, daß ein Unbekannter, ein Stadtstreicher, Psychopath, ein Einbrecher, meinen Sohn und diesen Harry Mack umgebracht hat?«

»Wir schließen diese Annahme nicht aus, Lady Ursula... Wann haben Sie Ihren Sohn zum letztenmal gesehen?«

»Gestern früh gegen acht, als er mir das Tablett mit dem Frühstück brachte. Das machte er immer. So konnte er sich vergewissern, daß ich die Nacht überlebt hatte.«

»Hat er Ihnen gestern oder bei einer anderen Gelegenheit anvertraut, daß er die St.-Matthew-Kirche aufsuchen wollte?«

»Nein. Wir haben über seinen Tagesablauf nicht gesprochen, nur über meinen. Aber das dürfte Sie wohl kaum interessieren.«

»Ich wüßte gern, wer sich tagsüber und zu welcher Zeit hier im Hause aufhielt. Ihr Tagesablauf könnte uns da weiterhelfen.«

»Mrs. Beamish, meine Chiropraktikerin, kam gegen halb elf. Sie behandelt mich im Hause. Sie blieb etwa eine Stunde bei mir. Danach ließ ich mich zu einem verabredeten Lunch mit Mrs. Charles Blaney in den University Women's Club fahren. Nach dem Lunch sahen wir uns bei Agnew's in der Bond Street ein paar Aquarelle an, für die sich Mrs. Blaney interessiert. Nachdem wir im Savoy unseren Tee genommen hatten, setzte ich Mrs. Blaney vor ihrem Haus in Chelsea ab und war gegen halb sechs wieder daheim. Ich wies Miss Matlock noch an, mir um sechs Uhr etwas heiße Suppe und Sandwiches mit Räucherlachs heraufzubringen, was auch geschah. Ich sagte ihr, daß ich nicht mehr gestört werden wolle. Der Lunch und die Ausstellung hatten mich etwas ermüdet. Ich las dann und läutete kurz vor elf nach Miss Matlock, damit sie mir ins Bett half.«

»Haben Sie im Verlauf des Tages – abgesehen von Ihrem Sohn, Miss Matlock und Ihrem Chauffeur – noch weitere Bewohner des Hauses zu Gesicht bekommen?«

»In der Bibliothek habe ich kurz meine Schwiegertochter getroffen. Das war am Vormittag. Ist das von irgendwelcher Bedeutung, Commander?«

»Solange wir nicht genau wissen, wie Ihr Sohn den Tod gefunden hat, kann alles von Bedeutung sein. Wußte jemand im Haus, daß Sir Paul gestern abend wieder die St.-Matthew-Kirche besuchen wollte?«

»Ich hatte keine Gelegenheit, diese Frage jemandem zu stellen. Ich glaube allerdings nicht, daß es jemand gewußt hat. Aber Sie werden dieser Frage zweifellos nachgehen. Wir haben nur ein paar Bedienstete. Evelyn Matlock, die Sie schon gesehen haben, ist meine Haushälterin. Dann gibt es noch Gordon Halliwell, einst Sergeant im Garderegiment, der unter meinem älteren Sohn gedient hat und jetzt so was wie mein Chauffeur und Faktotum ist. Vor über fünf Jahren, noch vor Hugos Tod, ist er ins Haus gekommen und seitdem geblieben.«

»Hat er auch Ihren Sohn chauffiert?«

»Höchst selten. Vor seinem Rücktritt stand Paul ein Wagen des Ministeriums zur Verfügung. Außerdem hatte er einen eigenen Wagen. Halliwell fährt mich beinahe täglich, hin und wieder auch meine Schwiegertochter. Er wohnt über der Garage. Sie werden sich gedulden müssen, Commander, wenn Sie von ihm etwas erfahren wollen. Heute ist sein freier Tag.«

»Wann ist er denn weggefahren, Lady Ursula?«

»Entweder spät in der Nacht oder heute früh. So macht er es immer. Ich habe keine Ahnung, wo er sich aufhält. Ich mische mich in das Privatleben meiner Bediensteten nicht ein. Wenn in den heutigen Abendnachrichten vom Tod meines Sohnes die Rede ist, was ich annehme, wird er sicherlich früher zurückkehren. Im allgemeinen ist er vor elf Uhr nachts wieder im Haus. Ich habe übrigens gestern abend kurz nach acht und dann noch einmal gegen Viertel nach neun mit ihm übers Haustelefon gesprochen. Außer Halliwell ist da noch Mrs. Iris Minns, die vier Tage in der Woche als Zugehfrau ins Haus kommt. Miss Matlock kann Ihnen ihre Adresse geben.«

»Hat Ihr Sohn mit Ihnen über sein Erlebnis in der Sakristei von St. Matthew gesprochen?«

»Nein. Es wäre auch kein Gesprächsstoff gewesen, für den ich mich hätte erwärmen können. Seit 1918 ist es mit meinem Glauben nicht weit her, und ich bezweifle, daß ich überhaupt jemals wirklich religiös war. Vor allem das Mystische bedeutet mir ungefähr ebenso viel wie Musik einem stocktauben Menschen. Selbstverständlich weiß ich, daß es Menschen gibt, denen solche Erlebnisse angeblich

widerfahren sind. Aber sie haben meiner Ansicht nach physische oder psychische Ursachen – Überarbeitung, Lebensüberdruß ab einem bestimmten Alter oder die Suche nach einem Lebenssinn. Für mich war eine derartige Suche immer etwas Fruchtloses.«
»War es auch für Ihren Sohn fruchtlos?«
»Bis zu diesem Vorfall habe ich ihn für einen konventionellen Anhänger der Anglikanischen Kirche gehalten. Ich vermute, daß ihm die Gottesdienste seiner Religion zur Auffrischung seiner Moral dienten, zur Bestätigung seiner Identität als Mensch, aber auch als Mußestunden, in denen er ohne Angst vor irgendwelchen Unterbrechungen nachdenken konnte. Wie die meisten Anglikaner der Oberschicht hätte er die Menschwerdung Christi akzeptabler gefunden, wenn es Gott gefallen hätte, seinen Geschöpfen in der Gestalt eines englischen Gentlemans des 18. Jahrhunderts einen Besuch abzustatten. Und wie die meisten Angehörigen seiner Klasse überwand er dieses kleine Problem dadurch, daß er Gott mehr oder minder mit den Zügen eines englischen Gentlemans aus besagtem Jahrhundert ausstaffierte. Sein Erlebnis, diese angebliche Offenbarung in der Kirche, ist mir unerklärlich. Er bemühte sich auch nicht – das muß ich ihm hoch anrechnen –, es jemandem plausibel zu machen, zumindest nicht mir. Hoffentlich erwarten Sie von mir keine Äußerung dazu. Das Thema reizt mich nicht, und es hat bestimmt nichts mit seinem Tod zu tun.« Die lange Rede hatte sie sichtlich angestrengt.
So naiv kann sie doch nicht sein, dachte er. Es befremdete ihn, daß sie offenbar meinte, sie könne ihn zu dieser Annahme bewegen.
»Wenn ein Mann seinem Leben eine andere Wendung gibt und wenige Tage nach dieser Entscheidung den Tod findet, wahrscheinlich ermordet wurde, muß das für unsere Untersuchung wichtig sein«, sagte er.
»Gewiß! In dieser Hinsicht ist es zweifellos wichtig. Es gibt nur wenige Familiengeheimnisse, die für Ihre Untersuchung nicht von Wichtigkeit sind, Commander!«
Dalgliesh sah, daß das Gespräch an ihren Kräften zehrte. Klein und zusammengesunken saß sie in dem übergroßen Lehnstuhl. Die knotigen Finger auf der Armlehne zitterten leicht. Aber er unterdrückte sein Mitgefühl, wie sie ihren Kummer. Er mußte ihr noch einige Fragen stellen. Außerdem wäre es nicht das erstemal, daß er sich die Erschöpfung oder das Leid seines Gegenübers zunutze

machte. Er holte aus seiner Aktentasche den versengten Terminkalender hervor, der noch in seiner durchsichtigen Schutzhülle steckte.

»Wir haben den Kalender bereits nach Fingerabdrücken untersucht«, erklärte er. »Es wird sich herausstellen, ob sie von Leuten stammen, die wie Sir Paul, Sie und weitere Mitglieder des Haushalts berechtigterweise Zugang zu dem Terminkalender hatten. Können Sie bestätigen, daß er Ihrem Sohn gehört? Ich wäre Ihnen dankbar, wenn Sie das tun könnten, ohne ihn aus der Schutzhülle zu nehmen.«

Sie nahm das Päckchen und legte es in ihren Schoß, starrte eine Weile darauf hinunter. Dalgliesh hatte das Gefühl, daß sie seinem Blick auswich.

Nach einer Weile sagte sie: »Ja, er gehörte ihm. Aber er kann keine große Bedeutung haben. Enthält nur eine Auflistung von Terminen. Mein Sohn war kein Tagebuchschreiber.«

»Dann ist es merkwürdig, daß er ihn verbrennen wollte – sofern er es war. Noch etwas macht mich stutzig: Die obere Hälfte der letzten Seite ist herausgerissen worden. Auf dieser Seite ist der Kalender des vergangenen Jahres und der für 1986 angegeben. Können Sie sich erinnern, Lady Ursula, ob etwas und, wenn ja, was auf dieser Seite stand?«

»Ich glaube nicht, daß ich die Seite je gesehen habe.«

»Wissen Sie noch, wann und wo Sie den Terminkalender zum letztenmal gesehen haben?«

»Ich befürchte, das gehört zu den Belanglosigkeiten, die sich meinem Gedächtnis nicht einprägen. Haben Sie noch weitere Fragen, Commander? Falls sie nicht dringend sind, sollten Sie sich vielleicht gedulden, bis Sie sicher sind, daß Sie einen Mordfall bearbeiten.«

»Das wissen wir bereits, Lady Ursula«, entgegnete er. »Harry Mack wurde ermordet.«

Sie erwiderte nichts darauf, und eine Weile saßen die beiden sich stumm gegenüber. Als sie ihn dann mit ihren großen Augen anblickte, kam es ihm so vor, als drückten sie Entschlossenheit, Trotz, aber auch eine Bitte aus.

»Ich glaube, ich habe Sie mit meinen Fragen allzulange behelligt«, sagte er. »Da wäre nur noch eine kleine Sache. Was können Sie mir über Theresa Nolan und Diana Travers berichten, die beiden jungen

Frauen, die mal hier im Hause beschäftigt waren und wenig später gestorben sind?«

Der versengte Terminkalender schien sie zutiefst verstört zu haben. Diese Frage dagegen brachte sie nicht aus der Fassung. »Leider nur sehr wenig«, antwortete sie. »Das meiste wissen Sie ohnehin, nehme ich an. Theresa Nolan war eine freundliche, fürsorgliche Pflegerin und eine tüchtige, aber meiner Meinung nach nicht besonders intelligente junge Frau. Sie kam am 2. Mai als Nachtschwester ins Haus, als ich einen schlimmen Ischiasanfall hatte, und verließ es am 14. Juni. Sie bekam hier im Hause ein Zimmer und hatte nur nachts Dienst. Danach fand sie, wie Sie vermutlich schon wissen, eine Anstellung in einem Entbindungsheim in Hampstead. Mir ist bekannt, daß sie schwanger wurde, während sie hier arbeitete, aber ich kann Ihnen versichern, daß keiner im Haus etwas damit zu tun hat. Eine Schwangerschaft gehört nicht zu den Berufsrisiken einer Krankenschwester, die eine zweiundachtzig Jahre alte, arthritische Frau pflegt. Von Diana Travers weiß ich noch weniger. Sie war angeblich eine Schauspielerin, seinerzeit ohne Engagement, und arbeitete als Hausangestellte, solange sie eine ›schöpferische Pause‹ einlegte, wie man das in ihren Kreisen wohl beschönigend nennt. Sie kam auf eine Stellungsanzeige hin, die Miss Matlock bei unserem Zeitungshändler ins Schaufenster gehängt hatte. Miss Matlock stellte sie ein, da unsere Putzfrau kurze Zeit zuvor gekündigt hatte.«

»Nach einer Absprache mit Ihnen, Lady Ursula?«

»Wegen solcher Angelegenheiten brauchte sie sich nicht mit mir abzusprechen. Nein, sie hat es nicht getan. Ich weiß, warum Sie mich nach den beiden Frauen fragen. Ein paar meiner Freundinnen konnten es sich nicht verkneifen, mir den Artikel in der *Paternoster Review* zuzusenden. Es wundert mich, daß sich die Polizei mit etwas abgibt, das doch nur widerliche journalistische Häme ist. So was kann doch keine Aufschlüsse über die Ermordung meines Sohnes geben! Wenn das alles ist, Commander, sollten Sie jetzt besser meine Schwiegertochter aufsuchen. Nein, Sie brauchen nicht zu läuten! Ich werde Sie hinunterbegleiten. Bemühen Sie sich nicht, ich kann auch ohne Ihre Hilfe gehen.« Sie drückte den Schaltknopf in der Armlehne, worauf sich der Sitz langsam hob. Sobald sie sicher stand, sagte sie: »Bevor Sie meine Schwiegertochter befragen, sollte ich Ihnen noch etwas anvertrauen. Meine Schwiegertochter wird

Ihnen wahrscheinlich weniger bedrückt vorkommen, als man es erwarten würde. Das liegt daran, daß sie keine Phantasie hat. Hätte sie die Leiche meines Sohnes gefunden, wäre sie jetzt untröstlich und niedergeschlagen und würde wohl kaum mit Ihnen reden wollen. Aber was sie nicht mit eigenen Augen sieht, kann sie sich nur schwer vorstellen. Ich sage das, damit Sie sie nicht mißverstehen.«

Dalgliesh nickte, erwiderte aber nichts. Das ist der erste Fehler, den sie macht, dachte er. Was sie damit andeuten wollte, war klar. Aber es wäre klüger gewesen, wenn sie nichts gesagt hätte.

2

Er sah ihr ungerührt zu, wie sie sich zusammennahm und zum ersten Schritt ansetzte. Sie gab sich Mühe, sich den erwarteten stechenden Schmerz nicht anmerken zu lassen. Er machte keine Anstalten, ihr zu helfen. Er wußte, so eine Geste wäre nur aufdringlich und zugleich unerwünscht. Kate, die wie immer ahnte, wie sie sich verhalten sollte, klappte ihren Notizblock zu und wartete schweigend. Langsam ging Lady Ursula, sich auf ihren Stock stützend, Schritt für Schritt zur Tür. Die Hand auf dem Goldknauf zitterte. Wie blaue Kordeln traten die Venen hervor. Die beiden folgten ihr auf den teppichbelegten Korridor hinaus und in den Lift. Da in dem elegant gestalteten Fahrstuhl kaum Platz war für drei Personen, stand Dalgliesh dicht neben Lady Ursula. Selbst durch den dicken Tweed seines Ärmels hindurch konnte er das leichte, unentwegte Zittern ihres knochigen Armes spüren. Sie mußte unter einem ungeheuren psychischen Druck stehen. Er fragte sich, was ihre Selbstbeherrschung durchbrechen könnte und ob er es darauf ankommen lassen sollte. Während der Lift sachte zwei Stockwerke tiefer glitt, bemerkte er, daß sie ihn ebenso taxierte wie er sie, daß sie ihn als ihren Feind ansah.

Sie folgten ihr in den Salon. Vermutlich hätte auch Paul Berowne ihm diesen Raum gezeigt. Einen Moment bildete er sich ein, der Tote, nicht die Mutter stehe neben ihm. Drei hohe, oben gerundete Fenster mit kunstvoll drapierten Vorhängen gaben den Blick auf die Bäume im Garten frei. Sie wirkten irgendwie irreal, wie ein Gobelin mit fein abgestuften Grün- und Goldtönen. Der Raum mit seiner klassizistisch ornamentierten Stuckdecke war spärlich möbliert und hatte die Atmosphäre eines selten benutzten Salons in einem Landhaus. Es roch nach Blumen und Wachspolitur. Dalgliesh wäre nicht erstaunt gewesen, wenn eine weiße Kordel wie in einem Museum den Bereich markiert hätte, den Besucher nicht betreten durften.

Lady Ursula hatte ihn, vermutlich mit Absicht, allein empfangen. Die Witwe Berownes dagegen hielt es für klüger, daß ihr Hausarzt und ihr Anwalt zugegen waren. Lady Ursula stellte sie einander vor und verließ gleich darauf das Zimmer. Dalgliesh und Kate gingen auf die drei Personen zu, die wie Figuren aus einem Gesellschaftsroman wirkten. Barbara Berowne thronte in einem hochlehnigen Sessel rechts neben dem Kaminfeuer. Ihr gegenüber, etwas vorgebeugt, saß ihr Anwalt Anthony Farrell. Und neben ihr stand, eine Hand auf ihrem Handgelenk, Dr. Piggott. Er brach als erster das Schweigen.

»Ich muß jetzt leider gehen, Lady Berowne. Heute nachmittag, so gegen sechs, komme ich aber noch mal vorbei, wenn's Ihnen recht ist. Wir werden schon dafür sorgen, daß Sie heute nacht schlafen können. Falls Sie mich früher sehen möchten, kann ja Miss Matlock anrufen. Versuchen Sie etwas zu essen! Miss Matlock soll Ihnen eine Kleinigkeit zubereiten. Ich weiß, Sie werden keinen Appetit verspüren. Trotzdem sollten Sie etwas zu sich nehmen. Versprechen Sie mir das?«

Sie nickte nur und reichte ihm die Hand. Er hielt sie einen Augenblick fest, schaute kurz Dalgliesh an, wandte den Blick ab und murmelte: »Schrecklich! Schrecklich das Ganze!« Als Dalgliesh nichts darauf erwiderte, sagte er: »Ich glaube, Lady Berowne ist jetzt soweit bei Kräften, daß sie mit Ihnen reden kann, Commander. Aber machen Sie's bitte kurz.«

Er sprach wie ein Laienschauspieler in einem Kriminalstück. Es wunderte Dalgliesh, daß ein Arzt, der doch an menschliche Tragödien gewohnt sein mußte, nervöser wirkte als seine Patientin. Als er die Hand auf den Türknauf legte, fragte Dalgliesh mit gedämpfter Stimme: »Waren Sie auch Sir Pauls Arzt?«

»Ja, aber erst seit kurzem. Vorher ließ er sich als Privatpatient von

Dr. Gillespie behandeln, der aber im letzten Jahr verstorben ist. Sir Paul und Lady Berowne traten dann auf mein Anraten der öffentlichen Krankenkasse bei. Ich habe zwar Sir Pauls Unterlagen als Patient, aber er hat mich nie aufgesucht. Er war ein erstaunlich gesunder Mann.«

Seine Fahrigkeit war damit erklärt. Er war nicht der langjährige, geschätzte Hausarzt, sondern hatte sicherlich ganz in der Nähe eine gutgehende, überfüllte Praxis, zu der es ihn nun zurückzog. Ihm war wohl bewußt geworden, daß ihm die Situation Taktgefühl und ein großes Maß an Aufmerksamkeit abverlangte, die er aber aus Zeitmangel nicht aufbieten konnte. So spielte er nicht eben überzeugend den Part eines Freundes der Familie, obendrein in einem Raum, den er vermutlich bislang noch nie betreten hatte. Dalgliesh überlegte, ob Paul Berownes Eintritt in die öffentliche Krankenkasse auf politische Imagepflege, Überzeugung, Sparsamkeit oder auf alle drei Gründe zurückzuführen sei. Über dem mit einem Fries verzierten Kaminsims war auf der Tapete ein rechteckiger, heller Fleck zu sehen, nur zur Hälfte verdeckt von einem ganz passablen Ahnenporträt. Dalgliesh vermutete aber, daß da früher ein wertvolleres Ölbild gehangen hatte.

»Setzen Sie sich doch, Commander!« sagte Barbara Berowne. Sie wies mit einer schlaffen Handbewegung auf das Sofa an der Wand. Obwohl es ungünstig stand und zudem sehr zerbrechlich aussah, ging Kate in die angegebene Richtung, setzte sich und holte ihren Notizblock hervor. Dalgliesh ergriff einen der aneinandergereihten Stühle, trug ihn zum Kamin und stellte ihn rechts von Anthony Farrell ab.

»Es tut mir leid, Sie zu diesem Zeitpunkt belästigen zu müssen, Lady Berowne«, begann er. »Aber ich nehme an, daß Sie dafür Verständnis haben.«

Barbara Berowne blickte zur Tür hin, durch die Dr. Piggott verschwunden war. »Ein komischer Kauz!« sagte sie. »Paul und ich sind erst seit Juni seine Patienten. Und schweißige Hände hat er auch noch.« Angewidert verzog sie das Gesicht und rieb die Finger aneinander.

»Meinen Sie, Sie könnten mir einige Fragen beantworten?« erkundigte sich Dalgliesh besorgt.

Wie ein ratsuchendes Kind schaute sie zu Farrell hinüber.

»Liebe Barbara, ich befürchte, bei einer Morduntersuchung müssen wir nun mal von gewissen gesellschaftlichen Konventionen Abstand nehmen«, meinte Anthony Farrell begütigend. »Die Polizei kann sich keinen Zeitverlust leisten. Ich bin sicher, der Commander wird sich so kurz wie möglich fassen. Seien Sie tapfer, und erleichtern Sie ihm seine Arbeit.« Bevor sie etwas darauf erwidern konnte, wandte er sich noch an Dalgliesh: »Ich bin als Lady Berownes Anwalt und Freund hier. Unsere Kanzlei hat schon drei Generationen der Familie vertreten. Ich habe Sir Paul überaus geschätzt. An ihm habe ich nicht nur einen Klienten, sondern auch einen Freund verloren. Deswegen bin ich auch sogleich gekommen. Lady Berowne steht nun allein da. Ihre Mutter und ihr Stiefvater sind in Kalifornien.«
Dalgliesh überlegte, wie Farrell wohl reagieren würde, wenn er entgegnete: Aber ihre Schwiegermutter wohnt doch nur ein paar Etagen entfernt.
Als nun Barbara Berowne ihn mit ihren auffallend veilchenblauen Augen musterte, wurde er einen Augenblick lang unsicher. Doch nach dem ersten Anflug von Neugierde wurde ihr Blick wieder gleichgültig, geradezu leblos, als sehe Dalgliesh in farbige Kontaktlinsen. Vielleicht genügte es ihr, höchstens flüchtiges Interesse zu signalisieren, nachdem sie Jahre hindurch registriert hatte, wie ihre Augen auf andere Menschen wirkten. Daß sie schön war, hatte er schon vorher gewußt. Er hatte es aus Bemerkungen, wenn von ihrem Mann die Rede war, und aus Zeitungsfotos geschlossen. Aber es war keine Schönheit, die ihn emotional hätte fesseln können. Es hätte ihm Vergnügen bereitet, unbemerkt dazusitzen und sie wie ein Gemälde zu betrachten – die zart geschwungenen Brauen über den leicht mandelförmigen Augen, die fein modellierte Oberlippe, die etwas dunkler getönte Mulde zwischen Jochbein und Kinnbogen, den makellosen Schwung des schlanken Halses. Er hätte sie bewundernd ansehen und danach ohne jegliches Bedauern verlassen können. Ihr blonder Liebreiz war ihm zu kostbar, zu gefällig, zu vollkommen. Er zog eine individuellere und eigenwilligere Schönheit vor, Intellekt verbunden mit Empfindsamkeit. Er glaubte nicht, daß Barbara Berowne besonders intelligent war. Aber unterschätzen durfte er sie nicht. Nichts war bedenklicher bei seiner Arbeit als die oberflächliche Beurteilung eines Menschen. Trotzdem bezweifelte er, daß sie eine Frau war, deretwegen ein Mann einen Mord

begehen könnte. In all den Jahren hatte er nur drei solche Frauen kennengelernt, und keine hätte man als schön bezeichnen können. Mit lässiger Eleganz gekleidet, saß sie entspannt in ihrem Sessel. Über dem plissierten Rock aus feiner, hellgrauer Wolle trug sie eine blaßblaue Seidenbluse. Um die Schultern hatte sie einen grauen Cashmere-Cardigan geschlugen. Ihr einziger Schmuck waren ein paar Goldkettchen und kleine Goldohrringe. Das Haar, von helleren und etwas dunkleren weizenblonden Strähnen durchzogen, war nach hinten frisiert und hing, von einer Schildpattklammer zusammengehalten, üppig und dicht über die Schultern. Sie hätte sich nicht diskreter präsentieren können. Schwarz wäre, da sie ja erst seit ein paar Stunden Witwe war, allzu auffällig, übertrieben, ja ordinär gewesen. Die feine Abstimmung von Grau- und Blautönen war genau das richtige. Er wußte, daß Kate die Nachricht überbracht hatte, bevor sich Lady Berowne hatte ankleiden können. Man teilte ihr mit, daß ihr Mann an einer Schnittwunde am Hals gestorben sei, und trotzdem konnte sie noch soviel Sorgfalt auf ihre Garderobe verwenden. Warum auch nicht? Er war viel zu erfahren, um anzunehmen, die Glaubwürdigkeit eines trauernden Menschen hinge vom Äußeren ab. Es gab nun einmal Frauen, deren Selbstachtung von der peniblen Beachtung von Kleinigkeiten abhing, einerlei, welche Schicksalsschläge sie treffen mochten. Bei anderen wiederum hing sie vom Selbstvertrauen, von der Lebensroutine, der Selbstbehauptung ab. Von einem Mann wurde solche Selbstdisziplin geradezu erwartet. Warum nicht auch von einer Frau? Oder war es so, daß seit über zwanzig Jahren die Pflege ihres Äußeren ihre Hauptbeschäftigung gewesen war und sie auch nicht von dieser Gewohnheit lassen mochte, nur weil jemand ihrem Mann die Kehle durchgeschnitten hatte? Dalgliesh konnte nicht umhin, all die Details zu registrieren – die hübsche Zierschließe an der Außenseite der Pumps, die tadellos nachgezogenen Lippen, die dazu passende Farbe desNagellacks, die dezent geschminkten Augen. Sie hielt die Hände völlig ruhig. Als sie sich nun ihm zuwandte, klang ihre Stimme hoch und – für ihn zumindest – unangenehm. Sie könnte, dachte er, jederzeit in ein kindliches Maulen umschlagen.

»Selbstverständlich möchte ich Ihnen gern helfen. Ich weiß nur nicht, wie. Für mich ist das Ganze noch immer unvorstellbar. Wer hätte Paul schon umbringen wollen? Er hatte keine Feinde. Alle

mochten ihn. Er war überaus beliebt.« Die banalen, wenig sachdienlichen Bemerkungen, vorgebracht in einem hohen, leicht näselnden Tonfall, kamen selbst ihr belanglos vor. Denn sie legte eine Pause ein, die Farrell geschickt nutzte.
»Lady Berowne ist zutiefst erschüttert«, versicherte er. »Wir hoffen, Commander, daß Sie uns mehr Informationen mitteilen können, als wir bislang haben. Die Tatwaffe soll ein Messer sein, und bei den tödlichen Verletzungen soll es sich um Schnittwunden am Hals handeln.«
Diskreter hätte auch ein noch gewiefterer Anwalt nicht ausdrücken können, daß man Sir Paul die Kehle durchgeschnitten hat, dachte Dalgliesh. »Sir Paul und der Tramp wurden allem Anschein nach auf die gleiche Weise umgebracht«, erwiderte er.
»Befand sich die Waffe noch am Tatort?«
»Ein mögliches Tatwerkzeug haben wir gefunden. Beide könnten mit Sir Pauls Rasiermesser getötet worden sein.«
»Das der Mörder in dem Raum zurückgelassen hat?«
»Ja, wir haben es da gefunden.«
Die Andeutung in den vorsichtigen Äußerungen Dalglieshs entging Farrell keineswegs. Auch er würde das Wort »Selbstmord« nicht benutzen, doch es hing in der Luft, mit sämtlichen sich daraus ergebenden Folgerungen.
»Ist denn die Kirchentür aufgebrochen worden?« fragte er weiter.
»Sie war nicht abgeschlossen, als Miss Wharton, eine Pfarrhilfe, die Toten heute vormittag entdeckte.«
»Es hätte also jeder Passant hineingehen können? Und vielleicht hat es auch jemand getan?«
»Auszuschließen ist es nicht. Sie werden verstehen, daß wir erst am Anfang unserer Untersuchung stehen. Wir können nichts als gesichert annehmen, solange wir nicht den Autopsiebericht und die Ergebnisse der Labortests vorliegen haben.«
»Selbstverständlich. Ich frage nur, weil Lady Berowne möglichst viele Einzelheiten erfahren möchte. Schließlich hat sie ein Recht darauf, ausführlich informiert zu werden.«
Dalgliesh sagte nichts darauf. Warum auch? Sie beide verstanden einander ausgezeichnet. Farrell würde sich um größtmögliche Höflichkeit bemühen, ihm aber nicht im geringsten behilflich sein. Seine Zuvorkommenheit war schon so mit seinem beruflichen

Dasein verquickt, daß sie nicht mehr aufgesetzt wirkte. Wir beide sind doch Profis, schien er ihm zu signalisieren. Bei jedem von uns steht ein gewisses Renommee auf dem Spiel. Wir wissen, worum es geht. Sie werden meine Sturheit gewiß entschuldigen, aber wir müssen möglicherweise auf verschiedenen Seiten kämpfen.

In Wirklichkeit standen sie bereits auf verschiedenen Seiten, was ihnen auch bewußt war. Farrell schirmte Barbara Berowne mit einer Gewandtheit ab, als wollte er ihr zu verstehen geben: Ich stehe zu Ihnen. Überlassen Sie alles mir. Haben Sie nur keine Angst. – Er machte seine Sache ausgezeichnet.

Seine Londoner Anwaltskanzlei Torrington, Farrell und Penge hatte seit über zweihundert Jahren einen von keinerlei Skandalen getrübten guten Ruf. Die strafrechtliche Abteilung hatte schon einige der ausgebufftesten Gauner Londons vor Gericht verteidigt. Nicht wenige verbrachten jetzt ihren wohlverdienten Urlaub in ihrer Villa an der Riviera oder auf ihrer Jacht. Kaum einer war hinter Gitter gekommen. Dalgliesh mußte an den Gefängniswagen denken, der ihn vor zwei Tagen auf der Fahrt zum Yard überholt hatte, an die stechenden Augen, die feindselig durch die Gitter blickten, als sei ihnen alles gleichgültig. Wenn sich die Insassen in der entscheidenden Phase ihres Strafprozesses für ein paar Stunden Farrell hätten leisten können, würde ihr Leben wohl anders verlaufen.

»Ich verstehe nicht, was ich mit der Angelegenheit zu tun habe«, wandte Barbara Berowne verdrossen ein. »Paul hat mir nicht gesagt, daß er die Nacht in dieser Kirche zubringen wollte. Mit einem Stadtstreicher zu pennen – das ist wirklich alles sehr abstrus.«

»Wann haben Sie ihn zum letztenmal gesehen?« fragte Dalgliesh.

»Gestern früh gegen Viertel nach neun. Er besuchte mich kurz, bevor Mattie mir das Frühstück brachte. Er ist nicht lange geblieben. Etwa eine Viertelstunde.«

»Was für einen Eindruck hat er auf Sie gemacht, Lady Berowne?«

»Er war wie sonst auch. Er hat nicht viel gesprochen. Das war nicht seine Art. Ich sagte ihm, was ich mir für den Tag vorgenommen hatte.«

»Und was hatten Sie sich vorgenommen?«

»Um elf hatte ich einen Termin bei *Michael and John*, meinem Friseur in der Bond Street. Später nahm ich zusammen mit einer alten Schulfreundin in Knightsbridge den Lunch ein. Danach mach-

ten wir Einkäufe bei Harvey Nichols. Zum Tee war ich wieder zurück. Da war er schon fort. Seit Viertel nach neun habe ich ihn nicht mehr gesehen.«
»Und Sie wissen nicht, ob er noch einmal heimgekehrt ist?«
»Nein. Getroffen hätte ich ihn ohnehin nicht. Denn ich zog mich nach meiner Heimkehr um und fuhr mit dem Taxi zur Pembroke Lodge. Das ist das Entbindungsheim meines Vetters Stephen Lampart. Stephen ist Gynäkologe. Gegen Mitternacht hat er mich dann nach Hause gebracht. Wir sind nach Cookham gefahren, um im ›Black Swan‹ zu essen. Wir verließen Pembroke Lodge um 7.40 und fuhren geradewegs zum ›Black Swan‹. Wir sind nirgendwo ausgestiegen.«
Klingt erstaunlich eindeutig, dachte Dalgliesh. Er hatte zwar damit gerechnet, daß sie früher oder später mit einem Alibi herausrücken würde, aber nicht zu diesem Zeitpunkt und nicht mit dieser Ausführlichkeit.
»Hat Ihnen Sir Paul, als Sie ihn zur Frühstückszeit sahen, nicht gesagt, was er an dem Tag plante?«
»Nein. Aber das können Sie seinem Terminkalender entnehmen. Er bewahrte ihn in der Schreibtischschublade in seinem Arbeitszimmer auf.«
»Wir haben einen Teil seines Terminkalenders in der Sakristei gefunden. Man hatte ihn ins Feuer geworfen.« Er beobachtete ihr Gesicht genau, als er das sagte. Der Blick ihrer blauen Augen flackerte, wurde wachsam, doch Dalgliesh hätte schwören können, daß sie nichts davon wußte.
»Ist das nicht seltsam?« Sie wandte sich wieder Farrell zu. »Warum sollte denn Paul seinen Terminkalender verbrennen?«
»Wir wissen nicht, ob er es war«, warf Dalgliesh ein. »Aber auf dem Kaminrost lag sein Terminkalender. Einige Seiten waren schon verbrannt. Die letzte Seite war zur Hälfte herausgerissen.«
Farrells und Dalglieshs Blicke trafen sich. Beide schwiegen.
»Dann müssen wir seinen Tagesablauf auf andere Weise rekonstruieren«, sagte Dalgliesh schließlich. »Ich hatte gehofft, Sie könnten uns weiterhelfen.«
»Ist denn sein Tagesablauf so wichtig? Ich meine, wenn ein Einbrecher ihn umbrachte, hilft es Ihnen dann weiter, wenn Sie wissen, daß er ein paar Stunden vor dem Mord einen Immobilienmakler aufsuchte?«

»Hat er das denn?«
»Er sagte, er habe sich mit einem Makler verabredet.«
»Hat er auch den Namen genannt?«
»Nein. Ich habe ihn auch nicht danach gefragt. Ich vermute, daß Gott ihm den Verkauf des Hauses empfohlen hat, glaube aber nicht, daß er ihm auch noch einen bestimmten Makler nannte.«
Hätte sie etwas Unflätiges geäußert, die Bestürzung hätte nicht größer sein können. Dalgliesh bemerkte, daß auch Farrell unangenehm berührt war. Aus dieser hohen, mißvergnügten Stimme konnte er weder Bitterkeit noch Ironie heraushören. Lady Berowne kam ihm vor wie ein unartiges Kind, das es gewagt hatte, im Beisein von Erwachsenen etwas Unverzeihliches herauszuplappern, und nun selbst etwas überrascht war über die eigene Dreistigkeit.
Anthony Farrell hatte das Gefühl, daß er die Sache wieder an sich reißen müsse. »Auch ich war gestern nachmittag mit Sir Paul verabredet«, sagte er besänftigend. »Um halb drei wollte er sich mit mir und zwei meiner Kollegen von der Finanzabteilung unserer Kanzlei treffen, um gewisse Angelegenheiten zu regeln, die sich, soweit ich verstanden hatte, aus seinem Rücktritt ergaben. Doch kurz vor zehn sagte er die Verabredung telefonisch ab und machte einen Termin zur gleichen Zeit für heute aus. Ich befand mich nicht in der Kanzlei, als er anrief. Er sprach mit meiner Sekretärin. Wenn Sie Beweise vorlegen können, Commander, daß er ermordet wurde, bin ich selbstverständlich mit einer Offenlegung aller geschäftlichen Details einverstanden. Dafür habe ich auch das Einverständnis von Lady Ursula und Lady Berowne.«
Er mag ein aufgeblasener Wichtigtuer sein, dachte Dalgliesh, aber dumm ist er gewiß nicht. Farrell wußte genau, daß der Zeitpunkt für solche Fragen noch nicht gekommen war. Er konnte sie zulassen, aber auch jederzeit unterbinden.
Barbara Berowne schaute Farrell mit ihren schönen Augen konsterniert an. »Was gibt es da offenzulegen? Paul hat mir alles hinterlassen. Das hat er mir nach unserer Hochzeit zugesichert. Auch das Haus. Die Sachlage ist doch eindeutig. Ich bin seine Witwe. Alles fällt mir zu, das heißt, fast alles.«
»Gewiß, die Sachlage ist klar, Lady Berowne«, bestätigte Farrell mit sanfter Stimme. »Dennoch besteht kein Anlaß, jetzt darüber zu sprechen.«

Dalgliesh holte aus seiner Brieftasche eine Kopie des anonymen Briefes hervor und überreichte sie Lady Berowne. »Ich nehme an, daß Sie das hier kennen«, sagte er.

Sie schüttelte den Kopf und gab die Kopie Farrell, der sie mit ausdruckslosem Gesicht aufmerksam durchlas. Falls er das Schreiben kannte, ließ er sich nichts anmerken.

»Meinem ersten Eindruck nach ist das hier eine Verleumdung von Sir Paul. Gegen den Urheber könnte man gerichtlich vorgehen«, meinte er.

»Es kann sein, daß das Schreiben nichts mit seinem Tod zu tun hat. Trotzdem würden wir gern mehr darüber erfahren.« Er neigte sich zu Barbara Berowne. »Wissen Sie mit Bestimmtheit, daß Ihnen Sir Paul das Schreiben nicht gezeigt hat?«

»Ja, warum sollte er? Paul hat mich nie mit Dingen belastet, die ich ohnehin nicht hätte ändern können. Das ist doch nur einer der üblichen Schmähbriefe. Ich meine, Politiker bekommen eben so was.«

»Wollen Sie damit ausdrücken, daß Ihr Mann ähnliche Briefe schon öfter erhalten hat?«

»Nein, das nicht. Ich weiß es nicht. Er hat nie darüber gesprochen. Ich meine nur, daß jeder, der in der Öffentlichkeit...«

»Lady Berowne will nur sagen«, unterbrach Farrell mit seiner professionellen Glätte, »daß jeder, der im öffentlichen Leben, insbesondere in der Politik, eine gewisse Rolle spielt, mit solchen unangenehmen Bosheiten rechnen muß.«

»Die jedoch nicht immer so detailliert ausfallen müssen«, entgegnete Dalgliesh. »In der *Paternoster Review* erschien ein Artikel, der sich anscheinend auf dieses Schreiben stützt. Haben Sie ihn gelesen, Lady Berowne?«

Sie schüttelte den Kopf.

»Ich sehe ein, daß Sie dem hier nachgehen müssen«, sagte Farrell. »Aber muß es ausgerechnet jetzt sein?«

»Nicht, wenn es Lady Berowne unangenehm ist«, konterte Dalgliesh.

Die Anspielung war nicht zu überhören und gefiel Farrell ganz und gar nicht. Seine Klientin kam ihm zu Hilfe. Mit einer Miene, die flehentlich, erstaunt und verstört zugleich wirkte, wandte sie sich an ihren Anwalt. »Ich begreife das alles nicht. Ich habe dem Commander doch schon alles gesagt. Ich möchte ihm gern helfen. Aber wie? Ich weiß nichts von dieser Diana Travers. Mattie, Miss Matlock, führt das Haus. Soviel ich weiß, meldete sich diese Diana Travers auf eine Stellenanzeige hin, und Mattie stellte sie ein.«

»Kam Ihnen denn das nicht ungewöhnlich vor?« fragte Dalgliesh. »Junge Menschen von heute reißen sich doch nicht um Putzarbeit.«

»Mattie sagte, sie sei eine Schauspielerin, die nur ein paar Stunden in der Woche solche Arbeiten übernehmen möchte. Es sei genau das, was sie wollte.«

»Hat Miss Matlock Sie vor der Einstellung dieser Diana Travers zu Rate gezogen?«

»Nein. Sie wird sich mit meiner Schwiegermutter besprochen haben. Die beiden leiten den Haushalt. Sie beziehen mich da nicht ein.«

»Hatten Sie Kontakt mit der anderen Toten, mit Theresa Nolan?«

»Sie pflegte meine Schwiegermutter. Mit mir hatte sie nichts zu tun. Ich bekam sie nur selten zu Gesicht.« Zu Farrell gewandt fragte sie: »Muß ich diese Fragen beantworten? Ich möchte zwar helfen, weiß aber nicht, wie. Wenn Paul tatsächlich Feinde gehabt haben sollte, ist mir das unbekannt. Wir haben miteinander nicht über Politik und ähnliche Themen gesprochen.« Der Blick der weit aufgerissenen blauen Augen signalisierte, daß ihr noch kein Mann derlei unwichtige Dinge, die mit ihrer Person auch nicht das geringste zu tun hatten, zugemutet hatte. »Das Ganze ist doch schon schrecklich genug«, sprach sie weiter. »Paul ist tot, ermordet. Ich kann es einfach nicht glauben. Ich kann's noch immer nicht fassen. Ich möchte nicht weiter darüber reden. Ich möchte auf mein Zimmer gehen und allein gelassen werden. Würden Sie bitte nach Mattie läuten?« Die Worte flehten um Mitgefühl, um Verständnis, die Stimme jedoch klang wie die eines quengelnden Kindes.

Farrell eilte zum Kamin und zog an der Klingelschnur. »Das schlimme an einem Mord ist unter anderem«, sagte er dann, »daß die Polizei auf die Gefühle der Betroffenen nicht allzuviel Rücksicht nehmen muß. Aber sie tut nur ihre Pflicht. Der Commander möchte nur erfahren, ob Sir Paul Ihnen etwas gesagt hat, woraus man schließen könnte, daß er Feinde hatte. Vielleicht war da jemand, der wußte, daß er sich an besagtem Abend in der St.-Matthew-Kirche aufhalten würde. Jemand, der einen Groll gegen ihn hegte, ihn ausschalten wollte. Zwar deutet alles darauf hin, daß Sir Paul von einem Einbrecher, der zufällig zur selben Zeit in die Kirche eindrang, getötet wurde, aber die Polizei möchte auch alle anderen Möglichkeiten überprüfen.«

Doch falls Farrell angenommen hatte, er könne das Gespräch nach seinem Belieben steuern, sah er sich getäuscht. Noch bevor Dalgliesh etwas darauf erwidern konnte, wurde die Tür mit einem Ruck aufgerissen, und ein junger Mann stürmte auf Barbara Berowne zu.

»Barbie! Liebling!« rief er aus. »Mattie hat mich angerufen. Es ist furchtbar, unfaßlich! Ich wäre schon früher gekommen, aber sie hat mich erst gegen elf erreicht. Wie geht es dir, meine Liebe? Hast du dich schon etwas beruhigt?«

»Dominic Swayne, mein Bruder«, erklärte sie gepreßt.

Er nickte ihnen kurz zu, als hätten sie kein Recht, hier zu sein, und widmete sich wieder seiner Schwester. »Wie konnte das nur geschehen, Barbie? Wer war es? Weiß man es schon?«

Echt klingt das nicht, dachte Dalgliesh. Eher einstudiert. Aber vielleicht urteilte er da vorschnell, ungerecht. Mittlerweile hatte er durch seine Arbeit gelernt, daß bei einem unerwarteten Schock, einer seelischen Erschütterung auch sonst beredte Menschen oft Banales äußern. Wenn Dominic Swayne seine Rolle als besorgter Bruder, der nur trösten wollte, überzogen hatte, bedeutete das noch lange nicht, daß seine Besorgnis und Hilfsbereitschaft gespielt waren. Dalgliesh war allerdings nicht entgangen, daß Barbara Berowne etwas zusammenzuckte, als er ihr den Arm um die Schultern legte. Das konnte man selbstverständlich auch auf ihre Verwirrung zurückführen. Aber es ließ sich ebenso als leichte Abneigung deuten.

Dalgliesh hätte nie gedacht, daß sie Bruder und Schwester waren. Zugegeben, Dominic Swayne hatte gleichfalls weizenblondes Haar. Aber es war über der runden, blassen Stirn – entweder von Natur aus oder dank der Kunstfertigkeit eines Friseurs – gekräuselt. Auch die Augen unter den fein geschwungenen Brauen wiesen das gleiche auffallende Veilchenblau auf. Damit endete jede Ähnlichkeit. Dominic Swayne hatte nichts von der klassischen, einnehmenden Schönheit seiner Schwester. Doch sein ebenmäßig geschnittenes Gesicht entbehrte nicht eines gewissen schelmischen Charmes: ein voller Schmollmund und Ohren, so winzig wie die eines Kindes, von heller, fast weißer Farbe und leicht abstehend, als seien es rudimentäre Schwingen. Er war untersetzt, knapp einen Meter siebzig groß, breitschultrig und hatte überlange Arme. Mit seiner stämmigen Gestalt und dem überhaupt nicht dazu passenden zierlichen Kopf wirkte er auf den ersten Blick leicht verunstaltet.

Miss Matlock war auf das Klingelzeichen hin gekommen und stand erwartungsvoll im Türrahmen. Ohne sich zu verabschieden, eilte Barbara Berowne mit einem Seufzer der Erleichterung zu ihr. Miss Matlock schaute zuerst sie, dann die Männer in dem Raum prüfend an, legte den Arm um Barbara Berownes Schultern und führte sie hinaus. Keiner sagte ein Wort. Nach einer Weile wandte sich Dalgliesh an Dominic Swayne.

»Da Sie schon mal hier sind, könnten Sie uns ein paar Fragen beantworten. Möglicherweise können Sie uns weiterhelfen: Wann haben Sie Sir Paul zum letztenmal gesehen?«

»Meinen allseits verehrten Schwager? Das weiß ich nicht. Wird schon ein paar Wochen her sein. Ich war zwar gestern den ganzen Abend hier im Haus, aber wir haben uns nicht gesehen. Evelyn, Miss Matlock, erwartete ihn nicht zum Dinner. Wie sie mir sagte, hatte er nach dem Frühstück das Haus verlassen und niemandem mitgeteilt, wo er zu erreichen sei.«

»Wann sind Sie denn gekommen, Sir?« fragte Kate, die noch immer auf dem Sofa an der Wand saß.

Er blickte sie mit seinen blauen Augen spöttisch und herausfordernd an, als wollte er mit ihr flirten. »Am Spätnachmittag kurz vor sieben. Der Nachbar verließ gerade das Haus und sah mich kommen. Er könnte den Zeitpunkt bestätigen, falls das von Bedeutung ist, was ich mir allerdings nicht vorstellen kann. Miss Matlock könnte es selbstverständlich auch. Ich blieb bis gegen halb elf und ging dann auf einen Drink ins ›Raj‹, ein Pub ganz in der Nähe. Die Leute dort könnten das bestätigen. Ich war einer der letzten Gäste.«

»Aber in der Zeit vorher waren Sie hier im Haus?« fragte Kate weiter.

»Ja. Aber was hat das mit Pauls Tod zu tun? Ist denn so was wichtig?«

So naiv kann er doch nicht sein, dachte Dalgliesh. »Es geht darum festzustellen, wo sich Sir Paul gestern aufgehalten hat«, sagte er. »Könnte er heimgekehrt sein, als Sie noch da waren?«

»Möglich wäre es schon, aber nicht wahrscheinlich. Ich habe etwa eine Stunde gebadet. Deswegen bin ich ja eigentlich gekommen. Er hätte sich um diese Zeit im Haus aufhalten können. Aber das hätte Miss Matlock mir sicherlich gesagt. Ich bin Schauspieler und laufe mir momentan die Hacken nach Engagements ab. Ich habe schon im Mai ein paar Wochen hier im Hause logiert. Aber Paul hatte was dagegen. Da bin ich zu Bruno Packard gezogen. Er ist Bühnenbildner. Er hat eine kleine Wohnung, eine aufgeteilte Altbauwohnung, in Shepherd's Bush. Viel Platz ist da nicht mit all den Kulissenmodellen und sonstigem Zeug. Außerdem gibt's da kein Bad, nur eine Dusche. Und die ist noch dazu in der Toilette. Nicht eben einladend für jemanden, der auf Körperpflege hält. Deswegen komme ich ab und zu zum Baden und Essen hierher.«
Dalgliesh kamen seine Erklärungen allzu einleuchtend vor, als hätte er sie vorher eingeübt. Außerdem war Dominic Swayne zu mitteilsam für jemanden, der nicht nach seinen Lebensumständen gefragt worden war, der zudem keinen Anlaß zu der Vermutung hatte, es könne sich um Mord handeln. Doch wenn seine Zeitangaben stimmten, war Dominic Swayne wahrscheinlich unverdächtig.
»Wenn Sie sonst nichts mehr von mir wissen wollen, gehe ich jetzt zu meiner Schwester«, sagte Swayne. »Die Sache muß ein schrecklicher Schock für sie gewesen sein. Mattie kann Ihnen Brunos Anschrift geben, falls es nötig ist.«
Nachdem er gegangen war, drehte sich Dalgliesh Farrell zu. »Es erstaunt mich, daß Lady Berowne die Alleinerbin ist. Ich hätte angenommen, der Besitz würde an den nächsten erbberechtigten Träger des Namens übergehen.«
»Ja, das ist ungewöhnlich«, bestätigte Farrell mit professioneller Gelassenheit. »Lady Ursula und Lady Berowne haben mich beauftragt, Ihnen jede gewünschte Information zu geben. Der alte Familienbesitz in Hampshire ging stets als Ganzes auf den erbberechtigten Träger des Namens über. Doch den Besitz gibt es schon längst nicht mehr, auch nicht die übrigen Liegenschaften. Die Villa bekam stets der jeweilige Baronet. Sir Paul erbte sie von seinem Bruder. Aber er hatte die unbeschränkte Verfügungsgewalt. Nach seiner Heirat verfaßte er ein neues Testament und vermachte sie ohne jede Einschränkung seiner Frau. Das Testament ist in diesem Punkt eindeutig. Lady Ursula, die ein eigenes Vermögen besitzt, wurde

mit einem kleineren Legat, sein einziges Kind, Miss Sarah Berowne, mit einem größeren bedacht. Halliwell und Miss Matlock erhalten jeweils 10 000 Pfund. Außerdem vermachte Sir Paul ein Ölgemälde – es stammt von Arthur Devis, wenn ich mich recht erinnere – dem Vorsitzenden der Ortsgruppe seiner Partei. Es gibt da noch weitere kleine Legate. Aber die Villa mitsamt der Einrichtung und einer angemessenen finanziellen Versorgung geht an seine Frau.«

Die Villa allein, dachte Dalgliesh, muß mindestens 750 000 Pfund wert sein, wahrscheinlich noch mehr, wenn man ihre Lage und kunsthistorische Bedeutung in Betracht zieht. Ihm fiel ein, was ihm früher einmal – er war eben zum Detective Constable befördert worden – der alte Detective Sergeant gesagt hatte: »Liebe, Geilheit, Haß und Habgier, das sind meistens die Mordmotive, Junge. Aber das häufigste ist Habgier.«

3

Mit Miss Matlock führten sie das letzte Gespräch in der Villa am Campden Hill Square. Als Dalgliesh sie aufforderte, ihnen zu zeigen, wo Paul Berowne üblicherweise seinen Terminkalender aufbewahrte, führte sie die beiden in das Arbeitszimmer im Erdgeschoß. Architektonisch gesehen, war es wohl der eigenwilligste Raum im Haus und für den Baustil von Sir John Soane sicherlich der charakteristischste: ein achteckiger Raum mit deckenhohen Bücherschränken an den Wänden, zwischen denen kannelierte Pilaster zu einer Kuppel emporstrebten, die ein gleichfalls achteckiger Dachaufsatz mit Buntglasscheiben krönte. Es war ein gelungenes Beispiel, wie einfallsreich und gekonnt der Architekt das beschränkte Raumangebot zu nutzen verstand. Und doch war es ein Zimmer, das man eher bewunderte, als daß man darin wohnte, arbeitete oder sich entspannte.

Mitten im Raum stand Berownes Mahagonischreibtisch. Dalgliesh und Kate traten näher, während Miss Matlock sie von der Tür aus beobachtete, Dalglieshs Gesicht forschend musterte, als würde er beim geringsten Nachlassen ihrer Konzentration auf sie losgehen.

»Würden Sie mir bitte genau zeigen, wo der Terminkalender aufbewahrt wurde, Miss Matlock?« fragte Dalgliesh.
Wortlos trat nun auch sie näher und zog die oberste rechte Schublade heraus. Sie war bis auf eine Schachtel mit Briefpapier und eine weitere mit Briefumschlägen leer.
»Arbeitete Sir Paul hier?« fragte Dalgliesh weiter.
»Hier hat er Briefe geschrieben. Seine Parlamentsakten bewahrte er in seinem Büro im Ministerium auf. Die Unterlagen, die sich auf seinen Wahlkreis bezogen, verwahrte er in seinem Büro in Wrentham Green... Er achtete sehr darauf, daß die Dinge schön säuberlich getrennt waren«, fügte sie noch hinzu.
Säuberlich getrennt, möglichst unpersönlich und stets unter Kontrolle, dachte Dalgliesh. Abermals überkam ihn das Gefühl, daß er sich in einem Museum befinde, daß sich Berowne in dieser prunkvollen Klause wie ein Fremder vorgekommen sein mußte. »Wo bewahrte er denn seine Privatpapiere auf?« fragte er.
»Im Safe, nehme ich an. Er befindet sich hinter den Büchern, rechts neben der Tür.«
Wenn Berowne tatsächlich ermordet worden war, mußten der Safe und sein Inhalt noch untersucht werden. Aber das eilte nicht.
Er musterte einen der Bücherschränke. Es heißt, daß man den Charakter eines Menschen aus seinen Büchern erschließen könne. Den Buchtiteln konnte man entnehmen, daß Berowne mehr Biographien, historische Werke und Lyrik gelesen hatte als Romane. Und doch kam es Dalgliesh so vor, als stehe er vor der Bibliothek eines Privatclubs oder eines Luxusdampfers – zugegebenermaßen eines sehr teuren, auf dem die Passagiere eher ein gewisses kulturelles Niveau als populäre Unterhaltung suchen. Ordentlich aneinandergereiht fand man hier all die Werke, die man bei einem gebildeten, kultivierten Engländer, der weiß, welche Lektüre seinem Stand angemessen ist, auch erwarten würde. Aber Dalgliesh konnte es einfach nicht glauben, daß Berowne seine Bücher nach der Bestenliste bestellte. Der Eindruck, daß seine Persönlichkeit sich ihm entzog, verstärkte sich, selbst der Raum und die Dinge darin schienen an der Verschwörung beteiligt, das Wesen dieses Mannes vor ihm zu verstecken.
»Wie viele Menschen hatten gestern Zugang zu dem Zimmer?« fragte er. Die förmliche Atmosphäre des Arbeitszimmers mußte ihn

irgendwie beeindruckt haben. Denn selbst ihn befremdete die Formulierung.
Miss Matlock gab sich keine Mühe, ihre aufsteigende Mißachtung zu unterdrücken. »Zugang, Sir? Das ist das Arbeitszimmer in einem Privathaus. Es wird nicht verschlossen. Sämtliche Mitglieder der Familie wie auch deren Freunde haben das, was Sie Zugang nennen.«
»Wer hat nun gestern den Raum betreten?«
»Das weiß ich nicht genau, Sir. Ich nehme an, Sir Paul ist hier gewesen, wenn Sie schon seinen Terminkalender bei seiner Leiche in der Kirche gefunden haben. Mrs. Minns hat sicherlich hier abgestaubt. Mr. Franz Musgrave, der Vorsitzende der Ortsgruppe der Partei, hielt sich um die Lunchzeit kurz hier auf. Miss Sarah Berowne kam am Nachmittag, um ihre Großmutter zu sehen. Aber ich glaube, sie hat im Salon gewartet. Sie verließ das Haus vor der Rückkehr von Lady Ursula.«
»Haben Sie Mr. Musgrave und Miss Berowne eingelassen?«
»Ja, ich habe ihnen die Tür geöffnet. Dafür bin ich auch zuständig.« Sie stockte und sagte dann: »Miss Berowne hatte zwar mal die Schlüssel zum Haus, aber sie nahm sie nicht mit, als sie auszog.«
»Wann haben Sie den Terminkalender zum letztenmal gesehen?«
»Das weiß ich nicht mehr. Das mag vor zwei Wochen gewesen sein, als Sir Paul von seinem Büro im Ministerium anrief und mich bat, nachzusehen, wann er zum Dinner verabredet sei.«
»Und wann haben Sie Sir Paul zum letztenmal gesehen?«
»Gestern kurz vor zehn. Er kam in die Küche, um sich ein Lunchpaket zusammenzustellen.«
»Könnten Sie uns jetzt die Küche zeigen?«
Sie führte sie durch einen gefliesten Korridor, dann ein paar Stufen hinunter zu einer friesbespannten Tür, durch die es zum rückwärtigen Teil des Hauses ging. Sie trat beiseite, um sie hineinzulassen, und blieb mit verschränkten Händen an der Tür stehen wie eine Köchin, die ein Lob über die Sauberkeit ihrer Küche erwartet. Und an der war auch wirklich nichts auszusetzen. Wie Berownes Arbeitszimmer wirkte sie auffallend unpersönlich. Sie strahlte keine Behaglichkeit aus, obwohl sie weder unbequem noch spärlich eingerichtet war. In der Mitte standen ein Tisch mit einer blankgescheuerten Platte aus Kiefernholz und vier Stühle. Außer einem großen,

altmodischen Gasherd war da noch ein moderner Allesbrenner. Offenbar hatte man in den letzten Jahren nur wenig Geld für eine bessere Ausstattung ausgegeben. Durch das niedrige Fenster sah man die Rückseite der Trennmauer zwischen der Villa und den umgebauten einstigen Remisen und die Füße der Marmorstatuen in ihren Nischen. Die abrupt endenden Beine mit den naturgetreu gemeißelten Zehen verstärkten noch die wenig anheimelnde Atmosphäre. Die einzigen Farbtupfer bildeten eine rosa Geranie auf dem Bord über der Spüle und ein weiterer Topf mit Stecklingen.

»Sie sagten, Sir Paul sei wegen eines Lunchpaketes gekommen«, wandte sich Dalgliesh an Miss Matlock. »Hat er es selbst zusammengestellt, oder haben Sie's getan?«

»Nein, er selbst. Er kannte sich hier aus. Er kam öfter in die Küche, wenn ich Lady Ursulas Frühstück zubereitete, das er ihr dann brachte.«

»Was hat er denn gestern mitgenommen?«

»Einen halben, schon in Scheiben geschnittenen Laib Brot, ein Stück Roquefort-Käse, zwei Äpfel. Er wirkte irgendwie geistesabwesend«, fügte sie hinzu. »Als sei es ihm egal, was er mitnahm.«

Erstmals gab sie von sich aus etwas preis. Doch als er sie daraufhin behutsam über Berownes Stimmung, über das, was er gesagt hatte, ausfragte, schien sie ihre vorherige Gesprächigkeit zu bedauern und wurde abweisend. Sir Paul habe nur gesagt, er komme nicht zum Lunch. Nein, sonst nichts. Nein, sie habe nicht gewußt, daß er die St.-Matthew-Kirche aufsuchen wollte, auch nicht, ob er zum Dinner komme.

»Sie bereiteten also das Dinner wie sonst auch zur gleichen Zeit zu?« hakte Dalgliesh nach.

Die Frage verwirrte sie etwas. Sie errötete und verschränkte die Hände fester. »Nein, nicht wie sonst«, antwortete sie. »Lady Ursula sagte mir nach ihrer Rückkehr, daß ich ihr eine heiße Bouillon und eine Platte mit Räucherlachssandwiches bringen solle. Außerdem wollte sie bis zum Abend nicht mehr gestört werden. Kurz nach sechs brachte ich ihr das Tablett. Daß Lady Berowne außer Haus essen würde, wußte ich. Ich wartete dann ab, ob vielleicht Sir Paul noch käme. Ich hätte ihm dann rasch etwas gekocht. Ich hatte noch etwas Suppe, die ich aufwärmen konnte. Ein Omelette hätte ich ihm auch zubereiten können. Da läßt sich immer etwas machen«, schloß sie trotzig ab, als hätte er ihr Pflichtvergessenheit vorgeworfen.

»War es nicht ein wenig rücksichtslos von ihm, Ihnen nicht zu sagen, daß er nicht zum Dinner heimkomme?«

»Sir Paul war niemals rücksichtslos.«

»Aber es muß doch ungewöhnlich gewesen sein, daß er die ganze Nacht woanders verbrachte, ohne es jemandem mitzuteilen? War das kein Grund zur Besorgnis?«

»Nicht für mich. Es geht mich nichts an, was die Herrschaft tut. Er hätte ja auch im Büro in seinem Wahlkreis geblieben sein können. Gegen elf Uhr fragte ich Lady Ursula, ob ich nun zu Bett gehen und die Haustür unverriegelt lassen könne. Sie gestattete es. Die Türe würde ja Lady Berowne nach ihrer Heimkehr verriegeln.«

Dalgliesh änderte seine Taktik. »Hat Sir Paul gestern auch eine Schachtel Zündhölzer eingesteckt?« fragte er.

Sie war sichtlich überrascht. »Zündhölzer? Wozu denn Zündhölzer? Sir Paul raucht... rauchte doch nicht! Ich habe nicht bemerkt, daß er Zündhölzer mitnahm.«

»Falls doch – wo hätte er welche finden können?«

»Hier beim Gasherd. Er hat nämlich keine eingebaute Zündvorrichtung. Außerdem ist oben im Küchenschrank noch ein ganzes Paket mit vier Schachteln.«

Sie öffnete den Küchenschrank und zeigte es ihm. Die Verpackung war eingerissen. Eine Schachtel fehlte. Wahrscheinlich war es die, die jetzt seitwärts auf dem Herd lag. Sie schaute ihn – die Augen weit aufgerissen, das Gesicht gerötet – verstört an, als hätte sie leichtes Fieber. Seine Fragen über die Streichhölzer, die sie anfangs erstaunt hatten, schienen sie nun zu beunruhigen. Sie wirkte vorsichtiger, argwöhnischer, verkrampfter. Dalgliesh war viel zu erfahren und sie eine zu schlechte Schauspielerin, als daß er sich hätte täuschen lassen. Bisher hatte sie seine Fragen mit der Haltung einer Frau beantwortet, die ihre – wenn auch unbequeme – Pflicht tut. Doch nun wurde ihr die Vernehmung zur Qual. Am liebsten hätte sie ihn zum Teufel geschickt.

»Würden Sie uns, wenn es Ihnen nichts ausmacht, Ihr Wohnzimmer zeigen?« fragte Dalgliesh.

»Wenn Sie es für notwendig halten. Lady Ursula hat mich angewiesen, Ihnen Ihre Ermittlungen in jeder Hinsicht zu erleichtern.«

Daß Lady Ursula sich so ausgedrückt hatte, bezweifelte Dalgliesh. Mit Kate folgte er Miss Matlock auf den Gang in das gegenüber liegende Zimmer. Es war sicherlich schon früher der Privatbereich des Butlers oder der Haushälterin gewesen. Wie von der Küche aus blickte man durch die Fenster auf den Innenhof und die zu den umgebauten Remisen führende Tür. Die Einrichtung war vor allem praktisch: ein chintzbezogenes Sofa, ein passender Lehnsessel, ein Klapptisch mit zwei Eßzimmerstühlen, die an der Wand standen, ein Bücherschrank mit Büchern im gleichen Format, die zweifellos von einem Buchclub stammten. Der Kamin war mit Marmorplatten umkleidet. Den Sims schmückte eine kunterbunte Ansammlung moderner, kitschiger Porzellanfiguren – Damen in Krinolinen, ein Kind mit einem Welpen im Arm, Schäfer und Schäferinnen, eine Ballettänzerin. Sie gehörten sicherlich Miss Matlock. An der Wand hingen Drucke in modischen Rahmen: Constables »Heuwagen« und, was Dalgliesh ein wenig erstaunte, Monets »Frauen im Garten«. Das Mobiliar wirkte solide und zweckmäßig, als hätte sich jemand gesagt: Da wir nun mal eine Haushälterin benötigen, müssen wir ihr auch ein Zimmer einrichten. Selbst ausrangierte Möbel aus dem Familienbesitz der Berownes hätten mehr Charakter gehabt als all die unpersönlich anmutenden Dinge. Was auch hier fehlte, war der Eindruck, daß jemand diesem Raum seine eigene Persönlichkeit aufgeprägt hatte. Jeder hier scheint ein abgeschottetes Leben zu führen, dachte Dalgliesh. Nur Lady Ursula ist in diesem Gebäude zu Hause. Die übrigen sind nur Logiergäste.

Dalgliesh fragte Miss Matlock, wo sie den gestrigen Abend verbracht hatte.

»Hier in diesem Zimmer und in der Küche«, antwortete sie. »Mr. Swayne kam, um ein Bad zu nehmen und zu essen. Später haben wir Scrabble gespielt. Er kam kurz vor sieben und verließ das Haus gegen elf. Mr. Swinglehurst, unser Nachbar, wollte eben seinen Wagen in die Garage fahren, als er Mr. Swayne kommen sah.«

»Hat ihn noch jemand hier im Haus gesehen?«

»Nein. Aber gegen dreiviertel neun ging er ans Telefon. Mrs. Hurrell, die Frau eines Präsidiumsmitglieds in Sir Pauls Wahlkreis, wollte Sir Paul sprechen. Ich sagte ihr, daß niemand wisse, wo er sich gerade aufhalte.«

»Wo hat denn Mr. Swayne gebadet?«

»Oben im großen Badezimmer. Lady Ursula hat ihr eigenes Bad. Hier unten gibt es nur einen Duschraum. Mr. Swayne wollte ein Vollbad nehmen.«
»Sie hielten sich also am Abend hier in diesem Zimmer oder in der Küche auf, während Mr. Swayne oben war. War die Hintertür verriegelt?«
»Verschlossen und verriegelt. Das wird nach dem Tee immer so gehalten. Der Schlüssel hängt hier im Schrank am Bord.« Sie öffnete den Schrank und deutete auf das Bord mit seinen Haken, an denen Schlüssel mit einem beschrifteten Schildchen hingen.
»Hätte jemand, als Sie etwa in der Küche waren, das Haus verlassen können, ohne daß Sie es merkten?« fragte Dalgliesh.
»Nein. Denn die Tür zum Gang steht immer offen. Ich hätte es also gesehen oder gehört. Niemand hat gestern abend das Haus durch diese Tür verlassen.« Sie schien sich wieder gefangen zu haben und begehrte plötzlich auf: »Was sollen all diese Fragen? ›Was haben Sie getan? Wer war noch hier? Wer hätte das Haus unbemerkt verlassen können?‹ Man könnte annehmen, er sei ermordet worden.«
»Sir Paul ist wahrscheinlich auch ermordet worden«, entgegnete Dalgliesh.
Sie starrte ihn verstört an und sank dann auf einen Stuhl. Dalgliesh bemerkte, daß sie erschauerte. »Ermordet?« wiederholte sie leise. »Von Mord hat mir keiner was gesagt. Ich habe gedacht...«
Kate ging zu ihr, schaute kurz Dalgliesh an und legte ihr die Hand auf die Schulter.
»Was haben Sie sich gedacht, Miss Matlock?« fragte Dalgliesh.
Sie schaute zu ihm empor und sprach so leise, daß er den Kopf neigen mußte. »Ich dachte, er hätte es selbst getan.«
»Haben Sie Grund zu der Annahme?«
»Nein. Einen Grund hatte ich nicht. Natürlich nicht. Wie könnte ich? Lady Berowne sagte doch... Es war doch die Rede von seinem Rasiermesser. Aber daß es ein Mord... Ich möchte jetzt keine Fragen mehr beantworten. Heute nicht mehr. Ich fühle mich nicht wohl. Ich möchte nicht weiter belästigt werden. Er ist tot. Das allein ist schon entsetzlich. Aber Mord? Ich kann nicht glauben, daß er ermordet wurde. Würden Sie mich bitte jetzt allein lassen?«
Als Dalgliesh sie forschend anblickte, hatte er das Gefühl, daß ihr Entsetzen teils echt, teils aber auch gespielt war. »Wir haben nicht

das Recht, eine Zeugin zu belästigen, Miss Matlock«, erwiderte er förmlich. »Ich glaube auch nicht, daß Sie wirklich dieser Meinung sind. Sie haben uns sehr geholfen, Miss Matlock. Leider werden wir Ihnen ein andermal weitere Fragen stellen müssen. Aber das muß nicht heute sein. Wir finden schon allein hinaus.«

Schwerfällig wie eine alte Frau erhob sie sich und sagte: »Bisher ist noch jeder zur Haustür begleitet worden. Das gehört zu meinen Pflichten.«

Als sie wieder im Rover saßen, rief Dalgliesh den Yard an. »Wir werden morgen so früh wie möglich diesem Mr. Lampart einen Besuch abstatten«, sagte er Massingham am Telefon. »Am besten wär's, wenn sich das vor der Obduktion um halb vier machen ließe. Was Neues über Sarah Berowne?«

»Ja, Sir. Sie ist Berufsphotographin und war heute morgen immerzu beschäftigt. Morgen nachmittag hat sie ebenfalls einen Termin. Mit einer Schriftstellerin, die am Abend in die USA fliegt. Da sie sich von diesem Auftrag viel verspricht, würde sie ihn nur ungern sausenlassen. Ich habe ihr gesagt, wir würden abends gegen halb sieben zu ihr kommen. Dann will noch das Pressebüro ein paar Angaben von uns. Um sechs Uhr abends wird die Nachricht veröffentlicht. Und für morgen haben sie eine Pressekonferenz angesetzt.«

»Viel zu früh. Was sollen wir den Presseheinis in dieser Phase schon groß sagen? Versuchen Sie die Sache abzublocken, John!«

Wenn er beweisen konnte, daß Berowne ermordet worden war, würde ein fieberhafter Medienrummel die Ermittlungen begleiten. Obwohl er das ablehnte, war er sich doch darüber im klaren. Aber warum sollte das jetzt schon losgehen? Als Kate mit dem Rover vom Parkplatz fuhr und in die hügelab führende Straße von Campden Hill einscherte, warf er noch einen Blick auf die elegante Fassade der Villa. Die Fenster glichen toten Augen. Doch im obersten Stock bewegte sich eine Gardine. Lady Ursula beobachtete ihre Abfahrt.

4

Es war 18.20 Uhr, als Sarah Berowne endlich Ivor Garrod telefonisch erreichte. Sie war zwar schon am frühen Nachmittag in ihrer Wohnung gewesen, hatte aber von da aus nicht anzurufen gewagt. Ivor hatte ihr die unumstößliche Regel, die ihrer Meinung nach beinahe schon an Geheimhaltungswahn grenzte, eingebleut, daß sie nichts Wichtiges über ihr Telefon mitteilen dürfe. Seit dem Besuch ihrer Großmutter hatte sie den ganzen Nachmittag nur ein einziger Gedanke beherrscht: Sie mußte eine günstig gelegene öffentliche Telefonzelle finden und reichlich Münzen mitnehmen. Aber sie hatte ihn nirgendwo erreichen können, auch nicht riskiert, eine Nachricht zu hinterlassen oder ihren Namen anzugeben.

Ihr einziger Auftrag an diesem Tag war ein Fototermin mit einer Schriftstellerin gewesen, die sich bei Freunden in Hertfordshire aufhielt. Da Sarah Berowne immer mit möglichst geringer Ausrüstung arbeitete, war sie mit dem Zug gefahren. An die kurze Zusammenkunft konnte sie sich kaum noch erinnern. Wie ein Roboter hatte sie gearbeitet, als sie das bestmögliche Arrangement auswählte, immer wieder die Lichtverhältnisse überprüfte, die Objektive wechselte. Ihrem Gefühl nach war alles gut verlaufen. Die Schriftstellerin hatte einen zufriedenen Eindruck gemacht. Trotzdem wäre sie während der Arbeit am liebsten zur nächsten öffentlichen Telefonzelle davongerannt, um abermals zu versuchen, Ivor zu erreichen.

Noch bevor der Zug auf dem King's-Cross-Bahnhof anhielt, sprang sie hinaus und schaute nach den gelben Pfeilen aus, die den Weg zu den Telefonzellen wiesen. Sie fand sie schließlich – unten offene Telefonkuppeln – beiderseits eines miefigen Gangs, der von der Haupthalle abführte. Die Wände waren mit Telefonnummern und Kritzeleien beschmiert. Es herrschte gerade Hochbetrieb, deswegen dauerte es eine Weile, bis eine Telefonkuppel frei wurde. Sie packte den Hörer, der sich noch schweißigwarm anfühlte. Und diesmal hatte sie Erfolg. Ivor war in seinem Büro. Es war seine Stimme. Sie seufzte erleichtert auf.

»Ich bin's, Sarah. Ich versuche schon den ganzen Tag, dich zu erreichen. Kannst du reden?«

»Aber nur kurz. Wo bist du?«

»Auf dem King's-Cross-Bahnhof. Hast du's schon gehört?«
»Vor wenigen Minuten. Sie haben's in den Sechs-Uhr-Nachrichten durchgegeben. Die Nachtausgaben der Zeitungen bringen's noch nicht.«
»Ivor, ich muß mit dir reden.«
»Sicher«, erwiderte er. »Es gibt da Dinge, über die wir unbedingt reden müssen. Aber nicht heute. Heute geht's nicht. Hat sich die Polizei schon bei dir gemeldet?«
»Sie wollten mit mir sprechen, aber ich hab' ihnen gesagt, ich sei den ganzen Tag ausgebucht und hätte erst morgen abend ab halb sieben Zeit.«
»Stimmt das auch?«
Was spielt das für eine Rolle, dachte sie. »Am Nachmittag habe ich zwei Termine«, sagte sie.
»Damit bist du wohl kaum den ganzen Tag ausgebucht. Man sollte der Polizei keine Lügen erzählen, solange man nicht sicher ist, daß sie einem nicht auf die Schliche kommt. Die Typen brauchen doch nur deinen Terminkalender zu überprüfen.«
»Aber ich kann sie doch nicht kommen lassen, solange wir nicht miteinander geredet haben! Sie könnten mir gewisse Fragen stellen. Nach Theresa Nolan etwa. Oder nach Diana... Ivor, wir müssen uns unbedingt treffen.«
»Werden wir auch. Nach Theresa werden sie nicht fragen. Dein Vater hat sich selbst umgebracht. Das war seine letzte und peinlichste Dummheit. Sein Leben war verpfuscht. Seine Familie wird jetzt alles vertuschen. Sie will gewiß nicht, daß alle Einzelheiten publik gemacht werden. Wie hast du übrigens davon erfahren?«
»Von meiner Großmutter. Sie rief mich an und kam dann mit einem Taxi, nachdem die Polizei weg war. Viel hat sie mir nicht erzählt. Sie wird vermutlich nicht über alle Einzelheiten informiert sein. Sie glaubt übrigens nicht, daß sich mein Vater umgebracht hat.«
»Wie sollte sie auch! Von den Berownes wird erwartet, daß sie eine schnieke Uniform anlegen und andere Menschen killen, nicht aber sich selbst. Und genau das hat er getan – er hat jemanden umgebracht. Ob eine Ursula Berowne wohl einen Gedanken an den toten Stadtstreicher verschwenden wird?«
Sarah stutzte. War denn in den Nachrichten erwähnt worden, daß das zweite Opfer ein Stadtstreicher war? »Aber nicht nur

meine Großmutter nimmt das an. Auch die Polizei – ein Commander Dalgliesh – denkt, daß Daddy sich nicht selbst umgebracht hat.«

Das Stimmengewirr ringsum wurde immer lauter. In dem engen Gang drängten sich die Leute, die vor der Abfahrt ihres Zuges noch rasch mal telefonieren wollten. Sie rückten immer näher.

Sarah hörte Wortfetzen, das Getrappel von Schritten, die heiseren, kaum noch verständlichen Ansagen des Bahnhofssprechers. Sie preßte die Lippen gegen die Sprechmuschel. »Die Polizei hält es nicht für einen Selbstmord«, wiederholte sie leise. Am anderen Ende war es still. Sie versuchte den Lärm zu übertönen. »Ivor«, sagte sie etwas lauter. »Auch die Polizei meint…«

»Ich hab's gehört«, unterbrach er sie. »Bleib, wo du bist! Ich komme. Ich habe nur eine halbe Stunde Zeit. Aber du hast recht, wir müssen darüber reden. Mach dir nur keine Sorgen! Ich werde bei dir sein, wenn sie morgen zu dir in die Wohnung kommen. Du darfst nicht allein mit ihnen reden. Noch was, Sarah…«

»Was denn?«

»Gestern abend waren wir die ganze Zeit über zusammen. Von sechs Uhr an, als ich von der Arbeit kam. Wir waren auch die ganze Nacht zusammen. Wir haben bei dir in der Wohnung gegessen. Präge dir das gut ein! Konzentriere dich! Und bleib, wo du jetzt bist! In knapp einer Dreiviertelstunde bin ich bei dir.«

Nachdem sie eingehängt hatte, blieb sie, den Kopf gegen die kühle Blechhaube gepreßt, einen Augenblick reglos stehen. Eine Frau fuhr sie wütend an: »Machen Sie doch Platz! Ich will meinen Zug noch erreichen!« und schob sie zur Seite. Sie kämpfte sich zur Bahnhofshalle durch, wo sie sich gegen die Wand lehnte. Ein Gefühl der Hilflosigkeit überkam sie. Ihr war plötzlich übel. Sie könnte das Bahnhofscafé aufsuchen, aber was war, wenn er früher kam? Wenn sie die Orientierung, jegliches Zeitgefühl verlor? Er hatte ihr gesagt, sie solle bleiben, wo sie war. Ihm zu gehorchen war ihr mittlerweile zur Gewohnheit geworden. Sie schloß die Augen. Sie mußte seinen Anweisungen gehorchen, sich auf seine Umsicht verlassen. Er würde ihr schon sagen, wie sie sich verhalten sollte. Sonst hatte sie ja niemanden.

Mit keinem Wort hatte er gesagt, daß ihm der Tod ihres Vaters leid tue. Er war ihm gleichgültig, und diese Einstellung erwartete er nun auch von ihr. Aber immer schon war er schonungslos unsentimental gewesen; für ihn bedeutete das Ehrlichkeit. Wie hätte er sich wohl verhalten, überlegte sie, wenn sie ihm anvertraut hätte: Er war doch mein Vater. Nun ist er tot. Ich habe ihn mal geliebt. Ich würde gern um ihn trauern. Auch um mich selbst trauern. Ich möchte getröstet werden. Denn ich fühle mich allein gelassen und habe Angst. Ich möchte, daß du mich in die Arme nimmst, mir sagst, daß es nicht meine Schuld war.

Menschenmassen schoben sich an ihr vorbei. Eine Phalanx grauer, angespannter Gesichter, den Blick geradeaus gerichtet. Es war, als würden Menschen aus einer dem Untergang geweihten Stadt fliehen, als würde sich eine Armee zurückziehen, noch immer diszipliniert, aber von Panik nicht mehr weit entfernt. Sie schloß die Augen und ließ sich vom Fußgetrappel einlullen. Und mit einemmal befand sie sich auf einem anderen Bahnhof, wo sie gleichfalls von Menschenpulks umgeben war. Sie war sechs, und es war der Victoria-Bahnhof. Was hatten nur sie und ihr Vater hier zu suchen? Ach ja, sie holten die Großmutter ab, die von ihrem Haus bei Les Andelys im Seine-Tal zurückkehrte. Plötzlich wurden sie und ihr Vater voneinander getrennt. Da er einen Bekannten begrüßen wollte, hatte sie seine Hand losgelassen und war zu einem bunten Plakat gelaufen, das irgendeine Stadt am Meer zeigte. Als sie sich dann umdrehte, stellte sie entsetzt fest, daß ihr Vater nirgendwo zu sehen war. Sie war ganz allein. Ein Wald stampfender Beine rückte bedrohlich auf sie zu. Obwohl die Trennung nur wenige Sekunden gedauert haben mochte, war der Schrecken so groß gewesen, daß sie selbst noch nach achtzehn Jahren das Gefühl des Verlassenseins, der beklemmenden Angst, der hilflosen Verzweiflung nachempfinden konnte. Doch dann war er mit einemmal erschienen. Mit langen Schritten eilte er auf sie zu. Sein langer Tweedmantel stand offen und flatterte. Er lächelte sie an, ihr Vater, ihr Beschützer, ihr Gott. Ohne zu weinen, aber vor Angst und Erleichterung bebend, war sie auf seine ausgebreiteten Arme zugerannt, war emporgehoben worden und hatte seine Stimme vernommen: »Ist schon gut, Liebling! Ist ja nichts geschehen. Ist ja nichts passiert, Liebling!« Und das Zittern hörte in seinen starken Armen auf.

Als sie jetzt die Augen öffnete, wegen der Tränen blinzeln mußte, schien die vorbeimarschierende Armee zu einem schwarzgrauen

Wall zu verschwimmen, den nur wenige bunte Farben sprenkelten. Es kam ihr so vor, als würden all die stampfenden Füße über sie hinwegtrampeln, als sei sie unsichtbar geworden, als sei sie nur noch eine zerbrechliche leere Hülle. Doch plötzlich teilte sich die graue Masse, und er war wieder da, in seinem langen, wallenden Tweedmantel. Er kam auf sie zu und lächelte. Am liebsten hätte sie »Daddy! Daddy!« gerufen und sich ihm in die Arme geworfen. Aber es war nur eine Täuschung. Er war es nicht. Es war ein vorbeihastender Fremder mit einer Aktentasche, der verdutzt ihr erwartungsvolles Gesicht und ihre ausgebreiteten Arme registrierte, gleich den Blick abwandte und weiterging. Sie schreckte zurück, drückte sich gegen die Mauer und wartete schicksalsergeben auf Ivor.

5

Als sie kurz vor zehn Uhr abends die Akten wegschließen wollten, rief Lady Ursula an. Gordon Halliwell sei eben zurückgekehrt. Sie wäre ihnen dankbar, wenn sie ihn jetzt noch befragen würden. Auch er sei damit einverstanden. Da sie beide morgen viel zu erledigen hätten, könnte sie nicht sagen, wann sie wieder zur Verfügung stünden. Dalgliesh wußte, daß Massingham, falls er die Sache hätte entscheiden können, unverblümt entgegnet hätte, sie könnten erst morgen kommen, um zu demonstrieren, daß sie sich nach ihrem eigenen Gutdünken richteten und nicht nach dem von Lady Ursula. Dalgliesh, der sich von der Befragung Halliwells viel versprach und es nicht nötig hatte, seine Autorität oder sein Selbstbewußtsein auf diese Weise herauszustreichen, sagte, sie würden unverzüglich kommen.

Miss Matlock öffnete die Haustür. Zunächst schaute sie die beiden müde und ärgerlich an, trat dann zurück, um sie einzulassen. Dalgliesh sah, daß ihr Gesicht vor Erschöpfung grau war. Sie trug einen langen Morgenmantel aus geblümtem Nylon, der über dem Busen spannte. Der Gürtel war verknotet, als befürchtete sie, sie könnten ihn ihr entreißen. Mit einer fahrigen Handbewegung wies sie auf ihre Kleidung und sagte mürrisch: »Mit Besuchern habe ich nicht mehr gerechnet. Ich wollte früh zu Bett gehen und dachte nicht, daß Sie heute noch mal kommen würden.«

»Tut mir leid, wenn wir Ihnen Ungelegenheiten bereiten«, entgegnete Dalgliesh. »Aber Sie dürfen ruhig zu Bett gehen. Mr. Halliwell kann uns ja hinauslassen.«

»Das gehört nicht zu seinen Pflichten. Er ist nur der Chauffeur. Ich bin dafür verantwortlich, daß das Haus abends verschlossen wird. Lady Ursula hat ihn ohnehin schon beauftragt, morgen die Telefonanrufe entgegenzunehmen. Aber das gehört sich nicht. Seit den Sechs-Uhr-Nachrichten finden wir keine Ruhe mehr. Das wird noch ihr Tod sein, wenn es so weitergeht.«

Das wird vermutlich noch lange Zeit so weitergehen, dachte Dalgliesh, aber daran würde Lady Ursula sicherlich nicht sterben.

Ihre Schritte hallten auf dem Marmorboden, als sie Miss Matlock folgten. Sie führte sie vorbei an dem achteckigen Arbeitszimmer durch die friesbespannte Tür zum rückwärtigen Trakt des Hauses und dann drei Stufen hinunter zum hinteren Ausgang. Im Haus war es still wie in einem leeren Theater. Miss Matlock entriegelte die Tür, und sie traten hinaus in den Hinterhof. Die indirekt beleuchteten Statuen in ihren Nischen schimmerten und schienen in der klaren Luft zu schweben. Obwohl es schon Herbst war, kam Dalgliesh die Nacht sommerlich warm vor. Von einem der Gärten in der Nähe wehte Zypressenduft herüber, so daß er einen Augenblick verwirrt das Gefühl hatte, plötzlich in Italien zu sein. Es kam ihm irgendwie ungehörig vor, daß die Statuen beleuchtet waren, daß die Pracht des Hauses weiterhin zur Schau gestellt wurde, während Berowne tiefgefroren wie eine Rinderhälfte in einer Plastikhülle lag.

Die Rückseite der Trennmauer war schmucklos. Die Mitbringsel von den Kavalierstouren im 18. Jahrhundert waren anscheinend nicht für die Augen der Lakaien und Kutscher bestimmt gewesen, die einst in den Räumen über den Remisen gehaust hatten. Sie gingen über den kopfsteingepflasterten Hof zu zwei geräumigen Garagen. Die Doppeltür der linken Garage stand offen. Im Licht der beiden Neonröhren sahen sie, daß eine schmiedeeiserne Treppe zu der Wohnung darüber führte.

Miss Matlock zeigte auf die Tür und sagte: »Da oben wohnt Mr. Halliwell. Er war Sergeant im selben Regiment wie Sir Hugo.

Er wurde wegen Tapferkeit mit einem hohen Orden ausgezeichnet. Aber das wird Lady Ursula Ihnen sicherlich schon gesagt haben. Er ist kein gewöhnlicher Chauffeur.«

Wie mag wohl ihrer Ansicht nach in unserer gleichmacherischen, dienerlosen Zeit ein gewöhnlicher Chauffeur beschaffen sein, fragte sich Dalgliesh.

In der geräumigen Garage standen ein schwarzer Rover und ein weißer Golf. Auch ein dritter Wagen hätte noch reichlich Platz gehabt. Als sie in der benzingeschwängerten Luft an dem Rover vorbeigingen, sahen sie, daß die Garage auch als Werkstatt genutzt wurde. Unter dem hohen Fenster an der Rückseite war eine Werkbank mit Schubladen. An der Wand darüber hingen an einem Brett säuberlich aneinandergereiht Werkzeuge. An der Wand zur Rechten lehnte ein Männerfahrrad.

Kaum hatten sie die erste Treppenstufe betreten, wurde oben die Wohnungstür geöffnet. Die Silhouette eines untersetzten Mannes hob sich im Gegenlicht ab. Er war älter und stämmiger, als Dalgliesh ihn sich vorgestellt hatte. Er erreichte knapp die vorgeschriebene Größe für einen Soldaten, war aber breitschultrig und erweckte den Eindruck von gebändigter Kraft. Die Haut war wettergebräunt. Das Haar trug er sicherlich länger als damals in seiner Soldatenzeit. Es fiel ihm über die Stirn und berührte fast die dunklen Brauen über den tiefliegenden Augen. Er hatte eine kurze, breitflügelige Nase. Der Mund über dem kantigen Kinn wirkte energisch. Halliwell trug eine gutsitzende hellbraune Hose und ein kariertes Wollhemd, das am Hals offenstand. Er schaute ihnen gleichmütig entgegen. Seine Augen schienen schon schlimmere Dinge gesehen zu haben als zwei Männer von der Kripo, die ihm nachts noch einen Besuch abstatteten. Er trat einen Schritt zur Seite und sagte mit etwas heiserer Stimme: »Ich mache gerade Kaffee. Aber Sie können auch Whisky haben.«

Kaffee war ihnen recht. Er verließ das Zimmer, und sie hörten, wie nebenan Wasser lief und dann der Deckel auf den Wasserkessel gesetzt wurde. Halliwells Wohnraum war zwar lang, aber nicht besonders breit. Von den niedrigen Fenstern aus sah man die kahle Rückseite der Mauer. Als versierter Architekt hatte Sir John Soane darauf geachtet, daß die Privatsphäre der Familie fremden Blicken entzogen war. Durch die offene Tür auf der gegenüber liegenden

Seite sah Dalgliesh ein Einzelbett. Im Hintergrund war ein kleiner, hübscher viktorianischer Kamin mit einem geschnitzten Holzsims und einem eleganten Glutkorb, der ihn an das Funkenschutzgitter in der St.-Matthew-Kirche erinnerte. Daneben stand ein moderner dreispiraliger Elektroofen.

In der Mitte des Wohnraums befand sich ein Kiefernholztisch mit vier Stühlen. Links und rechts vom Kamin standen zwei etwas abgewetzte Lehnsessel. Zwischen den beiden Fenstern war ein Arbeitstisch, über dem an einem Holzbrett kleinere, zierlichere Werkzeuge hingen als in der Werkstatt unten. Halliwell schien sich in seiner Freizeit als Holzschnitzer zu betätigen. Er arbeitete dem Anschein nach gerade an einer Arche Noah mitsamt den zugehörigen Tieren.

An der Wand gegenüber war ein deckenhohes Bücherregal. Als Dalgliesh näher trat, sah er, daß Halliwell die Gesamtausgabe der »Berühmtesten Kriminalfälle in Großbritannien« besaß. Doch ein anderes Buch erregte seine Aufmerksamkeit noch mehr. Es war die achte Ausgabe von Keith Simpsons »Handbuch der Gerichtsmedizin«. Dalgliesh stellte es wieder zurück. Es überraschte ihn, wie ordentlich die Wohnung war. Es war das Domizil eines Mannes, der sein Leben im Griff, sein Dasein seinen Bedürfnissen angepaßt hatte, der sein Naturell kannte und mit ihm seinen Frieden geschlossen hatte. Im Gegensatz zu Paul Berownes Arbeitszimmer war es der Raum eines Menschen, der sich darin offensichtlich heimisch fühlte.

Halliwell kam mit einem Tablett, auf dem drei Keramiktassen, ein Milchkännchen und eine Flasche Whisky standen. Er deutete auf die Flasche. Als Dalgliesh und Massingham ablehnend den Kopf schüttelten, goß er einen kräftigen Schuß Whisky in seinen schwarzen Kaffee. Sie nahmen am Tisch Platz.

»Ich habe gesehen, daß Sie eine vollständige Ausgabe der ›Berühmtesten Kriminalfälle in Großbritannien‹ haben. Die findet man inzwischen kaum mehr«, sagte Dalgliesh.

»Dafür habe ich mich von jeher interessiert«, erwiderte Halliwell. »Wenn die Dinge anders verlaufen wären, wäre ich vielleicht Strafverteidiger geworden.«

Er sagte das ohne jede Bitterkeit. Es war eine Feststellung, bei der man nicht nachfragen mußte, welche Dinge er meinte. Das Jurastudium war noch immer ein Privileg. Kindern der Unterschicht gelang es selten, eines Tages in einem der exklusiven Juristenclubs dinieren zu dürfen.

»Mich interessieren die Strafprozesse, nicht die Angeklagten«, redete Halliwell weiter. »Die meisten Mörder wirken auf der Anklagebank ziemlich dümmlich und alltäglich. Das wird auch bestimmt bei diesem Kerl der Fall sein, wenn Sie ihn erst einmal geschnappt haben. Aber vielleicht ist ein Tier im Käfig immer uninteressanter als eins, das frei herumläuft – vor allem, wenn man ihm auf der Spur ist.«

»Sie halten es also für Mord?« fragte Massingham.

»Ich nehme an, daß ein Commander und ein Chefinspektor von der Kripo mich nachts nicht aufsuchen, um mit mir zu bereden, warum sich Sir Paul die Kehle aufgeschlitzt haben könnte.«

Massingham griff nach dem Milchkännchen. Er rührte seinen Kaffee bedächtig um und fragte beiläufig: »Wann haben Sie vom Tod Sir Pauls gehört?«

»Ich hab's aus den Sechs-Uhr-Nachrichten. Ich rief Lady Ursula gleich an und sagte, ich würde unverzüglich zurückfahren. Es eile nicht so, meinte sie. Ich könne hier ja ohnehin nichts tun. Und den Wagen bräuchte sie nicht. Sie sagte noch, daß mich die Polizei befragen möchte. Aber die hätte bis zu meiner Rückkehr noch genug zu tun.«

»Was hat Ihnen Lady Ursula alles mitgeteilt?« fragte Massingham.

»Was sie selbst weiß. Und das ist nicht eben viel. Die beiden hätten eine durchgeschnittene Kehle, und die Tatwaffe sei Sir Pauls Rasiermesser.«

Dalgliesh hatte Massingham gebeten, die Befragung durchzuführen. So ein Rollentausch verwirrte einen Verdächtigen meistens, aber nicht Halliwell. Er war entweder zu selbstsicher oder zu unbekümmert, um sich durch solche Kniffe beunruhigen zu lassen. Dalgliesh hatte zudem den Eindruck, daß merkwürdigerweise Massingham irgendwie gehemmt wirkte. Halliwell, der die Fragen mit aufreizender Gelassenheit beantwortete, fixierte Massingham mit seinen dunklen Augen, als sei er der Ermittler, als versuche er, eine ihm unbekannte, schwer durchschaubare Persönlichkeit zu ergründen.

Halliwell erklärte, er habe gewußt, daß Sir Paul ein Rasiermesser benützte. Das hätte jeder im Haus gewußt. Er hätte auch gewußt, daß der Terminkalender in der obersten rechten Schublade aufbewahrt wurde. Er sei allen zugänglich gewesen. Denn Sir Paul hätte jederzeit anrufen können, um sich wegen eines bestimmten Termins zu vergewissern. Der Schlüssel steckte entweder im Schloß oder lag in der Schublade. Nur höchst selten habe Sir Paul die Schublade abgeschlossen und den Schlüssel eingesteckt. Das seien eben so Einzelheiten, die man mitbekam, wenn man in einem Hause wohnte oder arbeitete. Doch er könne sich nicht erinnern, wann er die Rasiermesser oder den Terminkalender zum letztenmal gesehen habe. Außerdem hätte ihm niemand anvertraut, daß Sir Paul abends die Kirche besuchen wollte. Er könne auch nicht sagen, ob jemand im Haus etwas davon gewußt habe. Ihm jedenfalls hätte das niemand mitgeteilt.

Als er über seinen Tagesablauf befragt wurde, sagte er, er sei um halb sechs aufgestanden, habe dann eine halbe Stunde im Holland Park gejoggt und hernach gefrühstückt. Gegen halb neun sei er ins Haus gegangen und habe Miss Matlock gefragt, was er für sie erledigen könne. Sie habe ihm eine Tischlampe und einen elektrischen Teekessel zum Reparieren gegeben. Danach habe er Mrs. Beamish, Lady Ursulas Chiropraktikerin, in Parsons Green abgeholt. Das tue er an jedem dritten Dienstag im Monat. Mrs. Beamish sei schon über siebzig und Lady Ursula ihre einzige Patientin. Nach der Behandlung, gegen halb zwölf, habe er Mrs. Beamish heimgefahren. Nach seiner Rückkehr habe er Lady Ursula zu einer Verabredung mit Mrs. Charles Blaney im University Women's Club gefahren. Er habe den Wagen unweit des Clubs geparkt, in einem Pub zu Mittag gegessen und sei um Viertel vor drei zurückgekehrt, um die Damen zu einer Ausstellung von Aquarellen in der Galerie Agnew's zu fahren. Danach habe er sie zum Nachmittagstee ins Savoy chauffiert. Später habe er Mrs. Blaney in Chelsey vor ihrem Haus abgesetzt und sei zur Villa am Campden Hill Square gefahren. Gegen halb sechs seien sie wieder zu Hause gewesen. Er könne sich an den Zeitpunkt deswegen genau erinnern, weil er auf die Wagenuhr geschaut habe. Er habe Lady Ursula ins Haus geholfen, den Rover in der Garage geparkt und die Abendstunden bis zu seiner Fahrt aufs Land gegen zehn Uhr in seiner Wohnung verbracht.

»Lady Ursula hat Sie am Abend zweimal angerufen«, sagte Massingham. »Wissen Sie noch, was sie wollte?«

»Ja. Sie rief um acht und um Viertel nach neun an. Sie teilte mir ihre Pläne für die kommende Woche mit und sagte, daß ich den Rover benützen könne. Ich fahre sonst mit einer alten Cortina. Aber die wird gerade repariert.«

»Wird die Garage, wenn alle Wagen – der Rover, Ihr Wagen und der Golf – geparkt sind, abgeschlossen?«

»Sie ist immer abgeschlossen, egal ob die Wagen da sind oder nicht. Auch die Einfahrt ist immer abgeschlossen. Ein Diebstahl ist so kaum möglich. Aber es könnte sein, daß Schüler von der nahen Grundschule, um ihren Mut zu beweisen, über die Mauer klettern. Da in der Garage gefährliches Werkzeug herumhängt, hält es Lady Ursula für vernünftiger, die Garage stets abzuschließen. Ich hab's heute abend nicht getan, weil ich wußte, daß Sie kommen würden.«

»Und wie war's gestern abend?«

»Sie war ab zwanzig vor sechs abgeschlossen.«

»Wer außer Ihnen hat noch einen Schlüssel zur Garage?«

»Sir Paul und Lady Berowne. Ersatzschlüssel hängen am Bord in Miss Matlocks Wohnzimmer. Lady Ursula braucht keinen. Sie fährt längst nicht mehr selbst.«

»Sie waren also gestern abend hier in Ihrer Wohnung?«

»Ab zwanzig vor sechs. Ja.«

»Könnte jemand aus dem Haus oder ein Fremder einen der Wagen oder das Fahrrad genommen haben, ohne daß Sie es merkten?«

»Das kann ich mir nicht vorstellen«, erwiderte Halliwell zögernd.

»Könnten Sie sich da präziser ausdrücken, Mr. Halliwell?« mischte sich Dalgliesh ein. »Wäre so was möglich oder nicht?«

Halliwell musterte ihn nachdenklich. »Nein, Sir. Das wäre nicht möglich. Ich hätte es gehört, wenn jemand die Garage aufgeschlossen hätte. Ich habe ein gutes Gehör.«

»Von etwa zwanzig vor sechs bis zu Ihrer Fahrt aufs Land kurz nach zehn waren Sie allein in Ihrer Wohnung, und die Garagentür war fest verschlossen?« fragte Dalgliesh noch einmal.

»Ja, Sir.«

»Verriegeln Sie die Türen, wenn Sie in Ihrer Wohnung sind?«

»Wenn ich nicht ausgehe, ja. Die Garagentür bietet mir mehr Schutz. An der Wohnung ist nur ein Yale-Schloß angebracht. Deswegen schiebe ich immer die Riegel vor.«

»Wohin sind Sie denn gestern abend gefahren?« erkundigte sich Massingham.
»Aufs Land nach Suffolk zu einer Bekannten. Es ist eine Fahrt von zwei Stunden. Gegen Mitternacht war ich da. Sie ist die Frau eines Kriegskameraden, der auf den Falklandinseln gefallen ist. Sie hat einen Jungen. Er vermißt zwar seinen Vater nicht, weil er erst nach dessen Tod geboren wurde, aber seine Mutter meint, es tue ihm gut, wenn hin und wieder ein Mann im Haus ist.«
»Sie fuhren also wegen des Jungen dorthin?« fragte Massingham. Die funkelnden Augen wichen den seinen nicht aus. »Nein. Ich wollte seine Mutter sehen«, antwortete Halliwell gelassen.
»Ihr Privatleben ist Ihre Sache«, erwiderte Massingham. »Aber wir hätten es gern hieb- und stichfest, wann Sie bei Ihrer Bekannten angekommen sind. Das bedeutet, daß wir auch gern ihre Adresse erfahren würden.«
»Das mag sein, Sir. Aber ich sehe nicht ein, warum ich sie Ihnen geben soll. Meine Bekannte hat in der letzten Zeit soviel durchgemacht, daß sie sich nicht auch noch mit der Polizei abgeben muß. Ich bin hier kurz vor zehn weggefahren. Wenn Sir Paul vor diesem Zeitpunkt schon tot war, ist es unwichtig, was danach geschah. Vielleicht wissen Sie schon, wann sein Tod eintrat, vielleicht auch nicht. Der Autopsiebericht wird Ihnen sicherlich Klarheit verschaffen. Wenn ich Ihnen ihren Namen und ihre Anschrift mitteilen muß, werde ich es auch tun. Aber bis dahin warte ich ab, bis Sie mich überzeugt haben, daß es sein muß.«
»Wir werden Ihrer Bekannten keine Ungelegenheiten bereiten. Sie braucht uns nur eine einfache Frage zu beantworten«, beharrte Massingham.
»Die aber etwas mit einem Mord zu tun hat. Meine Bekannte will vom Tod und vom Sterben nichts mehr wissen. Ich bin kurz nach zehn hier weggefahren und um Mitternacht angekommen. Wenn Sie sie fragen, wird sie das gleiche sagen, und wenn es wichtig ist, wenn ich irgend etwas mit Sir Pauls Tod zu tun hätte, dann hätte ich doch längst einen Zeitpunkt mit ihr ausgemacht, glauben Sie nicht?«
»Warum sind Sie so spät gefahren?« fragte Massingham. »Heute war doch Ihr freier Tag. Warum haben Sie mit der zweistündigen Fahrt bis zehn Uhr abends gewartet?«

»Ich fahre am liebsten, wenn die Straßen nicht mehr so überfüllt sind. Außerdem mußte ich noch was erledigen: An der Tischlampe war der Stecker kaputt, und der elektrische Teekessel mußte repariert werden. Sie stehen da drüben, wenn Sie sich vergewissern möchten. Hernach habe ich ein Bad genommen, mich umgezogen und mir was gekocht.«

Obwohl seine Stimme eine Spur zu aufmüpfig klang, verlor Massingham nicht die Geduld. Dalgliesh ahnte den Grund. Halliwell war Soldat, ein hochdekorierter Kriegsheld. Massingham hätte ihn härter angepackt, wenn er nicht unwillkürlich Respekt vor ihm gehabt hätte. Falls Halliwell Paul Berowne wirklich ermordet hatte, konnte ihm zwar das Viktoria-Kreuz auch nicht helfen, aber Massingham würde lieber jeden anderen Verdächtigen schuldig sehen, das wußte Dalgliesh. »Sind Sie verheiratet?« fragte Massingham.

»Meine Frau und meine Tochter sind tot.« Er wandte sich an Dalgliesh. »Wie steht's mit Ihnen, Sir?« fragte er. »Sind Sie verheiratet?«

Dalgliesh hatte einen der geschnitzten Löwen in die Hand genommen und drehte ihn nun bedächtig hin und her. »Ich war verheiratet. Meine Frau und mein Sohn sind gleichfalls tot«, sagte er.

Halliwell wandte sich wieder Massingham zu und richtete seine ernsten dunklen Augen auf ihn. »Wenn Sie mir jetzt vorhalten, daß mich so was nichts angeht, gehen Sie meine Frau und meine Tochter auch nichts an.«

»Bei einem Mordfall kann vieles aufschlußreich sein«, entgegnete Massingham. »Sind Sie mit Ihrer Bekannten, die Sie gestern abend besucht haben, verlobt?«

»Nein. Dazu ist sie noch nicht bereit. Nach dem Tod ihres Mannes kann ich's ihr auch nicht verdenken. Deswegen will ich Ihnen auch nicht ihre Adresse verraten. Sie ist noch nicht soweit, daß sie der Polizei so eine oder irgendeine andere Frage beantworten könnte.«

Massingham hatte sich bisher selten zu so einem Fehler hinreißen lassen. Aber er verschlimmerte ihn auch nicht durch weitere Erklärungen oder Ausflüchte. Auch Dalgliesh ließ es dabei bewenden. Acht Uhr, das war der Anhaltspunkt. Hatte Halliwell ein Alibi für die Zeit bis zehn Uhr, dann war er unverdächtig und brauchte über sein Tun und Treiben in seiner Freizeit am nächsten Tag nichts auszusagen. Es war verständlich, daß er einer verwitweten, leidgeprüften Frau, zu der er offenbar eine engere Beziehung herstellen wollte, keine unnötigen, wenn auch taktvoll formulierten Fragen seitens der Polizei zumuten wollte.

»Wie lange sind Sie hier schon beschäftigt?« fragte Dalgliesh.

»Fünf Jahre und drei Monate, Sir. Ich wurde angestellt, als Major Berowne noch am Leben war. Nach seinem Tod bat mich Lady Ursula zu bleiben. Seitdem bin ich da. Mir paßt die Bezahlung, mir gefällt der Job. Ich komme mit Lady Ursula zurecht. Und sie kommt mit mir zurecht. Außerdem lebe ich gern in London. Ich weiß nur noch nicht, was ich mit dem vielen Geld anfangen soll.«

»Wer zahlt Ihnen Ihr Gehalt? Bei wem sind Sie eigentlich angestellt?«

»Lady Ursula. Meine Hauptaufgabe ist es, sie herumzukutschieren. Sir Paul fuhr selbst oder benützte einen Wagen vom Ministerium. Hin und wieder chauffierte ich auch ihn und die junge Lady, wenn die beiden abends ausgingen. Aber das war höchst selten. Sie waren nicht besonders gesellig.«

»Wie waren sie dann?« fragte Massingham betont gleichgültig.

»Sie haben im Wagen nicht Händchen gehalten, wenn Sie das hören wollten.« Er stockte und schien nachzudenken. »Ich glaube, sie hatte etwas Angst vor ihm.«

»Hatte sie Grund dazu?«

»Könnte ich nicht behaupten. Aber er war nun mal kein umgänglicher Mensch. Wenn ich so nachdenke, muß ich sagen, daß er keinen glücklichen Eindruck auf mich machte. Wer mit Schuldgefühlen nicht fertig wird, sollte alles vermeiden, was Schuldgefühle einbringt.«

»Schuldgefühle?«

»Na, er ist doch schuld am Tod seiner ersten Frau. Schön, es war ein Autounfall – nasse Straße, schlechte Sicht, eine gefährliche Kurve. Das hat sich bei der Untersuchung herausgestellt. Aber er war nun mal der Fahrer. Ich kenne das. So was vergibt man sich nie. Hier drinnen« – er schlug sich gegen die Brust – »hier drinnen fragt eine Stimme immer wieder, ob es tatsächlich bloß ein Unfall gewesen ist.«

»Nichts hat auf das Gegenteil hingedeutet. Außerdem hätte er, wie seine Frau, umkommen können.«

»Vielleicht hätte es ihm gar nichts ausgemacht. Aber er ist nun mal

nicht umgekommen. Sie dagegen war tot. Und fünf Monate später heiratet er zum zweitenmal. Er bekommt die Verlobte seines Bruders, das Haus seines Bruders, das Vermögen seines Bruders, den Titel seines Bruders.«
»Aber nicht den Chauffeur seines Bruders.«
»Nein. Mich übernahm er nicht.«
»Hat ihm der Titel was bedeutet?« fragte Dalgliesh. »Ich kann es mir nicht vorstellen.«
»Ein wenig schon, Sir. Selbst wenn er so ehrfurchtgebietend nun auch wieder nicht ist. Aber es ist ein Baronettitel, der immerhin auf das Jahr 1642 zurückgeht. Doch, er schätzte ihn, die Kontinuität, die dahinterstand, das bißchen Unsterblichkeit, das er sich so verschaffen konnte.«
»Das erhoffen wir uns doch mehr oder minder alle«, entgegnete Massingham. »Sie scheinen ihn nicht besonders gemocht zu haben.«
»Eine große Sympathie gab es nicht zwischen ihm und mir. Ich chauffiere seine Mutter, und sie bezahlt mich dafür. Wenn er mich nicht mochte, ließ er es sich nicht anmerken. Ich denke, ich erinnerte ihn an Dinge, die er lieber vergessen hätte.«
»Und jetzt ist es damit endgültig vorbei«, meinte Massingham. »Auch mit dem Titel.«
»Mag sein. Das wird die Zeit zeigen. Ich würde neun Monate abwarten, bevor ich mir da sicher wäre.«
Daran hatte Dalgliesh auch schon gedacht. Aber er ging der Andeutung nicht weiter nach. »Wie war denn die Stimmung unter den Bediensteten im Haus, als Sir Paul seinen Ministerposten und dann auch noch seinen Parlamentssitz aufgab?« fragte er.
»Miss Matlock hat kein Wort darüber verloren. Das hier ist kein Haus, in dem die Dienerschaft Tee trinkend zusammen in der Küche hockt und sich über die Herrschaft das Maul zerreißt. Das Ausmalen der Beziehungen zwischen denen da oben und uns hier unten überlassen wir dem Fernsehen. Mrs. Minns und ich waren allerdings der Meinung, daß es zu einem Skandal kommen würde.«
»Was sollte einen Skandal auslösen?«
»Sex könnte dahinterstecken. So ist's doch meistens.«
»Haben Sie Grund zu dieser Vermutung?«
»Keinen außer dem Gewäsch in der *Paternoster Review*. Beweise

habe ich keine. Sie haben mich nach meiner Ansicht gefragt, Sir. So was habe ich schon früher angenommen. Kann sein, daß ich da falsch liege. Anscheinend ist der Fall komplizierter. Aber er war auch ein komplizierter Mensch.«

Massingham fragte ihn nach den beiden toten Frauen.

»Theresa Nolan habe ich kaum zu Gesicht bekommen«, sagte Halliwell. »Sie wohnte zwar hier, blieb aber meistens in ihrem Zimmer oder ging aus. Sie sonderte sich ab. Da sie als Nachtschwester angestellt worden war, konnte sie bis sieben Uhr abends über ihre Zeit verfügen. Tagsüber kümmerte sich Miss Matlock um Lady Ursula. Theresa Nolan war ein verschlossener, ziemlich scheuer Mensch. Für eine Pflegerin meiner Meinung nach zu schüchtern. Aber Lady Ursula hatte an ihr nichts auszusetzen, soviel ich weiß. Sie sollten besser sie selbst fragen.«

»Sie wissen aber, daß sie in der Zeit, als sie hier beschäftigt war, schwanger wurde?«

»Das mag so gewesen sein. Aber soviel ich weiß, ist sie nicht hier in dieser Wohnung und auch nicht im Haus schwanger geworden. Es gibt kein Gesetz, das Sex nur zwischen sieben Uhr abends und sieben Uhr morgens zuläßt.«

»Und wie war Diana Travers?«

Halliwell lächelte. »Ein ganz anderer Charakter. Temperamentvoll, schlagfertig. Mit ihr hatte ich mehr Kontakt, obwohl sie nur an zwei Tagen kam, montags und freitags. Für eine Frau ihres Formats war es schon ein sonderbarer Job. Ein merkwürdiger Zufall, daß sie ausgerechnet auf Miss Matlocks Anzeige stieß, als sie eine Teilzeitbeschäftigung suchte. Solche Anzeigen hängen doch sonst ewig am Fenster, bis sie so verblaßt sind, daß man sie kaum noch entziffern kann.«

»Mr. Swayne, Lady Berownes Bruder, soll gestern abend hier gewesen sein«, sagte Massingham. »Haben Sie ihn getroffen?«

»Nein.«

»Kam er öfters?«

»Öfters, als es Sir Paul angenehm war. Oder anderen Leuten.«

»Auch Ihnen?«

»Mir und seiner Schwester. Wann immer es ihm paßte, tauchte er auf, um zu baden und sich den Bauch vollzuschlagen. Aber sonst ist er harmlos. Er hat ein Schandmaul, ist aber sonst so gefährlich wie eine Wespe.«

Ein ziemlich oberflächliches Urteil, dachte Dalgliesh.
Plötzlich hoben die drei den Kopf und lauschten. Jemand ging durch die Garage. Sie hörten katzenleise Schritte auf der Eisenstiege. Dann öffnete jemand die Tür. Dominic Swayne stand auf der Schwelle. Halliwell hatte das Yale-Schloß nur einrasten lassen. Ein merkwürdiges Versehen, dachte Dalgliesh, es sei denn, Halliwell hat mit dem unerwarteten Eindringling halb gerechnet. Aber er ließ sich nichts anmerken, fixierte Swayne nur kurz mit seinem dunklen, ablehnenden Blick und wandte sich wieder seiner Kaffeetasse zu. Swayne mußte von ihrer Anwesenheit wissen, da ihn wahrscheinlich Miss Matlock eingelassen hatte, doch gab er sich überrascht und lächelte verlegen.
»Tut mir leid. Tut mir furchtbar leid«, versicherte er. »Ich scheine die peinliche Angewohnheit zu haben, immer dann reinzuplatzen, wenn die Polizei ihre Pflicht tut. Ich möchte Sie bei Ihrem Verhör gewiß nicht stören.«
»Ich würde es mal mit Anklopfen probieren«, entgegnete Halliwell abweisend.
Aber Swayne wandte sich an Dalgliesh. »Ich wollte Halliwell nur mitteilen, daß meine Schwester mir gestattet hat, morgen den Golf zu benützen.«
»Sie können den Golf nehmen, ohne es mir vorher mitzuteilen«, sagte Halliwell und blieb sitzen. »Das machen Sie doch sonst auch immer.«
Swayne schaute weiterhin Dalgliesh an. »Das wäre also klar. Da ich nun schon mal hier bin – haben Sie irgendwelche Fragen an mich? Nur keine Hemmungen!«
Massingham stand auf und nahm einen der geschnitzten Elefanten in die Hand. »Wollen Sie noch einmal versichern«, fragte Massingham und vermied dabei vorsichtig jegliche Schroffheit in seiner Stimme, »daß Sie gestern abend von Ihrer Ankunft um sieben bis zum Besuch des Lokals ›Raj‹ um halb elf die ganze Zeit über hier im Haus waren?«
»So war's aber, Inspektor. Erstaunlich, daß Sie sich noch daran erinnern.«
»Und in dieser Zeit haben Sie das Haus nicht verlassen?«
»Richtig. Ich muß Ihnen mal was sagen: Ich bin bestimmt kein idealer Schwager, aber mit Pauls Tod habe ich nichts zu tun. Ich

verstehe auch nicht, was Paul gegen mich einzuwenden hatte. Vielleicht erinnerte ich ihn an jemanden, an den er nicht denken wollte. Ich meine, ich nehme keine Drogen, es sei denn, ein anderer zahlt sie mir, was nur selten der Fall ist. Ich bin kein Säufer. Ich arbeite, wenn ich ein Engagement bekomme. Ich gebe zu, ich habe hin und wieder auf seine Kosten gebadet und gegessen. Aber was konnte ihm das schon ausmachen? Am Hungertuch nagte er wahrhaftig nicht. Oder lag es daran, daß ich manchmal mit der armen Evelyn Scrabble spielte? Es kümmert sich ja sonst keiner um sie. Und ich hab' ihm auch nicht die Gurgel durchgeschnitten. Ich bin nicht blutdürstig. Zu so was hätte ich nicht die Nerven. Ich bin nicht wie Halliwell. Ich hab's nicht gelernt, mit geschwärztem Gesicht zwischen irgendwelchen Felsen herumzukriechen, ein Messer zwischen den Zähnen. Mein Zeitvertreib ist das nicht.«

Massingham stellte den Elefanten an seinen Platz, als sei er angewidert. »Sie ziehen es also vor, abends mit Evelyn eine Partie Scrabble zu spielen«, entgegnete er. »Wer hat denn gewonnen?«

»Evelyn. Wer sonst? Gestern abend gelang es ihr dreimal, das Wort ›Zephir‹ zu bilden. Zum Schluß hatte sie 382 Punkte und ich mickrige 200. Es ist schon unheimlich, wie oft ihr solche ausgefallenen Wörter gelingen. Wenn sie nicht so erschütternd ehrlich wäre, würde ich denken, sie schummelt ein bißchen.«

»›Zickzack‹ hätte noch mehr Punkte eingebracht«, meinte Massingham ungerührt.

»Das schon, aber beim Scrabble gibt es nur ein Z. Ich sehe, Sie sind nicht scrabblesüchtig. Sie sollten's mal versuchen, Inspektor! Es schärft die Kombinationsfähigkeit enorm. Tja, wenn das alles war, verschwinde ich wieder.«

»Da ist noch was«, warf Dalgliesh ein. »Erzählen Sie uns etwas über Diana Travers.«

Swayne blieb wie erstarrt stehen und blinzelte mit seinen hellen Augen. Aber falls er wirklich erschrocken war, dann beruhigte er sich ziemlich schnell. Dalgliesh konnte sehen, wie sich die momentane Verkrampfung der Hände und Schultermuskeln löste. »Was soll ich über sie erzählen? Sie ist doch tot.«

»Das wissen wir. Sie ertrank nach einer Dinner-Party, die Sie im ›Black Swan‹ gegeben haben. Sie waren dort, als sie ertrank. Wie hat sich das abgespielt?«

»Was gibt's da noch groß zu berichten? Sie müssen den Untersuchungsbericht doch kennen. Außerdem – was hat das mit Paul zu tun? Sie war nicht seine Geliebte oder so was.«

»Das nehmen wir auch nicht an.«

Er zuckte mit den Schultern und hob in gespielter Ergebenheit die Hände. »Was wollen Sie hören?« fragte er.

»Warum haben Sie sie denn zu der Dinner-Party überhaupt eingeladen?«

»Aus keinem bestimmten Grund. Vielleicht war's nur eine Anwandlung von Großzügigkeit. Ich wußte, daß meine Schwester anläßlich ihres Geburtstags eine Dinner-Party im engsten Kreise, zu dem ich offenbar nicht gehöre, geben wollte. Da dachte ich mir, ich könnte ja auch eine kleine Feier veranstalten. Als ich kam, um Barbara mein Geburtstagsgeschenk zu überreichen, sah ich Diana beim Staubwischen in der Eingangsdiele. Da lud ich sie spontan ein. Ich holte sie um halb sieben bei der U-Bahn-Station am Holland Park ab und fuhr sie zu meinen Freunden im ›Black Swan‹.«

»Wo Sie dann zu Abend aßen?«

»Genau. Soll ich Ihnen auch die Speisenfolge aufzählen?«

»Nur, wenn's zu den Ermittlungen beiträgt. Was geschah danach?«

»Nach dem Dinner schlenderten wir zur Themse und stießen stromaufwärts auf einen angeketteten Kahn. Die anderen kamen auf die Idee, eine Kahnpartie zu machen. Diana und ich wollten uns lieber auf festem Boden vergnügen. Sie war schon ziemlich high. Nicht von Drogen, aber vom Alkohol. Doch dann beschlossen wir, zu dem Kahn hinauszuschwimmen und die anderen zu erschrekken.«

»Also zogen Sie sich aus.«

»Wir waren schon nackt. Tut mir leid, wenn Sie das schockiert.«

»Und Sie sprangen zuerst in die Themse?«

»Nein, ich sprang nicht hinein, ich watete hinein. In ein unbekanntes Gewässer springe ich nie. Ich schwamm also in meinem anerkannt eleganten Kraulstil hinaus und erreichte auch den Kahn. Als ich mich umblickte, konnte ich sie am Ufer nirgendwo sehen. Weil da aber viele Büsche stehen, dachte ich mir, sie hätte es sich anders überlegt und würde sich anziehen. Ich war ein bißchen besorgt, aber nicht sehr. Doch dann hielt ich es für besser, umzukehren und nachzusehen. Der Einfall mit dem Hinausschwimmen hatte für mich seinen Reiz verloren. Das Wasser war eisigkalt und trübe. Außerdem war die Clique nicht so begeistert gewesen, wie ich's erwartet hatte. Ich ließ den Kahn los und schwamm zum Ufer. Ich sah sie nirgendwo. Nur ihre Kleider lagen noch an derselben Stelle. Da bekam ich's mit der Angst zu tun. Ich wollte meine Freunde herbeirufen, aber die alberten nur herum und hörten mich nicht. Aber sie entdeckten dann Diana. Sie trafen sie mit dem Paddel, als sie auftauchte. Die Mädchen drehten fast durch. Sie hielten ihren Kopf über Wasser und ruderten so schnell wie möglich zum Ufer. Dabei wären sie fast gekentert. Ich half ihnen, den leblosen Körper an Land zu ziehen. Dann versuchten wir's mit Mund-zu-Mund-Beatmung. Es war ein furchtbares Durcheinander. Die Mädchen heulten und versuchten sie anzuziehen. Ich war klatschnaß und fröstelte. Tony mühte sich, als wollte er einen Ballon aufpumpen. Diana lag steif da. Die Augen waren starr. Wasser lief aus ihrem Haar. Um den Hals hatten sich wie ein grüner Schal irgendwelche Schlingpflanzen gewunden. Wie enthauptet sah sie aus. Auf grauenhafte Art erotisch. Dann rannte eins der Mädchen hinüber zum Restaurant, um Hilfe zu holen. Der Chef kam selbst und übernahm das Kommando. Er schien darin Erfahrung zu haben. Aber es half nichts. Das war das Ende von Diana, das Ende eines lustigen Abends und auch das Ende meiner Geschichte.«

Halliwell stieß mit einem Ruck seinen Stuhl zurück, schnellte hoch und verschwand in der Küche.

Swayne schaute ihm verblüfft nach. »Was hat er denn? Ich war doch derjenige, der die Tote anschauen mußte. Man darf wohl annehmen, daß er Schlimmeres gewohnt ist.«

Dalgliesh und Massingham schwiegen. Gleich darauf kehrte Halliwell wieder. Er stellte eine weitere Flasche Whisky auf den Tisch. Dalgliesh kam es so vor, als sei sein Gesicht fahler als vorhin. Aber die Hand zitterte nicht, als er einen gehörigen Schuß Whisky in seinen Kaffee goß. Swayne blickte fragend die Whiskyflasche an, als verstehe er nicht, wieso man ihm keinen Drink anbot, und wandte sich dann wieder Dalgliesh zu.

»Ich muß Ihnen noch was über Diana Travers sagen. Sie war keine Schauspielerin. Ich brachte das auf der Fahrt zum ›Black Swan‹ heraus. Sie gehörte weder der Schauspielergewerkschaft an, noch hatte sie eine Schauspielschule besucht. Sie hatte auch den Theaterjargon nicht drauf. Sie hatte keinen Agenten. Sie war auch noch nie auf der Bühne gestanden.«

»Hat sie ihren richtigen Beruf verraten?«

»Sie sagte, sie wolle ein Buch schreiben und sammle Material. Sie hätte weniger Schwierigkeiten, wenn sie sich als Schauspielerin ausgab. Wenn sie einen Teilzeitjob annahm, stellte man keine weiteren Fragen. Mir war's so oder so egal. Ich meine, ich wollte sie ja nur ausführen und nicht mit ihr zusammenleben.«

»Haben Sie irgend jemanden gesehen oder gehört, als Sie mit ihr noch am Flußufer waren? Auch später, als Sie sie suchten?«

Mit den jetzt weit aufgerissenen blauen Augen sah Swayne seiner Schwester geradezu unheimlich ähnlich. »Ich kann mich nicht erinnern. Wir waren ziemlich beschäftigt, wenn Sie verstehen, was ich meine. Denken Sie an einen Spanner, an einen Typ, der uns belauert hat? Auf die Idee bin ich gar nicht gekommen.«

»Dann denken Sie jetzt darüber nach! Waren Sie allein am Ufer?«

»Na klar! Wer hätte da sonst sein sollen?«

»Versuchen Sie sich zu erinnern! Haben Sie etwas Verdächtiges gesehen oder gehört?«

»Das kann ich nicht sagen, aber vom Kahn kam ja auch dieses laute Gekreisch der Mädchen. Und als ich hineinwatete und zu schwimmen begann, hätte ich ohnehin nichts sehen oder hören können. Ich weiß nur noch, daß Diana mir folgte. Aber vielleicht habe ich mir das nur eingebildet, weil ich's nicht anders erwartete. Es kann sein, daß uns jemand beobachtet hat. Von den Büschen aus. Aufgefallen ist mir aber nichts. Tut mir leid, wenn das nicht die richtige Antwort ist für Sie. Und Entschuldigung, daß ich hier so reingeplatzt bin. Oh, und übrigens, falls Sie noch Fragen haben – ich bin drüben im Haus. Als Bruder muß ich schließlich die Witwe trösten.« Er hob kurz die Schultern, sandte ein Lächeln quer durch den Raum und ging hinaus. Die Schritte auf der Eisenstiege wurden immer leiser.

Als die beiden Kriminalbeamten sich erhoben, um gleichfalls zu gehen, stellte Massingham seine letzte Frage. »Es steht noch nicht fest, wie Sir Paul und der Stadtstreicher den Tod fanden. Wahrscheinlich war's Mord. Haben Sie im Haus oder draußen etwas gehört oder gesehen, was Ihnen verdächtig vorkam?«

Halliwell goß sich Whisky ein. Es sah ganz danach aus, als wolle er sich betrinken. »Ich hab' ihn jedenfalls nicht umgebracht«, sagte er.

»Wenn ich's wüßte, wer's getan hat, würde ich's Ihnen wahrscheinlich anvertrauen.«
»Wissen Sie, ob Sir Paul Feinde hatte?« hakte Massingham nach.
»Feinde?« Halliwells Lächeln hatte sich schon fast in ein Grinsen verwandelt. Sein braungebranntes Gesicht wirkte auf einmal finster und abweisend. Man konnte sich gut vorstellen, wie er, nach Swaynes Beschreibung, mit geschwärztem Gesicht zwischen den Felsen herumschlich. »Als Politiker muß er welche gehabt haben. Aber das ist nun vorbei. Erledigt. Abgehakt. Wie der Major steht er nicht mehr in ihrer Schußlinie.«
Damit war die Befragung beendet.
Halliwell ging mit ihnen hinunter in die Garage und schloß dann die schwere Doppeltür ab. Sie hörten, wie zwei Riegel vorgeschoben wurden. Jemand hatte die Nischenbeleuchtung abgeschaltet. Der Innenhof lag dunkel da. Nur beiderseits des Garagentors brannten zwei Wandlampen. Als sie sich der hinteren Haustür näherten, trat Miss Matlock lautlos aus dem Schatten des Hauses. In dem bodenlangen Morgenmantel wirkte sie größer, damenhafter, nahezu grazil. Dalgliesh fragte sich, wie lange sie ihnen da schon aufgelauert haben mochte.
Zusammen mit Massingham folgte er ihr durch das totenstille Haus. Als sie die Haustür aufschloß und die Riegel zurückschob, fragte Massingham: »Sie haben gestern abend mit Mr. Swayne Scrabble gespielt. Wer hat denn gewonnen?«
Es war ein simpler Trick, eine Falle. Trotzdem war ihre Reaktion merkwürdig. Im gedämpften Licht der Eingangshalle sahen sie, wie ihr eine hektische Röte in das Gesicht stieg. »Ich habe gewonnen. Mit 382 Punkten, falls Sie das interessiert. Das Spiel fand statt, Inspektor. Sie bekommen wohl öfters Lügen zu hören. Ich aber lüge nicht.«
Sie schien vor Zorn starr zu sein. Nur die verschränkten Hände bebten leicht.
»Das behauptet auch niemand, Miss Matlock«, wiegelte Dalgliesh mit sanfter Stimme ab. »Danke, daß Sie auf uns gewartet haben. Gute Nacht!«
»Warum hat sie meine simple Frage nur so aus der Fassung gebracht?« fragte Massingham, als er den Rover aufschloß.
Dalgliesh war schon früher bei scheuen, unsicheren Frauen auf so

eine aggressive Abwehr gestoßen. Er wünschte, er könnte Miss Matlock ehrlich bedauern. »Zartfühlend war's jedenfalls nicht, John«, meinte er.

»Das nicht, Sir. Sollte es auch nicht sein. Sie hat nun mal Scrabble gespielt. Die Frage ist nur, wann.«

Dalgliesh setzte sich hinters Steuerrad. Unterhalb des Campden Hill Square fuhr er in eine Parkbucht und rief den Yard an.

Kate Miskins Stimme klang ausgeruht, als hätten die Ermittlungen eben erst begonnen. »Ich habe Mrs. Hurrell aufgesucht, Sir. Sie sagte aus, sie hätte kurz vor dreiviertel neun in der Villa angerufen und Sir Paul sprechen wollen. Eine Männerstimme hätte sich mit ›Hier Swayne!‹ gemeldet. Als sie dem Mann den Grund ihres Anrufs erläuterte, verband er sie mit Miss Matlock. Miss Matlock sagte, sie wisse nicht, wo sich Sir Paul aufhalte. Das wisse niemand im Haus.«

Was Dalgliesh stutzig machte, war, wie sich Swayne im Haus eines anderen am Telefon gemeldet hatte. Daraus konnte man fast den Schluß ziehen, daß er seine Anwesenheit herausstreichen wollte.

»Was haben Ihre sonstigen Ermittlungen ergeben?« fragte er.

»Nicht viel, Sir. Ich habe noch mit dem Ehepaar McBride und dieser Maggie Sullivan gesprochen. Alle drei versicherten, daß aus dem Abflußrohr Wasser herauslief. Irgend jemand muß demzufolge um acht Uhr abends das Spülbecken benützt haben. Alle drei gaben denselben Zeitpunkt an.«

»Was Neues vom Labor?«

»Ich habe mit dem leitenden Biologen telefoniert. Wenn sie die Blutproben gleich nach der Obduktion – etwa bis zum Spätnachmittag bekommen –, werden sie nachts noch eine Elektrophorese durchführen. Der Direktor ist einverstanden, daß sie das Wochenende durcharbeiten. Montag früh wissen wir Näheres über die Blutflecken.«

»Der Schriftexperte wird wohl noch nichts herausgefunden haben. Was ist mit dem abgebrannten Zündholz?«

»Der Schriftexperte hat den Tintenlöscher noch nicht untersuchen können, Sir. Aber er kommt demnächst dran. Bei dem Zündholz stoßen wir auf die altbekannten Probleme, Sir. Man wird es genauestens analysieren und auch nach Fingerabdrücken untersuchen. Aber viel wird dabei nicht herauskommen. Außer, daß es sich um

Pappelholz handelt. Man konnte mir nicht mal sagen, welches Format es ursprünglich hatte. Es ist einfach zu kurz.«

»Na schön, Kate. Machen wir Schluß für heute. Fahren Sie heim. Gute Nacht!«

»Gute Nacht, Sir.«

Während sie auf der Straße vom Campden Hill Square stadteinwärts weiterfuhren und dann in die Holland Park Avenue einbogen, sagte Dalgliesh: »Halliwell hat ein ziemlich kostspieliges Hobby. Die ›Berühmtesten Kriminalfälle in Großbritannien‹ müssen an die 1000 Pfund gekostet haben, wenn er sie nicht im Verlauf von Jahren Band für Band zusammengetragen hat.«

»Swaynes Geschmack ist weitaus teurer, Sir. Er trug ein Fellucini-Sakko, ein Seide-Leinen-Gewebe, und silberüberzogene Knöpfe. Das Stück für 4,50 Pfund.«

»Da kennen Sie sich besser aus. Ich frage mich nur, warum er so hereingeplatzt ist. Glaubwürdig war seine Ausrede nicht. Wahrscheinlich wollte er herausfinden, wieviel Halliwell preisgab. Es ist aber bezeichnend, daß er so hereinplatzte, vor allem die Art, als sei er es gewohnt. Wenn Halliwell mal nicht da ist, könnte er ohne weiteres an einen der Schlüssel herankommen oder notfalls das Yale-Schloß aufbringen.«

»Ist es denn wichtig, daß er in Halliwells Wohnung gelangen kann, Sir?«

»Ich denke schon. Der Mörder wollte seine Tat möglichst verschleiern. In Halliwells Regal stand unter anderem auch Simpsons ›Handbuch der Gerichtsmedizin‹. Im 5. Kapitel weist der Verfasser ausführlich auf die Unterschiede zwischen Schnittwunden am Hals hin, die von einem Selbstmord oder von einem Mord herrühren. Swayne könnte die Passage gelesen und sich die Einzelheiten gemerkt haben. Aber diese Möglichkeit hatte jeder in der Villa, der Zugang zu der Garagenwohnung hatte. Insbesondere Halliwell selbstverständlich. Wer Berowne die Kehle durchschnitt, wußte genau, worauf es ankam.«

»Aber hätte Halliwell das Handbuch im Regal stehenlassen, wo wir es finden könnten?«

»Wenn die Existenz des Handbuchs bekannt war, würde sein Verschwinden noch größeren Verdacht erregen. Außerdem ist Halliwell unverdächtig, wenn Lady Ursula uns die Wahrheit gesagt hat, was ihre Telefonanrufe anbelangt. Ich kann mir nicht vorstellen, daß sie Halliwell ein Alibi verschaffen würde, wenn er ihren Sohn ermordet hätte. Auch nicht einem anderen Verdächtigen.«

»Auch Halliwell würde Swayne wohl kaum zu einem Alibi verhelfen. Die beiden mögen sich nicht. Halliwell verachtet Swayne. Ich habe Swayne übrigens schon mal gesehen. Er spielte vor einem Jahr im Coningsby-Theater von Camden Town in dem Stück ›Die Garage‹ mit. Die Kulissen stellten tatsächlich eine Garage dar. Im ersten Akt wurde sie aufgebaut, im zweiten demoliert.«

»War es denn nicht ein Hochzeitszelt?«

»Das war ein anderes Stück, Sir. Swayne spielte einen Psychopathen. Er gehörte zu der Bande, die die Garage demolierte. Er muß also der Schauspielergewerkschaft angehören.«

»Wie gefiel er Ihnen als Schauspieler?«

»Dramatisch, aber nicht sehr begabt. Nicht, daß ich mich besonders auskenne. Ich gehe lieber ins Kino. Damals hatte nur Emma gerade ihre Theaterphase. Das Stück war ziemlich symbolisch. Die Garage sollte England darstellen oder den Kapitalismus oder den Imperialismus oder vielleicht auch den Klassenkampf. Im zweiten Akt gab es eine ganz nette Prügelszene. Swayne versteht es, seine eigenen Kräfte zu nutzen. Aber natürlich ist das Zertrümmern einer Garage nicht unbedingt das passendste Training, jemandem die Kehle durchzuschneiden. Ich kann mir Swayne nicht als Mörder vorstellen, und schon gar nicht in diesem speziellen Fall.«

Als erfahrene Fahnder wußten sie, wie wichtig es war, in dieser Phase alle Ermittlungen möglichst rational zu steuern, sich auf hieb- und stichfeste Fakten zu stützen. Welcher Verdächtige hatte die Mittel, die Gelegenheit, das Wissen, die Kraft, das Motiv? Es brachte nichts ein, wenn man schon in diesem Stadium überlegte, ob dieser oder jener die Rücksichtslosigkeit, die Nerven, die Motivation, die psychische Verfassung hatte, das Verbrechen zu verüben. Trotzdem erlagen sie, fasziniert von der Vielfalt der menschlichen Psyche, nahezu immer solchen Versuchungen.

6

Miss Wharton lag noch hellwach in ihrem kleinen Schlafzimmer im zweiten Stock Crowhurst Gardens Nr. 49 und schaute angestrengt in die Dunkelheit. Ihr Körper auf der harten Matratze kam ihr unnatürlich heiß und schwer wie Blei vor. Sie hatte nicht einmal die Energie, sich umzudrehen, um bequemer zu liegen. Obwohl sie nicht damit gerechnet hatte, bald einschlafen zu können, hatte sie all ihre Vorbereitungen für die Nacht mit der verbissenen Hoffnung getroffen, das gewohnte, tröstliche Ritual werde ihren Körper zum Einschlummern verleiten, ihm zumindest Entspannung verschaffen – das für den heutigen Tag vorgesehene Kapitel aus der Bibel, die heiße Milch, der Vollkornkeks, den sie sich jeden Tag als krönenden Abschluß gönnte. Aber nichts hatte geholfen. Die Passage aus dem Lukas-Evangelium hatte vom guten Hirten gehandelt. Das war sonst eine ihrer Lieblingsstellen. Aber heute nacht hatte sie die Passage mit geschärfter, geradezu kritischer Aufmerksamkeit gelesen. Was war denn eigentlich die Aufgabe eines Hirten? Sich um die Herde zu kümmern, darauf zu achten, daß die Schafe nicht entliefen, damit man sie kennzeichnen, sie scheren, sie irgendwann mal schlachten konnte? Gäbe es keine Nachfrage nach ihrer Wolle, ihrem Fleisch, dann gäbe es auch keine Aufgabe mehr für einen Hirten.

Noch lange Zeit, nachdem sie die Bibel geschlossen hatte, war sie regungslos dagelegen. Die Nacht kam ihr endlos vor. Quälende Gedanken bestürmten sie. Wo mochte Darren jetzt sein? Wie es ihm wohl ging? Wer kümmerte sich darum, daß er jetzt nicht alleine und verängstigt die Nacht zubringen mußte? Zwar schien ihn die gräßliche Szene nicht besonders beeindruckt zu haben, aber so ganz genau wußte man das bei einem Kind nie. Außerdem war es ihre Schuld, wenn sie so wenig von ihm wußte. Sie hätte darauf bestehen sollen, seine Lebensumstände kennenzulernen, seine Mutter zu treffen. Von seiner Mutter hatte er nie gesprochen. Und wenn sie ihn nach ihr gefragt hatte, hatte er nur achselzuckend geschwiegen. Und aufdrängen wollte sie sich ihm nicht. Vielleicht konnte sie ihn mit Hilfe der Polizei ausfindig machen. Aber durfte sie Commander Dalgliesh, der zwei Morde aufzuklären hatte, damit behelligen?

Der Gedanke an die beiden Morde stürzte sie in neue Verwirrung.

Es gab da etwas, an das sie sich erinnern wollte, aber nicht konnte. Etwas, das sie Commander Dalgliesh hätte mitteilen müssen. Als er sie höflich befragt hatte, hatte sie sich bemüht, ihm möglichst ruhig, genau und sachlich zu antworten. Aber sie wußte nun, daß ihre Erinnerung lückenhaft war, daß der grauenhafte Anblick etwas aus ihrem Gedächtnis verdrängt hatte. Was konnte das nur gewesen sein? Es war nur eine Kleinigkeit, die vermutlich gänzlich unbedeutend war, aber Commander Dalgliesh hatte sie gebeten, ihm auch die unbedeutendste Einzelheit zu schildern.

Plötzlich beunruhigte sie etwas völlig anderes. Sie mußte unbedingt die Toilette aufsuchen. Sie schaltete die Nachttischlampe an, tastete nach ihrer Brille und schaute auf den leise vor sich hin tickenden Wecker. Es war erst zehn Minuten nach zwei. Bis zum Morgen würde sie es nicht aushalten. Sie hatte zwar ein eigenes Wohnzimmer, ein Schlafzimmer und eine Küche, mußte aber das Bad mit den McGraths in der Wohnung darunter teilen. Die Installation war veraltet. Wenn sie die Toilette mitten in der Nacht benützte, würde sich Mrs. McGrath am nächsten Morgen beklagen. Sie konnte zwar den Nachttopf nehmen, aber der mußte irgendwann auch ausgeleert werden. Den ganzen Vormittag würde sie auf den Augenblick lauern müssen, in dem sie ihn unbehelligt ins WC tragen konnte, ohne von Mrs. McGrath einen unverschämten, verächtlichen Blick aufzufangen. Einmal war sie mit dem abgedeckten Nachttopf in der Hand Billy McGrath auf der Treppe begegnet. Die Erinnerung trieb ihr selbst jetzt noch die Schamröte ins Gesicht. Trotzdem würde sie ihn benutzen müssen. Die Nacht war so still, da konnte sie doch nicht hinunterschleichen, um die Ruhe ringsum mit einem rauschenden Schwall aus dem Wasserkasten, mit all dem Gurgeln und Fauchen in den Abflußrohren zu stören.

Sie konnte sich nicht erklären, warum die McGraths sie nicht mochten, warum sie ihre behutsame Freundlichkeit so provozierend fanden. Sie ging ihnen nach Möglichkeit aus dem Weg, obwohl das nicht leicht war, da sie ja dieselbe Haustür, denselben schmalen Hausgang benützten. Bei Darrens erstem Besuch in ihrer Wohnung hatte sie den McGraths weisgemacht, seine Mutter würde in der Pfarrei von St. Matthew arbeiten. Diese Lüge, die ihr in ihrer Verwirrung entschlüpft war, schien sie zufriedengestellt zu haben. Hinterher hatte sie die Unwahrheit schlichtweg verdrängt, da sie sie ja nicht gut in ihrer allwöchentlichen Beichte erwähnen konnte. Außerdem war Darren so wieselflink, wenn er ging oder kam, daß das Risiko, die McGraths könnten ihn ausfragen, äußerst gering war. Er schien zu ahnen, daß die McGraths Feinde waren, und vermied tunlichst jede Begegnung. Sie hatte verzweifelt versucht, Mrs. McGrath mit übertriebener Höflichkeit, ja sogar mit kleinen freundlichen Gesten wohlwollender zu stimmen. Im Sommer hatte sie Mrs. McGraths Milchflaschen aus der Sonne in den Schatten gestellt, oder ihr, wenn sie vom Weihnachtsbasar von St. Matthew heimkehrte, ein Glas selbstgemachter Marmelade oder Essiggemüse vor die Tür gestellt. Aber diese Zeichen der Unterwürfigkeit schienen ihre feindselige Haltung nur noch zu verstärken. Im Grunde wußte Miss Wharton, daß sie das nicht ändern konnte. Menschen – Staaten waren da nicht anders – brauchten jemanden, der schwächer, verletzlicher war als sie, jemanden, den sie schikanieren, verachten konnten. So war die Welt nun einmal. Als sie nun vorsichtig den Nachttopf unterm Bett hervorzog und mit angespannten Beinmuskeln in die Hocke ging, bemüht, den Urinstrahl zu steuern und das Geplätscher zu dämpfen, fiel ihr wieder einmal ein, wie gern sie eine Katze gehabt hätte. Aber der Garten, ein ungemähter Grasstreifen, uneben wie ein Acker, gesäumt von ungepflegten, überalterten Rosenbüschen und dahinkümmernden, nie blühenden Sträuchern, gehörte zur Erdgeschoßwohnung. Nie würden ihr die McGraths eine Mitbenützung gestatten; und es wäre gefühllos, eine Katze Tag und Nacht in ihren zwei kleinen Zimmern einzukerkern.

Schon in der Kindheit hatte man Miss Wharton Angst eingebleut – eine Erfahrung, die Kinder niemals vergessen. Ihrem Vater, einem kleinen Volksschullehrer, war es gelungen, trotz aller Schwierigkeiten seiner Klasse gegenüber stets nachsichtig zu sein, aber nur, weil er das im eigenen Heim durch kleinliche Tyrannei kompensierte. Seine Frau und die drei Kinder hatten alle Angst vor ihm. Doch die gemeinsame Angst brachte die Kinder einander nicht näher. Wenn er wieder einmal mit gewohnter Unberechenbarkeit ein Kind sein Mißvergnügen handfest spüren ließ, konnten die verschonten Geschwister sich beschämt gegenseitig die Erleichterung über die Galgenfrist an den Augen ablesen. So lernten sie zu lügen, um sich zu schützen, und wurden geschlagen wegen dieser Lügen. Sie lernten, Angst zu haben, und wurden bestraft wegen ihrer Feigheit. Trotzdem hatte Miss Wharton auf einem Beistelltisch eine silbergerahmte Photographie ihrer Eltern stehen. Nie gab sie ihrem Vater die Schuld, wenn sie sich früher einmal unglücklich gefühlt hatte oder es auch jetzt noch manchmal war. Sie hatte ihre Lektion gut gelernt. Sie gab sich selbst die Schuld.

Sie stand allein auf der Welt. Ihr jüngerer Bruder John, den sie am liebsten gehabt hatte, der psychisch robuster als seine Geschwister gewesen war, hatte sich im Leben noch am besten behaupten können. Aber John war einen Tag vor seinem neunzehnten Geburtstag als Bordschütze in der Heckkanzel eines Lancaster-Bombers bei lebendigem Leibe verbrannt. Miss Wharton, die sich glücklicherweise das Inferno, in dem John, vor Schmerzen brüllend, sein Leben gelassen hatte, nicht vorstellen konnte, hatte sich ein friedsameres Bild von seinem Sterben ausgedacht: Eine verirrte deutsche Kugel hatte ihn mitten ins Herz getroffen. Und der junge, fahlgesichtige Kriegsheld war sanft zur Erde herniedergeschwebt, mit den Händen das schwere Maschinengewehr umklammernd. Edmund, der ältere Bruder, war nach dem Krieg nach Kanada ausgewandert und arbeitete jetzt, geschieden und kinderlos, als kleiner Angestellter in einem Kaff hoch im Norden, dessen Namen sie sich nie merken konnte, weil er ihr so selten schrieb.

Sie schob den Nachttopf unters Bett, schlüpfte in den Morgenmantel und tappte barfuß durch den Gang in ihr zur Straßenseite gelegenes Wohnzimmer, wo sie sich an das einzige Fenster stellte. Im Haus war es bedrückend still. Im Licht der Straßenlampen glich die Straße zwischen den beiden Reihen geparkter Autos einem schleimigen Fluß. Selbst bei geschlossenem Fenster hörte sie den dumpfen nächtlichen Verkehrslärm auf der Harrow Road. Die niedrigen Wolken säumte der rote Widerschein der rastlosen Riesenstadt. Wenn Miss Wharton in das unheimliche Zwielicht hinaussah, kam es ihr manchmal vor, als sei der Baugrund von London aus Kohle und glimme unablässig vor sich hin, als erstrecke sich rings um sie herum, von niemandem wahrgenommen, die Hölle. Zu ihrer Rechten ragte als rotgeränderte Silhouette der Glockenturm von St. Matthew empor. Normalerweise fand sie den Anblick tröstlich. Da lag der Ort, wo man sie kannte, wo man sie wegen der kleinen Gefälligkeiten achtete, wo sie Beschäftigung, Trost, Vergebung, ein

Zuhause fand. Doch nun war der schlanke, fremdartige Turm, der sich düster vom rotüberhauchten Himmel abhob, ein Symbol des Grauens und des Todes. Würde sie es trotzdem wagen, weiterhin zweimal wöchentlich den Treidelpfad entlang zur St.-Matthew-Kirche zu gehen? Sonderbarerweise hatte der Pfad – ausgenommen die kurzen Wegstrecken unter den Brücken – für sie nichts Angsteinflößendes gehabt wie die Straßen in der Innenstadt. Auch wenn es morgens noch so dunkel war, konnte sie dort furchtlos dahinspazieren. Und in den letzten Monaten hatte Darren sie begleitet. Doch nun war Darren verschwunden, die Sicherheit war verschwunden, der Treidelpfad würde immer glitschig sein von eingebildetem Blut. Als sie ins Bett zurückkroch, schweiften ihre Gedanken über die Dächer hinüber zur kleinen Sakristei. Sicherlich war sie mittlerweile leer. Die Polizei hatte die Leichen fortgeschafft. Nur noch rostigbraune Blutflecken würden auf dem Teppich zu sehen sein. Oder hatte man auch die entfernt? Nichts als Leere und Dunkelheit und Todesgeruch. Nur in der Marienkapelle würde noch das Licht vor dem Allerheiligsten brennen. Sollte ihr auch das genommen werden? War es das, was ein Mord den Unschuldigen antat? Ihnen die Menschen, die sie liebten, zu nehmen, ihre Gedanken mit Grauen zu erfüllen, sie vereinsamt und ohne Freunde sich selbst zu überlassen unter einem rötlich glimmenden Himmel?

7

Es war nachts kurz nach halb zwölf, als Kate Miskin die Fahrstuhltür zufallen ließ und das Sicherheitsschloß ihrer Wohnung aufsperrte. Sie hätte noch im Yard auf Dalglieshs und Massinghams Rückkehr von der Befragung Halliwells gewartet, aber AD, wie Adam Dalgliesh intern genannt wurde, hatte gemeint, sie sollte für heute Schluß machen. Weder sie noch jemand anders könnten bis morgen früh etwas unternehmen. Wenn AD recht hatte und Paul Berowne und Harry Mack ermordet worden waren, würden sie und Massingham ohnehin sechzehn Stunden am Tag durcharbeiten müssen, vielleicht noch länger. Das störte sie nicht; so etwas hatte sie früher auch schon durchgestanden. Als sie das Ganglicht einschaltete und den Schlüssel zweimal umdrehte, kam ihr die Hoffnung, Dalgliesh könne recht haben, selbstsüchtig, geradezu schändlich vor. Doch sie entschuldigte sich mit einem bekannten, tröstlichen Gemeinplatz. Berowne und Harry waren nun einmal tot, nichts konnte sie wieder lebendig machen. Wenn Sir Paul sich nicht selbst den Hals aufgeschlitzt hatte, konnte das ein faszinierender Fall werden, der Folgen haben würde. Nicht nur für sie persönlich, für ihre Karriere. Gegen die Bildung des Sonderdezernats, das Verbrechen von politischer und auch gesellschaftlicher Brisanz aufklären sollte, hatte es ein nicht unbeträchtliches Maß an Opposition gegeben. Sie kannte eine Reihe von hohen Beamten im Yard, die es gewiß nicht bedauern würden, wenn sich dieser Fall, der erste Fall des Sonderdezernats, als ein ganz gewöhnlicher Mord mit nachfolgendem Freitod herausstellte.

Wie immer betrat sie ihre Wohnung mit dem zutiefst befriedigenden Gefühl, endlich zu Hause zu sein. Seit zwei Jahren schon wohnte sie im Charles Shannon House. Der Kauf der Wohnung mit der genau kalkulierten Rückzahlung der Hypothek war der erste Schritt zu ihrem geplanten Aufstieg gewesen. Vielleicht führte er sie später einmal zu einer der schicken Eigentumswohnungen in den umgebauten Lagerhäusern an der Themse, mit ihren breiten Fenstern, durch die man auf den Fluß hinabblickt, den weitläufigen, mit Deckengebälk versehenen Räumen, von denen aus man die Tower Bridge in der Ferne sehen kann. Das hier war erst der Anfang.

Die Wohnung – ein länglicher Wohnraum mit einem schmalen Balkon, den ein zierliches Eisengitter umgab, zwei kleine Schlafzimmer, eine Küche, ein Bad und eine separate Toilette – lag auf der obersten Etage eines viktorianischen Mietshauses unweit der Holland Park Avenue. In dem um 1860 erbauten Haus hatten sich einst Ateliers für Künstler und Designer befunden. Blaue Erinnerungstafeln über dem Hauseingang wiesen auf seine historische Bedeutung hin. Die himmelwärts strebenden Mauern mit den vielen stuckverzierten, ungewöhnlich dimensionierten Fenstern und dem Zickzack der eisernen Feuerleitern führten zu einem Dach mit altertümlichen Kaminen und bizarren Fernsehantennen, von denen manche längst nicht mehr funktionierten.

Das war bisher die erste Wohnung, die sie als ihr Heim empfand. Sie war ein uneheliches Kind. Ihre Großmutter mütterlicherseits, die bei ihrer Geburt schon an die Sechzig gewesen war, hatte sie großgezogen. Ihre Mutter, die wenige Tage nach ihrer Geburt gestorben war, war für sie nur ein mageres, ernstes Gesicht in der vordersten Reihe auf einer Schulklassenphotographie, in dem sie von ihren eigenen markanten Zügen nichts wiederfinden konnte. Da ihre Großmutter nie von ihrem Vater sprach, nahm sie an, ihre Mutter hatte seine Identität nicht preisgegeben. Sie trug den Mädchennamen ihrer Mutter, was sie längst nicht mehr bekümmerte. Abgesehen von den unvermeidlichen Tagträumen ihrer frühen Kindheit, in denen ihr Vater verzweifelt nach ihr suchte, hatte sie nie das Bedürfnis verspürt, ihre Herkunft zu erkunden. Zwei Zeilen aus einem Shakespeare-Stück hatte sie sich als Motto gewählt, nach dem sie zu leben trachtete:

Was bedeutet es schon, was davor geschah oder danach?
Mit mir selbst will ich beginnen und auch enden.

Sie hatte ihre Wohnung bewußt nicht mit Stilmöbeln eingerichtet. Zur Vergangenheit hatte sie keine Beziehung. All die Jahre hatte sie danach gestrebt, sich von ihr frei zu machen, sich eine Zukunft zu gestalten, die ihrem Drang nach Ordnung, Sicherheit und Erfolg entsprach. Ein paar Monate lang hatte sie nur mit einem Klapptisch, einem Stuhl und einer Matratze auf dem Boden gehaust, bis sie soviel Geld gespart hatte, daß sie sich die funktionellen, modernen Möbel leisten konnte, die ihr gefielen: das Sofa und die beiden lederbezogenen Lehnsessel, den Eßtisch und die vier Stühle aus poliertem Rüsterholz, das maßgefertigte Bücherregal, das eine ganze Wand einnahm, die schicke und praktische Kücheneinrichtung mit einem Minimum an notwendigem Gerät und Geschirr. Die Wohnung war ihre private Welt, die sie gegen ihre Kollegen abschirmte. Nur ihr Freund wurde eingelassen. Und selbst als Alan das erstemal durch die Wohnungstür gekommen war, weder besonders neugierig noch aggressiv, wie immer eine Plastiktüte mit Büchern in der Hand, hatte sie seine Anwesenheit – trotz seiner Sanftmut – als momentane Bedrohung empfunden.

Sie goß sich Whisky in ein Glas, mischte ihn mit Wasser und sperrte die schmale Tür auf, die vom Wohnzimmer zum Balkon führte. Frische, saubere Luft strömte herein. Sie schloß die Tür wieder und lehnte sich, das Glas in der Hand, gegen die Wand und blickte auf das östliche London. Eine niedrige Wolkenbank hatte den Widerschein

der Großstadtlichter eingefangen und erstreckte sich, rötlich eingefärbt, über das blauschwarze Firmament. Eine leichte Brise spielte mit den Ästen der riesigen Linden, die die Holland Park Avenue säumten. Die Bäume im Holland Park südlich davon hoben sich als dunkle Zacken vom Nachthimmel ab. Wie verwunschen schimmerte die Turmspitze der St.-John-Kirche. Im Hintergrund zu ihrer Rechten, unter den hohen Peitschenlampen, zog sich die nach Westen führende Avenue wie ein silbriger Fluß entlang, auf dem unablässig Autos, Lastwagen und rote Busse dahinglitten. Sie wußte mittlerweile, daß das einst eine Römerstraße gewesen war, die aus dem antiken Londinium in den Westen des Landes führte. Der nicht abreißende Verkehrslärm hörte sich von hier oben an wie fernes Meeresrauschen.
Außer bei schlimmstem Winterwetter war ihr das zur allabendlichen Gewohnheit geworden. Sie schenkte sich einen Whisky ein und ging mit dem Glas hinaus, um sich zu entspannen. Wie eine eingekerkerte Gefangene, dachte sie, die sich vergewissern will, daß die Stadt noch da ist. Doch ihre kleine Wohnung war kein Kerker, sondern der sichtbare Beweis einer hart erkämpften und eifersüchtig gehüteten Freiheit. Endlich war sie der Sozialsiedlung entkommen, ihrer Großmutter, der kümmerlichen, heruntergekommenen, lauten Behausung im siebten Stock der in der Nachkriegszeit erbauten Ellison Fairweather Buildings, diesem Denkmal eines Stadtrates, der sich wie die meisten Politiker um die Zerstörung gewachsener Stadtviertel und die Verwirklichung zwölfstöckiger Manifestationen des Bürgerstolzes und sozialstaatlicher Theorien verdient gemacht hatte. Dem Gezänk war sie entkommen, den Schmierereien an den Wänden, den kaputten Fahrstühlen, dem Uringestank. Sie konnte sich noch gut an den ersten Abend nach ihrer Flucht, an den 8. Juni vor über zwei Jahren, erinnern. Sie war da gestanden, wo sie auch jetzt stand, hatte wie ein Trankopfer etwas Whisky vergossen, hatte den flüchtigen, flüssigen Lichtstrahl beobachtet, wie er zwischen den Gitterstäben hinuntertropfte, und ausgerufen: »Zum Teufel mit dir, Stadtrat Fairweather! Willkommen, Freiheit!«
Von da an war es bergauf gegangen. Wenn sie sich bei dem jetzigen Fall bewährte, stand ihr alles, fast alles offen. Während sie hinaus auf ihr London schaute, fühlte sie sich so zuversichtlich wie an einem frischen, klaren Morgen. Sie war in dieser Welt da unten zu

Hause. Sie gehörte zu diesen wimmelnden, aufregenden Stadtvierteln, die den Amtsbereich der Metropolitan Police ausmachten. Er erstreckte sich über Notting Hill Gate hinaus, vorbei am Hyde Park und der Biegung der Themse, vorbei an den Türmen von Westminster und dem Big Ben. Sie kannte die Grenzen genau. Für sie war London aufgeteilt in Polizeireviere, Distrikte, Dezernate und Unterdezernate. Unmittelbar vor ihr erstreckte sich Notting Hill, ein quirliges, vielfältiges, kosmopolitisches Stadtviertel, wo sie nach Abschluß ihrer Ausbildung Revierdienst versehen hatte. Sie entsann sich noch genau der Geräusche, Farben und Gerüche an jenem schwülen Augustabend vor acht Jahren, als ihr die Erkenntnis kam, daß ihre Berufswahl richtig gewesen war, daß ihr der Beruf vollauf zusagte.

An jenem heißesten Augustabend seit Menschengedenken war sie zusammen mit Terry Read in Notting Hill auf Streife gegangen. Ein Junge, dem vor lauter Aufregung die Stimme überschnappte, war auf sie zugelaufen und hatte auf ein nahes Mietshaus gedeutet. Das Bild hatte sich ihrem Gedächtnis tief eingeprägt – das Grüppchen verschreckter Mieter am Fuß der Treppe, die vor Schweiß glänzenden Gesichter, die verschwitzten Hemden auf den dampfenden Leibern, der Geruch nach erhitzten, ungewaschenen Menschen. Und das ängstliche Geflüster übertönend, eine heisere Stimme aus dem ersten Stock, die etwas Unverständliches schrie.

»Er hat ein Messer, Miss«, wisperte der Junge. »George versuchte reinzukommen, aber er hat ihn bedroht. So war's doch, George, nicht?«

»Genauso war's«, bestätigte George, ein fahlhäutiger, kleinwüchsiger, zappeliger Junge.

»Mabelle ist mit ihm da drin. Mabelle und das Kind.«

»Gütiger Himmel! Er hat das Kind bei sich«, flüsterte eine Frau. Die Leute bildeten eine Gasse, um sie und Terry durchzulassen.

»Wie heißt er denn?« fragte Kate.

»Leroy.«

»Und der Familienname?«

»Price. Leroy Price.«

Im Gang war es dunkel; in der Wohnung, die offenstand, weil jemand das Türschloß aufgebrochen hatte, noch dunkler. Durch den zerrissenen Teppich, der ans Fenster genagelt war, drang etwas

Licht. Kate sah umrißhaft eine Doppelmatratze auf dem Boden, einen Klapptisch, zwei Stühle. Einer war umgeworfen. Es roch nach Erbrochenem, Schweiß, Bier und ranzigem Fett. An der Wand kauerte eine Frau, ein Kind im Arm.

»Ist schon gut, Mr. Price«, sagte Kate mit sanfter Stimme. »Geben Sie mir das Messer! Sie wollen die beiden doch nicht verletzen. Sie ist doch Ihre Tochter. Nein, Sie wollen ihnen nicht weh tun. Ich weiß, wie es dazu gekommen ist. Es war ein heißer Tag, und da hat es bei Ihnen ausgerastet. Kann uns allen mal passieren.«

Sie war mit solchen Vorfällen schon öfters konfrontiert worden, damals in dem Mietshaus ihrer Kindheit und später beim Streifendienst. Sie kannte den Moment, wenn die Bürde von Ausweglosigkeit, Verzweiflung und häuslichem Elend so schwer wird, daß die Psyche revoltiert. Er hatte es nicht länger ertragen können. Die vielen unbeglichenen, nicht zu bezahlenden Rechnungen, die Sorgen, die Anforderungen, den Frust, den Alkohol. Wortlos ging sie auf ihn zu, blickte ihm in die Augen und streckte die Hand nach dem Messer aus. Angst hatte sie nicht, sie befürchtete nur, Terry könnte plötzlich hereinstürmen. Ringsum war es still. Die Menschengruppe am Fuß der Treppe wartete stumm und reglos. Selbst die Straße draußen lag in tiefer Stille, die hin und wieder auch die geschäftigsten Viertel Londons befällt. Sie vernahm nur ihre leisen Atemzüge und sein Keuchen. Mit einemmal ließ er aufschluchzend das Messer fallen und torkelte auf sie zu. Sie schloß ihn in die Arme und redete begütigend auf ihn ein, als sei er ein Kind. Es war überstanden.

Was wohl aus dem Mann, aus Mabelle und dem Kind geworden war? Es war ihr irgendwie peinlich, daß sie nach diesem Vorfall, nach ihrem schriftlichen Bericht nie mehr an sie gedacht hatte.

Sie kehrte in die Wohnung zurück, schloß die Balkontür, zog die schweren Leinengardinen vor und rief Alan an. Morgen abend wollten sie ins Kino gehen. Daraus wurde nun nichts. Es war sinnlos, jetzt noch etwas zu vereinbaren, solange der Fall nicht abgeschlossen war. Alan hörte sich ihre Absage gelassen an, wie er es immer tat, wenn sie eine Verabredung platzen lassen mußte. Daß er sich nie beschwerte, war einer der Züge, die sie an ihm mochte.

»Dann wird wohl auch das Dinner am kommenden Donnerstag flachfallen«, entgegnete er nur.

»Vielleicht haben wir's bis dahin schon geschafft. Aber wetten

würde ich nicht darauf. Halt dir den Abend trotzdem frei. Wenn's nicht geht, rufe ich dich an.«
»Tja, dann wünsch' ich dir viel Glück. Hoffentlich ist's nicht verlorene Liebesmüh'.«
»Was?«
»'tschuldige. Das ist ein Stück von Shakespeare, in dem ein Lord auch Berowne heißt. Übrigens ein ungewöhnlicher und interessanter Name.«
»Es handelt sich ja auch um einen ungewöhnlichen und interessanten Mordfall. Also, bis zum nächsten Donnerstag um acht!«
»Sofern du nicht wieder absagen mußt! Mach's gut, Kate.«
Es kam ihr so vor, als habe in seiner Stimme eine Spur von Ironie mitgeschwungen. Aber da sie sehr müde war, reagierte sie vielleicht überempfindlich. Zum ersten Mal hatte er ihr zu einem Fall Glück gewünscht. Immerhin hatte er ihr keine Fragen gestellt. Er war, was ihren Beruf anbetraf, ebenso diskret wie sie selbst. Oder lag es daran, daß es ihm gleichgültig war? Bevor sie auflegte, fragte sie noch schnell: »Und was geschieht mit dem Lord in dem Stück?«
»Er liebt eine gewisse Rosalie. Aber die läßt ihn zappeln und schickt ihn weg, die Kranken zu pflegen. Zwölf Monate vergnügt er sich im Krankenhaus.«
Aufmunternd klingt das nicht, dachte sie. Lächelnd legte sie auf. Schade um das Dinner kommenden Donnerstag. Aber es gab noch andere Dinner, andere Abende. Sie brauchte Alan nur anzurufen, und er würde kommen. Darauf konnte sie sich verlassen.
Ihr war inzwischen klargeworden, daß sie Alan Scully gerade noch zum richtigen Zeitpunkt kennengelernt hatte. Ihre frühe Sexualaufklärung in den Betonkorridoren der vielstöckigen Wohnblocks oder hinter dem Fahrradschuppen ihrer Schule in Nordlondon, diese Mischung aus Erregung, Gefahr und Abscheu, hatte sich zwar als eine gute Vorbereitung aufs Leben herausgestellt, nicht jedoch auf die Liebe. Die meisten Jungen waren Tölpel gewesen. Das hätte ihr nichts ausgemacht, wenn sie wenigstens gut ausgesehen hätten oder ein bißchen intelligent gewesen wären. Es hatte sie amüsiert, aber auch irgendwie befremdet, als sie im Alter von achtzehn feststellte, daß sie Männer für das hielt, was diese angeblich in den Frauen sahen – einen gelegentlichen sexuellen oder gesellschaftlichen Zeitvertreib, der viel zu unbedeutend war, als daß er den Ernst des

Lebens beeinträchtigen könnte: das Bestehen ihrer Examina, die Planung ihrer beruflichen Laufbahn oder das ersehnte Entkommen aus den Ellison Fairweather Buildings. Zudem fand sie heraus, daß ihr Sex Spaß machte, selbst wenn sie den Urheber des Vergnügens verachtete. Für eine engere Beziehung war das keine ehrliche Basis.
Aber dann hatte sie vor zwei Jahren Alan kennengelernt. Jemand war in seine Wohnung in der Gasse hinter dem Britischen Museum eingebrochen, und sie war mit einem Troß von Fingerabdruckspezialisten und sonstigen Experten gekommen. Er hatte ihr erzählt, daß er in einer theologischen Bibliothek in Bloomsbury angestellt war, in seiner Freizeit Bücher mit frühviktorianischen Predigten sammelte – für sie eine höchst abwegige Beschäftigung – und daß zwei der wertvollsten Bände verschwunden seien. Man hatte sie nie mehr wiederentdeckt. Schon aus der gelassenen Resignation, mit der er ihre Fragen beantwortete, hatte sie geschlossen, daß er sich mit ihrem Verlust abgefunden hatte. So eine kleine, vollgestopfte Wohnung wie die seine, eher ein Aufbewahrungsraum für Bücher als ein Platz zum Wohnen, hatte sie noch nie gesehen. So einen Mann auch nicht. Sie hatte ihn unbedingt noch einmal besuchen müssen, und bei einer Tasse Kaffee hatten sie über alles mögliche geplaudert. Und dann hatte er sie einfach gefragt, ob sie sich nicht mit ihm ein Stück von Shakespeare im National Theatre ansehen wolle.
Knapp einen Monat nach jenem Abend hatten sie das erstemal miteinander geschlafen, und er hatte ihr das felsenfeste Vorurteil ausgetrieben, Intellektuelle hätten keinen Spaß an Sex. Sex machte ihm nicht nur Spaß, er war auch noch gut. Daraus hatte sich eine beide Seiten befriedigende, angenehme und liebevolle Freundschaft entwickelt, in der jeder den Beruf des anderen ohne Groll und Eifersucht als unzugänglichen Lebensbereich betrachtete, dessen Sprache und Gepflogenheiten von jeder Verständnismöglichkeit so weit entfernt lagen, daß sie nur selten darüber redeten. Kate wußte, daß er von ihr fasziniert war, nicht so sehr wegen ihres Mangels an Religiosität, sondern eher wegen der Tatsache, daß sie anscheinend von den unterschiedlichsten religiösen Äußerungsformen überhaupt nichts wissen wollte. Obwohl er es nie erwähnte, ahnte sie auch, daß ihre literarische Bildung in seinen Augen sehr zu wünschen übrigließ. Zwar konnte sie, wenn sie in Rage geriet, etliche Verse zorniger junger Dichter über arbeitslose Jugendliche in den

Großstädten oder die Unterdrückung der Schwarzen in Südafrika zitieren, aber für ihn war das nur ein kümmerlicher Ersatz für Donne, Shakespeare, Keats oder Eliot. Sie dagegen sah in ihm einen weltfremden Träumer, dem die notwendigen Fähigkeiten, im Dschungel der Großstadt zu überleben, fehlten; immer wieder erstaunte es sie, mit welcher Unbekümmertheit er die Gefahren dieses Lebens meisterte. Abgesehen von dem Einbruch, der übrigens nie aufgeklärt wurde, schien ihm nichts Unangenehmes zuzustoßen – und wenn, dann nahm er es gar nicht wahr.

Obwohl es auf Mitternacht zuging, war sie noch zu angespannt und überdreht, um Hunger zu verspüren. Trotzdem mußte sie etwas essen, etwas Leichtes, ein Omelette vielleicht, bevor sie zu Bett ging. Zuerst schaltete sie jedoch den automatischen Anrufbeantworter ein. Mit dem ersten Ton der ihr so vertrauten Stimme wich ihre Hochstimmung einem verwirrenden Gefühl von Schuld, Groll und Niedergeschlagenheit. Es war die Stimme der Sozialhelferin, die sich um ihre Großmutter kümmerte. Sie hatte drei Mitteilungen im Abstand von zwei Stunden auf Band gesprochen. Man merkte ihnen an, wie ihre berufsbedingte Geduld allmählich in Befremdung und schließlich in Empörung umschlug, die von Feindseligkeit nicht mehr weit entfernt war. Ihre Großmutter habe das Alleinsein in ihrer Wohnung im siebten Stock nicht länger ertragen und sei zum Postamt gegangen, um ihre Rente abzuholen. Bei ihrer Rückkehr habe sie festgestellt, daß das Gangfenster eingeschlagen worden war und jemand versucht hatte, die Wohnungstür aufzubrechen. Das sei schon das dritte Mal in knapp einem Monat. Mrs. Miskin sei nun so verängstigt, daß sie sich nicht mehr nach draußen wage. Kate solle sich doch unverzüglich an die zuständige Dienststelle der Sozialfürsorge wenden, sobald sie heimkomme, oder – nach halb sechs – unbedingt ihre Großmutter anrufen. Es sei dringend.

Wann ist es denn schon nicht dringend, dachte sie. Sollte sie zu dieser späten Stunde noch anrufen? Aber sie konnte auch nicht gut bis zum nächsten Morgen warten. Ihre Großmutter würde keinen Schlaf finden, solange sie sich nicht gemeldet hatte. Schon beim ersten Läuten wurde der Hörer abgehoben. Die alte Dame war wohl die ganze Zeit über ungehalten am Telefon gesessen.

»Da bist du ja endlich! Ist ja die richtige Zeit für'n Anruf. Gleich

Mitternacht. Mrs. Mason hat schon ein paarmal versucht, dich zu erreichen.«
»Ich weiß. Geht's dir schon besser, Oma?«
»Wie soll's mir besser gehen? Natürlich geht's mir schlecht. Wann kommst du endlich?«
»Ich werde morgen versuchen, auf einen Sprung zu dir zu kommen. Aber es wird nicht leicht sein. Ich stecke mitten in einem Fall.«
»Am besten, du kommst um drei. Mrs. Mason will auch um drei vorbeischauen. Sie muß unbedingt mit dir reden. Also denk dran: um drei Uhr!«
»Oma, das geht einfach nicht!«
»Wie soll ich denn dann irgendwas einkaufen. Es muß auf alle Fälle jemand in der Wohnung bleiben, das sag' ich dir!«
»Die Lebensmittel im Gefrierfach müßten doch mindestens für die nächsten vier Tage reichen!«
»Ich mag diesen Fertigschrott nicht. Das hab' ich dir schon mal gesagt.«
»Könntest du nicht Mrs. Khan bitten? Sie hat dir doch schon öfters geholfen.«
»Das kann ich nicht. Mrs. Khan geht nur noch auf die Straße, wenn ihr Mann dabei ist, vor allem, seit diese Neonazis hier herumlungern. Es wär' auch unverschämt. Sie hat schon genug an ihrem eigenen Zeug zu schleppen. Die Bengels haben wieder mal den Lift kaputtgemacht, falls du das vergessen hast.«
»Ist denn das Fenster repariert worden?«
»O ja, sie waren da und haben das Fenster repariert«, sagte sie mit einem Unterton, als sei das völlig unwichtig. »Kate, du mußt mich hier rausholen«, fügte sie hinzu.
»Ich versuch's ja, Großmutter. Du stehst doch schon längst auf der Warteliste für eine Ein-Zimmer-Wohnung in einem der Wohnblocks, in denen es einen Hausmeister gibt. Das weißt du doch.«
»Ich brauch' keinen verdammten Hausmeister. Ich gehöre zu meinem eigenen Fleisch und Blut. Ich sehe dich also morgen um drei. Komm aber pünktlich! Mrs. Mason möchte dich sprechen.«
Mit diesen Worten hängte sie auf.
Das stehe ich nicht länger durch, dachte Kate. Nicht jetzt, wo ein neuer Fall beginnt.
Empört versuchte sie sich zu rechtfertigen. Schließlich handelte sie

doch nicht verantwortungslos. Sie tat alles, was in ihrer Macht stand. Sie hatte ihrer Großmutter einen neuen Kühlschrank mit einem kleinen Gefrierfach gekauft, das sie bei ihren sonntäglichen Besuchen mit Fertiggerichten für die ganze Woche anfüllte. Trotzdem bekam sie meistens nur Klagen zu hören.

»Ich mag dieses neumodische Zeugs nicht. Ich will selber einkaufen gehen. Ich will hier raus, Kate!«

Kate hatte ein Telefon installieren lassen und ihrer Großmutter die instinktive Angst davor ausgeredet. Sie hatte sich an die zuständige Betreuungsstelle gewandt und erreicht, daß allwöchentlich jemand zum Putzen kam. Sie hätte sogar selbst geputzt, wenn ihre Großmutter das zugelassen hätte. Sie würde alles mögliche tun, auch größere Unkosten auf sich nehmen, wenn sich dadurch vermeiden ließ, daß sie ihre Großmutter zu sich in ihre Wohnung im Charles Shannon House nehmen mußte. Aber genau das war es – wie sie mittlerweile wußte –, was die alte Dame im Bund mit der Sozialhelferin hartnäckig zu erreichen suchte. Und dazu konnte sie sich einfach nicht aufraffen. Sie wollte nicht auf ihre Freiheit, Alans Besuche, das Gästezimmer, wo sie malte, auf ihr Privatleben, die Ungestörtheit am Ende eines Arbeitstages verzichten und sich mit dem Krimskrams einer alten Frau abfinden, dem unaufhörlichen Geplärr aus dem Fernseher, der unvermeidlichen Unordnung, dem Geruch nach Alter und Erfolglosigkeit, dem Mief der Ellison Fairweather Buildings, dem Mief ihrer Kinderzeit, dem Mief ihrer Vergangenheit. Und nun war es erst recht nicht möglich. Nun, beim ersten Fall des neuen Dezernats, brauchte sie diese Freiheit mehr denn je.

Mit einem Anflug von Neid und Zorn mußte sie an Massingham denken. Selbst wenn er ein Dutzend unleidliche, hilfsbedürftige Verwandte hätte, würde niemand von ihm erwarten, daß er auf sie Rücksicht nahm. Doch wenn sie ein paar Stunden freinehmen müßte, wäre er der erste, der spötteln würde, daß man sich eben auf eine Frau nicht verlassen könne, wenn es darauf ankam.

8

Barbara Berowne lag, die prallen Kissen im Rücken, halbaufgerichtet in ihrem Schlafzimmer auf der zweiten Etage und starrte auf den Bildschirm an der Wand gegenüber ihrem vorhanglosen Himmelbett. Obwohl sie eigentlich den Spätfilm sehen wollte, hatte sie das Gerät schon eingeschaltet, als sie zu Bett ging, und bekam so die letzten zehn Minuten einer politischen Diskussion mit. Sie hatte den Ton so leise gedreht, daß sie nichts verstehen konnte. Trotzdem blickte sie wie gebannt auf die auf- und zuklappenden Münder, als könnte sie die gesprochenen Worte von den Lippen ablesen. Sie mußte daran denken, wie Paul mißbilligend die Lippen zusammengepreßt hatte, als er den Fernseher zum erstenmal sah; er war schwenkbar, mit protzig großem Bildschirm, verunstaltete die Wand und nahm den beiden Aquarellbildern von Cotman mit der Kathedrale von Norwich jeglichen Reiz. Aber Paul hatte kein Wort darüber verloren, und sie hatte sich trotzig eingeredet, daß es ihr auch gleichgültig sei. Und nun konnte sie sich den Spätfilm ansehen, ohne daß sie das beklemmende Gefühl bedrückte, er sei nebenan im Zimmer, liege vielleicht mißgestimmt und schlaflos in seinem Bett und lausche dem gedämpften Geschrei und Geschieße, als sei es der Begleitlärm ihres verkappten, unausgesprochenen Ehezwistes.

Ihm hatte auch ihre Schlampigkeit mißfallen, die nur ein unbewußter Protest gegen die Unpersönlichkeit, die geradezu manisch bewahrte Ordnung im ganzen Haus war. Im Licht der Nachttischlampe betrachtete sie unbekümmert den Wirrwarr in ihrem Schlafzimmer – die Kleidungsstücke, die sie beim Ausziehen überall verstreut hatte, den Morgenmantel aus schimmerndem Satin am Fußende des Bettes, den fächerartig drapierten grauen Rock über dem Stuhl, das pastellfarbene Höschen auf dem Teppich, den Büstenhalter, der an einem Träger am Frisiertisch baumelte. Wie frivol und albern wirkte doch dieses Kleidungsstück, wenn man es so nachlässig abstreifte; anatomisch exakt geformt, fast wie eine Prothese trotz Seide und Spitzen. Mattie würde am Morgen schon Ordnung schaffen, die Dessous zum Waschen einsammeln, all die Kostümjakken und Röcke in den Schrank hängen. Und sie würde, das Frühstückstablett auf den Knien, daliegen und ihr zusehen. Hinterher würde sie aufstehen, ein Bad nehmen, sich ankleiden und sich wie immer makellos der Welt präsentieren.

Das Zimmer, in das sie gleich nach ihrer Hochzeit gezogen war, hatte vorher Anne Berowne bewohnt. Paul hatte zwar gemeint, sie sollten die Schlafzimmer tauschen, aber sie hatte nicht eingesehen, warum sie sich, nur weil es einst Annes Bett gewesen war, fortan mit dem kleineren, weniger hübschen Raum ohne Blick auf den rechteckigen Garten begnügen sollte. Früher lebte Anne hier, dann Paul und sie gemeinsam, später nur sie, aber stets mit dem Bewußtsein, daß er nebenan die Nacht verbrachte. Und nun gehörte es ihr ganz allein. Sie erinnerte sich an den Nachmittag, als sie nach der Hochzeit zum ersten Mal das Zimmer betreten hatten. Seine Stimme hatte so förmlich geklungen, daß sie sie kaum wiedererkannte. Als führe er einen Kaufinteressenten im Haus herum.

»Wenn du möchtest, kannst du auch andere Bilder aufhängen. Im kleinen Salon sind noch welche. Anne liebte Aquarelle über alles. Die Lichtverhältnisse sind zwar günstig, aber du mußt sie nicht behalten.«

Die Bilder hatten sie nicht gestört; sie hielt sie für ziemlich langweilige, reizlose englische Landschaften von irgendwelchen Malern, die sie Pauls Meinung nach anscheinend kennen sollte. Sie störten sie auch jetzt nicht, zumindest nicht so sehr, daß sie sie auswechseln wollte. Trotzdem hatte das Schlafzimmer vom Augenblick ihrer Besitzergreifung an ein anderes Flair erhalten, eine verspieltere, luxuriösere, nach Parfüm duftende, feminine Atmosphäre. Und allmählich hatte es sich gefüllt, so daß es nun eher einem wahllos vollgestopften Antiquitätengeschäft glich. Sie war durch die Villa gegangen und hatte alle Möbel und sonstigen Gegenstände, die ihr gefielen, in ihr Zimmer bringen lassen, als wollte sie das Haus plündern und den widerlichen heimtückischen Geistern jeglichen Unterschlupf nehmen. Eine zweihenkelige Vase aus der Regency-Epoche mit bunten, aus Muscheln kunstvoll zusammengesetzten Blumen unter einem Glassturz, einen Tudor-Schrank mit vergoldeten Bronzebeschlägen und eingelegten ovalen Porzellanbildern von Schäfern und Schäferinnen, eine Büste von Sir John Soane auf einem Marmorsockel, eine Sammlung von Tabatieren aus dem 18. Jahrhundert, die sie aus einer Vitrine genommen hatte und die nun das kunterbunte Durcheinander auf ihrem Frisiertisch vermehrten. Aber noch immer gab es Geister, hartnäckige Geister, Stimmen, die kein noch so begehrenswerter Gegenstand zu bannen vermochte. Während sie so in die parfümierten Kissen geschmiegt dasaß, fühlte sie sich unverhofft in die Kindheit zurückversetzt, war sie wieder das zwölfjährige Mädchen, das starr und schlaflos im Bett lag und die Finger in die Bettdecke krallte. All die Wortfetzen aus endlosen Streitereien, die sie im Verlauf von Wochen und Monaten dumpf vernommen und nur halb verstanden hatte, fügten sich nun zu einem zusammenhängenden Ganzen, das sie nun zwar begreifen, aber nie mehr vergessen konnte.

»Ich dachte, du willst das Sorgerecht für die Kinder haben«, ertönte die Stimme ihrer Mutter. »Schließlich bist du der Vater.«

»Damit du keine Verantwortung mehr übernehmen brauchst und dich in Kalifornien austoben kannst? O nein, meine Liebe, *du* wolltest die Kinder haben! Jetzt kümmere dich auch um sie. Ich kann verstehen, daß sich Frank mit dir nicht auch noch zwei Stiefkinder einhandeln wollte. Aber jetzt hat er sie nun mal. Hoffentlich mag er sie.«

»Aber sie sind doch in England aufgewachsen. Ihr Platz ist hier.«

»Was hast du ihm denn weisgemacht? Daß du ohne Anhang kommen wirst? Ein bißchen verbraucht vielleicht, aber sonst frei wie ein Vogel? Die Kinder gehören zu ihrer Mutter. Sogar eine Hündin hat so was wie Mutterinstinkt. Entweder du nimmst sie zu dir, oder ich lasse mich nicht scheiden!«

»Großer Gott, es sind doch deine Kinder! Machst du dir nichts aus ihnen? Liebst du sie denn nicht?«

»Ich hätte sie vielleicht geliebt, wenn du es zugelassen hättest und wenn sie dir nicht so ähnlich wären. Aber so mache ich mir nichts aus ihnen. Du willst deine Freiheit haben, ich aber auch.«

»Dann teilen wir sie eben auf. Ich nehme Barbie und du Dicco. Ein Junge gehört zu seinem Vater.«

»Da bringst du uns in Schwierigkeiten, meine Teure. Du solltest vorher besser mit dem Vater selbst reden, sofern du weißt, wer der Vater ist. Ihm kannst du Dicco ohne weiteres überlassen. Dagegen habe ich überhaupt nichts. Wenn der Junge irgend etwas von mir hätte, dann hätte ich es längst gemerkt. Der Junge ist doch grotesk.«

»Und du bist ein Bastard, Donald!«

»Nein, meine Liebe, ich bin nicht der Bastard in dieser Familie.«

Ich halte das nicht länger aus, dachte sie. Ich will mich nicht erinnern, darüber nachdenken. Sie schaltete den Ton ein und ließ sich mit den keifenden Stimmen die Ohren volldröhnen. Deswegen hörte sie auch nicht, daß die Tür geöffnet wurde. Sie schreckte erst auf, als sie das helle Rechteck auf dem Boden sah. Dicco stand in ihrem Zimmer, bekleidet mit seinem knielangen Morgenmantel; sein zerzaustes Haar glänzte im Lampenlicht. Er musterte sie schweigend, ging dann barfuß quer durchs Zimmer und legte sich neben sie.
»Kannst du nicht schlafen?« fragte er.
Sie schaltete den Fernseher aus und merkte, daß sie wieder die vertrauten Schuldgefühle überfielen. »Ich habe eben an Sylvia und Vater denken müssen«, sagte sie.
»An welchen denn? Wir hatten mehrere.«
»An unseren richtigen Vater.«
»Richtiger Vater, falscher Vater. Ich würde gern wissen, ob er endlich verreckt ist. Krebs wäre eine viel zu sanfte Todesart für ihn. Denk doch nicht an diesen Typen! Denk lieber an das viele Geld. So was hilft über vieles hinweg. Denk lieber dran, daß du jetzt frei bist, tun und lassen kannst, was du willst. Denk lieber dran, wie gut dir Schwarz steht. Du hast doch keine Angst, oder?«
»Warum sollte ich? Ich habe nichts zu befürchten. Geh wieder ins Bett, Dicco!«
»In sein Bett? Das weißt du doch, oder? Du weißt doch, wo ich schlafe? In seinem Bett!«
»Das wird Mattie nicht gefallen und schon gar nicht Lady Ursula. Warum kannst du nicht im Gästezimmer schlafen? Oder zu Bruno fahren?«
»Bruno will nicht, daß ich bei ihm wohne. Er hatte von Anfang an was dagegen. Viel Platz ist da auch nicht. Und ich habe mich da nicht wohl gefühlt. Du willst doch, daß ich mich wohl fühle, oder? Bruno geht mir außerdem auf die Nerven. Mein Platz ist hier. Ich bin dein Bruder. Das Haus gehört jetzt dir. Du bist nicht gerade freundlich zu mir, Barbie! Ich dachte, du wolltest mich in deiner Nähe haben, damit du nachts mit mir reden, mir deine Gedanken anvertrauen, mir beichten kannst. Komm schon, Barbie! Pack aus! Wer, meinst du, hat ihn umgebracht?«
»Woher soll ich das wissen? Ich nehme an, daß jemand eingebro-

chen ist, ein Dieb, ein anderer Stadtstreicher, jemand, der die Kirchenschätze stehlen wollte. Ich möchte jetzt nicht darüber reden.«
»Nimmt das auch die Polizei an?«
»Ich denke schon. Aber ich weiß nicht, was sie annimmt.«
»Ich kann's dir sagen. Ihrer Ansicht nach hätte sich kein Dieb eine so merkwürdige Kirche ausgesucht. Was gab es da schon zu stehlen?«
»Auf einem Altar stehen doch wertvolle Dinge, oder? Kerzenleuchter, goldene Kreuze. Zumindest war es so in der Kirche, wo ich geheiratet habe.«
»Ich war nicht dabei, als du geheiratet hast, Barbie. Du hast mich ja nicht eingeladen, wie du weißt.«
»Paul wollte eine Hochzeit im engsten Kreis, Dicco. Was spielt das jetzt noch für eine Rolle?«
Darum hatte Paul sie auch gebracht, dachte sie. Sie hatte von einer großen Hochzeit geträumt, hatte sich im Hauptgang von St. Margaret Westminster dahinschweben sehen, in weißem Satin, mit einem Brautschleier wie eine duftige Wolke, mit Blumen über Blumen, einem Spalier von Menschen, mit vielen Photographen. Statt dessen hatte er eine Trauung im Standesamt vorgeschlagen. Und als sie dagegen protestierte, hatte er eine Trauung in ihrer Pfarrkirche und eine schlichte Feier durchgesetzt, als müsse er sich dieser Hochzeit schämen, als sei sie etwas Peinliches und Unanständiges.
Sie hörte wieder Diccos Stimme. Sie klang leise, als wollte er ihr insgeheim etwas anvertrauen. »Solche Dinge stehen längst nicht mehr auf dem Altar. Nachts nicht mehr. Goldkreuze und Leuchter werden irgendwo verschlossen. Nachts sind die Kirchen jetzt dunkel und leer. Man sieht kein Silber mehr, kein Gold, kein Licht. Nichts. Was meinst du, was Gott wohl denkt, wenn er nachts von seinem Kreuz herabsteigt, zum Altar geht und feststellt, daß es nur ein Holztisch ist, mit einem komischen Fetzen drumherum?«
Sie wand sich unter der Bettdecke. »Sei nicht albern, Dicco!« sagte sie. »Geh endlich zu Bett!«
Er beugte sich über sie. Sein Gesicht, das ihrem so sehr glich und doch wieder ganz fremd war, war so nah, daß sie den feinen

Schweißfilm auf seiner Stirn bemerkte. Sein Atem roch nach Wein.
»Mir fällt eben Theresa Nolan ein, die Pflegerin, die sich später umgebracht hat. Hat Paul sie geschwängert?« fragte er.
»Selbstverständlich nicht. Warum fragt nur jeder nach Theresa Nolan?«
»Wer fragt nach ihr? Hat sich die Polizei nach ihr erkundigt?«
»Ich weiß es nicht mehr so genau. Sie fragten mich, warum sie gegangen ist. Irgend so was. Ich will nicht mehr darüber nachdenken.«
Er lachte leise, verständnisvoll, als wisse er Bescheid. »Du mußt aber nachdenken, Barbie! Du kannst nicht durchs Leben gehen und dich weigern, über gewisse Dinge nachzudenken, nur weil sie dir nicht in den Kram passen oder unangenehm sind. Es war sein Kind, nicht wahr? Das hat also dein Mann getrieben, während du mit deinem Liebhaber herumgeturtelt hast! Er hat die Pflegerin seiner Mutter gevögelt. Was war mit dem anderen Mädchen? Dieser Diana Travers, die ertrunken ist? Was tat sie überhaupt hier?«
»Das weißt du doch. Sie half Mattie.«
»Für deinen Mann zu arbeiten scheint eine gefährliche Beschäftigung gewesen zu sein, meinst du nicht auch? Weißt du, wenn Paul tatsächlich ermordet wurde, war es jemand, der ausgebufft war, der Grips hatte, der genau wußte, daß Paul in der Kirche war. Jemand, der wußte, daß er da auch eine geeignete Mordwaffe finden würde, der den Nerv hatte, ein großes Risiko einzugehen, der es gewohnt war, an Menschen herumzuschnipseln. Kennst du so einen Typ, Barbie? Nein? Ist nur gut, daß ihr, du und Stephen, ein Alibi habt, nicht wahr?«
»Du hast doch auch ein Alibi!«
»Und Mattie auch. Und Lady Ursula. Und Halliwell. All diese bombenfesten Alibis sind schon fast verdächtig. Was ist mit Sarah?«
»Ich habe mit ihr noch nicht sprechen können.«
»Hoffen wir, daß sie kein Alibi hat, sonst könnte die Polizei eine kleine Verschwörung wittern. Als du mir am Telefon erzählt hast, er möchte dich loswerden, sagte ich, daß sich das Blatt schon noch wenden würde. Jetzt hat es sich gewendet. Ich sagte, du solltest dir wegen des Geldes bloß keine Sorgen machen. Jetzt brauchst du dir wirklich keine mehr zu machen. All sein Geld gehört jetzt dir.«
»Soviel ist's auch wieder nicht.«

»Jetzt hör aber auf, Barbie! Es reicht. Schon das Haus muß eine glatte Million wert sein. Und eine Lebensversicherung hatte er sicher auch, nicht wahr? Oder gibt es da eine Selbstmordklausel? Das wäre peinlich.«

»Mr. Farrell sagte, daß es keine gebe. Ich hab' mich danach erkundigt.«

Wiederum lachte er leise, verständnisvoll auf. »Du hast es tatsächlich fertiggebracht, dich nach seiner Lebensversicherung zu erkundigen! Du läßt wohl nichts anbrennen, Barbie, was? Und das nimmt auch der Anwalt an? Daß Paul sich umgebracht hat?«

»Anwälte drücken sich nie klar aus. Mr. Farrell meinte nur, ich solle in seiner Abwesenheit nicht mit der Polizei reden.«

»Seine Familie möchte wohl nicht, daß es ein Selbstmord war. Ein Mord wäre ihnen lieber. Vielleicht ist er auch ermordet worden. Aber warum hat er nicht die Pistole genommen, wenn er sich schon umbringen wollte? Die Pistole seines Bruders? Kein Mann schneidet sich die Kehle durch, wenn er eine Pistole besitzt. Und ein volles Magazin.«

»Ein Magazin?«

»Na, Kugeln. Wo ist die Pistole überhaupt? Noch immer in seinem Safe?«

»Da ist sie nicht mehr. Ich weiß nicht, wo sie ist.«

»Was heißt das, du weißt nicht, wo sie ist? Hast du nachgesehen?«

»Gestern, nachdem er fortgegangen war. Mir ging es nicht um die Pistole, sondern um die Papiere im Safe, um sein Testament. Als ich den Safe öffnete, war sie nicht da.«

»Bist du sicher?«

»Aber ja. Der Safe ist nicht groß.«

»Und du hast es der Polizei selbstverständlich nicht verraten. Es wird nicht leicht zu erklären sein, warum du wenige Stunden vor dem zur rechten Zeit eingetretenen Tod deines Mannes sein Testament einsehen wolltest.«

»Ich hab's ja niemandem gesagt. Woher weißt du übrigens, daß es die Pistole gibt?«

»Barbie, du bist köstlich! Dein Mann hat eine durchschnittene Kehle, seine Pistole ist verschwunden, und du schweigst dich darüber aus.«

»Ich nehme an, er wollte sie loswerden. Was spielt das schon für eine

Rolle? Er hat sich doch nicht erschossen. Geh jetzt zu Bett, Dicco! Ich bin müde.«

»Das mit der Pistole macht dir keine Angst, nicht wahr? Warum hast du keine Angst, Barbie? Weil du weißt, wer sie an sich genommen hat? Du weißt es, oder du vermutest es zumindest. Wer war's denn? Lady Ursula? Halliwell? Sarah? Dein Geliebter?«

»Ich weiß es nicht! Laß mich jetzt in Ruhe, Dicco! Ich bin müde. Ich möchte nicht mehr reden. Ich möchte schlafen.« Ihre Augen standen voll Tränen. Es war rücksichtslos von ihm, sie so zu ängstigen. Grenzenloses Selbstmitleid überkam sie, nun da sie verwitwet, auf sich allein angewiesen, hilflos war. Und schwanger. Lady Ursula wollte nicht, daß sie jemandem von dem Kind erzählte. Nicht der Polizei und auch nicht Dicco. Aber irgendwann mußte er es doch erfahren. Auch die anderen mußten es erfahren. Sie sollten es wissen, damit sie sich ihrer annehmen konnten, dafür sorgten, daß sie sich nicht zu ängstigen brauchte. Paul hätte sich um sie gekümmert, aber Paul war nicht da. Erst gestern morgen hatte sie ihm von dem Kind erzählt. Gestern. Sie wollte nicht an gestern denken. Jetzt nicht. Nie mehr. Außerdem begann gleich der Film. Ein Film von Hitchcock. Hitchcock hatte sie schon immer gemocht. Nein, es war rücksichtslos von Dicco, einfach so hereinzuplatzen, sie zu bedrängen, all die Erinnerungen zu wecken.

Er lächelte sie an und kraulte ihr den Kopf wie einem Hund. Dann war er verschwunden. Sie wartete, bis die Tür ins Schloß fiel und sie sicher sein konnte, daß er nicht wiederkehrte. Dann schaltete sie den Fernseher ein. Der Bildschirm wurde hell. Der Abspann der vorausgegangenen Sendung lief noch. Gerade rechtzeitig. Sie schmiegte sich tiefer in die Kissen und stellte den Ton leiser, damit er nichts hören konnte.

9

Massingham blieb länger als notwendig im Yard. Es war eine Minute vor Mitternacht, als er vor der Villa am St.-Petersburgh-Platz vorfuhr. Trotzdem brannte im Erdgeschoß noch Licht. Sein Vater war noch nicht zu Bett gegangen. Er schloß die Haustür, als wollte er verstohlen eindringen, möglichst leise auf. Vergebens. Sein Vater mußte auf das unverkennbare Dröhnen seines Autos gewartet haben. Die Tür zum kleinen, zur Straßenseite hin gelegenen Salon ging auf, und Lord Dungannon trat steifbeinig heraus. Wie ein alter Tattergreis, dachte Massingham und spürte wieder die vertraute und belastende Mischung aus Mitleid, Widerwillen und Schuldgefühlen.

»Da bist du ja endlich, mein Junge!« sagte Lord Dungannon. »Purves hat mir eben Grog gebracht. Trinkst du ein Glas mit?«

Früher hatte ihn sein Vater höchst selten »mein Junge« genannt. Die Worte klangen unaufrichtig, einstudiert, irgendwie peinlich. Auch seine Stimme hatte einen heuchlerischen Unterton.

»Vielen Dank, Vater. Ich muß ins Bett. Es war ein anstrengender Tag. Wir arbeiten gerade an dem Fall Berowne.«

»Ich verstehe. Sagtest du Berowne? Sie war vor ihrer Heirat Lady Ursula Stollard. Deine Tante Margaret wurde im selben Jahr bei Hofe eingeführt. Sie muß jetzt über achtzig sein. Es war ja zu erwarten.«

»Nicht Lady Ursula ist tot, Vater! Ihr Sohn!«

»Ich dachte, Hugo Berowne sei in Nordirland ums Leben gekommen?«

»Nicht Hugo, Vater. Es geht um Paul.«

»Paul?« Lord Dungannon schien nachzudenken und sagte dann: »Ich muß Lady Ursula unbedingt schreiben. Die Arme. Willst du wirklich nicht auf ein Glas...«

Die Stimme, die seit letztem April greisenhaft wirkte, verstummte. Aber Massingham rannte bereits die Treppe hoch. Auf dem Treppenabsatz blieb er kurz stehen und schaute übers Geländer, ob sein Vater schon zurück in den Salon geschlurft war, zurück in seine Einsamkeit und zu seinem Whisky. Doch der alte Mann stand noch da und blickte mit einer geradezu aufdringlichen Sehnsucht zu ihm empor. Im grellen Licht der Dielenlampe sah er, wie stark die letzten fünf Monate die markanten Massinghamschen Gesichtszüge verändert hatten. Die Knochen traten so deutlich hervor, daß die Hakennase die Haut wie eine Messerschneide zu spannen schien, während die Wangen schlaff und fleckig herabhingen. Das einst flammend rote Haar hatte mittlerweile die Farbe von Stroh angenommen. Steinalt sieht er aus, dachte Massingham, wie die Männer auf den

Zeichnungen von Rowlandson. Das Alter macht wirklich Karikaturen aus uns Menschen. Kein Wunder, daß wir es fürchten.
Als er die Treppe zu seiner Wohnung hinaufging, beschäftigte ihn das alte, leidige Problem. Langsam wurde es unerträglich. Er mußte schleunigst von hier ausziehen. Aber wie konnte er das durchsetzen? Abgesehen von der kurzen Zeit in der Polizeiakademie hatte er seit seinem Eintritt in die Polizei im Haus seiner Eltern gewohnt. Als seine Mutter noch lebte, hatte ihm das Arrangement zugesagt. Seine Eltern – sein Vater hatte erst als Mittvierziger geheiratet –, die miteinander vollauf beschäftigt waren, hatten ihn in Ruhe gelassen und sich kaum darum gekümmert, wann er nach Hause kam oder wieder ging. Daß sie die Haustür gemeinsam benutzten, war das einzig Störende gewesen. Er hatte behaglich gelebt, kaum Miete gezahlt, Geld gespart und sich eingeredet, er würde sich nach Abschluß der Ausbildung eine Eigentumswohnung kaufen. Er hatte seine Liebesaffären ungestört ausleben können und die wenigen noch verbliebenen Bediensteten seiner Mutter dazu herangezogen, ihm mal eine Mahlzeit zu kochen, seine Wäsche zu waschen, seine Zimmer zu putzen oder seine Pakete in Empfang zu nehmen.
All das hatte sich nach dem Tod seiner Mutter im April geändert. Solange das House of Lords tagte, gelang es seinem Vater, den Tag irgendwie herumzubringen. Den Busfreifahrtschein in der Tasche, trottete er aus dem Haus, fuhr mit dem 12er oder 88er nach Westminster, aß im House of Lords zu Mittag und schlief während der abendlichen Diskussionen gelegentlich sogar ein. Aber an den Wochenenden und vor allem in den Parlamentsferien benahm er sich wie eine eifersüchtige Frau. Mit geradezu gierigem Interesse verfolgte er das Kommen und Gehen seines Sohnes, harrte aus, bis er hörte, wie der Schlüssel ins Schloß gesteckt wurde, flehte seinen Sohn demütig, aber verzweifelt an, ihm Gesellschaft zu leisten. Die beiden jüngsten Brüder gingen noch zur Schule; in den Ferien entzogen sie sich der Trauer ihres Vaters, indem sie sich bei Freunden einquartierten. Seine einzige Schwester war mit einem Diplomaten verheiratet und lebte in Rom. Sein jüngerer Bruder war auf der Militärakademie von Sandhurst. Folglich hatte er fast die ganze Last zu tragen. Inzwischen wußte er, daß selbst die von ihm gezahlte Miete ein notwendiger Unterhaltsbeitrag geworden

war, angesichts der schwindenden Einkünfte seines Vaters, ebenso wichtig wie der Tagessatz für jede Anwesenheit im House of Lords. Von plötzlichen Schuldgefühlen übermannt, dachte er: Zehn Minuten hätte ich ihm doch opfern können. Zehn Minuten voll peinlicher Fremdheit beiderseits, voll belanglosen Geredes über seinen Beruf, für den sein Vater früher nie Interesse gezeigt hatte. Zehn Minuten voll Langeweile, die sich nur teilweise durch Alkohol lindern ließ, die nur der Auftakt zu einer Reihe ähnlich langweiliger Abende wären.

Als er die Tür zu seiner Wohnung hinter sich ins Schloß fallen ließ, mußte er an Kate Miskin denken, die es sich, nur wenige Meilen entfernt, im Westen Londons in ihrer Wohnung bequem machen, sich einen Drink einschenken, sich frei von jeglicher Verantwortung, von jeglicher Schuld fühlen konnte. Der Anflug von Neid und irrationalem Groll war so stark, daß er sich hätte einreden können, es sei alles nur ihre Schuld.

Drittes Buch

Ermittlungshelfer

1

Die Mitteilung aus Pembroke Lodge war zwar höflich, aber unmißverständlich. Da Dr. Lampart vormittags operieren müsse, könne er Commander Dalgliesh erst danach empfangen. So gegen ein Uhr oder etwas später, was von der Zahl der Operationen abhänge. Im Klartext hieß das, Dr. Lampart sei ein vielbeschäftigter Mann, der Leben zu retten und Schmerzen zu lindern hatte und daher zu Recht erwarten könne, daß diese segensreichen Tätigkeiten Vorrang hatten vor dem anrüchigen Metier eines Kripobeamten, sei der auch noch so angesehen. Auch der Zeitpunkt der Verabredung war klug gewählt. Dalgliesh konnte sich schlecht darüber beklagen, auf seinen Lunch verzichten zu müssen, wenn Dr. Lampart, der mit bedeutungsvolleren Aufgaben beschäftigt war, so etwas offensichtlich überhaupt nicht störte.

Dalgliesh bat Kate, ihn zu fahren. Sie setzte sich hinter das Steuerrad auf der rechten Seite und chauffierte ihn wie immer sicher und vorschriftsmäßig, ohne wie Massingham Ungeduld zu zeigen oder plötzlich zu beschleunigen. Als sie Haverstock Hill hinter sich gelassen hatten und am Round Pond vorbeikamen, sagte Dalgliesh: »Pembroke Lodge liegt etwa eine halbe Meile hinter den Spaniards. Die Einfahrt kann man leicht übersehen.«

Obwohl Kate abbremste, hätten sie es beinahe verpaßt: ein breites, weißgestrichenes Tor abseits der Straße, von Kastanienbäumen überschattet. Die breite, kiesbedeckte Zufahrt bog nach links ab und teilte sich dann, um die sorgsam gepflegte Rasenfläche vor dem Haus einzuschließen. Vor ihnen, am Rand der sich dahinter erstreckenden Heidefläche, lag eine niedrige, elegante Villa im Stil König Edwards VII. Sie war offensichtlich in einer Zeit erbaut worden, als es sich reiche Leute leisten konnten, ihre Sehnsucht nach frischer Luft, nach unverbauter Aussicht in der Nähe Londons zu verwirklichen, ohne von einer Baubehörde oder Naturschützern behelligt zu werden. Während der Rover über den knirschenden Kies rollte, sah

Dalgliesh, daß man die einstigen Stallungen auf der rechten Seite zu Garagen umgebaut hatte. Sonst war, äußerlich zumindest, an den Gebäuden nicht viel verändert worden. Dalgliesh überlegte, wieviel Betten die Privatklinik wohl haben mochte. Höchstens dreißig. Doch Stephen Lamparts Tätigkeit war nicht auf seine Privatklinik beschränkt. Er gehörte, wie Dalgliesh erfahren hatte, dem Mitarbeiterstab zweier großer Londoner Lehrkrankenhäuser an und operierte sicherlich auch in anderen Privatkliniken. Aber Pembroke Lodge war seine eigene Domäne, und Dalgliesh zweifelte nicht daran, daß sie höchst profitabel war.

Das Eingangsportal stand offen. Sie betraten ein ovales, elegantes Vestibül mit zwei ornamentierten Türen und anschließend eine rechteckige, helle Empfangshalle. Durch ein großes Buntglasfenster fiel Licht auf eine Treppe mit einem kunstvoll geschnitzten Holzgeländer. Links befand sich ein offener Kamin, der mit schön geädertem Marmor umkleidet war. Darüber hing ein Ölgemälde, das in der Manier des späten Gainsborough gemalt war und eine junge Mutter zeigte, die mit ernstem Gesicht und elfenbeinfarbenen Armen ihre beiden Töchter an ihr spitzengesäumtes Kleid aus blauem Satin drückt. Rechts stand ein Schreibtisch aus poliertem Mahagoni, ein eher dekoratives denn nützliches Möbel. Eine Vase mit Rosen und eine weißbekittelte Empfangsdame vervollständigten das eindrucksvolle Bild.

Betäubender Blumenduft überlagerte den leichten Desinfektionsmittelgeruch. Erst vor kurzem war eine Ladung Blumen geliefert worden. Neben der Tür waren üppige Rosen- und Gladiolensträuße angehäuft, kunstsinnige Arrangements in bänderverzierten Schmuckkörben und andere atemberaubende Schöpfungen einer phantasievollen Floristin. Die Atmosphäre von verhätschelter Weiblichkeit war geradezu überwältigend. Es war kein Ambiente, in dem sich ein Mann wohl fühlen konnte. Aber Dalgliesh hatte das Gefühl, daß es Kate noch weniger zusagte. Er bemerkte, daß sie mit einem Ausdruck faszinierten Widerwillens eines der noch abstruseren Geschenke eines überglücklichen Ehemannes betrachtete: eine gut einen halben Meter lange Kinderwiege, die über und über mit blau gefärbten, mit feinen Drähten befestigten Rosenknospen übersät war. Das Kissen und die Zierdecke bestanden aus gleichermaßen geköpften weißen Nelken. Das Monstrum wurde von einer unüber-

sehbaren blauen Schleife geschmückt. Als sie über den fast knöcheltiefen Teppich zu der Empfangsdame gingen, schob eine schon etwas ältere Frau in einem eleganten, pinkfarbenen Hosenanzug, offenbar die Kosmetikerin, ein Wägelchen mit bunten Flakons, Nagellackfläschchen und Döschen durch die Eingangshalle. Dalgliesh fiel das Gespräch ein, das er vor Monaten auf einer Dinner-Party belauscht hatte. »Aber Liebling! Da bist du doch wie im siebten Himmel. Von der Ankunft an wirst du rund um die Uhr verwöhnt. Man wird tipptopp frisiert, bekommt Gesichtsmasken, exquisites Essen und Champagner statt Valium, wenn man sich mies fühlt. Besser geht's wirklich nicht. Nur manchmal beschleicht einen das Gefühl, daß sie's ein wenig übertreiben. Man ist schlichtweg empört, wenn die Wehen einsetzen und man feststellen muß, daß es trotz allem gewisse demütigende Unannehmlichkeiten gibt, die selbst der liebe Stephen nicht aus der Welt schaffen kann.«
Dalgliesh überlegte, ob Lampart schon einmal Patientinnen unter den Händen gestorben waren. Wahrscheinlich nicht, jedenfalls nicht in dieser Klinik. Risikopatientinnen wurden sicherlich anderswo einquartiert. Der Ort zeugte zwar auf seine Weise von schlechtem Geschmack, doch das Äußerste an schlechtem Geschmack, alles, was an Tod und Versagen erinnerte, hatte man strikt ausgeschaltet.
Auch die Empfangsdame war, wie das ganze Ambiente, darauf abgestimmt, Vertrauen einzuflößen und nicht einschüchternd zu wirken. Sie war eine Frau mittleren Alters, die eher ein gewinnendes denn hübsches Äußeres hatte und makellos frisiert war. Ach ja, man erwarte sie bereits. Dr. Lampart lasse ausrichten, der Commander möge sich nur wenige Minuten gedulden. Ob sie ihnen vielleicht eine Tasse Kaffee servieren dürfe? Nein? Dann könnten sie inzwischen doch im Salon Platz nehmen.
Dalgliesh schaute auf seine Uhr. Er schätzte, daß Lampart in etwa fünf Minuten kommen werde. Eine genau kalkulierte Verzögerung, lang genug, um Furchtlosigkeit zu demonstrieren, und kurz genug, um nicht einen Mann zu verprellen, der im Yard immerhin eine bedeutende Stellung einnahm.
Der Salon, in den man sie führte, war geräumig und hoch. Durch das Erkerfenster und die beiden kleineren Fenster links und rechts davon sah man die Rasenfläche vor dem Haus und in der Ferne die Heide. Dem edwardischen Flair entsprachen der Axminster-Tep-

pich, die rechtwinkelig am Kamin plazierten ausladenden Sofas und auch der Kamin mit seiner skulpturierten Umrandung, in dem künstliche Kohlen glühten. Dr. Lampart hatte der Versuchung widerstanden, den behaglichen Raum in ein Praxiszimmer umzuwandeln. Es gab keine Couch, die man taktvoll hinter einem Paravent verbarg, und auch kein Handwaschbecken. Es war ein Raum, in dem man die Klinikrealität für eine Weile vergessen konnte. Nur der Mahagonischreibtisch erinnerte den Besucher daran, daß das Zimmer auch geschäftlich genutzt wurde.

Dalgliesh ließ Kate vor den Ölbildern an den Wänden stehen und trat ans Fenster. Die riesige Roßkastanie auf der Rasenfläche trug noch ihr üppiges Sommerlaub. Doch die Buchenreihe, die teilweise die Heidelandschaft verdeckte, zeigte schon die Bronzefärbung des Herbstes. Die Sonne war nicht zu sehen. Aber man ahnte sie oberhalb der wattigen Wolken. Auf dem Kiesweg draußen schritten zwei Personen dahin: eine Krankenschwester mit weißer Haube und weißem Kittel und eine Frau mit dichtem Blondhaar und einem schweren Pelzmantel, der für einen Frühherbsttag viel zu warm sein mußte.

Nach genau sechs Minuten kam Dr. Lampart. Er trat ohne jegliche Hast ein, entschuldigte sich für die kleine Verspätung und begrüßte sie mit gelassener Höflichkeit, als handle es sich um einen Privatbesuch. Wenn es ihn erstaunte, daß Dalgliesh eine Kripobeamtin mitgebracht hatte, ließ er es sich nicht anmerken. Aber als Dalgliesh die beiden einander vorstellte und sie sich die Hand schüttelten, fiel ihm Lamparts forschender, taxierender Blick auf. Es war, als begrüße er eine künftige Patientin, als versuche er mit seiner langjährigen Erfahrung schon bei ihrer ersten Begegnung herauszufinden, ob sie ihm Schwierigkeiten bereiten könnte.

Dalgliesh hatte damit gerechnet, daß Dr. Lampart sich hinter den Mahagonischreibtisch setzen würde, was ihm eine respekteinflößende Position verschafft hätte. Doch er deutete auf das niedrige Sofa und setzte sich ihnen gegenüber auf den hohen, geradlehnigen Sessel, gab damit der Befragung den Anstrich eines vertraulichen, entspannten Gesprächs über ein beiderseitiges Problem.

»Ich kann mir denken, warum Sie hier sind«, sagte er. »Eine furchtbare Geschichte. Ich kann's noch nicht fassen. Wahrscheinlich sagen die Verwandten und Freunde der Berownes das gleiche.

Einen dermaßen brutalen Mord verbindet man eher mit wildfremden Menschen, aber nicht mit Leuten, die man kennt.«
»Wie haben Sie davon erfahren?« fragte Dalgliesh.
»Lady Berowne rief mich an, nachdem sie von Ihrer Dienststelle informiert worden war, worauf ich dann, sobald ich mich frei machen konnte, den Berownes einen Besuch abstattete. Vielleicht hätte ich ihr oder Lady Ursula ja in irgendeiner Form behilflich sein können. Die Einzelheiten kenne ich nicht. Wissen Sie mittlerweile schon, wie es sich abgespielt hat?«
»Beiden wurde die Kehle durchgeschnitten. Wir kennen weder den Grund noch den Täter.«
»Soviel habe ich auch der Presse und den Fernsehnachrichten entnommen. Allerdings schienen mir die Berichte etwas vage. Deswegen nehme ich an, daß Sie es für Mord halten.«
»Nichts deutet darauf hin, daß es sich um einen vereinbarten Doppelselbstmord handelt«, entgegnete Dalgliesh.
»Darf ich fragen, ob die Tür, die zur Sakristei führt oder wo immer die Leichen gefunden wurden, offen war? Oder dürfen Sie so eine Frage nicht beantworten?«
»Sie war unverschlossen.«
»Das zumindest wird Lady Ursula beruhigen«, sagte er, ohne näher darauf einzugehen. Aber das brauchte er auch nicht. »Und was führt Sie zu mir, Commander?« fragte er dann.
»Ich hätte von Ihnen gern etwas über Sir Paul erfahren. Der Mord kann sich genau so abgespielt haben, wie es auf den ersten Blick aussieht. Sir Paul ließ den Täter ein, und dieser, ein Fremder wahrscheinlich, brachte dann beide um. Aber wenn es nicht so abgelaufen ist, brauchen wir möglichst viele Informationen über Sir Paul.«
»Unter anderem, wer gewußt haben könnte, wo er sich gestern abend aufhielt, und wer ihn so sehr haßte, daß er ihm die Kehle durchschnitt«, sagte Dr. Lampart.
»Alles, was von einiger Bedeutung sein könnte.«
Dr. Lampart machte eine Pause, als müsse er erst überlegen. Das war eigentlich unnötig. Denn daß er sich seine Aussage vorher überlegt hatte, war nicht nur ihm, sondern auch Dalgliesh bewußt. »Ich glaube nicht, daß ich Ihnen da viel helfen kann«, meinte er. »Nichts, was ich über Paul Berowne weiß, könnte im geringsten

etwas mit seinem Tod zu tun haben. Wenn Sie mich nach seinen Feinden fragen, kann ich nur sagen, daß er sicherlich welche hatte, vor allem politische Gegner. Aber ich denke, Sir Paul hatte weitaus weniger Feinde als die übrigen Politiker, und auch die würden sich wohl kaum zu einem Mord hinreißen lassen. Deswegen finde ich den Gedanken, es könnte sich um einen politischen Mord handeln, absurd. Es sei denn« –, er machte abermals eine Pause –, »es sei denn, jemand von der extremen Linken hatte etwas gegen ihn persönlich. Aber selbst das erscheint mir unwahrscheinlich. Nicht nur unwahrscheinlich, geradezu abwegig. Sarah, seine Tochter, war zwar mit seinen politischen Ansichten überhaupt nicht einverstanden, aber ich sehe keinen Grund zu der Vermutung, daß die Leute, mit denen sie sich eingelassen hat, ihr marxistischer Freund etwa, jemanden mit dem Rasiermesser beseitigen.«

»Was für Leute sind das?«

»Eine unbedeutende revolutionäre Gruppierung der extremen Linken. Die Labour Party hätte sie bestimmt nicht gern in ihren Reihen. Doch das wissen Sie sicherlich schon. Das Sonderdezernat beobachtet diese Leute schon längst, nicht wahr?«

Er schaute ihn zwar offen und fragend an, aber Dalgliesh war der verächtliche, abschätzige Unterton in der sonst beherrschten Stimme nicht entgangen. Ob ihn Kate auch registriert hatte? »Wer ist denn Sarah Berownes Freund?« fragte er.

»Damit wollte ich ihn keineswegs beschuldigen, Commander. Ich beschuldige überhaupt niemanden.« Dalgliesh sagte nichts darauf und wartete ab, bis Dr. Lampart nach einer angemessenen Pause mit der Information herausrückte. »Es ist ein gewisser Ivor Garrod. Ein Verfechter modischer radikaler Ansichten. Ich bin ihm nur einmal begegnet. Vor fünf Monaten etwa brachte ihn Sarah zu einem Dinner bei den Berownes mit. Vermutlich, um den Papa zu ärgern. Es war eine Dinner-Party, die ich am liebsten vergessen würde. Dem Gespräch entnahm ich, daß die Gewalt, die er predigt, über so was Simples wie die Ermordung eines Exministers aus dem Establishment hinausgeht.«

»Wann haben Sie Sir Paul zum letztenmal gesehen?« erkundigte sich Dalgliesh beiläufig.

Der Themenwechsel verwirrte Dr. Lampart ein wenig. Aber seiner Stimme war nichts anzumerken. »Vor ungefähr sechs Wochen.

Unsere Beziehung war nicht mehr so freundschaftlich wie früher. Eigentlich hatte ich vorgehabt, ihn heute anzurufen, um ihn heute oder morgen abend zum Dinner einzuladen, sofern ihm seine neugewonnene religiöse Überzeugung nicht die Lust am guten Essen und einem guten Wein ausgetrieben hatte.«

»Warum wollten Sie ihn treffen?«

»Ich wollte erfahren, was er mit seiner Frau vorhat. Sie wissen ja, daß er unlängst sein Parlamentsmandat wie auch seinen Ministersitz aufgegeben hat. Und Sie kennen vermutlich wie ich den Grund. Er wollte sich aus der Öffentlichkeit zurückziehen. Ich wollte nun von ihm erfahren, ob er damit auch seine Ehe aufgeben wollte. Denn daraus hätte sich das Problem ergeben, wie er Lady Berowne, wie er Barbara finanziell zu versorgen gedachte. Schließlich ist sie meine Cousine. Ich kenne sie seit meiner Kindheit. Sie steht mir nahe.«

»Wie nahe?«

Dr. Lampart warf einen kurzen Blick auf die blonde Patientin und die Krankenschwester, die noch immer geduldig die Rasenfläche umrundeten. Er betrachtete sie eingehend, gab sich dann einen Ruck und wandte sich wieder Commander Dalgliesh zu. »Entschuldigen Sie! Wie nahe ich ihr stehe? Ich möchte sie nicht heiraten, wenn Sie danach fragen. Aber ich mache mir ihretwegen Sorgen. Ich bin nicht nur ihr Vetter, sondern seit drei Jahren auch ihr Liebhaber. Somit stehe ich ihr doch nahe, meinen Sie nicht auch?«

»Wußte Sir Paul von dieser Affäre?«

»Ich weiß es nicht. Ehemännern bleibt so eine Beziehung meistens nicht verborgen. Aber da wir uns selten trafen, konnte es zu keiner peinlichen Szene kommen. Wir hatten beide viel zu tun und kaum gemeinsame Interessen. Außer Barbara. Und er war auch wohl kaum in der Lage, irgendwelche moralischen Einwände zu erheben. Er hatte ja selbst eine Geliebte, wie Sie sicherlich schon herausgefunden haben. Oder sind Sie auf diese anrüchige Geschichte noch nicht gestoßen?«

»Mich würde interessieren, wie Sie auf diese Geschichte gestoßen sind«, entgegnete Dalgliesh.

»Barbara hat's mir erzählt. Sie hat es geahnt und sich dann vergewissert. Vor achtzehn Monaten engagierte sie einen Privatdetektiv, der ihn beobachten sollte. Genauer gesagt: Sie teilte mir ihren Verdacht mit, und ich suchte für sie einen diskreten Mann aus. Ich glaube nicht, daß ihr Pauls Untreue viel ausgemacht hat. Aber sie wollte Gewißheit haben. Sie sah in der Frau wohl keine ernsthafte Rivalin. Ich vermute sogar, daß sie darüber eine gewisse Befriedigung empfand. Es amüsierte sie. Zugleich konnte sie Paul damit notfalls unter Druck setzen. Und es befreite sie davon, mit ihm zu schlafen, zumindest in dieser unpassenden Regelmäßigkeit. Ihre Schlafzimmertür schloß sie jedoch nicht ab. Barbara wollte sich hin und wieder vergewissern, daß er noch immer in ihrem Bann stand.«

»Und stand Sir Paul noch in ihrem Bann?« erkundigte sich Dalgliesh.

»Ich denke schon. Schade, daß Sie ihn nicht selbst fragen können.« Mit einer raschen, aber auffallend ungelenken Bewegung stand er auf und eilte zum Fenster, als habe ihn plötzlich Unruhe befallen. Dalgliesh drehte sich etwas, so daß er ihn beobachten konnte. Abrupt machte Dr. Lampart kehrt, ging zum Schreibtisch, hob den Hörer ab und wählte eine Nummer. »Schwester, Mrs. Steiner war lange genug im Freien«, sagte er. »Für einen gemächlichen Spaziergang ist es heute zu kalt. Sagen Sie Ihr, daß ich« – er schaute auf seine Uhr – »in etwa einer Viertelstunde zu ihr komme. Danke.« Er legte auf, setzte sich wieder und sagte fast barsch: »Wollen wir jetzt nicht endlich zum wahren Grund Ihres Besuches kommen? Sie wollen doch von mir so was wie eine Aussage: wo ich mich aufhielt, was ich tat oder wer sich bei mir befand, als Sir Paul umgebracht wurde, nicht wahr? Falls es ein Mord war, bin auch ich verdächtig. So naiv bin ich nicht, daß ich das nicht weiß.«

»Wir haben keinen konkreten Verdacht. Diese Fragen stellen wir jedem, der Sir Paul irgendwie nahestand.«

Er lachte auf. Aber es war ein freudloses Lachen. »Jedem, der ihm nahestand! So kann man's auch ausdrücken. Außerdem ist es reine Routinesache, nicht wahr? Das sagen Sie doch allen Befragten, oder?« Dalgliesh antwortete nicht, was Lampart zu irritieren schien. »Und wo soll ich meine Aussage machen? Gleich hier, im zuständigen Polizeirevier – oder führen Sie Ihre Untersuchungen im Yard durch?«

»Sie können sie auch in meinem Büro im Yard machen, wenn Ihnen das lieber ist. Heute abend vielleicht. Meinetwegen auch im zuständigen Polizeirevier, wenn Ihnen das zeitlich besser zusagt.

Aber es würde uns weiterhelfen, wenn wir das Wesentliche jetzt schon erfahren könnten.«

»Sie haben sicherlich bemerkt«, sagte Dr. Lampart, »daß ich meinen Anwalt nicht hergebeten habe. Das zeigt, wie sehr ich der Polizei vertraue, meinen Sie nicht auch?«

»Es ist Ihr Recht, ihn hinzuzuziehen.«

»Ich möchte es aber nicht. Ich brauche ihn nicht. Hoffentlich sind Sie nicht enttäuscht, Commander, aber ich meine, daß ich ein Alibi habe. Das heißt, wenn Berowne zwischen sieben Uhr abends und Mitternacht starb. Ich war in dieser Zeit mit Barbara zusammen, wie Sie sicher schon wissen. Sie haben bestimmt mit ihr gesprochen. Davor, von zwei bis fünf, habe ich hier operiert. Sie können die Operationsliste einsehen. Die OP-Schwestern und die Anästhesistin können das bestätigen. Auch wenn ich einen Kittel und eine Maske trage, so daß meine Mitarbeiter mein Gesicht nicht sehen können, würden sie mich doch an meiner Operationsweise erkennen. Das kann ich Ihnen versichern. Ich erwähne das nur, falls Sie auf den absonderlichen Gedanken verfallen sollten, ich hätte einen Kollegen überredet, für mich einzuspringen.«

»So was funktioniert in Romanen, aber nicht im wirklichen Leben«, meinte Dalgliesh.

»Danach nahmen Barbara und ich hier in diesem Zimmer den Tee ein und hielten uns hinterher einige Zeit in meinen Privaträumen im oberen Stock auf. Nachdem ich mich umgezogen hatte, verließen wir zusammen die Klinik gegen zwanzig vor acht. Der Nachtportier hat uns gesehen und kann es bestätigen. Wir fuhren zum ›Black Swan‹ in Cookham, wo wir zu Abend aßen. Obwohl ich nicht auf die genaue Uhrzeit geachtet habe, denke ich, daß wir gegen halb neun dort ankamen. Ich fahre einen roten Porsche, falls das von Bedeutung ist. Der Tisch war für dreiviertel neun reserviert. Jean Paul Higgins, der Manager des Lokals, wird es bestätigen. Auch, daß wir nach elf Uhr das Lokal verließen. Ich wäre Ihnen dankbar, wenn Sie Ihre Ermittlungen diskret durchführten. Ich bin zwar nicht besonders auf meine Reputation bedacht, aber ich kann es mir nicht leisten, daß mein Privatleben zum Gesprächsstoff von halb London wird. Meine Patientinnen mögen so ihre Marotten haben, aber sie würden sich ungern einem des Mordes verdächtigen Geburtshelfer anvertrauen.«

»Wir werden diskret vorgehen. Wann kam Lady Berowne hierher? Oder haben Sie sie abgeholt?«
»Nein. Ich bin schon Wochen nicht mehr in der Villa am Campden Hill Square gewesen. Barbara kam mit dem Taxi. In London fährt sie nicht gern selbst. Sie muß so gegen vier gekommen sein. Sie sah mir von Viertel nach vier bis zum Ende beim Operieren zu. Habe ich das nicht erwähnt?«
»Sie war also die ganze Zeit bei Ihnen?«
»Fast die ganze Zeit. Nach dem dritten Kaiserschnitt, glaube ich, verließ sie für wenige Minuten den OP-Raum.«
»Trug auch sie eine Mundmaske und einen OP-Kittel?«
»Selbstverständlich. Aber was sollen diese Fragen? Vor sieben Uhr kann Berowne noch nicht tot gewesen sein.«
»Sieht Lady Berowne Ihnen öfters beim Operieren zu?«
»Es kommt öfters vor. Von Zeit zu Zeit hat sie diesen Wunsch«, fügte er hinzu.
Beide schwiegen. Es gibt Dinge, dachte Dalgliesh, die selbst Dr. Lampart trotz seiner ironischen Distanziertheit und seiner Abneigung gegen Prüderie nicht über die Lippen brachte. Das war es also, was Lady Berowne reizte, sie antörnte: Maskiert und verkleidet sah sie zu, wie seine Hände in den Körper einer anderen Frau hineinschnitten. Die erotische Ausstrahlung des chirurgischen Kults. Das ausgeklügelte Zeremoniell, wenn ihm die OP-Schwestern zur Hand gingen. Wenn sich ihre Blicke über die Mundmaske hinweg trafen. Wenn er hinterher die Handschuhe abstreifte, wie segnend die Arme hob, damit ihm eine der Schwestern aus dem Kittel half. Die erregende Mixtur von Macht, Mysterium und Gefühllosigkeit. Das Ritual, in dem Skalpell und Blut eine Rolle spielten. Wo hatten sie danach miteinander geschlafen? In seinem Schlafzimmer? In einem der Privaträume in der Klinik? Es war schon erstaunlich, daß sie nicht gleich auf dem Operationstisch kopulierten. Aber vielleicht taten sie das ja auch.
Das Telefon auf dem Schreibtisch läutete. Dr. Lampart murmelte eine Entschuldigung und ergriff den Hörer. Er sprach offenbar mit einem Kollegen, hörte vorwiegend zu. Er versuchte nicht, das Gespräch abzukürzen. Dalgliesh blickte hinaus auf den Klinikgarten und überlegte. Wenn Lady Berowne und Dr. Lampart Pembroke Lodge um zwanzig vor acht verlassen hatten, mußten sie schnell

gefahrfen sein, um gegen halb neun im »Black Swan« zu sein. Hätte er auf der Fahrt dorthin noch einen Mord begehen können? Das war nur machbar, wenn er sie mit einer glaubwürdigen Ausrede allein im Wagen hätte lassen können. Kein vernünftiger Mann hätte sie, um einen blutigen Mord zu verüben, mit in die Kirche genommen, selbst wenn sie von seiner Absicht gewußt oder sie geahnt hätte. Folglich mußte er sich eine Ausrede einfallen lassen. Er müsse noch kurz jemanden treffen. Etwas Geschäftliches erledigen. Dabei hätte er den Wagen in der Nähe der Kirche parken müssen. Das wäre allerdings riskant gewesen. Ein roter Porsche fiel auf. Und was hatte sich danach abgespielt? Er klopft an die Kirchentür. Berowne läßt ihn hinein. Die einstudierte Entschuldigung für sein Erscheinen. Wieviel Zeit mochte all das beansprucht haben? Knapp eine Minute höchstens. Dann der unerwartete Hieb, der Berowne bewußtlos machte. Er eilt zum Waschbecken, um das Rasiermesser zu holen, das er dort finden muß. Rasch zieht er Sakko und Hemd aus und rennt zurück zur Sakristei, das Rasiermesser in der Hand. Nun die ersten zögernden Schnitte, denen der tiefe Schnitt bis auf die Halswirbel folgt. In seiner Studentenzeit mußte er gerichtsmedizinische Vorlesungen gehört haben, wenn nicht gar seitdem. Besser als jeder andere Verdächtige wußte er, wie man einen Selbstmord vortäuscht.

Und dann die Katastrophe. Harry erscheint. Torkelnd, vermutlich halbbetrunken, verschlafen, aber nicht so verwirrt, daß er nichts gesehen, sich später nicht erinnert hätte. Jetzt war für Finessen keine Zeit mehr. Hinterher säubert er sich eilends, legt das Rasiermesser neben Berownes Hand, sieht sich draußen vorsichtig um, entschwindet in der schützenden Dunkelheit, läßt die Tür unverschlossen, weil er den Schlüssel nicht mitnehmen kann, kehrt gemächlich zum Wagen zurück. Jetzt hängt alles von ihrer Verschwiegenheit ab. Er muß sicher sein, daß sie auf beider Version beharrt und aussagt, sie seien geradewegs zum »Black Swan« gefahren. Es war eine leicht zu merkende Lüge, keine verwickelte Geschichte. Da gab es keine ausgeklügelten Einzelheiten, keine Zeitangaben, die sie sich einprägen mußte. Sie brauchte nur sagen, was sie auch ausgesagt hatte: »Wir sind geradewegs dorthin gefahren. Nein, an die Route kann ich mich nicht erinnern. Ich habe nicht darauf geachtet. Wir haben nirgendwo angehalten.« Er wiederum mußte sich einen einleuchtenden Grund ausdenken, warum sie eine falsche Aussage machen sollte. »Ich muß noch zu einer Patientin.« Aber warum durfte sie das der Polizei nicht sagen? Gegen eine kurze ärztliche Visite war doch nichts einzuwenden. Nein, die Fahrtunterbrechung mußte irgendwie nicht ganz koscher sein. Entweder das, oder ihm war plötzlich etwas anderes eingefallen. Er mußte unbedingt noch jemanden anrufen. Nein, die Zeitspanne wäre zu kurz. Er brauchte mehr Zeit. Warum sollte er nicht warten und es vom »Black Swan« aus versuchen? Wie sich das deichseln ließ, lag auf der Hand. Er würde sagen, er sei in die Kirche gegangen, hätte mit Berowne gesprochen und ihn lebend und bei bester Gesundheit verlassen. Daraufhin würde sie in ihrem wie auch in seinem Interesse sein Alibi bestätigen. Und falls sie es sich doch noch anders überlegte, hatte er immer noch eine einleuchtende Erklärung parat: Ich bin zur Kirche gefahren, um mit Berowne über seine Frau zu reden. Ich war höchstens zehn Minuten dort. Das Gespräch verlief freundschaftlich. Ich habe nur Berowne gesehen. Und als wir uns trennten, war er quicklebendig...

Dr. Lampart legte auf. »Tut mir leid«, sagte er. »Wo waren wir doch gleich, Commander? Ach ja, beim ›Black Swan‹.«

Doch Dalgliesh versuchte es nun von einer anderen Seite. »Sie waren mal mit Sir Paul befreundet, auch wenn Sie sich später nicht so gut verstanden«, sagte er. »Wenn zwei Männer dieselbe Frau lieben, kennen sie sich zumeist recht gut. Sie sind Arzt. Ich würde gern wissen, wie Sie sein emotionales Erlebnis in der Sakristei von St. Matthew interpretieren.«

Lampart war zu gewitzt, als daß ihm die unterschwellige Schmeichelei entgangen wäre. Aber er konnte ihr nicht widerstehen. Er war es gewohnt, daß man ihn um seine Meinung bat, ihm achtungsvoll zuhörte. Damit bestritt er schließlich zum Teil seinen Lebensunterhalt. »Ich bin zwar Geburtshelfer und kein Psychiater«, sagte er. »Aber ich denke nicht, daß der psychische Ablauf allzu kompliziert ist. So was kommt doch häufig vor. Nur die Manifestationen finde ich etwas absonderlich. Ich würde es als Midlife-Crisis bezeichnen. Ich denke, er schaute auf sein Leben zurück, auf das, was er erreicht hatte, was er noch erhoffen konnte, und stellte fest, daß ihn das alles ziemlich gleichgültig ließ. Er hatte es mit der Juristerei und der Politik versucht, und weder das eine noch das andere hatte ihn befriedigt. Er hatte eine Frau, die er begehrenswert fand, aber nicht liebte. Eine Tochter, die wiederum ihn nicht liebte. Einen Posten, der ihm keinerlei Hoffnung ließ, er könne sich mal auf spektakuläre Weise von allen Zwängen frei machen. Na schön, da legte er sich eine Geliebte zu. Das ist die übliche Ausflucht. Ich habe die Dame nicht kennengelernt. Aber aus dem, was mir Barbara erzählte, war es eine Affäre, in der es eher um seelischen Trost, etwas Bemutterung und den Austausch von harmlosem Büroklatsch ging als um einen Ausbruch aus der Zwangsjacke, in die er sich selbst hineinmanövriert hatte. Also suchte er nach einer Möglichkeit, wie er alldem entkommen konnte. Was war da besser als die Verkündigung, daß Gott selbst ihm eröffnet habe, er sei auf dem falschen Weg? Ich glaube nicht, daß ich darauf verfallen würde. Aber man kann sagen, daß es immerhin besser ist als ein Nervenzusammenbruch, Alkoholismus oder Krebs.«

Als Dalgliesh nichts darauf erwiderte, redete er mit einer Offenheit weiter, die geradezu überzeugend klang.

»Für mich ist das nichts Neues. Ich brauche mir hier nur die Ehemänner anzusehen. Sie sitzen da, wo Sie jetzt sitzen, und plaudern mit mir angeblich über die Wehwehchen ihrer Frauen. Aber sie sind es, die Probleme haben. Und sie können sie nicht abschütteln. Sie stehen unter der Tyrannei der Jagd nach Erfolg. Schon in ihrer Jugend müssen sie sich qualifizieren. Als junge Männer streben sie dann nach beruflichem Erfolg, nach der richtigen Ehefrau, dem richtigen Haus, den richtigen Schulen für die Kinder, den richtigen Clubs. Wozu das alles? Wozu mehr Geld, mehr Lebenskomfort, ein noch größeres Haus, einen noch schnelleren Wagen, eine noch höhere Steuerklasse? All das verschafft ihnen nicht mal große Befriedigung. Dabei müssen sie noch weitere zwanzig Jahre durchhalten. Nicht viel besser dran sind auch jene, die ihre Illusionen noch nicht verloren, ihre Lebensnische gefunden haben, denen das Leben Spaß macht. Sie haben Angst vor der näherrückenden Pensionierung. Dann sind sie über Nacht ein Nichts. Dann sind sie nur noch wandelnde Tote. Sie kennen doch die bemitleidenswerten alten Männer, die nach einem Sitz in irgendeinem Komitee gieren, nach einem Ehrenamt, einem Pöstchen, irgendeinem Pöstchen, das ihnen die Illusion verschafft, sie würden noch ernst genommen.«

»Ja, ich kenne solche Männer«, stimmte Dalgliesh zu.
»Sie würden auf den Knien herumrutschen, um so was zu ergattern.«
»Das mag so sein, aber es trifft nicht auf Sir Paul zu. Er war immerhin Minister. Seine Erfolgsphase lag noch vor ihm. Er hätte mehr erreichen können.«
»Ich weiß, ich weiß. Irgendwann wäre er möglicherweise Premier gewesen. Hätten Sie ihm das zugetraut? Ich nicht. Er wurde nicht von brennendem Ehrgeiz getrieben, zumindest nicht, was die Politik angeht. Nein, er war nicht besonders ehrgeizig.« Er hatte mit triumphierender Bitterkeit gesprochen. »Ich bin da anders«, redete er weiter. »Ich gehöre zu denen, die Glück hatten. Ich bringe keine Opfer für eine noch glücklichere Zukunft. Meine Arbeit verschafft mir die nötige Befriedigung. Und wenn ich mich mal niedergeschlagen fühle, habe ich noch immer die ›Mayflower‹, meine Hochseejacht. Sie liegt in Chichester. Jetzt habe ich nicht viel Zeit. Aber wenn ich mich mal aus meinem Metier zurückziehe, packe ich sie mit allem voll, was ich zum Leben brauche, und segle einfach los . . . Wie steht's mit Ihnen, Commander? Haben Sie auch eine ›Mayflower‹?«
»Nein, ich habe keine.«
»Ach ja, ich habe ganz vergessen, daß Sie dichten.« Es klang, als wollte er ihn kränken, als hätte er gesagt: Ach ja, Sie schnitzen in Ihrer Freizeit. Sie sammeln Briefmarken. Sie sticken.
»Sie wissen eine Menge über ihn, obwohl Sie sich nicht besonders gut mit ihm verstanden haben«, sagte Dalgliesh.
»Er hat mich interessiert. Damals in Oxford war ich mit seinem älteren Bruder befreundet. Als Hugo noch lebte, war ich oft zum Dinner bei den Berownes. Außerdem segelten wir drei häufig miteinander. 1978 segelten wir nach Cherbourg. Man lernt einen Menschen kennen, wenn man mal mit ihm bei Windstärke zehn gesegelt ist. Paul hat mir das Leben gerettet. Ich ging über Bord, und er fischte mich heraus.«
»Urteilen Sie da nicht allzu oberflächlich? Sind Ihre Erklärungen nicht zu simpel?«
»Es überrascht mich immer wieder, wie oft eine simple Erklärung die richtige ist. Wenn Sie Diagnostiker wären, würden Sie das wissen.«

Dalgliesh wandte sich an Kate. »Haben Sie noch Fragen, Inspektor?«

Dr. Lampart war so verdutzt, daß er ein Stirnrunzeln nicht unterdrücken konnte. Er war sichtlich verblüfft, daß eine Frau, die er für eine Art Faktotum gehalten hatte, deren einzige Funktion darin bestand, sich unauffällig Notizen zu machen und als stumme Zeugin dazusitzen, ihm Fragen stellen durfte. Er schaute sie lächelnd an, aber sein Blick war argwöhnisch.

»Ist der ›Black Swan‹ eines Ihrer Lieblingslokale?« fragte Kate. »Suchen Sie es mit Lady Berowne häufig auf?«

»Im Sommer schon. Im Winter weniger. Mir sagt das Ambiente zu. Es liegt nicht weit von London. Und seitdem Higgins einen neuen Küchenchef hat, ist auch das Essen besser geworden. Ich kann es Ihnen nur empfehlen.«

»Sie beide waren doch am Abend des 7. August, als Diana Travers ertrank, dort, nicht wahr?«

»Da Sie es bereits wissen, scheint mir diese Frage sinnlos«, entgegnete er kühl. »Es war ein Dinner anläßlich Lady Berownes 27. Geburtstag. Sie wurde am 7. August geboren.«

»Warum haben Sie Lady Berowne ausgeführt und nicht ihr Mann?«

»Sir Paul war anderweitig beschäftigt. Ich habe die Dinner-Party zu Ehren von Lady Berowne gegeben. Er wollte später nachkommen, sagte dann aber telefonisch ab. Sie wissen sicherlich auch, daß wir das Lokal vor dem tragischen Vorfall verlassen haben.«

»Und was ist mit dem anderen tragischen Vorfall? Was ist mit Theresa Nolan? Da waren Sie gleichfalls nicht zugegen, nicht wahr?«

Nun mal vorsichtig, Kate, dachte Dalgliesh. Aber er mischte sich nicht ein.

»Wenn Sie wissen wollen, ob ich neben ihr saß, als sie im Holland Park eine Packung Schlaftabletten zusammen mit billigem Sherry schluckte, muß ich das verneinen. Wäre ich dabeigewesen, hätte ich vermutlich versucht, sie davon abzuhalten.«

»In ihrem Abschiedsbrief schrieb sie, daß sie wegen ihrer Schuldgefühle nach einer Abtreibung, in den Tod gehe. Nach einer völlig legalen Abtreibung, wohlgemerkt. Sie war eine Ihrer Krankenschwestern. Warum hat sie den Eingriff nicht in Pembroke Lodge vornehmen lassen?«

»Sie hat nicht darum gebeten. Außerdem hätte ich es auch nicht gemacht. Ich operiere ungern meine eigenen Mitarbeiter. Wenn es medizinische Gründe für eine Abtreibung gibt, überweise ich sie an einen mir bekannten Gynäkologen. Das habe ich auch in ihrem Fall getan. Aber ich verstehe nicht, was ihr Tod oder der von Diana Travers mit dem Grund Ihres Besuches zu tun hat. Warum sollten wir unsere Zeit mit völlig unwichtigen Fragen vergeuden?«

»Sie sind nicht unwichtig«, erwiderte Dalgliesh. »Sir Paul erhielt Briefe, in denen er versteckt, aber unmißverständlich mit den beiden Todesfällen in Verbindung gebracht wurde. Alles, was in den letzten Wochen seines Lebens passierte, könnte von Bedeutung sein. Vielleicht waren die Briefe nur der übliche Unsinn, den Politiker über sich ergehen lassen müssen. Trotzdem sollte man ihnen nachgehen.«

Dr. Lamparts Blick schweifte von Kate zu Dalgliesh. »Ich verstehe. Tut mir leid, wenn es so klang, als wollte ich Ihnen nicht behilflich sein. Aber ich weiß von Diana Travers nur, daß sie in der Berowne-Villa einen Teilzeitjob hatte und sich zur Zeit der Geburtstags-Party gleichfalls im ›Black Swan‹ aufhielt. Theresa Nolan dagegen hatte Lady Ursula gepflegt, als diese einen Ischiasanfall hatte. Soviel ich weiß, kam sie von einer Pflegerinnen-Agentur. Als Lady Ursula sie nicht länger benötigte, schlug sie ihr vor, sich doch bei mir zu bewerben. Sie war eine ausgebildete Hebamme, arbeitete dann auch zu meiner vollsten Zufriedenheit. Sie muß schwanger geworden sein, als sie noch bei Lady Ursula beschäftigt war. Ich habe sie nicht gefragt, wer sie geschwängert hat, und sie scheint es auch niemandem verraten zu haben.«

»Haben Sie je daran gedacht, daß Sir Paul sie geschwängert haben könnte?« fragte Dalgliesh.

»Ja. Der Gedanke ist mir gekommen. Das werden wohl viele angenommen haben.«

»Was geschah, als sie feststellte, daß sie schwanger war?« fragte Dalgliesh weiter.

»Sie kam zu mir und sagte, daß sie sich kein Kind wünsche und es abtreiben lassen wolle. Ich schickte sie zu einem Psychiater und ließ ihn alles Notwendige veranlassen.«

»Meinen Sie, daß die Frau aufgrund ihrer psychischen Verfassung um eine legale Abtreibung nachsuchen konnte?«

»Ich habe sie nicht untersucht, auch nicht mit ihr darüber gesprochen. Außerdem bin ich nicht befugt, so eine Entscheidung zu treffen. Wie ich schon sagte – ich habe sie an einen befreundeten Psychiater verwiesen. Ich sagte ihr noch, daß sie bis zu einer definitiven Entscheidung bezahlten Urlaub nehmen könne. Nach dem Eingriff arbeitete sie noch eine Woche in meiner Klinik. Den Rest kennen Sie.«
Plötzlich stand er auf und ging ruhelos im Zimmer hin und her. Schließlich wandte er sich an Dalgliesh: »Ich habe über diese Sache mit Paul Berowne ziemlich lange nachgedacht. Unsere Grundbedürfnisse sind doch recht simpel: Essen, eine Unterkunft, Wärme, Sex, Prestige. In dieser Reihenfolge. Ein glückliches Naturell gibt sich damit zufrieden. Nicht Berowne. Gott allein weiß, nach welchen unerreichbaren Zielen er strebte. Vielleicht nach Unsterblichkeit.«
»Sie halten es also für wahrscheinlich, daß er sich selbst umgebracht hat?« fragte Dalgliesh.
»Dafür habe ich keine ausreichenden Beweise. Ich möchte es so ausdrücken: Ich wäre nicht überrascht, wenn sich herausstellte, daß es ein Selbstmord war.«
»Was ist mit dem Stadtstreicher? Wir haben es mit zwei Toten zu tun.«
»Was soll man da sagen? Hat er Paul umgebracht oder dieser ihn? Pauls Familie wird sich gegen letztere Annahme sträuben. Lady Ursula wird diese Erklärung nie akzeptieren, wie immer das endgültige Untersuchungsergebnis lauten mag.«
»Und Sie?«
»Ich meine, wenn jemand einen so ausgeprägten Zerstörungstrieb hat, daß er sich die Kehle durchschneidet, bringt er's auch bei einem anderen fertig . . . Und jetzt müssen Sie mich entschuldigen«, sagte er mit einem Blick auf Kate. »Auf mich wartet eine Patientin. Zwischen acht und halb zehn komme ich dann in den Yard und unterzeichne meine Aussage.« Als er sich erhob, fügte er noch hinzu: »Vielleicht fällt mir bis dahin ein, wie ich Ihnen helfen könnte. Aber verlassen würde ich mich darauf nicht.« Es klang wie eine Drohung.

2

Da die Wagenkolonne vor der Ausfahrt nicht abriß, mußte Kate eine Weile warten, bis sie sich einfädeln konnte. Ich würde jetzt gern wissen, was er von dem Gespräch hält, dachte sie. Sie hatte die ganze Unterhaltung in ihrer zwar leserlichen, aber eigenwilligen Kurzschrift notiert, obwohl sie ein nahezu perfektes Gedächtnis hatte und sie auch ohne ihre Notizen wortgetreu hätte niederschreiben können. Sie überdachte jede Frage und Reaktion und wußte dennoch nicht, wo Dalgliesh besonders geschickt vorgegangen war.

Eigentlich hatte er nur wenig gesprochen. Seine Fragen waren kurz gewesen und manchmal sogar vom Ziel der Befragung abgewichen. Trotzdem hatte sich Dr. Lampart dazu hinreißen lassen, weitaus mehr auszusagen – und das war schließlich beabsichtigt. All das Gerede über die Midlife-Crisis eines Mannes war doch nur Vulgärpsychologie. So etwas schreiben die Briefkastentanten in den Gazetten, wenn man von ihnen wissen will, was denn plötzlich in den Ehemann gefahren sei. Vielleicht hatte Lampart sogar recht. Er wurde nach seiner Ansicht gefragt und äußerte sie. Aber von einem Mann, dessen Spezialgebiet nicht gerade die männliche Menopause ist und der sich außerdem gern reden hört, hätte man erwartet, daß er mehr auf die psychischen Probleme bei einer Schwangerschaft und Abtreibung eingeht. Was hatten sie schon von ihm über Theresa Nolan erfahren? Ausweichende Angaben. Eine richtiggehende Abfuhr war das. Er wollte über sie nicht nachdenken, geschweige denn reden. Und das lag nicht daran, daß sie, Kate, die Fragen gestellt hatte, bewußt mit einer kessen Überhöflichkeit, die seine Eitelkeit sicherlich mehr kränkte als Grobheit oder offene Abneigung. Sie hatte gehofft, ihm dadurch mit etwas Glück eine Indiskretion zu entlocken.

»Glauben Sie die rührselige Geschichte, daß Sir Paul ihm das Leben gerettet hat?« hörte sie Dalgliesh fragen.

»Nein, Sir. Nicht in dieser Version. Etwas Ähnliches ist vielleicht schon passiert. Er fiel über Bord, und sein Freund fischte ihn heraus. Er hätte es nicht erwähnt, wenn es sich nicht beweisen ließe. Aber im Grunde wollte er uns doch nur zu verstehen geben: ›Ich mag ihm seine Frau genommen haben, aber ich habe ihn nicht umgebracht. Denn er hat mir mal das Leben gerettet.‹ . . . Außerdem fand ich es nicht gerade fair, wie er den Verdacht auf diesen Ivor Garrod lenkte«, fügte sie hinzu und warf Dalgliesh einen Seitenblick zu.

»Ja, das war plump«, bestätigte Dalgliesh.

Plötzlich fühlte sie sich optimistisch, beschwingt, geradezu berauscht von einem Hochgefühl, dem sie mittlerweile zu mißtrauen gelernt hatte, das sich aber immer einstellte, wenn sie meinte, der Lösung eines Falls nähergekommen zu sein. Wenn der Fall so weiterläuft, wenn wir den Täter, wer immer es sein mag, erwischen, was uns zweifellos gelingen wird, bin ich auf dem richtigen Weg. Ich komme voran. Doch ihre Hochstimmung ging über reinen Ehrgeiz oder die Zufriedenheit nach einem bestandenen Test, nach einer bewältigten Aufgabe hinaus. Es hatte ihr Spaß gemacht. Jede Minute der kurzen Konfrontation mit diesem eitlen Knilch hatte sie zutiefst genossen. Sie mußte an ihre Anfangszeit bei der Kripo denken, an die ermüdenden, langwierigen Befragungen von Haus zu Haus, aus denen ihr Dienst bestanden hatte, an die bedauerlichen Opfer, an die noch bedauernswerteren Straftäter. Wie befriedigender war doch diese ausgeklügelte Verbrecherjagd, das Wissen, daß sie es mit einem Mörder zu tun hatten, der denken und planen konnte, der kein dumpfes Opfer seiner Lebensumstände oder Triebe war. Noch bevor sie in den Polizeidienst eintrat, hatte sie gelernt, ihre Mimik zu beherrschen. Doch obwohl sie weiterhin vorsichtig fuhr und gleichgültig auf die Straße vor sich blickte, mußte Dalgliesh etwas von ihren Gefühlen geahnt haben.

»Na, hat Ihnen die Sache Spaß gemacht, Inspektor?« fragte er. Die Frage und die sonst seltene Erwähnung ihres Ranges machten sie stutzig. Trotzdem wollte sie ehrlich antworten, weil sie im Grunde keine Wahl hatte. Sie hatte sich umgehört und wußte, welchen Ruf er hatte. Sie hatte sich gemerkt, was Kollegen einmal über ihn gesagt hatten: Er kann richtig fies sein, aber er ist zumindest gerecht. Sie wußte, daß er gewisse Unzulänglichkeiten verzeihen und manche menschliche Schwächen tolerieren konnte. Aber Unehrlichkeit gehörte nicht dazu.

»Ja, Sir«, sagte sie. »Mir gefiel das Gefühl, Macht zu haben, weitergekommen zu sein.« Obwohl sie wußte, daß sie sich auf gefährliches Terrain begab, fügte sie noch hinzu: »War die Frage als Kritik gemeint, Sir?«

»Nein, wer in den Polizeidienst eintritt, dem macht es Spaß, Macht auszuüben. Wer der Mordkommission angehört, hat ein Gespür für den Tod. Gefährlich wird's erst, wenn diese Sucht zum Selbstzweck wird. Dann sollte man sich schleunigst nach einem anderen Job umsehen.«

Am liebsten hätte sie ihn gefragt: Haben Sie schon mal daran gedacht, Sir? Aber sie unterdrückte die Regung. Es gab Vorgesetzte, die man nach ein paar Whiskys in der Kantine so etwas fragen konnte. Er zählte nicht zu ihnen. »Dr. Lampart sprach von einem Rasiermesser«, sagte sie. »Von uns hat er nicht erfahren, wie Sir Paul gestorben ist. Wie kommt er da ausgerechnet auf ein Rasiermesser?«

»Das ist nicht schwer zu erklären. Er war ein alter Freund Berownes, konnte daher durchaus wissen, womit er sich rasierte. Die Tatwaffe muß er erraten haben. Was mich stutzig macht, ist, daß er uns nicht geradeheraus fragte, ob seine Annahme stimmt. Wir müssen seine Zeitangaben möglichst schnell überprüfen. Das ist eine Aufgabe für Saunders. Drei Fahrten wären am besten, und zwar zur selben Zeit, mit der gleichen Wagenmarke und am gleichen Wochentag. Wenn's möglich ist, auch zu den gleichen Witterungsbedingungen. Außerdem brauchen wir möglichst viele Informationen über Pembroke Lodge: Wem das Grundstück gehört. Ob es Teilhaber gibt. Ob die Klinik floriert. Welchen Ruf sie hat.«

»Wird gemacht, Sir.«

»Er hatte die Möglichkeit, die Kenntnis und ein Motiv«, redete Dalgliesh weiter. »Ich glaube zwar nicht, daß er die Lady ehelichen wollte, aber er wollte gewiß keine verarmte Geliebte haben, die vielleicht allmählich mit dem Gedanken an eine Scheidung spielt. Falls er Berowne den Tod wünschte, und zwar bevor dieser all sein Geld an den unausgegorenen Plan eines Obdachlosenheims verschwenden konnte, dann brauchte er ihm nicht die Kehle durchzuschneiden. Er ist Arzt. Da gibt es raffiniertere Methoden. Der Täter beging den Mord nicht aus Vernunftgründen. In der Sakristei hat sich Haß entladen. Haß ist eine Regung, die sich nicht leicht kaschieren läßt. Ich habe sie an Stephen Lampart nicht feststellen können. Arroganz, Aggressivität, sexuelle Eifersucht auf den Ehemann, das ja. Aber keinen Haß.«

Kate hatte es noch nie an Mut gefehlt, auch jetzt nicht. Außerdem hatte er sie für sein Mitarbeiterteam ausgewählt. Vielleicht gab er etwas auf ihre Meinung. Er brauchte keine Untergebene, die ihm nach dem Mund redete. »Vielleicht waren es doch eher Vernunftgründe als Haß, Sir«, entgegnete sie. »Einen Mord zu verüben, ohne Verdacht zu erregen, dürfte selbst einem Arzt nicht so leicht fallen. Er war nicht der Hausarzt von Sir Paul. Deshalb wäre es, wenn er es getan hat, der perfekte Mord, den man nicht mal für Mord halten würde. Erst dieser Harry Mack durchkreuzte seinen Plan. Hätten wir es ohne den zweiten Mord nicht genau für das gehalten, wonach es, oberflächlich betrachtet, auch aussehen sollte – für Selbstmord?«

»Und man hätte wie üblich beschönigend festgestellt, daß er es in einem ›Anfall geistiger Umnachtung‹ getan haben müsse«, erwiderte Dalgliesh nachdenklich. »Mag sein. Wenn er nicht die Zündhölzer mitgenommen und den Terminkalender nur unvollständig verbrannt hätte. Das war eine unnötige Vertuschung. In gewisser Hinsicht ist das halbverbrannte Streichholz der aufschlußreichste Hinweis in dem Fall.«

Plötzlich schwand ihre Befangenheit, und sie hatte das Gefühl, daß sie so etwas wie Kameraderie verband. Sie überlegte nicht länger, welchen Eindruck sie auf Dalgliesh machen könnte, sondern dachte nur noch an den Fall. Nicht anders hätte sie es bei Massingham gehalten. Die Augen auf die Straße gerichtet, begann sie laut zu denken. »Wenn der Täter die Verbrennung des Terminkalenders plante, mußte er Streichhölzer mit in die Kirche nehmen. Da Berowne kein Raucher war, würde er bei ihm auch kein Feuerzeug finden. Falls er selbst eines besaß, wäre es unklug, es zu verwenden. Er konnte nicht davon ausgehen, daß er in der Sakristei Zündhölzer finden würde. Und falls er doch welche fand, hing die Schachtel in einem Etui an einem Kettchen. Es ging schneller und war sicherer, wenn er mitgebrachte Zündhölzer verwendete. Jede Minute war kostbar. Damit haben wir einen Täter, der Sir Paul gut kannte, um seine Gewohnheiten wußte, auch wußte, wo er sich am Dienstag aufhalten würde, der sich aber in der Kirche nicht gut auskannte. Den Terminkalender konnte er nicht gut in der Hand halten, als er die Kirche betrat. Folglich trug er ein Sakko oder einen Mantel mit großen Taschen. Oder er kam mit einer Collegemappe, einer Einkaufstüte, einer Arzttasche.«

»Oder er hatte ihn in eine Zeitung eingeschlagen«, meinte Dalgliesh.
»Er klopft«, fuhr Kate fort. »Sir Paul läßt ihn ein. Er bittet, die Toilette aufsuchen zu dürfen. Dort stellt er die Tasche mit den Zündhölzern und dem Terminkalender ab. Dann zieht er sich aus, vielleicht sogar ganz. Er geht zurück in die kleine Sakristei. Aber nun wird die Sache verzwickt. Sein Opfer wartet gewiß nicht schicksalsergeben. Nicht, wenn es einem nackten Mann mit einem aufgeklappten Rasiermesser in der Hand gegenübersteht. Paul Berowne war ja nicht alt, kränklich oder schwächlich. Er hätte sich gewehrt. Deshalb kann es sich so nicht abgespielt haben.«
»Konzentrieren Sie sich doch auf die Streichhölzer!«
»Der Täter muß aber nackt gewesen sein, als er den Mord beging. Nackt bis zur Hüfte jedenfalls. Er muß damit gerechnet haben, daß es eine blutige Angelegenheit werden würde. Er durfte nicht riskieren, daß seine Kleidung mit Blut bespritzt wurde. Jetzt hab' ich's! Er schlägt das Opfer bewußtlos. Dann sucht er das Rasiermesser, zieht sich aus und bringt die Sache hinter sich. Er geht in die Toilette, wäscht sich eilends, aber gründlich und kleidet sich an. Jetzt erst verbrennt er den Terminkalender. So kann er sicher sein, daß er auf dem Umschlag oder auf dem Kaminrost keine Blutspritzer hinterläßt. In dieser Reihenfolge muß es sich abgespielt haben. Zum Schluß steckt er, vielleicht aus Gewohnheit, die Zündholzschachtel in die Jackentasche. Das heißt, er war es gewohnt, Streichhölzer bei sich zu haben. Wahrscheinlich war er Raucher. Als er danach zufällig in die Tasche greift und sie findet, ist er bestürzt. Ihm ist klar, daß er sie am Tatort hätte lassen sollen. Warum ist er nicht zurückgekehrt? Wahrscheinlich reichte die Zeit nicht mehr. Oder ihm graute davor.«
»Oder ihm war bewußt, daß die Rückkehr das Risiko erhöhen würde, doch noch gesehen zu werden, einen Hinweis auf seine Person in der Sakristei zu hinterlassen«, meinte Dalgliesh. »Aber nehmen wir an, der Täter hätte die Zündhölzer absichtlich eingesteckt. Was könnte man daraus schließen?«
»Daß die Schachtel einen Hinweis auf ihn geben könnte. Aber das ist doch unwahrscheinlich. Denn er verwendete sicherlich eine ganz gewöhnliche Schachtel, wie man sie überall kaufen kann. Außerdem konnte er nicht ahnen, daß wir das halbverbrannte Zündholz

finden würden. Möglicherweise steckte er die Schachtel ein, weil sie jemand vermissen könnte. Das würde heißen, daß er nicht von seiner Wohnung aus die Kirche aufsuchte. Logisch betrachtet, mußte er von der Villa am Campden Hill Square kommen, wo er den Terminkalender und auch die Zündholzschachtel eingesteckt hatte. Wenn's aber so war, wenn die Streichhölzer aus der Berowne-Villa stammten, hätte er sie doch am Tatort zurücklassen können. Selbst wenn die Schachtel irgendeinen Aufschluß hätte geben können, hätte uns das doch nur zu Berowne geführt. Damit sind wir wieder beim Ausgangspunkt unserer Überlegungen: Es war ein Versehen. Der Täter mußte sie aus Gewohnheit eingesteckt haben.«

»Wenn's so war«, sagte Dalgliesh, »war er möglicherweise nach der anfänglichen Bestürzung nicht weiter beunruhigt. Er dachte wohl, wir würden annehmen, Berowne hätte Streichhölzer aus dem angeketteten Etui genommen oder sie seien mit dem Terminkalender verbrannt. Oder wir würden davon ausgehen, er hätte ein Streichholz aus einem Zündholzheftchen verwandt, wie man es in Hotels oder Restaurants bekommt. Sie sind so kurz, daß sie völlig verbrennen. Obwohl Berowne gewiß nicht zu den Menschen gehörte, die Zündholzheftchen aus Restaurants sammeln, könnte sich der Verteidiger beim Prozeß auf diese Annahme versteifen. Die Zeiten sind nicht mehr so, daß eine Verurteilung aufgrund von Indizien allein durchzusetzen ist, gewiß nicht aufgrund eines halbverbrannten Streichholzes.«

»Wie hat es sich denn Ihrer Meinung nach abgespielt, Sir?« fragte Kate.

»Etwa so, wie Sie's geschildert haben. Wenn Sir Paul von einem nackten, mit einem Rasiermesser bewaffneten Angreifer überfallen worden wäre, hätte es am Tatort wohl anders ausgesehen. Es gibt keinerlei Anzeichen eines Kampfes. Das bedeutet, daß er vorher niedergeschlagen wurde. Danach erledigte der Täter zügig und seiner Sache sicher alles übrige. Er brauchte nicht mal viel Zeit dazu. Ein paar Minuten, um sich zu entkleiden und das Rasiermesser zu suchen. Knapp zehn Sekunden für die Tat selbst. Der Hieb muß nicht einmal heftig gewesen sein. Er war so berechnet, daß er keine sichtbare Verletzung hinterließ. Mir fällt da was anderes ein. Der Täter hätte Berowne auch etwas um den Hals schlingen und ihn so niederringen können. Etwas Nachgiebiges. Einen Schal. Ein Handtuch. Sein Hemd. Etwas, das er als Schlinge gebrauchen konnte. Eine Schnur oder ein Taschentuch.«

»Der Täter mußte allerdings achtgeben, daß er die Schlinge nicht zu fest anzog, daß er sein Opfer nicht erdrosselte. Die Todesursache mußte die durchgeschnittene Kehle sein. Würden nicht ein Halstuch oder ein Taschentuch Würgemale hinterlassen?« fragte Kate.

»Nicht unbedingt. Nach dem Gemetzel wäre nichts zu sehen gewesen. Aber vielleicht erfahren wir nach der für heute nachmittag angesetzten Autopsie mehr.«

Mit einemmal war sie wieder in der kleinen Sakristei, schaute auf den halb abgetrennten Kopf hinab, sah den Tatort deutlich, als hätte sie einen Farbdruck vor sich. Es kam so unverhofft, daß sie keine Zeit hatte, sich darauf einzustellen, Psyche und Muskeln unter Kontrolle zu halten. Ihre Hände umklammerten das Steuerrad so fest, daß die Knöchel weiß anliefen. Einen flüchtigen Augenblick bildete sie sich ein, der Wagen bleibe stehen, sie sei auf die Bremse getreten. Aber sie fuhren zügig auf der Finchley Road dahin. Sonderbar, dachte sie, daß das wiederbelebte Grauen schrecklicher sein kann als die Wirklichkeit. Sie hörte, daß Dalgliesh etwas sagte. Er fragte, ob sie bei der Leichenschau zugegen sein wolle. Normalerweise hätte sie der Vorschlag, den sie als Befehl interpretierte, mit Stolz erfüllt. Sie hätte ihn als weitere Bestätigung, daß sie in seinem Fahnder-Team fest integriert sei, begrüßt. Aber jetzt empfand sie nur Widerwillen, geradezu Abscheu. Trotzdem würde sie dort sein. Es war nicht ihre erste Autopsie. Sie hatte keine Angst, sich zu blamieren. Es würde ihr nicht übel werden. Während ihrer Ausbildung hatte sie öfter gesehen, daß ihren Kollegen im Autopsieraum flau zumute wurde, während man ihr nichts anmerkte. Es war aufschlußreich, einer Leichenschau beizuwohnen, sofern es der Gerichtsmediziner gestattete. Man konnte viel lernen, und sie wollte lernen. Ihre Großmutter und die Sozialbetreuerin erwarteten sie zwar um drei Uhr nachmittags, aber nun mußten sie sich eben gedulden. Sie hatte, wenn auch halbherzig, versucht, ihre Großmutter anzurufen, um ihr zu sagen, daß sie nicht rechtzeitig kommen könne. Im Grunde, redete sie sich ein, sei das nicht notwendig; denn ihre Großmutter ahnte es ohnehin. Nach Dienstende, wenn es nicht allzu spät war, würde sie bei ihr vorbeikommen. Im Augenblick hatten die Toten Vorrang vor den Lebenden.

Doch zum erstenmal seit ihrem Eintritt in die Kripo fragte tief in ihrem Inneren eine argwöhnische Stimme, was ihr Beruf letztlich aus ihr machen werde.

3

Das Krankenhaus, in dem Dr. Miles Kynaston eine Planstelle als Facharzt für Pathologie hatte, benötigte schon seit Jahren einen moderneren Obduktionsraum. Doch die Behausung der Lebenden hatte immer wieder Vorrang vor der Unterbringung der Toten erhalten. Auch wenn Dr. Kynaston darüber schimpfte, vermutete Dalgliesh, daß es ihm im Grunde gleichgültig war. Denn er hatte ja all die Utensilien, die er brauchte. Der gegenwärtige Autopsieraum war seine zwar kärglich ausgestattete, aber wohlvertraute Domäne, in der er sich wohl fühlte wie in einem alten Morgenmantel. Im Grunde wollte er gar nicht in eine geräumigere, unpersönlichere, vielleicht sogar abgelegene Unterkunft abgeschoben werden. Sein gelegentliches Mäkeln war nichts weiter als ein Routineprotest, der die Krankenhausverwaltung darauf aufmerksam machen sollte, daß es die Gerichtspathologische Abteilung auch noch gab.

Aber zuweilen war es tatsächlich unerträglich eng. Auch wenn Dalgliesh und seine Kollegen sich nur gelegentlich – zumeist aus beruflichem Interesse und nicht, weil sie dazu vergattert waren – da aufhielten, so beanspruchten doch die diversen Tatortspezialisten mit all ihren Plastikumschlägen, Flaschen und Glasröhrchen dringend benötigten Platz. Dr. Kynastons Sekretärin, eine dralle Frau mittleren Alters, bekleidet mit einem Twinset und einem Tweedrock, saß eingeengt in einem Winkel, zu Füßen einen prallvollen Lederbeutel. Dalgliesh erwartete jedesmal, daß sie daraus gleich ihr Strickzeug hervorholen würde. Dr. Kynaston, der Tonbandgeräte verabscheute, wandte sich hin und wieder an sie und diktierte ihr seinen Befund mit leisen, genuschelten Worten, die sie ohne weiteres zu verstehen schien. Dr. Kynaston arbeitete stets bei Musik. Musik aus der Barockzeit, Streichquartette, Mozart, Vivaldi, Haydn. Die Klänge, die heute nachmittag ertönten, waren Dalgliesh vertraut, da auch er die Aufnahme besaß. Es war Telemanns

»Concerto F-Dur für drei Violinen«. Dalgliesh hätte gern gewußt, ob die rätselhaft schwermütigen Klänge Dr. Kynaston den benötigten Seelenfrieden verschafften oder ob er so seiner routinemäßigen Herabwürdigung des Todes eine gewisse Weihe verleihen wollte. Aber vielleicht verhielt es sich auch so, daß ihm wie jedem Handwerker die Arbeit bei Musik leichter von der Hand ging.

Verblüfft bemerkte Dalgliesh, daß Massingham und Kate den Blick mit einer Ausdauer auf Dr. Kynastons Hände richteten, als befürchteten sie, ihm sonst irgendwann zufällig in die Augen schauen zu müssen. Dachten sie tatsächlich, daß er die Ausweidung des Toten da mit Berowne in Verbindung brachte? Seine distanzierte Haltung, die ihm längst zur zweiten Natur geworden war, wurde noch verstärkt durch die emotionslose Sachlichkeit, mit der die inneren Organe herausgehoben, untersucht, aufbewahrt und etikettiert wurden. Ihn beschlich das gleiche Gefühl wie damals, als er – ein junger Polizist auf Probe – seiner ersten Leichenschau beigewohnt hatte. Erstaunt wie damals betrachtete er die hellfarbenen Darmschlingen und Schleimhäute, die da in den behandschuhten, blutigen Händen des Gerichtspathologen baumelten, und wunderte sich, daß eine so kleine Leibeshöhlung so viele verschiedene Körperorgane enthalten konnte.

Als sie sich danach im Waschraum die Hände wuschen, Dr. Kynaston aus beruflicher Notwendigkeit, Dalgliesh aus einer Pingeligkeit heraus, die er sich nur schwer erklären konnte, fragte er: »Wann ist nun der Tod eingetreten?«

»Ich habe keinen Grund, meine Schätzung am Tatort zu revidieren. Der früheste Zeitpunkt wäre sieben Uhr abends. Sagen wir: zwischen sieben und neun. Eine präzisere Zeitangabe ist erst möglich, wenn der Darminhalt analysiert ist. Ich habe keinerlei Anzeichen für einen Kampf gefunden. Falls Berowne angegriffen wurde, so hat er sich nicht gewehrt. An der Handfläche waren keine Schnittwunden zu entdecken. Aber das haben Sie ja selbst gesehen. Das Blut an der rechten Handfläche stammt vom Rasiermesser und nicht von Schnitten, die er sich in Notwehr hätte zuziehen können.«

»Vom Rasiermesser oder seiner Halswunde?« fragte Dalgliesh.

»Letzteres ist auch denkbar. Die Handfläche war jedenfalls dicker überkrustet, als man erwarten würde. In beiden Fällen steht die Todesursache einwandfrei fest. Ein technisch sauberer Schnitt oberhalb des Kehlkopfs, der bis auf die Halswirbel ging. Berowne hatte sonst eine robuste Konstitution. Er hätte noch lange leben können, wenn ihm nicht jemand die Kehle durchgeschnitten hätte. Auch Harry Mack war in einer besseren Verfassung, als ich's angenommen habe. Die Leber war zwar angegriffen, aber sie hätte noch etliche Jahre Alkoholmißbrauch durchgestanden, bevor sie ihn endgültig im Stich gelassen hätte. Selbst wenn man im Labor die Kehlkopfgewebeproben noch genauer untersucht, wird Ihnen das nicht viel helfen. An den Wundrändern gibt es keinerlei Anzeichen einer Ligatur. Die Schwellung an Berownes Hinterkopf ist nur oberflächlich. Vermutlich zog er sie sich zu, als er hinfiel.«

»Oder niedergeschlagen wurde«, wandte Dalgliesh ein.

»Oder das. Sie werden den Laborbericht über den Blutfleck abwarten müssen, Adam, bevor Sie weitere Schlüsse ziehen können.«

»Sie können also nicht sagen – selbst wenn der Blutfleck nicht von Harry Mack stammt –, daß Berowne wegen der beiden oberflächlichen Schnittwunden am Hals nicht fähig gewesen wäre, noch zu Harry Mack hinüberzustolpern«, folgerte Dalgliesh.

»Ich könnte sagen, es ist unwahrscheinlich«, erwiderte Dr. Kynaston. »Ich würde aber nicht sagen, daß es unmöglich ist. Die oberflächlichen Schnittwunden sind nicht ausschlaggebend. Erinnern Sie sich doch an den Fall, den Simpson in seinem Handbuch erwähnt! Der Selbstmörder, der sich fast den Kopf abgetrennt hatte, blieb immerhin so lange bei Bewußtsein, daß er den Ambulanzfahrer mit einem Fußtritt die Treppe hinunterbefördern konnte.«

»Aber warum sollte Berowne, nachdem er Harry umgebracht hatte, noch zurück zum Bett torkeln, um sich selbst den Rest zu geben?«

»Eine völlig normale Assoziationskette: Bett, Schlaf, Tod. Warum sollte er, falls er beschlossen hatte, im Bett zu sterben, davon abrücken, nur weil er vorher noch diesen Harry Mack umbringen mußte?«

»Aber das war doch gänzlich unnötig. Ich kann mir nicht vorstellen, daß Harry ihn noch rechtzeitig am tödlichen Schnitt hätte hindern können. Das widerspricht doch der Lebenserfahrung.«

»Oder es widerspricht Ihrer Vorstellung von Paul Berowne.«

»Beidem. Nein, das war ein Doppelmord, Miles.«

»Ich glaub's Ihnen, aber das wird schwer zu beweisen sein. Und mein Untersuchungsbericht wird Ihnen nicht viel helfen. Ein

Selbstmord ist immer eine höchst intime, deswegen auch unbegreifliche Handlung, meist unerklärlich, da der Hauptdarsteller keine Erklärungen mehr abgeben kann.«
»Es sei denn«, warf Dalgliesh ein, »er hinterläßt einen Abschiedsbrief. Falls sich Berowne tatsächlich zum Selbstmord entschlossen hatte, hätte ich von ihm ein paar Abschiedszeilen, eine Erklärung erwartet.«
»Daß Sie nichts gefunden haben, heißt noch lange nicht, daß er nichts Schriftliches hinterlassen hat«, entgegnete Dr. Kynaston vieldeutig.
Daraufhin streifte er neue Handschuhe über und zog die Schutzmaske über Mund und Nase. Eine weitere Leiche wurde hereingeschoben. Dalgliesh blickte auf seine Uhr. Massingham und Kate konnten zurück zum Yard fahren und den anfallenden Papierkram erledigen. Er selbst hatte noch eine Verabredung. Nach all den Widrigkeiten brauchte er etwas Abwechslung, etwas Aufmunterung in einer behaglichen Atmosphäre. Informationen konnte man auch auf angenehmere Weise erhalten als durch Ermittlungen. Deswegen hatte er am Vormittag Conrad Ackroyd angerufen und war von dem Verleger und Herausgeber der *Paternoster Review* zum Tee eingeladen worden.

4

Conrad und Nellie Ackroyd bewohnten in St. John's Wood eine hübsche, stuckverzierte Villa im edwardischen Stil, deren Garten an den Kanal grenzte. Das Haus, das angeblich Edward VII. für eine seiner Geliebten bauen ließ, hatte Nellie Ackroyd von einem unverheirateten Onkel geerbt. Conrad Ackroyd, der seine Stadtwohnung über der Redaktion der *Paternoster Review* vor drei Jahren gleich nach ihrer Heirat aufgegeben hatte, war mitsamt seinen Büchern und sonstigen Besitztümern eingezogen und hatte sein Leben Nellies Vorstellung von Komfort und Häuslichkeit angepaßt. Obgleich sie eine Hausangestellte hatten, nahm er Dalgliesh an der Tür selbst in Empfang, wobei seine dunklen Augen erwartungsvoll leuchteten wie die eines Kindes.

»Komm rein, komm rein! Wir ahnen schon, warum du kommst, lieber Adam. Es geht um meinen kleinen Artikel in der *Paternoster Review*. Ich bin nur froh, daß du nicht auch noch einen Kollegen mitgebracht hast. Wir sind zwar willens, der Polizei bei ihren Ermittlungen zu helfen – wie du es so taktvoll umschreibst –, wenn du einen Verdächtigen geschnappt hast und ihm die Arme auf den Rücken drehst, aber ich sträube mich dagegen, einem weiteren schwergewichtigen Gesetzeshüter, der mir die Sofafederung ruiniert, all meine Gürkchensandwiches wegißt und nebenbei noch meine Worte notiert, gleichfalls nachmittags Tee zu servieren.«
»Spaß beiseite, Conrad. Diesmal geht's um Mord.«
»So? Es gibt da ein Gerücht – wirklich nur ein Gerücht –, daß Paul Berowne sich selbst ins Jenseits befördert hat. Ich bin erfreut, daß das nicht stimmt. Ein Mord ist weitaus interessanter und auch weniger deprimierend. Ich finde es rücksichtslos, wenn ein Freund Selbstmord begeht – als wollte er ein gutes Beispiel geben. Aber das hat alles Zeit. Zuerst gibt's Tee . . . Nellie, Darling!« rief er nach oben. »Adam ist da.«
Als er in den Salon vorausging, kam Dalgliesh zu dem Schluß, daß er seit ihrer ersten Begegnung keinen Tag älter geworden sein konnte. Wegen seines runden, pausbäckigen Gesichts hätte man ihn durchaus feist nennen können. Aber er hatte straffe Muskeln und bewegte sich mit der Geschmeidigkeit eines Tänzers. Conrad hatte kleine Augen, die etwas schräg standen. Wenn ihn etwas belustigte, zwickte er sie zusammen, bis man nur noch einen länglichen Hautwulst sah. Was an seinem Gesicht am meisten auffiel, war, daß er seine genießerisch geschwungenen Lippen nicht stillhalten konnte. Er konnte sie mißbilligend zusammenpressen, wie ein enttäuschtes oder angewidertes Kind umstülpen oder dehnen und wölben, wenn er lächelte. Seine Lippen waren ständig in Bewegung. Selbst wenn er mit sich und der Welt im reinen war, mümmelte er mit ihnen, als koste er den Geschmack seiner Zungenspitze.
Nellie hingegen war ganz anders: schlank, blond und um gut zehn Zentimeter größer als er. Sie hatte ihr langes blondes Haar zu einem dicken Zopf geflochten, den sie nach der Mode der Zwanziger zu einer Art Krone zusammengesteckt hatte. Ihre Tweedröcke waren zwar raffiniert geschnitten, aber stets länger, als es seit fünfzig Jahren modisch war. Darüber trug sie meistens eine

locker sitzende Strickjacke. Die hochhackigen Schuhe liefen spitz zu und wurden geschnürt. Sie erinnerte Dalgliesh an eine der Sonntagsschullehrerinnen seines Vaters, deren Doppelgängerin sie hätte sein können. Er hatte Miss Mainwaring gemocht. Vor zwanzig Jahren war sie an Krebs gestorben und ruhte seitdem auf einem Friedhof in Norfolk. Er mochte auch Nellie Ackroyd.

Nellies und Conrads Heirat hatte ihre Freunde verblüfft und ihren wenigen Feinden Anlaß zu lüsternen Spekulationen geboten. Aber wann immer Dalgliesh mit ihnen zusammen war, zweifelte er nicht an ihrem gemeinsamen Glück. Conrad Ackroyd hatte den Ruf, im Privatleben einer der liebenswürdigsten Menschen von ganz London zu sein. Seine Opfer dagegen waren der Ansicht, daß er sich dergleichen auch leisten könne. Denn mit einer einzigen Ausgabe der *Paternoster Review* wurde er soviel Bosheit los, daß es einem anderen zeit seines Lebens genügt hätte. Die Buchbesprechungen und Theaterkritiken waren stets geistvoll und unterhaltsam, bisweilen brillant und gelegentlich auch grausam, und alle – außer den Opfern – genossen diese im Abstand von zwei Wochen erscheinenden Sticheleien. Die *Paternoster Review* schützte weiterhin die Anonymität der Rezensenten, selbst als das *Times Literary Supplement* diese Praxis änderte. Conrad Ackroyd vertrat den Standpunkt, daß kein Rezensent, mochte er noch so honorig und unparteiisch sein, sich rückhaltlos ehrlich ausdrücken würde, wenn er seinen Beitrag namentlich kennzeichnete. Mit dem großherzigen Eifer eines Verlegers, der genau weiß, daß ihm wohl kaum jemand eine gerichtliche Verfügung ins Haus schicken wird, sicherte er sich das Vertrauen seiner Mitarbeiter. Dalgliesh vermutete überdies, daß die bissigsten Besprechungen von Ackroyd selbst stammten, vielleicht sogar unter Mithilfe seiner Frau.

Jedesmal wenn er sie traf, beeindruckte es ihn, wie sehr die zwei in ihrer harmonischen Ehe einander genügten und stützten. Wenn es so etwas wie eine abgeklärte Ehe gab, dann führten sie eine. Sie war eine exzellente Köchin; er aß für sein Leben gern. Sie liebte es, andere zu pflegen; er litt allwinterlich an einer nicht weiter beunruhigenden Bronchitis und gelegentlichem Kopfweh, was seine leichte Hypochondrie noch verstärkte, während sie überglücklich war, ihm mit Brusteinreibungen und Inhalationen Linderung verschaffen zu können. Selbst Dalgliesh, der sich für das Sexualleben seiner Freunde sonst nicht im geringsten interessierte, fragte sich hin und wieder, ob die beiden ihre Ehe überhaupt je vollzogen hatten. Im großen und ganzen neigte er dazu, die Frage zu bejahen. Conrad war ein gesetzestreuer Mensch. Zumindest in den Flitterwochen mußte er einmal die Augen geschlossen und an England gedacht haben. Doch nach diesem laut staatlichem wie auch kirchlichem Gebot notwendigen Opfer hatten sie sich den wichtigeren Aspekten des Ehestandes gewidmet, der Ausschmückung ihres Heims und dem Zustand von Conrads Bronchien.

Dalgliesh war nicht mit leeren Händen gekommen. Nellie war eine passionierte Sammlerin von Mädchenbüchern aus den zwanziger und dreißiger Jahren. Vor Monaten hatte Dalgliesh in einem Antiquariat in Marylebone eine Erstausgabe gefunden. Aus der Tatsache, daß er nicht wußte, wann und wo es gewesen war, konnte er schließen, wie lange er die Ackroyds nicht mehr getroffen hatte.

Er überreichte Nellie nun sein Mitbringsel und gab ihr den üblichen keuschen Kuß auf die Wange, der mittlerweile selbst unter flüchtigen Bekannten zur Konvention geworden war.

»Für dich«, sagte er.

Nellie Ackroyd entfernte die Hülle und stieß einen Freudenschrei aus. »Was für ein hübsches Buch, Adam! Und noch so gut erhalten! Wo hast du es nur aufgestöbert?«

»In der Church Street, glaube ich. Ich bin froh, daß du es nicht schon hast.«

»Nach dieser Ausgabe suche ich seit Jahren. Sie vervollständigt meine Sammlung aus den Zwanzigern. Conrad, schau mal, was Adam mitgebracht hat!«

»Sehr aufmerksam von dir, alter Junge ... Ah, da kommt der Tee.«

Die ältliche Haushälterin trug ein Tablett herein und setzte es behutsam vor Nellie Ackroyd ab. Es war ein üppiger Imbiß: dünne, rindenlose Butterbrote, Gürkchensandwiches, selbstgebackene Krapfen mit Schlagrahm und Marmelade, eine Obsttorte. All das erinnerte Dalgliesh an die Teegesellschaften im elterlichen Pfarrhaus: Kollegen seines Vaters und ehrenamtliche Gemeindehelfer balancieren randvolle Teetassen im altertümlichen, aber behaglichen Salon seiner Mutter, während er wohlerzogen die Platten herumreicht. Merkwürdig, schoß es ihm durch den Kopf, daß der Anblick einer bunten Platte mit dünn geschnittenen Butterbroten soviel

Heimweh und Traurigkeit wecken kann. Während er Nellie zusah, wie sie bedächtig die Henkel an den Tassen in die gewünschte Richtung drehte, dachte er, daß beider Leben von einem geradezu rituellen Tagesablauf bestimmt wurde: frühmorgens eine Tasse Tee, abends eine Tasse Kakao oder ein Glas Milch, die Bettdecke einladend zurückgeschlagen, Nachthemd und Pyjama bereitgelegt. Mittlerweile war es Viertel nach fünf geworden. Bald würde der Herbsttag dem dunklen Abend weichen. Und die kleine, typisch englische Teezeremonie sollte den Frust und Ärger des Nachmittags vergessen machen. Was ihm demonstriert wurde, waren Ordnung, Routine, Gewohnheit, die einer wirren Welt trotzten. Er war sich nicht sicher, ob er so leben möchte. Aber als Gast fand er es heimelig und machte sich nicht darüber lustig. Schließlich hatte er auch so seine Tricks, mit denen er sich die Wirklichkeit vom Leibe hielt.

»Wenn ich an den Artikel in der *Paternoster Review* denke«, sagte er, »kann ich nur hoffen, daß du aus deiner Zeitschrift kein Revolverblatt machen willst.«

»Wo denkst du hin! Aber die Leute lieben nun mal hin und wieder etwas Klatsch. Ich überlege mir sogar, ob ich in unserer neuen Kolumne ›Worüber man spricht‹ dich auch einmal erwähnen soll. Adam Dalgliesh, Dichter und Detektiv, speist mit einer gewissen Cordelia Gray im ›Mon Plaisir‹.«

»Deine Leser müssen schon ein ödes Leben führen, wenn sie sich daran aufgeilen können, daß eine junge Frau und ich ganz tugendhaft eine *Canard à l'orange* verdrücken.«

»Wenn eine hübsche, junge Frau mit einem Mann diniert, der zwanzig Jahre älter ist als sie, ist das für unsere Leser allemal interessant. Das gibt ihnen Hoffnung . . . Du siehst gut aus, Adam. Der neue Abenteuertrip scheint dir zu behagen. Deine neue Aufgabe, meine ich. Bist du nicht Leiter des diskreten Sonderdezernats?«

»So was gibt's nicht.«

»Ich nenne es so. Bei der Metropolitan Police trägt es wohl die Bezeichnung C3A oder einen ähnlich langweiligen Namen. Dennoch – wir wissen davon. Wenn mal der Premierminister und der Vorsitzende der Sozialdemokratischen Partei bei Koalitionsgesprächen mit ihrem Dinner zufällig eine Überdosis Arsen schlucken und der Kardinal-Erzbischof von Canterbury vom Tatort hinwegschleicht, sollen nicht die Jungs vom CID eingeschaltet werden und mit ihren dreckigen Schuhen die kostbaren Teppiche versauen. Deswegen bildete man das neue Dezernat, ist es nicht so?«

»Ein zwar faszinierendes, aber unwahrscheinliches Szenario. Was hältst du davon: Der Herausgeber einer Literaturzeitschrift zu Tode geprügelt aufgefunden – und ein schon etwas älterer Kripobeamter stiehlt sich davon? Was war der Anlaß zu dem Artikel über Paul Berowne, Conrad?«

»Eine anonyme Mitteilung. Du brauchst gar nicht so angewidert dreinzuschauen! Wir wissen doch, daß eure Leute in Pubs herumlungern und das Geld von uns Steuerzahlern irgendwelchen Ex-Knackis für Informationen von höchst zweifelhaftem Wert in den Rachen werfen. Ich kenne mich mit Informanten aus. Nur daß ich sie nicht bezahlen muß. Ich bekam die Information gratis mit der Post.«

»Wer hat sie sonst noch erhalten?«

»Die Klatschkolumnisten von drei Tageszeitungen. Sie warten vorläufig noch ab.«

»Klug von ihnen. Du bist der Sache selbstverständlich nachgegangen?«

»Selbstverständlich! Das heißt, Winifred hat's getan.«

Winifred Forsythe war zwar offiziell bloß Conrads Assistentin, aber es gab nur wenige redaktionelle Aufgaben, die sie nicht ausführen konnte. Es wurde sogar gemunkelt, daß sich das Blatt nur aufgrund von Winifreds Geschäftssinn in der Gewinnzone halten konnte. Sie hatte das Auftreten und die resolute Stimme einer viktorianischen Gouvernante, einer ehrfurchtgebietenden Dame, die es gewohnt war, ihren Kopf durchzusetzen. Vielleicht lag es an der urtümlichen Angst vor weiblicher Autorität, daß kaum jemand gegen sie aufzumucken wagte. Wenn Winifred etwas erfahren wollte, erfuhr sie es auch. Zuweilen wünschte sich Dalgliesh, sie gehörte zu seinen Mitarbeitern.

»Zuerst rief sie in der Berowne-Villa an und fragte nach Diana Travers«, erzählte Conrad Ackroyd. »Eine Frau war am Apparat. Aber nicht Lady Berowne und auch nicht Lady Ursula. Es war entweder das Dienstmädchen oder die Haushälterin. Winifred meinte, sie hätte nicht wie eine Sekretärin gesprochen, hätte nicht den üblichen schnippischen Tonfall gehabt. Wahrscheinlich war's doch die Haushälterin. Als sie die Frage hörte, war sie erst mal still und schnaufte schwer. Dann sagte sie: ›Miss Travers ist nicht mehr im Haus. Sie hat gekündigt.‹ Als Winifred wissen wollte, ob sie eine Adresse hinterlassen hätte, sagte die Frau ›Nein!‹ und legte auf. So kann man das nicht machen. Wenn die Berownes schon vertuschen wollten, daß diese Travers bei ihnen gearbeitet hatte, hätten sie die Haushälterin besser instruieren sollen. Im offiziellen Untersuchungsbericht ist nicht die Rede davon, daß Miss Travers bei den Berownes beschäftigt gewesen war. Auch sonst scheint bisher noch niemand auf diese Tatsache gestoßen zu sein. Folglich sah es so aus, als hätte unser Informant zumindest in einer Beziehung recht gehabt. Miss Travers war in der Berowne-Villa keine Unbekannte.«

»Und was kam dann?« fragte Dalgliesh.

»Winifred machte sich auf den Weg zum ›Black Swan‹. Ich muß zugeben, daß ihr Vorwand nicht eben überzeugend war. Sie sagte, wir hätten die Absicht, einen Artikel über die bedauerlichen Menschen zu schreiben, die unlängst in der Themse ertrunken sind. Wir rechneten fest damit, daß die Leute dort nichts von der *Paternoster Review* wußten und uns folglich nicht auf die Schliche kommen würden. Trotzdem waren sie alle sehr auf der Hut. Der Besitzer – wie heißt er doch gleich? Er hat einen französischen Namen –, er war jedenfalls nicht da, als Winifred auftauchte. Aber die Angestellten, mit denen sie sprach, waren gut gedrillt. Schließlich sieht es kein Restaurantbesitzer gern, wenn jemand auf seinem Grund und Boden sein Leben aushaucht. Zwar sind wir alle mitten im Leben vom Tod umfangen, aber niemand rechnet damit, daß es auch mitten in einem Dinner geschehen könnte. Unglückselige Hummer lebend in kochendes Wasser werfen – wie kann man ernstlich glauben, sie würden nichts spüren? –, dagegen ist nichts einzuwenden. Aber peinlich wird's, wenn Gäste in Lokalnähe ertrinken. So würden die Leute urteilen, auch wenn die Themse nicht ihm gehört. Sie fließt eben viel zu nahe vorbei. Von dem Augenblick an, da einer von den jungen Leuten, mit denen diese Diana Travers zusammen war, tropfnaß hereinkam und verkündete, Diana sei ertrunken, versuchte der Lokalbesitzer mitsamt seinen Angestellten, die Sache zu vertuschen. Und ich muß sagen, sie haben's nicht schlecht gemacht.«

Dalgliesh erwähnte nicht, daß er die einschlägigen Polizeiberichte

schon gelesen hatte. »Wie hat sich die Sache abgespielt?« fragte er. »Hat es Winifred herausgefunden?«
»Diese Diana Travers erschien mit fünf jungen Leuten. Es waren Leute vom Theater, soviel ich weiß. Oder sie haben zumindest entfernt etwas damit zu tun. Nach dem Dinner waren sie ziemlich aufgekratzt und gingen hinunter zum Flußufer, wo sie weiter herumalberten. Im ›Black Swan‹ wird so was nicht gern gesehen. Man toleriert es, wenn ein junger Viscount, der einflußreiche Freunde hat, mit von der Partie ist. Aber diese Leute waren für ein solches Nachsehen weder reich noch adlig noch berühmt genug. Der Besitzer überlegte schon, ob er sie diskret zurechtweisen sollte, als sie schließlich weiter stromabwärts zogen und somit außer Hörweite gerieten.«
»Die Rechnung hatten sie sicherlich schon beglichen?« erkundigte sich Dalgliesh.
»Selbstverständlich. Wie es sich gehört.«
»Wer hat denn gezahlt?«
»Das könnte dich überraschen. Es war Dominic Swayne, Barbara Berownes Bruder. Er hatte die Leute eingeladen, den Tisch reserviert und dann auch die Rechnung bezahlt.«
»Der junge Mann muß 'ne Menge Geld haben, wenn er im ›Black Swan‹ fünf Leute bewirten kann«, meinte Dalgliesh. »Warum nahm er nicht an der Geburtstagsfeier seiner Schwester teil?«
»Das ist eine Frage, die die Restaurantangestellten nicht hätten beantworten können, meinte Winifred. Aber sie nahm an, daß Dominic Swayne die Leute für denselben Abend eingeladen hatte, um seine Schwester oder ihren Begleiter in Verlegenheit zu bringen.«
Dieser Gedanke war auch Dalgliesh schon gekommen. Er dachte an den Polizeibericht. Es waren sechs Leute gewesen: Diana Travers, Dominic Swayne, zwei Schauspielschülerinnen, deren Namen ihm entfallen waren, Anthony Baldwin, ein Bühnenbildner, und eine gewisse Liza Galloway, die am City College Bühnenmanagement studierte. Keiner war vorbestraft. Es hätte ihn auch erstaunt, wenn es anders gewesen wäre. Keiner von ihnen war von den Beamten vom Thames-Valley-Revier erkennungsdienstlich überprüft worden, was gleichfalls nicht überraschte. Denn an dem Tod von Diana Travers war nichts, was, zumindest oberflächlich gesehen, Verdacht

hätte wecken können. Sie war nackt in die Themse gesprungen und an einem warmen Sommerabend in vier Meter tiefem, schilfgesäumtem Wasser, ohne großes Aufsehen zu erregen, ertrunken.

»Die jungen Leute«, fuhr Ackroyd fort, »waren offensichtlich so feinfühlig – vom Standpunkt des Restaurantpersonals betrachtet –, die mit Schlingpflanzen behangene Leiche nicht durch die Terrassentür ins Lokal zu schleppen. Die Seitentür, die zum Küchentrakt führt, war am nächsten. Durch sie rannten die Mädchen nun hinein und verkündeten völlig durcheinander, daß jemand aus ihrer Gruppe ertrunken sei. Dieser Baldwin bewahrte als einziger einen kühlen Kopf und versuchte, ohne viel Erfolg, Diana Travers durch Mund-zu-Mund-Beatmung wiederzubeleben. Der Küchenchef lief dann nach draußen und mühte sich gleichfalls, bis der Unfallwagen eintraf. Aber da war sie schon mausetot. Sie war vermutlich schon tot, als sie sie an Land zogen. Aber das weißt du sicherlich schon. Sag mir bloß nicht, daß du den Untersuchungsbericht nicht gelesen hast.«

»Hat sich Winifred schon erkundigt, warum Paul Berowne an jenem Abend nicht anwesend war?« fragte Dalgliesh.

»Ja, das hat sie. So diskret, wie nur sie es sein kann. Offenbar wurde auch er erwartet. Aber irgendwelche Amtsgeschäfte machten es ihm unmöglich, am Dinner teilzunehmen. Er gab an, er würde später zum Kaffee kommen. Doch kurz vor zehn teilte er dann telefonisch mit, die Sache ziehe sich hin und er könne leider nicht erscheinen. Interessant ist allerdings, daß er doch dagewesen ist... Zumindest ist sein Wagen gesehen worden.«

»Wie hat Winifred das nur herausgefunden?«

»Mit Spürsinn und einer Portion Glück. Du weißt doch, wo der Parkplatz vom ›Black Swan‹ ist?«

»Nein, ich bin nie dort gewesen. Jetzt wird's spannend. Los, erzähl!«

»Da der Restaurantbesitzer den Lärm ankommender und abfahrender Autos als störend empfindet, was ich ihm nicht verdenken kann, liegt der Parkplatz gut fünfzig Meter vom Lokal entfernt und ist zudem noch von einer hohen Buchenhecke umgeben. Es gibt keinen Angestellten, der die Wagen parkt. Vermutlich käme das den Lokalbesitzer zu teuer. Die Gäste legen die fünfzig Meter zu Fuß zurück. Und wenn's regnet, lädt der Gastgeber eben seine Gäste vorm Lokal ab. Der Parkplatz ist also etwas abgelegen. Hin und wieder sieht der Portier nach dem Rechten. Winifred dachte sich nun, daß Berowne da wohl kaum seinen Wagen abstellen würde, nachdem er telefonisch mitgeteilt hatte, er werde nicht kommen. Denn wenn einer der Gäste die Geburtstagsfete früher verließ, würde er den Wagen erkennen. Sie forschte also in den Häusern weiter unten an der Straße nach. Kurz vor der Einfahrt in die A3 ist eine Art Parkbucht. Abseits davon liegt eine kleine Farm. Sie erkundigte sich auch da.«

»Unter welchem Vorwand?«

»Sie gab an, sie sei eine Privatdetektivin, die nach einem gestohlenen Wagen suche. Die Leute sind meistens gesprächig, wenn man mit der nötigen Entschiedenheit auftritt. Aber das weißt du doch am besten, lieber Adam.«

»Und sie hatte Glück?« fragte Dalgliesh.

»Richtig. Dem vierzehnjährigen Farmerssohn, der in seinem Zimmer über seinen Schularbeiten saß, war ein schwarzer Rover aufgefallen. Alle Jungen interessieren sich für Autos. Er war sicher, daß es diese Automarke war. Um etwa zehn Uhr erschien der Wagen und stand noch immer an derselben Stelle, als er zu Bett ging.«

»Hat er sich die Autonummer gemerkt?«

»Nein. Dazu hätte er das Haus verlassen müssen. So neugierig war er nun auch wieder nicht. Ihm ist aufgefallen, daß in dem Wagen nur ein Mann saß. Er parkte den Wagen, schloß ihn ab und schlenderte zum ›Black Swan‹. Es ist keineswegs ungewöhnlich, daß die Leute da ihren Wagen parken. Aber zumeist sind es Liebespärchen, die nicht aussteigen.«

»Konnte er den Mann beschreiben?«

»Nur ungefähr. Aber seiner Schilderung nach hätte es Berowne durchaus sein können. Mir genügte es, daß es sein Wagen war, daß Berowne dort gewesen sein mußte. Ich gebe gern zu, daß das noch kein Beweis ist. Es war zehn Uhr nachts, als ihn der Junge beobachtete. Außerdem stehen da keine Straßenlaternen. Ich könnte nicht behaupten, daß er sich im ›Black Swan‹ aufhielt, als Diana Travers ertrank. Du wirst meinem Artikel entnommen haben, daß ich das auch nicht ausdrücklich behauptet habe.«

»Hast du den Artikel vor dem Druck von deinen Anwälten begutachten lassen?«

»Aber ja! Sie waren zwar nicht begeistert, mußten aber einräumen, daß er keine üble Nachrede enthielt. Er beruhte ausschließlich auf Fakten. Wie all unsere Klatschgeschichten.«
Und Klatsch, dachte Dalgliesh, ist eine Ware wie vieles andere. An solche Informationen kam man nur heran, wenn man dafür etwas zu bieten hatte. Conrad Ackroyd, einer der berüchtigtsten Klatschkolporteure von ganz London, war bekannt für seine penible Genauigkeit. Er sammelte intime Informationen wie andere Männer diverse Schrauben oder Nägel. Für die gerade anliegende Arbeit brauchte man sie vielleicht gar nicht, aber irgendwann wären sie bestimmt von Nutzen. Außerdem genoß er die Macht, die ihm Klatsch verlieh. Vielleicht reduzierte er die riesige, überbordende Stadt auf übersehbare Bereiche, auf ein paar hundert Leute, die in Ackroyds Welt etwas zählten und ihm die Illusion verschafften, er würde in einem abgekapselten Dorf leben, das ihm zwar vertraut, aber dennoch mannigfaltig und recht aufregend war. Außerdem war er nicht gehässig. Er mochte die Menschen und tat seinen Freunden gern einen Gefallen. Wie eine Spinne hockte er in seinem Arbeitszimmer und spann seine Kontaktfäden. Deshalb lag ihm viel daran, daß ihn zumindest ein Faden mit einem ranghohen Kripobeamten verband, wie ihn auch schon andere, stärkere, mit der Parlamentslobby, der Welt des Theaters, den Starärzten in der Harley Street und den exklusiven Juristenkreisen verknüpften. Dalgliesh wußte, daß Conrad ohne weiteres eine seiner Quellen anzapfen würde, um ihm mit irgendwelchen Informationen weiterzuhelfen. Jetzt schien ihm die Zeit dafür gekommen.
»Was weißt du über diesen Dr. Stephen Lampart?« fragte er.
»Nicht viel, da mich die Natur gnädigerweise vor der Erfahrung einer Geburt verschont hat. Zwei unserer Bekannten haben in Pembroke Lodge, seiner Privatklinik in Hampstead, entbunden. Alles verlief glatt, und der Erbe eines Herzogtitels und ein künftiger Bankier erblickten das Licht der Welt. Jungen, die nach einer Reihe von Töchtern dringend erwünscht waren. Dr. Lampart hat als Gynäkologe einen guten Ruf.«
»Hat er Frauengeschichten?«
»Aber Adam! Wie neugierig du doch bist! Als Gynäkologe ist er gewissen Versuchungen ausgesetzt. Und Frauen sind nun mal allzugern bereit, ihre Dankbarkeit auf die Weise zu zeigen, die für

manche von den armen Dingern die einzige ist, die sie kennen. Aber er weiß sich zu wehren, nicht nur, was sein Liebesleben angeht. Vor acht Jahren führte er einen Prozeß wegen übler Nachrede. Vielleicht erinnerst du dich noch daran? Mickey Case, ein Journalist, der irgendwelchen Gerüchten aufsaß, behauptete, Lampart hätte in Pembroke Lodge eine illegale Abtreibung vorgenommen. Damals war man nicht so liberal wie heute. Lampart klagte und erhielt auch eine finanzielle Entschädigung, die Mickey ruinierte. Seitdem ist Lampart nicht mehr ins Gerede gekommen. Nichts schützt einen sicherer vor übler Nachrede als der Ruf, prozeßfreudig zu sein. Man hört zwar gelegentlich, daß er und Barbara Berowne sich näherstehen, als es zwischen Vetter und Cousine üblich ist, aber dafür gibt es keinerlei Beweise. Ihre Diskretion ist bewundernswert. Und wenn es darauf ankam, spielte Barbara Berowne den Part der schönen Ehefrau eines Parlamentsabgeordneten, die ihren Mann bewundert, perfekt. Allerdings wurde er ihr nicht oft abverlangt. Paul Berowne war kein geselliger Mensch. Hin und wieder eine Dinner-Party, die üblichen Festivitäten in seinem Wahlkreis, Klinkenputzen, um Spenden zu ergattern. Merkwürdig ist, daß Lampart es sich zu seiner Lebensaufgabe gemacht hat, Kindern zum Eintritt in unsere Welt zu verhelfen, obwohl er privat Kinder nicht mag. Das kann ich ihm jedoch nachfühlen. Bis zu einem Monat sind sie reizend. Danach kann man Kindern nur zugute halten, daß sie allmählich heranwachsen. Lampart sorgte vor, um nicht Vater zu werden. Er entschloß sich zu einer Vasektomie.«

»Wie hast du das bloß erfahren, Conrad?«

»Mein lieber Adam, das ist kein großes Geheimnis. Viele Männer geben damit an. Nachdem er sich auf diese Art hatte sterilisieren lassen, lief er mit einer dieser gräßlichen Krawatten herum, die dafür Werbung machen. Etwas vulgär, das gebe ich zu, aber Lampart hat nun mal einen kleinen Hang zum Vulgären. Mittlerweile kann er seine Vulgarität besser zügeln. Die Krawatte liegt zweifellos längst in einer Schublade zusammen mit weiteren Erinnerungsstücken aus seiner Vergangenheit.«

Das war tatsächlich eine Information, die sie weiterbringen konnte, dachte Dalgliesh. Wenn Barbara Berowne schwanger war, Lampart sie aber nicht geschwängert haben konnte, wer kam dann in Frage? Hätte Berowne, wenn er es war und auch davon gewußt hatte, sich umgebracht? Die Geschworenen würden kaum zu dieser Annahme neigen. Für Dalgliesh, der an die Möglichkeit eines Selbstmordes nie so recht geglaubt hatte, war es nicht weiter wichtig. Aber der Staatsanwalt konnte mit dieser Tatsache etwas anfangen, falls sie den Täter aufspürten und es zu einem Prozeß kam.

»Wie bist du mit Lady Ursula, diesem alten Drachen, zurechtgekommen?« fragte Ackroyd. »Bist du ihr schon früher mal begegnet?«

»Noch nie. Privat komme ich höchst selten mit der Tochter eines Earls zusammen, und beruflich war's jetzt das erstemal. Was kannst du mir über sie sagen?«

»Was die Leute, vor allem Angehörige ihrer Generation, am meisten interessiert, ist, warum sie Sir Henry geheiratet hat. Ich kenne jetzt die Antwort, bilde ich mir ein. Darauf gekommen bin ich von selbst. Du kannst sagen, daß meine Ansicht banal ist, aber deswegen ist sie nicht falsch. Sie erklärt zumindest, warum so viele schöne Frauen ganz unscheinbare Männer heiraten. Eine schöne Frau – ich meine wirklich schön, nicht hübsch – hat zwiespältige Gefühle, was ihr Aussehen angeht. Sie weiß, daß das ihr wichtigstes Attribut ist. So ist es doch. Aber sie mißtraut dem auch. Sie weiß, wie flüchtig Schönheit ist. Sie merkt ja, wie sie langsam schwindet. Deswegen möchte sie wegen einer anderen Eigenschaft geliebt werden, die sie meistens nicht besitzt. Als nun Lady Ursula all der aufdringlichen jungen Männer überdrüssig wurde, die um sie herumscharwenzelten und sie mit Komplimenten überhäuften, schnappte sie sich den guten alten Henry. Denn der liebte sie hingebungsvoll schon seit Jahren und würde es auch bis zu seinem Tode tun, obgleich ihm gar nicht so richtig bewußt war, daß er die meistbewunderte Schönheit von England errungen hatte. Allem Anschein nach verlief alles bestens. Sie schenkte ihm zwei Söhne und war ihm mehr oder minder treu. Und nun steht sie mit leeren Händen da. Der angestammte Adelstitel ihrer Familie erlosch, als ihr einziger Bruder 1917 fiel. Und jetzt das noch. Sie könnte nur hoffen, daß Barbara schwanger ist und einen Erben zur Welt bringt, was freilich unwahrscheinlich ist.«

»Ist nicht das Erlöschen des Baronettitels der unwichtigste Aspekt der Tragödie?« fragte Dalgliesh.

»Keineswegs. So ein Adelstitel, zumal ein alter, verleiht einem das

beruhigende Gefühl, die Sippe würde fortbestehen, man sei gewissermaßen unsterblich. Erst wenn man ihn verliert, begreift man, daß alle Menschen zu Staub werden. Ich gebe dir einen Rat, Adam. Unterschätze bloß Lady Ursula nicht!«
»Da sehe ich keine Gefahr. Hast du Paul Berowne jemals getroffen?«
»Nein. Ich kannte seinen Bruder, wenn auch nicht besonders gut. Ich lernte ihn kennen, als er sich mit Barbara Swayne verlobte. Hugo Berowne war ein wandelnder Anachronismus, eher ein schneidiger Offizier, wie es sie im Ersten Weltkrieg gab, denn ein moderner Kriegstechniker. Man konnte sich gut vorstellen, wie er ungehalten mit seinem Offiziersstöckchen gegen seine Khaki-Reithosen klopft und einen Säbel mit sich herumschleppt. Von Männern seines Schlags erwartet man, daß sie getötet werden. Sie sind dazu geboren. Wenn nicht, was, um alles in der Welt, sollten sie im hohen Alter mit ihrem Leben anfangen? Hugo war selbstverständlich der Lieblingssohn. Er war ein Mann von der Art, die seine Mutter verstand, die ihr von klein auf vertraut war. Gutaussehend, schneidig, charmant. Für Paul Berowne begann ich mich erst zu interessieren, als wir uns zu dem Artikel entschlossen. Deswegen muß ich zugeben, daß der Großteil meiner Informationen aus zweiter Hand stammt. Paul Berownes private Tragödie liegt zum Teil darin begründet, daß er aufgrund eines unerklärlichen Hangs zur weiblichen Schönheit der Mann einer ziemlich törichten Frau wurde.«
»Wenn man Barbara Berowne sieht, scheint einem dieser Hang nicht so unbegreiflich.«
»Mag sein. Ich bin nur froh, daß ich gegen diesen Zauber gefeit bin, auch gegen den Besitztrieb, der damit verbunden ist. Schönheit mindert das Kritikvermögen. Gott allein weiß, was Paul Berowne meinte, sich mit ihr einzuhandeln – abgesehen von Schuldgefühlen. So was wie den Heiligen Gral vielleicht.«
Der Besuch bei den Ackroyds war doch ergiebiger ausgefallen, als Dalgliesh angenommen hatte. Genüßlich trank er seinen Tee und ließ sich Zeit. Schließlich wollte er der Gastgeberin gegenüber nicht unhöflich erscheinen. Außerdem drängte ihn nichts zum raschen Aufbruch. Nellie Ackroyds Fürsorglichkeit tat ihm wohl. Er fühlte sich geborgen in dem ausladenden Ohrensessel, dessen Armlehnen und Kopfstütze für seine Körpergröße wie geschaffen waren. In der

Ferne, jenseits des hellerleuchteten Wintergartens, sah er den silbrig schimmernden Kanal. Es kostete ihn Überwindung, sich zu verabschieden, um zum Yard zurückzukehren. Von dort aus wollte er mit Kate Miskin zu Paul Berownes Tochter, seinem einzigen Kind, fahren, um auch sie zu befragen.

5

Eigentlich hatte Melvin Johns gar nicht mit ihr schlafen wollen. Er hatte Tracy am üblichen Ort getroffen, an dem Durchlaß, der zum Treidelpfad führte. Danach waren sie – Tracy hatte sich bei ihm eingehängt – auf dem Weg dahingeschlendert. Sie hatte sich mit ihrem mageren Körper eng an ihn geschmiegt, bis sie ihr Liebesnest erreichten, den Streifen flachgedrückten Grases hinter den dichten Holunderbüschen und dem Baumstumpf. Und dann war es abgelaufen, wie er es vorausgesehen hatte. Das kurze, unbefriedigende Gezappel und das vorausgehende Gefummel waren nicht anders gewesen als sonst. Erstickender Geruch nach Erde und verrottendem Laub, der weiche Boden, der magere Körper, der sich lustvoll unter ihm windet, der Geruch ihrer Achselhöhlen, ihre Finger, die sich in seine Kopfhaut krallen, die rauhe Baumrinde, die sein Gesicht streift, der silbrig funkelnde Kanal jenseits des Gestrüpps. Und das war's denn auch. Das einsetzende Unlustgefühl war ärger als sonst. Am liebsten hätte er sich irgendwo verkrochen und laut aufgestöhnt.

»Liebling, wir müssen zur Polizei gehen«, flüsterte sie. »Wir müssen der Polizei sagen, was wir gesehen haben.«

»Was war's denn schon? Ein Wagen, der bei der Kirche geparkt war.«

»Aber neben der Tür zur Sakristei. In der Nähe des Tatortes. An dem Abend, als es geschah. Wir haben uns die Zeit gemerkt. Es war gegen sieben. Es könnte der Wagen des Mörders gewesen sein.«

»Warum sollte er ausgerechnet einen schwarzen Rover fahren? Und die Wagennummer haben wir uns nicht gemerkt.«

»Trotzdem müssen wir es melden. Wenn die Polizei den Täter nicht findet, wenn er noch mal mordet, werden wir uns unser Leben lang Vorwürfe machen.«

Der salbungsvolle, selbstgerechte Unterton widerte ihn an. Wieso

war ihm dieser ständige Vorwurf in ihrer Stimme vorher noch nie aufgefallen? »Du hast doch selbst gesagt, dein Vater würde uns umbringen, wenn er erfährt, daß wir uns treffen«, erwiderte er bedrückt. »Du hast ihm vorgelogen, du würdest an einem Abendkursus teilnehmen. Er würde uns umbringen, hast du gesagt.«
»Aber, Schatz! Es geht doch um etwas ganz anderes. Er wird es schon verstehen. Außerdem könnten wir uns ja verloben. Wir sagen ihm einfach, daß wir uns verlobt haben.«
Das war die Lösung, dachte er. Plötzlich begriff er. Ihr Vater, dieser biedere Laienprediger, würde nichts dagegen haben, solange es nicht zu einem Skandal kam. Ihr Vater würde den Presserummel, das Aufsehen sogar genießen. Sie beide müßten eben heiraten. Dafür würden schon ihr Vater, ihre Mutter und Tracy selbst sorgen. Plötzlich hatte er das Gefühl, sein Leben würde wie eine Filmrolle vor ihm abgespult, eine Folge deprimierender Bilder aus all den künftigen, unausweichlichen Jahren. Sie würden im popligen Haus ihrer Eltern wohnen. Was könnten sie sich denn sonst leisten? Und dort auf eine Sozialwohnung warten. Nachts das Geplärr des ersten Kindes. Ihre dünne, vorwurfsvolle Stimme. Das allmähliche Dahinsiechen, das Verdorren aller Lebenslust. Ein Mann war gestorben, ein Ex-Minister, den er nicht gekannt, nie getroffen, zwischen dessen Leben und seinem es bis zu diesem Moment nie eine Verbindung gegeben hatte. Irgend jemand, der Mörder oder ein unbeteiligter Autobesitzer, hatte seinen Rover neben der Kirche geparkt. Die Polizei würde den Mörder aufspüren, falls es überhaupt ein Mord war. Man würde ihn zu einer lebenslänglichen Haftstrafe verurteilen. Doch nach zehn Jahren würde er entlassen werden, wieder ein freier Mensch sein. Seine lebenslängliche Einkerkerung dagegen – er war gerade einundzwanzig geworden – würde erst mit seinem Tod enden. Was hatte er nur verbrochen, um diese Strafe zu verdienen? Eine unbedeutende Sünde war es gewesen, verglichen mit einem Mord. Am liebsten hätte er wegen dieser Ungerechtigkeit lauthals aufgeschrien.
»Na schön«, sagte er bekümmert. »Dann gehen wir eben zum Polizeirevier an der Harrow Road und sagen, daß wir den Wagen gesehen haben.«

6

Sarah Berowne wohnte in einem düsteren viktorianischen Komplex von stufenförmig versetzten, fünfstöckigen Häusern, die gut zehn Meter von der Cromwell Road hinter einer staubbedeckten Hecke von Rhododendronsträuchern und wirr wachsenden, fast blattlosen Ligusterbüschen lagen. Über der Sprechanlage war eine Reihe von neun Klingelknöpfen. Neben dem obersten stand nur der Name »Berowne«. Sobald sie geläutet hatten, ging die Tür auf. Kate und Dalgliesh kamen durch einen Gang in eine niedrige Eingangshalle mit einem Linoleumboden, den wie überall cremefarben glänzenden Wänden und – als einzigem Möbelstück – einem Tisch, auf dem die Post deponiert werden konnte. Der an einen Käfig erinnernde Lift bot nur Platz für zwei Personen. Nahezu die gesamte Rückwand bedeckte ein Spiegel, aber selbst das Bild der beiden so dicht nebeneinander stehenden Gestalten – so dicht, daß Dalgliesh der frische Duft ihrer Haare in die Nase stieg und er sich einbildete, ihr Herz klopfen zu hören – konnte den Anflug von Klaustrophobie, als der Fahrstuhl langsam und ächzend nach oben glitt, nicht vertreiben. Mit einem Ruck hielt der Lift an. Als sie in den Korridor traten und Kate das Fahrstuhlgitter schloß, sah er, daß Sarah Berowne sie bereits im Türrahmen erwartete.

Die Familienähnlichkeit war geradezu unheimlich. Wie das zartgliedrige, feminine Ebenbild ihres Vaters stand sie im Lichtschein, der aus ihrer Wohnung drang. Es waren die gleichen weit auseinanderstehenden Augen, die gleichen schweren Lider, die gleiche schlanke Gestalt, der nur die Ausstrahlung von männlichem Selbstvertrauen und Erfolg fehlte. Das blonde Haar hatte nicht den Goldton von Barbara Berownes Mähne. Es war eine Spur dunkler, fast hellbraun, schon von grauen Fäden durchzogen und umrahmte in spröden, glanzlosen Strähnen das schmale Berownesche Gesicht. Obwohl sie, wie Dalgliesh wußte, erst Mitte zwanzig war, wirkte sie älter. Als sie nicht einmal einen flüchtigen Blick auf seinen Ausweis warf, überlegte er, ob es ihr gleichgültig war oder ob sie damit nur ihre Verachtung ausdrücken wollte. Sie nickte kurz, als er Kate vorstellte, trat einen Schritt zur Seite und ließ sie durch die Diele in den Wohnraum eintreten. Dort erhob sich eine Gestalt, die ihnen bekannt vorkam. Es war Ivor Garrod.

Sarah Berowne stellte sie einander vor, sagte aber nicht, warum er bei ihr war. Dazu hatte sie auch keinen Grund, schließlich war es ihre Wohnung. Sie konnte einladen, wen immer sie wollte. Er und Kate dagegen waren Eindringlinge. Sie wurden hereingelassen und geduldet, waren aber selten willkommen.

Nach der düsteren Eingangshalle und der bedrückenden Enge im Fahrstuhl hatten sie das Gefühl, von Weite und Helligkeit umgeben zu sein. Die Wohnung war ein ausgebauter Dachboden, der niedrige Wohnraum so lang wie das ganze Haus. Die Nordwand bestand aus einer einzigen Glasfront mit Schiebetüren, hinter denen ein schmaler Balkon lag. Im Hintergrund befand sich eine weitere Tür, die vermutlich zur Küche führte. Zu Schlafzimmer und Bad gelangte man, wie Dalgliesh vermutete, von der Eingangsdiele aus.

Der Raum diente offensichtlich als Wohnzimmer und Atelier. Er war spärlich, aber behaglich möbliert. Zwei große, schon etwas abgewetzte Sofas standen einander gegenüber. Darüber hingen Regale mit Büchern, einer Stereoanlage und einem Barschränkchen. Vor dem Fenster war ein kleiner runder Tisch mit vier Stühlen. Die Wand gegenüber dem Fenster hatte man mit Korkpaneelen verkleidet, an die Photographien geheftet waren. Rechts hingen Bilder von London und seinen Einwohnern, die offenbar einen politischen Standpunkt verdeutlichen sollten: herausgeputzte Ehepaare, die über den Rasen im St.-James-Park zur Gartenparty im Buckingham Palace schlendern; eine Gruppe von Farbigen in Brixton, die haßerfüllt Richtung Kamera starren; die Queen's Scholars der Westminster School, wie sie sittsam in die Westminster Abbey strömen; ein überfüllter viktorianischer Kinderspielplatz mit einem mageren, sehnsüchtig dreinblickenden Kind, das sich, als sei es eingekerkert, ans Ziergitter klammert; eine Lady, die mit gieriger Miene bei Harrods einen Pelzmantel begutachtet; ein altes Ehepaar, die abgearbeiteten Hände im Schoß, offensichtlich Rentner, die steif wie Staffordshire-Keramikfiguren ihr einspiraliges elektrisches Heizgerät flankieren. Die politische Botschaft war allzu aufdringlich, als daß sie hätte beeindrucken können. Aber die Bilder waren, soweit er es beurteilen konnte, technisch perfekt. Die linke Hälfte der Korkpaneele zeigte die Ergebnisse eines sicherlich lukrativeren Auftrags: Porträts von bekannten Schriftstellern. Das Interesse der Photographin für soziale Mißstände schien auch diese

Arbeiten beeinflußt zu haben. Die Autoren – unrasiert, lässig gekleidet, krawattenlos, mit offenem Hemd – sahen aus, als kämen sie gerade von einer Literaturdiskussion im *Channel Four* oder wären auf dem Weg zu einer Arbeitsvermittlungsstelle der dreißiger Jahre. Die Schriftstellerinnen hingegen wirkten entweder gehetzt oder streitlustig. Die einzige Ausnahme war eine dralle Großmutter, die sich mit Kriminalromanen einen Namen gemacht hatte. Sie blickte schwermütig in die Kamera, als bedaure sie ihr blutrünstiges Gewerbe oder ihr wachsendes Renommee.

Sarah Berowne deutete auf das Sofa rechts neben der Tür und nahm ihnen gegenüber Platz – ein Arrangement, dachte Dalgliesh, bei dem ein Gespräch in normalem Tonfall unmöglich war. Ivor Garrod setzte sich in großem Abstand von Sarah Berowne auf die Armlehne des Sofas, als wollte er sich von ihnen dreien distanzieren. Im vergangenen Jahr hatte er anscheinend absichtlich auf jegliche politische Agitation verzichtet. Die Ansichten der Revolutionären Arbeiterschaft vertrat er in der Öffentlichkeit nur noch selten. Wahrscheinlich konzentrierte er sich ganz auf seine Tätigkeit als Gemeinschaftssozialarbeiter, was immer das sein mochte. Mit Jeans und einem weißen Hemd, das am Hals offenstand, war er salopp und zugleich schick gekleidet. Sein längliches, arrogantes Gesicht, der fein geschwungene Mund mit der kurzen Oberlippe, die Hakennase, der dunkle Haarschopf und die unergründlichen Augen erinnerten an die Florentiner-Porträts in den Uffizien.

»Wollen Sie was trinken?« fragte er. »Wein, Whisky, Kaffee?«

Seine Stimme klang gewollt höflich, aber ohne Spott oder provozierende Untertänigkeit. Dalgliesh kannte Garrods Meinung über die Metropolitan Police. Er hatte sie oft genug verkündet. Doch jetzt verhielt er sich zurückhaltend. Zumindest im Moment zogen sie alle am selben Strang. Als Kate und er einen Drink ablehnten, entstand kurzes Schweigen, das schließlich von Sarah Berowne gebrochen wurde.

»Sie sind sicher wegen des Todes von meinem Vater hier«, sagte sie. »Ich glaube nicht, daß ich Ihnen viel helfen kann. Seit über drei Monaten habe ich ihn weder gesehen noch mit ihm gesprochen.«

»Waren Sie nicht am Dienstag nachmittag im Haus Ihres Vaters?« wandte Dalgliesh ein.

»Das schon. Aber ich wollte meine Großmutter sprechen. Zwischen zwei Terminen hatte ich eine Stunde Zeit, und ich wollte wissen, was eigentlich los war. Der Rücktritt meines Vaters und dann das Gerücht über sein Erlebnis in dieser Kirche... Es gibt sonst niemanden, mit dem ich darüber hätte reden können. Aber meine Großmutter war nicht da, und ich konnte nicht länger warten. Etwa um halb fünf ging ich wieder.«

»Haben Sie sich auch im Arbeitszimmer aufgehalten?«

»Im Arbeitszimmer?« Sie stutzte und sagte dann: »Sie denken wohl an seinen Terminkalender, nicht wahr? Großmutter hat mir erzählt, daß Sie ihn halbverbrannt in der Kirche gefunden haben. Ja, ich war im Arbeitszimmer, aber ich habe den Terminkalender nicht gesehen.«

»Sie wußten aber, wo Ihr Vater ihn aufbewahrte?«

»Das ja. In der Schreibtischschublade. Das wußten alle. Warum fragen Sie?«

»Ich hoffte, Sie hätten ihn gesehen. Dann wüßten wir, daß der Terminkalender sich um halb fünf noch im Hause befand. Seitdem Ihr Vater das Büro eines Immobilienmaklers in der Kensington High Street gegen halb zwölf verließ, wissen wir nicht, wo er sich aufgehalten hat. Hätten Sie jedoch den Terminkalender zufällig in der Schreibtischschublade gesehen, könnten wir folgern, daß Ihr Vater im Verlauf des Nachmittags unbemerkt ins Haus zurückgekehrt ist.« Das war jedoch nur eine Möglichkeit, und Dalgliesh bildete sich nicht ein, daß zumindest Ivor Garrod keine andere einfallen würde.

»Wir wissen nicht, wie sich die Sache abgespielt hat«, mischte der sich denn auch ein. »Wir wissen nur, was Sarah von ihrer Großmutter erfahren hat, daß nämlich Sir Paul und der Stadtstreicher mit durchschnittener Kehle aufgefunden wurden und daß Sir Pauls Rasiermesser wahrscheinlich die Tatwaffe ist. Wir haben gehofft, Sie würden uns mehr berichten. Halten Sie es denn für Mord?«

»Es gibt keinen Zweifel daran, daß es Mord war«, antwortete Dalgliesh. Als er bemerkte, daß die beiden sichtlich zusammenzuckten, fügte er gleichmütig hinzu: »Der Stadtstreicher Harry Mack hat sich gewiß nicht selbst umgebracht. Sein Tod mag keine allzu große gesellschaftliche Bedeutung haben, aber sein Leben war sicherlich wichtig, zumindest für ihn.« Wenn das Garrod nicht aus der Reserve lockt, dachte er, dann provoziert ihn nichts mehr.

Aber Ivor Garrod entgegnete nur: »Falls Sie hören wollen, ob wir, was Harry Macks Ermordung anbelangt, ein Alibi haben, kann ich Ihnen sagen, daß wir von Dienstag sechs Uhr abends bis neun Uhr morgens am Mittwoch hier waren. Wir haben hier zu Abend gegessen, einen Pilzauflauf, den ich bei Marks and Spencer's in der Kensington High Street gekauft habe. Ich könnte Ihnen noch sagen, welchen Wein wir dazu getrunken haben, falls Sie auch das wissen wollen.« Das war das erste Anzeichen von Gereiztheit. Aber er sprach beherrscht, und sein Blick war offen.

»Wie ist mein Vater denn gestorben?« fragte Sarah Berowne mit leiser, ängstlicher Stimme.

»Vorläufig können wir über seinen Tod noch nichts aussagen«, antwortete Dalgliesh. »Wir müssen das Ergebnis der Obduktion und der gerichtsmedizinischen Untersuchungen abwarten.«

Sarah Berowne stand mit einem Ruck auf, ging zum Fenster und schaute auf den knapp dreißig Meter langen, verwilderten, herbstlichen Garten hinab. Ivor Garrod glitt von der Armlehne und schlenderte zum Barschränkchen. Er nahm zwei Gläser und füllte sie mit Rotwein. Er brachte ihr eines, doch sie schüttelte den Kopf. Daraufhin setzte er sich aufs Sofa, hielt sein Glas in der Hand, trank aber nicht.

»Das ist doch kein Kondolenzbesuch, nicht wahr, Commander?« sagte er. »Es ist zwar rührend, wie Sie sich wegen dieses Harry Mack Gedanken machen. Aber Sie sind doch nicht wegen eines toten Stadtstreichers gekommen. Wenn man nur den toten Harry in der Sakristei gefunden hätte, wäre mit der Untersuchung höchstens ein Detective Sergeant betraut worden. Ich denke, Miss Berowne hat ein Recht zu erfahren, ob man sie im Zuge einer Morduntersuchung vernimmt oder ob Sie nur in Erfahrung bringen möchten, warum sich Paul Berowne möglicherweise die Kehle durchgeschnitten haben könnte. Ich meine, hat er nun Selbstmord verübt oder nicht? Kriminalpolizeiliche Ermittlungen sind zwar Ihr Metier, nicht meines, aber ich denke, wir sollten endlich wissen, worum es eigentlich geht.«

Dalgliesh beobachtete die stumme Gestalt am Fenster. Nach einer Weile drehte sie sich langsam um und schaute ihn direkt an. Er ignorierte Ivor Garrod und wandte sich an Sarah Berowne.

»Ich würde mich gern deutlicher ausdrücken, aber das ist im

Moment nicht möglich«, sagte er. »In so einem Fall ist Selbstmord nur eine von vielen Möglichkeiten. Ich hoffte, Sie hätten Ihren Vater erst vor kurzem getroffen und könnten mir mitteilen, welchen Eindruck er auf Sie gemacht, ob er irgend etwas gesagt hat, das Aufschluß über seinen Tod geben könnte. Ich weiß, daß das alles schmerzlich für Sie ist. Es tut mir leid, daß wir solche Fragen stellen, daß wir Sie behelligen müssen.«

»Er hat mit mir mal über Selbstmord gesprochen«, erwiderte sie. »Aber nicht so, wie Sie es meinen.«

»Vor kurzem, Miss Berowne?«

»Nein, wir haben schon seit Jahren nicht mehr miteinander gesprochen. Ich meine, richtig gesprochen und nicht nur Konversation gemacht. Nein, das war, als ich nach dem ersten Semester in Cambridge heimkehrte. Eine meiner Freundinnen hatte sich umgebracht, und ich sprach mit meinem Vater darüber, über Selbstmord im allgemeinen. Ich erinnere mich noch gut daran. Er sagte, manche Menschen hielten Selbstmord für einen Ausweg, der jedem offenstehe. Das stimme aber nicht. Denn dieser Ausweg sei das endgültige Ende. Pa sagte, solange wir leben, gebe es immer noch die Möglichkeit, sein Leben zu ändern. Der einzig vernünftige Zeitpunkt für einen Selbstmord sei nicht dann gekommen, wenn das Leben unerträglich geworden ist, sondern wenn man nicht mehr leben will, selbst wenn es erträglich, sogar angenehm ist.«

»Das hört sich nach abgrundtiefer Verzweiflung an«, meinte Dalgliesh.

»Ja. Das hat er wohl empfunden, abgrundtiefe Verzweiflung.«

»Nietzsche zu zitieren, wäre vernünftiger gewesen«, warf Garrod plötzlich ein. »Er hat gesagt, der Gedanke an Selbstmord sei ein großer Trost, da man mit seiner Hilfe manche schlechte Nacht überstehen kann.«

Dalgliesh beachtete ihn nicht, sondern fixierte weiterhin Sarah Berowne. »Ihr Vater hat Sie also weder getroffen noch Ihnen geschrieben. Er hat Ihnen auch nicht zu erklären versucht, was in der Kirche geschah, warum er seinen Ministerposten, seinen Parlamentssitz aufgab?« Er rechnete fest damit, daß sie entgegnen würde: Was hat das mit Ihren Ermittlungen zu tun? Was geht Sie das an?

Doch sie sagte: »Nein. Er meinte wohl, daß mir das gleichgültig sei.

Ich erfuhr erst davon, als mich seine Frau anrief. Das war nach seinem Rücktritt. Sie nahm wohl an, daß ich ihn beeinflussen könnte. Das zeigte mir nur, wie wenig sie uns beide verstand. Wenn sie nicht angerufen hätte, hätte ich von seinem Rücktritt erst aus der Presse erfahren . . . Herrgott noch mal!« rief sie plötzlich aus. »Nicht einmal seine religiöse Überzeugung konnte er ändern wie ein normaler Mensch. Nein, dazu brauchte er seine eigene beseligende Götterschau. Er konnte nicht mal seinen Posten ruhig und unauffällig aufgeben.«

»Er hat doch äußerst unauffällig gehandelt«, entgegnete Dalgliesh begütigend. »Allem Anschein nach vertrat er den Standpunkt, daß es eine intime, persönliche Erfahrung sei, mit der man sich abfinden müsse, über die es aber nichts zu diskutieren gäbe.«

»Er konnte sie ja nicht gut auf der ersten Seite der Sonntagsausgaben herausposaunen. Damit hätte er sich nur lächerlich gemacht. Sich selbst und die ganze Familie.«

»Hätte denn das eine Rolle gespielt?« fragte Dalgliesh.

»Für mich nicht. Aber Großmutter wäre entsetzt gewesen. Sie ist es auch so, denke ich. Seine Frau selbstverständlich auch. Sie bildete sich ein, sie hätte den künftigen Premierminister geheiratet. Der Gedanke, von nun an einen frommen Eigenbrötler zum Mann zu haben, hätte ihr gewiß nicht behagt. Tja, jetzt ist sie ihn losgeworden. Und er ist uns losgeworden. Uns alle.« Sie schwieg einen Moment und redete dann mit unerwarteter Leidenschaftlichkeit weiter. »Ich möchte nichts beschönigen. Sie wissen ja, daß es zwischen meinem Vater und mir so was wie eine Entfremdung gab. Das ist kein Geheimnis. Ich verabscheute seine Politik, verabscheute, wie er meine Mutter behandelte, verabscheute, wie er mit mir umsprang. Es ist gleichfalls kein Geheimnis, daß ich Marxistin bin. Ihre Leute haben mich längst auf irgendeiner Liste notiert. Meine politischen Überzeugungen sind mir sehr wichtig. Ich glaube nicht, daß es bei ihm auch so war. Er erwartete von mir, daß ich mit ihm über Politik reden würde, als handle es sich um ein Theaterstück, das wir unlängst gesehen hatten, oder ein jüngst herausgekommenes Buch, als sei Politik ein intellektueller Zeitvertreib, als könne man sich darüber – wie er es genannt hätte – zivilisiert unterhalten. Er sagte mal, daß er den Verlust des Glaubens unter anderem deswegen bedaure, weil man seitdem die Politik zu einer Art Ersatzreligion emporgehoben habe. Und er halte das für sehr gefährlich. Aber genau das ist die Politik für mich: ein Glaube.«

»Wenn das Ihre Ansicht über Ihren Vater ist«, sagte Dalgliesh, »muß doch die Erbschaft in Ihnen so was wie einen Gewissenskonflikt auslösen.«

»Wollen Sie damit auf eine höchst taktvolle Weise aus mir herausbringen, ob ich meinen Vater seines Geldes wegen umgebracht habe?«

»Aber nein, Miss Berowne! Ich wollte nur auf eine nicht eben feinfühlige Weise erfahren, wie Sie sich in so einem keineswegs ungewöhnlichen moralischen Dilemma fühlen.«

»Mir geht es ganz gut. Ich sehe da kein Dilemma. Was immer ich erbe, wird zur Abwechslung mal einem guten Zweck zugeführt. So viel ist es nun auch wieder nicht. Etwa 20 000 Pfund. Man braucht mehr als 20 000 Pfund, um die Welt zu verändern.«

Als sie sich plötzlich wieder aufs Sofa setzte, sahen sie, daß sie weinte.

»Entschuldigen Sie bitte!« murmelte sie. »Es tut mir leid. Ich benehme mich kindisch. Aber das ist der Schock. Außerdem bin ich übermüdet. Ich habe letzte Nacht nicht viel geschlafen. Ich hatte heute einen anstrengenden Tag. Mit Terminen, die ich nicht absagen konnte. Warum auch? Ich kann ohnehin nichts mehr für ihn tun.«

Diese Reaktion war für Dalgliesh nichts Neues. Bei einer Morduntersuchung kam es oft vor, daß die Leute weinten und ihren Kummer offen zeigten. Er hatte gelernt, sich sein Erstaunen oder seine Betroffenheit nicht anmerken zu lassen. Man konnte höchstens versuchen, den Leuten darüber hinwegzuhelfen. Mit einer Tasse heißem Tee, einem Glas Sherry oder Whisky. Man konnte ihnen auch mitfühlend die Hand auf die Schulter legen, aber das lag ihm nicht. Es wäre hier auch kaum angebracht. Er ahnte, daß Kate an seiner Seite am liebsten aufgestanden und zu ihr geeilt wäre. Dann warf sie einen Blick auf Garrod, aber der saß reglos da. Sie schwiegen und warteten ab.

Nach einer Weile hörte Sarah Berowne zu schluchzen auf und hob den Kopf. »Es tut mir leid. Verzeihen Sie bitte. Sehen Sie's mir bitte nach. Ich stehe gleich zu Ihrer Verfügung.«

»Ich glaube nicht, daß wir Ihnen noch irgendwelche sachdienlichen

Informationen geben können«, mischte sich Garrod unerwartet ein. »Vielleicht sollten wir unser Gespräch verschieben. Miss Berowne fühlt sich nicht wohl.«
»Das kann ich verstehen«, sagte Dalgliesh. »Wir gehen selbstverständlich, wenn sie es wünscht.«
Sarah Berowne blickte auf und musterte Garrod. »Es ist besser, du gehst«, sagte sie schroff. »Du bist das losgeworden, was du mitteilen wolltest. Du bist am Dienstag den ganzen Abend und die ganze Nacht hier bei mir gewesen. Wir beide sind hier gewesen. Über meinen Vater kannst du nichts aussagen. Du weißt nicht, was für ein Mensch er gewesen ist. Warum gehst du nicht endlich?«
Dalgliesh überraschte der plötzliche Wutausbruch. Auch Garrod hatte mit diesem rüden Rausschmiß sicherlich nicht gerechnet. Aber er war viel zu beherrscht und klug, um dagegen zu protestieren. Er schaute sie eher gleichmütig denn gekränkt an und sagte: »Ruf an, wenn du mich brauchst!«
Dalgliesh wartete, bis er die Hand auf die Türklinke legte. »Einen Augenblick noch, Mr. Garrod!« sagte er dann. »Was wissen Sie über Diana Travers und Theresa Nolan?«
Garrod stockte und wandte zögernd den Kopf. »Nur, daß die beiden auch tot sind«, antwortete er. »Gelegentlich lese selbst ich die *Paternoster Review.*«
»Der Artikel neulich über Sir Paul beruhte zum Teil auf einem anonymen Schmähbrief, der der Redaktion und weiteren Zeitungen zugesandt wurde. Auf diesem Schmähbrief hier!«
Er entnahm ihn seiner Brieftasche und reichte ihn Garrod. Dieser las ihn wortlos, gab ihn dann mit ausdrucksloser Miene an Sarah Berowne weiter. »Wollen Sie damit andeuten«, fragte er, »daß Berowne sich wegen dieses Wisches hier die Kehle durchgeschnitten haben könnte? Wäre das nicht eine allzu hysterische Reaktion für einen Politiker? Er war doch Rechtsanwalt. Er hätte einen Prozeß anstrengen können, wenn sich das juristisch begründen ließ.«
»Ich sage nicht, daß das Schreiben ein Selbstmordmotiv hergibt«, erwiderte Dalgliesh. »Ich wollte nur erfahren, ob Sie und Miss Berowne vielleicht eine Ahnung haben, wer den Brief abgesandt haben könnte.«
Sarah Berowne gab ihm den Brief und schüttelte den Kopf. Trotz-

dem hatte Dalgliesh das Gefühl, daß sie bestürzt war. Sie war weder eine gute Schauspielerin noch eine geschickte Lügnerin.
»Ich gebe zu«, sagte Garrod, »daß ich annahm, das Kind, das Theresa Nolan abtreiben ließ, sei von Berowne. Aber ich sah keinen Anlaß, mich da einzumischen. Wenn's anders gewesen wäre, hätte ich sicherlich etwas Wirkungsvolleres getan, als diesen dümmlichen Geifer abzusondern. Ich habe Theresa Nolan nur einmal getroffen. Bei einer peinlichen Dinner-Party im Haus der Berownes am Campden Hill Square. Lady Ursula hatte sich soweit erholt, daß sie ihr Zimmer verlassen und am gemeinsamen Dinner teilnehmen konnte. Theresa Nolan war nicht eben glücklich darüber. Gemäß ihrer Erziehung wußte Lady Ursula schließlich ganz genau, wo solche Leute zu essen haben, wo ihr Platz an der herrschaftlichen Tafel ist. Die arme Schwester Nolan saß nicht dort, wo Menschen ihres Standes hingehören, und bekam das auch deutlich zu spüren.«
»Es geschah nicht absichtlich«, wandte Sarah Berowne leise ein.
»Das behaupte ich auch nicht. Menschen wie deine Großmutter sind allein durch ihre Existenz ein Ärgernis. Dazu bedarf es keiner Absicht.«
Nach diesen Worten – ohne noch einen Blick auf Sarah Berowne zu werfen oder sie gar zu umarmen – verabschiedete er sich mit förmlicher Höflichkeit von Kate und Dalgliesh, als seien sie wie er Gäste bei einer Dinner-Party, und schloß die Tür hinter sich. Sarah Berowne rang nach Fassung, begann aber dann hemmungslos zu schluchzen. Kate stand auf und verließ das Zimmer durch die gegenüberliegende Tür. Nach einer Weile, die Dalgliesh unangemessen lang vorkam, kehrte sie mit einem Glas Wasser wieder, setzte sich neben Sarah Berowne und reichte es ihr wortlos. Sarah Berowne trank gierig.
»Vielen Dank«, sagte sie dann. »Ich weiß, ich benehme mich albern. Aber ich kann einfach nicht glauben, daß er tot ist, daß ich ihn nie mehr wiedersehen werde. Vermutlich habe ich insgeheim geglaubt, wir würden uns irgendwann wieder verstehen. Wir hatten ja Zeit, soviel Zeit. Und jetzt sind sie alle tot: Mutter, Vater, Onkel Hugo. Jetzt bin ich ganz allein.«
Dalgliesh hätte gern noch mehr von ihr erfahren, fand aber den Zeitpunkt unpassend. Sobald sich Miss Berowne wieder gefaßt hatte, verabschiedeten sie sich.

Während der Fahrt schwieg Kate eine Weile nachdenklich. »In der Küche stand ein Elektroherd, Sir«, sagte sie dann. »Im Küchenschrank lag ein ungeöffnetes Paket mit vier Schachteln *Bryant and May* Zündhölzern. Aber das ist selbstverständlich noch kein Beweis. Sie könnten eine Schachtel gekauft und hinterher fortgeworfen haben.«
Bei sich dachte Dalgliesh: Als sie das Glas Wasser holte, zeigte sie ehrliches Mitgefühl, echte Hilfsbereitschaft. Aber in Gedanken war sie immer noch bei den Beweisen. Und da unken meine Kollegen ständig, Frauen seien sentimentaler als Männer. Laut entgegnete er: »Tja, leicht wird's nicht sein, eine bestimmte Streichholzschachtel aufzuspüren. Zündhölzer sind nun mal ganz gewöhnliche Gebrauchsgegenstände, die sich schlecht zurückverfolgen lassen.«
»Noch was ist mir aufgefallen, Sir. Im Mülleimer lag die Verpakkung eines Pilzauflaufs von Marks und Spencer's. Sie haben also einen gegessen. Aber wenn's am Dienstag war, dann war das angegebene Verfallsdatum schon um zwei Tage überschritten. An dem Tag hätte er ihn nicht kaufen können. Seit wann wird bei Marks und Spencer's Ware verkauft, die nicht mehr frisch ist? Ich wußte nur nicht, ob ich die Verpackung mitnehmen sollte.«
»Wir haben nicht das Recht dazu, etwas aus der Wohnung mitzunehmen«, sagte Dalgliesh. »Das wäre verfrüht. Außerdem könnte man auch so argumentieren, daß diese Tatsache sie entlastet. Wenn sie den Mord geplant hätten, hätte Garrod das Fertiggericht sicherlich am Dienstag vormittag gekauft und obendrein noch dafür gesorgt, daß sich die Verkäuferin an ihn erinnert. Und da ist noch etwas: Sie haben sich für die ganze Nacht ein Alibi zurechtgelegt. Das könnte bedeuten, daß sie die Tatzeit gar nicht wissen.«
»Halten Sie Garrod nicht für zu gerissen, als daß er in so eine Falle tappen würde?«
»Nun, er würde gewiß kein Alibi angeben, das genau auf acht Uhr zugeschnitten ist. Aber daß er gleich eine so großzügige Zeitspanne von sechs Uhr abends bis neun Uhr am nächsten Morgen genannt hat, deutet doch darauf hin, daß er auf Nummer Sicher geht.«
Und sein Alibi würde – wie das der anderen – nicht leicht zu widerlegen sein. Sie hatten sich vor ihrem Besuch, wie vor jeder Befragung, eingehend informiert. Garrod wohnte allein in einem Ein-Zimmer-Apartment in Bloomsbury, in einem großen, un-

übersichtlichen Wohnblock, wo es keinen Portier gab. Seine Behauptung, die Nacht anderswo verbracht zu haben, würden sie nicht so leicht erschüttern können. Wie alle bisher Befragten konnten auch Sarah Berowne und ihr Liebhaber ein Alibi vorweisen. Die Polizei fand es vielleicht nicht besonders überzeugend, aber Dalgliesh hielt Ivor Garrod für viel zu intelligent, um anzunehmen, es könnte leicht widerlegt werden und schon gar nicht durch die Datumsangabe auf einer Pilzauflauf-Schachtel.

Kaum hatte Dalgliesh sein Büro im Yard betreten, kam Massingham hereingeschlendert. Er versuchte sich seine Erregung nicht anmerken zu lassen. Seine Stimme klang übertrieben gleichmütig.

»Das Polizeirevier in der Harrow Road hat eben angerufen, Sir. Eine interessante Entwicklung zeichnet sich ab. Vor zehn Minuten haben ein Einundzwanzigjähriger und seine Freundin ausgesagt, daß sie am Dienstag abend auf dem Treidelpfad spazierengegangen seien. Kurz vor sieben seien sie am Drehkreuz bei der St.-Matthew-Kirche vorbeigekommen und hätten, nicht weit vom Südportal entfernt, einen großen, schwarzen Rover gesehen.«

»Haben sie sich das Kennzeichen gemerkt?«

»Da haben wir Pech. Auch was das Fabrikat angeht, sind sie sich nicht hundertprozentig sicher. Wohl aber über den Zeitpunkt. Das Mädchen sollte um halb acht wieder zu Hause sein. Deswegen haben sie vorm Verlassen des Treidelpfades auf die Uhr geschaut. Melvin Johns – so heißt der junge Mann – meint, im Kennzeichen sei ein A gewesen. Die Beamten vom Revier halten ihn für glaubwürdig. Der arme Junge war ziemlich verstört. Er ist keiner von den Dummköpfen, die sich darum reißen, von der Presse vereinnahmt zu werden. Die beiden sind noch auf dem Revier und warten, bis ich komme.« Er stockte, fügte aber dann noch hinzu: »Der Parkplatz bei der Kirche ist zwar praktisch, aber die Anrainer parken ihre Wagen meistens dort, wo sie sie im Auge behalten können. In diesem Stadtviertel gibt es keine Theater, keine schikken Restaurants. Wenn Sie mich fragen, ich weiß, wem der schwarze Rover gehört.«

»Nicht so voreilig, John!« warnte Dalgliesh. »Es wurde schon dunkel, und die beiden waren in Eile. Sie sind sich ja nicht mal sicher, welches Fabrikat es war.«

»Sie sind zu pessimistisch, Sir. Ich fahre gleich rüber. Wenn ich

Pech habe, finde ich raus, daß es der Wagen des Leichenbestatters war!«

7

Sie wußte, Ivor würde in dieser Nacht wiederkommen. Aber anrufen würde er vorher nicht. Einerseits war er übervorsichtig, andererseits rechnete er damit, daß sie zu Hause blieb, wenn sie wußte, daß er höchstwahrscheinlich kommen würde. Zum erstenmal, seit sie sich in ihn verliebt hatte, graute es ihr vor dem Läuten der Türglocke – einmal lang, dreimal kurz –, dem verabredeten Signal. Warum kann er nicht anrufen, dachte sie empört, und klipp und klar sagen, wann er kommt? Sie versuchte, sich auf ihre neueste Arbeit zu konzentrieren, auf die Montage von zwei Schwarzweißfotografien, die sie im vergangenen Winter im Richmond Park aufgenommen hatte. Es waren Bilder vom kahlen Geäst riesiger Eichen, über denen sich Wolken ballten. Sie wollte die Aufnahmen so montieren, daß das Ästegewirr aussah wie Wurzeln, die von einer Wasseroberfläche widergespiegelt wurden. Aber je länger sie die Bilder hin und her schob, desto unzufriedener wurde sie. Die Idee gefiel ihr nicht mehr, kam ihr nur noch wie billige Effekthascherei vor. Wie ihre ganze Arbeit war dieser Einfall typisch für ihr Leben: mittelmäßig, belanglos, unselbständig, abgeleitet aus der Erfahrung und den Ideen anderer Menschen. Sogar den technisch gelungenen Aufnahmen von London fehlte es an Überzeugungskraft. Es waren klischeehafte Bilder, mit Ivors Augen gesehen, nicht mit ihren eigenen. Ich muß endlich lernen, dachte sie, eine eigenständige Persönlichkeit zu werden, wenn es auch schon fast zu spät ist, wenn es auch weh tut. Ich muß. Und sie fand es sonderbar, daß erst ihr Vater sterben mußte, damit sie entdeckte, was sie eigentlich war.
Gegen acht Uhr verspürte sie Hunger und machte sich Rühreier. Umsichtig stellte sie die Gasflamme ganz klein, als sollte Ivor mitessen. Als sie das Geschirr spülte, war er noch immer nicht da. Sie trat auf den Balkon und blickte über den Garten hinweg auf den dunklen Wohnblock gegenüber, wo allmählich die Lichter angingen, wie Zeichen aus dem All. Die unbekannten Menschen da

drüben sahen sicherlich auch ihr Fenster, die hellerleuchtete Glasfront. Würde sich die Polizei bei ihnen erkundigen, ob Dienstag nachmittag bei ihr die Lampen gebrannt hatten? Ob Ivor in seiner Voraussicht auch das einkalkuliert hatte?

Während sie in die Nacht schaute, mußte sie an ihren Vater denken. Sie wußte genau, wann sich ihre Beziehung gewandelt hatte. Damals hatten sie – ihre Eltern, sie und Mattie – noch in dem Haus in Chelsea gewohnt. Es war gegen sieben Uhr an einem nebligen Augustmorgen gewesen. Sie saß allein im Eßzimmer und schenkte sich eben Kaffee ein. Da läutete das Telefon in der Eingangsdiele. Sie hob ab und erfuhr die Nachricht, als ihr Vater gerade die Treppe herunterkam. Als er ihr bestürztes Gesicht sah, stockte er und hielt sich am Geländer fest.

»Es ist der Oberst von Onkel Hugo«, hatte sie gesagt und dabei zu ihm emporgeschaut. »Er wollte die Nachricht selbst übermitteln. Onkel Hugo ist tot, Vater.«

Ihre Blicke hatten sich getroffen, einen Moment lang ineinander versenkt, und da hatte sie es gesehen – diese Mischung aus Jubel und wilder Hoffnung, die Erkenntnis, daß er Barbara nun haben konnte. All das dauerte höchstens eine Sekunde. Die Zeit verging. Dann nahm er ihr den Hörer aus der Hand. Wortlos ging sie zurück ins Eßzimmer und von da aus durch die Terrassentür in den umzäunten grünen Garten. Aber das Entsetzen folgte ihr.

Danach war nichts mehr so gewesen wie früher. Was sich danach ereignet hatte – der Autounfall, der Tod ihrer Mutter, knapp fünf Monate später seine Heirat mit Barbara –, schien nur die unausweichliche Folge dieser Erkenntnis zu sein. Er plante es nicht, legte es auch nicht darauf an, nahm es aber als unvermeidbar hin. Schon vor seiner Heirat hatten sie sich wegen dieses beklemmenden Wissens nicht mehr in die Augen sehen können. Es beschämte ihn, daß sie ihn durchschaut hatte. Und sie schämte sich deswegen. Als sie dann in Hugos Haus zogen, ein Haus, das vom ersten Augenblick an den neuen Besitzern Widerstand leistete, kam es ihr vor, als sei sie innerlich an diesem Wissen erkrankt. Und wenn auch Halliwell, Mattie und ihre Großmutter etwas davon erfuhren, dann konnten sie es nur von ihr haben.

In der Villa am Campden Hill Square hatten sie und ihr Vater wie Hotelgäste gelebt, die der Zufall zusammengeführt hatte. Da sie um ihr bedrückendes Geheimnis wußten, waren sie einander möglichst aus dem Weg gegangen, hatten sogar zu unterschiedlichen Zeiten gegessen. Jedem graute es vor der Gegenwart, den nahenden Schritten des anderen, dem Geräusch, wenn der Haustürschlüssel umgedreht wurde. Ivor war ihre Zuflucht gewesen und ihre Rache. Sie hatte verzweifelt einen Grund, einen Vorwand gesucht, sich von ihrer Familie zu distanzieren. Liebe hatte sie gesucht; aber vor allem Rache. Und Ivor, den sie kennenlernte, als er sie mit einer Serie von Photographien beauftragte, verschaffte ihr das alles. Noch vor der Heirat ihres Vaters zog sie aus und nahm auf das bescheidene mütterliche Erbe einen Kredit auf, um eine Anzahlung auf die Wohnung in der Cromwell Road zu leisten. Indem sie sich leidenschaftlich auf alles stürzte, was ihr Vater am meisten verabscheute oder verachtete, versuchte sie, sich von ihm zu befreien. Aber nun gab es ihn nicht mehr. Nie mehr würde sie sich von ihm befreien können.

Einer der Stühle stand noch immer abseits vom Eßtisch. Darauf hatte sich erst gestern ihre Großmutter ächzend niedergelassen und ihr mit dürren, verletzenden Worten die Nachricht mitgeteilt, während draußen das Taxi auf sie wartete.

»Niemand verlangt von dir«, hatte sie gesagt, »daß du vor Trauer zerfließt. Aber bemühe dich, wenn die Polizei kommt – und das wird sie –, um etwas Diskretion. Versuche deinen Freund, wenn du Einfluß auf ihn hast, zur gleichen Haltung zu bewegen . . . Und jetzt hilf mir bitte hinaus zum Fahrstuhl.«

Vor ihrer Großmutter hatte sie sich immer ein wenig gefürchtet. Schon in ihrer Kindheit hatte sie geahnt, daß sie für ihre Großmutter eine Enttäuschung war, daß ihr ein Enkel lieber gewesen wäre. Zudem besaß sie keine der Eigenschaften, die ihre Großmutter schätzte, wie Schönheit, Intelligenz, Esprit, nicht einmal Mut. Geborgenheit hatte sie nicht gefunden in dem überladenen Salon auf der obersten Etage in der Villa am Campden Hill Square, wo die alte Dame seit Hugos Tod thronte wie eine antike Prophetin und auf das unvermeidliche Ende wartete. In ihrer Kindheit und auch später hatte sie vor allem an ihrem Vater gehangen. Er war derjenige, der ihr half, als sie gegen Ende des zweiten Semesters Cambridge verließ, um in London an einem Polytechnikum Photographie zu studieren. Wie nahe ging ihr der Kummer ihrer Mutter wirklich, als ihres Vaters Besessenheit von Barbara nicht mehr zu übersehen war? War es nicht so, daß sie nur die Bedrohung ihres behaglichen, geordneten, konventionellen Daseins ablehnte, sich gegen die Tatsache sträubte, daß ihr wie in Trance dahinlebender Vater sie nicht mehr zu bemerken schien? Vielleicht, dachte sie, war nun das verspätete Eingeständnis ihrer damaligen Eifersucht der erste kleine Schritt zu einer eigenständigen Persönlichkeit.

Nach elf kam er dann. Sie war übermüdet. Er entschuldigte sich nicht und verschwendete auch keine Zeit mit unnützen Erklärungen. »Du hast dich ziemlich blöd verhalten«, sagte er und warf sich auf das Sofa. »Ich wollte hier sein, damit du einen Zeugen hast. Aber dann hast du dafür gesorgt, daß du mit einem der gerissensten Fahnder vom Yard allein bleibst. Die Komplizin hat er doch nur mitgebracht, damit du glaubst, er würde schon nicht aus seiner Gentlemanrolle fallen.«

»Mach dir keine Sorgen. Ich habe das Losungswort der Pfadfinder nicht verraten. Außerdem gehören sie scheinbar auch zur menschlichen Rasse. Inspektor Miskin war recht freundlich.«

»Mach dich nicht lächerlich. Die Frau ist eine Faschistin!«

»Wie kann man so was nur sagen, Ivor? Woher willst du das wissen?«

»Es ist mein Job, so was zu wissen. Vermutlich hat sie Händchen gehalten, dir eine schöne Tasse Tee gemacht.«

»Sie hat mir ein Glas Wasser gebracht.«

»Womit sie einen Vorwand hatte, in der Küche herumzuschnüffeln, ohne sich umständlich einen Durchsuchungsbefehl besorgen zu müssen.«

»So war es nicht!«« rief sie empört aus. »So war sie nicht!«

»Du hast doch keine Ahnung, wie die Typen von der Polizei sind. Der Ärger mit euch bürgerlichen Liberalen ist, daß ihr dazu erzogen seid, in ihnen Verbündete zu sehen. Die Wahrheit wollt ihr nicht hören. Für euch ist ein Bulle immer noch der gute Onkel in Polizeiuniform, der den Schnurrbart zwirbelt und den Kindern die Uhrzeit sagt. Diese Einstellung hat man euch in der Kindheit eingebleut. ›Wenn du mal in Schwierigkeiten bist, Kindchen, wenn sich dir mal ein fieser Mann nähert und seinen Pimmel herzeigt, dann lauf zum nächsten Polizisten!‹ Versteh doch, Sarah, Dalgliesh kennt deine politischen Ansichten, weiß von deiner Erbschaft, weiß, daß du einen Freund hast, der überzeugter Marxist ist, der – aus gutem oder schlechtem Grund – gern an dein Geld herankommen würde. Dalgliesh hat nun ein Tatmotiv und einen Verdächtigen, einen allseits befriedigenden Verdächtigen von seinem Standpunkt gesehen, genau das, was sich das Establishment wünscht. Jetzt kann er sich dranmachen, die Beweise zu türken.«

»Das glaubst du doch selbst nicht.«

»Du meine Güte! So was hat's schon oft gegeben, Sarah. Du kannst doch nicht all die zwanzig Jahre mit geschlossenen Augen gelebt haben! Deine Großmutter will nichts davon hören, daß ihr Sohn ein Mörder oder ein Selbstmörder war. Na schön. Aber sie könnte die Bullen dazu bringen, daß sie ihr diese Ansicht abkaufen. Obwohl sie vermutlich nicht mehr ganz dicht ist, haben alte Frauen wie sie großen Einfluß. Aber ich lasse mich nicht von ihr zur Schlachtbank führen, um die Ehre der Berownes zu retten. Mit den Bullen wird man nur auf eine Art fertig. Man darf ihnen nichts sagen, nichts. Sollen die Schweine es doch selbst herausfinden! Für ihre automatisch steigenden Pensionen können sie sich doch mal anstrengen.«

»Aber wenn es darauf ankommt, wirst du mich doch sagen lassen, wo ich am Dienstag abend war, oder?«

»Was heißt, wenn es darauf ankommt? Was meinst du damit?«

»Wenn sie mich tatsächlich verhaften.«

»Weil du deinem Vater die Kehle durchgeschnitten hast? Das ist doch Unsinn! Moment mal – es hätte auch eine Frau sein können. Es erfordert nicht viel Kraft, jemanden mit einem Rasiermesser umzubringen, nur gute Nerven. Es müßte aber eine Frau gewesen sein, der er vertraute, die er an sich herangelassen hätte. Das würde auch erklären, warum es nicht zu einem Kampf gekommen ist.«

»Woher weißt du denn, daß es nicht zu einem Kampf gekommen ist, Ivor?« fragte Sarah hellhörig.

»Dann hätten die Presse und die Bullen das erwähnt. Denn das wäre ja ein überzeugender Beweis gewesen, daß es kein Selbstmord war. Du kannst dir doch vorstellen, was sie dann gedruckt hätten: ›Sir Paul kämpfte verzweifelt um sein Leben. Der Raum war total verwüstet!‹ Nein, dein Vater hat sich das Leben genommen. Aber das bedeutet noch längst nicht, daß die Bullen seinen Tod nicht zum Anlaß nehmen, überall herumzuschnüffeln.«

»Und wenn ich's ihnen nun doch sage?«

»Was sage? Willst du ihnen die Decknamen von elf Leuten verraten, deren Adressen und wirkliche Namen du nicht kennst? Ihnen die Lage eines Hauses in einem Vorort angeben, wo sie nichts Belastendes finden werden? Wenn die Bullenn so einen Unterschlupf aufspüren, wird die Gruppe unverzüglich aufgelöst, neu formiert, anderswo untergebracht. Wir sind doch keine Idioten. Außerdem wird Verrat bestraft.«
»Wie bestraft? Werde ich in der Themse ersäuft? Oder wird man mir die Kehle durchschneiden?« Sie bemerkte, daß er verblüfft war. Bildete sie sich das nur ein, oder konnte man aus seinem Blick tatsächlich so etwas wie Respekt herauslesen?
»Mach dich doch nicht lächerlich!« erwiderte er nur. Er stand auf und ging zur Tür.
Eine Frage mußte sie ihm noch stellen. Früher hätte sie Angst gehabt. Auch jetzt war ihr nicht wohl zumute. Aber sie durfte sich nicht mehr einschüchtern lassen. »Wo warst du am Dienstag abend, Ivor?« fragte sie. »Zu einem Gruppentreffen bist du noch nie zu spät gekommen. Immer bist du vor uns allen dagewesen. Aber am Dienstag bist du erst gegen zehn nach neun gekommen.«
»Ich war noch mit Cora im Buchladen. Und dann blieb die U-Bahn stecken. Ich hab's doch schon erklärt. Ich hab' deinen Vater nicht in der St.-Matthew-Kirche umgebracht, wenn du das hören willst. Wir sollten uns von nun an besser nicht mehr treffen, solange die Polizei nicht endlich davon ausgeht, daß er sich selbst umgebracht hat. Wenn es dringend ist, bin ich auf die übliche Weise erreichbar.«
»Was ist mit der Polizei? Meinst du, sie kommt noch mal?«
»Die kommen garantiert noch mal. Bleib bei deinem Alibi, und versuche nicht, sie auszutricksen. Und dichte ja nichts dazu! Wir waren von sechs Uhr an die ganze Nacht zusammen. Wir haben einen Pilzauflauf gegessen und dazu eine Flasche Riesling getrunken. Du brauchst nur daran zu denken, was wir Sonntag abend getan haben. Und das überträgst du dann auf Dienstag. Bilde dir nur nicht ein, du würdest mir damit einen Gefallen tun. Dich selbst mußt du schützen.«
Er ging, ohne sie zum Abschied zu umarmen. So endet also die Liebe, dachte sie müde. Gleich fällt die Gittertür am Fahrstuhl zu. Der ächzende Lift trägt ihn langsam nach unten. Dann gibt es ihn nicht mehr in meinem Leben.

Viertes Buch

List und Leidenschaft

1

Trotz seines Namens war der »Black Swan« ursprünglich keine Flußschenke gewesen, sondern eine elegante, zweistöckige Villa, um die Jahrhundertwende von einem begüterten Maler aus Kensington erbaut, der auf der Suche war nach einem Wochenendrefugium mit Blick auf die Themse und ländlicher Stille. Nach seinem Tod war das Haus heruntergekommen. Es war zu feucht und zu abgelegen, um als ständiger Wohnsitz zu dienen, und für ein Wochenenddomizil zu groß. Zwanzig Jahre lang war es unter wechselnden Namen eine schlichte Gastwirtschaft gewesen. Sie begann erst zu florieren, als Jean Paul Higgins sie 1980 übernahm, umbenannte, einen neuen Speisesaal mit Blick auf die Themse und die Auenlandschaft anbaute, einen französischen Chefkoch engagierte, italienische Kellner einstellte, einen englischen Portier in seine Dienste nahm und sich – erfolgreich – bemühte, im »Restaurantführer« erstmals lobend erwähnt zu werden. Da Higgins' Mutter Französin gewesen war, kam er auf die Idee, daß er als Restaurantbesitzer diesen Teil seiner Herkunft zum Wohle des Geschäfts herausstreichen müsse. Deswegen ließ er sich von seinen Mitarbeitern und den Gästen »Monsieur Jean Paul« nennen. Nur der Filialleiter der Bank redete ihn – zu seinem Ärger – unverdrossen mit »Mr. Higgins« an. Dabei verstanden sich die beiden bestens, und das aus gutem Grund. Mr. Higgins war ein höchst erfolgreicher Geschäftsmann. Im Sommer mußte man einen Tisch für einen Lunch oder ein Dinner drei Tage im voraus bestellen. Im Herbst und Winter kamen weniger Gäste, und auf der Speisekarte wurden nur drei Hauptgerichte angeboten. Aber das Niveau von Essen und Service blieb. Das Lokal lag so nahe bei London, daß die Stammgäste die Fahrt von gut zwanzig Meilen nicht scheuten, um die Vorzüge des »Black Swan« zu genießen: ein ansprechendes Ambiente, in großzügig bemessenem Abstand plazierte Tische, einen niedrigen Lärmpegel, keinerlei Musikberiese-

lung, unaufdringlichen Service, Diskretion und ausgezeichnetes Essen.
Monsieur Jean Paul war von kleiner Gestalt, dunkelhaarig, hatte schwermütige Augen und einen schütteren Schnurrbart, kurzum, er wirkte so, wie man sich einen Franzosen vorstellt, ein Eindruck, der sich noch verstärkte, wenn er sprach. Er begrüßte Dalgliesh und Kate mit ausgesuchter Höflichkeit, als ob ihm an nichts mehr gelegen sei als an einem Besuch der Kripo. Dalgliesh fiel jedoch auf, daß sie trotz der frühen Stunde und der Stille im Restaurant unverzüglich ins Büro auf der Rückseite des Gebäudes komplimentiert wurden. Higgins schien zu den Leuten zu gehören, die nicht ohne Grund der Ansicht sind, daß man Polizeibeamten, mögen sie auch in Zivil erscheinen und nicht die Türen aufbrechen, ihr Metier auf Anhieb anmerkt. Ihm entging auch nicht der Ausdruck von Higgins' Augen, die Kate zunächst prüfend, dann bewundernd anschauten. Kate trug hellbraune Hosen, einen Kaschmirpullover mit Rollkragen und darüber eine gut geschnittene, karierte Jacke. Das Haar war im Nacken zu einem dicken, kurzen Zopf gebunden.
Higgins bot ihnen Erfrischungen an. Zuerst zögernd, dann immer eifriger zählte er die verschiedenen Sorten auf, doch Dalgliesh und Kate entschieden sich für Kaffee. Er wurde ihnen von einem jungen Kellner gebracht und schmeckte ausgezeichnet. Sobald Dalgliesh einen Schluck getrunken hatte, seufzte Higgins erleichtert auf, als hätte sich sein Gast nun unwiderruflich kompromittiert und damit ein gut Teil seiner Macht eingebüßt.
»Wie Sie sich denken können«, begann Dalgliesh, »arbeiten wir an der Aufklärung des Falls Berowne. Vielleicht können Sie uns mit ein paar Informationen weiterhelfen.«
Jean Paul Higgins hob abwehrend die Hände und schlüpfte in die Rolle des redseligen Franzosen. Aber seine melancholischen Augen behielten ihren argwöhnischen Ausdruck bei.
»Eine schreckliche, eine tragische Sache, dieser Tod von Sir Paul. Seitdem frage ich mich, in welcher Welt wir leben, wenn es zu solchen Gewalttätigkeiten kommen kann. Aber wie könnte ich Ihnen behilflich sein, Commander? Er wurde in London ermordet, aber Gott sei Dank nicht hier. Wenn es überhaupt ein Mord war. Ich habe gehört, Sir Paul könnte sich selbst... Aber auch das wäre schrecklich. Für seine Frau vermutlich noch schrecklicher als ein Mord.«

»War er einer Ihrer Stammgäste?«
»Er kam hin und wieder, aber nicht regelmäßig. Er war ein vielbeschäftigter Mann.«
»Soviel ich weiß, kam Lady Berowne öfter, zumeist in Begleitung ihres Vetters.«
»Eine entzückende Dame! Eine wahre Zierde für meinen Speisesaal! Allerdings kann man nicht immer darauf achten, wer mit wem kommt. Wir konzentrieren uns in erster Linie auf die Zubereitung der Gerichte und den Service. Wir sind keine Klatschkolporteure, Monsieur.«
»Aber Sie können sich sicherlich noch daran erinnern, ob sie am vergangenen Dienstag, also vor drei Tagen, mit ihrem Vetter, Dr. Stephen Lampart, diniert hat?«
»Am 17.? Ja, das hat sie. Zwanzig vor neun nahmen sie an ihrem Tisch Platz. Es gehört zu meinen Eigenheiten, daß ich mir merke, wann ein Gast eintrifft. Der Tisch war für acht Uhr fünfundvierzig reserviert. Sie kamen etwas früher. Wollen Sie das Vormerkbuch einsehen, Monsieur?«
Er zog die Schreibtischschublade heraus und holte das Vormerkbuch hervor. Da er zweifellos mit einem Besuch der Kripo gerechnet hatte, lag das Beweismaterial griffbereit. Die Zeitangabe hinter dem Namen »Dr. Lampart« war deutlich zu lesen. Nichts deutete darauf hin, daß die Zahlen geändert worden waren.
»Wann wurde der Tisch vorbestellt?« fragte Dalgliesh.
»Am Vormittag. Gegen halb elf, wenn ich mich recht erinnere. Präziser kann ich's Ihnen bedauerlicherweise nicht angeben.«
»Dann hat ja Dr. Lampart Glück gehabt.«
»Für geschätzte Stammgäste halten wir immer einen Tisch parat. Aber sicherer ist es natürlich, wenn man einen Tisch rechtzeitig reserviert.«
»Welchen Eindruck machten Dr. Lampart und Lady Berowne bei ihrer Ankunft auf Sie?«
Die dunklen Augen schauten Dalgliesh vorwurfsvoll an, als müsse er sich gegen diese Aufforderung zur Indiskretion verwahren. »Welchen Eindruck sollten sie schon machen, Commander? Sie sahen aus, als freuten sie sich aufs Essen.« Als befürchtete er, seine Antwort klinge zu unverschämt, fügte er hinzu: »Sie waren wie sonst auch. Lady Berowne ist immer äußerst liebenswürdig. Beide

waren überglücklich, daß sie ihren gewohnten Tisch, den Ecktisch am Fenster, bekamen.«

»Wann haben Sie das Lokal verlassen?«

»Um elf oder kurz nach elf. Zu einem guten Essen sollte man sich Zeit nehmen.«

»Haben sie während des Essens viel miteinander gesprochen?«

»Sie haben sich unterhalten, Monsieur. Zu einem guten Dinner gehört nicht nur ein gutes Essen und guter Wein, sondern auch ein anregendes Gespräch unter Freunden. Worüber sie sich unterhalten haben, Commander, kann ich Ihnen nicht sagen. Wir sind doch keine Lauscher. Auch keine Polizisten. Das sind überaus geschätzte Stammgäste, Monsieur!«

»Also anders als die Gäste, zu denen die ertrunkene Diana Travers gehörte? Sie können sich gewiß noch an sie erinnern, nicht wahr?«

Higgins schien über die Gesprächswendung nicht im geringsten verwundert zu sein. Er hob resignierend die Hände. »Wer würde sich nicht an sie erinnern? Solche Gäste haben wir gewöhnlich nicht. Beim Dinner verhielten sie sich noch einigermaßen manierlich, aber danach – es war höchst unerfreulich. Ich war erleichtert, als sie endlich den Speisesaal verließen.«

»Soviel ich gehört habe, nahm Sir Paul an der Geburtstagsfeier seiner Frau nicht teil.«

»Das ist richtig, Monsieur. Bei der Ankunft sagte Dr. Lampart, Sir Paul werde voraussichtlich später kommen, zum Kaffee vielleicht. Aber er sagte dann gegen zehn Uhr oder kurz danach telefonisch ab, wie Sie sicherlich schon wissen.«

»Wer hat denn den Anruf entgegengenommen?«

»Henry, mein Portier. Da Sir Paul mich sprechen wollte, wurde ich ans Telefon gerufen.«

»Sind Sie sicher, daß er es war?«

»Wie ich schon sagte, er war nicht oft hier, aber seine Stimme hat sich mir eingeprägt. Es war – wie soll ich's ausdrücken? – eine kultivierte Stimme. Ihre Stimme klingt ähnlich, Commander, wenn ich das sagen darf. Beschwören kann ich's nicht, aber damals bezweifelte ich nicht, daß er es war.«

»Zweifeln Sie heute daran?«

»Nein, Commander. Das könnte ich nicht behaupten.«

»Haben die Gäste an den beiden Tischen, an dem von Dr. Lampart und dem anderen, miteinander geplaudert, einander begrüßt?«

»Vielleicht bei der Ankunft. Die Tische standen jedenfalls nicht nebeneinander.«
Dafür hat er schon rechtzeitig gesorgt, dachte Dalgliesh. Higgins hätte es sicher bemerkt, wenn Barbara Berowne pikiert reagiert hätte oder ihr Bruder aufdringlich geworden wäre. »Sind die Leute an dem Tisch von Diana Travers schon mal in Ihrem Lokal gewesen?«
»Ich kann mich nicht erinnern. Nur Mr. Swayne war mir bekannt. Er ist zusammen mit seiner Schwester schon ein paarmal hier gewesen. Aber das ist Monate her. Die anderen waren mir völlig unbekannt.«
»Fanden Sie's nicht merkwürdig, daß Mr. Swayne nicht an Lady Berownes Geburtstagsfeier teilnahm?«
»Aber, Monsieur! Ich kann meinen Gästen doch nicht vorschreiben, wen sie an ihren Tisch bitten sollen! Lady Berowne wird schon ihre Gründe gehabt haben. An ihrem Tisch saßen insgesamt nur vier Personen. Es war eine intime Feier. Zudem war die Sitzverteilung ausgewogen.«
»Hätte nicht die Ankunft von Sir Paul die Balance gestört?«
»Das schon, aber er wäre ja erst zum Kaffee gekommen. Außerdem war er ja der Gatte von Lady Berowne.«
Ziemlich abrupt fragte Dalgliesh Higgins nun, wie es zu dem Badeunfall gekommen war.
»Wie ich schon sagte, ich war froh, als die jungen Leute endlich das Restaurant verließen und durch den Wintergarten ins Freie gingen. Sie hatten zwei Flaschen Wein mitgenommen, zwar nicht den besten Rotwein, aber für sie gut genug. Ich seh's nicht gern, wenn man meinen Wein in sich hineinschüttet wie Bier. Sie alberten draußen herum, und ich wollte schon Henry oder Barry hinausschicken, um sie zur Raison zu bringen. Aber dann schlenderten sie am Flußufer entlang weiter und waren nicht mehr zu hören. Irgendwann müssen sie auf den Kahn gestoßen sein. Er war vertäut und dümpelte in einer kleinen Bucht achtzig Meter stromaufwärts. Mittlerweile hat man ihn abtransportiert. Das hätte man schon früher tun sollen. Aber kann man mir dafür die Schuld geben? Sie waren ja keine Kinder mehr, obgleich sie sich so benahmen. Ich bin doch nicht haftbar für das, was meine Gäste außerhalb des Lokals treiben.«

Er sprach zwar von Schuld, aber in seiner Stimme schwang keine Spur von Betroffenheit mit. Ein verdorbenes Essen oder schlechter Service waren vermutlich der einzige Anlaß für Higgins, sich Vorwürfe zu machen.

»Nach einer Weile winkte mir der Küchenchef von der Tür zum Küchentrakt unauffällig zu«, erzählte Higgins weiter. »Das kommt sehr selten vor. Da wußte ich, daß etwas schiefgelaufen sein mußte. Ich ging in die Küche, wo mir eines der Mädchen schluchzend erklärte, diese Diana Travers sei tot, ertrunken. Wir rannten dann zum Flußufer. Es war nicht besonders hell. Nur vom Parkplatz drang ein Lichtschein herüber und vom Küchentrakt. Gut, daß ich eine Stableuchte mitgenommen hatte. Sie können sich meine Aufregung vorstellen! Die Mädchen weinten, während sich einer der jungen Männer über die Gestalt am Boden beugte. Mr. Swayne stand mit tropfnassen Kleidern da. Dann übernahm Marcel die Mund-zu-Mund-Beatmung – der Junge ist zu allem zu gebrauchen –, aber es war sinnlos. Ich sah gleich, daß sie tot war. Das sieht man, wenn jemand tot ist, Monsieur.«

»War die Tote nackt?«

»Ja. Das hat man Ihnen sicher schon gesagt. Sie hatte sich ganz ausgezogen und war Hals über Kopf – fahrlässig war das – ins Wasser gesprungen.« Er verstummte und schien das Ausmaß der Fahrlässigkeit auszuloten.

»Da traf es sich ja gut«, sagte Dalgliesh und setzte die Kaffeetasse ab, »daß Dr. Lampart an jenem Abend anwesend war. Sie haben ihn natürlich um Hilfe gebeten.«

Die dunklen Augen blieben ausdruckslos. »Das war auch mein erster Gedanke, Commander. Leider war es zu spät. Als ich wieder ins Restaurant kam, hörte ich, Dr. Lampart und seine Gäste seien schon gegangen. Ich sah nur noch, wie der rote Porsche davonfuhr.«

»Dr. Lampart mußte also, kurz bevor Sie von dem Unfall hörten, zum Parkplatz gegangen sein, um seinen Wagen zu holen?«

»Das ist durchaus möglich, Monsieur. Seine Gäste sollen vorm Restaurant gewartet haben.«

»War denn das nicht ein verfrühter oder überstürzter Aufbruch?«

»Ob er überstürzt war, kann ich nicht sagen. Schließlich waren die Gäste ja schon kurz nach sieben erschienen. Wenn Sir Paul noch hätte kommen können, wären sie sicherlich länger geblieben.«

»Ich habe gehört, daß Sir Paul an jenem Abend doch noch hier gewesen sein könnte.«
»Das habe ich auch gehört, Commander. Eine Frau war hier und befragte meine Mitarbeiter. Mir behagte das gar nicht. Wenn ich dagewesen wäre, hätte ich mit ihr gesprochen. Ich kann Ihnen versichern, daß keiner meiner Angestellten Sir Paul an jenem Abend gesehen hat. Auch seinen Wagen hat niemand auf dem Parkplatz gesichtet. Außerdem – was könnte das mit seinem Tod zu tun haben?«
Meistens wußte Dalgliesh, ob man ihm die Wahrheit sagte oder nur einen Teil davon. Das war weniger eine Sache des Instinkts als der Erfahrung. Und Higgins log. Deswegen wagte er einen Schuß ins Blaue. »Aber jemand hat Sir Paul am fraglichen Abend gesehen. Wer war es?«
»Monsieur, ich versichere Ihnen...«
»Ich muß es erfahren und gehe erst dann, wenn ich es weiß. Wenn Sie uns loswerden wollen, wofür ich Verständnis habe, gelingt es Ihnen am schnellsten, wenn Sie unsere Fragen rückhaltlos beantworten. Die Untersuchung ergab Tod durch Unfall. Soweit ich weiß, hat bisher niemand etwas anderes behauptet. Diana Travers hatte zuviel gegessen, zuviel getrunken, sich dann in den Schlingpflanzen verfangen und ist in Panik geraten. Es ist von zweitrangigem Interesse, ob sie an einem Kälteschock starb oder ertrunken ist. Was versuchen Sie zu vertuschen?«
»Wir vertuschen nichts, Commander. Überhaupt nichts. Sie sagten ja selbst, es sei ein tödlicher Unfall gewesen. Warum wollen Sie mir dann Schwierigkeiten bereiten? Warum machen Sie mir noch mehr Kummer? Es ist doch völlig ungewiß. Eine Gestalt, die rasch davoneilt, halb verschluckt von der Dunkelheit, vom Schatten der Hecke. Wer kann da schon sagen, wer es war?«
»Wer hat ihn nun gesehen? Henry?« Es war weniger eine Vermutung als eine berechenbare Annahme. Berowne hatte sich in der Nähe des Restaurants bestimmt nicht gezeigt, und der Portier hielt sich als einziger der Angestellten meistens draußen auf.
»Ja, es war Henry«, gab Higgins niedergeschlagen zu. Bekümmert und vorwurfsvoll sah er Dalgliesh an, als wollte er noch hinzufügen: Ich bin Ihnen behilflich gewesen, habe Informationen preisgegeben, Ihnen sogar Kaffee servieren lassen. Und das habe ich nun davon.

»Würden Sie ihn bitte kommen lassen. Aber ich würde mich gern allein mit ihm unterhalten.«

Higgins hob den Hörer ab und wählte eine einstellige Nummer. Henry meldete sich und wurde herbeibeordert. Gleich darauf trat er ein.

»Henry, das ist Commander Dalgliesh«, sagte Higgins. »Erzählen Sie ihm, was Sie an dem Abend, als das Mädchen ertrank, angeblich beobachtet haben.« Er warf ihm noch einen bedauernden Blick zu, zuckte mit den Achseln und verließ den Raum. Henry blieb gleichmütig und soldatisch-stramm stehen. Dalgliesh bemerkte, daß er älter war, als man es aus seiner straffen, aufrechten Haltung hätte schließen können. Er mußte an die Siebzig sein.

»Sie waren Soldat, nicht wahr?« fragte er.

»Ja, Sir. Ich habe im Gloucester Regiment gedient.«

»Seit wann arbeiten Sie schon für Mr. Higgins, das heißt für Monsieur Jean Paul?«

»Seit fünf Jahren, Sir.«

»Wohnen Sie auch hier?«

»Nein, Sir. Ich wohne mit meiner Frau drüben in Cookham. Da ist es nicht besser und nicht schlechter als anderswo.« Als wolle er mit einer vertraulichen Angabe seine Bereitschaft zur Zusammenarbeit demonstrieren, fügte er noch hinzu: »Ich bekomme zwar eine Pension von der Armee, aber ein kleiner Nebenverdienst hat noch keinem geschadet.«

Und so klein wird er nicht sein, dachte Dalgliesh. Die Trinkgelder flossen sicherlich reichlich, und wenn man in Betracht zog, welche Freude es macht, dem Fiskus ein Schnippchen zu schlagen, dann waren die meisten bestimmt steuerfrei. So schnell würde Henry seinen Nebenverdienst wahrscheinlich nicht aufgeben. »Wir versuchen den Tod von Sir Paul Berowne aufzuklären«, sagte er. »Uns interessieren die letzten Wochen seines Lebens mitsamt den scheinbar unbedeutenden oder belanglosen Begebenheiten. Er scheint am 7. August abends hier gewesen zu sein. Und Sie haben ihn gesehen.«

»Ja, Sir. Er überquerte den Parkplatz. Da ein Gast gehen wollte, holte ich seinen Rolls-Royce. Das gehört eigentlich nicht zu meinen Pflichten, weil ich dann den Eingang unbeobachtet lassen muß. Aber hin und wieder wollen die Gäste ihren Wagen nicht selbst parken und geben mir gleich bei der Ankunft die Schlüssel. Antonio, einer der Kellner, sagte mir, daß der erwähnte Gast aufbrechen wolle, und ich ging zu seinem Rolls-Royce. Als ich die Tür aufschloß, sah ich, wie Sir Paul den Parkplatz überquerte, die Hecke entlanghastete und durch die Pforte Richtung Themse verschwand.«

»Sind Sie sicher, daß es Sir Paul war?«

»Da bin ich mir sicher, Sir. Er war zwar nicht oft hier, aber Gesichter prägen sich mir ein.«

»Wissen Sie, was für einen Wagen er fährt?«

»Soviel ich weiß, einen schwarzen Rover. Mit einem A im Kennzeichen. An die übrigen Kennziffern kann ich mich nicht erinnern.«

Kann er nicht, oder will er nicht, überlegte Dalgliesh. Daß es ein schwarzer Rover war, besagte nicht viel. Das Kennzeichen aber wäre ein unwiderlegbarer Beweis gewesen. »Am fraglichen Abend stand aber kein schwarzer Rover auf dem Parkplatz?«

»Ich habe keinen gesehen, Sir. Er wäre mir sicher aufgefallen.«

»Sie sagen, er sei schnell gegangen.«

»Ja, Sir. So, als hätte er ein bestimmtes Ziel gehabt.«

»Wann haben Sie Mr. Higgins unterrichtet?«

»Am nächsten Morgen, Sir. Er meinte, es bestehe kein Grund, es der Polizei zu sagen. Sir Paul könne spazierengehen, wo immer er wolle. Wir sollten die Untersuchung abwarten. Wenn aber an der Leiche irgend etwas Verdächtiges festgestellt würde, wäre das was anderes. Dann würde die Polizei interessieren, wer sich an jenem Abend hier aufgehalten hat. Glücklicherweise stellte sich die Sache als Unfall heraus. Der Untersuchungsrichter erkannte auf Tod durch Ertrinken. Daraufhin entschied Monsieur Jean Paul, daß wir nichts sagen sollten.«

»Selbst nach dem Tod von Sir Paul nicht?«

»Monsieur Jean Paul hielt die Information wohl für belanglos. Sir Paul war tot. Welche Rolle spielte es da, daß er vor sechs Wochen an der Themse spazierengegangen war?«

»Haben Sie darüber mit jemandem gesprochen? Etwa mit Ihrer Frau, einem Kollegen?«

»Mit niemandem, Sir. Eine Dame war hier und hat sich nach allem möglichen erkundigt. Ich war krank an diesem Tag. Aber selbst wenn ich dagewesen wäre, hätte ich nichts gesagt. Es sei denn, Monsieur Jean Paul hätte es mir erlaubt.«

»Und zehn Minuten nachdem Sir Paul den Parkplatz überquert hatte, rief er an und sagte, er könne nicht kommen?«

»Ja, Sir.«

»Sagte er, woher er anrief?«

»Nein, Sir. Vom Restaurant aus kann es nicht gewesen sein. Das Telefon befindet sich in der Eingangshalle. Es gibt noch eine öffentliche Telefonzelle in Mapleton – das ist ein Dorf in der Nähe –, aber die war wegen Reparaturarbeiten an jenem Abend außer Funktion. Meine Schwester – sie wohnt in Mapleton – wollte mich von dort aus anrufen. Soviel ich weiß, gibt es in der Nähe sonst keine Telefonzelle. Ich kann mir nicht erklären, woher er angerufen hat, Sir.«

»Was könnte Ihrer und Mr. Higgins' Meinung nach Sir Paul hier getan haben? Sie haben sich doch sicher darüber unterhalten.«

Henry schien zu überlegen. »Monsieur Jean Paul meinte, Sir Paul habe unbemerkt seine Frau beobachten wollen.«

»Er habe ihr nachspioniert?«

»Das wäre doch denkbar, Sir.«

»Und deswegen ist er an der Themse spazierengegangen?«

»Wenn Sie's so ausdrücken, ist's unwahrscheinlich.«

»Warum hätte er seiner Frau nachspionieren sollen?«

»Das weiß ich nicht, Sir. Vielleicht hat Monsieur Jean Paul nur Spaß gemacht. Jedenfalls hat er zu mir gesagt: ›Henry, das geht uns nichts an. Vielleicht will er die Lady im Auge behalten.‹«

»Haben Sie sonst noch was bemerkt?«

Henry zögerte. Dalgliesh ließ ihm Zeit.

»Ja, da ist noch was, Sir«, sagte er dann. »Etwas, das mich irgendwie stutzig gemacht hat. Der Parkplatz ist zwar beleuchtet, aber Sir Paul ging ziemlich schnell und verschwand dann im Schatten der Hecke gegenüber. Trotzdem kamen mir sein Jackett und seine Hosen irgendwie merkwürdig vor. Sie schienen klatschnaß zu sein. So, als wenn er in der Themse gewesen wäre. Merkwürdig war noch, daß er nicht von der Themse her kam, sondern auf sie zuging.«

Henry schaute von Dalgliesh zu Kate hinüber. Seine Augen hatten einen fragenden Ausdruck, als würde ihm die seltsame Beobachtung erst jetzt zu denken geben.

»Ich könnte schwören, daß er tropfnaß war, Sir. Aber wie ich schon sagte, er ging Richtung Themse, er kam nicht vom Fluß.«
Dalgliesh und Kate waren nicht zusammen zum »Black Swan« gefahren. Kate sollte anschließend zum Yard zurückkehren, während Dalgliesh in Wrentham Green mit dem Vorsitzenden und dem stellvertretenden Vorsitzenden der Konservativen Partei in Berownes Wahlkreis zum Lunch verabredet war. Am Nachmittag würde er Kate im Yard treffen, um den Papierkram für die Voruntersuchung zu erledigen. Und hinterher wollten sie Paul Berownes Geliebte befragen.
Als Kate ihren Metro aufschloß, sagte Dalgliesh: »Wir sollten auch noch das Ehepaar befragen, das am 7. August mit Dr. Lampart und Lady Berowne diniert hat. Die beiden könnten uns vielleicht angeben, wann Dr. Lampart den Tisch verließ, um seinen Wagen zu holen, wie lange er abwesend war. Machen Sie bitte Namen und Adresse der beiden ausfindig. Ich würde mich eher bei Lady Berowne erkundigen als bei Dr. Lampart. Außerdem bräuchten wir mehr Informationen über diese geheimnisvolle Diana Travers. Laut dem Polizeibericht nach dem Unfall soll sie mit ihren Eltern 1963 nach Australien ausgewandert sein. Ihre Eltern blieben dort, während sie wieder zurückkam. Ihre Eltern waren weder bei der gerichtlichen Untersuchung noch beim Begräbnis anwesend. Die Polizeidirektion von Thames Valley hatte Schwierigkeiten, ein Familienmitglied aufzuspüren, das sie identifizieren konnte. Man stieß dann auf eine Tante, die sich auch um die Beerdigung kümmerte. Zwar hatte sie Diana Travers seit gut einem Jahr nicht gesehen, aber sie erkannte sie immerhin wieder. Und wenn Sie schon bei den Berownes sind, könnten Sie versuchen, Miss Matlock etwas mehr über Diana Travers zu entlocken.«
»Mrs. Minns könnte uns gleichfalls behilflich sein, Sir. Wir sind morgen früh mit ihr verabredet. Noch was, Sir. An Higgins' Aussage über den Tod von Diana Travers kommt mir eine Sache sonderbar vor. So kann sie nicht stimmen.«
Die Unstimmigkeit war also auch ihr aufgefallen. »Es scheint ein Abend gewesen zu sein, an dem der Wassersport eine große Rolle spielte«, erwiderte Dalgliesh. »Ja, die Sache ist fast so merkwürdig wie Henrys Geschichte: Paul Berowne in tropfnasser Kleidung, und dann kommt er aber nicht vom Flußufer her, sondern geht dorthin.«

Kate legte die Hand auf den Türgriff, zögerte aber noch. Dalgliesh schaute zur Hecke hinüber, die den Parkplatz vom Flußufer abgrenzte. Das Wetter schlug um. Am frühen Morgen war der Himmel noch klar gewesen, jetzt zogen dunkle Wolken von Westen heran. Trotzdem war es für einen Tag im Frühherbst angenehm warm. Über den nahezu leeren Parkplatz zog von der Themse her verführerisch der Geruch von Flußwasser und sonnenwarmem Gras.

Schließlich öffnete Kate die Wagentür und setzte sich hinters Steuerrad. Auch sie schien von der träumerischen herbstlichen Stimmung erfaßt zu sein.

»All das hier kommt mir unendlich weit entfernt vor von der armseligen Sakristei in Paddington«, sagte sie.

Er überlegte, ob sie damit andeuten wollte, daß sie ja eigentlich den Mord an Paul Berowne aufklären sollten und nicht den tödlichen Unfall einer jungen Frau, die Berowne vielleicht gar nicht beachtet hatte.

Trotzdem war er mehr denn je überzeugt, daß die drei Todesfälle – der Tod von Diana Travers, Theresa Nolan und Paul Berowne – irgendwie zusammenhingen. Außerdem hatte die Befragung im »Black Swan« zumindest ein greifbares Ergebnis gebracht. Dr. Lamparts Alibi war nicht zu erschüttern. Auch wenn er einen Porsche fuhr, konnte er kaum Paul Berowne getötet und sich um acht Uhr vierzig an den Tisch gesetzt haben.

2

Durch die Elektrifizierung der nach Nordosten führenden Vorstadtlinie war Wrentham Green immer mehr zu einem Wohnort für Pendler geworden, obwohl die alteingesessenen Bürger stets beteuerten, es sei eine Kleinstadt ländlichen Charakters und keine Schlafsiedlung in der Nähe Londons. Früher als in den weniger wachsamen Nachbarorten waren die Stadtväter hier auf die von Bauunternehmern und Behörden betriebene Kahlschlagsanierung in der Nachkriegszeit aufmerksam geworden und hatten die ärgsten Exzesse dieser unheiligen Allianz rechtzeitig verhindert. Die breite, im

18. Jahrhundert angelegte High Street war zwar durch zwei mehrgeschossige Kaufhäuser entweiht, im Grunde aber unversehrt. Das Ensemble georgianischer Häuser am Fluß wurde noch immer regelmäßig für Weihnachtsbücher abgelichtet, selbst wenn sich die Photographen gehörig verrenken mußten, um nicht auch noch den Parkplatz und die öffentliche Bedürfnisanstalt mit aufs Bild zu bekommen. In einem der kleineren Häuser des Ensembles war das Büro des Ortsverbandes der Konservativen Partei untergebracht. Dalgliesh öffnete die von Säulen flankierte und mit einem Namensschild aus blankgeputztem Messing verzierte Tür, trat ein und wurde gleich darauf von Frank Musgrave, dem Vorsitzenden, und General Mark Nollinge, dem stellvertretenden Vorsitzenden, empfangen.
Er hatte sich auf diesen Besuch, wie es seine Art war, gut vorbereitet. Er wußte wahrscheinlich mehr von den beiden, als ihnen lieb war. Seit zwanzig Jahren kümmerten sie sich in freundschaftlicher Eintracht um die Belange des Ortsverbandes ihrer Partei. Frank Musgrave war Immobilienmakler in einem Familienunternehmen, das er von seinem Großvater geerbt hatte und das sich immer noch gegen die großen Konzerne zu behaupten wußte. Bei der Fahrt durch die Stadt hatte Dalgliesh den vielen Firmenschildern an den Häusern entnehmen können, daß das Geschäft florierte. Fast an jeder Straßenecke stieß er auf den Namen »Musgrave« in auffälligen schwarzen Lettern auf weißem Grund.
Musgrave und General Nollinge waren ein ungleiches Paar. Auf den ersten Blick erinnerte eher Musgrave an einen Militär. Seine Ähnlichkeit mit dem verstorbenen Feldmarschall Montgomery war so frappierend, daß es Dalgliesh nicht überraschte, ihn in abgehacktem, militärischem Tonfall reden zu hören. Der General reichte ihm kaum bis zur Schulter. Er hielt sich so gerade, als hätte er einen Stock verschluckt. Ein weißer Haarkranz säumte seinen mit Altersflecken gesprenkelten kahlen Schädel. Als Musgrave sie einander vorstellte, blickte er Dalgliesh mit treuherzigen Kinderaugen an. Im Gegensatz zu Musgrave, der einen Nadelstreifenanzug und eine schwarze Krawatte trug, war der General mit einem alten Tweedjackett bekleidet, an dessen Ellenbogen längliche Wildlederflecken prangten. Sein Hemd saß wie angegossen. Die Krawatte in den Farben irgendeines Regiments war tadellos geknüpft. Schon nach wenigen Sätzen wurde deutlich, wie sehr die beiden Männer einander schätz-

ten. Wenn der General etwas sagte, blickte Musgrave mit väterlich besorgter Miene von ihm zu Dalgliesh, als müsse er darauf achten, daß niemand die Geistesschärfe seines Sprößlings unterschätzte.
Musgrave führte Dalgliesh durch die breite Eingangshalle zu einem Zimmer im Rückteil des Hauses, das Berowne als Büro gedient hatte.
»Haben es seit Berownes Tod verschlossen gehalten«, sagte er. »Ihre Leute haben mich angerufen, aber wir hätten es sowieso abgesperrt. Der General und ich hielten es für das beste. Nicht daß es irgend etwas zu verbergen gibt. Aber das wissen Sie ja. Schauen Sie sich ruhig um.«
Die Luft war stickig, als sei das Zimmer seit Monaten und nicht erst seit ein paar Tagen verschlossen gewesen. Musgrave schaltete eine Lampe an und schritt zum Fenster, wo er mit einem Ruck, daß die Messingringe klirrten, die Übergardinen zurückschob. Schwaches Nordlicht drang durch den einfachen Nylonstoıe, durch den Dalgliesh einen kleinen ummauerten Parkplatz erkennen konnte. Selten hatte er ein trübseligeres Zimmer gesehen, aber trotzdem konnte er sich nur schwer erklären, wieso ihn plötzlich eine schwermütige Stimmung überkam. Der Raum war funktionell, ordentlich, unpersönlich und unterschied sich nicht von anderen Büros. Dennoch hatte er das Gefühl, daß ihm aus jedem Winkel Melancholie entgegenschlug.
»Übernachtete Sir Paul in diesem Haus, wenn er in seinem Wahlkreis unterwegs war?« fragte er.
»Nein. Das war nur sein Büro. Er stieg immer im ›Courtney Arms‹ ab. Mrs. Powell hielt stets ein Zimmer für ihn bereit. Das war billiger und auch zweckmäßiger, als wenn er eine Wohnung in seinem Wahlkreis unterhalten hätte. Hin und wieder meinte er zwar, ich sollte für ihn doch eine anmieten, aber daraus wurde nichts. Ich glaube, daß seine Frau etwas dagegen hatte.«
»Haben Sie Lady Berowne öfter getroffen?« erkundigte sich Dalgliesh beiläufig.
»Kaum. Natürlich tat sie ihre Pflicht. Jahresversammlung, Repräsentation bei den Kommunalwahlen und dergleichen. Die Schönheit und Freundlichkeit in Person. Aber nicht besonders interessiert an Politik. Was meinen Sie dazu, General?«
»Lady Berowne? Nein, wirklich nicht besonders. Die erste Lady

Berowne war da anders. Aber die Manstons sind ja auch schon seit vier Generationen politisch aktiv. Zuweilen habe ich mich gefragt, ob nicht Berowne in die Politik ging, um seiner Frau zu gefallen. Ich glaube nicht, daß er nach ihrem Tod noch das gleiche Engagement aufbrachte.«

Musgrave warf ihm einen strafenden Blick zu, als sollten derlei ketzerische Ansichten, obzwar längst bekannt, besser unausgesprochen bleiben. »Ja, das ist lange her«, sagte er hastig. »Eine traurige Geschichte. Er hat damals den Wagen gefahren. Ich nehme an, Sie haben davon gehört.«

»Ja, ich kenne die Fakten«, bestätigte Dalgliesh.

Es kam zu einer kurzen, beklemmenden Pause, in der die strahlend schöne Barbara beunruhigend durch den Raum zu irrlichtern schien.

Dalgliesh sah sich in dem Zimmer um. Dabei war ihm bewußt, daß ihn die beiden – General Nollinge erwartungsvoll, Musgrave argwöhnisch – anblickten, als sei er ein Büroangestellter auf Probe, der erstmals eine Inventur vornehmen sollte. In der Mitte des Büros, dem Fenster zugekehrt, standen ein solider viktorianischer Schreibtisch und ein Drehstuhl. Seitlich an der Wand waren ein moderner Schreibtisch mit einer altmodischen Schreibmaschine, zwei weitere Stühle und vor dem offenen Kamin ein niedriger Beistelltisch. Das einzig ansehnliche Möbelstück war ein Bücherschrank mit messinggefaßten Glasscheiben, der die Wandnische rechts neben dem Kamin ausfüllte. Dalgliesh hätte gern gewußt, ob die beiden um seinen Wert wußten. Selbst wenn – aus Respekt vor der Tradition würden sie einem Verkauf nie zustimmen. Wie der viktorianische Schreibtisch gehörte er zum Raum, war somit unantastbar und würde eines schnöden Profits wegen nie verramscht werden. Der Schrank enthielt ein Sammelsurium von Büchern: Nachschlagewerke, Stadtführer, Biographien von bekannten konservativen Politikern, den *Who's Who*, Parlamentsberichte, Register der neuesten Publikationen, ja sogar einige Romane der Weltliteratur.

An der Wand hinter dem Schreibtisch hing eine Kopie eines bekannten Porträts von Winston Churchill. Rechts daneben prangte eine großformatige Farbphotographie von Mrs. Thatcher. Doch was ihn noch mehr erstaunte, war das Gemälde über dem Kaminsims. Es

war ein Porträt der Familie Harrison, das Arthur Devis im 18. Jahrhundert gemalt hatte. Der junge Harrison stand, die Beine mit den Satinkniehosen lässig gekreuzt, mit besitzstolzer Miene neben einem Gartenstuhl, auf dem seine schmalgesichtige Frau saß, einen Knaben im Arm. Neben ihr im Gras kauerte brav die kleine Tochter mit einem Blumenkörbchen, während ihr Bruder auf der linken Seite an einer Schnur einen Drachen festhielt, der leuchtend am Sommerhimmel schwebte. Hinter der Gruppe erstreckte sich eine sanfte, typisch englische Landschaft mit schimmernden Rasenflächen, einem kleinen See und einem Herrenhaus in der Ferne. Dalgliesh fiel ein, daß Anthony Farrell, der Anwalt der Berownes, erwähnt hatte, Sir Paul habe Musgrave ein Bild von Devis vermacht. Das hier mußte es sein.
»Berowne hat es eines Tages mitgebracht«, erklärte General Nollinge. »Er entfernte das Churchill-Porträt und hängte es an seiner Stelle auf. Das hat damals einiges Aufsehen erregt. Der Churchill hatte schon immer über dem Kamin gehangen.«
Musgrave stellte sich neben Dalgliesh. »Das Bild werde ich vermissen«, sagte er versonnen. »Daran kann man sich nicht satt sehen. Es wurde in Hertfordshire gemalt, nur sechs Meilen von hier. Die Landschaft gibt es noch. Dieselbe Eiche, derselbe See. Auch das Haus. Jetzt ist es ein Internat. Mein Großvater war als Makler am Verkauf beteiligt. So etwas gibt es nur in England. Ich lernte den Maler erst durch dieses Bild kennen. Er erinnert einen an Gainsborough, nicht wahr? Aber ich weiß nicht, ob es mir besser gefällt als das in der National Gallery – Mr. und Mrs. Robert Andrews. Die Frauen sehen sich ein bißchen ähnlich, oder? Schmales Gesicht, arrogant – möchte mit keiner von beiden unbedingt verheiratet sein. Aber es ist schön, einfach schön.«
»Mir wird ein Stein vom Herzen fallen«, warf der General nüchtern ein, »wenn die Berownes es endlich abholen lassen. Die Verantwortung ist mir zu groß.«
Beide schienen von der testamentarischen Schenkung nichts zu wissen. Oder sie waren bessere Schauspieler, als er annahm. Dalgliesh verriet wohlweislich nichts, aber er würde viel darum geben, wenn er Musgraves Gesicht bei der Übermittlung der freudigen Nachricht sehen könnte. Was mochte wohl die närrische Großzügigkeit ausgelöst haben? Es war zweifellos ungewöhnlich, wenn

politische Loyalität auf so kostspielige Weise belohnt wurde. Außerdem komplizierte die Schenkung die Untersuchung. Sein Verstand sträubte sich zwar gegen den Gedanken, Musgrave habe einem Freund wegen eines – wenn auch heiß begehrten – Bildes die Kehle durchgeschnitten. Und doch konnte er nichts davon wissen, daß es ihm vermacht worden war. Im Normalfall hätte er sich auch glücklich schätzen können, wenn er Berowne überlebt hätte. Er war am Nachmittag vor Berownes Tod in der Villa am Campden Hill Square gewesen. Er hätte den Terminkalender an sich nehmen können. Zweifellos wußte er, daß Paul Berowne ein Rasiermesser benützte. Wie alle, die vom Tod Paul Berownes in irgendeiner Form profitierten, mußte auch Musgrave möglichst unauffällig überprüft werden. Vermutlich war das den Aufwand nicht wert, nur eine Zeitverschwendung. Es würde ihre Untersuchung komplizieren. Dennoch – es mußte sein.

Dalgliesh war klar, daß die beiden darauf warteten, etwas über den Mord zu erfahren. Er ging zum Schreibtisch und setzte sich auf Berownes Stuhl. Er war bequem und schien eigens für seine langen Gliedmaßen entworfen zu sein. Ein dünner Staubfilm bedeckte die Schreibplatte. Er zog die rechte Schublade heraus. Sie enthielt nur Briefpapier, Kuverts und einen Terminkalender, der dem in der Sakristei gefundenen ähnelte. Er blätterte darin und stellte fest, daß nur Verabredungen und Notizen für die Tage, die Berowne in seinem Wahlkreis verbrachte, vermerkt waren. Auch hier in Wrentham Green waren seine Tage verplant gewesen.

Draußen begann es zu nieseln. Das Fenster beschlug sich, so daß er die Backsteinmauer des Parkplatzes und die abgerundeten Wagendächer wie auf einem pointillistischen Gemälde sah. Mit was für einer Bürde, grübelte er, mochte sich Berowne in diesem sonnenscheinlosen, deprimierenden Büro herumgeschlagen haben? Mit Widerwillen gegen das politische Amt, das er übernommen hatte? Mit Schuldgefühlen wegen des Unfalltodes seiner Frau, seiner gescheiterten Ehe? Mit Gewissensbissen wegen seiner Geliebten, aus deren Bett er erst vor kurzem gestiegen war? Hatte ihn der Gedanke gepeinigt, er habe sich zuwenig um sein einziges Kind gekümmert? Daß sein Baronettitel eigentlich seinem Bruder gebührte? Hatte er sich schuldig gefühlt, weil der ältere, von der Mutter geliebte Bruder tot und er noch am Leben war? »Die meisten

Dinge, die ich im Leben für erstrebenswert hielt, sind mir durch den Tod zugefallen.« Vielleicht war sogar ein neuerlicher Anlaß für Schuldgefühle hinzugekommen. Theresa Nolan, die sich nach einer Abtreibung umgebracht hatte. War es sein Kind gewesen? Was hätte er hier inmitten all der Akten und sonstigen Papiere, die ihn mit ihrer Exaktheit nur an sein aus den Fugen geratenes Leben erinnerten, schon anderes tun können, als den wohlmeinenden Politiker zu spielen? Den vom Schicksal Geschlagenen zu helfen, ist mühselig. Gibt man ihnen, wonach sie verlangen, nimmt man sich ihrer mit Herz und Verstand an, hört man ihnen mitfühlend zu, kommen sie in immer größeren Scharen und erschöpfen einen körperlich und seelisch, bis man ihnen nicht mehr helfen kann. Weist man sie jedoch ab, kehren sie nicht wieder, und man verachtet sich wegen seiner Rücksichtslosigkeit.

»Der Raum muß so was wie die letzte Zufluchtsstätte gewesen sein«, meinte Dalgliesh.

Musgrave begriff als erster, was er meinte. »Genau das, in neun von zehn Fällen. Familie, Fürsorger, Kommunalpolitiker, Freunde – keiner will ihnen mehr helfen. Dann stehen sie hier. ›Ich habe Sie gewählt, jetzt tun Sie auch was für mich!‹ Manche Abgeordnete mögen das natürlich. Denken, das ist der faszinierendste Teil ihres Jobs. Das sind die verhinderten Sozialarbeiter. Er war keiner. Was er versuchte, wovon er zeitweise besessen schien, war, den Leuten die Grenzen staatlicher Macht zu erklären. Können Sie sich noch an die letzte Parlamentsdebatte über die Innenstädte erinnern? Ich war auf der Besuchergalerie. Seine Ironie enthielt eine ganze Menge unterdrückter Wut. ›Wenn ich die krausen Argumente des Herrn Kollegen richtig verstanden habe, ist die Regierung dazu aufgerufen, von Beginn des kommenden fiskalischen Jahres an dafür zu sorgen, daß Intelligenz, Talent, Gesundheit, Lebensenergie und Reichtum gleich verteilt werden und die Erbsünde abgeschafft wird. Was der göttlichen Vorsehung bedauerlicherweise nicht geglückt ist, soll die Regierung Ihrer Majestät mit Gesetzen bewirken.‹ Dem Parlament gefiel das nicht besonders. Nicht diese Art von Humor.«

Dann fügte er noch hinzu: »Die Schlacht war von Anfang an verloren. Wählern die Grenzen staatlicher Macht beizubringen! Niemand will das wahrhaben. Und in einer Demokratie gibt es immer eine Opposition, die den Leuten weismacht, daß alles möglich ist.«

»Er war ein überaus gewissenhafter Abgeordneter«, warf der General ein. »Aber es muß ihn mehr Kraft gekostet haben, als wir ahnten. Ich glaube, Mitleid und Wut haben ihn manchmal regelrecht entzweigerissen.«

Mit einem Ruck zog Musgrave die Schublade eines Aktenschrankes auf und nahm irgendeinen Ordner heraus. »Nehmen wir diesen Fall hier! Eine zweiundfünfzigjährige Frau. Unverheiratet. Steckt mitten in den Wechseljahren und hat Probleme damit. Vater gestorben. Die Mutter zu Hause, bettlägerig. Hält die Tochter den ganzen Tag auf Trab, ist inkontinent, wird immer seniler. Im Krankenhaus ist kein Bett frei. Außerdem würde sich die Mutter auch nicht dorthin abschieben lassen . . . Oder diesen Fall: Zwei Kinder, beide erst neunzehn. Das Mädchen wird schwanger, sie heiraten. Beide Elternpaare sind dagegen. Wohnen jetzt bei den Schwiegereltern in einem Einfamilienhaus. Keine Privatsphäre. Intimitäten sind unmöglich. Durch die dünnen Wände würde Ma alles mithören. Ständig plärrt das Kind. Die Familie schimpft: ›Ich hab's dir ja gleich gesagt!‹ In den nächsten drei Jahren keine Aussicht auf eine Sozialwohnung, vielleicht auch länger . . . Jeden Samstag hörte er das gleiche. Besorgen Sie mir ein Bett im Krankenhaus, eine Wohnung, Arbeit. Geben Sie mir Geld, geben Sie mir Hoffnung, geben Sie mir Liebe. Zum Teil gehört das zum Job, aber ich glaube, er fand es frustrierend. Damit will ich nicht sagen, daß er sich in ernsten Fällen nicht engagierte.«

»All diese Fälle sind ernst«, entgegnete der General ruhig. »Menschliche Not ist immer ernst.«

Er blickte aus dem Fenster. Das Nieseln war zu einem Regenschauer geworden. »Vielleicht hätten wir ihm ein heitereres Zimmer zur Verfügung stellen sollen«, meinte er.

»Bisher hat noch jeder Abgeordnete diesen Raum für seine Sprechstunden genutzt, General!« konterte Musgrave. »Außerdem war's ja nur einmal in der Woche.«

»Trotzdem«, erwiderte der General. »Wir müssen seinen Nachfolger anderswo unterbringen.«

Musgrave willigte ohne Widerstreben ein. »Wir könnten George ausquartieren. Oder das Vorderzimmer auf der obersten Etage für die Sprechstunde herrichten. Aber das Treppensteigen wird den Älteren schwerfallen. Die Kantine können wir allerdings kaum woanders unterbringen.«

»War der Rücktritt von Sir Paul für Sie eine Überraschung?« unterbrach ihn Dalgliesh.

»Auf jeden Fall«, antwortete Musgrave. »Ein vollkommener Schock. Ein Schock und ein Verrat. Reden wir nicht um den heißen Brei herum, General! Für eine Nachwahl ist es eine schlechte Zeit, und das muß er gewußt haben.«

»Einen Verrat kann man es nicht nennen«, erwiderte der General. »Das Mandat war noch nie gefährdet.«

»Wer nicht über fünfzehntausend Wählerstimmen erhält, ist gefährdet. Er hätte bis zu den Parlamentswahlen durchhalten müssen.«

»Hat er Ihnen seine Gründe dargelegt?« fragte Dalgliesh. »Ich nehme zumindest an, daß er mit Ihnen gesprochen und Sie nicht nur brieflich informiert hat.«

»Ja, er hat mit uns gesprochen«, antwortete Musgrave. »Schickte deswegen sogar die Rücktrittserklärung später ab. Ich war gerade im Urlaub – im Herbst spanne ich immer ein paar Tage aus –, und er war so rücksichtsvoll, bis zu meiner Rückkehr zu warten. Vergangenen Freitag, es war ausgerechnet Freitag, der 13., tauchte er dann hier auf. Sagte, er könne es nicht länger verantworten, unser Abgeordneter zu sein. Er wolle seinem Leben eine andere Wendung geben. Selbstverständlich wollte ich wissen, was er unter einer anderen Wendung versteht. ›Schließlich sind Sie Abgeordneter‹, sagte ich, ›und nicht irgendein Busfahrer.‹ Er wisse es nicht, sagte er. Es sei ihm noch nicht gezeigt worden. ›Gezeigt? Von wem denn?‹ fragte ich. ›Von Gott‹, antwortete er. Was kann man darauf schon erwidern? Nach so einer Antwort kann man kein vernünftiges Gespräch mehr führen.«

»Was für einen Eindruck hat er gemacht?«

»Oh, ganz ruhig, ganz normal. Zu ruhig. Das war das Komische daran. Wirklich etwas sonderbar, finden Sie nicht auch, General?«

»Auf mich machte er den Eindruck eines Menschen, der von einem Leiden, einem körperlichen Leiden befreit ist«, entgegnete der General sehr ruhig. »Blaß, abgemagert, aber mit sich und der Welt im reinen. Das war unverkennbar.«

»Sicher, er war mit sich und der Welt im reinen. Aber auch halsstarrig. Man konnte mit ihm nicht reden. Seine Entscheidung hatte aber nichts mit Politik zu tun. Das haben wir ihm zumindest noch entlocken können. Ich fragte ihn unverblümt: ›Sind Sie von der politischen Linie enttäuscht, von der Partei, dem Premier, von uns?‹ Das sei es nicht, erwiderte er. ›Mit der Partei hat es nichts zu tun‹, sagte er wortwörtlich. ›Mich selbst muß ich ändern.‹ Die Frage überraschte ihn anscheinend, amüsierte ihn sogar, als sei sie völlig unwichtig. Für mich war sie nicht unwichtig. Der General und ich haben das ganze Leben lang der Partei gedient. Uns liegt sie am Herzen. Das ist nicht irgendein Spiel, irgendeine oberflächliche Beschäftigung, mit der man anfängt und, wenn's einen langweilt, wieder aufhört. Wir hätten eine bessere Erklärung verdient, und, verdammt nochmal, etwas mehr Rücksicht. Anscheinend ärgerte er sich sogar, daß er darüber sprechen mußte. Genausogut hätten wir über die Vorbereitungen fürs Sommerfest reden können.« Aufgebracht begann er, in dem schmalen Raum hin und her zu gehen.
»Ich fürchte, wir waren ihm keine große Hilfe«, sagte der General beschwichtigend.
»Hat er uns denn um Hilfe gebeten? Oder um Rat? Nein, da hat er sich an eine höhere Instanz gewandt. In diese Kirche hätte er nie einen Fuß setzen sollen! Was hat er da überhaupt gesucht? Wissen Sie es?« Vorwurfsvoll schaute Musgrave Dalgliesh an.
»Er hat sich von jeher für viktorianische Kirchen interessiert«, antwortete Dalgliesh in begütigendem Tonfall.
»Warum konnte er nicht angeln? Oder Briefmarken sammeln? Tja, nun ist er tot. Armer Teufel. Sinnlos, ihn jetzt zu kritisieren.«
»Haben Sie den Artikel in der *Paternoster Review* gelesen?«
Musgrave hatte sich wieder beruhigt. »Solche Klatschblätter lese ich nicht«, antwortete er. »Buchbesprechungen finde ich auch in der Wochenendausgabe meiner Zeitung. Aber jemand muß den Artikel gelesen und ausgeschnitten haben. Die Sache hat sich hier bei uns ziemlich schnell herumgesprochen. Der General meinte sogar, daß man gegen den Schreiberling gerichtlich vorgehen könne.«
»Das war in der Tat meine Ansicht«, bestätigte General Nollinge. »Ich riet Sir Paul, sich an seinen Anwalt zu wenden. Er wolle es sich überlegen, sagte er.«
»Er hat mich auf den Artikel hingewiesen«, sagte Dalgliesh.

»Und Sie gebeten, der Sache nachzugehen?« fragte Musgrave scharf.
»Das nicht. Er hat sich nicht klar ausgedrückt.«
»Das kenn' ich. In den letzten Wochen war ihm kein klares Wort zu entlocken ... Als er uns mitteilte«, fuhr Musgrave fort, »er wolle von seinem Amt zurücktreten, fiel uns der Artikel in der *Paternoster Review* ein, und wir machten uns auf einen Skandal gefaßt. Dazu kam es nicht, was ja durchaus verständlich ist. Aber da ist eine Sache, die wir jetzt wohl erwähnen sollten. Da er jetzt tot ist, kann es niemandem schaden. Es war in der Nacht, als die junge Frau ertrank. Diana Sowieso.«
»Diana Travers«, sagte Dalgliesh.
»Richtig. In dieser Nacht tauchte er hier auf, oder besser gesagt, am frühen Morgen. Mitternacht war schon vorbei, aber ich saß hier noch an irgendwelchen Akten. Er hatte im Gesicht eine Schramme. Sie war nicht besonders tief, aber immerhin so tief, daß sie geblutet haben mußte. Sie war inzwischen verschorft. Sie hätte von einer Katze stammen können. Oder er hatte im Dunkeln einen Rosenstrauch gestreift. Genausogut hätten die Krallen einer Frau gehören können.«
»Hat er sich darüber geäußert?«
»Nein. Ich habe ihn auch nicht danach gefragt. Auch später nicht. Berowne war äußerst geschickt darin, unangenehme Fragen abzublocken. Wahrscheinlich hatte diese Schramme gar nichts mit der Ertrunkenen zu tun. An jenem Abend war er ja nicht im ›Black Swan‹ gewesen. Aber als wir danach den Artikel lasen, kam mir das Zusammentreffen doch etwas merkwürdig vor.«
Das ist es auch, dachte Dalgliesh. Aus Routine, nicht weil er eine brauchbare Information erwartete, fragte er die beiden, ob jemand hier im Wahlkreis gewußt haben könnte, daß sich Sir Paul an dem Abend, als der Mord geschah, in der St.-Matthew-Kirche aufhalten würde. Als er Musgraves argwöhnischen Blick und General Nollinges besorgte Miene sah, fügte er hinzu: »Wir müssen auch die Möglichkeit bedenken, daß es sich um ein Attentat handeln könnte, daß der Mörder wußte, wo er ihn antreffen würde. Vielleicht hat Sir Paul am Telefon darüber gesprochen. Vielleicht hat es jemand mitgehört und dann nichtsahnend weitererzählt.«
»Sie denken doch nicht, daß er von einem beleidigten Wähler umgebracht worden ist? Ziemlich abwegig, muß ich sagen.«

»Aber nicht undenkbar.«

»Beleidigte Wähler schreiben an Lokalzeitungen, kündigen ihre Beiträge oder drohen, beim nächstenmal die SDP zu wählen. Ich kann mir nicht vorstellen, daß politische Motive dahinterstecken. Verdammt, Mann, er ist zurückgetreten. Er war erledigt, weg vom Fenster, am Ende, keine Gefahr mehr für irgend jemanden. Und nach diesem Unsinn in der Kirche hätte ihn auch keiner mehr ernst genommen.«

»Nicht einmal die Familienangehörigen wußten, wo er sich an dem Abend aufhalten würde«, ließ sich die sanfte Stimme des Generals wieder vernehmen. »Da wäre es doch sonderbar, wenn er's hier jemandem erzählt hätte.«

»Woher wissen Sie das mit den Familienangehörigen, General?«

»Mrs. Hurrell rief kurz nach halb neun abends die Berowne-Villa an und sprach mit der Haushälterin, mit Miss Matlock. Zuerst meldete sich ein junger Mann, der sie dann mit Miss Matlock verband. Wilfred Hurrell, Mrs. Hurrells Mann, war hier im Haus beschäftigt. Er starb am nächsten Tag um drei Uhr nachts im St.-Mary-Hospital in Paddington an Krebs. Er hing sehr an Berowne und verlangte nach ihm. Deswegen rief auch seine Frau an. Berowne hatte ihr versichert, daß sie ihn jederzeit anrufen könnte. Er würde hinterlassen, wo er zu erreichen sei. Und das ist das merkwürdige daran. Berowne wußte, daß Wilfred nicht mehr lange leben würde, und trotzdem hinterließ er keine Telefonnummer oder Adresse. Das war sonst nicht Berownes Art.«

»Betty Hurrell rief mich danach an, um zu erfahren, ob er hier im Büro sei«, berichtete Musgrave. »Ich war nicht zu Hause. Ich war noch nicht aus London zurück, aber sie sprach mit meiner Frau. Natürlich konnte die ihr auch nicht weiterhelfen. Eine traurige Geschichte.«

Dalgliesh ließ sich nicht anmerken, daß er von dem Anruf wußte. »Sagte Miss Matlock, sie würde sich bei den Familienangehörigen erkundigen, wo man Sir Paul erreichen könnte?« fragte er.

»Sie sagte Mrs. Hurrell nur, er sei nicht daheim. Niemand im Hause wisse, wo er sich aufhalten könnte. Mrs. Hurrell konnte da schlecht nachhaken. Anscheinend hat er nach halb elf das Haus verlassen und ist nicht zurückgekehrt. Vor dem Lunch war ich selbst bei den Berownes, aber umsonst. Ich nehme an, daß Sie von meinem Besuch wissen.«

»Kurz vor sechs versuchte ich ihn zu erreichen, um mich für den nächsten Tag mit ihm zu verabreden«, ergänzte der General. »Ich dachte, ein Gespräch unter vier Augen könne manches klären. Aber er war nicht da. Lady Ursula war am Apparat. Sie sagte, sie würde in seinem Terminkalender nachsehen und mich dann anrufen.«

»Haben Sie sich da nicht verhört?« fragte Dalgliesh.

»Sie meinen, ob es Lady Ursula war? Aber nein! Im allgemeinen nimmt zwar Miss Matlock die Anrufe entgegen, aber zuweilen ist es auch Lady Ursula.«

»Wissen Sie genau, daß sie sagte, sie würde im Terminkalender nachsehen?«

»Vielleicht hat sie nur gesagt, sie würde nachsehen, ob er nicht schon eine Verabredung habe, und dann zurückrufen. Ich nahm selbstverständlich an, daß sie in seinem Terminkalender nachsieht. Ich erwiderte noch, daß ich ihr keine Umstände bereiten möchte. Die Arthritis macht ihr nämlich zu schaffen, müssen Sie wissen.«

»Und rief sie zurück?«

»Ja, nach zehn Minuten etwa. Am Mittwoch vormittag könne es gehen, sagte sie. Aber sie würde Berowne bitten, am nächsten Morgen anzurufen, um den Termin zu bestätigen.«

Am nächsten Morgen. Daraus konnte man den Schluß ziehen, daß sie überzeugt war, ihr Sohn werde an diesem Abend nicht heimkehren. Und wenn sie sich in sein Arbeitszimmer begeben und nachgesehen hatte, hieß das, daß sich der Terminkalender am Tag seines Todes kurz nach sechs Uhr abends noch in der Schreibtischschublade befunden haben mußte. Laut Pfarrer Barnes war Berowne gegen sechs in der Pfarrwohnung erschienen. Das konnte der entscheidende Hinweis sein, daß der Mord irgendwie mit den Leuten in der Berowne-Villa am Campden Hill Square verknüpft war. Es war also ein umsichtig geplanter Mord gewesen. Der Mörder hatte gewußt, wo der Terminkalender aufbewahrt wurde. Er hatte ihn mit in die Kirche genommen und ihn dort zu verbrennen versucht, um den vorgetäuschten Selbstmord glaubhafter erscheinen zu lassen. Der Mord mußte in der Villa am Campden Hill Square ausgeheckt worden sein. Aber hatte er das nicht schon von Anfang an geahnt? Er entsann sich, wie er Lady Ursula in ihrem Salon den Terminkalender gezeigt hatte. Die vom Alter gekrümmten Hände hatten die

Schutzhülle fest umklammert. Wie erstarrt war die gebrechliche alte Dame dagesessen. Sie hatte es also gewußt. Trotz aller Bestürzung arbeitete ihr Verstand weiter. Würde eine Mutter den Mörder ihres Sohnes decken? Unter einer Voraussetzung hielt er es in diesem Fall für möglich. Aber vielleicht war die Wahrheit weniger kompliziert, weniger anrüchig. Sie sträubte sich gegen den Gedanken, daß jemand, den sie persönlich kannte, das Verbrechen verübt haben könnte. Nur zwei Möglichkeiten konnte sie gelten lassen: Entweder hatte sich ihr Sohn selbst umgebracht, oder der Mord war, was sie für wahrscheinlicher hielt und eher hinzunehmen bereit war, die Folge einer unverhofften gewalttätigen Auseinandersetzung gewesen. Wenn sich nun Lady Ursula zu dieser Annahme durchgerungen hatte, würde sie jegliche Verknüpfung mit ihrer Familie ablehnen, darin nur den gesuchten Anlaß zu einem Skandal, eine falsche Fährte sehen, die die Kripo von ihrer Aufgabe, den Mörder zu finden, ablenkte. Trotzdem mußte er sie über den Telefonanruf befragen. Bisher hatte er noch nie vor der Befragung eines Zeugen oder eines Verdächtigen zurückgeschreckt. Doch vor dieser Begegnung hatte er ein ungutes Gefühl. Frank Musgrave war unverdächtig, wenn der Terminkalender sich um sechs Uhr abends noch im Schreibtisch befunden hatte. Denn er hatte die Berowne-Villa kurz vor zwei Uhr nachmittags verlassen. Den Verdacht, Musgrave könne darin verwickelt sein, hatte er ohnehin abwegig gefunden. Aber dann kam ihm ein Gedanke, der vielleicht gleichermaßen abwegig war. Was hatte denn Wilfred Hurrell auf seinem Totenbett Paul Berowne noch unbedingt mitteilen wollen? Gab es jemanden, der das vereitelt hatte?

Danach aßen die drei in dem eleganten Speisesaal auf der ersten Etage zu Mittag. Von den Fenstern aus sah man die Themse, die – von Regenschauern aufgewühlt – schäumend dahinfloß.

Als sie sich setzten, sagte Musgrave: »An diesem Tisch hat mein Urgroßvater schon mit Disraeli diniert. Die Aussicht war damals nicht viel anders als heute.«

Seine Worte bestätigten Dalglieshs Vermutung, daß Musgrave einer traditionell konservativen Familie entstammte. Einer anderen Partei hätte er sich nie angeschlossen. General Nollinge dagegen schien erst aus eigenem Entschluß zu den Konservativen gefunden zu haben.

Es war ein exquisiter Lunch: gefüllte Lammschulter, köstlich zubereitetes frisches Gemüse, zum Nachtisch Stachelbeertörtchen mit Schlagsahne. Dalgliesh ahnte, daß seine Tischgenossen vorher vereinbart hatten, ihn nicht weiter mit Fragen über den Fortgang der Ermittlungen zu behelligen. Ein schon etwas betagter, schwarzgewandeter Kellner mit durchfurchtem, freundlichem Gesicht bediente sie. Mit zitternden Händen schenkte er ihnen, ohne einen Tropfen zu verschütten, einen exzellenten Niersteiner ein. Der Speisesaal war bis auf zwei Paare, die entfernt von ihnen saßen, leer. Seine Gastgeber hatten taktvoll dafür gesorgt, daß er seinen Lunch in aller Ruhe genießen konnte. Aber sie lauerten auf eine Gelegenheit, ihm ihre Ansichten mitzuteilen.

Als General Nollinge nach dem Kaffee kurz wegging, um zu telefonieren, lehnte sich Musgrave über den Tisch und sagte in vertraulichem Tonfall: »Der General will einfach nicht glauben, daß es Selbstmord war. Selbst würde er sich so etwas nicht antun, also traut er es auch einem Freund nicht zu. Früher hätte ich das gleiche gesagt, über Berowne, meine ich. Jetzt nicht mehr unbedingt. Es liegt etwas in der Luft. Auf nichts kann man sich mehr verlassen, am wenigsten auf Menschen. Man bildet sich ein, sie zu kennen, zu wissen, wie sie sich verhalten. Aber das stimmt nicht, man kann es nicht wissen. Wir sind alle Fremde. Zum Beispiel diese junge Frau, die Pflegeschwester, die sich umgebracht hat. Wenn es Berownes Kind gewesen ist, das sie abgetrieben hat, dann war es bestimmt nicht leicht für ihn, damit zu leben. Nicht, daß ich Sie beeinflussen will, verstehen Sie mich recht! Ist natürlich Ihr Job, nicht meiner. Aber für mich ist der Fall sonnenklar.«

Als sie danach auf dem Parkplatz standen, wo sich Musgrave von ihnen verabschiedete und zu seinem Wagen ging, war General Nollinge an der Reihe: »Ich weiß, daß Frank denkt, Berowne habe sich selbst umgebracht. Aber seine Annahme ist falsch. Nicht verleumderisch, illoyal oder mißgünstig, sondern schlichtweg falsch. Berowne war nicht der Mensch, der sich das Leben nehmen würde.«

»Ich weiß es nicht«, erwiderte Dalgliesh. »Ich weiß nur, daß er sich nicht umgebracht haben kann.«

Schweigend blickten sie Musgrave nach, der ihnen zum letztenmal zuwinkte, behutsam aus der Ausfahrt rangierte und dann Gas gab.

Dalgliesh konstatierte betroffen, daß das Leben voller Überraschungen ist. Musgrave fuhr nämlich einen schwarzen Rover mit einem A im Kennzeichen.

Eine halbe Stunde später bog Frank Musgrave in die Einfahrt zu seinem Haus ein. Es war ein kleines, hübsches Landhaus aus roten Ziegeln, das Lutyens entworfen und sein Vater vor vierzig Jahren erstanden hatte. Musgrave, der es zusammen mit dem Familienunternehmen geerbt hatte, war darauf ebenso stolz, als sei es ein schon seit zweihundert Jahren im Besitz seiner Familie befindlicher Herrensitz. Er bewachte es eifersüchtig, genauso wie er alles versorgte, was ihm gehörte – seine Frau, seinen Sohn, sein Geschäft, seinen Wagen. Befriedigt über den guten Geschmack seines alten Herrn, fuhr er meistens den Weg zum Haus hinauf. Aber alle paar Monate hielt er an, als müsse er einem unwiderstehlichen Zwang folgen, und schätzte, um wieviel Geld er es losschlagen könnte. Heute war so ein Tag.

Kaum hatte er die Eingangsdiele betreten, eilte seine Frau mit bekümmerter Miene auf ihn zu und half ihm aus dem Mantel. »Wie ist es denn gelaufen, Liebling?« fragte sie besorgt.

»Soweit ganz gut. Er ist ein merkwürdiger Mensch. Etwas zugeknöpft, aber sonst sehr korrekt. Der Lunch schien nach seinem Geschmack gewesen zu sein.« Er stockte nachdenklich und sagte dann leise: »Er weiß, daß es Mord war.«

»Um Himmels willen! Was willst du jetzt tun, Frank?«

»Was jeder, der mit Berowne zu tun hatte, machen würde. Den Schaden möglichst begrenzen . . . Hat Betty Hurrell schon angerufen?«

»Vor zwanzig Minuten. Ich sagte, du würdest zu ihr kommen.«

»Ja, das muß ich wohl«, sagte er zögernd.

Er drückte seine Frau kurz an sich. Ihre Eltern hatten sich gegen die Ehe gesträubt. Er sei nicht der richtige Mann für das einzige Kind eines ehemaligen Regierungspräsidenten, hatten sie gemeint. Trotz aller Widerstände hatten sie geheiratet und bisher glücklich miteinander gelebt. Berowne hat schon genug Schaden angerichtet, dachte er zornig. Mehr lasse ich nicht zu. Ich setze doch nicht alles aufs Spiel, wofür ich gearbeitet habe, was mein Vater und ich geschaffen haben, nur weil Paul Berowne in einer Sakristei den Verstand verliert.

3

Scarsdale Lodge war ein L-förmiger, moderner Wohnblock in Ziegelbauweise. Unregelmäßig verteilte, weit vorragende Balkone entstellten eher die Vorderfront, als daß sie sie belebten. Ein Plattenweg führte zum überdachten Eingang. Beiderseits des Pfades prangten mitten im Rasen zwei runde Rabatten mit kreisförmig angeordneten weißen, gelben und roten Zwergdahlien.
Sie nahmen die Zufahrt auf der linken Seite und gelangten zum rückwärtigen Garagenblock und einem Parkplatz. Ein Schild verkündete, daß er nur den Besuchern von Scarsdale Lodge zur Verfügung stehe. Von den kleinen Fenstern auf der Rückseite war der Parkplatz einzusehen. Dalgliesh, der wußte, wie aufgebracht Mieter auf das Blockieren ihrer Parkfläche reagieren, vermutete, daß ein fremdes Auto sogleich registriert wurde. Berowne hatte sicherlich seinen Wagen bei der Stanmore Station stehenlassen und war die wenigen hundert Meter zu Fuß gegangen: ein Pendler wie viele andere, mit dem obligatorischen Aktenköfferchen, einer Flasche Wein in der Einkaufstüte und einem Blumenstrauß, den er entweder in einem Laden unweit der Baker Street oder bei der Westminster Underground gekauft hatte. Außerdem bedeutete Stanmore Station keinen Umweg. Das Stadtviertel grenzte an die Straße zu seinem Wahlkreis in Hertfordshire. So hatte er seine freie Zeit am Freitagabend – zwischen dem Leben in London und der samstäglichen Sprechstunde in Hertfordshire – in jeder Hinsicht zweckmäßig nutzen können.
Wortlos ging Dalgliesh mit Kate zum Eingang. Das Haus war mit einer Sprechanlage ausgestattet; nicht unbedingt ein besonders effektiver Schutz, aber immerhin besser als gar keiner. Der Vorteil war, daß kein Hausmeister beobachtete, wer ein und aus ging. Kaum hatte Kate geläutet und ihren Namen in das Sprechgitter gesprochen, hörten sie das Summen des Türöffners. Sie kamen in eine Eingangshalle, wie es sie in Tausenden von Wohnblocks am Stadtrand von London gab. Der PVC-Boden hatte ein Schachbrettmuster und glänzte, daß man sich darin hätte spiegeln können. Links hing eine Pinntafel mit Anschlagzetteln der Hausverwaltung über die Überholung der Fahrstühle und die anfallende Gebäudereinigung. Rechts wucherte in einem grünen Plastiktopf eine riesige,

ungeschickt abgestützte Blattpflanze, die die gegabelten Blätter hängen ließ. Gegenüber der Eingangstür befand sich ein Doppellift. Ringsum herrschte gespenstische Stille. Trotz der vielen Leute, die in dem Wohnblock abgekapselt vor sich hin lebten, war es so still, als befänden sie sich in einem Totenhaus. In so einem Kasten blieben die Mieter nicht lange. Es waren sicherlich zumeist junge Menschen auf dem Karriereweg nach oben, Sekretärinnen, die sich die Wohnung teilten, oder Rentnerehepaare, die ein selbstgenügsames Dasein führten. Niemand konnte auf Anhieb wissen, zu welcher der über vierzig Wohnungen ein Besucher wollte. Wenn Berowne vorsichtig gewesen war, war er mit dem Fahrstuhl zu einem anderen Stockwerk gefahren und den Rest des Weges zu Fuß gegangen. Aber groß konnte das Risiko nicht gewesen sein. Stanmore war trotz seiner grünen Umgebung kein Dorf mehr. Hier gab es keine neugierigen Augen mehr, die hinter zugezogenen Gardinen beobachteten, wann er kam und ging. Wenn er die Wohnung gekauft hatte, um ein günstig gelegenes, unauffälliges Liebesnest zu haben, hatte er es nicht schlecht getroffen.

Nummer 46 war eine Eckwohnung auf der obersten Etage. Stumm gingen sie über den teppichbelegten Boden zu der weißgestrichenen Tür, an der kein Namensschild angebracht war. Als Kate schellte, hätte Dalgliesh darauf wetten mögen, daß man sie zuerst durch das Guckloch begutachten würde. Aber die Tür wurde sogleich geöffnet, als habe sie die Besucher erwartet.

Höflich bat sie beide herein. »Ich habe mit Ihrem Besuch gerechnet«, sagte sie zu Dalgliesh. »Ich wußte, daß Sie früher oder später auch mich befragen würden. Zumindest werde ich nun erfahren, was eigentlich geschehen ist.«

Sie war auf ihr Kommen vorbereitet. Die Tränen waren versiegt. Zwar würde sie vermutlich noch lange Zeit um ihren toten Geliebten trauern, aber der erste quälende Schmerz war – vorläufig zumindest – verklungen. Er kannte die Spuren des Kummers: verquollene Augen, fahler Teint, geschwollene, unnatürlich rote Lippen, die bei der geringsten Berührung zu platzen drohen. Man konnte sich schwer vorstellen, wie sie normalerweise aussah. Sie hatte ein reizvolles, intelligentes Gesicht, eine längliche Nase, hohe Wangenknochen, ein ausgeprägtes Kinn und eine faltenlose Haut. Das mittelbraune, kräftige, glatte Haar war zurückgekämmt und wurde im Nacken von einem zerknitterten Band zusammengehalten. Ein paar Fransen klebten auf der Stirn. Die Stimme klang brüchig und rauh, aber beherrscht. Dalgliesh empfand Achtung vor ihr. Wenn Trauer das Kriterium war, dann war eigentlich sie Berownes Witwe.

»Es tut mir leid, Miss Washburn«, sagte Dalgliesh, als sie im Wohnzimmer standen, »daß wir Sie so bald schon behelligen müssen. Aber Sie kennen ja den Grund unseres Besuches. Meinen Sie, daß Sie uns über Sir Paul ein paar Auskünfte geben können? Möglicherweise sind sie von entscheidender Bedeutung für unsere Ermittlungen.«

Sie schien zu verstehen, was er damit ausdrücken wollte. Durch seinen Tod mußte sie in die Ermittlungen mit einbezogen werden. Er war umgebracht worden, weil er eine bestimmte Position innegehabt, etwas gewußt, getan oder geplant hatte. Ein Mord durchbricht jegliche Privatsphäre, legt mit brutaler Offenheit all die gehüteten Geheimnisse eines erloschenen Lebens bloß. Dalgliesh mußte Berownes Vergangenheit ebenso erforschen wie seine hinterlassenen Akten und sonstigen Papiere. Das Privatleben eines Mordopfers wird zuallererst untersucht. Niemand, der auf irgendeine Weise in einen Mordfall verwickelt ist, bleibt ungeschoren. Das Opfer berühren solche Begriffe wie Menschenwürde, Schamgefühl oder Reputation nicht mehr. Die Lebenden hingegen, die in eine Morduntersuchung mit einbezogen werden, müssen sich vieles gefallen lassen, was noch lange nachwirken wird. Aber zumindest, dachte Dalgliesh, ist Mord demokratisch, ein Verbrechen, das die Schranken aufhebt. Reich und arm erwischt es gleichermaßen. Doch die Reichen sind wie so oft günstiger dran. Sie können sich immerhin einen gewieften Anwalt leisten. Aber freikaufen können sie sich in einer demokratischen Gesellschaft nicht.

»Kann ich Ihnen einen Kaffee anbieten?« fragte Carole Washburn.

»Sehr gern, wenn es Ihnen keine Umstände macht«, sagte Kate. »Kann ich Ihnen behilflich sein?«

»Es dauert nicht lange«, erwiderte Miss Washburn.

Da Kate ihre Worte als Aufforderung verstand, folgte sie ihr in die Küche und ließ die Tür angelehnt. Dalgliesh vernahm das Klappern von Geschirr und ihre Stimmen. Sie unterhielten sich über die Vorzüge einer Kaffeemaschine, die sie beide besaßen. Ihn überkam das Gefühl, daß er hier als Ermittler wie auch als Mann fehl am Platz war. Die beiden würden sich ohne seine störende Anwesenheit viel besser verstehen.

Dann hörte er das kreischende Geräusch einer Kaffeemühle. Sie nahm also frische Kaffeebohnen. Natürlich. Der Kaffee bereitete ihr doch Umstände. Wahrscheinlich war das das Getränk gewesen, das sie und ihr Liebhaber am häufigsten miteinander getrunken hatten. Er sah sich in dem Zimmer um. Durch das breite Fenster erblickte man die Skyline von London. Die Einrichtung zeugte von einem eher konventionellen guten Geschmack. Das mit rehbraunem Leinen bezogene Sofa sah unbenützt und teuer aus, das schlichte Design wirkte skandinavisch. Den offenen Kamin flankierten zwei zusammenpassende Lehnsessel, deren Bezug etwas gebrauchter aussah als der des Sofas. Der Kamin selbst war modern: ein schlichtes weißes Bord über einer schmucklosen Kaminumrandung. Eingebaut war das neueste Gaskaminmodell, das die Illusion von brennender Kohle und züngelnden Flammen vermittelte. Sobald sie ihn läuten hörte, konnte sie den Kamin einschalten: Behaglichkeit und Wärme auf Knopfdruck. Und wenn er nicht zu ihr kam, wenn er im House of Commons, in seiner Villa oder im Wahlkreis etwas zu erledigen hatte, dann konnte am nächsten Morgen wenigstens nicht das platte Symbol erkalteter Asche über sie spotten.

Über dem Sofa hingen Aquarelle, reizvolle englische Landschaften, Arbeiten von unbestrittener Qualität. Dalgliesh glaubte, einen Lear und einen Cotman erkennen zu können. Wahrscheinlich waren es Geschenke von ihm, Dinge von Wert, die beiden gefielen, die aber den Stolz der Geliebten nicht verletzten. Die Wand gegenüber dem Kamin war vom Boden bis zur Decke mit Regaleinheiten aus Holz überzogen. Sie enthielten eine einfache Stereoanlage, Schallplatten, ein Fernsehgerät und Bücher. Er blätterte in einigen und stellte fest, daß sie mal an der Universität von Reading Geschichte studiert haben mußte. Würde man die Bücher entfernen, dachte er, die Aquarelle durch billige Drucke ersetzen, hätte man einen Vorzeigeraum in einem neuerbauten Apartmenthaus, der mit seiner konservativ-biederen Einrichtung Interessenten zum Erwerb einer Eigentumswohnung verlocken sollte. Trotzdem war der Raum eine Welt für sich, ein umsichtig und sorgsam gestaltetes Refugium, das alles enthielt, was die Inhaberin zum häuslichen Leben brauchte. In dieses Refugium hatte sie alles investiert, was ihr zur Verfügung stand, finanziell und emotional. Er betrachtete die unterschiedlichen Topfpflanzen auf dem Fensterbrett. Sie sahen üppig und gesund aus. Warum auch nicht? Sie hatte ja reichlich Zeit, sich um sie zu kümmern.

Die beiden Frauen kehrten zurück. Miss Washburn trug ein Tablett, auf dem eine Filterkanne, drei bauchige Tassen, ein Kännchen heiße Milch und eine Schale mit Kristallzucker standen. Sie setzte es auf dem Tisch ab. Dalgliesh und Kate ließen sich auf dem Sofa nieder. Miss Washburn schenkte Kaffee ein, auch sich selbst, und setzte sich dann mit ihrer Tasse in den Sessel am Kamin.

»Der Nachrichtensprecher im Fernsehen sprach von Schnittwunden«, sagte sie. »Was für Verletzungen waren es denn?«

»Haben Sie es erst aus den Fernsehnachrichten erfahren?« fragte Dalgliesh.

»Von wem hätte ich es sonst erfahren sollen?« erwiderte sie bitter.

Dalgliesh wurde von einem derart unerwarteten und heftigen Mitgefühl überwältigt, daß er einen Moment lang nicht zu sprechen wagte. Außerdem empfand er plötzlich einen Groll gegen Berowne, der ihn durch seine Intensität bestürzte. Der Mann mußte doch mit der Möglichkeit eines unerwarteten Todes gerechnet haben. Er hatte als Politiker im Rampenlicht der Öffentlichkeit gestanden. Er mußte gewußt haben, daß das stets mit einem Risiko verbunden ist. Hatte es wirklich niemanden gegeben, dem er sein Geheimnis hätte anvertrauen können? Jemanden, der seine Geliebte benachrichtigt, sie besucht hätte? Zumindest wäre das für sie ein tröstlicher Beweis gewesen, daß er an sie gedacht und um ihren Schmerz gewußt hatte. Fand er in seinem verplanten Leben wirklich keine Zeit für einen Brief, den man ihr, im Falle seines gewaltsamen Todes, zustellen konnte? Oder war er so überheblich, daß er sich über die Risiken gewöhnlicher Sterblicher – Herzinfarkte, Autounfälle, IRA-Bomben – erhaben glaubte? Als Dalglieshs Empörung allmählich verebbte, blieb so etwas wie Selbstekel zurück. Hätte ich mich, grübelte er, nicht auch so verhalten?

»Wie kam es zu diesen Schnittwunden?« wiederholte sie hartnäckig. Es gab keine Möglichkeit, sie zu schonen. »Jemand hat ihm die Kehle durchgeschnitten. Ihm und Harry Mack, einem Obdachlosen, der bei ihm war.«

Er konnte sich nicht erklären, warum es ihm so wichtig war, daß sie – wie Lady Ursula – Harrys Namen erfuhr. Es kam ihm so vor, als wollte er verhindern, daß der Stadtstreicher in Vergessenheit geriet.
»Mit Pauls Rasiermesser?« fragte sie.
»Wahrscheinlich.«
»Und das Rasiermesser war noch da, bei der Leiche?« Sie hatte Leiche gesagt, nicht Leichen. Nur eine interessierte sie.
Er antwortete: »Ja, neben seinem ausgestreckten Arm.«
»Und die Kirchentür, war sie offen?« fragte sie weiter.
»Ja.«
»Dann muß er den Mörder ebenso eingelassen haben wie den Obdachlosen. Oder hat der ihn umgebracht?«
»Nein. Der Stadtstreicher hat ihn nicht getötet. Harry war ein Opfer, kein Mörder.«
»Dann muß es ein Fremder gewesen sein. Paul hätte niemanden umbringen können, und ich glaube nicht, daß er Selbstmord begangen hat.«
»Wir glauben das auch nicht. Wir halten es für Mord. Deswegen brauchen wir auch Ihre Mithilfe. Sie kannten ihn vermutlich besser als jeder andere.«
»Das dachte ich auch«, sagte sie leise.
Sie wollte die Kaffeetasse an die Lippen führen, aber ihre Hand zitterte zu sehr. Dalgliesh spürte, daß durch Kate an seiner Seite ein Ruck ging, als wollte sie zu ihr eilen und sie in ihre Arme schließen. Aber sie beherrschte sich und blieb sitzen. Miss Washburn neigte sich über die Tasse und trank schlürfend.
Während er ihr zusah, wurde ihm bewußt, welche zwielichtige Rolle er hier spielte, ein Gedanke, der ihn abstieß. Sie stand allein da, hatte keinen gesellschaftlich abgesicherten Status. Es war ihr sogar versagt, über ihren Kummer, über ihren Geliebten zu reden. Und er war gekommen, um diese Situation auszunützen. Schon früher war ihm hin und wieder der beunruhigende Gedanke gekommen, daß einer erfolgreichen Fahnungsarbeit die Ausbeutung von Gefühlen zugrunde liegt, vor allem in einem Mordfall. Man beutet die Angst eines Verdächtigen aus, seine Eitelkeit, seine Redseligkeit, seine Unsicherheit, die ihn vielleicht veranlaßt, einen entscheidenden Satz zuviel zu sagen. Aber auch die Ausbeutung von Kummer und Einsamkeit gehörte zu seinem Metier.

»Könnte ich den Tatort mal sehen?« fragte sie. »Ich möchte aber keine Umstände machen oder gesehen werden. Ich würde gern allein dort sitzen, während das Begräbnis stattfindet. Das wäre mir lieber, als bei der Trauerfeier in der letzten Reihe zu sitzen und mich zusammenreißen zu müssen.«

»Im Moment ist der rückwärtige Teil der Kirche noch verschlossen. Aber das kann man arrangieren, wenn wir mit unserer Arbeit fertig sind. Pfarrer Barnes, der Gemeindepfarrer, wird Sie einlassen. Es ist ein ganz gewöhnlicher Raum. Wie Sakristeien so sind – etwas verstaubt und voll altem Kram. Mit dem charakteristischen Geruch von alten Gebetbüchern und Weihrauch. Aber trotz allem ein friedvoller Raum. Es muß sehr schnell abgelaufen sein«, fügte er noch hinzu. »Er kann nicht viel gelitten haben.«

»Aber er muß doch Angst gehabt haben«, entgegnete sie.

»Vielleicht nicht mal das.«

»Was sich da zugetragen hat, ist mir unbegreiflich. Seine Bekehrung, die plötzliche Erleuchtung oder was immer es war. Das ist doch absurd. Abstrus. Was Paul da zugestoßen sein soll, ist für mich unbegreiflich. Er war... der Welt zugetan. Ich will damit nicht sagen, daß er nur nach Erfolg, Geld oder Prestige strebte. Aber er lebte in unserer Welt, gehörte dazu. Er hatte keinen Hang zum Mystischen. Er war nicht mal besonders religiös. Sonntags und an hohen Feiertagen ging er zur Kirche, weil ihm die Liturgie gefiel. Der neuen Bibelfassung oder dem neuen Gebetbuch konnte er nichts abgewinnen. Er genoß diese Zeitspanne, wenn er seinen Gedanken nachhängen konnte, ohne gestört zu werden, ohne ans Telefon gerufen zu werden. Er sagte mir mal, daß die formelle Religionsausübung dem Menschen Identität gebe, ihm die Grenzen seines Verhaltens nahebringe oder so was ähnliches. Der Glaube solle keine Last sein. Aber auch nicht der Unglaube. Ergibt das einen Sinn?«

»Ich denke schon.«

»Er liebte gutes Essen, guten Wein, kunsthistorisch bedeutsame Bauten, Frauen. Das heißt nicht, daß er ein Schürzenjäger war. Er war ein Bewunderer weiblicher Schönheit. Die konnte ich ihm nicht bieten. Aber ich konnte ihm etwas geben, was er von niemandem bekam: Frieden, Ehrlichkeit, vollkommenes Vertrauen.«

Merkwürdig, dachte Dalgliesh, daß sie vor allem über seine religiöse

Erfahrung und nicht über den Mord reden wollte. Ihr Geliebter war tot. Aber selbst die Größe dieses endgültigen, unwiederbringlichen Verlustes vermochte nicht den Schmerz über seine Abkehr von ihr zu stillen. Auf den Mord würden sie noch zu sprechen kommen. Das eilte nicht. Wenn er sie jetzt drängte, würde er nicht das erfahren, was er hören wollte. »Hat er versucht, Ihnen sein Erlebnis in der Sakristei zu erklären?« fragte er.

»Er kam am folgenden Abend. Da er noch an einer Regierungskonferenz teilgenommen hatte, war es spät geworden. Er blieb auch nicht lange. Er sagte mir nur, Gott habe sich ihm offenbart. Das war alles. Gott habe sich ihm offenbart. Er stellte das als unabänderliche Tatsache hin. Aber natürlich war es das nicht. Und dann ging er wieder. Ich wußte, daß ich ihn verloren hatte. Vielleicht nicht als Freund, aber ich wollte ihn ja nicht nur als Freund. Ich hatte meinen Geliebten verloren. Und das für immer. Er brauchte es mir nicht eigens zu sagen.«

Es gibt Frauen, dachte er, die eine Liebesaffäre um so aufregender finden, wenn sie mit Heimlichkeiten, Risiken, Verrat, Mauscheleien verknüpft ist. Sie wollen sich ebenso wenig binden wie die Männer, wollen ihr Eigenleben nicht aufgeben, wünschen sich eine intensive Beziehung, sind aber nicht bereit, ihre Karriere dafür zu opfern. Für solche Frauen waren sexuelle Leidenschaft und Häuslichkeit zwei unvereinbare Dinge. Miss Washburn war nicht von diesem Schlag.

Aber konnte sie die Augen vor der Realität verschlossen haben? Sie mußte doch gewußt haben, daß ihre Beziehung überwacht wurde, daß man ihren Verlauf mit fast klinischem Interesse verfolgte, daß die auf sie angesetzten Beobachter – zweifellos nach amtlich festgeschriebenen Normen – zu der Entscheidung gelangt waren, man könne sie als harmlose Zerstreuung klassifizieren. Und daß man Berowne sein allwöchentliches Vergnügen ohne offizielle Gängelung gönnen könne. Sie konnte sich doch in dieser Hinsicht nichts vorgemacht haben. Auch Berowne nicht. Sie war doch als Chefsekretärin selbst ein Rädchen in der bürokratischen Maschinerie gewesen. Sie mußte wissen, wie das System funktionierte. Bei dem geringsten Anzeichen, daß sie ein Sicherheitsrisiko war, wäre er gewarnt worden. Und er hätte die Warnung befolgt. Man wurde nicht Minister, ohne über eine gehörige Portion Ehrgeiz, Selbst-

sucht und Rücksichtslosigkeit zu verfügen, mit deren Hilfe man seine Prioritäten zu setzen wußte.
»Wie haben Sie ihn kennengelernt?« fragte Dalgliesh.
»Was erwarten Sie denn? Bei der Arbeit. Ich war Chefsekretärin in seinem Büro.«
»Haben Sie, nachdem Sie sich näher kennengelernt hatten, um Ihre Versetzung gebeten?«
»Nein, denn ich wäre ohnehin versetzt worden. Die Position als Chefsekretärin ist immer zeitlich befristet.«
»Haben Sie auch seine Familie kennengelernt?«
»Er hat mich nicht in sein Haus eingeladen, wenn es das ist, was Sie meinen. Er hat mich nicht seiner Frau oder Lady Ursula vorgeführt und gesagt: ›Darf ich euch Carole Washburn, meine Geliebte, vorstellen?‹«
»Wie oft haben Sie sich getroffen?«
»Sooft er sich frei nehmen konnte. Manchmal hatten wir einen halben Tag für uns, manchmal nur ein paar Stunden. Wenn's ging, kam er auf der Fahrt zu seinem Wahlkreis bei mir vorbei. Manchmal sahen wir uns wochenlang nicht.«
»Hat er nie von Heirat gesprochen? Verzeihen Sie die Frage, aber die Antwort könnte für die Ermittlungen wichtig sein.«
»Sie verschwenden nur Ihre Zeit, wenn Sie denken, jemand könnte ihm die Kehle durchgeschnitten haben, um zu verhindern, daß er sich scheiden läßt und mich heiratet. Die Antwort lautet nein, Commander. Er hat nie von Heirat gesprochen. Ich auch nicht.«
»Meinen Sie, daß er glücklich gewesen ist?«
Sie schien von der unverhofften Frage nicht überrascht zu sein. Sie überlegte auch nicht lange. Darüber mußte sie schon früher nachgedacht haben. »Nein, eigentlich nicht. Was ihm widerfahren ist – ich meine nicht seine Ermordung –, was ihm da in der Kirche widerfahren ist, was immer es war, wäre nicht geschehen, wenn er mit seinem Leben zufrieden gewesen wäre, wenn ihm unsere Liebe genügt hätte. Mir hat sie genügt. Es war alles, was ich mir wünschte, erhoffte. Ihm hat es nicht genügt. Ich habe das gewußt. Paul gab sich mit nichts zufrieden.«
»Hat er Ihnen erzählt, daß er einen anonymen Brief über Theresa Nolan und Diana Travers erhalten hatte?«
»Ja. Er hat ihn nicht ernst genommen.«

»Er muß ihn immerhin so ernst genommen haben, daß er ihn mir zeigte.«
»Das Kind, das Theresa Nolan abtreiben ließ«, sagte sie, »war nicht von ihm, wenn Sie das hören wollen. Andernfalls hätte er es mir gesagt. Es war nur einer der üblichen Schmähbriefe. Politiker bekommen nun mal solche Briefe. Sie sind daran gewöhnt. Warum interessieren Sie sich so sehr dafür?«
»Für uns ist alles wichtig, was in den letzten Wochen seines Lebens geschehen ist. Das müssen Sie doch verstehen.«
»All die skandalösen Enthüllungen oder Verleumdungen sind jetzt doch nicht mehr wichtig. Das kann ihn nicht mehr treffen. Nicht mehr verletzen. Nichts berührt ihn mehr.«
»Gab es Vorfälle, die ihn kränkten?« fragte Dalgliesh.
»Er war auch nur ein Mensch. Selbstverständlich kränkte ihn manches.«
»Aber was? Die Untreue seiner Frau?«
Sie gab keine Antwort.
»Miss Washburn, meine Hauptaufgabe ist es, den Mörder zu fangen«, sagte Dalgliesh. »Nicht aber, sein Renommee zu wahren. Das eine muß das andere jedoch nicht ausschließen. Dafür kann ich schon sorgen. Aber mir ist klar, was Vorrang hat. Sollte es Ihnen nicht auch klar sein?«
»Nein!« erwiderte sie leidenschaftlich. »Drei lange Jahre habe ich auf seine Privatsphäre, nicht nur auf sein Renommee Rücksicht genommen. Es hat mich viel Kraft gekostet. Ich habe mich nie bei ihm beklagt. Ich klage auch jetzt nicht. Ich kannte die Spielregeln. Trotzdem werde ich auch weiterhin seine Privatsphäre abschirmen. Ihm lag viel daran. Wenn ich's nicht tue, welchen Sinn hätten dann all die Jahre, in denen ich auf Diskretion achtete, in denen wir uns zusammen nicht sehen lassen konnten, in denen wir uns nicht zueinander bekennen durften, in denen ich mich seinem Beruf, seiner Frau, seinen Wählern, seiner Mutter unterordnen mußte? Sie können ihn nicht wieder lebendig machen!«
Das bekam er stets zu hören, wenn's an die Substanz ging. »Das macht ihn, das macht sie auch nicht wieder lebendig!« Das war die ablehnende Begründung der vom Schicksal Geschlagenen, der Verängstigten, der Trauernden.
»Es gab vieles, was er von mir nicht bekommen konnte. Aber ich

war verschwiegen und diskret«, fuhr sie fort. »Ich habe schon von Ihnen gehört, Commander. Haben Sie damals nicht die Ermordung des Gerichtsmediziners aufgeklärt? Was für ein Triumph muß das für Sie gewesen sein! Für ein Mordopfer tun Sie alles. Aber haben Sie schon mal an die Menschen gedacht, die Sie zu Opfern machen? Ich bin sicher, Sie werden Pauls Mörder aufspüren. Das gelingt Ihnen doch immer, oder? Aber denken Sie manchmal auch daran, was alles auf der Strecke bleibt?«

Dalgliesh spürte, wie Kate zusammenzuckte, als sie den angewiderten, verächtlichen Tonfall hörte.

»Nein, Sie werden sich ohne mich behelfen müssen. Sie brauchen meine Hilfe nicht. Ich werde Pauls Vertrauen nicht enttäuschen, nur damit Sie einen weiteren Erfolg verbuchen können.«

»Es geht mir auch noch um Harry Mack, der gleichfalls umgebracht wurde«, wandte Dalgliesh ein.

»Tut mir leid. Aber für Harry Mack empfinde ich nichts, nicht mal Mitgefühl. Mit ihm will ich mich nicht auch noch befassen.«

»Ich aber muß es tun.«

»Selbstverständlich. Das ist nun mal Ihr Job. Begreifen Sie doch – ich weiß nichts, was Ihnen die Aufklärung des Mordes erleichtern könnte. Ich weiß nicht, ob Paul Feinde hatte. Ich habe Ihnen von unserer Beziehung erzählt. Das meiste wußten Sie sicherlich ohnehin schon. Aber ich will mich nicht in diesen Fall verwickeln lassen. Ich will nicht, daß man mich als Zeugin vernimmt, mich auf dem Weg zum Gericht photographiert, daß mich die Zeitungen auf der ersten Seite als ›Paul Berownes kleine Geliebte‹ bezeichnen.«

Sie erhob sich. Sie begriffen den Wink und standen ebenfalls auf. Vor der Tür drehte sie sich um. »Ich werde für ein paar Wochen verreisen«, sagte sie. »Ich habe noch restlichen Urlaub. Ich möchte nicht hier sein, wenn die Presse von meiner Existenz erfährt. Ich könnte es nicht ertragen. Ich möchte nicht länger in London, in England bleiben. Und Sie können mich nicht aufhalten.«

»Das nicht«, sagte Dalgliesh. »Wir werden aber immer noch dasein, wenn Sie zurückkommen.«

»Und falls ich nicht zurückkomme?«

Ihre Stimme klang müde, als hätte sie sich mit einer Niederlage abgefunden. Wie konnte sie im Ausland leben, wenn sie auf ihren Posten, ihr Gehalt angewiesen war? Die Wohnung mochte allen

Reiz verloren haben, aber London war noch immer ihr Zuhause. Und ihr Beruf bedeutete ihr mehr als nur ein sicheres Einkommen. Eine junge Frau brauchte Intelligenz, harte Arbeit und Ehrgeiz, um Chefsekretärin zu werden. Doch Dalgliesh beantwortete ihre Frage, als könnte sie ihr Vorhaben verwirklichen: »Dann müßte ich Sie aufsuchen.«

Als sie hinterher im Wagen saßen und er sich angurtete, sagte er: »Vielleicht hätten wir mehr von ihr erfahren, wenn Sie allein mit ihr gesprochen hätten, Kate. Dann wäre sie eher aus sich herausgegangen.«

»Schon möglich, Sir«, erwiderte Kate. »Aber dann hätte ich ihr Geheimhaltung zusichern müssen. Und das hätte ich nicht fertiggebracht.«

Massingham, dachte er, hätte ihr Verschwiegenheit gelobt und hernach alles ohne Gewissensbisse weiterberichtet. Auch darin unterschieden sie sich. »Nein, das hätten Sie nicht fertiggebracht«, stimmte er Kate zu.

4

Sobald Kate wieder im Yard war, suchte sie Massingham in seinem Büro auf. Er war allein und überprüfte gerade – gewissenhaft, aber nicht eben begeistert – die schriftlichen Zeugenaussagen. Schon auf der Rückfahrt zum Yard hatte sie ihre Empörung kaum noch zügeln können. Jetzt war sie in der richtigen Stimmung, sich mit jemandem anzulegen, vorzugsweise mit einem Mann.

»Das war vielleicht ein Scheißkerl!« rief sie aus.

»Aber, aber. Urteilen Sie da nicht zu hart?« entgegnete Massingham.

»Es ist immer die gleiche Geschichte. Er suhlt sich in seinen Erfolgen, während sie sich in einem geradezu viktorianischen Liebesnest für ihn bereithält, wenn er mal eine freie Stunde einschieben kann. Ganz so wie im vorigen Jahrhundert.«

»Das gibt es nicht mehr. Sie hatte ja die Wahl. Regen Sie sich doch ab, Kate! Sie hat einen schönen Job, eine eigene Wohnung, ein gutes Gehalt und ein Anrecht auf eine Beamtenpension. Sie hätte ihm jederzeit den Laufpaß geben können. Er hatte doch keine Macht über sie.«

»Keine körperliche vielleicht.«

»Jetzt kommen Sie mir bloß nicht mit diesem abgedroschenen Gerede: Der Mann hat das Vergnügen, der Frau bleibt nur die Schande. In unserer Zeit ist das nicht mehr so. Nichts hätte sie daran gehindert, ihn zu einer Entscheidung zu zwingen. Sie hätte ihm ein Ultimatum stellen können: ›Du hast die Wahl – sie oder ich!‹«

»Auch wenn sie wußte, wie er sich entscheiden würde?«

»Na wenn schon! Vielleicht hätte sie einen Glückstreffer gelandet. Wir leben nicht mehr im 19. Jahrhundert. Er ist kein Parnell. Eine Scheidung hätte seine Politikerkarriere nicht behindert. Zumindest nicht auf Dauer.«

»Aber eine Scheidung hätte sie auch nicht begünstigt.«

»Okay, okay. Nehmen wir einmal Ihren Traummann, wer es auch sein mag. Oder irgendeinen, der Ihnen gut gefällt. Würde Ihnen die Entscheidung leichtfallen, wenn Sie zwischen ihm und Ihrem Job wählen müßten? Wenn Sie wieder mal den Moralapostel spielen wollen, fragen Sie sich lieber vorher, wie Sie sich in so einem Fall entscheiden würden!«

Seine Erwiderung brachte sie aus dem Konzept. Vermutlich wußte er von Alan. Es ließ sich nicht viel geheimhalten, wenn man bei der Kripo war. Schon ihre Verschwiegenheit, was ihr Privatleben anging, mußte Neugierde wecken. Diese Einsicht und Offenheit hatte sie jedoch nicht von ihm erwartet. Sie war sich nicht sicher, ob es ihr gefiel.

»Meinen Respekt vor ihm hat's nicht gerade vertieft«, sagte sie.

»Das war auch nicht der Sinn der Sache. Von uns wird nicht verlangt, daß wir ihn respektieren, sympathisch finden, seine Politik gutheißen, seine Krawatten oder seinen Geschmack bei Frauen bewundern. Unsere Aufgabe ist es, seinen Mörder zu finden.«

Sie fühlte sich plötzlich müde, setzte sich ihm gegenüber, ließ ihre Umhängetasche zu Boden gleiten und sah ihm zu, wie er die Schriftstücke säuberlich aufräumte. Sein Büro gefiel ihr. Es hatte ein verhalten-maskulines Flair, das sich von dem im Bereitschaftsraum der Mordkommission am anderen Ende des Korridors wohltuend unterschied. Da strotzte die Atmosphäre vor Männlichkeit, und der Raum selbst ähnelte eher einer Offiziersmesse. Sie hatte einmal gehört, wie Massingham spöttisch zu Dalgliesh sagte: »Na, nach einem noblen Regiment sieht's hier aber nicht aus, Sir.« Die Mordkommission mußte gelegentlich auch auf Schiffen begangene Verbrechen aufklären. Zum Andenken erhielt sie dann Photographien des betreffenden Schiffes. Diese zierten nun zusammen mit signierten Porträts von Polizeichefs in irgendwelchen Commonwealth-Ländern, mit Emblemen, Abzeichen, Urkunden und Photos von Festivitäten die Wände. In Massinghams Büro hingen nur altmodische Farbdrucke von Cricket-Spielen, die wahrscheinlich aus dem Elternhaus stammten. Sie zeigten sommerlich heitere Szenen: Spieler mit Zylindern und den sonderbar geformten Cricket-Schlägern, Kirchen mit spitzen Türmen unter einem typisch englischen Himmel, üppige Wiesen, Damen mit Krinolinen und Sonnenschirmen. Anfangs hatten sich Massinghams Kollegen für die Bilder interessiert. Jetzt warfen sie kaum noch einen Blick darauf. Kate fand, daß die Stiche einen akzeptablen Kompromiß zwischen männlichem Teamgeist und persönlichem Geschmack darstellten. Seine Schulphotos hätte er ja nicht gut aufhängen können. Eton war zwar mit der Metropolitan Police nicht gerade unvereinbar, aber es war keine Schule, mit der man hier angeben konnte.

»Was haben die Haus-zu-Haus-Befragungen bisher ergeben?« fragte sie.

»Das Übliche. Niemand hat etwas gesehen oder gehört. Alle saßen zu der Zeit vor der Glotze oder spielten Bingo. Wir haben nichts Handfestes, nur die üblichen falschen Fährten. Aber unsere Leute haben immerhin was zu tun.«

»Was ist mit den Taxifahrern?«

»Fehlanzeige. Einer meldet, er habe zur fraglichen Zeit einen Herrn mittleren Alters in der Nähe der Kirche abgesetzt. Wir sind dem nachgegangen. Der Mann hat nur seiner Freundin einen diskreten Besuch abgestattet.«

»Was? In der Absteige an der Harrow Road?«

»Er hatte eben ganz besondere Wünsche. Erinnern Sie sich noch an Fatima?«

»Du meine Güte! Schafft sie noch immer an?«

»In alter Frische. Außerdem ist sie hin und wieder Chalkey White gefällig. Jetzt ist sie nicht gut auf uns zu sprechen. Auch Chalkey nicht.«

»Und der Freier?«
»Er will sich über uns beschweren. Wegen Belästigung und Einschränkung der persönlichen Freiheit. Der übliche Schmus eben. Und dann haben wir noch sechs Leute, die den Mord gestanden haben.«
»Sechs? So früh schon?«
»Vier von ihnen sind alte Bekannte. Lauter Verrückte. Einer hat's aus Protest gegen die Einwanderungspolitik der Konservativen getan. Ein anderer, weil Berowne seine Enkelin verführt hat. Ein dritter erfüllte damit einen Auftrag des Erzengels Gabriel. Alle gaben die falsche Zeit an, und alle benützten ein Messer und kein Rasiermesser. Es wird Sie kaum überraschen, daß keiner die Tatwaffe vorweisen kann. In seltener Einfallslosigkeit behaupten sie durch die Bank, das Messer danach in den Kanal geworfen zu haben.«
»Haben Sie jemals überlegt, wieviel unsere Arbeit den Steuerzahler kostet?«
»Von Zeit zu Zeit. Was würden Sie denn vorschlagen?«
»Zunächst mal, weniger Zeit mit solchen Quasselbrüdern zu vergeuden.«
»Hören Sie doch auf, Kate! Wir können uns unsere Informanten nicht aussuchen. Uns geht's so wie den Ärzten. Ein Arzt kann nicht alle Kranken heilen. Er würde verzweifeln, wenn er das versuchte. Er kann nur die behandeln, die zu ihm kommen. Manchmal gewinnt er, und manchmal verliert er.«
»Aber er ätzt doch nicht die ganze Zeit Warzen weg, während der Krebs fröhlich vor sich hin wuchert.«
»Ach was! Wenn Mord nicht so was wie Krebs ist, was dann? Die Aufklärung eines Mordes ist meistens kostspieliger als die eines gewöhnlichen Verbrechens. Sie brauchen nur daran zu denken, wieviel es kostete, den Yorkshire-Ripper hinter Schloß und Riegel zu setzen! Überlegen Sie nur, was unser Mörder den Steuerzahler noch kosten wird, bis wir ihn festnehmen.«
»Falls wir ihn festnehmen!« Am liebsten hätte sie hinzugefügt: Und falls es ihn überhaupt gibt.
Massingham stand mit einem Ruck auf. »Kate, Sie brauchen einen Drink, und ich spendiere Ihnen einen.«
Auf einmal fand sie ihn durchaus sympathisch. »Einverstanden«,

sagte sie. Sie packte ihre Umhängetasche, und vereint verließen sie sein Büro, um ins Kasino zu gehen.

5

Iris Minns hatte eine Sozialwohnung auf der zweiten Etage eines Wohnblocks unweit der Portobello Road. Da es sinnlos war, am Sonnabend, am Tag des Straßenmarktes, einen Parkplatz in der Nähe zu suchen, ließen Massingham und Kate den Wagen beim Polizeirevier am Notting Hill Gate stehen und gingen zu Fuß. Der samstägliche Straßenmarkt glich einer Kirmes. Es war ein lautes, aber friedliches kosmopolitisches Fest, bei dem Geselligkeit und Neugier, Leichtgläubigkeit und Besitzgier eine große Rolle spielten.
Mrs. Minns hatte die Wohnung Nummer 26 in Block II. Es war ein Gebäude, das vom Haupthaus und der Straße durch einen breiten Hof abgesetzt war. Als sie ihn überquerten und dabei zweifellos von neugierigen Augenpaaren gemustert wurden, sagte Massingham:
»Überlassen Sie das Reden mir.«
Kate spürte zwar, wie der altbekannte Groll in ihr hochstieg, erwiderte aber nichts darauf.
Die Verabredung war telefonisch auf halb zehn festgesetzt worden. Da die Haustür auf ihr Läuten hin prompt geöffnet wurde, konnte man schließen, daß Mrs. Minns ihr Kommen, verschanzt hinter einer Gardine, gleichfalls beobachtet haben mußte. Sie standen einer kleinen, vierschrötigen Frau gegenüber. Sie hatte ein derbes Gesicht, ein rundes, energisches Kinn, einen breiten Mund, der sich zu einem kurzen Lächeln verzog, dunkle, fast schwarz wirkende Augen, die sie prüfend musterten. Sie studierte eingehend Massinghams Ausweis und trat mit einer einladenden Bewegung zur Seite.
»Sie sind wenigstens pünktlich, das muß man Ihnen lassen«, sagte sie. »Möchten Sie eine Tasse Tee oder Kaffee?«
Massingham schlug beides aus. Kate wollte schon sagen, daß sie gern eine Tasse Kaffee hätte, unterdrückte aber dann die Regung. Das Gespräch konnte wichtig sein; es gab keinen Grund, den Erfolg wegen einer persönlichen Mißstimmung aufs Spiel zu setzen

Und Mrs. Minns würde die kleinste offen zu Tage tretende Spannung zwischen ihnen beiden bemerken. Man durfte den forschenden Blick ihrer dunklen Augen nicht unterschätzen.
Das Wohnzimmer, in das sie geführt wurden, war so ungewöhnlich, daß Kate nur hoffen konnte, man würde ihr Erstaunen ihrer Miene nicht anmerken. Mrs. Minns, der vom Sozialamt nur ein längliches, fünf mal drei Meter großes Kabuff mit einem Fenster und einer Tür zum Balkon, auf dem bloß ein paar Topfpflanzen Platz fanden, zur Verfügung gestellt worden war, hatte den Raum in einen kleinen, schummrigen, plüschigen viktorianischen Salon verwandelt. Die Tapete in dunklem Olivgrün zierten Efeuranken und Lilien. Ein verschossener, aber sonst noch ansehnlicher Wilton-Teppich bedeckte den Boden. Mitten im Raum standen ein länglicher Eßzimmertisch aus Mahagoni mit geschwungenen Beinen und vier hochlehnige, geschnitzte Stühle. Vor einer der Wände war noch ein achteckiger Beistelltisch plaziert, auf dem ein Messinggefäß mit einer Aspidistra thronte. An den Wänden hingen in Ahornrahmen gefühlsselige Stiche, »Des Seemanns Abschied« und »Des Seemanns Heimkehr« betitelt. Ein weiterer Stich zeigte ein Kind, das nach einer Blume oberhalb eines dahinschäumenden Baches griff. Hinter ihm hielt ein Schutzengel mit fromm-dümmlichem Gesichtsausdruck Wacht. Vor dem Fenster befand sich ein hoher, weißlackierter Blumenständer aus Schmiedeeisen, dessen Ringe lauter Geranientöpfe enthielten.
Der Blickfang des Zimmers aber war ein Fernsehgerät mit übergroßem Bildschirm. Es wirkte weniger anachronistisch, als es den Anschein hatte, da es von grünen Farnen eingerahmt wurde, deren Wedel den Bildschirm wie eine Zierleiste säumten. Das Fensterbrett war vollgestellt mit tiefroten und mauvefarbenen Usambaraveilchen. Das Buffet mit dem kunstvoll geschnitzten Aufsatz zierten Porzellantiere: Hunde aller Größen und Rassen, ein getüpfeltes Kitz, ein halbes Dutzend Katzen in allen nur erdenklichen Posen. Jede Figur thronte – zum Schutz der blankpolierten Mahagonistellfläche – auf einem gestärkten Leinendeckchen.
Der ganze Raum blinkte vor Sauberkeit und war durchtränkt von Möbelpoliturgeruch. Wenn im Winter die schweren, roten Samtvorhänge zugezogen waren, fühlte man sich sicherlich in eine andere Welt, in eine längstvergangene Zeit versetzt. Und Mrs.

Minns paßte in jene Zeit. Sie trug einen schwarzen Rock und eine hochgeknöpfte weiße Bluse mit einer Kameenbrosche. Mit ihrem hochgesteckten, im Nacken zu einem Dutt frisierten grauen Haar glich sie einer ältlichen Schauspielerin, die sich für eine Rolle als viktorianische Haushälterin zurechtgemacht hat. Sie hatte nur etwas zu reichlich Rouge und Lidschatten aufgetragen. Sie setzte sich in den Lehnsessel zur Rechten, bedeutete Kate, sich in dem anderen niederzulassen, und stellte es Massingham anheim, ob er es sich auf einem der Eßzimmerstühle bequem machen wollte. Als er es tat, merkte man ihm an, daß er ein gewisses Unbehagen empfand und sich als Mann in diesem weiblichen Ambiente fehl am Platz vorkam. In dem herbstlichen Licht, das durch die Spitzenstores und das grüne Blättergewirr der Balkonpflanzen gemildert wurde, wirkte sein Gesicht unter dem roten Haarschopf geradezu kränklich. Die Sommersprossen auf der Stirn sahen wie Blutspritzer aus.

»Darf ich die Balkontür schließen?« fragte er. »Ich kann sonst meine eigene Stimme nicht hören.«

Die Balkontür war nur angelehnt. Kate stand auf, um sie zu schließen. Zu ihrer Rechten sah sie draußen gerade noch eine riesige blau-weiße Teekanne, die vor dem Keramikgeschäft in der Portobello Road hing, und die buntbemalte Wand des Porzellanmarktes. Der Lärm von der Straße hörte sich an, als würden sich Wogen an einem Kiesstrand brechen. Erst als sie die Tür schloß, wurde es still.

»So laut ist's nur am Samstag«, erklärte Mrs. Minns. »Mr. Smith und mir macht es nichts mehr aus. Man gewöhnt sich daran. So ist's nun mal im Leben . . . Sie müssen hier in der Nähe wohnen«, wandte sie sich an Kate. »Ich habe Sie schon öfters beim Einkaufen am Notting Hill Gate gesehen.«

»Schon möglich, Mrs. Minns. Ich wohne nicht weit entfernt.«

»Notting Hill ist wie ein Dorf, nicht wahr? Da trifft man Hinz und Kunz.«

»Sie haben vorhin einen Mr. Smith erwähnt«, warf Massingham ungeduldig ein.

»Er wohnt hier, aber er ist jetzt nicht zu sprechen. Außerdem könnte er Ihnen ohnehin nicht viel sagen. Er ist wieder mal auf der Walz.«

»Auf der Walz? Wohin denn?«

»Was weiß ich. Er ist mit dem Rad unterwegs. Leute wie er hausten

früher in Hillgate Village. Eine richtige Slumgegend war das, als sein Großvater noch lebte. Heute kostet so'ne Bruchbude 160 000. Für mich hat Mr. Smith Zigeunerblut in den Adern. Wissen Sie, nachdem sie das Hippodrom abgerissen hatten, siedelten sich hier viele Zigeuner an. Mr. Smith ist ständig auf Achse. Jetzt ist's noch leichter, weil die Eisenbahn Fahrräder kostenlos befördert. Es ist gut, daß er nicht hier ist. Denn auf die Polizei ist er gar nicht gut zu sprechen. Ihre Kollegen haben ihn schon öfters eingelocht, nur weil er mal hinter einer Hecke ein Nickerchen gemacht hat. Vieles, was hierzulande passiert, finde ich nicht richtig. Warum muß man rechtschaffene Menschen schikanieren? Es gibt auch noch andere Dinge, über die man in diesem Zusammenhang was sagen könnte.«
Kate merkte Massingham an, daß er endlich zum Zweck ihres Besuches kommen wollte.
»Ich kann Ihnen sagen, das war ein richtiger Schock für mich«, wechselte Mrs. Minns das Thema, als ahnte sie Massinghams gereizte Stimmung. »Lady Ursula rief mich abends kurz vor neun an und sagte, daß Sie früher oder später auch zu mir kommen würden.«
»Haben Sie von seinem Tod erst erfahren, als Lady Ursula Sie anrief, um Sie zu warnen?«
»Mich warnen? Warum sollte man mich warnen? Ich habe doch dem armen Sir Paul die Kehle nicht durchgeschnitten und auch keine Ahnung, wer's getan haben könnte. Mir wär's aber lieber gewesen, wenn Miss Matlock mich gnädigerweise schon früher informiert hätte. Das hätte ich höflicher gefunden. Aber so habe ich's erst aus den Sechs-Uhr-Nachrichten erfahren. Ich wollte schon anrufen und fragen, ob ich etwas für sie tun könnte, dachte mir aber dann, daß bei denen sicherlich das Telefon pausenlos klingelt. Besser abwarten, bis die sich melden, dachte ich mir.«
»Und dann rief Sie Lady Ursula kurz vor neun an?« fragte Massingham.
»Richtig. Sie war sich nicht zu fein dafür. Aber wir sind schon immer gut miteinander ausgekommen, Lady Ursula und ich. Man tituliert sie Lady Ursula Berowne, weil sie die Tochter eines Earls ist. Lady Berowne ist ja bloß die Frau eines Baronets.«
»Das ist mir bekannt«, erwiderte Massingham gereizt.
»Ach ja? Viele Leute wissen so was nicht. Und wenn, ist's ihnen

schnurzegal. Aber man sollte schon auf so was achten, wenn man für die Berownes arbeitet.«

»Welchen Eindruck hat Lady Ursula auf Sie gemacht, als Sie anrief?«

»Welchen Eindruck sollte sie schon machen. Nach Lachen war ihr nicht zumute. Aber geweint hat sie auch nicht. Das liegt ihr nicht. Sie war immer die Ruhe in Person. Sie wußte selbst nicht viel. War's nun ein Selbstmord?«

»Das wissen wir noch nicht, Mrs. Minns. Wir müssen erst die Ergebnisse einiger Untersuchungen abwarten. Für uns ist es nach wie vor ein ungeklärter Todesfall. Wann haben Sie Sir Paul zum letztenmal gesehen?«

»Am Dienstag gegen halb elf, kurz bevor er wegging. Es war in der Bibliothek. Ich wollte den Schreibtisch polieren, aber er saß gerade dran. Da sagte ich, ich würde später wiederkommen, aber er sagte: ›Nicht doch, Mrs. Minns. Bleiben Sie ruhig da. Ich bin gleich soweit.‹«

»Was hat er denn gemacht?«

»Wie ich schon sagte, er saß am Schreibtisch. Vor ihm lag aufgeschlagen sein Terminkalender.«

»Sind Sie sicher?« fragte Massingham.

»Aber ja! Er hatte den Terminkalender vor sich liegen und blätterte darin.«

»Woher wissen Sie, daß es sein Terminkalender war?«

»Na hören Sie mal! Er lag aufgeschlagen vor ihm. Ich hab's doch mit eigenen Augen gesehen, daß es ein Terminkalender war. Auf den Seiten standen die Wochentage und die Daten. Außerdem hatte er was reingeschrieben. Meinen Sie denn, ich kenne keinen Terminkalender? Nach einer Weile klappte er ihn zu und verwahrte ihn in der rechten obersten Schublade, wo er schon immer aufbewahrt wurde.«

»Woher wissen Sie das?«

»Seit neun Jahren arbeite ich schon für die Berownes. Als Sir Hugo noch der Baronet war, wurde ich von der gnädigen Frau eingestellt. Im Lauf der Zeit merkt man sich solche Dinge.«

»Was geschah dann?«

»Nichts. Ich fragte ihn, ob ich mir eins seiner Bücher ausleihen dürfe.«

»Eines seiner Bücher?« wiederholte Massingham verdutzt.

»Richtig. Als ich abstaubte, habe ich's auf dem untersten Regal entdeckt. Ich wollte es unbedingt lesen. Es liegt drüben unter dem Fernseher, wenn Sie's sehen wollen. *A Rose by Twilight* von Millicent Gentle. Seit Jahren hab' ich von ihr kein Buch mehr in die Finger bekommen.«

Sie griff nach dem Buch und gab es Massingham. Es war ein schmaler Band, der noch im Schutzumschlag steckte. Darauf abgebildet war ein heldisch aussehender, dunkelhaariger Beau, der – vor einem Hintergrund von strotzenden Rosenbüschen – eine offenbar in Ohnmacht gesunkene blonde Schönheit in den starken Armen hielt. Massingham blätterte lustlos und meinte dann abschätzig: »Wohl kaum die Lektüre, die er bevorzugte. Wahrscheinlich ist ihm das Buch von einem seiner Wähler zugeschickt worden. Die Autorin hat es übrigens signiert. Ich frage mich, warum er es behalten hat.«

»Warum sollte er es nicht behalten?« fragte Mrs. Minns entrüstet. »Millicent Gentle ist eine ausgezeichnete Schriftstellerin. In letzter Zeit hat sie freilich wenig geschrieben. Ich hab' was übrig für spannende Romane. Mit den grauslichen Mordgeschichten kann ich nichts anfangen. Ich fragte also, ob ich es haben könnte, und er gestattete es.«

Auch Kate nahm das Buch und schlug es auf. Auf dem Deckblatt stand »Für Paul Berowne mit den besten Wünschen«, darunter noch der Name, Millicent Gentle, und das Datum, 7. August. Es war der Tag, an dem Diana Travers ertrunken war. Massingham schien es nicht bemerkt zu haben. Sie klappte das Buch zu. »Wir werden es den Berownes zurückbringen, wenn Sie's ausgelesen haben, Mrs. Minns.«

»Wie's Ihnen beliebt. Aber denken Sie bloß nicht, daß ich's behalten wollte.«

»Was geschah, nachdem Sir Paul Ihnen erlaubt hatte, das Buch auszuleihen?« fragte Massingham.

»Er wollte wissen, wie lange ich schon für seine Familie gearbeitet hätte. ›Neun Jahre‹, sagte ich. ›Waren es gute Jahre für Sie?‹ fragte er. ›Für mich ebenso gut wie für die meisten anderen auch‹, sagte ich.«

Massingham konnte sich ein Lächeln nicht verkneifen. »So hat er's nicht gemeint«, sagte er.

»Ich weiß schon, wie er's gemeint hat. Aber was soll man schon sagen? Ich mache die Arbeit, und sie geben mir Geld dafür. Vier

Pfund die Stunde, was über dem Durchschnitt liegt. Dann noch die Taxifahrt nach Hause, wenn's mal spät wird. Wenn der Job mir nicht zusagen würde, wäre ich nie so lange geblieben. Aber was können sie sonst noch für ihr Geld erwarten? Zuneigung? Wenn er von mir hören wollte, ich hätte die schönsten Jahre meines Lebens in der Villa am Campden Hill Square verbracht, mußte ich ihn enttäuschen. Wissen Sie, es war anders, als die erste Lady Berowne noch lebte.«

»Inwiefern anders?«

»Anders eben. Die Atmosphäre im Haus war viel heiterer. Ich mochte die erste Lady Berowne. Sie war eine liebenswürdige Dame. Leider hat sie kein langes Leben gehabt, die Arme.«

»Warum haben Sie danach weitergearbeitet, Mrs. Minns?« erkundigte sich Kate.

Mrs. Minns schaute sie mit ihren kleinen, wachen Augen an und erwiderte unverblümt: »Mir macht's eben Spaß, Möbel zu polieren.«

Kate vermutete, daß Massingham sie gern nach ihrer Meinung von der zweiten Lady Berowne gefragt hätte. Aber er kehrte zum ursprünglichen Thema zurück. »Und wie ging's weiter?« fragte er.

»Er ging dann.«

»Aus dem Haus?«

»Ganz recht.«

»Sind Sie sicher?«

»Sie stellen Fragen! Er hatte sein Jackett an. Er schnappte sich seine Tasche und ging in die Eingangsdiele. Dann hörte ich, wie die Haustür geöffnet und geschlossen wurde. Das konnte doch nur bedeuten, daß er das Haus verlassen hatte.«

»Aber haben Sie mit eigenen Augen gesehen, daß er das Haus verließ?«

»Ich bin nicht mit zur Haustür gegangen, um ihm noch einen Abschiedskuß zu geben, wenn Sie das meinen. Ich mußte ja meine Arbeit erledigen. Aber das war das letztemal, daß ich ihn gesehen habe. Und ich werde ihn auch nie mehr wiedersehen, soviel ist sicher.«

Massingham gab sich klugerweise mit dieser Antwort zufrieden. »Sind Sie sicher, daß er den Terminkalender wieder in die Schublade legte?« fragte er.

»Mitgenommen hat er ihn jedenfalls nicht. Was soll die Frage überhaupt? Meinen Sie denn, ich hätte ihn geklaut oder so was?«

»Er ist nicht mehr in der Schublade, Mrs. Minns«, mischte sich Kate ein. »Außerdem verdächtigen wir niemanden. Der Terminkalender ist ja kein Wertgegenstand. Aber er scheint verschwunden zu sein. Dabei könnte er uns möglicherweise sachdienliche Hinweise geben. Wenn Sir Paul etwa eine Verabredung für den nächsten Tag eingetragen hatte, ist es doch unwahrscheinlich, daß er das Haus verließ, um sich umzubringen.«

»Er hat den Kalender nicht mitgenommen«, beharrte Mrs. Minns etwas besänftigt. »Ich habe selbst gesehen, wie er ihn in die Schublade legte. Und falls er ihn später geholt haben sollte, muß das zu einem Zeitpunkt gewesen sein, als ich nicht mehr im Haus war.«

»Das wäre möglich«, meinte Massingham. »Wann haben Sie das Haus verlassen?«

»Gegen fünf Uhr. Wie sonst auch. Nach dem Lunch spüle ich meistens das Geschirr und nehme mir irgendwelche Arbeiten vor. Ich putze das Tafelsilber oder sehe die Wäsche nach. Dienstags wische ich in der Bibliothek Staub. Ich war von halb drei bis vier in der Bibliothek. Danach half ich Miss Matlock bei der Zubereitung des Tees. Um diese Zeit kann Sir Paul nicht heimgekehrt sein. Ich hätte sonst in der Eingangsdiele Schritte gehört.«

»Würden Sie sagen, daß es eine glückliche Ehe war?« fragte Kate unvermittelt.

»So oft habe ich die beiden auch wieder nicht gesehen, um das beantworten zu können. Und wenn ich sie mal sah, machten sie auf mich einen normalen Eindruck. Sie hatten allerdings getrennte Schlafzimmer.«

»Das ist ja nichts Ungewöhnliches«, erwiderte Massingham.

»Mag sein. Aber getrennte Schlafzimmer sind bedenklich, wenn Sie verstehen, was ich meine. Ich habe die Betten gemacht. Vielleicht entspricht das Ihrer Vorstellung von einer Ehe, meiner nicht.«

»Da wird wohl kaum ein Stammhalter das Licht der Welt erblicken«, sagte Massingham.

»Vor ein paar Wochen kam es mir so vor, als würde es doch noch dazu kommen. Sie aß eine Menge zum Frühstück, was sonst nicht ihre Art ist. Aber allzu groß ist die Möglichkeit nicht. Schließlich ist sie viel zu sehr um ihre Figur besorgt. Wenn sie gute Laune hat, kann man's mit ihr aushalten. Manchmal ist sie fast schon zu freundlich. ›Mrs. Minns, seien Sie doch ein Schatz, und holen Sie mir bitte den Morgenmantel!‹ heißt es dann. ›Mrs. Minns, seien Sie ein Engel, und lassen Sie mir ein Bad ein!‹ ›Mrs. Minns, ob Sie mir eine Tasse Tee bringen könnten?‹ Honigsüß ist sie, wenn sie was haben will. Aber so sind die feinen Damen nun mal. Lady Ursula ist da nicht anders. Für sie ist es selbstverständlich, daß ihr Miss Matlock beim Baden oder Anziehen zur Hand geht. Aber so ist es nun mal. In Lady Ursulas Jugend war es noch anders. Da mußte die Dienerschaft noch viel mehr kuschen. Da hatte man die Post mit behandschuhter Hand zu überreichen, als würde man sie sonst besudeln. Da war man glücklich, wenn man halbwegs anständig behandelt wurde. Meine Großmutter war eine Hausangestellte. Ich weiß, wie's damals war.«

»Ist es zwischen den beiden hin und wieder zu Auseinandersetzungen gekommen?« fragte Massingham.

»Vielleicht wäre es besser gewesen, wenn sie sich ab und zu mal gestritten hätten. Aber dafür war er zu höflich, zu beherrscht. Das ist in einer Ehe nicht normal. Nein, es gab keine Auseinandersetzungen. Vielleicht am Dienstag vormittag. Aber selbst das kann man kaum als eine Auseinandersetzung bezeichnen. Zum Streiten gehören zwei. Sie keifte, daß es im ganzen Haus schallte, während ich ihn kaum hören konnte.«

»Wann war das, Mrs. Minns?«

»Gegen halb neun, als ich ihr das Frühstückstablett brachte. Das mache ich jeden Morgen. Sir Paul brachte Lady Ursula das Frühstück. Sie nimmt nur Orangensaft, zwei getoastete Vollkornbrotscheiben, Marmelade und Kaffee zu sich. Lady Berowne hält's da üppiger. Orangensaft, Müsli, Rührei, Toast und so weiter. Und nimmt dabei kein Gramm zu.«

»Was haben Sie bei dem Streit gehört, Mrs. Minns?«

»Als ich vor der Schlafzimmertür stand, hörte ich sie schreien: ›Du willst zu deinem Flittchen. Aber das kannst du jetzt nicht. Wir brauchen dich. Wir beide brauchen dich jetzt. Ich lasse dich nicht gehen.‹ Und dann hörte ich ganz leise seine Stimme. Ich konnte nicht verstehen, was er sagte. Ich stand vor der Tür und wußte nicht, was ich tun sollte. Ich setzte das Tablett auf dem Tisch bei der Tür ab. Das mache ich immer, bevor ich anklopfe. Ich wollte nicht so einfach reinplatzen. Andererseits konnte ich auch nicht wie angewurzelt stehenbleiben. Da öffnete er die Tür und kam heraus. Sein Gesicht war weiß wie ein Leichentuch. ›Geben Sie mir das Tablett, Mrs. Minns!‹ sagte er. Ich gab es ihm. So wie er aussah, war's ein Wunder, daß er's nicht fallen ließ.«

»Er trug es also ins Schlafzimmer«, sagte Massingham.

»Ja. Und schloß dann die Tür. Ich ging zurück in die Küche.«

»Hat noch jemand am Dienstag die Bibliothek betreten?« erkundigte sich Massingham.

»Mr. Musgrave aus Sir Pauls Wahlkreis. Er wartete von halb eins bis zwei auf Sir Paul. Dann gab er es auf und ging. Gegen vier Uhr war Miss Sarah in der Bibliothek. Sie wollte ihre Großmutter sprechen. Ich sagte ihr, Lady Ursula würde nicht zum Tee heimkommen. Aber sie wollte trotzdem warten. Dann wurde es ihr offenbar zu langweilig. Sie verließ unbemerkt das Haus. Ich habe sie nicht gehen sehen.«

Massingham fragte sie auch nach Diana Travers. Obwohl er nicht wie Dalgliesh der Meinung war, der Tod der beiden Frauen sei irgendwie mit der Ermordung Sir Pauls verbunden, tat er, was von ihm erwartet wurde. Das Ergebnis war aufschlußreicher, als er vermutet hatte.

»Ich war im Haus, als sich Diana vorstellte«, berichtete Mrs. Minns. »Maria hatte gekündigt. Maria war Spanierin. Ihr Mann arbeitete als Koch in Soho. Als sie schwanger wurde – ihr drittes Kind –, verbot ihr der Arzt schwere körperliche Arbeit. Maria konnte zupacken, das muß man ihr lassen. Miss Matlock hängte dann im Zeitungsladen am Ladbroke Grove eine Stellenanzeige aus. Diana meldete sich. Die Stellenanzeige war höchstens eine Stunde im Laden gehangen. Das war ein glücklicher Zufall. Ich hatte nicht erwartet, daß sich jemand so schnell melden würde. Gute Putzfrauen brauchen heute nicht die Anzeigen in einem Zeitungsladen zu studieren.«

»Und war sie eine gute Putzfrau?«

»Man sah gleich, daß sie noch nie als Putzfrau gearbeitet hatte. Aber sie war zumindest anstellig. Miss Matlock ließ sie nicht an das kostbare Porzellan heran oder an die Möbel im Salon. Diana säuberte die Badezimmer, räumte die Schlafzimmer auf, putzte das Gemüse, kaufte ein. Sie war schon in Ordnung.«

»War es nicht eine sonderbare Arbeit für eine Frau ihres Schlags?«

Mrs. Minns verstand, was er damit sagen wollte. »Ja, sie hatte eine ganz andere Ausbildung hinter sich. Aber die Bezahlung war nicht schlecht: vier Pfund die Stunde. Dazu ein reichliches Mittagessen, wenn sie wollte. Und alles steuerfrei, wenn man nicht dumm war. Angeblich war sie Schauspielerin, die auf ein Engagement wartete. Wenn sich etwas ergab, konnte sie den Job jederzeit aufgeben. Wieso interessieren Sie sich so für Diana Travers?«

Massingham ging auf die Frage nicht ein. »Sind Sie mit ihr gut ausgekommen?« fragte er.

»Warum hätten wir nicht gut miteinander auskommen sollen? Ich habe schon gesagt, daß sie in Ordnung war. Vielleicht etwas zu neugierig. Ich erwischte sie mal, wie sie die Schubladen von Sir Pauls Schreibtisch durchsuchte. Sie hörte mich erst, als ich neben ihr stand. Sie reagierte, als sei das ganz normal. Sie lachte sogar darüber. Sie wollte alles mögliche über die Berownes wissen. Von mir erfuhr sie nicht viel, auch von Miss Matlock nicht. Sie war nicht lästig, nur etwas zu gesprächig. Ich mochte sie. Sonst hätte ich sie nicht bei mir einquartiert.«

»Sie hat bei Ihnen gewohnt? Das haben uns die Berownes nicht gesagt.«

»Sie haben's nicht gewußt. Woher sollten sie's auch wissen? Diana wollte sich in Ridgmount Gardens eine kleine Wohnung kaufen. Aber es kam zu einer Verzögerung. Die Vorbesitzer konnten nicht termingemäß ausziehen. Diana aber mußte ihre Wohnung aufgeben und für einen Monat anderswo unterkommen. Da ich zwei Schlafzimmer habe, sagte ich, sie könnte hier einziehen. Für 25 Pfund die Woche mit Frühstück. Das ist doch kein schlechtes Angebot. Ich weiß nicht, ob Mr. Smith wirklich so scharf war, aber ihn hatte sowieso wieder mal das Fernweh gepackt.«

Und es gab zwei Schlafzimmer, dachte Kate.

Mrs. Minns blickte Massingham mit ihren dunklen Augen drohend an, als wollte sie sich Fragen über die sonstige Schlafplatzverteilung verbeten haben.

»Meine Großmutter sagte immer, jede Frau sollte einmal heiraten«, plauderte Mrs. Minns. »Das sei sie sich schuldig. Aber man sollte daraus keine Gewohnheit machen.«

»Eine Wohnung in Ridgmount Gardens?« wiederholte Kate nachdenklich. »Ist das nicht zu teuer für eine arbeitslose Schauspielerin?«
»Das habe ich mir auch gedacht. Aber sie sagte, ihr Vater würde was zuschießen. Ich weiß nicht, ob das stimmte. Vielleicht war's Daddy, vielleicht ein anderer Mann. Ihr Vater lebt in Australien, sagte sie mir.«
»Sie kam also zu Ihnen«, sagte Massingham. »Wann zog sie wieder aus?«
»Zehn Tage vor dem tödlichen Badeunfall. Sagen Sie mir bloß nicht, daß an ihrem Tod etwas verdächtig ist. Ich war bei der gerichtlichen Untersuchung. Mich hat die Sache interessiert. Wo sie beschäftigt gewesen war, wurde nicht erwähnt. Sonderbar, nicht? Die Berownes haben zur Beerdigung auch keinen Kranz geschickt. Es war ihnen wohl gleichgültig.«
»Womit beschäftigte sie sich, als sie bei Ihnen wohnte?« fragte Massingham.
»Ich hab' sie ja kaum gesehen. Außerdem ging es mich nichts an. Zwei Vormittage in der Woche war sie bei den Berownes. In der übrigen Zeit bemühte sie sich um ein Engagement. Abends ging sie auch ziemlich oft aus, brachte aber nie jemand mit. Sie bereitete mir keinerlei Unannehmlichkeiten. Achtete auf Ordnung und Sauberkeit. Wenn ich das nicht schon vorher gewußt hätte, hätte ich sie auch nicht aufgenommen. Am Abend nach dem Unfall, also noch vor der Untersuchung – sie war kaum vierundzwanzig Stunden tot –, tauchten dann die zwei Männer bei mir auf.«
»Hier bei Ihnen?«
»Sagte ich doch. Als ich von den Berownes heimkehrte. Sie saßen in einem Wagen und lauerten mir auf, wenn Sie's genau wissen wollen. Sie behaupteten, sie kämen von ihrem Anwalt und sollten ihre Sachen mitnehmen.«
»Haben sie sich irgendwie ausgewiesen?«
»Sie hatten ein Schreiben von der Anwaltskanzlei. Und sie wiesen sich aus. Deshalb ließ ich sie ein. Doch ich blieb im Türrahmen stehen und schaute ihnen zu. Das paßte ihnen zwar gar nicht, aber ich wollte sehen, wonach sie suchten. ›Es ist nichts da‹, versicherte ich ihnen. ›Überzeugen Sie sich! Sie ist vor knapp zwei Wochen ausgezogen.‹ Aber die beiden durchsuchten das ganze Zimmer,

schauten sogar unter die Matratze. Selbstverständlich fanden sie nichts. War schon irgendwie komisch, das Ganze.«
»Wer waren Ihrer Meinung nach die beiden Männer?«
Mrs. Minns begann schallend zu lachen. »Fragen stellen Sie! Das kann doch nicht Ihr Ernst sein! Sie gehörten Ihrem Verein an. Das waren Bullen. Meinen Sie denn, ich kann einen Polizisten nicht auf Anhieb erkennen?«
Selbst in dem dämmerigen, grünlichen Licht sah Kate, daß Massingham vor Ärger rot wurde. Aber er war zu gewitzt, um der Sache nachzugehen. Er fragte Mrs. Minns über den Alltag in der Berowne-Villa aus und wollte offensichtlich die Befragung hinter sich bringen. Doch Mrs. Minns schien noch etwas auf dem Herzen zu haben. Als Kate merkte, daß Mrs. Minns in seiner Gegenwart nicht mit der Sprache herausrücken würde, stand sie auf und fragte, ob sie sich die Hände waschen dürfe.
Sie bezweifelte, daß sie Massingham damit getäuscht hatte, aber er konnte ihnen nicht gut folgen. Als sie dann vor der Badezimmertür standen, zischelte Mrs. Minns: »Haben Sie das Datum in dem Buch bemerkt?«
»Ja, Mrs. Minns. Es ist der Tag, an dem Diana Travers ertrank.«
Die dunklen Augen signalisierten Zufriedenheit. »Habe ich mir doch gedacht, daß Sie's merken würden. Er scheint es nicht registriert zu haben.«
»Kann sein. Aber vielleicht hat er's nur nicht erwähnt.«
»Nein, er hat's gar nicht bemerkt. Ich kenne den Typ. Die sehen den Wald vor lauter Bäumen nicht.«
»Wann haben Sie denn das Buch zum erstenmal gesehen, Mrs. Minns?«
»Am Tag darauf. Am 8. August. Am Nachmittag, als er von seinem Wahlkreis heimgekehrt war. Er muß es mitgebracht haben.«
»Möglicherweise hat es ihm die Autorin damals gegeben.«
»Kann schon sein. Interessant, nicht wahr? Ich würde es an Ihrer Stelle für mich behalten. Dieser Massingham ist schon eingebildet genug.«
Sie hatten die Portobello Road verlassen und gingen am Ladbroke Grove vorbei, als Massingham amüsiert das Gesicht verzog. »Was für eine gräßliche Wohnung!« sagte er. »Dieser mysteriöse Mr. Smith kann einem leid tun. Wenn ich mit ihr in so einer

Wohnung leben müßte, würde ich auch hin und wieder auf Wanderschaft gehen.«

»Was war denn daran schon so gräßlich?« erwiderte Kate unwirsch. »Die Wohnung hat wenigstens so was wie Charakter. Nicht aber das scheußliche Gebäude, das irgendein Bürokrat bauen ließ, um darin möglichst billig möglichst viele Behausungen unterzubringen.« Trotzig fügte sie noch ein »Sir« hinzu.

Er lächelte belustigt. Wenn Kate wütend war, fiel ihr immer sein Rang ein. »Schon gut, schon gut. Ich gebe zu, daß sie und ihre Wohnung so was wie Charakter haben. Aber was ist an dem Wohnblock so scheußlich? Ich finde ihn nicht so abstoßend. Wenn mir das Wohnungsamt darin eine Wohnung anbieten würde, würde ich sie nehmen.«

Sie traute es ihm zu. Die Lebensumstände – wo er aß, wo er wohnte, wie er sich kleidete – schienen ihm gleichgültiger zu sein als ihr. Wieder einmal stellte sie verblüfft fest, daß sie sich in seiner Gegenwart zu Übersteigerungen hinreißen ließ. Auch sie glaubte nicht, daß das Äußere eines Gebäudes so wichtig ist. Nicht die Architekten, sondern die Leute, die in solchen Häusern wohnen, schaffen Slums. Selbst die Ellison Fairweather Buildings wären noch passabel gewesen, wenn sie anderswo gestanden hätten und andere Menschen sie bewohnt hätten.

»Außerdem hat uns diese Mrs. Minns einen nützlichen Tip gegeben, meinen Sie nicht auch?« redete Massingham weiter. »Wenn Sir Paul, wie sie sagte, den Terminkalender wieder in die Schublade gelegt hat und es sich beweisen läßt, daß er in der Zwischenzeit nicht heimkehrte...«

»Das wird nicht leicht sein«, unterbrach sie ihn. »Dann müßten wir mehr darüber wissen, was er an dem Tag gemacht hat. Bisher haben wir nicht die geringste Ahnung, wohin er nach der Besprechung mit dem Immobilienmakler gegangen ist. Er hatte einen Hausschlüssel. Er hätte die Villa unbemerkt betreten und wieder verlassen können.«

»Das schon. Trotzdem halte ich es für unwahrscheinlich. Da er eine Tasche mitgenommen hatte, wollte er offenbar nicht heimkehren, sondern direkt zur Kirche gehen. Wenn Lady Ursula auf den Anruf von General Nollinge hin vor sechs Uhr im Terminkalender nachsah, steht doch fest, wer unser Hauptverdächtiger ist: Dominic Swayne.«

Das war auch ihr klar. »Wer waren die beiden Männer, die Diana

Travers' Zimmer durchsuchten?« fragte sie. »Leute von der Sicherheitspolizei?«
»Nehme ich an. Entweder sie arbeitete mit ihnen zusammen und man hatte sie auf die Berownes angesetzt, oder sie war für eine zwielichtigere Organisation tätig, und man war auf sie aufmerksam geworden. Vielleicht kamen die beiden aber auch, wie sie angaben, von einem Anwalt und suchten nach irgendwelchen Papieren, einem Testament oder so was.«
»Unter der Matratze? Das machen doch nur Profis.« Wenn die Sicherheitspolizei im Spiel war, dachte sie, könnte es Schwierigkeiten geben. »Immerhin haben sie uns mitgeteilt, daß Berowne eine Geliebte hatte«, fügte sie hinzu.
»Die wußten doch, daß wir das früher oder später auch so herausfinden würden. Das ist doch typisch Sicherheitspolizei. Ihre Zusammenarbeit beschränkt sich darauf, daß sie einem nur Informationen geben, die man ohnehin schon kennt. Wenn diese Travers etwas mit der Sicherheitspolizei zu tun hatte, gibt's Ärger.«
»Zwischen Miles Gilmartin und Dalgliesh?«
»Nicht nur zwischen ihnen.«
»Warum haben Sie das Buch mitgenommen?« fragte er dann.
Einen Augenblick lang war sie versucht, ihm die Unwahrheit zu sagen. Als ihr die Bedeutung des Datums bewußtgeworden war, hatte sie es für sich behalten wollen, um dem Hinweis selbst nachzugehen, die Autorin selbst aufzuspüren. Aber dann hatte sie sich der Vernunft gebeugt. Wenn das Datum ihnen weiterhelfen konnte, mußte Dalgliesh von dem Buch erfahren. Sie konnte sich seine Verärgerung vorstellen, wenn er von ihren privaten Nachforschungen hörte. Wie konnte sie sich über die mangelnde Zusammenarbeit zwischen den Abteilungen beklagen, wenn sie innerhalb des Teams auf eigene Faust handelte!
»Die Widmung wurde am 7. August geschrieben, an dem Tag, als Diana Travers ertrank«, sagte sie.
»Na wenn schon, diese Millicent Gentle hat die Widmung am 7. geschrieben und das Buch noch am selben Tag abgeschickt.«
»Mrs. Minns entdeckte das Buch am darauffolgenden Tag. Seit wann arbeitet die Post in London so fix?«
»Vielleicht hat sie's als Eilsendung zustellen lassen.«
»Nein«, entgegnete Kate. »Ich glaube, daß Berowne Millicent

Gentle an dem Tag traf und sie ihm das Buch schenkte. Es wäre doch aufschlußreich, wenn wir feststellen können, wann und warum es geschah.«

»Schon möglich«, erwiderte er mit einem Seitenblick. »Sie kann aber auch die Widmung am 7. geschrieben und das Buch in seinem Wahlkreisbüro hinterlassen haben.« Spöttisch lächelnd fügte er noch hinzu: »Darüber haben Sie also mit Mrs. Minns draußen im Gang getuschelt.«

Als sie sein spöttisches Gesicht sah, wußte sie, daß er sie von Anfang an durchschaut hatte.

6

Auf der Rückfahrt zum Yard sagte Kate unvermittelt: »Ich kann damit nichts anfangen. Was ist das – eine göttliche Offenbarung?«

»Sie meinen, Sie wissen nicht, wie Sie's einordnen sollen?«

»Sie sind ja in dem Geist erzogen worden. Von der Wiege an hat man Sie – mit Kinderreimen, Schulgottesdiensten und was es sonst noch gibt – indoktriniert.«

Sie hatte einmal seine Internatskapelle auf einem Ausflug nach Windsor besucht. Die Kapelle hatte sie beeindruckt. Das war schließlich auch ihre Funktion. Sie hatte Neugier empfunden, Bewunderung, sogar eine gewisse Ehrfurcht, als sie unter dem hohen Fächergewölbe umhergewandert war. Trotzdem war es für sie ein Gebäude gewesen, in dem sie sich fremd fühlte. Es beschwor Geschichte herauf, Privilegien, Traditionen, die Gewißheit, daß die Reichen, nachdem ihnen schon soviel gehörte, auch auf eine ähnliche Sonderbehandlung im Himmel rechnen konnten. Jemand hatte auf der Orgel gespielt, wahrscheinlich ein Bach-Präludium, und sie hatte mit Vergnügen zugehört, darin aber kein besonderes Geheimnis erkennen können.

»Mit den Äußerlichkeiten bin ich einigermaßen vertraut«, sagte Massingham, den Blick auf die Straße gerichtet. »Nicht so gut wie mein Vater, der angeblich jeden Tag zur Messe geht.«

»Die Religion vermittelt mir nichts. Ich sehe nicht ein, warum ich beten sollte.«

»Das ist völlig natürlich. Vielen Leuten geht es so. Sie gehören da durchaus zur Mehrheit. Das ist eine Sache des Naturells. Was stört Sie daran?«

»Mich stört nichts daran. Ich finde nur, daß das Beten eine merkwürdige Angewohnheit ist. Die meisten Menschen beten. Ich hab' das mal in einer Untersuchung gelesen. Sie beten, selbst wenn sie nicht wissen, zu wem. Wie hält es in dieser Hinsicht unser Dalgliesh?«

»Ich weiß nicht, wie er's mit der Religion hält. Ich weiß nur, daß er Gedichte schreibt, seinen Job liebt und seine Privatsphäre abschirmt.«

»Aber Sie haben doch schon mit ihm zusammengearbeitet. Ich noch nicht. Meinen Sie nicht auch, daß ihm der Fall irgendwie nahegeht?«

Er musterte sie, als sitze er mit einer Fremden im Wagen, als müsse er erst überlegen, wieviel er ihr anvertrauen könne. »Doch, das meine ich auch«, antwortete er.

Kate hatte das Gefühl, daß es zwischen ihnen mittlerweile so etwas wie eine Vertrauensbasis gab. Da konnte sie es wagen, nachzuhaken. »Worüber macht er sich denn Gedanken?« fragte sie.

»Darüber, was Berowne in der Kirche widerfahren ist. Für Dalgliesh muß das Leben rational entschlüsselbar sein. Komische Ansicht für jemand, der Gedichte schreibt. Dieser Fall ist rational nicht aufzudröseln.«

»Haben Sie mit ihm über Berownes Erlebnis in der Kirche schon mal geredet?«

»Nein. Ich hab's versucht. Aber er sagte nur: ›Die reale Welt ist schon schwierig genug, John. Versuchen wir, uns in ihr zurechtzufinden.‹ Da ich mich nicht lächerlich machen wollte, fragte ich nicht weiter nach.«

Die Verkehrsampel zeigte Grün. Kate ließ die Kupplung los, und der Rover zog davon. Beim Fahren hatten sie sich bisher abgewechselt. Er ließ sie bereitwillig ans Steuerrad, obwohl er – wie alle versierten Fahrer – sich ungern mit der Rolle eines Passagiers begnügte. Deswegen bemühte sie sich, zumindest ebenso gut zu fahren wie er. Sie wußte mittlerweile, daß er sie tolerierte, sogar respektierte, wenn sie einander auch nicht übermäßig mochten. Er fand sich damit ab, daß eine Frau in ihrem Team eine wichtige Funktion hatte.

Doch er hätte einen Mann als Teampartner vorgezogen. Ihre Einstellung war da positiver, wenngleich sie von Ressentiments und einer gewissen Antipathie durchzogen war. Manches ließ sich auf eine Art Klassenabneigung zurückführen. Aber ihre Abneigung ließ sich auch einfacher erklären. Sie mochte rothaarige Männer nicht. Dalgliesh wußte selbstverständlich davon. Er machte sich das zunutze wie so vieles. Einen Augenblick lang verspürte sie einen Widerwillen gegen alle Männer. Ich bin schon eine komische Person, dachte sie. Würde es mir nahegehen, wirklich nahegehen, wenn Alan mich verließe? Wie würde ich reagieren, wenn ich die Wahl zwischen meiner Karriere und Alan, zwischen meiner Wohnung und Alan hätte?

»Glauben Sie im Ernst, daß Berowne etwas Übernatürliches in der Sakristei erlebt hat?« fragte sie.

»Irgend etwas muß es doch gewesen sein, oder? Ein Mann gibt doch nicht so ohne weiteres seine Karriere, sein bisheriges Leben auf.«

»Aber war es denn etwas Reales? Schon gut, fragen Sie mich nur nicht, was ich unter real verstehe. Real in dem Sinn, wie ein Auto real ist, wie Sie oder ich real sind. Hatte er eine Halluzination? War er betrunken? Hatte er Drogen genommen? Oder war es wirklich etwas Übernatürliches?«

»Bei einem praktizierenden Mitglied unserer guten alten Church of England, was er ja angeblich war, kommt mir das unwahrscheinlich vor. So was erwartet man höchstens bei den Helden in einem Roman von Graham Greene.«

»Sie sagen das, als sei es geschmacklos, überspannt, vielleicht sogar abwegig.« Sie stockte und fragte dann: »Wenn Sie ein Kind hätten, würden Sie es taufen lassen?«

»Ja. Warum fragen Sie?«

»Sie glauben also an Gott, sind für die Kirche, die Religion?«

»Das habe ich nicht gesagt.«

»Warum dann die Taufe?«

»Seit vierhundert Jahren, wenn nicht noch länger, sind all meine Vorfahren getauft worden. Ihre vermutlich auch. Geschadet hat es wohl keinem von uns. Ich sehe nicht ein, warum ich als erster mit dieser Tradition brechen sollte. Ich habe nichts gegen sie.«

Ist das nicht die Einstellung, dachte Kate, die auch Sarah Berowne ihrem Vater übelgenommen hatte? Eine von Ironie geprägte, distanzierte, arrogante Haltung, die nichts erschüttern kann? »Es hat also etwas mit der Herkunft zu tun«, sagte sie.

Er lachte auf. »Bei Ihnen hat alles mit der Herkunft zu tun. Nein, es hat etwas mit der Familientradition zu tun, meinetwegen auch mit der Pietät der Familie gegenüber.«

»Mit mir können Sie über Familienpietät nicht reden«, erwiderte sie, ohne ihn anzublicken. »Ich bin ein uneheliches Kind, falls Sie das nicht wissen.«

»Nein, das habe ich nicht gewußt.«

»Ich find's nett, daß Sie mir nicht sagen, so was sei ohnehin nicht so wichtig.«

»Es betrifft nur eine einzige Person. Sie selbst. Wenn Sie meinen, so was sei wichtig, dann ist es eben wichtig.«

Mit einemmal fand sie ihn sympathisch. Sie schaute das sommersprossige Gesicht mit dem Schopf roter Haare darüber an und versuchte ihn sich in der Internatskapelle vorzustellen. Ihre eigene Schule fiel ihr ein. In der Gesamtschule von Ancroft, in einer Schule mit zwanzig verschiedenen Nationalitäten, hatte es so etwas wie Religion auch gegeben. Den Antirassismus. Man lernte binnen kurzer Zeit, daß man sich mit Frechheit, Faulheit oder Dummheit durchschlängeln konte, solange man dieses Dogma befolgte. Es fiel ihr auf, daß es wie jede andere Religion genau das bedeutete, wofür man es hielt. Die paar Platitüden, Geschichten und Schlagworte waren leicht zu erlernen. Die Grundhaltung war intolerant, man hatte eine Entschuldigung für vereinzelte Aggressivitätsausbrüche und konnte sich moralisch erhaben fühlen, wenn man Menschen verachten durfte, die man ohnehin nicht mochte. Obendrein kostete all das kein Geld. Gern bildete sie sich ein, diese frühe Indoktrinierung habe überhaupt nichts mit der kalten Wut zu tun, die sie packte, wenn sie auf die gegensätzliche Haltung stieß – auf Hetzparolen an den Wänden, das Gebrüll des Mobs, die Todesangst der aus Asien eingewanderten Menschen, die ihre verbarrikadierten Behausungen nicht zu verlassen wagten. Wenn man aber für die Illusion des Zusammengehörigkeitsgefühls schon so etwas wie ein Schulethos brauchte, dann fand sie den Antirassismus so effektiv wie jedes andere. Mochte er auch zu absurden Manifestationen führen – er löste gewiß keine übernatürlichen Visionen in einer verstaubten Kirche aus.

7

Dalgliesh hatte beschlossen, am Samstag nachmittag allein nach Surrey zu fahren, um die Nolans zu besuchen. So einen Auftrag hätte er sonst Massingham und Kate anvertraut. Massingham hatte ihn denn auch verdutzt angeschaut, als er ihm mitteilte, er brauche keinen Zeugen oder einen Begleiter, der sich Notizen machte. Zwar war die Fahrt nicht ganz unwichtig: Wenn Berownes Ermordung irgendwie mit dem Selbstmord Theresa Nolans zusammenhing, konnte alles, was er über die junge Frau – für ihn nur ein Photo in einer Polizeiakte, ein blasses, noch jugendliches Gesicht unter einer Schwesternhaube – erfuhr, von Bedeutung sein. Wenn er aber schon ihre Großeltern in ihrer Trauer stören mußte, wollte er wenigstens so rücksichtsvoll wie möglich vorgehen. Ein Polizeibeamter war sicherlich erträglicher, als wenn sie zu zweit anrückten. Es gab allerdings noch einen Grund, warum er allein fuhr. Er wollte für eine Weile für sich sein, von London wegkommen, seinem Büro, dem aufdringlichen Läuten des Telefons, von Massingham und dem ganzen Team. Er wollte einen gewissen Abstand zu der unausgesprochenen Kritik seines Vorgesetzten gewinnen, der ihm zu verstehen gegeben hatte, er mache aus einem zwar tragischen, aber doch nicht ungewöhnlichen Selbstmord einen geheimnisumwitterten Fall, sie verplemperten ihre Zeit für eine ziellose Mörderhatz. Er wollte für eine Weile der Schreibtischarbeit, dem Erfolgszwang entfliehen, um den Fall klarer, unvoreingenommener zu sehen.

Es war ein warmer, windiger Tag. Zerfetzte Wolken jagten über den azurblauen Himmel und warfen dahinhuschende Schatten auf die abgeernteten, herbstlichen Felder. Er nahm die Route über Cobham und Effingham. Sobald er die A3 verlassen konnte, steuerte er den Jaguar in eine Parkbucht und klappte das Verdeck zurück. Als dann hinter Cobham der Wind sein Haar zauste, bildete er sich ein, den herbstlichen Geruch von Kiefernholzfeuer wahrzunehmen. Die schmalen, zwischen Grasstreifen hell herausleuchtenden Landstraßen wanden sich durch das waldige Hügelland von Surrey, das abrupt flacher wurde und den Blick auf die South Downs und Sussex freigab. Er wünschte, die Straße würde schnurgerade weiterlaufen, so daß er das Gaspedal bis zum Anschlag durchtreten konnte, um seinen Frust im Geschwindigkeitsrausch zu verlieren.

Es graute ihm etwas vor dem Ziel seiner Fahrt, dem er sich allzu schnell näherte. Er kam durch Shere und fuhr einen kleinen Hügel hinan. Und links neben der Straße, von Eichen und Papierbirken abgeschirmt, lag dann schon das kleine viktorianische Haus. Auf dem Schild an der weißen Gartenpforte stand der Name: »Weaver's Cottage«. Gut zwanzig Meter weiter hörte die Steigung auf. Er fuhr den Jaguar auf den Sandstreifen am Straßenrand. Sobald er den Motor abgeschaltet hatte, überfiel ihn tiefe Stille. Nicht einmal Vogelgezwitscher war zu hören. Eine Weile blieb er reglos und erschöpft sitzen, als hätte er soeben einen selbstauferlegten Härtetest bestanden.

Da er sich telefonisch angemeldet hatte, rechnete er damit, daß sie ihn erwarteten. Aber die Fenster waren alle verschlossen. Aus dem Kamin kräuselte kein Rauch. Das Cottage machte den abweisenden, bedrückenden Eindruck eines Hauses, das zwar nicht verlassen ist, sich aber gegen die Außenwelt sperrt. Die Blumenrabatten vor dem Haus hatten nichts von der üppigen Farbenpracht sonstiger Cottage-Gärten. Die Chrysanthemen, Herbstastern und Dahlien standen in Reihen. Dazwischen wuchs Gemüse mit welken Blättern, Unkraut überwucherte den Boden, und der Rasenstreifen beiderseits der Haustür war nicht gemäht und sah schütter aus. Er entdeckte einen eisernen, hufeisenförmigen Türklopfer, aber keine Türglokke. Er ließ ihn sachte gegen das Türblatt fallen, da er sicher war, daß sie das Motorgeräusch gehört hatten. Aber es dauerte eine Weile, bis die Tür geöffnet wurde.

»Mrs. Nolan?« fragte er, zog seinen Ausweis hervor und kam sich wie ein aufdringlicher Handelsvertreter vor. Mrs. Nolan musterte seinen Ausweis nur flüchtig und ließ ihn ein. Sie mußte auf die Siebzig zugehen, war zierlich und hatte ein knochiges, verhärmtes Gesicht. Die leicht vorquellenden Augen blickten ihn mit einem Ausdruck an, den er nur allzu gut kannte. Es war eine Mischung aus Sorge und Neugier, gefolgt von Erleichterung darüber, daß er zumindest aussah wie ein Mensch. Sie trug ein blaugraues Kostüm, das an den Schultern schlecht saß und am gekürzten Saum Falten zog. Am Revers prangte eine runde Silberbrosche mit bunten Steinen. Sie war zu schwer für den dünnen Stoff. Dalgliesh vermutete, daß das nicht ihr gewohnter Samstagnachmittagsstaat war, daß sie sich seinetwegen so herausgeputzt hatte. Vielleicht gehörte sie

zu den Frauen, die sich für alle Prüfungen und Tragödien des Lebens herausputzen, als wollten sie mit dieser kleinen Geste Selbstachtung und Trotz angesichts des Schicksals demonstrieren.
Das rechteckige Wohnzimmer mit dem einzigen Fenster glich eher einem Raum in einem Londoner Vorort; es hatte nichts von der heimeligen Atmosphäre, die man auf dem flachen Lande erwarten würde. Es war ein reinliches, aber stillos eingerichtetes, düsteres Zimmer. Der ursprünglich offene Kamin war mit einer marmorierten Umrandung und einem Holzbord als Sims versehen worden. Im Kamin war ein Elektroofen installiert. Eine Spirale glomm rötlich. Zwei Wände zierte eine Tapete mit aufgedruckten Rosen und Veilchen, die beiden anderen waren blau gestreift. Die dünnen, ungesäumten Gardinen waren mit dem Muster zur Straße aufgehängt, so daß die Nachmittagssonne durch pinkfarbene Rosenknospen und ein efeuumwuchertes Spalier verdunkelt wurde. Beim Kamin standen zwei moderne Lehnsessel und ein Tisch mit vier Stühlen. An der Wand gegenüber der Tür ruhte ein großformatiges Fernsehgerät auf einem hohen Rolltischchen. Außer der *Radio Times* und der *TV Times* waren keine Zeitschriften oder Bücher zu sehen. Über dem Kamin hing als einziges Bild ein billiger Druck mit einer Herz-Jesu-Darstellung.
Mrs. Nolan stellte Dalgliesh ihren Mann vor, der im rechten Lehnstuhl saß, das Gesicht dem Fenster zugewandt. Er war ein hochgewachsener, magerer Mann. Auf Dalgliesh Gruß reagierte er mit einem kurzen Kopfnicken, stand aber nicht auf. Seine Miene war ausdruckslos. In dem Sonnenlicht, das durch die Gardinen ins Zimmer fiel, glich sein zerfurchtes Gesicht einer Holzmaske. Die linke Hand, die im Schoß lag, zitterte unablässig.
»Sie möchten bestimmt eine Tasse Tee trinken?« fragte Mrs. Nolan.
»Gern, wenn's Ihnen keine Umstände macht«, erwiderte Dalgliesh.
Mrs. Nolan lächelte ihn an, nickte befriedigt und eilte hinaus. Die beiden Männer warteten wortlos. Aber Mrs. Nolan schien den Tee schon aufgebrüht zu haben. Deswegen hatte es so lange gedauert, dachte Dalgliesh, bis sie die Tür öffnete. Auf sein Klopfen hin hatte sie rasch noch den Teekessel aufgesetzt. Mrs. Nolan und Dalgliesh setzten sich an den Tisch und warteten höflich auf Mr. Nolan, der sich mühsam aufrichtete und mit kleinen Schritten zu ihnen kam.

Die Anstrengung verstärkte sein Zittern. Wortlos schenkte ihm seine Frau Tee ein und stellte die Tasse vor ihn hin. Da er sie nicht halten konnte, beugte er den Kopf und schlürfte den Tee. Seine Frau beachtete ihn nicht. Auf dem Tablett war ein in Scheiben geschnittener Kuchen – »Walnüsse und Marmelade«, wie Mrs. Nolan sagte –, und als Dalgliesh sich ein Stück nahm, lächelte Mrs. Nolan abermals. Der Kuchen war trocken und schmeckte fade. Winzige Walnußsplitter nisteten sich zwischen seinen Zähnen ein. Die Orangeatstückchen hatten einen widerlich säuerlichen Geschmack. Dalgliesh trank einen Schluck von dem starken Tee, in den er reichlich Milch gegossen hatte. Irgendwo im Zimmer summte aufdringlich eine Fliege.

»Tut mir leid«, sagte Dalgliesh zu Mrs. Nolan, »daß ich Sie mit Fragen behelligen muß, deren Beantwortung sicherlich schmerzlich ist. Ich habe Ihnen telefonisch schon erklärt, daß ich im Fall Berowne ermittle. Kurze Zeit vor seinem Tod erhielt er einen anonymen Brief. Darin wurde angedeutet, daß er etwas mit dem Ableben Ihrer Enkelin zu tun haben könnte. Deswegen bin ich hier.«

Die Teetasse und der Unterteller in Mrs. Nolans Hand begannen leise zu klirren. Sie setzte beides ab und verbarg die Hände unterm Tisch, als sei sie ein guterzogenes Kind, das man gerade gerügt hatte. »Theresa hat sich umgebracht«, erwiderte sie mit einem Blick auf ihren Mann. »Ich dachte, das wüßten Sie, Sir.«

»Das ist uns bekannt. Aber alles, was Sir Paul in den letzten Wochen vor seinem Tod widerfuhr, könnte für uns aufschlußreich sein. Auch dieser anonyme Brief. Wir wüßten gern, wer ihn geschrieben hat. Sir Paul ist möglicherweise ermordet worden.«

»Ermordet?« wiederholte Mrs. Nolan. »In diesem Haus ist der Brief nicht geschrieben worden, Sir. Gott ist unser Zeuge, wir wären dazu nicht fähig.«

»Das weiß ich, Mrs. Nolan. Das haben wir auch nicht angenommen. Ich wüßte nur gern, ob sich Ihre Enkelin mit Ihnen über irgend jemanden, eine Freundin vielleicht, unterhalten hat, die später Sir Paul für Theresas Tod verantwortlich gemacht haben könnte.«

Mrs. Nolan wiegte den Kopf. »Sie meinen, über jemanden, der ihn auch umgebracht haben könnte?«

»Diese Möglichkeit können wir nicht ausschließen.«

»Wer sollte das gewesen sein? Ich kann Ihnen da nichts sagen. Sie hatte nur uns. Und wir haben ihm nichts angetan, so verbittert wir auch waren.«

»Hatten Sie ihm etwas vorzuwerfen?«

»Sie wurde in seinem Haus geschwängert«, mischte sich plötzlich Mr. Nolan ein. »Und er wußte, wo man sie finden würde. Wie konnte er das wissen? Können Sie mir das verraten?« Seine Stimme klang heiser, tonlos. Das Sprechen strengte ihn so an, daß er am ganzen Körper zitterte.

»Bei der gerichtlichen Untersuchung«, antwortete Dalgliesh, »sagte Sir Paul aus, Ihre Enkelin habe ihm eines Abends von ihrer Liebe zum Wald erzählt. Deswegen meinte er, wenn sie sich schon hatte umbringen wollen, würde sie die einzige noch verbliebene Waldfläche in der Londoner Innenstadt aufgesucht haben.«

»Wir haben ihm diesen Brief nicht zugesandt, Sir«, wiederholte Mrs. Nolan. »Ich habe ihn bei der Untersuchung gesehen. Mein Mann wollte nicht mitkommen, aber ich dachte, einer von uns sollte anwesend sein. Sir Paul hat mich angesprochen. Er war sehr freundlich. Es täte ihm leid, sagte er. Was hätte er auch sonst sagen sollen?«

»Es täte ihm leid! Was ist das schon«, warf ihr Mann ein.

»Es gibt nicht den geringsten Beweis für deine Annahme, Albert«, wies ihn Mrs. Nolan zurecht. »Er war verheiratet. Theresa hätte nie... jedenfalls nicht mit einem verheirateten Mann.«

»Woher weißt du, was sie getan oder nicht getan hätte? Oder er? Welche Rolle spielt das noch? Sie hat sich umgebracht. Zuerst die Schwangerschaft, dann die Abtreibung, zum Schluß der Selbstmord. Was bedeutet eine Sünde mehr, wenn man all das schon auf dem Gewissen hat?«

»Könnten Sie mir etwas über Theresa erzählen?« fragte Dalgliesh besänftigend. »Sie haben sie doch großgezogen.«

»Das stimmt. Sie hatte sonst niemanden. Wir hatten nur ein Kind, ihren Vater eben. Ihre Mutter starb zehn Tage nach Theresas Geburt. Sie bekam eine Blinddarmentzündung. Die Operation mißlang. Die Chancen in so einem Fall stehen eins zu einer Million, sagte der Arzt.«

Das habe ich schon mal gehört, dachte Dalgliesh. Ich will nicht daran erinnert werden. Das gleiche hatte ihm der Geburtshelfer gesagt, damals, als er zum letztenmal einen Blick auf seine tote Frau mit dem neugeborenen Sohn im Arm geworfen hatte, beide vereint im unerreichbaren Nichts des Todes. Eine Chance von eins zu einer Million. Als könnte man sich damit trösten, als könnte man direkt stolz darauf sein, daß ausgerechnet die eigene Familie dazu ausersehen wurde, die Fehlerhaftigkeit von Statistiken zu beweisen. Plötzlich konnte er das Fliegengesumm nicht länger ertragen. »Entschuldigen Sie!« sagte er und griff nach der Rundfunkzeitschrift. Er schlug nach der Fliege, verfehlte sie aber. Erst nach zwei weiteren Schlägen hörte das Summen endlich auf. An der Fensterscheibe war nur noch ein kleiner verschmierter Fleck zu sehen. »Und Ihr Sohn?« fragte er dann.

»Er konnte sich um das Kind nicht kümmern. Verübeln konnte man es ihm nicht. Er war ja erst einundzwanzig. Außerdem wollte er fort von dem Haus, fort von uns, selbst fort von seinem Kind. Sonderbarerweise machte er uns für alles verantwortlich. Wissen Sie, wir waren von seiner Heirat nicht eben begeistert. Shirley, seine Frau, war keine Schwiegertochter, wie wir sie uns vorstellten. Wir sagten ihm, daß es nicht gutgehen könne.«

Und da es auch nicht gutgegangen war, hatte er ihnen die Schuld gegeben, als hätte ihre Mißbilligung, ihre Abneigung seine Frau verfolgt wie ein Fluch. »Wo ist er jetzt?«

»Wir wissen es nicht. Wahrscheinlich in Kanada. Er schreibt uns nicht. Er hat einen guten Beruf. Er ist Automechaniker. Von Autos verstand er was. Was er anpackte, gelang ihm. Er sagte, er würde schon eine Anstellung finden.«

»Dann weiß er nicht, daß seine Tochter tot ist?«

»Er hat sich ja kaum um sie gekümmert, als sie noch lebte«, erwiderte Mr. Nolan. »Warum sollte ihm da ihr Tod nahegehen?«

Seine Frau senkte den Kopf, als wollte sie seine Verbitterung an sich abgleiten lassen. »Die arme Theresa hat sich stets irgendwie schuldig gefühlt«, sagte sie. »Sie bildete sich ein, sie hätte ihre Mutter umgebracht. Das ist selbstverständlich Unsinn. Daß ihr Vater sie im Stich ließ, verstärkte noch diese Schuldgefühle. Auch daß sie wie ein Waisenkind aufwachsen mußte, hat sie bedrückt. Kinder sind nun mal so, daß sie die Schuld zuerst bei sich suchen.«

»Aber bei Ihnen muß sie doch glücklich gewesen sein«, meinte Dalgliesh. »Sie liebte doch den Wald.«

»Das schon. Aber es war auch einsam hier. Zur Schule mußte sie mit dem Bus fahren. Und wenn nachmittags in der Schule noch was los war, konnte sie nicht dableiben. Mädchen ihres Alters gab es hier nicht. Sie streifte gern durch den Wald, aber wir fanden das nicht gut, wenn niemand bei ihr war. Wer weiß, was ihr hätte zustoßen können. Heutzutage ist man doch nirgendwo mehr sicher. Wir hofften, sie würde als Krankenschwester Kontakt zu jungen Leuten finden.«

»Und ist ihr das geglückt?«

»Sie hat nie jemanden mitgebracht. Für junge Menschen ist hier nicht viel los.«

»Und Sie haben auch nichts unter ihren hinterlassenen Papieren und Dingen gefunden, was einen Hinweis auf den Vater ihres Kindes geben könnte?«

»Sie hat nichts hinterlassen, nicht einmal ihre Lehrbücher. Nachdem sie aus der Berowne-Villa ausgezogen war, wohnte sie in einem Heim nahe der Oxford Street. Sie hat ihr Zimmer leer geräumt und alles weggeworfen. Von der Polizei erhielten wir nur ihren Abschiedsbrief, ihre Armbanduhr und die Kleider, die sie angehabt hatte. Den Brief haben wir vernichtet. Warum hätten wir ihn auch aufheben sollen? Sie können ihr Zimmer hier im Haus besichtigen, Sir. Sie hatte es schon als kleines Mädchen. Es enthält nichts, was ihr einmal gehört hatte. Wir haben alles – ihre Kleider, ihre Bücher – weggegeben. Wir glaubten, sie hätte es so gewollt.«

Sie haben es so gewollt, dachte er. Mrs. Nolan führte ihn eine schmale Stiege hinauf, zeigte ihm das Zimmer und ließ ihn allein. Es war ein kleiner, enger, an der Nordseite gelegener Raum mit einem Spalier vorm Fenster. Die Föhren und Papierbirken standen so nah, daß die Äste beinahe die Glasscheibe streiften. Das Tageslicht schimmerte grünlich, als stünde das Haus im Wasser. Ein Kletterrosenzweig mit schlaffem Laub und einer einzigen zerfressenen Knospe schlug leicht gegen das Fenster. Der Raum enthielt tatsächlich nichts Persönliches mehr. Die Luft war abgestanden und roch, als seien Wände und Boden mit einem Desinfektionsmittel gesäubert worden. Es hätte ein Zimmer in einem Krankenhaus sein können, aus dem ein vor kurzem verstorbener Patient entfernt worden war. Selbst das Bett war abgezogen; ein weißes Laken bedeckte Matratze und Kissen. Die Bücherborde waren leer. Über dem Bett hing ein

Kruzifix. Da die Erinnerung an ihre Tochter nur mehr aus Trauer bestand, hatten sie den Raum jeglicher persönlichen Atmosphäre entkleidet und die Tür hinter sich geschlossen.
Als Dalgliesh auf das kahle, schmale Bett herabblickte, mußte er an Theresas Abschiedsbrief denken. Da er ihn beim Studium des Untersuchungsberichts zweimal gelesen hatte, konnte er sich an den Wortlaut noch genau erinnern: »Vergebt mir bitte! Ich kann vor Qual nicht weiterleben. Ich habe mein Kind umgebracht und weiß, daß ich weder es noch Euch wiedersehen werde. Vielleicht bin ich jetzt zur Hölle verdammt, aber ich glaube nicht mehr an die Hölle. Ich glaube an nichts mehr. Ihr seid gut zu mir gewesen, aber ich habe es Euch schlecht gedankt. Ich habe gedacht, wenn ich als Krankenschwester arbeite, würde sich alles ändern. Doch die Welt hat sich nicht gewandelt. Ich weiß jetzt, daß ich nicht mehr weiterleben möchte. Ich hoffe nur, daß nicht Kinder meine Leiche finden. Verzeiht mir!«
Es war kein spontaner Brief. In all den Jahren hatte er schon viele Abschiedsbriefe gelesen. Aus manchen sprachen ein Schmerz und eine Wut, die ihnen eine unbewußte und verzweifelte poetische Kraft verliehen. Doch dieser kam ihm trotz des Pathos und der bemühten Schlichtheit allzu ausgeklügelt vor. Vielleicht war sie eine jener gefährlich unschuldigen jungen Frauen gewesen – wobei diese oft gefährlicher und weniger unschuldig sind, als es den Anschein hat –, die Tragödien regelrecht heraufbeschwören. Für ihn war sie weiterhin ein Schemen in Schwesterntracht, der seine Ermittlungen störte, ein unbekanntes Wesen und doch – dessen war er sicher – der Schlüssel zu der geheimnisvollen Ermordung Paul Berownes.
Obwohl er nicht mehr annahm, im Haus der Nolans auf irgendwelche Hinweise zu stoßen, trieb ihn sein Spürsinn dazu, noch in der Nachttischschublade nachzusehen. Ihr Gebetbuch lag darin, der einzige Gegenstand, der von ihr geblieben war. Lustlos blätterte er es durch. Ein Zettel, offenbar aus einem Notizbuch herausgerissen, fiel zu Boden. Er hob ihn auf und sah drei Kolonnen von Buchstaben und Zahlen:

R	T3	S
B	T2	S
P	T1	S
S-N	S2	T

Die Nolans saßen immer noch am Tisch. Er zeigte ihnen den Zettel. Mrs. Nolan meinte, daß Theresa die Zahlen und Buchstaben geschrieben haben könnte, doch sicher sei sie nicht. Aber weder sie noch ihr Mann hatten eine Ahnung, was die Kürzel bedeuten könnten. Es war ihnen auch gleichgültig. Und sie hatten nichts dagegen, als er sagte, er würde den Zettel gern untersuchen lassen. Mrs. Nolan geleitete ihn zur Haustür und ging zu seinem Erstaunen bis zur Gartenpforte mit. Sie schaute zum dunklen Wald hinüber und sagte mit bebender Stimme: »Das Häuschen gehört Alberts Arbeitgeber. Wir hätten es schon vor drei Jahren verlassen sollen, als es mit Albert immer schlimmer wurde, aber sein Arbeitgeber hat dann ein Einsehen gehabt. Sobald jedoch die Gemeindeverwaltung eine Wohnung für uns hat, werden wir ausziehen. Und es wird mir gewiß nicht schwerfallen. Ich hasse den Wald, habe ihn immer gehaßt. Ich hasse die Gegend. Ständig weht der Wind, der Boden ist morastig, die Dunkelheit macht einen fertig. Und nachts noch das Gekreisch irgendwelcher Tiere.« Sie schloß die Gartenpforte und blickte ihn fragend an. »Warum nur hat sie mir nichts von dem Baby erzählt? Ich hätte es verstanden. Ich hätte mich um sie gekümmert. Ich hätte auch Pa herumkriegen können. Das ist es, was mir weh tut. Warum hat sie es mir nicht gesagt?«

»Vielleicht wollte sie Ihnen Kummer ersparen«, meinte Dalgliesh.

»Mein Mann ist seitdem so verbittert. Für ihn ist sie in alle Ewigkeit verdammt. Ich habe ihr vergeben. Unser Herrgott kann doch nicht weniger nachsichtig sein als ich. Ich kann's mir jedenfalls nicht vorstellen.«

»Da haben Sie recht«, sagte Dalgliesh.

Sie hielt sich an der Gartenpforte fest und schaute ihm nach. Doch als er in den Wagen stieg, sich anschnallte und noch einmal zurückblickte, war sie verschwunden. Das Haus wirkte wieder abweisend und unzugänglich. Was hat mir nun die Begegnung mit diesen Menschen eingebracht, überlegte er. Einen aus einem Notizbuch herausgerissenen Zettel mit ein paar Buchstaben und Zahlen, die Theresa Nolan vielleicht nicht mal selbst geschrieben hatte. Außerdem schien sich die trostlose Verbitterung der alten Leute auf ihn übertragen zu haben. Was ist, grübelte er, wenn ich jetzt aus dem Dienst ausscheide, wenn mir die zwanzig Jahre genügen, in denen ich die Schwächen anderer Menschen skrupellos ausgenützt habe?

Was immer Berowne in der schäbigen Sakristei gefunden hat – ich weiß nicht einmal, wonach ich suchen soll. Als er den Jaguar auf die Straße steuerte, überkam ihn ein Anflug von irrationalem Neid und Zorn auf Berowne. Hatte er es sich nicht allzu leicht gemacht?

8

Es war Viertel nach sechs am Sonntag abend. Carole Washburn stand auf dem Balkon und betrachtete das nördliche Panorama Londons. Wenn Paul bei ihr war, hatte sie die Vorhänge nie zugezogen, auch nicht, wenn die Nacht hereinbrach. Wenn sie gemeinsam auf das endlose Häusermeer schauten, kamen sie sich unbeobachtet, geradezu unverletzbar vor. Damals war sie gleichsam eine privilegierte Zuschauerin gewesen. Jetzt aber fühlte sie sich als Ausgestoßene. Sie sehnte sich nach dem fernen, unerreichbaren Paradies da unten, das ihr verwehrt war. Seit seinem Tod hatte sie jeden Abend vom Balkon aus zugesehen, wie die Lichter angingen, wie es in Wohnblock um Wohnblock, in Haus um Haus hell wurde, wie trauliches Lampenlicht durch Vorhänge schimmerte, hinter denen Menschen vereinzelt oder in Gemeinschaft lebten.

Und nun näherte sich der längste Sonntag, den sie je erlebt hatte, seinem Ende. Am Nachmittag war sie, um dem Käfig ihrer Wohnung zu entkommen, zum nächsten offenen Supermarkt gefahren. Obwohl sie eigentlich nichts benötigte, hatte sie einen Einkaufswagen genommen und war ziellos zwischen den Regalen umhergefahren. Wie in Trance hatte sie irgendwelche Dosen, Packungen, Toilettenpapierrollen in den Einkaufswagen gestopft und nicht auf die Blicke der übrigen Käufer geachtet. Und dann waren ihr die Tränen gekommen. Sie tropften auf ihre Hand, auf die Müslipakete, weichten das Papier auf. Sie hatte den vollbeladenen Wagen stehenlassen, war zum Parkplatz gerannt und – langsam, zaghaft wie eine Anfängerin – heimgefahren. Die Welt draußen hatte sie nur verschwommen gesehen. Wie Marionetten waren ihr die Leute vorgekommen.

Als der Abend anbrach, war die Sehnsucht nach Gesellschaft unbezwinglich geworden. Sie hatte nicht das Bedürfnis verspürt, ein neues Leben zu beginnen, ihre Zukunft zu überdenken, jemanden an sich zu binden. Das würde schon noch kommen, so unwahrscheinlich es jetzt auch schien. Nein, es war das unbezwingbare Verlangen gewesen, wieder unter Menschen zu sein, wieder Stimmen zu hören, mit jemandem reden zu können. Da hatte sie Emma angerufen, die wie sie aus Reading stammte und mittlerweile Chefsekretärin im Gesundheits- und Sozialministerium war. Bevor sie Pauls Geliebte wurde, hatte sie ihre Freizeit zumeist mit Emma verbracht. Sie hatten sich zum Lunch in einem Pub oder Café verabredet, waren ins Kino oder Theater gegangen, hatten sich sogar einmal ein Wochenende in Amsterdam geleistet, um das Rijks-Museum zu besichtigen. Es war eine unkomplizierte Freundschaft gewesen, ohne große Ansprüche. Sie hatte gewußt, daß Emma nie die Verabredung mit einem Mann absagen würde, um einen Abend mit ihr zu verbringen. Aber Emma wurde dann das erste Opfer ihres unbezähmbaren Drangs, ihr Privatleben abzuschirmen. Nur widerwillig hätte sie eine Stunde, die Paul gehörte, mit Emma verbracht. Sie schaute auf die Uhr. Es war achtzehn Uhr zweiundvierzig. Emma müßte eigentlich zu Hause sein, wenn sie London nicht übers Wochenende verlassen hatte.

Sie mußte die Telefonnummer erst nachschlagen. Als sie die Nummer fand, kamen ihr die einst so vertrauten Zahlen wie Schlüssel zu einem früheren, halb vergessenen Leben vor. Seit der Unterredung mit diesem Commander und seiner Kollegin hatte sie mit keinem Menschen mehr gesprochen.

»Hallo? Emma? Du wirst es nicht glauben. Ich bin's. Carole. Carole Washburn.« Sie fragte sich, ob ihre Stimme auch Emma so gepreßt, so gezwungen vorkam. Am anderen Ende hörte sie Musik. Es war Mozart oder Vivaldi.

»Stell's bitte leiser, Darling!« hörte Carole sie sagen, und dann zu ihr: »Das kann doch nicht wahr sein! Wie geht's dir denn, Carole?«

»Gut. Wir haben uns ja schon ewig nicht mehr gesehen. Hättest du nicht Lust, mit mir ins Kino zu gehen? Heute abend vielleicht?«

Am anderen Ende herrschte Stille. Dann hörte sie wieder Emmas Stimme, vorsichtig und unverbindlich, sehr darauf bedacht, sich weder Überraschung noch Unwillen anmerken zu lassen. »Tut mir leid. Wir erwarten heute abend zum Dinner Gäste.«

Emma hatte schon immer ein Abendessen hochtrabend »Dinner« genannt, selbst wenn es sich um ein aus einem chinesischen Lokal mitgenommenes Gericht handelte, das sie zu Hause verzehren wollten. Das war so eine der snobistischen Eigenheiten gewesen, die sie an Emma gestört hatten.

»Wie sieht's am nächsten Wochenende aus?« fragte Carole Washburn.

»Unmöglich. Tut mir schrecklich leid. Ich fahre mit Alistair nach Wiltshire. Wir wollen seine Eltern besuchen. Vielleicht ein andermal. Es war nett, daß du angerufen hast. Aber jetzt muß ich mich sputen. Um halb acht kommen meine Gäste. Ich ruf' dich demnächst an.«

Carole konnte sich gerade noch zurückhalten, einfach loszuschreien: »Lad mich ein, bitte, lad mich ein! Ich brauche dich.« Der Hörer wurde aufgelegt, Stimme und Musik verstummten. Alistair. Sie hatte völlig vergessen, daß Emma ja verlobt war. Mit Alistair, einem Dienststellenleiter vom Finanzministerium. Er war also zu ihr gezogen. Sie konnte sich vorstellen, wie die beiden jetzt über sie herzogen.

»Drei Jahre hört man nichts von ihr, und jetzt soll ich auf einmal mit ihr ins Kino gehen! Und das noch an einem Sonntagabend!«

Emma würde sie nicht anrufen. Sie hatte ja Alistair, mit dem sie ihr Leben teilen konnte, hatte Freunde. Man kann Bekannte nicht abschieben und hinterher erwarten, sie würden zur Verfügung stehen, wenn man sie gerade braucht.

Zwei Urlaubstage mußte sie noch durchstehen, bevor sie wieder im Büro erwartet wurde. Sie konnte selbstverständlich heimfahren. Aber mittlerweile sah sie die Wohnung als ihr Heim an. Außerdem würde sich die Fahrt nach Clacton, zu dem spitzgiebligen Haus am Stadtrand, das ihre Mutter seit dem Tod des Vaters vor zwölf Jahren bewohnte, nicht lohnen. Schon vierzehn Monate war sie nicht mehr dort gewesen. Der Freitagabend war ihr Heiligtum, da sie sich ein paar Stunden mit Paul erhoffen konnte, wenn er auf dem Weg zu seinem Wahlkreis war. Auch die Sonntage hatte sie für ihn frei gehalten. Ihre Mutter hatte sich anscheinend daran gewöhnt, vernachlässigt zu werden, und regte sich nicht mehr besonders darüber auf. Die Schwester ihrer Mutter besaß das Haus nebenan. Die beiden Witwen hatten ehemalige Streitigkeiten beigelegt und wie-

der zueinandergefunden. Sie führten ein geruhsames, von mancherlei Annehmlichkeit unterbrochenes Leben. Sie machten Einkaufsbummel in der Stadt, stärkten sich in ihrem Lieblingscafé, suchten gemeinsam die Leihbücherei auf, saßen abends vor dem Fernsehgerät, naschten von den Leckereien auf dem Servierwagen. Carole mischte sich in beider Dasein nicht mehr ein. Sie wunderte sich nicht mehr darüber, warum die beiden ausgerechnet in Meeresnähe leben wollten, da aber nie spazierengingen. Wenn sie sich hin und wieder telefonisch angekündigt hatte, hatte ihre Mutter mit einem gewissen Widerstreben reagiert, als habe sie etwas gegen das Herrichten des Gästezimmers, die Unterbrechung ihres Wochenendprogramms. Aber im Grunde war sie schuld, wenn ihre Mutter seit drei Jahren diese Haltung einnahm. War sie nicht dankbar gewesen, daß ihre Zeit mit Paul nicht durch irgendwelche Forderungen ihrer Mutter geschmälert wurde? Deswegen wäre es auch ungehörig, sie jetzt anzurufen, jetzt bei ihr Trost zu suchen. Selbst wenn ihre Mutter die Wahrheit wüßte, könnte sie sie nicht trösten.
Achtzehn Uhr fünfundvierzig. Wäre es Freitag, würde er, nachdem er sich vergewissert hatte, daß in der Eingangshalle niemand war, jetzt kommen. Er würde einmal lang und zweimal kurz läuten. Das war das verabredete Signal. In diesem Augenblick schellte es tatsächlich. Sie bildete sich sogar ein, es hätte noch ein zweites-, ein drittesmal geläutet. Aber sie hatte sich da wohl getäuscht. Einen flüchtigen Moment lang meinte sie, er sei es, alles sei nur ein böser Traum gewesen. »Ich komme, Paul! Ich komme!« rief sie und rannte zur Tür. Doch dann fiel ihr alles wieder ein. Fast wäre ihr der Hörer aus der schweißfeuchten Hand gefallen. Ihre Lippen waren spröde und trocken.
»Wer ist da?« flüsterte sie heiser.
Es war eine hohe Frauenstimme. »Barbara Berowne. Kann ich zu Ihnen kommen?«
Ohne lange zu überlegen, drückte sie auf den Knopf, vernahm das Summen des Türöffners, das Klicken der wieder ins Schloß fallenden Haustür. Es war zu spät, sich anders zu entscheiden. Außerdem – was hätte sie sonst tun sollen? Sie fühlte sich so einsam, daß sie niemanden weggeschickt hätte. Zudem war die Begegnung unvermeidbar. Seit Beginn ihrer Affäre mit Paul hatte sie seine Frau

kennenlernen wollen. Jetzt war es eben soweit. Sie öffnete die Wohnungstür und lauschte. Sie hörte das Ächzen des Fahrstuhls und gleich darauf leise Schritte auf dem Teppichboden. So hatte sie einst auf Paul gewartet.
Leichtfüßig und schick gekleidet kam Barbara Berowne durch den Korridor auf sie zu. Parfumduft wehte ihr voraus. Sie trug einen cremefarbenen Mantel mit weiten Ärmeln und einer gerafften Schulterpartie, schwarze Pumps, Handschuhe aus feinem Leder und eine Umhängetasche mit schmalem Riemen. Sie hatte keinen Hut auf. Das weizenblonde Haar mit den goldfarbenen Strähnen war im Nacken zu einem länglichen Knoten geschlungen. Es wunderte Carole, daß sie solche Einzelheiten überhaupt wahrnahm, sogar überlegen konnte, wo sie die Sachen gekauft haben könnte, wieviel sie wohl gekostet haben mochten.
Als sie eintrat, hatte Carole den Eindruck, als würden die blauen Augen den Raum mit einem unverhohlen abschätzigen Blick mustern. »Wollen Sie sich nicht setzen?« fragte sie mit einer Stimme, die ihr fremd vorkam. »Kann ich Ihnen etwas zu trinken anbieten? Kaffee, Sherry, Wein?« Schützend stellte sie sich vor Pauls Stuhl; sie hätte es nicht ausgehalten, seine Frau dort zu sehen, wo sonst er immer gesessen hatte. Nur wenige Schritte trennten sie voneinander. Barbara Berowne schaute prüfend auf den Teppich, als müsse sie sich überzeugen, daß er sauber war und sie ihre Tasche darauf deponieren konnte.
»Nein, danke«, erwiderte sie. »Ich bleibe nicht lange. Ich muß gleich wieder zurück. Ein paar von Pauls Kollegen kommen zu uns. Sie wollen mit mir den Gedenkgottesdienst besprechen. Zwar wird dieser erst abgehalten werden können, wenn die Polizei den Mörder gefaßt hat, aber solche Dinge müssen Wochen im voraus geplant werden, da er in der St.-Margaret-Kirche stattfindet. Selbstverständlich können Sie daran teilnehmen. Es werden so viele Leute kommen, daß Sie gewiß nicht auffallen werden. Ich will damit sagen, Sie brauchen sich meinetwegen keine Gedanken zu machen.«
»Ihretwegen habe ich mir noch nie Gedanken gemacht.«
»Ich finde den Aufwand etwas übertrieben. Paul hätte all das Theater sicherlich nicht gutgeheißen. Aber die Leute aus seinem Wahlkreis sind nun mal der Meinung, daß wir einen Gedenkgottesdienst abhalten sollten. Schließlich war Paul ja Minister. Die Ein-

äscherung findet im privaten Kreis statt. Ich denke, daran sollten Sie lieber nicht teilnehmen. Es kommen nur die nächsten Verwandten und ein paar intime Freunde.«

Intime Freunde! Am liebsten hätte sie ihr ins Gesicht gelacht. »Sind Sie deswegen gekommen?« fragte sie. »Um mir von der Einäscherung zu berichten?«

»Ich dachte mir, daß ich in Pauls Sinn handle. Schließlich haben wir ihn, wenn auch auf unterschiedliche Weise, geliebt. Wir müssen nun beide auf seinen guten Ruf achten.«

»Das brauchen Sie mir nicht eigens zu sagen«, erwiderte Carole. »Wie haben Sie überhaupt meine Adresse herausgefunden?«

»Oh, die kenne ich schon seit etlichen Monaten. Mein Cousin hatte einen Privatdetektiv engagiert. So schwierig war das nicht. Er ist an einem Freitag abend Pauls Wagen gefolgt. Und dann brauchte er nur noch alle Ehepaare und alle alten Damen hier im Haus auszusondern. Sie blieben übrig.« Sie begann ihre schwarzen Handschuhe, die sie ausgezogen und aufs Knie gelegt hatte, Finger um Finger glattzustreifen. »Ich bin nicht gekommen, um Ihnen Unannehmlichkeiten zu bereiten«, sagte sie, ohne aufzublicken. »Schließlich betrifft die Angelegenheit uns beide. Ich möchte Ihnen helfen.«

»Nichts betrifft uns beide. Das war auch noch nie anders. Und was verstehen Sie unter Hilfe? Sie wollen mir doch nicht Geld anbieten?«

Als sie aufschaute, meinte Carole, in ihren Augen so was wie Angst zu lesen, als müßte sie die Frage ernst nehmen. »Das nun nicht. Ich kann mir nicht vorstellen, daß es Ihnen finanziell schlechtgeht. Hat Paul Ihnen die Wohnung gekauft? Sie ist nicht besonders geräumig, nicht wahr? Aber es ist hübsch hier, wenn einem das Leben in einem Vorort gefällt. Ich befürchte nur, er hat Sie in seinem Testament nicht bedacht. Auch das wollte ich Ihnen mitteilen, sollten Sie damit gerechnet haben.«

»Die Wohnung gehört mir«, sagte sie mit einer Stimme, die selbst ihr überlaut und schneidend vorkam. »Ich habe sie angezahlt und trage allmählich die Hypothek ab. Aber all das geht Sie nichts an. Machen Sie sich meinetwegen keine Sorgen. Ich möchte weder etwas von Ihnen noch von sonst jemand, der Paul nahestand. Frauen, die sich ihr Leben lang von Männern aushalten lassen,

können zumeist nicht begreifen, daß andere selbst für sich sorgen möchten.«
»Hatten Sie denn eine andere Wahl? Immerhin haben Sie sich diskret verhalten. Deswegen bewundere ich Sie auch. Daß Sie ihn nur sehen konnten, wenn er nichts Besseres zu tun hatte, ist sicherlich nicht leicht gewesen.«
Carole bemerkte erstaunt, daß es keine bewußte Kränkung war. Barbara Berowne war in ihrer Selbstgefälligkeit so rücksichtslos, daß sie einfach aussprach, was ihr gerade in den Sinn kam. Sie wollte niemanden absichtlich verletzen, aber es war ihr auch gleichgültig, ob sie es tat oder nicht. Wie hast du, dachte sie, diese Frau nur heiraten können, Paul? Wie hast du dich nur so täuschen können? Sie ist dumm, drittklassig, gehässig, gefühllos, boshaft. War dir denn Schönheit so wichtig?
»Wenn das alles ist, was Sie mir mitteilen wollten, sollten Sie jetzt besser gehen«, sagte sie. »Wir haben uns kennengelernt. Sie wissen, wie ich aussehe. Sie haben auch meine Wohnung begutachten können. Auf diesem Stuhl hier saß er meistens. Wenn Sie möchten, kann ich Ihnen auch das Bett zeigen, auf dem wir uns liebten.«
»Ich weiß, warum er zu Ihnen kam.«
Du weißt gar nichts, hätte sie ihr gerne ins Gesicht geschrien. Was weißt du schon von ihm? Ich habe gern mit ihm geschlafen. Aber deswegen ist er nicht gekommen.
Auch jetzt war sie noch überzeugt, daß er nur bei ihr seinen Seelenfrieden gefunden hatte. Er hatte sein ruheloses Leben aufteilen müssen zwischen der Villa am Campden Hill Square und dem Unterhaus, seiner Suite im Ministerium und dem Büro in seinem Wahlkreis. Nur in dieser hoch gelegenen, ganz gewöhnlichen Wohnung in einem Londoner Vorort hatte er sich so geben können, wie er wirklich war. Jedesmal wenn er kam, sich ihr gegenüber hinsetzte, die Aktenmappe abstellte und sie anlächelte, konnte sie beobachten, wie sein maskenhaft starres Gesicht sich zusehends entspannte, gelöst wirkte, als hätten sie sich gerade geliebt. Es gab Dinge in seinem Privatleben, die er ihr, wie sie gut wußte, vorenthalten hatte; nicht bewußt, auch nicht aus mangelndem Vertrauen, aber wenn sie zusammen waren, schienen sie keine Rolle mehr zu spielen.
Barbara Berowne blickte bewundernd auf ihren Verlobungsring,

spreizte die Finger und drehte sie hin und her. Der große, von Saphiren umgebene Brillant funkelte und sprühte. Sie lächelte selbstgefällig, als wäre ihr etwas eingefallen, und musterte dann Carole. »Es gibt noch etwas, das Sie wissen sollten«, sagte sie. »Ich bekomme ein Kind.«

»Das ist nicht wahr!« stieß Carole hervor. »Sie lügen! Sie können nicht schwanger sein.«

Die blauen Augen weiteten sich. »Es ist aber wahr. So etwas läßt sich nicht vortäuschen, zumindest nicht lange. In einigen Monaten wird man es sehen können.«

»Es ist nicht sein Kind!« Ich darf nicht so schreien, dachte sie. Ich muß mich zusammennehmen. Lieber Gott, mach, daß es nicht wahr ist!

Barbara Berowne lachte girrend auf. »Natürlich ist es sein Kind. Er hatte sich schon immer einen Erben gewünscht. Wußten Sie das nicht? Es bleibt Ihnen nichts anderes übrig, als mir zu glauben. Der einzige andere Mann, mit dem ich seit meiner Heirat geschlafen habe, ist zeugungsunfähig. Er hat sich sterilisieren lassen. Ich werde Pauls Sohn zur Welt bringen.«

»Das hätte er nicht getan. Dazu hätten Sie ihn nie bewegen können!«

»Er ist's aber gewesen. Zu dieser Sache kann man die Männer immer bewegen. Das heißt, wenn sie Frauen mögen. Haben Sie das noch nicht herausgefunden? Sie sind doch nicht etwa auch schwanger?«

Carole vergrub das Gesicht in den Händen. »Nein«, sagte sie leise.

»Ich wollte mich nur vergewissern«, erwiderte Barbara Berowne, süffisant lächelnd. »Das hätte die Angelegenheit kompliziert, meinen Sie nicht auch?«

Plötzlich verlor Carole alle Selbstbeherrschung. Sie verspürte nur noch Wut und Scham. »Gehen Sie!« keifte sie mit überschnappender Stimme. »Verlassen Sie meine Wohnung!«

Trotz aller Empörung und Wut entging ihr nicht der Ausdruck von aufflackernder Angst in den blauen Augen. Mit einem Anflug von Befriedigung und Triumph nahm sie ihn wahr. Sie war offenbar nicht so selbstsicher, auch ihr konnte man Angst machen. Aber die Erkenntnis verstörte sie zugleich, da die Frau dadurch verletzlich wirkte, geradezu menschlich. Barbara Berowne stand ungelenk auf, nahm ihre Tasche am Schulterriemen und ging mit sonderbar eckigen Bewegungen zur Tür. Carole öffnete sie, um sie hinauszulassen.

»Es tut mir leid, daß Sie die Sache so sehen«, sagte Barbara Berowne. »Ihr Verhalten ist töricht. Schließlich war ich seine Frau. Wenn jemand gekränkt worden ist, bin ich es.« Mit diesen Worten eilte sie davon.

»Was, Sie sind gekränkt worden?« rief ihr Carole nach. »Das glauben Sie doch selbst nicht!«

Sie schloß die Tür und lehnte sich dagegen. Ihr war plötzlich übel. Sie rannte ins Bad, hielt sich an den Armaturen fest und erbrach sich ins Waschbecken. Am liebsten hätte sie den Kopf zurückgeworfen und wie ein Tier aufgeheult. Wie in Trance ging sie ins Wohnzimmer und tastete nach ihrem Sessel, als sei sie blind. Sie blickte zu seinem leeren Lehnstuhl hinüber und zwang sich zur Ruhe. Als sie ihre Selbstbeherrschung wiedergefunden hatte, holte sie ihre Handtasche und suchte das Kärtchen mit der Scotland-Yard-Telefonnummer, die sie anrufen sollte.

Auch am Sonntag mußte doch jemand Dienst tun. Selbst wenn sie die Inspektorin, diese Miss Miskin, nicht erreichte, konnte sie immerhin eine Nachricht hinterlassen; sie würde dann schon zurückrufen. Bis morgen konnte sie nicht warten. Es ging nicht mehr anders, sie mußte sich bloßstellen. Und zwar jetzt.

Eine Männerstimme, die ihr unbekannt war, meldete sich. Sie gab ihren Namen an und verlangte Miss Miskin. »Es ist dringend«, sagte sie. »Es handelt sich um den Mord an Sir Paul Berowne.«

Nach wenigen Sekunden meldete sich Miss Miskin. Obwohl sie die Stimme nur einmal gehört hatte, kam sie ihr vertraut vor.

»Hier ist Miss Washburn. Carole Washburn«, sagte sie. »Ich muß Sie unbedingt sprechen. Ich habe Ihnen etwas zu sagen.«

»Wir können gleich zu Ihnen kommen.«

»Nicht zu mir. Ich möchte nicht, daß Sie zu mir kommen. Wir treffen uns morgen gegen neun Uhr im Holland Park. Im Ziergarten neben der Orangerie. Sie wissen doch, wo das ist?«

»Ich weiß es. Wir werden dort sein.«

»Ich möchte nicht, daß Commander Dalgliesh dabei ist. Kein Mann. Ich möchte nur mit Ihnen sprechen.«

Eine Pause trat ein. Dann vernahm sie wieder ihre Stimme. Sie klang nicht einmal überrascht. »Um neun Uhr vormittags im Ziergarten im Holland Park. Ich komme allein. Könnten Sie mir noch einen Tip geben, worum es geht?«

»Es geht um den Tod von Theresa Nolan. Bis morgen also.«

Sie legte auf. Sie fühlte sich leer, wie betäubt. Ihr Herz pochte vor Erregung. Sie überlegte, wie sie weiterleben könnte, wenn ihr so richtig bewußt würde, was sie getan hatte. Am liebsten hätte sie laut geschrien: Es tut mir leid, Liebling! Es tut mir ja so leid.

Aber sie hatte sich entschieden. Es gab keinen Weg zurück. Sie bildete sich ein, im Zimmer rieche es noch nach Barbara Berownes Parfum. Und diesen Duft, der sie an ihren Verrat erinnerte, würde sie wohl nie mehr loswerden.

Fünftes Buch

Rhesus positiv

1

Was Miles Gilmartin von der Sicherheitspolizei gegen unerwünschte Besucher und sonstige Störenfriede abschirmte, war ein System von Kontrollen und Gegenkontrollen, das Dalgliesh, der – verärgert und ungeduldig – warten mußte, übertrieben vorkam. Er konnte solchen Finessen keinen Reiz abgewinnen. Als er endlich in Gilmartins Büro geleitet wurde, war seine Selbstbeherrschung schon überstrapaziert. Bill Duxbury war bei Gilmartin.

Nach den üblichen Begrüßungsfloskeln machte Dalgliesh seinem aufgestauten Ärger Luft.

»Ich bin davon ausgegangen, Miles, wir würden am gleichen Strang ziehen. Paul Berowne ist ermordet worden. Von wem kann ich denn ein gewisses Maß an Zusammenarbeit erwarten, wenn nicht von euch?«

»Ich kann verstehen«, lenkte Gilmartin ein, »daß Sie etwas verärgert sind, weil wir Ihnen nicht von Anfang an mitgeteilt haben, daß Diana Travers eine unserer Agentinnen...«

»Agentinnen! Das klingt, als handle es sich um eine Spionageaffäre. Sie haben es bewußt verschwiegen. Wir mußten es selbst herausfinden. Ich kann verstehen, wie faszinierend euer Metier ist. Ich bin auch mal jung gewesen. Aber wann werdet ihr endlich mal erwachsen? Zugegeben, etwas Geheimhaltung ist notwendig, meinetwegen auch für gewisse Zeit. Aber bei euch grenzt das schon an Besessenheit. Bei euch ist Geheimhaltung zum Selbstzweck geworden. Ihr betreibt Spionage hinter einem Wall von bürokratischen Albernheiten. Kein Wunder, daß eine Organisation wie die eure Verräter hervorbringt! Wir haben einen Mordfall aufzuklären. Da würde es uns helfen, wenn ihr mit euren Spielchen aufhören und endlich zur Wirklichkeit zurückfinden würdet.«

»Ihre Vorwürfe sollten Sie eher an MI5 richten«, wiegelte Gilmartin ab. »Aber in gewisser Hinsicht haben Sie schon recht. Übertriebene Vorsicht ist immer ein Problem. Und überbürokratisiert sind wir zweifellos auch. Welche Organisation ist das nicht? Aber unser Metier ist es nun mal, Informationen herbeizuschaffen. Und eine Information ist wertlos, wenn sie nicht ordentlich dokumentiert und jederzeit abrufbar ist. Trotzdem meine ich, daß wir das Geld des Steuerzahlers nicht verschwenden.«

Dalgliesh schaute ihm in die Augen. »Sie haben nicht begriffen, worauf ich hinauswill.«

»Doch, das habe ich, Adam. Ich hab' nur nicht mit so einer Tirade gerechnet. Sie haben wohl zu viele Spionageromane gelesen. Meinen Sie nicht auch, daß Ihnen der Mord an Berowne allzu nahegeht? Sie waren doch mit ihm befreundet, nicht?«

»Du meine Güte, wenn mir noch jemand damit kommt, daß ich den Fall nicht leiten kann, weil ich das Opfer kannte, quittiere ich den Dienst.«

Gilmartins nichtssagendes, farbloses Gesicht bekam einen besorgten Zug. »So hab' ich's nicht gemeint«, erwiderte er. »Ich gebe zu, wir haben da etwas gemauert. Übrigens gehe auch ich davon aus, daß Berowne ermordet wurde. Es wird zwar von Selbstmord gemunkelt. Na ja, normal war er ja nicht mehr zum Schluß. Wie kann man es sich zur Gewohnheit machen, in einer Sakristei zu übernachten? Soll er nicht auch eine Art göttlicher Erleuchtung gehabt haben? Statt auf irgendwelche Stimmen in seinem Inneren zu hören, hätte er sich mehr darum kümmern sollen, was der Premierminister vorhat. Außerdem hatte er sich da eine merkwürdige Kirche ausgesucht. Ich kann ja verstehen, daß sich jemand für die englische Spätgotik begeistert. Aber eine romanisch angehauchte Basilika in Paddington ist schon ein sonderbarer Ort, um da die Nacht zu verbringen oder sich vom Saulus zum Paulus zu wandeln.«

Dalgliesh wollte ihn schon fragen, ob er St. Margaret Westminster akzeptabler gefunden hätte. Aber Gilmartin stand mit einem Ruck auf und begann zwischen den Fenstern hin und her zu gehen, als sei ihm erst jetzt bewußt geworden, daß er als einziger gesessen war und diese niedrigere Position für ihn von Nachteil sein könnte. Da er sich einen erstklassigen Schneider leisten konnte, kleidete er sich mit dezenter Eleganz, was bei einem minder selbstgefälligen Mann darauf hindeuten würde, er sei sich des zwielichtigen Renommees des Sicherheitsdienstes bewußt und wolle solche Ansichten nicht durch ein saloppes Aussehen oder Gehabe noch verstärken. Aber bei Gilmartin lief alles, was er tat, auf Eigenliebe hinaus. Heute war er elegant in Grau und Silber gekleidet, wozu sein vorzeitig ergrautes, von der hohen Stirn zurückgebürstetes Haar über dem kantigen, blassen Gesicht hervorragend paßte.

Bill Duxbury dagegen war vierschrötig, rotgesichtig und hatte eine dröhnende Stimme. Er glich einem Landedelmann, der mehr Erfolg in der Landwirtschaft hat als bei den Geselligkeiten seiner Standesgenossen. Dalgliesh bemerkte, daß er seinen Schnurrbart abrasiert hatte. Nun wirkte sein Gesicht unvollständig und nackt, als habe man ihn zu diesem Kahlschlag gezwungen. Er trug einen karierten Tweed-Anzug, der für das milde Herbstwetter draußen viel zu warm war. Das Jackett spannte über seinem prallen Hintern. Wenn Gilmartin ihm hin und wieder einen Blick zuwarf, setzte er eine gequälte, verwunderte Miene auf, als habe er an der Figur und dem Schneider seines Untergebenen manches auszusetzen.

Dalgliesh war klargeworden, daß ihm Gilmartin Rede und Antwort stehen wollte. Duxbury hatte seinen Chef sicherlich vorher informiert, mußte aber den Mund halten, solange er nicht gefragt wurde.

»Es überrascht mich«, sagte Dalgliesh sarkastisch, »daß Sie und MI5 nicht enger mit dem KGB zusammenarbeiten. Mit denen haben Sie doch mehr gemeinsam als mit irgendeiner anderen Abteilung hier im Haus. Wäre es nicht aufschlußreich für Sie zu sehen, wie der KGB den Papierkram handhabt?«

Gilmartin blinzelte Duxbury zu, als suche er angesichts solcher Unvernunft solidarischen Beistand. »Da Sie schon vom Papierkram sprechen, Adam«, entgegnete er sanft, »muß ich einwerfen, daß es uns eine große Hilfe wäre, wenn sich Ihre Leute mehr an die Richtlinien halten würden. Als Massingham um Informationen über diesen Ivor Garrod nachsuchte, hätte er Formular IR49 verwenden sollen.«

»In vierfacher Ausfertigung womöglich?«

»Tja, die Registratur braucht eine Kopie und Sie vermutlich auch. Zudem müssen wir MI5 in Kenntnis setzen. Drei Kopien sind das Minimum.«

»War denn diese Diana Travers die geeignete Person, um einen Minister auszuspionieren«, fragte Dalgliesh, »daß ihr vom Sonderdezernat ausgerechnet auf sie verfallen seid?«

»Wir haben keineswegs einem Minister nachspioniert. Sie war nicht auf Berowne angesetzt. Ich habe Ihnen doch schon gesagt, als Sie Näheres über seine Geliebte wissen wollten, daß Berowne kein Sicherheitsrisiko war. Übrigens haben Sie bei dieser Anfrage gleichfalls nicht das Formblatt IR49 verwandt.«

»Ich verstehe. Sie haben Diana Travers in Garrods Gruppe oder Zelle eingeschleust und danach, vorsichtig wie Sie nun mal sind, vergessen, die Tatsache zu erwähnen, als wir uns nach ihm erkundigt haben. Dabei mußten Sie doch wissen, daß er als Täter in Frage kommt. Der Verdacht ist noch nicht ausgeräumt.«

»Es schien uns damals nicht wichtig. Wir operieren doch alle nach dem Prinzip, daß jeder nur das Nötigste erfährt. Wir haben sie auch nicht in die Berowne-Villa eingeschleust. Das war Garrod. Die Aufgabe von Diana Travers kann nicht Berownes Tod ausgelöst haben.«

»Aber ihr Tod könnte etwas damit zu tun haben.«

»An ihrem Tod war doch nichts Verdächtiges. Sie kennen doch den Obduktionsbefund.«

»Der übrigens, wie ich bemerkt habe, nicht vom Gerichtsmediziner für den Bezirk Thames Valley durchgeführt wurde.«

»In so einem Fall setzen wir unsere Leute ein. Ich kann Ihnen versichern, daß unser Mann seine Sache versteht. Die Todesursache war unverdächtig. Das hätte jedem zustoßen können. Sie hatte zuviel gegessen und getrunken, war ins kalte Wasser gesprungen, hatte sich in den Schlingpflanzen verfangen und war ertrunken. An der Leiche war nichts Verdächtiges zu entdecken. Sie hatte vor ihrem Tod, was Sie sicherlich dem Autopsiebericht entnommen haben« – er stockte, bevor er den Ausdruck gebrauchte – »Geschlechtsverkehr gehabt.«

Es war das erstemal, daß Dalgliesh ihn verlegen erlebte. Es war, als komme ihm eine andere Formulierung oder gar ein derberes Wort unangemessen vor.

Dalgliesh schwieg. Aus Zorn hatte er sich zu einer Kritik hinreißen lassen, die ihm jetzt peinlich wie auch nutzlos vorkam. Er hatte damit nur die unterschwellige Rivalität zwischen der C-Abteilung, der Sicherheitspolizei und MI5 vertieft. Solche Spannungen könnten leicht ausufern. – Informiert mir ja Adam Dalgliesh! würde Gilmartin demnächst sagen. Sonst kriegt er wieder einen Wutanfall,

wenn er sich übergangen glaubt. – Am meisten ärgerte er sich darüber, daß er fast die Beherrschung verloren hätte. Ihm wurde bewußt, wie wichtig ihm sein Ruf, stets kühl und sachlich zu reagieren, mittlerweile geworden war. Vielleicht reagierte er in diesem Fall tatsächlich nicht mehr sachlich. Vielleicht hatte Gilmartin recht. Man soll eben keinen Mordfall übernehmen, wenn man das Opfer persönlich gekannt hat. Konnte er aber behaupten, er habe Berowne gekannt? Wieviel Zeit – abgesehen von der dreistündigen Zugfahrt, dem zehnminütigen Gespräch in Berownes Büro und dem kurzen Spaziergang im St.-James-Park – hatten sie schon miteinander verbracht? Trotzdem – noch nie hatte er so großes Mitgefühl für ein Mordopfer verspürt. Am liebsten hätte er Gilmartin einen Kinnhaken versetzt. Mit Freude hätte er zugesehen, wie Gilmartins Blut auf die makellose Hemdbrust und die Krawatte in den Internatsfarben tröpfelte. Vor fünfzehn Jahren hätte er sich dazu hinreißen lassen und seinen Job verloren. Einen Augenblick lang sehnte er das verlorene, unbekümmerte Draufgängertum seiner Jugend herbei.
»Es überrascht mich, daß ihr euch wegen Garrod soviel Mühe macht«, sagte er. »Er ist doch nur ein Student mit linksradikalen Ansichten. Um herauszufinden, daß Garrod von der Konservativen Partei nichts hält, braucht man doch keine Geheimagentin einzusetzen. Seine Ansichten hat er nie verhehlt.«
»Seine Ansichten nicht, aber seine Aktivitäten. Seine Gruppe ist ein bißchen gefährlicher als die üblichen Stänkerer aus der Mittelklasse, die nach einem moralisch akzeptablen Ventil für Aggressionen suchen, nach einem Grund, der ihnen am besten noch ein Zusammengehörigkeitsgefühl verschaffen soll. Nein, Garrod ist den Einsatz schon wert.« Auffordernd blickte Gilmartin Duxbury an.
»Es ist nur eine kleine Gruppe oder ›Zelle‹, wie er's nennt«, berichtete Duxbury. »Derzeit gehören ihr vier Frauen an. Dreizehn Mitglieder sind's insgesamt. Er nimmt weder mehr noch weniger Leute auf. 'ne nette Art von Anti-Aberglauben, und natürlich verstärkt das auch den Verschwörungscharakter. Die magische Zahl – der geschlossene Kreis.«
Zudem hat die Anzahl gewisse operative Vorzüge, dachte Dalgliesh. Garrod kann so bei Einsätzen drei Vierergruppen zusammenstellen oder zwei Sechsergruppen, ohne als Koordinator, Einsatzleiter, anerkannter Gruppenführer eingebunden zu sein.

»Alle entstammen der privilegierten Mittelklasse«, fuhr Duxbury fort, »was den Zusammenhalt verstärkt und Klassenspannungen ausschließt. Denn im allgemeinen gehen die Genossen nicht eben rücksichtsvoll miteinander um. Die Garrod-Gruppe ist homogen zusammengesetzt. Die Mitglieder vertreten den üblichen marxistischen Schmus, sind aber überdurchschnittlich intelligent. Weltfern vielleicht, aber sonst intelligent. Es ist jedenfalls eine potentiell gefährliche Gruppierung. Keiner gehört übrigens der Labour Party an. Großen Wert würde die auch auf diese Typen nicht legen. Sechs von ihnen, auch Garrod, sind zahlende Mitglieder der Revolutionären Arbeiterfront. Meine Vermutung ist, daß die Revolutionäre Arbeiterfront mehr ist als nur eine Splitterpartei. Aber Garrod verfolgt seine eigenen Ziele. Er ist der geborene Verschwörer.«

»Er hätte der Sicherheitspolizei beitreten sollen«, meinte Dalgliesh trocken. »Und Sarah Berowne gehört also auch zu dieser Gruppe?«

»Seit zwei Jahren. Als Mitglied und Garrods Freundin, was ihr in der Gruppe ein gewisses Prestige verschafft. In dieser Hinsicht verhalten sich die Typen ziemlich altmodisch.«

»Und was haben Sie nun von Diana Travers erfahren? Warten Sie! Lassen Sie mich raten! Garrod hat sie in die Berowne-Villa eingeschleust. Das war nicht schwer bei dem Mangel an verläßlichen Hausangestellten. Sarah Berowne hat ihn sicherlich über das Stellenangebot informiert, wenn sie's nicht gar selbst angeregt hat. Wer nichts gegen Putzarbeiten hatte und gute Referenzen – dafür werden Sie schon gesorgt haben – aufweisen konnte, hätte den Job bekommen. Und die Funktion der Garrod-Truppe ist es, bestimmte Parlamentsmitglieder zu diskreditieren.«

»Eine ihrer Funktionen«, entgegnete Gilmartin. »Zumeist suchen sie sich dafür gemäßigte Sozialisten aus. Sie kramen irgendeinen dunklen Fleck aus der Vergangenheit hervor: eine anstößige Liebesaffäre, eine homosexuelle Beziehung, eine nicht ganz koschere Freundschaft, eine längst vergessene Gratisreise nach Südafrika, einen Griff in die Parteikasse. Wenn sich dann die Zielperson zur Wiederwahl stellt, wird der ganze Unrat genüßlich ausgebreitet und der Öffentlichkeit präsentiert. Mitglieder des jetzigen Kabinetts bloßzustellen ist mehr oder minder ein Nebenziel und kein weltanschauliches Gebot. Ich kann mir vorstellen, daß Garrod eher aus persönlichen denn politischen Gründen auf Berowne verfallen ist.«

Es war also Garrod gewesen, der Ackroyd und den übrigen Redaktionen der Klatschpresse den anonymen Brief zugeschickt hatte. Aber Dalgliesh hatte ihn schon vorher in Verdacht gehabt, der Urheber dieses rufschädigenden Schreibens zu sein.
Als hätte Gilmartin seine Gedanken erraten, sagte er: »Vermutlich werden Sie nicht beweisen können, daß er den Brief der Presse zuspielte. Die Typen machen das äußerst geschickt. Ein Gruppenmitglied geht in einen dieser Läden, wo neue und gebrauchte Schreibmaschinen verkauft werden und probiert angeblich eine aus. Sie kennen doch die Läden: Reihen von angeketteten Schreibmaschinen, auf denen die Kunden herumhämmern können. Die Chance, daß man sich an einen bestimmten Kunden erinnern wird, ist gleich Null. Und wir können nicht sämtliche Gruppenmitglieder ständig überwachen. Das lohnt den Aufwand nicht. Außerdem wüßte ich nicht, gegen welchen Gesetzesparagraphen sie da verstoßen. Die von ihnen verbreiteten Informationen sind korrekt. Andernfalls wäre die Sache für sie nutzlos. Wie haben Sie übrigens diese Diana Travers enttarnt?«
»Mit Hilfe der Frau, bei der sie unterkam, bevor sie in ihre Wohnung ziehen konnte. Frauen haben für die Geheimniskrämerei von uns Männern nicht viel übrig, und sie durchschauen sie ziemlich schnell.«
»Dabei treiben's die Frauen noch viel ärger. Wir wollten nicht, daß Diana Travers zu jemandem zieht. Wir hätten's ihr verbieten sollen. Trotzdem wundert's mich, daß sie die Sache ausgeplaudert hat.«
»Das hat sie nicht. Ihre Vermieterin glaubte nicht so recht, daß sie eine stellungslose Schauspielerin sei, sich aber eine Eigentumswohnung leisten konnte. Aber erst eure Leute, die Diana Travers' Zimmer durchsuchten, erhärteten ihren Verdacht. Warum habt ihr euch eigentlich, abgesehen davon, daß ihr eure Aktivisten-Kartei um ein paar Namen erweitern wolltet, so sehr für Garrod interessiert?«
Gilmartin blies die Backen auf. »Es hätte zwischen ihm und der IRA eine Verbindung geben können.«
»Und gibt es eine?«
Einen Augenblick kam es Dalgliesh so vor, als wollte Gilmartin darüber nichts sagen. Dann warf er Duxbury jedoch einen Seitenblick zu und antwortete: »Bis jetzt haben wir nichts feststellen

können, was darauf hindeutet . . . Meinen Sie denn, daß Garrod der gesuchte Mörder ist?«

»Er könnte es sein.«

»Na denn, Weidmannsheil!« Gilmartin schaute ihn unschlüssig an, als wisse er nicht, wie er die Besprechung beenden sollte. »Gut, daß wir uns ausgesprochen haben, Adam«, sagte er dann. »Wir werden uns Ihre Kritik zu Herzen nehmen. Und Ihre Leute halten sich an die Vorschriften, ja? Formblatt IR49. Es ist zwar bürokratische Pingeligkeit, hat aber seinen Sinn.«

Als Dalgliesh mit dem Lift zu seiner Etage hinunterfuhr, hatte er den Eindruck, er habe sich nicht knapp eine Stunde, sondern Tage bei der Sicherheitspolizei aufgehalten. Er fühlte sich gereizt und niedergeschlagen. Zwar würden die Symptome wie immer bald verfliegen, aber diesmal hatte sich die Hoffnungslosigkeit wie eine Krankheit in seinem Körper eingenistet. Wahrscheinlich mußte er in Zukunft lernen, damit zu leben.

Wenn die Besprechung auch einen Stachel hinterlassen hatte, war sie doch nicht sinnlos gewesen. Er kannte nun die Identität und das Motiv des Briefschreibers. Er wußte, was Diana Travers in der Berowne-Villa gewollt, wer sie darauf angesetzt hatte, warum nach dem tödlichen Badeunfall ihr Zimmer durchsucht worden war. Zwei junge Frauen hatten den Tod gefunden, die eine durch eigene Hand, die andere durch einen Unfall. Wie es dazu gekommen war, hatten sie mittlerweile aufgeklärt. Auch über ihr Leben wußte er einigermaßen Bescheid. Wieso war er dennoch überzeugt, beider Tod hänge nicht nur mit der Ermordung Paul Berownes zusammen, sondern sei sozusagen deren Auslöser?

2

Nach der Rückkehr aus der geheimnisumwitterten, abgeschotteten Welt im 18. und 19. Stockwerk stellte Dalgliesh fest, daß es auf seiner Etage ungewöhnlich still war. Er schaute ins Büro seiner Sekretärin hinein. Auf Susies Schreibmaschine lag eine Schutzhülle. Ihr Schreibtisch war ordentlich aufgeräumt. Da fiel ihm ein, daß sie ja heute vormittag einen Termin beim Zahnarzt hatte. Kate traf

Carole Washburn im Holland Park, Massingham war, wie er wußte, zum Obdachlosenasyl in der Cosway Street gefahren, um von dem Herbergsleiter mehr über Harry Mack zu erfahren. Hinterher wollte er die beiden Mädchen befragen, die sich in dem Kahn befunden hatten, als Diana Travers in der Themse ertrank. Laut ihrer Aussage bei der gerichtlichen Untersuchung hatten beide nicht beobachtet, daß Diana Travers ins Wasser gesprungen war. Sie und ihre Begleiter hatten, als sie mit dem Kahn hinausruderten, Diana Travers und Dominic Swayne am Ufer zurückgelassen. Erst als das Ruderblatt ihre Leiche berührte, hatten sie sie wiedergesehen. Beide hatten bei der Untersuchung zugegeben, daß sie damals angetrunken gewesen seien. Dalgliesh bezweifelte, daß sie jetzt im nüchternen Zustand mehr zu sagen hatten. Aber wenn es da noch etwas gab, würde Massingham es ihnen schon entlocken.
Massingham hatte ihm eine Nachricht hinterlassen. Auf seiner Schreibunterlage – festgeheftet mit Massinghams Brieföffner, einem scharfen, langen Dolch, den er angeblich als Junge mal auf dem Rummelplatz gewonnen hatte – lag ein Zettel. Diese dramatische Geste und die mit steiler Handschrift hingeworfenen Worte und Zahlen sagten ihm genug. Das gerichtsmedizinische Labor mußte telefonisch die Ergebnisse der Blutanalysen durchgegeben haben. Ohne den Dolch herauszuziehen, las Dalgliesh die Angaben, die seine Ansicht, Berowne sei ermordet worden, nunmehr endgültig bestätigten.

Berowne	Mack	Blutflecken auf Teppich und Jackettfutter
Rhesus pos.	pos.	pos.
ABO A	A	A
AK 2−1(7,6 %) (Enzyme)	1 (92,3 %)	2-1
PGM 1+ (40 %) (Enzyme)	2+1,1 – (4,8 %)	1+

Rasiermesserschneide:
AK 2−1
PGM 2+, 1−, 1+

Das PGM-System war, wie er wußte, unschlagbar. Es bestand keine Notwendigkeit, eine Kontrollreaktion mit dem ohnehin verschmutzten Teppich durchzuführen. Die Leute im Labor mußten trotz ihrer Überlastung und der Tatsache, daß bisher noch kein Verdächtiger verhaftet worden war, übers Wochenende durchgearbeitet haben. Das würde er ihnen nicht vergessen. Auf dem Rasiermesser war Blut verschiedener Gruppen nachzuweisen. Das überraschte ihn nicht. Die Analyse war lediglich eine Formalität gewesen. Wichtiger war, daß es sich bei dem Fleck auf dem Teppich, den Harry Macks Jacke verdeckt hatte, nicht um Harrys Blut handelte. Am Spätnachmittag stand Dalgliesh eine weitere Besprechung bevor, die – wie das Gespräch mit Gilmartin – nicht reibungslos verlaufen würde. Da kam es ihm sehr gelegen, daß diese wissenschaftlich abgesicherten Angaben noch rechtzeitig eingetroffen waren.

3

Der Holland Park war nur wenige Minuten vom Charles Shannon House entfernt. Kate, die schon um sechs Uhr aufgewacht war, danach bis sieben gefrühstückt hatte, wäre am liebsten gleich losgeeilt. Nachdem sie in ihrer ohnehin tadellos aufgeräumten Wohnung vergeblich eine Arbeit gesucht hatte, um sich die Zeit zu vertreiben, hatte sie eine Tüte mit Brotkrümeln für die Vögel im Park in ihre Jackentasche gestopft und war eine Dreiviertelstunde zu früh losgegangen. Ein Spaziergang im Park, redete sie sich ein, sei weniger nervenaufreibend als die Ungewißheit, ob nun Carole Washburn wirklich kommen, ob sie nicht ihr Versprechen bereuen würde.

Dalgliesh hatte eingesehen, daß die Vereinbarung mit Carole Washburn eingehalten werden mußte. Sie würde allein mit ihr reden. Dalgliesh hatte ihr keine Anweisungen und auch keinen Rat mit auf den Weg gegeben. Sie war ihm dankbar, auch wenn sie jetzt die Last der Verantwortung trug. Alles hing nun davon ab, wie sie die Begegnung nutzen würde.

Kurz vor neun Uhr machte sie sich auf den Weg zu der Terrasse oberhalb des Parks. Als sie das letzte Mal hier war, hatten die Rabatten noch in der sommerlichen Farbenpracht von Geranien, Fuchsien, Heliotropen und Begonien geblüht. Jetzt waren sie herbstlich kahl. Die Hälfte der Beete war schon leer geräumt. Auf der krümeligen Erde lagen abgebrochene Blumenstiele, Blütenblätter, verrottendes Laub. Als das Kindergeschrei im Pausenhof der Holland-Park-Schule verstummte, lag der Park in träger, vormittäglicher Stille. Eine alte, bucklige Frau, die mit sechs kleinen Hunden an der Leine auf sie zukam, blieb stehen und roch an den letzten Blüten eines Lavendelbusches. Ein einsamer Jogger eilte die Steinstufen hinunter und verschwand hinter den Arkaden, die zur Orangerie führten.

Und dann tauchte plötzlich Carole Washburn auf. Pünktlich um neun Uhr erschien am anderen Ende des Gartens eine Frau. Sie hatte eine kurze graue Jacke und einen farblich passenden Rock an. Den Kopf bedeckte ein großes, blauweißes Tuch, das auch fast ihr Gesicht verbarg. Trotzdem wußte Kate augenblicklich, wer es war. Sie schauten einander prüfend an und gingen dann gemeinsam die kahlen Rabatten entlang. Kate kam sich wie eine Akteurin in einem Spionage-Thriller vor. Gleich würden an irgendeiner Grenze Überläufer ausgetauscht werden. Sie hatte das Gefühl, daß man sie beobachtete.

Zur Begrüßung sagte sie: »Schön, daß Sie gekommen sind!«

Carole Washburn nickte nur, sprach aber sonst kein Wort.

Sie verließen den Ziergarten, überquerten die weite, federnde Rasenfläche und schlugen den Weg zwischen den Rosenrabatten ein. Ein feiner sommerlicher Duft durchzog die vormittägliche Frische. Rosen geben nicht so schnell auf, dachte Kate. Sie wollen einfach nicht wahrhaben, daß auch für sie die Blütezeit vorüber ist. Selbst im Dezember konnte man an Rosenbüschen noch bräunliche Knospen sehen, die dahinwelkten, ohne sich geöffnet zu haben. Während sie an den Büschen entlangschlenderten und Carole Washburn dicht neben ihr einherging, so daß sie fast ihre Schulter streifte, dachte sie: Ich muß Geduld mit ihr haben. Ich muß warten, bis sie von sich aus zu reden beginnt. Sie soll auch den Zeitpunkt und den Ort bestimmen.

Sie gelangten zur Statue, die Lord Holland darstellte. Er thronte auf seinem Piedestal und blickte wohlwollend zu seiner einstigen Villa hinüber. Wortlos gingen sie auf dem glitschigen Weg zwischen den Waldungen weiter.

Da blieb ihre Begleiterin stehen. Sie schaute zu dem Dickicht hinüber und sagte: »Hier hat er sie gefunden. Da drüben unter der herabhängenden Birke. Da bei dem Stechpalmenstrauch. Eine Woche danach hat er mich hierher geführt. Er wollte mir die Stelle unbedingt zeigen.«

Kate schwieg abwartend. Es war erstaunlich, daß es so eine urtümliche Wildnis unweit des Zentrums einer Großstadt gab. Wenn man sich den niedrigen Zaun wegdachte, fühlte man sich in einen Wald versetzt. Und Theresa Nolan war im waldigen Surrey aufgewachsen. Kein Wunder, daß sie sich zum Sterben diesen stillen, baumumrauschten Ort ausgesucht hatte. Es mußte wie ein Eintauchen in die frühe Kindheit gewesen sein. Der Geruch von verrottendem Laub. Bäume mit borkiger Rinde. Im Unterholz dahinhuschende Vögel und Eichhörnchen. Der Boden so weich, daß das Sterben mehr ein sanftes, angstloses Dahindämmern war. Einen herausragenden Augenblick lang schien sie diesen Tod nachzuempfinden, auf geheimnisvolle Weise eins zu sein mit diesem einsamen, sterbenden Mädchen unter dem Baum. Sie fröstelte. Das Gefühl war zwar schnell wieder vorbei, doch die Intensität erstaunte und verstörte sie auch ein wenig. In den ersten fünf Jahren als Polizeibeamtin hatte sie genug Selbstmörder gesehen, und es war ihr nicht schwergefallen, sich psychisch zu distanzieren. Sie hatte ihre Gefühle stets unter Kontrolle gehabt. Eine tote Selbstmörderin war für sie nur eine Leiche gewesen, nicht eine Frau, die zuvor ebenso lebendig gewesen war wie sie. Vielleicht, dachte sie, würde mir etwas mehr Engagement, etwas mehr Mitgefühl sogar guttun. Sonderbar war nur, daß sie ausgerechnet jetzt so dachte. Was war denn Besonderes an diesem Fall, daß sich selbst ihre Berufseinstellung zu wandeln begann?

Sie schaute wieder auf den Weg und vernahm Carole Washburns Stimme: »Als Paul hörte, daß sie vermißt wurde, als jemand vom Heim anrief und sich erkundigte, wo sie sich aufhalten könnte, kam ihm der Gedanke, sie könnte hier sein. Bevor er Minister wurde und Begleitschutz bekam, ging er oft durch den Park zu seinem Büro. Daß er hier nach ihr suchte, war für ihn sozusagen selbstverständlich. Für ihn war die Sache klar. Er brauchte da nicht lange zu überlegen.«

Die unerwartete Bitterkeit in ihrer Stimme verunsicherte Kate. Trotzdem erwiderte sie nichts darauf. Sie griff sich eine Handvoll Brotkrümel aus der mitgebrachten Tüte und streckte sie den Vögeln entgegen. Ein Spatz, so zahm wie es nur Londoner Spatzen sind, ließ sich auf ihren Fingern nieder. Sein Kopf ruckte; wie einen Nadelstich spürte sie sein Picken, und schon schwirrte er wieder davon.

»Er muß Theresa Nolan gut gekannt haben«, meinte Kate.

»Sie sprach des öfteren mit ihm in den Nachtstunden, wenn Lady Ursula eingeschlafen war. Sie erzählte ihm von sich, von ihrer Familie. Er wirkte auf Frauen vertrauenswürdig. Auf manche zumindest.«

Schweigend gingen sie weiter. Eine Frage beschäftigte Kate. Sie mußte sie stellen. »Könnte Theresa Nolans Kind von ihm gewesen sein?« erkundigte sie sich.

Zu ihrer Erleichterung reagierte Carole Washburn, als hätte sie damit gerechnet. »Früher hätte ich das sofort verneint«, antwortete sie. »Ich wäre mir da ganz sicher gewesen. Jetzt scheint mir alles unsicher. Ich habe immer gewußt, daß es bestimmte Dinge gab, die er mir nicht erzählte. Jetzt ist es mir sogar noch klarer geworden. Aber ich glaube, das hätte er mir gesagt. Es war nicht sein Kind. Aber er machte sich ihretwegen Vorwürfe. Er fühlte sich für sie verantwortlich.«

»Warum?«

»Einen Tag vor ihrem Selbstmord wollte sie ihn sprechen. Sie suchte ihn in seinem Büro im Ministerium auf. Es war taktlos, bezeichnend für ihre Naivität. Außerdem hätte sie sich keinen ungünstigeren Zeitpunkt aussuchen können. Ihm stand eine wichtige Konferenz bevor. Er hätte nur wenige Minuten für sie erübrigen können. Das hätte für ein Gespräch weder ausgereicht, noch wäre es klug gewesen. Als ihm einer seiner Mitarbeiter sagte, eine Miss Nolan wünsche ihn zu sprechen, entgegnete er, daß es sich um eine Bekannte aus seinem Wahlkreis handle. Miss Nolan solle doch ihre Adresse hinterlassen. Er würde sie später anrufen. Theresa Nolan ging dann. Sie hat sich nicht mehr bei ihm gemeldet. Wenn er Zeit gehabt hätte, hätte er sie sicherlich angerufen. Aber er hatte keine Zeit. Am nächsten Tag war sie schon tot.«

Das ist ja interessant, dachte Kate. Als Dalgliesh die Mitarbeiter von Sir Paul befragt hatte, war der Vorfall nicht erwähnt worden. Aufgrund ihrer Ausbildung und einer Art Instinkt schützten diese vorsichtigen Männer ihren Minister. Ging dieser Schutz auch über seinen Tod hinaus? Sie hatten seine Arbeitskraft gerühmt, sein

Geschick bei der Erledigung komplizierter Sachfragen, aber den ungelegenen Besuch einer aufdringlichen jungen Frau hatten sie nicht erwähnt.
Carole Washburn schaute noch immer auf das Gehölz, die Hände tief in den Jackentaschen, die Schultern hochgezogen, als wehe aus dem Dickicht der erste eisige Hauch des Winters. »Sie lehnte da an diesem Baum. Er ist gerade noch zu erkennen. Im Hochsommer ist er nicht zu sehen. Sie hätte da tagelang lehnen können.«
So lange gewiß nicht, dachte Kate. Schon der Geruch hätte die Parkwächter aufmerksam gemacht. Der Holland Park war sicherlich ein kleines Paradies inmitten der Riesenstadt, aber er unterschied sich in nichts von jedem anderen Garten Eden. Überall gab es herumstreunende Räuber, vierbeinige im Unterholz und zweibeinige auf den Wegen. Der Tod läßt sich nicht verbergen. Was verwest, stinkt nun mal. Kate warf einen Blick auf ihre Begleiterin.
Carole Washburn starrte angestrengt in das Dickicht, als wollte sie die zusammengesunkene Gestalt am Fuß der Birke herbeibeschwören. »Paul erzählte mir, was geschehen war«, sagte sie. »Aber es war nicht die ganze Wahrheit. Sie hatte zwei Briefe in ihrer Jackentasche. Der eine war an ihre Großeltern gerichtet. Sie bat darin um Verzeihung. Er wurde bei der Untersuchung vorgelesen. Der zweite trug die Aufschrift ›Vertraulich‹ und war für Paul bestimmt. Darüber will ich auch mit Ihnen sprechen.«
»Haben Sie ihn gesehen? Hat Sir Paul Ihnen den Brief gezeigt?« Sie versuchte, sich ihre Erregung nicht anmerken zu lassen. Könnte das endlich ein handfester Beweis sein?
»Nein. Als er zu mir kam, hatte er ihn zwar dabei, gab ihn mir aber nicht zu lesen. Er berichtete mir nur, was in ihm stand. Als Theresa in Pembroke Lodge als Schwester arbeitete, wurde sie zum Nachtdienst eingeteilt. Eine Patientin hatte von ihrem Mann ein paar Flaschen Champagner bekommen, und sie gaben eine Party. Das ist dort üblich. Die Patientin hatte einen Schwips. Als sie sich über ihr Kind beugte – den ersten Sohn nach drei Töchtern –, sagte sie: ›Ihn verdanke ich allein Stephen!‹ Dann ließ sie durchblicken, daß Dr. Lampart, wenn sich eine Schwangere entweder nur einen Jungen oder nur ein Mädchen wünschte, eine Fruchtwasseruntersuchung vornahm und den unerwünschten Fötus abtrieb. Schwangere, denen es vor der Entbindung graute, die auch nicht bereit waren, ein

Kind unerwünschten Geschlechts zu bekommen, wußten, an wen sie sich wenden konnten.«

»Aber er ging... er geht doch damit ein beträchtliches Risiko ein«, meinte Kate.

»So schlimm ist es auch wieder nicht. Es wird ja in der Krankenakte nicht erwähnt. Paul meinte denn auch, daß die Krankenberichte entsprechend gefälscht seien. Darin sei eben nur von einer Mißbildung des Fötus die Rede. Die meisten Laboruntersuchungen ließ Dr. Lampart ohnehin in seiner Klinik durchführen. Theresa Nolan versuchte nun an Beweismaterial heranzukommen. Aber das war nicht leicht. Als sie tags darauf die Patientin ausfragte, lachte diese ihr nur ins Gesicht und erwiderte, sie habe ja nur Spaß gemacht. Aber Theresa Nolan merkte ihr an, daß sie irgendwie Angst hatte. Am Nachmittag verließ sie die Klinik.«

Das war die Erklärung für die rätselhaften Buchstaben- und Zahlenkolonnen auf dem Zettel, den Adam Dalgliesh in Theresa Nolans Gebetbuch gefunden hatte. Sie hatte Informationen über das Geschlecht der Kinder gesammelt, die die Patientinnen vorher zur Welt gebracht hatten.

»Hat Theresa Nolan mit irgend jemandem in Pembroke Lodge über die Sache gesprochen?« fragte Kate.

»Sie hat es nicht gewagt. Sie wußte, daß jemand mal Dr. Lampart ungesetzlicher Praktiken beschuldigt hatte und dafür zu einer immens hohen Geldstrafe verurteilt worden war. Dr. Lampart ist bekannt dafür, daß er gern die Gerichte beschäftigt. Was hätte sie – eine mittellose, junge Krankenschwester ohne einflußreiche Bekannte – schon gegen einen Mann wie ihn ausrichten können? Wer hätte ihr schon geglaubt? Als sie dann noch schwanger wurde, hatte sie genug eigene Probleme. Wie hätte sie gegen seine Abtreibungen vorgehen können, wenn sie selbst bereit war, eine derartige Todsünde zu begehen? Aber als sie sich zum Selbstmord entschloß, mußte sie zu der Ansicht gelangt sein, daß sie etwas tun müsse, um dem ein Ende zu machen. Sie dachte dabei an Paul. Paul war nicht ohne Einfluß. Er hatte nichts zu befürchten. Er war Minister, ein mächtiger Mann. Er konnte dafür sorgen, daß diese Praktiken abgestellt wurden.«

»Und hat er sich darum bemüht?«

»Wie sollte er? Sie wußte ja nicht, was sie ihm da aufgebürdet hatte.

Wie ich schon sagte, sie war naiv. Solche Menschen richten den größten Schaden an. Dr. Lampart war der Geliebte seiner Frau. Stellte er ihn zur Rede, hätte man das als eine Erpressung oder – schlimmer noch – als einen Racheakt bezeichnen können. Hinzu kam noch, daß er sich an ihrem Tod mitschuldig fühlte. Er hatte gelogen, indem er sie als eine Bekannte aus seinem Wahlkreis bezeichnete, und er hatte ihr nicht geholfen. Das muß er vom moralischen Standpunkt aus wesentlich schlimmer gefunden haben als Dr. Lamparts Aktivitäten.«

»Wozu entschied er sich?«

»Er zerriß den Brief in meiner Gegenwart und spülte ihn in der Toilette hinunter.«

»Aber er war doch Anwalt. Riet ihm nicht sein Instinkt, das Beweismaterial aufzubewahren?«

»Nicht diese Art von Beweismaterial. Er sagte: ›Wenn ich schon nicht den Mut habe, das zu verwenden, dann muß ich es loswerden. Eine Zwischenlösung gibt es nicht. Entweder ich tue, was Theresa verlangt, oder ich vernichte den Brief.‹ Wahrscheinlich meinte er, daß eine Aufbewahrung des Briefes unter seiner Würde sei, daß es später, im Fall einer Erpressung, so aussehen könnte, als hätte er sorgfältig Beweismaterial gesammelt.«

»Hat er Sie um Rat gebeten?«

»Nein. Nicht um Rat. Er wollte die Sache nur durchdenken und brauchte mich als Zuhörerin. Das suchte er meistens in mir, eine gute Zuhörerin. Das weiß ich jetzt. Außerdem ahnte er, was ich ihm raten würde, was ich mir wünschte. ›Laß dich von Barbara scheiden‹, hätte ich gesagt, ›und verwende den Brief als Druckmittel gegen sie und ihren Liebhaber. Verwende ihn, um deine Freiheit zu erlangen.‹ Ich weiß nicht, ob ich es ihm so unverblümt gesagt hätte. Aber er wußte wohl, daß ich ihm dazu geraten hätte. Bevor er den Brief vernichtete, mußte ich ihm versprechen, darüber zu schweigen.«

»Sind Sie sicher, daß er in dieser Angelegenheit nichts unternommen hat?«

»Vielleicht hat er Dr. Lampart zur Rede gestellt. Er hatte es zumindest vor. Wir haben nicht mehr darüber gesprochen. Er wollte Dr. Lampart über die Beschuldigungen informieren, aber zugleich einräumen, daß er keine Beweise habe. Ich weiß nur, daß er seine Anteile an Pembroke Lodge verkaufte. Es ging um eine beträchtliche Summe, die ursprünglich sein Bruder investiert hatte.«

Sie schlenderten weiter. Kate überlegte, wie das Gespräch mit Dr. Lampart verlaufen sein könnte. Nachdem das Beweismaterial, so dürftig es gewesen sein mochte, vernichtet worden war, hatte Dr. Lampart nur wenig zu befürchten. Ein Skandal hätte Paul Berowne ebenso geschadet wie Dr. Lampart. Aber vielleicht hatte ihn der Vorfall in der Sakristei zu einer anderen Einstellung gebracht. Vielleicht hatte Berowne, der seine Karriere als Politiker abrupt beendet hatte, es nach dieser Erfahrung als seine moralische Pflicht angesehen, die Machenschaften von Dr. Lampart aufzudecken, ihn zu ruinieren, ob er nun Beweise hatte oder nicht. Wie hätte Barbara Berowne in diesem Fall reagiert? Ihr Mann hatte sein Amt, sein bisheriges Leben aufgegeben, wollte sogar die Villa verkaufen. Ihr Liebhaber wiederum, kam es zur Anklage, stand vor dem Ruin.

Kate entschloß sich zu einer Frage, die sie unter anderen Umständen für unklug gehalten hätte. »Glauben Sie, daß Dr. Lampart – mit oder ohne Einverständnis von Barbara Berowne – Sir Paul umgebracht hat?«

»Nein. Er wäre ein Narr gewesen, wenn er sie eingeweiht hätte. Und sie hat weder den Mut noch die Intelligenz, um so etwas allein zu planen. Sie gehört zu den Frauen, die einen Mann dazu bringen können, daß er die Drecksarbeit für sie tut, sich aber hinterher einreden, sie hätten nichts davon gewußt. Ich habe Ihnen nur ein Motiv genannt, das auf beide zutrifft. Das sollte genügen, ihr das Leben schwerzumachen.«

»Wünschen Sie ihr das?«

»Nein, das wünsche ich ihr nicht«, erwiderte sie heftig. »Ich wünsche, daß man mit den Fingern auf sie zeigt, sie schneidet, ihr Angst einjagt, sie öffentlich bloßstellt, sie verhaftet, lebenslänglich einsperrt. Ich wünsche ihr den Tod. Ich weiß, daß das nicht geschehen wird. Schlimmer ist noch, daß ich jetzt mehr leide, als ich ihr jemals heimzahlen kann. Als ich Sie anrief und sagte, ich würde mit Ihnen sprechen, wußte ich, daß ich mein Versprechen halten mußte. Aber er hat nur mir von der Sache erzählt. Er hat mir vertraut. Immer schon. Und jetzt ist von unserer Liebe nichts übriggeblieben, woran ich mich ohne quälende Schuldgefühle erinnern könnte.«

Kate sah, daß sie lautlos zu weinen begann. Die Augen waren weit aufgerissen und blickten ins Leere. Tränen liefen über das bleiche Gesicht. Die Lippen zitterten. Dieser wortlose Kummer erschreckte sie. Es gibt keinen Mann auf der Welt, dachte sie, der diesen Schmerz wert ist. Sie empfand Sympathie, fühlte sich dennoch hilflos und ein wenig irritiert. Auch etwas Verachtung war diesen Gefühlen beigemischt. Ihr Mitleid trug schließlich den Sieg davon und setzte sich durch. Zwar fiel ihr nichts ein, was Carole Washburn trösten könnte, aber sie konnte sie immerhin auf eine Tasse Kaffee in ihre Wohnung einladen, bevor sie sich trennten. Sie wollte schon zum Reden ansetzen, als ihr etwas einfiel. Carole Washburn war nicht verdächtig. Sie hatte ein Alibi, hatte sich zur Zeit seines Todes außerhalb von London mit jemandem getroffen. Wenn sie aber vor Gericht aussagen mußte, konnte der Hinweis, daß sie beide sich gut verstanden, Sympathie füreinander hegten, von der Staatsanwaltschaft ausgenutzt werden. Auch ihrer Karriere würde es nicht gut bekommen. Das war genau die Art von Rührseligkeit, über die Massingham, sollte er davon hören, nur süffisant grinsen würde. Trotzdem sagte sie: »Meine Wohnung ist nicht weit von hier. Wollen wir nicht, bevor Sie gehen, noch einen Kaffee bei mir trinken?«

In der Wohnung trat Carole Washburn ans Fenster und betrachtete wortlos die Aussicht. Dann ging sie zu Kate, die in der Küche Kaffee mahlte, und schaute von der Türschwelle aus mit gleichgültiger Miene zu. Als Kate die Mühle ausschaltete, fragte sie unvermittelt: »Warum sind Sie zur Polizei gegangen?«

Aus dem gleichen Grund, der dich ins Innenministerium geführt hat, wollte Kate schon antworten. Der Job lag mir. Ehrgeizig war ich auch. Ich ziehe Ordnung und Hierarchie einem Durcheinander vor. Doch dann kam ihr der Gedanke, daß Carole Washburn Fragen stellen, nicht nur Antworten geben mußte, um aus ihrem Leben herauszufinden, um sich wenigstens versuchsweise an das eines anderen heranzutasten. »Ich wollte nicht in einem Büro arbeiten«, sagte sie. »Ich wollte einen Beruf, mit dem ich schon von Anfang an gut verdiente, der mir eine Karriere eröffnete. Im Grunde wollte ich mich mit Männern messen. Schon in der Schule versuchte man mir diese Absicht auszureden. Aber das stachelte mich nur noch mehr an.«

Carole Washburn erwiderte nichts darauf, schaute ihr noch eine Weile zu und kehrte ins Wohnzimmer zurück. Kate belud das Tablett mit der Kaffeekanne, dem Milchkännchen, mit Tassen, Untertellern und einer Schale mit Keksen.
Im Wohnzimmer war es still. Als sie hineinging, sah sie, daß Carole Washburn wie erstarrt in einem Sessel hockte und auf ihre verschränkten Hände schaute. Kate setzte das Tablett ab. Carole Washburn goß Milch in die Tasse, umfaßte diese wie eine zittrige alte Frau mit beiden Händen und trank gierig.
Sie schien fahriger zu sein, hatte sich weniger in der Gewalt als beim ersten Gespräch in ihrer Wohnung. Was war seitdem geschehen, überlegte Kate, das sie veranlaßt hatte, Berownes Vertrauen zu mißbrauchen? Was hatte diese Bitterkeit, diesen Groll ausgelöst? Hatte sie erfahren, daß sie in seinem Testament nicht bedacht worden war? Aber damit mußte sie doch gerechnet haben. Möglicherweise kränkte sie das mehr, als sie sich eingeredet hatte. Es war gleichsam die öffentliche, die endgültige Bestätigung, daß sie in seinem Leben eine Nebenrolle gespielt hatte. Sie wurde nach seinem Tod ebenso wenig zur Kenntnis genommen wie in den gemeinsamen Jahren zuvor. Sie mochte gedacht haben, sie sei ihm unentbehrlich. Aber sie war es nicht. Niemand war es. Er hatte die Menschen gemäß seinen Bedürfnissen ebenso benutzt wie sein sonstiges Leben. Wie Akten hatte er sie abgelegt, bis er wieder einmal das brauchte, was sie ihm bieten konnten. Aber worin, fragte sie sich, unterscheidet sich das von meinem Verhalten Alan gegenüber?
Kate wußte, daß sie es nicht über sich bringen konnte, Carole Washburn geradeheraus zu fragen, warum sie sich zu diesem Gespräch bereit gefunden hatte. Für die Ermittlungen war es auch nicht weiter wichtig. Was zählte, war, daß Carole Washburn ihr Berowne gegebenes Versprechen gebrochen und Dr. Lampart nun ein einleuchtendes Motiv hatte. Doch was konnten sie schon damit anfangen? Ein hieb- und stichfester Beweis war mehr wert als ein Dutzend Motive. Sie standen wieder vor der Frage, ob Dr. Lampart und Barbara Berowne Zeit gehabt hatten, den Mord zu begehen. Gegen acht hatte jemand – Berowne oder sein Mörder – das Waschbecken in der St.-Matthew-Kirche benützt. Drei Menschen hatten den Wasserschwall gesehen. Nichts konnte ihre Aussage erschüttern. Folglich mußte Berowne um acht noch am Leben

gewesen sein, oder der Mörder hatte sich in der Kirche aufgehalten. Was immer nun richtig war, es gab keine überzeugende Erklärung dafür, wie Dr. Lampart, sofern er mit dem Verbrechen etwas zu tun hatte, schon um halb neun im »Black Swan« hätte sein können.

Carole Washburn hatte ihre Tasse leer getrunken und lächelte sie schüchtern an. »Vielen Dank für die Einladung. Ich muß jetzt gehen. Wahrscheinlich wollen Sie eine schriftliche Aussage von mir, nicht wahr?«

»Ja. Sie können sich ans Revier in der Harrow Road wenden oder zu uns in den Yard kommen.«

»Ich gehe zum Revier in der Harrow Road. Meinen Sie, daß ich noch mal befragt werde?«

»Kann sein. Aber wir werden Ihre Zeit nicht über Gebühr beanspruchen.«

An der Tür schauten sie sich noch einmal an. Einen Moment hatte Kate das Gefühl, Carole Washburn würde auf sie zugehen und ihr in die Arme sinken. Aber sie ging.

Gleich darauf rief Kate Dalgliesh an. »Sie ist gekommen, Sir. Wir haben zwar kein neues Beweismaterial, aber laut ihrer Aussage hatte Dr. Lampart ein überzeugenderes Motiv, als wir angenommen haben. Sie sollten nach Hampstead fahren.«

»Von wo aus rufen Sie an? Von Ihrer Wohnung?«

»Ja, Sir.«

»Ich bin in einer halben Stunde bei Ihnen.«

Die Zeitspanne war nicht einmal verstrichen, als die Türsprechanlage klingelte. »Ich stehe mit dem Wagen in der Lansdowne Road. Würden Sie bitte herunterkommen!« hörte sie Dalgliesh Stimme, als sie den Hörer abhob. Er fragte nicht, ob er zu ihr hinaufkommen könne, und sie hatte es auch nicht erwartet. Keiner der höheren Kripobeamten achtete mehr als er darauf, die Privatsphäre seiner Untergebenen nicht zu verletzen. Bei ihm hielt sie es jedoch nicht gerade für eine Tugend. Mit seiner übertriebenen Rücksicht schützte er eher sich selbst. Während sie im Lift nach unten fuhr, fiel ihr auf, daß mit zunehmendem Wissen über Berowne dessen Ähnlichkeit mit Dalgliesh immer offener zutage trat. Sie spürte, wie eine Abneigung gegen beide in ihr hochstieg. Hier wartete ein Mann auf sie, der einer Frau, die so unklug war, ihn zu lieben, womöglich den gleichen abgrundtiefen Kummer bereiten würde. Gut, daß sie zumindest gegen diese Versuchung gefeit war.

4

»Das stimmt alles nicht«, sagte Dr. Lampart. »Theresa Nolan war gemütskrank. Man kann's auch drastischer ausdrücken: Sie war geistig so verwirrt, daß sie sich schließlich umbrachte. Was sie da zusammengeschrieben hat, ist doch kein Beweis, selbst wenn Sie den sogenannten Brief besäßen. Und den haben Sie ja nicht einmal. Wenn Sie ihn hätten, würden Sie ihn sicherlich wie eine Siegestrophäe schwenken. Sie stützen sich da auf Informationen aus dritter Hand. Dabei wissen Sie ebenso gut wie ich, wie ein Gericht so etwas bewertet.«

»Wollen Sie damit ausdrücken, daß an den Angaben Theresa Nolans nichts Wahres ist?« fragte Dalgliesh.

»Seien wir nachsichtig, und sagen wir, sie hat sich getäuscht. Sie war einsam, hatte Schuldgefühle – vor allem, was ihre Sexualbeziehung anbelangte –, war deprimiert, hatte die Verbindung zur Realität verloren. In ihrer Akte befindet sich die Beurteilung eines Psychiaters. Wenn man den wissenschaftlichen Jargon abzieht, steht das gleiche drin. Man könnte aber auch sagen, daß sie bewußt falsche Beschuldigungen verbreitete, sie oder Berowne. Beide wären keine glaubwürdigen Zeugen. Beide sind zufälligerweise tot. Mir wegen ihrer Angaben ein Mordmotiv zu unterschieben ist doch absurd. Das grenzt an Verleumdung. Sie wissen doch, daß ich mich dagegen zu wehren weiß.«

»So, wie Sie sich vor einiger Zeit gegen eine Beleidigung zur Wehr gesetzt haben«, entgegnete Dalgliesh. »Aber ein Polizeibeamter, der in einem Mordfall ermittelt, kann nicht so leicht ruiniert werden.«

»Finanziell sicherlich nicht. Die Gerichte lassen heutzutage der Polizei unbegreiflich viel durchgehen. Ich habe Berowne nicht umgebracht. Wenn ich zu so einer brutalen, scheußlichen Tat fähig wäre, würde ich gewiß nicht Berownes Frau mitnehmen und sie im Wagen warten lassen, während ich ihrem Mann die Kehle durchschneide. Und nun zu den anderen unsinnigen Beschuldigungen. Angenommen, ich hätte gesunde Fötusse abgetrieben, weil sie nicht das Geschlecht hatten, das sich die Schwangeren wünschten – wie wollen Sie das beweisen? Die Eingriffe wurden hier vorgenommen. Die pathologischen Befunde befinden sich hier in den Akten. Und in den Akten steht nichts, was auf Gesetzesverstöße hinweisen würde. Und selbst wenn's so wäre, würden Sie an die Akten nicht herankommen. Da müßten Sie schon schwereres Geschütz auffahren. Medizinische Daten sind nun mal geschützt. Was könnten Sie also tun? Meine einstigen Patientinnen befragen, in der Hoffnung, Sie könnten ihnen mit List oder sanftem Druck eine Indiskretion entlocken? Wie wollen Sie diese Patientinnen ohne meine Hilfe überhaupt ausfindig machen? Ihre Anschuldigungen sind doch lächerlich, Commander!«

»Paul Berowne muß da anders gedacht haben«, erwiderte Dalgliesh. »Nach Theresa Nolans Tod hat er seinen Anteil an Pembroke Lodge veräußert. Er muß mit Ihnen darüber gesprochen haben. Ich weiß nicht, was er Ihnen sagte, aber ich kann es mir denken. Damals konnten Sie noch damit rechnen, daß er schweigen würde. Aber konnten Sie nach seinem Erlebnis in der Kirche, nach seiner Bekehrung oder was immer es war, auch noch damit rechnen?«

Er überlegte, ob es klug gewesen war, jetzt schon die Karten aufzudecken. Aber seine Befürchtungen verflogen sofort wieder. Lampart mußte mit den neuen Fakten, so dürftig sie auch sein mochten, konfrontiert werden. Man mußte ihm das Recht geben, seine Version darzulegen. Und wenn diese Fakten sich als irrelevant erwiesen, behinderten sie wenigstens nicht weiter die Ermittlungen.

»So ist es nicht gewesen«, sagte Dr. Lampart. »Wir haben nicht darüber gesprochen. Selbst wenn er von der Richtigkeit solcher Beschuldigungen überzeugt gewesen wäre, hätte er sich in einer äußerst unangenehmen Lage befunden. Viel unangenehmer, als Sie sich vielleicht denken können. Er wünschte sich einen Sohn, aber keine Tochter mehr. Barbara übrigens auch nicht. Barbara war bereit, einen Erben auszutragen, weil das ihre Stellung gestärkt hätte. Das gehörte sozusagen zu ihrer stillschweigenden Übereinkunft. Aber es wäre von einer Frau zuviel verlangt, ihm nach neun beschwerlichen Monaten eine weitere Tochter zu bescheren, die er nur verachtet und ignoriert hätte. Der Gedanke an Schwangerschaft und Geburt war ihr ohnehin zuwider. Angenommen, Ihre Beschuldigungen sind richtig, könnte man sagen, daß Berowne vor einem moralischen Dilemma stand. Er konnte zwar die Methode nicht billigen, wäre aber, wie ich mir denken kann, mit dem Ergebnis durchaus einverstanden gewesen. In so einer Lage fällt es nicht leicht, einen moralischen Standpunkt durchzusetzen. Acht Monate nach der Hochzeit hatte Barbara ohnehin schon eine Fehlgeburt gehabt, ein Mädchen. Glauben Sie, daß ihn das bekümmert hat? Kein Wunder, daß der Arme psychisch durcheinander war. Mich wundert's nicht, daß er sich schließlich ein Rasiermesser an die Kehle setzte. Was Sie da herausgefunden haben, Commander, ist, sollte es wahr sein, eher ein zusätzlicher Grund, sich umzubringen, als ein Motiv für einen Mord.«

Dr. Lampart griff nach seiner Jacke, die am Kleiderständer hing, und geleitete Dalgliesh und Kate mit übertriebener Höflichkeit, die nahezu beleidigend wirkte, aus dem Vorzimmer des Operationssaals, in dem er sie empfangen hatte. Er führte sie in sein privates Arbeitszimmer und deutete auf die Lehnsessel vor dem Kaminfeuer. Er setzte sich ihnen gegenüber und beugte sich so weit vor, daß er Dalgliesh beinahe berührte. Dalgliesh sah sein markantes Gesicht wie durch ein Vergrößerungsglas. Feine Schweißperlen glänzten auf der Haut, als befände er sich immer noch im überheizten Operationssaal. Die Nackenmuskeln waren gespannt, tiefe Ringe lagen unter den blutunterlaufenen Augen. Die Kopfhaut unter der störrischen Stirnlocke schuppte. Obwohl das Gesicht noch immer jugendlich wirkte, hatten die Jahre ihre Spuren hinterlassen. Man konnte sich gut vorstellen, wie er in dreißig Jahren aussehen würde – die Haut fahl und altersfleckig, die Muskeln erschlafft, die Macho-Ausstrahlung abgelöst von Alterszynismus.

Aber noch klang die Stimme selbstsicher und aggressiv. »Ich möchte ehrlich zu Ihnen sein, Commander. Ehrlicher, als es ratsam wäre, wenn das, was Sie gesagt haben, der Wahrheit entspricht. Wenn ich die unerwünschten Fötusse abgetrieben hätte, würde mir das, was Sie wohl als Gewissen bezeichnen, keineswegs zu schaffen machen. Vor zweihundert Jahren noch wurde eine Anästhesie bei der Geburt als unmoralisch erachtet. Vor knapp hundert Jahren war die Geburtenkontrolle noch illegal. Heute aber hat eine Schwangere das Recht

zu entscheiden, ob sie das Kind austragen will. Ich meine ferner, daß sie auch das Recht hat, das Geschlecht des Kindes zu bestimmen. Ein unerwünschtes Kind fällt allen zur Last, sich selbst, der Gesellschaft, den Eltern. Ein zwei Monate alter Fötus ist noch kein menschliches Wesen, nur eine Ansammlung von Zellen. Sie glauben wahrscheinlich selbst nicht daran, daß ein Kind vor, bei oder nach der Geburt eine Seele besitzt. Auch wenn Sie Gedichte schreiben, halte ich Sie nicht für einen Menschen, den Visionen befallen, der in einer Sakristei außerirdische Stimmen vernimmt. Ich bin nicht religiös. Ich habe auch meine Neurosen, aber diese nicht. An den sogenannten gottesfürchtigen Menschen erstaunt mich immer wieder, daß sie denken, man könne sozusagen hinter Gottes Rükken wissenschaftliche Entdeckungen machen. Der Mythos eines Garten Eden scheint überaus langlebig zu sein. Viele Menschen meinen, wir hätten kein Recht auf wissenschaftliche Erkenntnisse. Oder wenn wir's schon haben, dann hätten wir kein Recht, sie anzuwenden. Meiner Ansicht nach haben wir das Recht, alles zu unternehmen, um unser Leben angenehmer, sicherer, schmerzfreier zu machen.«
Seine Stimme hatte sich bei den letzten Worten beinahe überschlagen. Die grauen Augen hatten einen fanatischen Ausdruck.
Im 17. Jahrhundert, dachte Dalgliesh, hätte er sicherlich für seine Überzeugung mit Feuer und Schwert gekämpft. »Sofern wir damit nicht anderen Menschen einen Schaden zufügen und unser Tun nicht ungesetzlich ist«, entgegnete er.
»Sofern wir dadurch nicht andere Menschen schädigen. Ja, dem stimme ich zu. Einen unerwünschten Fötus abzutreiben schädigt niemanden. Entweder sind Abtreibungen grundsätzlich moralisch verwerflich, oder sie lassen sich auch mit Gründen rechtfertigen, die die werdende Mutter für richtig erachtet. Wenn das Geschlecht unerwünscht ist, ist das ein stichhaltiger Grund. Ich habe mehr Achtung vor Christen, die prinzipiell gegen die Abtreibung sind, als vor den Sowohl-als-auch-Typen, die sich das Leben zurechtbiegen, sich aber zugleich ein gutes Gewissen bewahren möchten. Die ersteren sind zumindest konsequent.«
»Das Gesetz ist gleichfalls konsequent. Nach Belieben durchgeführte Abtreibungen sind strafbar.«
»Ich spreche nicht von nach Belieben vorgenommenen Abtreibun-

gen. Aber ich weiß, was Sie meinen. Dennoch – Gesetze sind nicht anwendbar, wenn es um die private Moral im Sexualbereich oder sonstwo geht.«

»Wo sollen sie denn sonst anwendbar sein?« erwiderte Dalgliesh. Er stand auf, und Dr. Lampart geleitete sie, unbefangen lächelnd, hinaus. Außer den üblichen Höflichkeitsfloskeln wechselten sie kein Wort mehr.

»Das war doch ein verkapptes Geständnis, Sir«, sagte Kate im Wagen. »Er hat die Sache nicht mal abgestritten.«

»Das nicht. Aber er würde uns das nie schriftlich geben oder eine Aussage machen, die wir vor Gericht verwenden könnten. Außerdem hat er nur gestanden, medizinisch unzulässige Eingriffe vorgenommen zu haben, nicht aber, daß er den Mord beging. Und selbst die Eingriffe wird man ihm, wie er ja selbst sagte, nur schwer nachweisen können.«

»Aber damit hatte er doch ein doppeltes Motiv. Er hatte eine Affäre mit Lady Berowne, und Berowne hätte ihm das Handwerk legen können. Trotz all der aufgesetzten Arroganz mußte ihm doch klar sein, daß ihm – wie jedem Arzt – ein Skandal nur abträglich sein kann. Schon Gerüchte hätte ihm schaden können. Und wenn jemand wie Berowne gegen ihn Beschuldigungen vorgebracht hätte, wäre das nicht als Gewäsch abgetan worden.«

»Ja, ja, bei Lampart ist alles vorhanden: die Mittel, das Motiv, die Gelegenheit, das Fachwissen und die arrogante Überzeugung, er könne ungestraft davonkommen. Aber da ist eine Sache, die ich ihm abnehme. Er hätte Barbara Berowne nicht in die Sakristei mitgenommen. Und ich kann mir nicht vorstellen, daß er sie mit irgendeiner Begründung dazu hätte bringen können, allein im Wagen zu bleiben. Dazu noch in einem nicht gerade einladenden Teil von Paddington. Außerdem haben wir's wieder mit dem Zeitfaktor zu tun. Der Nachtportier sah, wie sie gemeinsam von Pembroke Lodge fortfuhren. Laut Higgins betraten sie gemeinsam den ›Black Swan‹. Wenn nicht einer von den beiden gelogen hat oder gar beide, ist Dr. Lampart für mich vorläufig aus der Schußlinie.«

Es sei denn, dachte er noch, wir haben aus dem Wasserschwall falsche Schlüsse gezogen. Oder den Zeitpunkt des Todes falsch angesetzt. Was war mit Dr. Lamparts Alibi, wenn Berowne schon um sieben Uhr tot gewesen war, dem frühesten Zeitpunkt laut Dr. Kynaston? Er hatte zwar behauptet, er habe sich mit Barbara Berowne in Pembroke Lodge aufgehalten, aber es gab sicherlich eine Möglichkeit, die Klinik unbemerkt zu verlassen und auf demselben Weg wieder zurückzukehren. Irgend jemand mußte sich jedenfalls gegen acht Uhr in der Teeküche der Kirche befunden haben. Oder jemand hatte das Wasser absichtlich laufen lassen. Aber wer? War diese Person schon früher gekommen? Schon um sieben vielleicht? War diese Person in einem schwarzen Rover gekommen? Wenn Berowne schon um sieben umgebracht worden war, gab es neben Dr. Lampart noch weitere Verdächtige. Welche Absicht konnte dahinterstecken, wenn jemand das Wasser absichtlich hatte laufen lassen? Oder hatte es jemand nur versehentlich getan? Aber wenn diese Annahme zutraf, wer hatte es dann wieder zugedreht? Und wann?

5

Freunde und Bekannte hatten Lady Ursula, als sie ihr kondolierten, Blumen mitgebracht. Ihr Salon war geradezu festlich geschmückt mit langstieligen, dornenlosen Rosen, Nelkensträußen und weißem Flieder. Die Blumenpracht sah aus wie Zimmerschmuck aus Plastik, der mit irgendwelchen Duftstoffen übersprüht worden war. Neben Lady Ursula stand auf dem Rosenholztisch eine kleine Kristallvase mit Freesien. Ihr süßlicher, unverkennbarer Duft stieg Dalgliesh in die Nase, als er auf ihren Stuhl zuging. Sie reichte ihm die Hand, die sich kalt, trocken und kraftlos anfühlte. Wie bei ihrer letzten Begegnung saß sie mit durchgedrücktem Rücken da. Sie trug einen bodenlangen, schwarzen Wickelrock und eine hochgeschlossene Bluse aus feiner grauer Wolle. Eine zweireihige Altgoldkette und Ringe waren der einzige Schmuck. Die langgliedrigen Finger, die auf der Armstütze ruhten, waren so beladen mit großen, funkelnden Steinen, daß die schwachen Hände mit ihrer pergamentenen Haut und den hervortretenden Venen kaum dazu fähig schienen, das viele Gold zu tragen.

Lady Ursula bedeutete Dalgliesh, sich ihr gegenüber zu setzen. Massingham ließ sich auf dem kleinen Sofa an der Wand nieder.

»Pfarrer Barnes war heute morgen bei mir«, sagte sie. »Vielleicht sah er es als seine Pflicht an, mir geistlichen Trost zu spenden. Oder er wollte sich dafür entschuldigen, daß man ausgerechnet seine Sakristei zu so einem Zweck mißbraucht hatte. Ich hätte ihm daraus gewiß keinen Vorwurf gemacht. Und als Trauernde habe ich ihn sicherlich auch enttäuscht. Ein merkwürdiger Mensch. Etwas einfältig und bieder, finden Sie nicht auch?«

»Ich würde nicht sagen, daß er einfältig ist. Allerdings kann ich mir schwer vorstellen, daß er irgendeinen Einfluß auf Ihren Sohn hatte.«

»Er machte auf mich den Eindruck, als habe er längst aufgegeben, Leute zu beeinflussen. Vielleicht hat er seinen Glauben verloren. Ist das nicht heutzutage in der Kirche gang und gäbe? Aber warum sollte ihn das beunruhigen? Die Welt ist doch voll von Menschen, die den Glauben an ihre Sache verloren haben. Politiker, Sozialarbeiter, Lehrer, Polizisten, ja selbst Dichter. Mit dem Glauben ist es nun mal so, daß er bisweilen abhanden kommt oder verdrängt wird. Warum läßt dieser Pfarrer Barnes übrigens nicht hin und wieder seine Soutane reinigen? Es ist doch eine Soutane, nicht wahr? Wenn ich mich recht erinnere, hatte er den rechten Ärmel und die Brust mit Eigelb bekleckert.«

»Vielleicht ist es seine einzige Soutane, Lady Ursula«, gab Dalgliesh zu bedenken.

»Er könnte sich doch sicher eine zum Wechseln kaufen.«

»Wenn er es sich leisten könnte. Außerdem hat er versucht, die Flecken zu entfernen.«

»Hat er das? Scheint ihm nicht recht gelungen zu sein. Aber Sie haben ja ein Auge für solche Dinge.«

Es überraschte ihn gar nicht, daß sie sich über das Gewand eines Pfarrers unterhielten, während die Leiche ihres Sohnes kopflos und ausgeweidet im Kühlfach eines Leichenhauses ruhte. Sie plauderte nun mal gern. Und mit ihm offenbar lieber als mit Pfarrer Barnes.

»Aber ich nehme an«, sagte sie und setzte sich bequemer, »Sie sind nicht gekommen, um mit mir über die geistlichen Probleme von Pfarrer Barnes zu reden. Was hat Sie zu mir geführt, Commander?«

»Ich bin gekommen, Lady Ursula, um Sie nochmals zu fragen, ob

Sie den Terminkalender Ihres Sohnes vergangenen Dienstag gegen sechs Uhr nach dem Anruf von General Nollinge in der Schreibtischschublade gesehen haben?«

Die noch immer ausdrucksvollen Augen musterten ihn. »Das haben Sie mich schon zweimal gefragt. Es freut mich selbstverständlich, wenn ich mit dem Verfasser von *Rhesus Negative* reden kann, aber Ihre Besuche häufen sich allzusehr – und Ihre Gesprächsthemen sind stets die gleichen. Dem, was ich schon mal sagte, habe ich nichts hinzuzufügen. Wiederholungen finde ich schlichtweg gräßlich.«

»Sind Sie sich über die Schlußfolgerungen, die man aus Ihrer Aussage ziehen kann, im klaren?«

»Das bin ich. Wollen Sie noch etwas wissen?«

»Würden Sie mir bitte noch mal bestätigen, daß Sie an dem Abend, als Ihr Sohn starb, zweimal mit Halliwell gesprochen haben und daß der Rover, soweit Sie wissen, vor zehn Uhr nachts nicht benützt wurde?«

»Das habe ich Ihnen doch schon gesagt, Commander. Ich habe mit Halliwell gegen acht und um Viertel nach neun gesprochen. Das war, eine Dreiviertelstunde bevor er nach Suffolk fuhr. Wenn jemand den Rover benützt hätte, wäre das Halliwell nicht entgangen. Das kann ich Ihnen versichern. Noch was?«

»Ja. Ich würde gern noch einmal mit Miss Matlock sprechen.«

»Dann schlage ich vor, daß Sie Miss Matlock hier sprechen und ich zugegen bin. Würden Sie ihr bitte läuten?«

Er zog an der Klingelkordel. Miss Matlock ließ sich Zeit. Als sie nach einer Weile erschien, trug sie denselben langen grauen Rock und die schlecht sitzende Bluse.

»Setz dich, Mattie!« sagte Lady Ursula. »Der Commander möchte dich etwas fragen.«

Miss Matlock holte einen der Stühle, die an der Wand standen, und setzte sich neben Lady Ursula. Ihr Gesicht war ausdruckslos. Diesmal schien sie keine Angst zu haben. Sie fühlt sich sicherer, dachte Dalgliesh. Sie weiß, daß uns die Hände gebunden sind, wenn sie bei ihrer Aussage bleibt. Sie meint wohl, es sei doch nicht so schwierig.

Dalgliesh ging ihre Aussage Punkt für Punkt durch. Sie beantwortete seine Frage über den Verlauf des Dienstagabends fast mit den gleichen Worten.

»Es war also nicht ungewöhnlich«, fragte er zum Schluß, »daß Mr.

Swayne vorbeikam, um ein Bad zu nehmen und vielleicht auch etwas zu essen?«

»Nein. Er kam gelegentlich vorbei. Schließlich ist er Lady Berownes Bruder.«

»Wußte Sir Paul von diesen Besuchen?«

»Manchmal schon, manchmal nicht. Ich sah es nicht als meine Aufgabe an, ihn darüber zu informieren.«

»Was haben Sie bei seinem letzten Besuch gemacht? Nicht am Dienstag, sondern das vorletzte Mal. Was haben Sie ihm da vorgesetzt?«

»Nachdem er ein Bad genommen hatte, bereitete ich ihm ein Abendessen. Er blieb nicht immer zum Essen, wenn er kam, um zu baden. Aber an jenem Abend war es so. Ich servierte ihm ein Schweinskotelett mit Senfsoße, Röstkartoffeln und grünen Bohnen.«

Eine ausgiebigere Mahlzeit, dachte Dalgliesh, als das Omelett, das sie ihm am Abend von Berownes Tod aufgetragen hatte. Aber war er nicht an jenem Abend unangekündigt gekommen? Warum nur? Weil seine Schwester ihn nach der Auseinandersetzung mit ihrem Mann angerufen und ihm gesagt hatte, wo sich Berowne am Abend aufhalten würde? Und er nun wußte, wie er den Mord verüben konnte?

»Was geschah dann, Miss Matlock?« fragte er.

»Er nahm noch ein Stück Apfelkuchen und danach Käse zu sich.«

»Ich meine, was haben Sie hinterher getan?«

»Wir haben Scrabble gespielt.«

»Sie scheinen beide ja begeisterte Scrabble-Spieler zu sein.«

»Ich schon. Er spielt wohl eher, um mir einen Gefallen zu tun. Hier im Haus spielt sonst keiner mit mir.«

»Und wer hat damals gewonnen, Miss Matlock?«

»Ich, wenn ich mich recht erinnere. Ich weiß nicht mehr, mit wieviel Punkten, aber ich habe gewonnen.«

»Sie sagen, Sie hätten gewonnen, wenn Sie sich recht erinnern. Es ist doch erst zehn Tage her. Können Sie's da nicht mit Bestimmtheit sagen?«

Miss Matlock und Lady Ursula schauten ihm starr in die Augen. Sie sind zwar nicht zwei aufeinander eingeschworene Verbündete, dachte er, wirken aber, als halte sie etwas zusammen. Lady Ursula machte auf ihn den Eindruck, als sei sie am Ende ihrer Geduld, während Miss Matlocks trotzigem Augenausdruck so etwas wie Triumph beigemischt war.

»Ich kann mich noch sehr gut daran erinnern«, entgegnete sie. »Ich habe gewonnen.«

Dalgliesh wußte, daß man sich auf diese Weise ein perfektes Alibi verschaffen kann. Man muß nur von Ereignissen berichten, die sich bei einer anderen Gelegenheit ereignet haben. So ein Alibi ist schwer zu erschüttern, weil ja der Befragte, abgesehen von der Zeitangabe, die Wahrheit sagt. Er hatte das dumpfe Gefühl, daß sie log, war aber noch unschlüssig. Er wußte, daß sie Komplexe hatte, und die Tatsache, daß sie mittlerweile Gefallen daran gefunden hatte, ihm die Stirn zu bieten, konnte man auch als die Wichtigtuerei eines Menschen ansehen, dessen Leben derartige Aufregungen sonst nicht bietet.

»Miss Matlock hat nun wohl all Ihre Fragen beantwortet, Commander«, hörte er Lady Ursula sagen. »Sollten Sie Ihr Verhör fortsetzen wollen, halte ich es für ratsamer, unseren Anwalt hinzuzuziehen.«

»Wenn Miss Matlock es wünscht, habe ich nichts dagegen, Lady Ursula«, erwiderte er kühl. »Allerdings ist es nicht unsere Absicht, Miss Matlock oder Sie zu verhören.«

»In diesem Fall, Mattie, halte ich es für besser, wenn du den Commander und Chefinspektor Massingham hinausbegleitest.«

Sie fuhren auf der Victoria Street dahin, als das Telefon läutete. Massingham hob ab, lauschte wortlos und gab Dalgliesh den Hörer.

»Es ist Kate, Sir. Macht einen ziemlich aufgeregten Eindruck. Scheint es kaum erwarten zu können, uns zu sehen. Aber hören Sie selbst!«

Obwohl die Stimme beherrscht klang, entging auch Dalgliesh der optimistische Tonfall nicht. »Ein interessanter Aspekt hat sich soeben ergeben, Sir«, sagte sie. »Hearne und Collingwood haben vor zehn Minuten die Anschrift dieser Millicent Gentle durchgegeben. Nach der Veröffentlichung ihres letzten Buches ist sie verzogen, ohne ihrem Verleger mitzuteilen, wohin. Deswegen dauerte es eine Weile, bis man sie ausfindig machen konnte. Sie wohnt im sogenannten Riverside Cottage an der Coldham Lane bei Cookham. Ich habe auf der Straßenkarte nachgesehen. Die Coldham Lane

verläuft am ›Black Swan‹. Sie muß Sir Paul das Buch am 7. August persönlich ausgehändigt haben, Sir.«
»Klingt einleuchtend. Haben Sie ihre Telefonnummer?«
»Ja, Sir. Zuerst wollte man mir weder die Anschrift noch die Telefonnummer verraten, aber dann holte man telefonisch ihre Zustimmung ein.«
»Rufen Sie Miss Gentle an, Kate, und fragen Sie, ob wir morgen früh zu ihr kommen dürfen!« Dalgliesh legte auf.
»Eine Verfasserin von Schmonzetten als Schlüsselfigur!« spöttelte Massingham. »Trotzdem würde ich die Schöpferin von *A Rose by Twilight* gern kennenlernen. Soll ich nach Cookham fahren, Sir?«
»Nein, John. Ich werde sie selbst aufsuchen.«
Vor der Einfahrt zu Scotland Yard stieg Dalgliesh aus und überließ es Massingham, den Rover zu parken. Er blieb unschlüssig stehen und ging dann schnellen Schritts zum St.-James-Park. Jetzt, da er sich mit einemmal zuversichtlich fühlte, hätte er es im Büro nicht ausgehalten. Er mußte für eine Weile allein sein. Es war auch ein anstrengender Tag gewesen: gleich zu Beginn das unerfreuliche Gespräch in Gilmartins Büro und zum Schluß das schwer widerlegbare Lügengespinst in der Berowne-Villa am Campden Hill Square. Aber er spürte, wie seine Verdrossenheit und sein Ärger allmählich abnahmen.
Morgen werde ich endlich erfahren, dachte er, was sich am Abend des 7. August im »Black Swan« abgespielt hat. Und dann weiß ich, warum Paul Berowne hat sterben müssen. Möglicherweise werde ich es nicht gleich beweisen können. Aber zumindest kenne ich dann den Grund.

6

Brian Nichols war vor kurzem zum Stellvertretenden Polizeichef befördert worden. An Dalgliesh hatte er manches auszusetzen, und diese Antipathie irritierte ihn, da er nicht wußte, ob sie auch gerechtfertigt war. Denn im Grunde wollte er nur sicher sein, daß das Beweismaterial vor Gericht bestehen würde. Diese Gewißheit bot ihm Dalgliesh bislang nicht. Selbst die Tatsache, daß er der

Ranghöhere war, befriedigte ihn nicht, weil ihm bewußt war, daß Dalgliesh, hätte er nur gewollt, längst an ihm vorbeigezogen wäre. Beiden Männern war klar, daß Dalgliesh keineswegs in Nichols Arbeitszimmer im zehnten Stock persönlich Rapport erstatten mußte. Die beiläufige Bemerkung, man solle doch auch den Stellvertretenden Polizeichef über die Fortschritte im Fall Berowne unterrichten, war nicht mehr als ein Vorschlag gewesen, auf keinen Fall ein Befehl. Das neue Dezernat hatte mittlerweile einen eigenständigen Status. Der Mord an Paul Berowne hatte sich schlichtweg sechs Tage zu früh ereignet. In Zukunft würde Dalgliesh unmittelbar dem Polizeichef Bericht erstatten müssen. Vorläufig aber konnte Nichols sozusagen ein legitimes Interesse an dem Fall vorschützen. Schließlich hatte er den Großteil der Beamten zur Unterstützung von Dalglieshs Team abgestellt. Da der Polizeichef zu einer Konferenz gefahren war, konnte Brian Nichols sich einbilden, er habe ein Recht auf einen kurzen Zwischenbericht. Trotzdem hätte er nichts dagegen gehabt, wenn Dalgliesh sich gesträubt hätte. Das hätte ihm den Anlaß zu einem kleinen Kompetenzstreit geboten, auf den er immer dann verfiel, wenn ihm seine Obliegenheiten weniger Ablenkung gewährten, als er es sich in seiner Rastlosigkeit wünschte.

Während Nichols den Zwischenbericht überflog, schaute Dalgliesh auf das tief unter ihm liegende Häusermeer. Silbergraue, niedrige Wolken zogen über London dahin. Er betrachtete das Panorama, an dem er sich nie satt sehen konnte, mit den Augen eines Malers. Manchmal erinnerte es ihn mit all den sanften, verschwimmenden Konturen an ein Aquarell. Im Hochsommer dagegen, wenn der Park vor sattem Grün strotzte, wirkte es wie ein Ölbild. Am heutigen Vormittag jedoch blickte er auf einen scharf konturierten, grauen Stahlstich.

Widerstrebend wandte er sich von der Aussicht ab. Nichols hatte mittlerweile die Akte zugeklappt und räkelte sich in seinem Drehstuhl, als wolle er so den informellen Charakter der Zusammenkunft demonstrieren. Dalgliesh setzte sich ihm gegenüber und erläuterte den bisherigen Stand der Ermittlungen. Nichols hörte, den Blick zur Decke gerichtet, mit ostentativer Geduld zu.

»Na schön, Adam«, resümierte er. »Ich glaube Ihnen, daß es sich um einen Mord handelt. Allerdings müssen Sie nicht mich überzeugen. Denn was für handfeste Beweise haben Sie schon? Einen kleinen Blutfleck, den Harry Macks Jacke verdeckt hatte.«

»Und einen übereinstimmenden Fleck auf dem Futterstoff seines Jacketts. Es handelt sich um Berownes Blut. Er ist zuerst gestorben. Daran gibt es keinen Zweifel. Wir können beweisen, daß dieser Fleck von Berowne herrührt.«

»Aber Sie können nicht angeben, wie er dorthin gekommen ist. Sie können sich doch vorstellen, wie der Verteidiger vor Gericht argumentieren wird. Einer Ihrer Leute hat ihn versehentlich hinterlassen, als er achtlos herumtrampelte. Oder es war der Junge, der die Leiche gefunden hat. Oder diese alte Jungfer. Wie hieß sie doch gleich? Ach ja, Edith Wharton.«

»Emily Wharton. Wir haben ihre Schuhe untersucht. Ich bin überzeugt, daß keiner von beiden die Sakristei betreten hat. Und selbst wenn's so wäre, kann man sich schlecht vorstellen, wie sie den von Berowne stammenden Blutfleck unter Harry Macks Jackett hätten hinterlassen können.«

»Ihnen scheint ja dieser Blutfleck sehr gelegen zu kommen. Der Familie Berowne wohl auch. Aber ohne diesen Fleck könnte man annehmen, daß es sich so abgespielt hat, wie's den Anschein hat, daß es Mord mit nachfolgendem Selbstmord war. Ein prominenter, erfolgreicher Politiker durchlebt einen religiös geprägten Persönlichkeitswandel, hat ein mystisches Erlebnis oder was immer es war. Er gibt daraufhin sein Amt auf, seine Karriere, seine Familie. Dann stellt er fest – fragen Sie mich bloß nicht, warum! –, daß alles nur eine Schimäre war.« Nichols wiederholte das Wort, als wolle er sich vergewissern, daß er es richtig ausgesprochen hatte. Dalgliesh fragte sich, wo er das wohl aufgeschnappt hatte. »Wissen Sie, warum Berowne die Kirche noch mal aufgesucht hat?« fuhr Nichols dann fort.

»Wahrscheinlich, weil sich in seiner Ehe eine neue Komplikation ergeben hatte. Seine Frau hatte ihm am selben Morgen anvertraut, daß sie schwanger sei.«

»Da haben wir ja den Grund! Schon vorher muß er so seine Zweifel gehabt haben. Er geht noch einmal in diese Kirche und macht sich klar, was er alles aufgegeben hat. Ihn erwartet nichts mehr, nur Versagen, Demütigung, Spott. Er beschließt, das alles hier und jetzt zu beenden. Die Mittel dafür hat er zur Hand. Während er seine

Vorbereitungen trifft, den Terminkalender verbrennen will, dringt dieser Harry Mack ein und versucht, ihn davon abzuhalten. Die Folge? Zwei Tote statt einem.«

»Das würde jedoch bedeuten, er hätte von Harry Macks Anwesenheit nichts gewußt. Das glaube ich nicht. Er hat ihn ja eingelassen. Das würde jemand, der sich umbringen will, kaum tun.«

»Sie haben doch keinen Beweis, Adam, daß er Mack eingelassen hat. Zumindest keinen, den ein Gericht gelten lassen würde.«

»Berowne hat sein Abendessen mit Harry Mack geteilt: Schwarzbrot, Roquefortkäse, einen Apfel. Das steht im Ermittlungsbericht. Oder wollen Sie mir weismachen, Harry Mack hätte sich Roquefortkäse gekauft? Folglich konnte er Berowne gar nicht überraschen. Er muß sich schon eine Weile in der Kirche aufgehalten haben, bevor Berowne den Tod fand. Er hatte es sich in der größeren Sakristei bequem gemacht. Das beweisen Haare, Fasern von seinem Jackett, Brotkrümel. Als Pfarrer Barnes nach der Abendandacht die Kirche verschloß, war Harry Mack weder in der Sakristei noch sonstwo in der Kirche.«

»Das bildet sich dieser Gottesmann nur ein«, erwiderte Nichols. »Würde er als Zeuge vor Gericht beeiden, daß er das Südportal zugesperrt, im Kirchengestühl nachgesehen hat? Warum sollte er auch? Mit einem Mord konnte er doch nicht rechnen. Harry Mack oder der Mörder hätten sich wer weiß wo verstecken können. In der Kirche war es vermutlich finster . . . Übrigens, wie gut kannten Sie Berowne?«

»Ich habe ihn öfter bei Besprechungen getroffen. Wir sind auch gemeinsam zu einer Konferenz gefahren. Einmal hat er mich zu sich in sein Büro gebeten, und wir sind auch mal durch den St.-James-Park zum Parlament gegangen. Ich fand ihn sympathisch, aber wir standen uns nicht nahe. Ich identifiziere mich nicht mehr mit ihm, als es jedermann mit einem Mordopfer tut. Ich führe also keinen persönlichen Kreuzzug. Aber ich sträube mich mit gutem Grund dagegen, ihn als den brutalen Mörder eines Mannes abzustempeln, der nach ihm gestorben ist.«

»Und das beweist ein kleiner Blutfleck?« wandte Nichols süffisant ein.

»Wieviel Beweise bräuchte man denn dafür?«

»Keine, was den Mord selbst angeht. Wie ich schon sagte, mich brauchen Sie nicht zu überzeugen. Aber ich kann mir nicht vorstellen, wie Sie ohne einen unwiderlegbaren Beweis, der einen Ihrer Verdächtigen mit dem Mord verknüpft, weiterkommen wollen. . . . Und das sollte Ihnen möglichst bald gelingen«, fügte er hinzu. »Hat der Polizeichef etwa schon Beschwerdebriefe erhalten?«

»Das war doch zu erwarten. Zwei Tote, zwei Menschen mit durchschnittener Kehle – und der Mörder läuft noch frei herum. Warum verhaften wir diesen gemeingefährlichen Irren nicht, statt die Autos, die Kleidung, die Häuser angesehener Bürger nach irgendwelchen Spuren zu untersuchen? Haben Sie übrigens an der Kleidung der Verdächtigen irgendwelche Spuren entdeckt?«

Kurios ist es schon, dachte Dalgliesh, wenn auch nicht überraschend: Die neue Abteilung ist nur gegründet worden, um schwere und etwas heikle Verbrechen diskret aufzuklären, und nun wirft man ihr bereits grobe Indiskretion vor. Er konnte sich auch denken, woher die Kritik kam. »Nein«, antwortete er. »Ich hab's auch nicht anders erwartet. Der Mörder war entweder nackt oder halbnackt. Außerdem hatte er Gelegenheit, sich zu waschen. Kurz nach acht Uhr abends hörten drei Passanten, daß in der Sakristei das Wasser lief.«

»Berowne wusch sich vermutlich vor dem Abendessen die Hände.«

»Dann muß er sie überaus gründlich gewaschen haben.«

»Waren seine Hände sauber, als Sie ihn fanden?«

»Die linke Hand war sauber, die rechte blutverschmiert.«

»Da haben wir es ja.«

»Berownes Handtuch hing über einem Stuhl in der Sakristei«, sagte Dalgliesh. »Der Mörder hat sich vermutlich mit dem Geschirrtuch in der Küche abgetrocknet. Als ich es befühlte, war es noch feucht, nicht stellenweise, sondern überall. Außerdem wurde Berowne mit einem seiner Rasiermesser umgebracht. Er hatte zwei – von der Firma Bellingham übrigens –, die in einem Etui beim Waschbecken lagen. Woher hätte ein Fremder oder Harry Mack wissen können, daß er sie mitgebracht hatte? Was das Etui enthielt?«

»Rasiermesser der Firma Bellingham! Warum konnte er nicht wie wir alle Gillette oder einen Elektrorasierer verwenden? Na schön, es gibt also jemanden, der wußte, daß Berowne ein Rasiermesser benützte, daß er sich an besagtem Abend in der Kirche aufhalten würde, der Zugang zur Berowne-Villa am Campden Hill Square hatte, wo er die Streichhölzer und den Terminkalender einsteckte. Und auf wen trifft das alles zu? Auf Berowne selbst. Und da wollen Sie die Annahme eines Selbstmordes mit einem winzigen Blutfleck widerlegen?«

»Sie wollen mir doch nicht einreden«, konterte Dalgliesh, »daß Berowne sich die Kehle durchschnitt, dann zu Harry Mack torkelte, diesen ermordete, wobei er den Tatort mit Blut besprenkelte, und sich schließlich zur gegenüberliegenden Seite schleppte, wo er sich die dritte tödliche Schnittwunde zufügte?«

»Ich nicht, aber der Verteidiger könnte durchaus so argumentieren. Nebenbei gesagt, Dr. Kynaston hat diese Möglichkeit nicht völlig ausgeschlossen. Sie wissen ebensogut wie ich, daß schon viele Verteidiger mit solchen haarsträubenden Konstruktionen durchgekommen sind.«

»Er schrieb irgend etwas auf, während er in dieser Sakristei war«, sagte Dalgliesh. »Im Labor konnte man die Worte nicht mehr entziffern, aber man hält es für möglich, daß sein Name daruntersteht. Die Tinte auf dem Tintenlöscher ist dieselbe wie die in seinem Füller.«

»Er wird vor seinem Selbstmord einen Abschiedsbrief geschrieben haben.«

»Schon möglich. Aber wo ist der jetzt?«

»Er hat ihn mitsamt dem Terminkalender verbrannt«, meinte Nichols. »Schon gut, ich weiß, was Sie damit andeuten wollen, Adam. Würde ein Selbstmörder seinen Abschiedsbrief verbrennen? Aber unwahrscheinlich ist es nicht. Vielleicht hat ihm der Brief nicht gefallen. Die unpassenden Worte, zu abgedroschen – lassen wir das. Schließlich spricht der Tatverlauf für sich. Nicht jeder Selbstmörder verabschiedet sich schriftlich, bevor er die lange Reise antritt.«

»Vielleicht hat er was anderes geschrieben«, warf Dalgliesh ein. »Etwas, an dessen Vernichtung einer anderen Person sehr viel gelegen war.«

Nichols war zuweilen begriffsstutzig, was ihn nicht davon abhielt, sich Zeit zum Nachdenken zu nehmen. Da tat er nun. »Dazu bräuchte man allerdings drei Unterschriften«, sagte er nach einer Weile. »Aber es ist eine interessante Idee, die zumindest zweien Ihrer Verdächtigen ein stärkeres Motiv gibt. Doch auch dafür gibt es keinen handfesten Beweis. Wir bleiben immer wieder daran hängen. Ihre Annahmen sind zweifellos beeindruckend, Adam. Ich bin auch halb überzeugt. Trotzdem brauchen wir solide, überzeugende Beweise.«

Nichols blätterte abermals im Ermittlungsbericht.

»Schade«, sagte er, die Akte zuklappend, »daß Sie nicht herausfinden konnten, was Berowne nach dem Verlassen seines Hauses am besagten Tag gemacht hat. Er scheint sich in dieser Zeitspanne in Luft aufgelöst zu haben.«

»Nicht ganz«, erwiderte Dalgliesh. »Wir wissen, daß er das Immobilienbüro Westertons in der Kensington High Street aufsuchte und dort mit einem Angestellten – einem gewissen Simon Follett-Briggs – sprach. Er fragte, ob nicht jemand am nächsten Tag kommen könne, um die Villa zu inspizieren und ihren Wert zu schätzen. Auch das ist kaum die Handlungsweise eines Menschen, der Selbstmord begehen will. Dieser Follett-Briggs hat ausgesagt, Berowne hätte ebenso gelassen gewirkt, als ginge es um den Verkauf eines Einzimmerapartments für 40 000 Pfund. Der Makler drückte noch sein Bedauern aus, daß Berowne die Villa verkaufen wolle, in der seine Familie von jeher gewohnt hatte. Berowne entgegnete, seine Familie habe sie nun hundertfünfzig Jahre besessen; jetzt sei jemand anderes an der Reihe. Die Unterredung dauerte nicht lange. Gegen halb zwölf ging er. Was er danach tat, wissen wir nicht. Vielleicht ist er irgendwo in einem Park oder an der Themse spazierengegangen. Seine Schuhe wiesen noch Spuren von Schlamm auf, obwohl er sie irgendwo gereinigt haben mußte.«

»Wo könnte er sie gereinigt haben?«

»Tja, wo? Er könnte heimgekehrt sein! Aber niemand will ihn gesehen haben. Die Villa hätte er noch unbemerkt betreten und auch verlassen können. Nicht jedoch, wenn er sich die Zeit genommen hatte, seine Schuhe zu säubern. Pfarrer Barnes beharrt darauf, daß Berowne um sechs Uhr zu ihm kam. Es bleiben also knapp sieben Stunden übrig, über die wir nichts wissen.«

»Haben Sie mit diesem Follett-Briggs gesprochen? Ein merkwürdiger Name! Für ihn wäre wohl eine ganz nette Provision abgefallen. Vielleicht bekommt er sie noch, wenn die Witwe mit dem Verkauf einverstanden ist.«

Dalgliesh schwieg.
»Hat dieser Follett-Briggs auch gesagt, mit welchem Verkaufspreis er gerechnet hat?«
Er redet, dachte Dalgliesh, als ginge es um einen Gebrauchtwagen.
»Er wollte sich nicht festlegen. Er hatte die Villa ja nicht besichtigen können. Er vertritt die Ansicht, daß Berownes Anweisung nun keine Gültigkeit mehr habe. Aber als wir etwas nachhakten, rückte er heraus, daß er mit über einer Million gerechnet hatte. Ohne die Inneneinrichtung selbstverständlich.«
»Und das fällt nun alles der Witwe zu?«
»Das erhält die Witwe.«
»Aber sie hat ein Alibi. Auch ihr Liebhaber. Jeder Verdächtige in dem Fall, wie ich sehe.« Als Dalgliesh nach der Akte griff und gehen wollte, sagte Nichols geradezu flehentlich: »Nur einen einzigen handfesten Beweis, Adam! Das ist alles, was wir dringend brauchen. Und, um Himmels willen, beschaffen Sie ihn mir, bevor wir die nächste Pressekonferenz abhalten müssen.«

7

Sarah Berowne fand die Postkarte am Montag morgen auf dem Tisch in der Eingangsdiele. Die Karte war vom Britischen Museum und zeigte eine Bronzekatze mit Ohrringen. In Ivors gedrängter, steiler Handschrift stand da: »Habe Dich vergebens angerufen. Hoffentlich geht es Dir wieder besser. Hast Du Lust, nächsten Dienstag mit mir essen zu gehen?«
Er verwendete noch immer ihren Geheimkode. Er hatte sich eine kleine Sammlung von Bildkarten der bekanntesten Museen und Kunstgalerien Londons zugelegt. Wenn er einen Anruf erwähnte, bedeutete das, er wollte sie sehen. Im Klartext forderte er sie auf, ihn am kommenden Dienstag am Postkartenstand im Britischen Museum zu treffen. Der Zeitpunkt hing vom angegebenen Wochentag ab. Der Dienstag bedeutete drei Uhr nachmittags. Wie bei früheren derartigen Mitteilungen ging er davon aus, daß sie seiner Aufforderung folgen würde. Wenn nicht, hatte sie ihm telefonisch mitzuteilen, daß es mit dem Restaurantbesuch nicht klappen werde. Doch er

hatte immer damit gerechnet, daß sie auf seine Postkarte hin alle anderen Verabredungen absagen werde.
Es war eine Verschlüsselung, dachte sie, die die Findigkeit der Polizei, geschweige denn des Sicherheitsdienstes – sollte man sich für seine Botschaften überhaupt interessieren – wohl kaum strapazieren würde. Oder bot dieser Kode vielleicht gerade deswegen, weil er so offen und einfach war, tatsächlich einen gewissen Schutz?
In den ersten aufregenden Monaten, nachdem er sie für seine Zelle der Dreizehn angeworben hatte und sie sich allmählich in ihn verliebte, hatte sie auf seine Karten gewartet, als seien es Liebesbriefe. Sie lungerte in der Eingangshalle herum, bis die Post kam, stürzte sich auf die Karte und verschlang jedesmal die Mitteilung, als könnten ihr die krakeligen Buchstaben all das sagen, was sie sehnsüchtig vernehmen wollte, er aber, wie sie genau wußte, ihr niemals schreiben oder sagen würde. Heute aber las sie die Worte mit einem Anflug von Traurigkeit und Widerwillen. Die Nachricht war dürftiger als sonst. Sie mußte sich beeilen, wenn sie um drei Uhr beim Britischen Museum in Bloomsbury sein sollte. Warum konnte er denn nicht wie andere Leute telefonieren? Ärgerlich zerriß sie die Karte. Die Verschlüsselung war doch kindisch und unnötig. Aber er konnte in seinem konspirativen Wahn nicht davon lassen. Damit machte er sich und sie nur lächerlich.
Wie immer war Ivor pünktlich. Er suchte am Kiosk ein paar Bildkarten aus. Sie wartete, bis er gezahlt hatte. Ohne miteinander zu sprechen, verließen sie die Galerie. Da ihn die altägyptische Kunst faszinierte, suchten sie zunächst die Ausstellungsräume im Erdgeschoß auf, wo er wie so oft den riesigen Granittorso von Ramses II. betrachtete. Einst hatte sie sich eingebildet, die toten Augen, der meisterhaft herausgemeißelte lächelnde Mund über dem Kinnbart seien ein Symbol ihrer Liebe. Wie oft waren sie hier, Schulter an Schulter gestanden, als sähen sie den Pharao zum erstenmal, und hatten sich dabei ausgeklügelte, unvollständige Sätze zugeflüstert. Jedesmal hatte sie das Verlangen, ihn zu berühren, seine Hand in ihrer zu spüren, unterdrücken müssen. Doch nun war die Faszination gewichen. Der Torso war nur mehr ein interessantes Kunstwerk, ein riesiger, von feinen Rissen durchzogener Granitblock, sonst nichts.

Japanische Touristen, die ihren Wissensdurst gestillt hatten, eilten an ihnen vorbei.
»Die Polizei geht nun doch davon aus«, flüsterte er, »daß dein Vater ermordet wurde. Wahrscheinlich haben sie den Autopsiebericht und das Ergebnis der Laboruntersuchungen inzwischen erhalten. Sie waren bei mir.«
Angst stieg in ihr auf. »Was wollten sie denn?« fragte sie.
»Unser Alibi erschüttern. Das ist ihnen nicht gelungen und wird ihnen auch nicht gelingen, wenn du dich nicht irremachen läßt. Waren sie auch bei dir?«
»Ja, einmal. Nicht mehr dieser Commander Dalgliesh, sondern die junge Frau und ein Chefinspektor Massingham. Sie haben mich über Theresa Nolan und Diana Travers befragt.«
»Was hast du ihnen alles erzählt?«
»Daß ich Theresa Nolan nur zweimal getroffen habe: als ich meine kranke Großmutter besuchte und dann auf einer Dinner-Party. Diana Travers hätte ich nie kennengelernt. Das sollte ich doch sagen, oder? Gehen wir in die Duveen-Galerie. Ich möchte mir den Parthenon-Fries ansehen«, schlug sie vor.
Als sie, im Museumsführer blätternd, davonschlenderten, sagte sie: »Du hast mir versichert, daß Diana Travers nicht in unser Haus eingeschleust wurde, um das Privatleben meines Vaters auszuspionieren. Nur seine Arbeit würde dich interessieren. Du wolltest angeblich erfahren, was in dem neuen Polizeihandbuch steht. War ich damals naiv! Wie konnte ich dir nur glauben?«
»Um herauszufinden, was in dem neuen Handbuch steht, brauche ich doch kein Mitglied unserer Zelle in die Familie Berowne einzuschleusen, damit es da das Familiensilber putzt«, erwiderte er. »Außerdem sollte sie auch nicht sein Privatleben ausspionieren. Ich habe sie da eingesetzt, um ihr das Gefühl zu geben, sie würde gebraucht, sie hätte mein Vertrauen. Während sie damit beschäftigt war, konnte ich überlegen, was ich mit ihr anfangen sollte.«
»Was willst du damit sagen? Sie gehörte doch unserer Zelle an. Sie sprang für Rose ein, als diese nach Irland heimkehrte.«
»Sie dachte, sie würde dazugehören. Aber das stimmte nicht. Ich kann's dir jetzt verraten. Sie ist ja tot. Diana Travers war eine Agentin des Sicherheitsdienstes.«
Er hatte ihr eingeschärft, ihn nicht anzuschauen, wenn sie mitein-

ander redeten. Sie sollte die Exponate betrachten, im Museumsführer blättern und geradeaus blicken. Sie blickte geradeaus. »Warum hast du uns das nicht gesagt?« fragte sie.

»Vier Mitgliedern unserer Zelle habe ich es anvertraut. Die Zelle erfährt nicht alles, was ich weiß.«

Sie hatte selbstverständlich gewußt, daß seine Mitgliedschaft in der Revolutionären Arbeiterfront nur Tarnung war, daß es ihm allein auf die Zelle der Dreizehn ankam. Offenbar war aber auch die Zelle nur eine Art Fassade für seinen ganz privaten inneren Kreis. Es war wie bei den russischen Holzpuppen: In jeder verbarg sich eine weitere. Es gab nur vier Leute, denen Ivor völlig vertraute, die er in seine Pläne einweihte, mit denen er sich beriet. Zu diesen hatte sie nicht gehört. Ob er ihr wenigstens am Anfang vertraut hatte?

»Als du mich vor vier Jahren telefonisch beauftragt hast, Photos von Brixton zu machen, wolltest du mich da schon rekrutieren? Mich, die Tochter eines Parlamentsabgeordneten der Konservativen, für die Revolutionäre Arbeiterfront gewinnen?« fragte sie.

»Was ist daran auszusetzen? Ich kannte deine politischen Ansichten. Ich vermutete, daß du mit der zweiten Heirat deines Vaters nicht einverstanden warst. Der Zeitpunkt erschien mit günstig. Danach war es eher ein, sagen wir mal, persönliches Interesse.«

»War auch Liebe dabei?«

Er runzelte die Stirn. Sie wußte, daß er die Auseinandersetzung mit persönlichen Problemen, mit Gefühlen haßte. »Es war Zuneigung. Ist es noch. Respekt. Sinnlichkeit. Man kann es, wenn du willst, auch Liebe nennen.«

»Wie würdest du es nennen, Ivor?«

»Zuneigung, Respekt, Sinnlichkeit.«

Sie waren inzwischen in der Duveen-Galerie angelangt. Über ihnen prangten die tänzelnden Pferde des Parthenon-Frieses, die halbnackten Reiter mit ihren wallenden Umhängen, die Streitwagen, die Musikanten, die Stammesführer und jungen Mädchen, die sich den sitzenden Göttern und Göttinnen näherten. Obwohl sie angestrengt emporblickte, nahm sie nichts wahr. Ich muß es wissen, dachte sie. Ich muß es herausbekommen. Ich muß mich der Wahrheit stellen.

»Du hast doch den Schmähbrief an meinen Vater und die *Paternoster Review* geschrieben, nicht wahr? Kommst du dir nicht ein wenig schäbig vor? Du, der große Revolutionär? Der Kämpfer gegen

jegliche Unterdrückung? Der Verkünder einer neuen Zeit? Und da verbreitest du verleumderischen Klatsch? Was hast du dir nur dabei gedacht?«
»Ich wollte ihm einen Denkzettel verpassen«, antwortete er.
»Nennst du das einen Denkzettel, wenn man anständige Menschen diskreditiert? Das hast du ja nicht nur bei meinem Vater gemacht. Die meisten stehen noch dazu auf deiner Seite, setzen sich seit Jahren für die Arbeiterbewegung ein, die du ja angeblich auch unterstützt.«
»Anständigkeit hat damit nichts zu tun. Wir führen einen Krieg. Anständige Menschen kämpfen vielleicht im Krieg, aber sie gewinnen ihn nicht.«
Ein Trupp Museumsbesucher schlenderte vorüber.
»Wenn du eine revolutionäre Gruppe organisierst«, redete Ivor weiter, als sie außer Hörweite waren, »auch wenn sie nur klein ist, mußt du die Leute beschäftigen, während sie auf ihren großen Einsatz warten. Du mußt ihnen die Illusion vermitteln, daß es vorwärtsgeht. Mit hochtrabenden Reden allein kann man sie nicht hinhalten. Man muß auch Aktionen durchführen. Man muß sie für die Zukunft trainieren und gleichzeitig die Einsatzbereitschaft stärken.«
»Von nun an wirst du es ohne mich machen müssen«, sagte sie.
»Hab' ich mir schon gedacht. Nach dem Gespräch mit diesem Dalgliesh wußte ich es schon. Aber ich erwarte von dir, daß du bis zum Abschluß der Morduntersuchung dabeibleibst. Ich möchte es den anderen nicht mitteilen, solange dieser Dalgliesh noch herumschnüffelt. Hernach kannst du ja in die Labour Party eintreten. Da bist du besser aufgehoben. Oder in die SDP. Das liegt ganz bei dir. So groß ist der Unterschied ohnehin nicht. Mit vierzig wirst du sowieso bei den Konservativen landen.«
»Und da vertraust du mir noch? Du sagst mir das alles, obwohl du weißt, daß ich aussteige?«
»Warum nicht? Ich kenne dich ja. Du hast den Stolz deines Vaters. Du willst doch nicht, daß die Leute sagen, dein Liebhaber hätte dir den Laufpaß gegeben und du hättest dich gerächt, indem du ihn verraten hast. Außerdem willst du nicht, daß deine Freunde und Angehörigen, zumal deine Großmutter, erfahren, daß du deinen Vater hintergangen hast. Du siehst, ich baue auf deine bürgerliche

Anständigkeit. Ich riskiere sowieso nicht viel. Die Zelle wird aufgelöst. Wir bilden eine neue, die sich woanders trifft. Das müssen wir jetzt ohnehin tun.«

»Von meinem Vater habe ich wenigstens etwas gelernt«, erwiderte sie. »Erst sein Tod hat es mir klargemacht. Er versuchte, ein guter Mensch zu sein. Das kannst du wahrscheinlich nicht verstehen.«

»Doch. Ich weiß allerdings nicht, was du darunter verstehst. Er versuchte so zu leben, daß ihn nicht allzu viele Schuldgefühle plagten. Das machen wir alle so. Es wird ihm bei seinen politischen Ansichten und seinem Lebensstil nicht leichtgefallen sein. Vielleicht hat er's zum Schluß aufgegeben.«

»Ich rede nicht von Politik. Es hatte nichts mit Politik zu tun. Ich weiß, du denkst, daß alles mit Politik verknüpft ist. Aber man kann auch anderer Ansicht sein. Es gibt noch eine andere Welt.«

»Ich hoffe, daß du in ihr glücklich wirst.«

Sie verließen die Galerie. Ihr war bewußt, daß sie zum letzten Mal gemeinsam hier waren. Es verblüffte sie, wie wenig es ihr ausmachte.

»Du hast gesagt, du hättest Diana Travers in unser Haus geschleust, weil du nicht wußtest, was du mit ihr anfangen solltest. Was hast du nun mit ihr getan? Sie ertränkt?«

Zum erstenmal erlebte sie, daß er wütend wurde. »Rede doch keinen solchen Unsinn!«

»Aber ihr Tod kam dir ganz gelegen, nicht wahr?«

»Ja. Und nicht nur mir. Es gab da noch jemanden, der mehr Grund hatte, sie loszuwerden. Dein Vater.«

»Daddy?« rief sie aus. »Aber er war doch gar nicht da. Er wurde zwar im ›Black Swan‹ erwartet, ist aber nicht gekommen.«

»Doch, er war da. Ich bin ihm an jenem Abend gefolgt. Ich habe ihn beschattet. Ich bin ihm zum ›Black Swan‹ nachgefahren und habe gesehen, daß er da abbog. Und wenn du darüber mit Dalgliesh plaudern willst, ist das eine Information, die ich gern weitergebe.«

»Das kann doch nicht dein Ernst sein! Du gibst also zu, daß du auch dort warst. Dann geht's jetzt nur darum, wer von euch das überzeugendere Motiv hatte. Dalgliesh könnte auf dich verfallen. Du lebst, mein Vater ist tot.«

»Im Gegensatz zu deinem Vater habe ich ein Alibi. Diesmal ein bombensicheres. Ich bin hinterher nach London zurückgefahren und habe im Rathaus an einer Konferenz von Sozialarbeitern teilgenommen. Mir kann man nichts anhaben. Aber wie steht's mit deinem Vater? Sein Ruf ist ohnehin schon ganz schön angekratzt. Möchtest du, daß mit seinem Namen ein weiterer Skandal verknüpft wird? Reicht dir der arme Harry Mack nicht? Denk erst darüber nach, bevor du dir einen anonymen Anruf bei der Sicherheitspolizei leistest!«

8

Der Dienstag vormittag hätte für eine Fahrt aufs Land nicht schöner sein können. Die Sonne schien, wenn sie sich zeigte, noch erstaunlich warm. Der Himmel über den dahineilenden Wolken war von tiefer Bläue. Dalgliesh fuhr schnell und schwieg die meiste Zeit. Kate rechnete damit, daß sie geradewegs das Riverside Cottage ansteuern würden. Aber als sie den »Black Swan« passierten, hielt Dalgliesh an, überlegte sich anscheinend etwas und bog in die Auffahrt ein.

»Ich spendiere Ihnen ein Bier«, sagte er. »Danach gehen wir den Fluß entlang und sehen uns das Cottage von dieser Seite aus an. Da der Grund Higgins gehört, sollten wir ihm sagen, daß wir hier sind.«

Sie ließen den Rover auf dem Parkplatz, wo nur ein Jaguar, ein BMW und ein paar Fords standen, und betraten die Eingangshalle. Henry begrüßte sie mit gleichmütiger Zuvorkommenheit, als wisse er nicht, ob er sich anmerken lassen durfte, daß er sie wiedererkannte. Als Dalgliesh ihn nach Higgins fragte, teilte er mit, daß Monsieur sich in London aufhalte. In der Bar saßen vier Geschäftsleute beim Whisky. Der rundgesichtige Barkeeper, der ein frisch gestärktes weißes Jackett und eine Schleife trug, servierte ihnen das ausgezeichnete Ale, auf das der »Black Swan« mit Recht stolz sein konnte, und begann eilends Gläser zu spülen und die Theke neu zu arrangieren, als könne seine Geschäftigkeit Dalgliesh von weiteren Fragen abhalten. Dalgliesh hätte gern gewußt, mit welchen Mitteln es Henry gelungen war, auf ihre Identität hinzuweisen. Sie setzten sich mit ihren Gläsern vor den offenen Kamin, tranken sie gemächlich und schweigend aus und kehrten zum Parkplatz zurück, von wo aus sie durch die Pforte in der Hecke zur Themse schlenderten.

Es war einer jener zauberhaften englischen Herbsttage, die es in der Erinnerung häufiger gibt als im wirklichen Leben. Die satten Farben des Grases und der Erde schienen das milde Sonnenlicht zu verstärken. Herbstliche Düfte durchzogen die Luft und erinnerten Dalgliesh an seine Kindheit, an Holzfeuer, reife Äpfel, Getreidegarben, an Wasserläufe, über denen schon der Geruch des Meeres liegt. Die Themse floß rasch dahin. Eine auffrischende Brise wehte. Sie drückte das Röhricht am Ufer nieder, kräuselte die Oberfläche des Flusses und trieb kleine Wasserrinnen zum Ufersaum. Lichtkringel huschten über die blaugrün schimmernde Themse. Darunter wogte der Flußtang. Hinter den Weidenbäumen am anderen Ufer grasten friedlich ein paar schwarzweiß gefleckte Kühe.

Gegenüber, etwa zwanzig Meter stromaufwärts, stand ein Bungalow oder eher eine geräumige, weißgestrichene Hütte auf Pfählen. Das war wohl das Cottage, das sie suchten. Obwohl Dalgliesh überzeugt war, daß er da die Informationen bekommen würde, die er dringend brauchte, ließ er sich Zeit. Wie ein Kind, das den Augenblick eines bevorstehenden Genusses hinauszögert, ließ er die Ruhe ringsum auf sich wirken. Solche Momente erlebte er ohnehin immer seltener und schon gar nicht mitten in einer Morduntersuchung.

»Das wird das Riverside Cottage sein«, sagte er schließlich, um den Bann zu brechen.

»Glaube ich auch, Sir. Soll ich die Straßenkarten holen?«

»Nein. Wir werden es auch so herausfinden. Gehen wir!«

Doch er rührte sich nicht von der Stelle. Der Wind zerzauste sein Haar. Die Ruhe tat ihm wohl. Er war dankbar, daß Kate neben ihm stand und die Stimmung mit ihm teilte, ohne daß er etwas reden mußte, ohne daß sie ihm das Gefühl gab, ihr Schweigen gehöre zu ihrem Dienst. Er hatte sie ausgesucht, weil er eine Frau in seinem Team brauchte und sie die beste war, die zur Verfügung stand. Die Wahl war teils von Vernunft bestimmt, teils instinktiv gewesen, und er bemerkte allmählich, wie gut er sich doch auf seinen Instinkt verlassen konnte. Es wäre unehrlich, wollte er behaupten, zwischen ihnen bestehe keine Spur von sexueller Spannung. Seiner Ansicht nach entstand sie – wenn sie auch meist nicht zugegeben oder bemerkt wurde – fast immer, wenn ein einigermaßen gutaussehendes heterosexuelles Paar eng zusammenarbeitete. Wenn sie verwirrend schön gewesen wäre, hätte er sie sicher nicht ausgesucht, aber sie war attraktiv und er dagegen nicht immun. Doch trotz dieser Prise Erotik, vielleicht sogar deswegen, fand er es überraschend beruhigend, mit ihr zu arbeiten. Sie wußte instinktiv, was er wollte; sie spürte, wann sie schweigen mußte; sie war nicht übertrieben respektvoll. Er vermutete, daß sie auf gewisse Weise seine Verletzlichkeit deutlicher sah, ihn besser verstand und klarere Urteile fällen konnte als irgendeiner seiner männlichen Untergebenen. Rücksichtslosigkeit Massinghamscher Prägung besaß sie zwar überhaupt nicht, aber sie war nicht im mindesten sentimental. Wenn er allerdings darüber nachdachte, mußte er zugeben, daß das weibliche Polizisten selten waren.

Er schaute noch einmal zum Cottage hinüber. Es stand gut dreißig Meter vom Ufer entfernt und hatte eine breite Veranda. In der Nähe war ein Schuppen und stromabwärts, links davon, ein Bootssteg. Er glaubte, noch einen Streifen Erde mit mauvefarbenen und weißen Flecken zu erkennen, wahrscheinlich Herbstastern. Aus der Ferne wirkte der Bungalow gut erhalten. Der weiße Anstrich glänzte. Trotzdem sah das Anwesen eher wie ein reines Sommerhaus aus, eine Behelfsunterkunft. Für Higgins, dachte er, ist es gewiß kein erbaulicher Anblick.

Während sie beide hinüberblickten, trat eine Frau aus der Seitentür und ging zum Bootssteg. Ein großer Hund trottete hinterdrein. Sie kletterte in einen Kahn, lehnte sich hinaus, um die Leine zu lösen, und ruderte zielstrebig über die Themse zum »Black Swan« hinüber. Der Hund saß gehorsam im Bug. Als sich der Kahn näherte, konnten sie sehen, daß es eine Mischung aus einem Pudel und einem Terrier sein mußte. Er hatte ein zottiges Fell und einen wachsamen, freundlichen Gesichtsausdruck, soweit man das bei den vielen Zotteln überhaupt erkennen konnte. Die Frau legte sich in die Ruder und kämpfte gegen die Strömung an, um in ihrer Nähe anzulegen. Als der Kahn das Ufer erreicht hatte, gingen Dalgliesh und Kate zu ihr. Dalgliesh packte die Bugspitze und hielt den Kahn fest. Er bemerkte, daß sie den Landeplatz absichtlich gewählt hatte. Im grasüberwucherten Uferboden steckte ein Eisenpflock. Er machte die Vorleine fest und streckte der Frau den Arm entgegen. Sie

ergriff ihn und hüpfte auf einem Bein an Land. Dalgliesh sah, daß ihr linker Fuß in einem orthopädischen Schuh steckte. Der Hund sprang ihr nach, beschnüffelte Dalglieshs Hosenbeine und ließ sich dann ins Gras fallen, als hätte ihn die Überfahrt restlos erschöpft.
»Sie sind sicher Miss Gentle«, sagte Dalgliesh. »Wir sind auf dem Weg zu Ihnen. Ich habe heute morgen von Scotland Yard aus mit Ihnen telefoniert. Das ist Inspektor Kate Miskin. Mein Name ist Adam Dalgliesh.«
Ihr Gesicht war rund und runzlig wie ein überreifer Apfel, mit festen, von feinen Äderchen überzogenen roten Backen. Als sie ihn anlächelte, verengten sich die kleinen Augen zu schmalen Schlitzen, um sich gleich wieder zu öffnen. Die Farbe der Iris war ein strahlendes Braun. Sie trug unförmige braune Hosen und über dem verfilzten Pullover eine wattierte, ärmellose Weste in verwaschenem Rot. Über den Kopf hatte sie eine grün-rot gestreifte Wollmütze gezogen, an deren Ohrenklappen rote Pompons baumelten. Sie glich einem jener liebenswürdig skurrilen Gartenzwerge, die schon zu vielen Wintern getrotzt haben. Ihre tiefe und klangvolle Stimme paßte überhaupt nicht zu einer Frau. »Ich habe Sie schon erwartet, Commander«, sagte sie. »Allerdings erst in einer halben Stunde. Trotzdem ist es nett, Sie so unverhofft zu treffen. Ich könnte Sie hinüberrudern. Aber da Makepeace dabei ist, könnte ich jeweils nur einen von Ihnen mitnehmen. Es würde also einige Zeit dauern. Auf der Straße sind es gut fünf Meilen. Sind Sie mit dem Auto gekommen?«
»Ja, wir sind mit dem Wagen gefahren.«
»Selbstverständlich, Sie sind ja von der Polizei. So eine dumme Frage! Ich erwarte Sie dann bei mir. Ich bin nur wegen meiner Briefe herübergerudert. Mr. Higgins gestattet es, daß ich sie auf dem Tisch in der Eingangshalle deponiere, damit sie mit seiner Post aufgegeben werden. Der nächste Briefkasten ist über zwei Meilen entfernt. Mr. Higgins ist sehr zuvorkommend, wenn man bedenkt, daß ihm mein Cottage ein Greuel ist. Ein Dorn im Auge sozusagen. Den Weg können Sie nicht verfehlen. Biegen Sie in die erste Seitenstraße links nach Frolight ein, fahren Sie dann über die Buckelbrücke, bei Mr. Rolands Farm wieder links – da steht ein Schild mit einer schwarz-weiß gefleckten Kuh darauf, und dann sehen Sie schon den Weg, der zum Fluß und zu meinem Cottage

führt. Sie können's nicht verfehlen. Sie trinken doch sicherlich eine Tasse Kaffee mit?«
»Gern, Miss Gentle.«
»Hab' ich mir gedacht. Auch deswegen bin ich hergerudert. Mr. Higgins hilft mir liebenswürdigerweise mit etwas Milch aus... Es geht um Sir Paul Berowne, nicht wahr?«
»Ja, Miss Gentle. Es geht um Sir Paul.«
»Hab' ich mir gleich gedacht, als Sie anriefen und sagten, Sie wären von der Polizei. Der Arme... Wir sehen uns also in gut zehn Minuten.«
Sie schauten ihr nach, wie sie zwar hinkend, aber zielstrebig zum »Black Swan« ging. Der Hund trottete hinterher. Dann schlenderten sie gemächlich zum Parkplatz. Dalgliesh befolgte ihre Anweisungen und fuhr langsam, da sie sonst zu früh eintreffen würden. Er wollte Miss Gentle ausreichend Zeit zum Zurückrudern lassen. Nach zehn Minuten bogen sie von der Seitenstraße in den Feldweg zum Cottage ein.
Der Weg führte über ein heckenloses Feld und glich im tiefen Winter sicherlich einem nahezu unpassierbaren Sumpf. Aus der Nähe wirkte das Cottage anheimelnder. Ein Blumenbeet, nun herbstlich gelichtet, säumte den mit Schlacke bestreuten Pfad. Er führte zu einer Holztreppe, unter der vermutlich mit Heizöl gefüllte Kanister lagerten. Hinter dem Cottage war ein Gemüsegarten mit klein geratenen Weißkrautköpfen, Rosenkohlstrünken, Zwiebelknollen mit geknickten Stengeln und den letzten Stangenbohnen, deren dürre Ranken baumelnd herabhingen. Der Themsegeruch war hier noch stärker. Dalgliesh stellte sich das Anwesen im Winter vor, die kalten, vom Wasser aufsteigenden Nebelschwaden, die morastigen Felder ringsum, den schlammigen Weg, der zu einer kaum befahrenen Landstraße führte.
Aber als Miss Gentle sie dann lächelnd hineinführte, empfing sie eine heitere Atmosphäre. Die breiten Wohnzimmerfenster, durch die man das weiße Verandageländer und den gleißenden Fluß sah, vermittelten den Eindruck, man befände sich auf einem Schiff. Trotz des stilwidrigen Gußeisenofens wirkte der Raum tatsächlich eher wie ein Cottage als wie eine Flußhütte. Eine Wand, die eine mit Rosenknospen und Rotkehlchen gemusterte Tapete zierte, war nahezu gänzlich mit Bildern behängt: aquarellierte Landschaften,

zwei Stahlstiche, die die Kathedralen von Winchester und Wells darstellten, vier frühviktorianische Kostümbilder in einem Rahmen, ein Stickbild aus Wolle und Seide, den Engel und die Apostel am leeren Grab darstellend, und noch etliche passable Miniaturporträts in ovalen Rahmen. Die Wand gegenüber verdeckten Bücher. Darunter befanden sich auch, wie Dalgliesh sogleich bemerkte, die – teilweise noch eingeschweißten – Werke Miss Gentles. Den Gußeisenofen flankierten zwei Lehnstühle, zwischen denen ein kleines Tischchen stand. Gedeckt war es mit einem Milchkännchen und drei geblümten Tassen. Miss Gentle rückte, unterstützt von Kate, einen kleinen Schaukelstuhl heran. Makepeace, der sie zusammen mit seiner Herrin begrüßt hatte, ließ sich aufseufzend vor den kalten Ofen fallen.

Kaum hatten sie sich gesetzt, brachte Miss Gentle auch schon den frisch aufgebrühten Kaffee. Dalgliesh hatte Gewissensbisse, als er trank. Er hatte nicht den Aufwand bedacht, den die Bewirtung unerwarteter Gäste jemandem, der so abgeschieden lebte, bereiten mußte. Sie war, vermutete er, nur zum »Black Swan« gerudert, um Milch zu besorgen, und nicht, um ihre Post aufzugeben.

»Sie wissen sicherlich, daß Sir Paul tot ist«, sagte er.

»Ja, ich weiß es. Er ist ermordet worden. Deswegen sind Sie ja zu mir gekommen. Wie sind Sie überhaupt auf mich gestoßen?«

Dalgliesh erzählte, wie sie ihr Buch entdeckt hatten. »Alles, was in den letzten Tagen seines Lebens geschah, könnte für uns aufschlußreich sein«, fuhr er fort. »Deswegen würden wir gern von Ihnen erfahren, was sich am Abend des 7. August zugetragen hat. Sie haben ihn doch gesehen?«

»Ja, das habe ich«, bestätigte sie und setzte die Tasse ab. Es schüttelte sie leicht, als sei ihr kalt. »Ich komme mit Mr. Higgins«, erzählte sie dann, »recht gut aus, auch wenn er mein Cottage kaufen möchte, um es niederzureißen. Ich habe ihm schon gesagt, daß er nach meinem Tod das Vorkaufsrecht hat. Der ›Black Swan‹ ist ein anständiges Lokal. Auch die Gäste sind es. Nur an jenem Abend war es anders. Da ich arbeiten wollte, störte mich das Geschrei der jungen Leute. Als ich zum Flußufer ging, sah ich ein Boot, in dem vier Personen saßen. Sie schaukelten den Kahn gefährlich hin und her. Zwei standen noch auf, als wollten sie Plätze tauschen. Da beschloß ich hinüberzurudern, um mit Mr. Higgins zu reden.

Vielleicht konnte Henry sie zurechtweisen. Vom Lärm einmal abgesehen, waren sie ja auch ziemlich leichtsinnig. Ich ruderte also mit Makepeace hinüber und steuerte die gewohnte Anlegestelle an. Es wäre unsinnig gewesen, wenn ich zu ihnen hingerudert wäre, um ihnen Vorhaltungen zu machen. Ich bin nicht mehr so kräftig wie früher. Als ich mich dem Ufer näherte, sah ich zwei weitere Männer.«

»Kannten Sie die beiden Männer?«

»Zuerst hatte ich keine Ahnung, wer sie waren. Es war schon ziemlich dunkel. Nur vom Parkplatz drang etwas Licht herüber. Doch dann sah ich, daß der eine Sir Paul war.«

»Was machten die beiden?«

»Sie rangen miteinander.« Sie sagte es ohne jegliche Mißbilligung, als sei sie höchstens erstaunt, daß er überhaupt so eine Frage stellte. Was sollten schon zwei Gentlemen am Themseufer, zumal in der Dämmerung, anderes tun als miteinander ringen? »Die beiden hatten mich nicht bemerkt«, redete sie weiter. »Ich hatte Angst, daß Makepeace bellen würde, und verbot es ihm. Er folgte auch brav, obwohl ich ihm ansah, daß er am liebsten hinausgesprungen wäre und mitgemacht hätte. Ich überlegte schon, ob ich mich nicht einmischen sollte. Aber das wäre unschicklich und auch sicherlich sinnlos gewesen. Es war allem Anschein nach eine private Auseinandersetzung. Ich will damit sagen, es sah nicht nach einem Überfall aus, bei dem man, so denke ich wenigstens, eingreifen sollte. Der andere Mann war außerdem viel kleiner als Sir Paul. Dadurch wirkte die Angelegenheit etwas unfair. Da er aber jünger war, glich sich das wieder aus. Sie brauchten weder mich noch Makepeace.«

Dalgliesh schaute unwillkürlich zu Makepeace hinüber, der träge und schläfrig vor sich hin schnaufte. Man konnte sich schwer vorstellen, daß er sich zum Bellen, geschweige denn zum Beißen aufraffen konnte. »Wer siegte schließlich?« fragte er.

»Sir Paul. Er landete einen – ich glaube, Kinnhaken nennt man das. Es sah sehr wirkungsvoll aus. Der junge Mann stürzte zu Boden, Sir Paul packte ihn am Kragen und Hosenboden und warf ihn wie einen prall gefüllten Sack in die Themse. Das Wasser spritzte nur so. ›Du meine Güte!‹ sagte ich begeistert zu Makepeace. ›Ist das nicht ein aufregender Abend heute?‹«

Das hört sich allmählich an, dachte Dalgliesh, als würde sie eine

Szene aus einem ihrer Bücher schildern. »Was passierte dann?« fragte er.
»Sir Paul watete ins Wasser und holte den jungen Mann wieder heraus. Er wollte ihn offenbar nicht ersäufen. Möglicherweise wußte er nicht, ob der junge Mann überhaupt schwimmen konnte. Er ließ ihn ins Gras fallen, sagte noch etwas, das ich nicht verstehen konnte, und ging stromauf in meine Richtung. Als wir auf gleicher Höhe waren, zeigte ich mich und sagte: ›Guten Abend. Ich glaube nicht, daß Sie sich noch meiner erinnern werden. Wir sind uns vergangenen Juni auf einem Fest der Konservativen Partei in Hertfordshire begegnet. Ich bin Millicent Gentle.‹«
»Wie reagierte er darauf?«
»Er trat näher, beugte sich über den Kahn und schüttelte mir die Hand. Er wirkte völlig gelassen, war nicht im geringsten verstört. Tropfnaß war er, und seine Wange blutete. Es sah aus wie ein Kratzer. Aber er war ebenso selbstbeherrscht wie damals auf dem Fest. ›Ich habe Ihre Auseinandersetzung beobachtet.‹ sagte ich. ›Sie haben ihn doch nicht umgebracht, oder?‹ Er verneinte: ›Ich habe ihn nicht umgebracht. Aber ich hätte es gern getan.‹ Als er sich dann für sein Verhalten entschuldigen wollte, meinte ich, dazu bestehe nicht der geringste Anlaß. Es fröstelte ihn sichtlich. Es war auch nicht mehr so warm, daß einem nasse Kleider nichts anhaben konnten. Ich schlug vor, er könne sich in meinem Cottage trocknen. ›Das ist sehr freundlich von Ihnen‹, erwiderte er. ›Aber ich sollte zuvor meinen Wagen wegfahren.‹ Ich verstand, was er damit andeuten wollte. Es war ratsamer, den ›Black Swan‹ zu verlassen, bevor ihn jemand in seinem Zustand sah oder von seiner Anwesenheit erfuhr. Politiker können nicht vorsichtig genug sein. Ich riet ihm, den Wagen am Straßenrand abzustellen. Ich würde ein paar Meter stromaufwärts auf ihn warten. Er hätte natürlich auch mit dem Wagen zu mir fahren können. Aber das ist eine Entfernung von gut fünf Meilen. Er fror ohnehin schon. Er ging dann. Ich mußte nicht lange warten. Nach etwa fünf Minuten kehrte er zurück.«
»Was machte der junge Mann inzwischen?«
»Ich habe mich nicht um ihn gekümmert. Ihm war ja nichts passiert. Außerdem war er nicht mehr allein. Eine junge Frau hatte sich zu ihm gesellt.«
»Eine junge Frau? Sind Sie sicher?«

»Ja. Sie war aus dem Gebüsch getreten und hatte zugeschaut, wie Sir Paul den jungen Mann in die Themse warf. Sie war nicht zu übersehen. Sie war splitternackt.«

»Würden Sie die junge Frau wiedererkennen?« Unaufgefordert öffnete Kate ihre Umhängetasche und holte eine Photographie hervor.

»Ist das die junge Frau, die ertrunken ist?« fragte Miss Gentle.

»Möglicherweise ist es dieselbe Frau. Ich habe ihr Gesicht nicht deutlich sehen können. Es war ja schon dunkel. Außerdem waren sie gut vierzig Meter entfernt.«

»Wie hat sie reagiert?«

»Sie lachte schallend. Als Sir Paul hineinwatete, um den jungen Mann an Land zu ziehen, setzte sie sich, nackt wie sie war, ans Ufer und lachte. Man sollte sich zwar nicht über das Mißgeschick anderer Leute lustig machen, aber der junge Mann wirkte allzu drollig. Es war schon ein merkwürdiges Bild: zwei Männer, die schwerfällig an Land stapfen, und eine junge Frau, die nackt am Ufer sitzt und hellauf lacht. Es war ein ansteckendes, fröhliches Lachen. Es klang nicht mal spöttisch, obwohl es sicherlich so gewirkt haben mag.«

»Wie verhielten sich die jungen Leute im Kahn?«

»Sie ruderten stromabwärts zum ›Black Swan‹. Vielleicht hatten sie mittlerweile etwas Angst bekommen. Nachts ist die Themse an dieser Stelle ziemlich dunkel, beinahe unheimlich. Ich bin jetzt daran gewöhnt. Mir macht es nichts mehr aus. Sie wollten wohl wieder dorthin zurückkehren, wo's hell und warm war.«

»Befanden sich der junge Mann und die nackte Frau noch am Ufer, als Sie dann, ohne bemerkt zu werden, stromauf ruderten?«

»Ja. Aber da ist eine Flußbiegung. Auch das Röhricht am Ufersaum ist da höher. Ich konnte sie bald nicht mehr sehen. Ich wartete, bis Sir Paul auftauchte.«

»Aus welcher Richtung?«

»Aus derselben Richtung, in die ich gerudert bin. Von oben her. Er hatte den Weg über den Parkplatz genommen.«

»Er hätte also den jungen Mann und die Frau weder sehen noch hören können?«

»Sehen wohl nicht. Ich konnte die Frau noch lachen hören, als wir hinüberruderten. Doch dann mußte ich mich auf die Überfahrt

konzentrieren. Da ich Makepeace und einen weiteren Passagier dabeihatte, lag das Boot ziemlich tief im Wasser.«
Dalgliesh hätte beinahe zu lachen angefangen, als er sich die beiden – dazu noch Makepeace im Bug – in dieser Nußschale von einem Kahn vorstellte. Mitten in einer Morduntersuchung und noch dazu in dieser hätte er so eine Reaktion nicht von sich erwartet, aber es tat ihm gut. »Wie lange war das Lachen der jungen Frau zu hören?« fragte er.
»Wir hatten fast das andere Ufer erreicht, als es verstummte.«
»Haben Sie noch etwas vernommen? Einen Schrei vielleicht? Ein klatschendes Geräusch, als würde jemand ins Wasser springen?«
»Nein. Wenn die junge Frau ins Wasser gehechtet wäre, hätte man es nicht mehr hören können. Das Eintauchen der Ruder war zu laut.«
»Was geschah dann, Miss Gentle?«
»Sir Paul fragte, ob er mein Telefon benützen dürfe, um ein Ortsgespräch zu führen. Er sagte nicht, mit wem, und ich habe ihn selbstverständlich nicht gefragt. Ich ließ ihn hier im Zimmer und ging in die Küche, damit er ungestört war. Danach riet ich ihm, ein heißes Bad zu nehmen. Ich schaltete die Elektroheizung im Bad ein und machte sämtliche Ölöfen an. Unter solchen Umständen war Sparsamkeit unangebracht. Außerdem gab ich ihm noch ein Desinfektionsmittel für sein Gesicht. Habe ich nicht erwähnt, daß ihm der junge Mann an der Wange eine böse Kratzwunde zugefügt hatte? So zu kämpfen ist nicht eben männlich, dachte ich mir noch. Während er sich im Badezimmer aufhielt, steckte ich seine nassen Sachen in den Wäschetrockner. Eine Waschmaschine habe ich nicht. Für mich allein lohnt es sich nicht, eine anzuschaffen. Hinterher gab ich ihm, solange seine Sachen noch trockneten, den alten Morgenmantel meines Vaters. Er ist ganz aus Wolle und kuschelig warm. Morgenmäntel von dieser Qualität gibt es heutzutage nicht mehr. Als er damit aus dem Badezimmer kam, sah er richtig stattlich aus. Wir setzten uns vor den warmen Ofen, und ich machte heißen Kakao. Vorher habe ich ihm meinen Holunderwein angeboten, weil ich dachte, ein Gentleman wie er würde etwas Stärkeres vorziehen. Aber er sagte, er würde lieber Kakao trinken. Ganz so hat er sich nicht ausgedrückt. Er sagte, er würde den Wein gern kosten, er sei sicher ausgezeichnet, aber ein heißes Getränk sei in seinem Zustand

wohl eher angebracht. Da mußte ich ihm zustimmen. Wenn man so richtig durchgefroren ist, gibt es nichts Besseres als eine Tasse starken Kakao. Ich habe ihn mit Vollmilch zubereitet. Ich hatte einen Liter mehr bestellt, weil ich mir zum Abendessen mit Käse überbackenen Blumenkohl machen wollte. War das nicht ein glücklicher Zufall?«

»Kann man wohl sagen!« erwiderte Dalgliesh. »Haben Sie über den Vorfall schon mit jemandem gesprochen?«

»Mit niemandem. Ich würde auch nicht mit Ihnen darüber reden, wenn Sie nicht angerufen hätten und er nicht tot wäre.«

»Hat er Sie darum gebeten?«

»O nein! Das hätte er nie getan. So ein Mensch war er nicht. Er rechnete mit meiner Verschwiegenheit. Man hat doch ein Gefühl dafür, wem man trauen kann, meinen Sie nicht auch?«

»Behalten Sie die Sache auch weiterhin für sich, Miss Gentle. Es könnte wichtig sein.«

Sie nickte bloß.

»Worüber haben Sie sich sonst noch miteinander unterhalten?« fragte er, obwohl ihm nicht klar war, warum er das wissen wollte.

»Nicht so sehr über den Streit. Ich fragte nur: ›Es ging um eine Frau, nicht wahr?‹ Das gab er zu.«

»Um die nackte Frau, die hinterher schallend lachte?«

»Glaube ich nicht. Ich weiß zwar nicht, warum, aber ich glaube es nicht. Ich habe so das Gefühl, daß die Sache weitaus komplizierter war. Außerdem kann ich mir nicht vorstellen, daß er sich in ihrer Gegenwart auf eine Prügelei eingelassen hätte. Er hat sie vermutlich nicht bemerkt. Sie muß sich im Gebüsch versteckt haben, als sie ihn kommen sah.«

Dalgliesh bildete sich ein zu wissen, was Berowne zum Flußufer getrieben hatte. Er war gekommen, um an der Geburtstagsfeier teilzunehmen, seiner Frau und deren Liebhaber Gesellschaft zu leisten, um in einer Boulevardkomödie mitzuspielen – und zwar die Rolle des nachsichtigen Ehemanns, eine Standardfigur der Posse. Doch dann hatte er das Rauschen der Themse vernommen, hatte sich – wie heute er selbst – einspinnen lassen von der beschaulichen Atmosphäre am Fluß, die ihm wohltuende Weltferne und Ruhe suggerierte. Er hatte gezögert und war dann vom Parkplatz durch die Pforte in der Hecke zum Flußufer spaziert. Und diese Kleinig-

keit, dieser winzige Impuls, dem er gedankenlos nachgegeben hatte, führte dann zu dem Gemetzel in der Sakristei.
Während er so dahinschlenderte, war Swayne, vielleicht das Hemd über den Kopf ziehend, aus dem Gebüsch getreten. Swayne, die Verkörperung all dessen, was er in seinem Leben, in sich selbst verachtete. Hatte er Swayne wegen Theresa Nolan zur Rede gestellt, oder wußte er schon Bescheid? War der Name ihres Geliebten eine der vertraulichen Mitteilungen gewesen, die ihm Theresa Nolan in ihrem letzten Brief gemacht hatte?
»Worüber haben Sie sich nun unterhalten, Miss Gentle?« fragte Dalgliesh hartnäckig.
»Zumeist über meine Arbeit, über meine Bücher. Er erkundigte sich, wann ich zu schreiben begonnen habe, wie ich auf meine Themen stoße. Dabei habe ich seit sechs Jahren nichts mehr veröffentlicht. Mein Genre ist anscheinend nicht mehr gefragt. Mr. Hearne, mein Verleger, hat es mir freundlicherweise erklärt. Romane sind heutzutage viel realistischer. Ich bin da viel zu altmodisch. Aber umstellen kann ich mich auch nicht mehr. Ich weiß, die Leser können mit Liebesromanen nicht mehr viel anfangen. Trotzdem unterscheiden wir uns nicht von anderen Autoren. Man kann nur über das schreiben, wozu es einen drängt. Und mir geht es nun mal gut. Ich bin gesund, habe meine Pension, ein Heim und Makepeace als Gefährten. Und ich schreibe weiter. Vielleicht hat mein nächstes Buch mehr Erfolg.«
»Wie lange ist Sir Paul bei Ihnen geblieben?« fragte Dalgliesh.
»Etliche Stunden. Bis knapp vor Mitternacht. Ich glaube nicht, daß er mir einen Gefallen erweisen wollte. Er schien sich wohl zu fühlen. Wir unterhielten uns über alles mögliche. Als wir Hunger bekamen, machte ich Rühreier. Dafür reichte die Milch gerade noch, aber nicht mehr für den überbackenen Blumenkohl. ›Niemand weiß‹, sagte er beiläufig, ›wo ich mich in diesem Augenblick aufhalte, keine Menschenseele. Niemand kann mich erreichen.‹ Es klang, als hätte ich ihm ein kostbares Geschenk gemacht. Er saß da in dem Sessel, in dem Sie jetzt sitzen, und erweckte den Eindruck, als fühle er sich im alten Morgenmantel meines Vaters sehr wohl, als sei er hier zu Hause. Sie sind ihm nicht unähnlich, Commander. Nicht vom Aussehen her. Er war blond, Sie haben dunkles Haar. Trotzdem gleichen Sie ihm. In der Art, wie Sie sitzen, die Hände halten, wie Sie gehen. Selbst Ihre Stimme klingt ähnlich.«

Dalgliesh setzte die Tasse ab und erhob sich. Kate schaute ihn überrascht an, stand gleichfalls auf und griff nach ihrer Umhängetasche. Dalgliesh bedankte sich für den Kaffee, schärfte Miss Gentle ein, daß sie ihre Kenntnisse für sich behalten solle, daß ein Polizeiwagen sie zu Scotland Yard fahren werde, wo sie dann eine schriftliche Aussage machen könne.

Vor der Tür fragte Kate noch. »Haben Sie Sir Paul an jenem Abend zum letztenmal gesehen?«

»Aber nein! Ich traf ihn noch einmal am Nachmittag vor seinem Tod. Ich dachte, das wüßten Sie schon.«

»Woher sollten wir das wissen, Miss Gentle?« fragte Dalgliesh freundlich.

»Ich nahm an, er hätte jemandem mitgeteilt, wohin er gehen wollte. Ist denn das so wichtig?«

»Sehr wichtig, Miss Gentle. Wir versuchen zu rekonstruieren, was er an jenem Nachmittag getan hat. Würden Sie uns sagen, was Sie sonst noch wissen?«

»Viel ist's nicht. Er erschien unverhofft kurz vor drei Uhr nachmittags. Ich weiß es deswegen so genau, weil ich mir gerade Woman's Hour im Radio anhörte. Er kam zu Fuß und hatte einen Tragbeutel dabei. Er muß die vier Meilen vom Bahnhof aus gegangen sein. Als ich ihm sagte, wie weit es sei, war er selbst überrascht. Ich fragte dann, ob er schon gegessen habe. Er habe etwas Käse dabei, sagte er, das genüge ihm. In Wirklichkeit kam er sicher um vor Hunger. Glücklicherweise hatte ich mir zum Lunch einen Rindseintopf gemacht. Es war noch was übrig. Ich bat ihn ins Haus, wo er dann den Rest aß. Hinterher tranken wir Kaffee. Er hat nicht viel geredet. Ich glaube nicht, daß er gekommen ist, um sich mit mir zu unterhalten. Er ließ den Tragbeutel bei mir und setzte seinen Spaziergang fort. Als er gegen halb fünf zurückkehrte, machte ich Tee. Da seine Schuhe schmutzig waren – in diesem Sommer sind die Flußauen ziemlich morastig –, gab ich ihm meinen Schuhputzkasten. Er setzte sich draußen auf die Holztreppe und säuberte seine Schuhe. Dann holte er seinen Beutel, verabschiedete sich und ging davon. Das war alles.«

So einfach war das, dachte Dalgliesh. Die fehlenden Stunden und die Schlammspuren an seinem Schuh ließen sich nun erklären. Er hatte nicht seine Geliebte aufgesucht, sondern eine Frau, die er flüchtig

kannte, die keine Fragen stellte, nichts von ihm wollte, in deren Gegenwart er unbeschwerte Stunden verbracht hatte. Er war dorthin gegangen, wo ihn niemand aufspüren konnte. Und von der Station Paddington mußte er geradewegs zur St.-Matthew-Kirche gefahren sein. Sie brauchten sich nur nach den Abfahrtszeiten der Züge zu erkundigen und die gesamte Fahrtdauer zu schätzen. Ob nun Lady Ursula gelogen hatte oder nicht, es war höchst unwahrscheinlich, daß Sir Paul noch einmal in die Villa zurückgekehrt war, um den Terminkalender mitzunehmen. Denn dann hätte er gegen sechs Uhr nicht in der Kirche sein können.
»Ich kenne eine alte Dame«, sagte Kate, als sie zum Auto gingen, »die an Miss Gentles Stelle geklagt hätte: ›Niemand will meine Bücher lesen, ich bin mittellos, ich hinke, ich wohne in einem feuchten Cottage; nur ein Hund leistet mir Gesellschaft.‹ Miss Gentle dagegen ist zufrieden, daß sie gesund ist, eine Pension und ein Zuhause hat, daß Makepeace ihr Leben teilt und sie weiterhin Bücher schreiben kann.«
Dalgliesh wußte im Augenblick nicht, wen sie meinte. Diese Bitterkeit war ihm neu. Dann fiel ihm ein, daß sie irgendwann von ihrer alten Großmutter gesprochen hatte. Es war das erstemal, daß sie auf ihr Privatleben angespielt hatte.
Bevor er etwas erwidern konnte, sagte sie: »Jetzt haben wir die Erklärung dafür, warum Higgins angab, Swaynes Kleidung sei tropfnaß gewesen. Es war ein warmer Augustabend. Warum hätte sie naß sein sollen, wenn er nackt geschwommen war und sich erst nach dem Badeunfall angekleidet hatte? Damit haben wir ein zusätzliches Motiv, Sir. Swayne muß Sir Paul gehaßt haben. Er bezog Prügel, wurde bloßgestellt, in die Themse geworfen, wie ein Hund an Land gezogen. Das alles in Gegenwart einer Frau.«
»Das glaube ich auch«, sagte Dalgliesh. »Swayne muß ihn gehaßt haben.«
Endlich kannte er nun das Motiv für diesen Mord, für diese besondere Mischung aus sorgfältiger Planung und impulsiven Reaktionen, aus Brutalität, Raffiniertheit und Schläue, die allerdings nicht ausgereicht hatte. Der Mörder hatte sich nicht begnügt, sein Opfer umzubringen. Er hatte auch seine Demütigung rächen wollen. Er hatte sein Opfer nicht nur getötet, sondern obendrein noch in Verruf gebracht. Dahinter steckte ein Mensch, der sich zeitlebens

verachtet und minderwertig vorgekommen war. Wenn ihn sein Instinkt nicht trog und Dominic Swayne der Gesuchte war, würde er, um ihn zu überführen, eine verletzliche, einsame, halsstarrige Frau zugrunde richten müssen. Da es ihn plötzlich fröstelte, stellte er den Mantelkragen hoch. Die Flußauen lagen im fahlen Licht der untergehenden Sonne. Der Wind hatte aufgefrischt. Von der Themse wehte ein dumpfer, bedrückender Geruch herüber, als wollte sich der Winter schon ankündigen.

»Meinen Sie denn, Sir«, hörte er Kates Stimme, »daß es uns gelingen wird, sein Alibi mit unseren Methoden zu erschüttern?«

Dalgliesh löste sich von seinen trüben Gedanken und ging zum Wagen. »Wir müssen es versuchen, Kate«, erwiderte er.

Sechstes Buch

Tödliche Folgen

1

Als Miss Wharton von Pfarrer Barnes hörte, Susan Kendrick habe vorgeschlagen, sie solle doch ein paar Tage in ihrem Nottinghamer Pfarrhaus verbringen, bis sich der Rummel gelegt habe, hatte sie die Einladung erleichtert und dankbar angenommen. Man vereinbarte, daß sie gleich nach der Voruntersuchung losfahren sollte. Pfarrer Barnes würde sie in der U-Bahn bis King's Cross begleiten, ihren einzigen Koffer tragen und sie in den richtigen Zug setzen. Die Einladung war ihr vorgekommen, als habe man ihre Stoßgebete erhört. Der unterwürfige Respekt, mit dem die McGraths sie seitdem behandelten, als sei sie eine Berühmtheit, die ihr eigenes Ansehen in der Gegend steigerte, erschreckte Miss Wharton mehr als ihre einstige Feindseligkeit. Es wäre schon eine Wohltat, wenn sie für eine Weile ihren neugierigen Augen und endlosen Fragen entkommen konnte.

Die gerichtliche Voruntersuchung war weniger peinlich gewesen, als sie befürchtet hatte. Es ging nur um die Identitätsfeststellung und die Umstände beim Auffinden der Leichen, danach vertagte man das Verfahren auf Ersuchen der Polizei. Der Untersuchungsrichter behandelte sie überaus rücksichtsvoll, und im Nu war sie wieder aus dem Zeugenstand entlassen. Aber nach Darren hielt sie vergebens Ausschau. Sie wurde einer Anzahl unbekannter Leute vorgestellt, an die sie sich nur vage erinnern konnte, unter anderen einem blonden, jungen Mann, der, wie er sagte, Sir Pauls Schwager war. Sonst war kein Mitglied der Familie Berowne zugegen. Sie nahm etliche Herren in dunklen Anzügen wahr, die laut Pfarrer Barnes Anwälte waren. Er selbst glänzte in einer neuen Soutane und einem neuen Birett und wirkte erstaunlich gelassen. Er legte ihr beschützerisch den Arm um die Schultern, steuerte sie an den Photographen vorbei, begrüßte anwesende Gemeindemitglieder mit ungewohnter Selbstsicherheit und ließ sich auch durch all die Polizeibeamten nicht aus der Fassung bringen. Verblüfft dachte

Miss Wharton einen Moment lang, die Morde seien ihm irgendwie gut bekommen.
Im Pfarrhaus von St. Crispin wußte sie schon nach dem ersten Tag, daß der Besuch keine gute Idee gewesen war. Obwohl Susan Kendrick mit ihrem ersten Kind schwanger ging, schien ihre Energie unerschöpflich. Den ganzen Tag war sie beschäftigt, entweder mit Angelegenheiten in Haushalt und Pfarrei oder mit ihrer Teilzeitarbeit als Heilgymnastikerin im Krankenhaus. Das mitten in der Stadt gelegene Pfarrhaus war ständig überlaufen, nur in Pfarrer Kendricks Arbeitszimmer konnte man noch Ruhe finden. Miss Wharton lernte immerfort neue Leute kennen, deren Namen sie sich nicht merken und deren Aufgaben in der Pfarrei sie nicht ergründen konnte. Was die Morde anbelangte, so war ihre Gastgeberin zwar gebührend einfühlsam, vertrat aber den Standpunkt, es sei unvernünftig, sich durch Tote, was für ein Ende sie auch immer gefunden haben mochten, aus der Fassung bringen zu lassen. Jegliches Grübeln über so ein Erlebnis sei nur unsinnig, wenn nicht gar krankhaft. Miss Wharton hatte jedoch mittlerweile das Stadium erreicht, da es ihr gutgetan hätte, einmal darüber zu reden. Zudem vermißte sie Darren immer verzweifelter, überlegte ständig, wo er nun sein mochte, was mit ihm geschehen war, ob es ihm auch gutging.
Sie hatte ihrer Freude über den baldigen Nachwuchs Ausdruck verliehen, war dabei aber so nervös, daß die Worte selbst in ihren Ohren gräßlich betulich klangen. Konfrontiert mit Susan Kendricks nüchterner Einstellung zu ihrer Schwangerschaft, kam sie sich wie eine törichte alte Jungfer vor. Als sie erklärte, sie würde sich in der Pfarrei gern irgendwie nützlich machen, und es ihrer Gastgeberin nicht gelang, eine geeignete Arbeit für sie zu finden, schwand ihr Selbstvertrauen noch mehr. Danach huschte sie im Pfarrhof herum wie eine verstörte Kirchenmaus – der sie in den Augen der Leute sicherlich auch ähnelte. Nach ein paar Tagen erklärte sie schüchtern, es sei nun an der Zeit, wieder heimzufahren. Und keiner versuchte, ihr das auszureden.
Erst am Morgen vor ihrer Heimfahrt hatte sie sich dazu aufraffen können, Susan Kendrick von ihren Sorgen um Darren zu berichten. In dieser Hinsicht konnte ihre Gastgeberin wenigstens helfen. Vor Behörden schien Susan Kendrick keine Angst zu haben, sie wußte genau, an wen man sich da wenden mußte. Mit der Amtsperson am

anderen Ende der Leitung sprach sie in geradezu verschwörerischem, aber dennoch selbstbewußtem Tonfall. Sie telefonierte im Arbeitszimmer ihres Mannes, während sich Miss Wharton auf dem Stuhl niedergelassen hatte, auf dem wohl die Ratsuchenden saßen, wenn sie sich an den Herrn Pfarrer wandten.

Nach dem Telefonat hatte Susan Kendrick ihr den Richterspruch mitgeteilt: Vorläufig konnte sie Darren nicht sehen, sein Sozialbetreuer hielt es im Moment nicht für wünschenswert. Man hatte ihn vor das Jugendgericht gestellt und eine Sozialbetreuung angeordnet. Solange diese nicht mit Erfolg abgeschlossen war, durfte er Miss Wharton nicht wiedersehen. Das konnte nur böse Erinnerungen wachrufen. Bisher hatte er ein Gespräch über die beiden Toten störrisch abgelehnt. Wenn er dazu imstande war, durfte er nur mit jemandem reden, der entsprechend qualifiziert war und die traumatischen Erlebnisse mit ihm verarbeiten konnte.

Na, gefallen wird ihm das nicht, dachte Miss Wharton. Gegen Bevormundung hat er sich schon immer gesträubt.

Als sie wieder zu Hause in ihrem Bett lag und, wie so oft, nicht einschlafen konnte, faßte sie einen Entschluß. Sie würde Scotland Yard aufsuchen und die Polizei um Hilfe bitten. Sicherlich hatten die Beamten einen gewissen Einfluß auf Darrens Sozialbetreuer. Sie waren doch so zuvorkommend und hilfsbereit gewesen. Sie würden der zuständigen Behörde schon klarmachen, daß man ihr Darren anvertrauen dürfe. Die Entscheidung beruhigte ihr verwirrtes Gemüt, so daß sie endlich einschlief.

Obwohl ihre Zuversicht am nächsten Morgen etwas geschwunden war, blieb sie bei ihrem Entschluß. Nach zehn Uhr würde sie losgehen. Es hatte keinen Sinn, sich in die Hauptverkehrszeit zu stürzen. Sie kleidete sich überaus sorgfältig. Der erste Eindruck war ja so wichtig. Bevor sie aufbrach, betete sie noch, daß ihr Besuch erfolgreich verlaufen möge. Vielleicht stieß sie auf Verständnis. Vielleicht war Scotland Yard nicht so angsteinflößend, wie sie meinte. Vielleicht waren Commander Dalgliesh oder Miss Miskin bereit, mit den Leuten vom Jugendamt zu reden, ihnen zu versichern, daß sie mit Darren gewiß nicht über die Morde sprechen würde, wenn der Sozialbetreuer es für unklug hielt. Zu Fuß ging sie zur U-Bahn-Station Paddington. Die Haltestelle St.-James-Park verließ sie durch den falschen Ausgang und verlor die Orientierung, so daß sie sich nach dem Weg zu Scotland Yard erkundigen mußte. Und dann erspähte sie jenseits der Straße das sich drehende Neonschild und das hohe, glasschimmernde Gebäude, das ihr aus den Fernsehnachrichten wohlvertraut war.

Die Eingangshalle überraschte sie. Dabei wußte sie nicht, was sie eigentlich erwartet hatte. Uniformierte Polizisten? Stahlgitter? Gefangene in Handschellen, die im Gänsemarsch zu ihren Zellen trabten? Statt dessen stand sie vor einer ganz gewöhnlichen Rezeptionstheke, hinter der mehrere Frauen saßen. In der Eingangshalle herrschte zielstrebige, aber keineswegs verbissene Geschäftigkeit. Männer und Frauen zeigten ihre Ausweise und schlenderten, miteinander plaudernd, zu den Fahrstühlen. Wenn man von dem Ewigen Feuer absah, das zum Gedenken auf einem Piedestal brannte, hätte es, dachte sie, irgendein x-beliebiges Bürogebäude sein können. Sie fragte nach Miss Miskin, da sie meinte, es sei eine Angelegenheit, in die sich eine Frau eher hineinversetzen könne als ein Mann. Außerdem wollte sie Commander Dalgliesh mit so einer unwichtigen Sache nicht behelligen. Nein, gab sie auf Befragen zu, sie sei nicht mit ihr verabredet. Man bat sie, auf einem der Stühle links neben der Wand Platz zu nehmen, von wo aus sie sah, wie die Beamtin telefonierte. Ihre Zuversicht wuchs wieder, und die Hände, die krampfhaft ihre Handtasche umklammerten, lockerten ihren Griff.

Und dann stand unversehens Miss Miskin neben ihr. Als sie ihr den Zweck ihres Besuchs zu erklären begann, setzte sie sich und lauschte wortlos. Jetzt ist sie enttäuscht, schoß es Miss Wharton durch den Kopf. Bestimmt hat sie angenommen, ich würde ihr etwas Neues über die beiden Morde mitteilen, mir sei nachträglich eine wichtige Einzelheit eingefallen.

»Tut mir leid, Miss Wharton«, sagte Miss Miskin nach einer Weile. »Ich kann Ihnen da auch nicht helfen. Der Jugendrichter hat sich nun mal für eine Sozialbetreuung entschieden. Jetzt ist das Jugendamt zuständig.«

»Ich weiß. Das hat mir Mrs. Kendrick auch schon gesagt. Aber ich dachte, Sie könnten vielleicht Ihren Einfluß geltend machen. Schließlich hat doch die Polizei...«

»In dieser Angelegenheit nicht.«

Obwohl die Worte klangen, als sei die Sache damit entschieden, gab

sich Miss Wharton nicht geschlagen. »Ich würde mit ihm gewiß nicht über den Mord reden, obwohl ich meine, daß Jungen in gewisser Hinsicht mehr ertragen als wir Erwachsenen. Ich würde mich in acht nehmen. Ich möchte ihn nur mal sehen, und wenn's nur ein paar Minuten sind. Nur um festzustellen, daß es ihm gutgeht.«
»Und warum dürfen Sie das nicht? Welche Gründe hat man Ihnen genannt?«
»Er soll über die Morde erst dann reden, wenn er seine traumatischen Erfahrungen mit Hilfe eines Sozialbetreuers verarbeitet hat.«
»Ja, das ist so deren Jargon.«
Miss Wharton machte der verbitterte Tonfall stutzig. Sie ahnte, daß sie eine Verbündete gefunden hatte. Wenn irgend etwas getan werden konnte, würde es Miss Miskin schon durchsetzen.
»Seine Adresse kann ich Ihnen nicht geben«, sagte Miss Miskin nachdenklich. »Ich kann mich auch gar nicht mehr daran erinnern. Ich müßte erst in seiner Akte nachsehen. Außerdem glaube ich nicht, daß man ihn bei seiner Mutter gelassen hat. Aber ich weiß, daß er die Schule in der Bollington Road besucht. Wissen Sie, wo das ist?«
»Aber ja!« antwortete Miss Wharton erfreut. »Ich weiß, wo die Bollington Road ist. Ich könnte hinfahren.«
»Gegen halb vier ist der Unterricht zu Ende. Sie müßten zu dieser Zeit vorbeikommen. Ich kann mir nicht vorstellen, welche Einwände man haben könnte, wenn Sie ihn rein zufällig treffen.«
»Ich danke Ihnen. Ich danke Ihnen vielmals«, stammelte Miss Wharton.
Als sie mit der U-Bahn Richtung St.-James-Park gefahren war, hatte sie sich vorgenommen, sie würde sich, wenn alles gutging, hinterher in den »Army and Navy Stores« eine Tasse Kaffee gönnen. Aber der Aufenthalt in Scotland Yard war doch nervenaufreibender gewesen, als sie angenommen hatte. Schon bei dem Gedanken an den dichten Verkehr in der Victoria Street erschauerte sie. Vielleicht wäre es ratsamer, wenn sie auf den Kaffee verzichtete und heimfuhr. Während sie noch unschlüssig überlegte, streifte jemand ihre Schulter.
»Entschuldigen Sie«, sagte eine jugendlich klingende, angenehme Männerstimme, »aber sind Sie nicht Miss Wharton? Ich habe Sie bei der Voruntersuchung gesehen. Ich bin Dominic Swayne, Sir Pauls Schwager.«

Sie blinzelte verwirrt. Aber sie erkannte ihn wieder.
»Wir blockieren den Gehsteig«, sagte er, legte die Hand auf ihren Arm und geleitete sie über die Straße.
»Sie waren sicherlich auch im Yard«, redete er weiter. »Ich hätte jetzt Lust auf einen Drink. Darf ich Sie einladen? Ins St.-Ermin-Hotel vielleicht?«
»Das ist sehr freundlich von Ihnen«, erwiderte Miss Wharton. »Aber ich weiß nicht...«
»Ich würde gern mit jemandem reden. Sie erweisen mir damit einen Gefallen.«
Sie konnte es ihm nicht abschlagen. Sein Lächeln, seine Stimme, der sanfte Druck seiner Hand waren unwiderstehlich. Er steuerte sie fürsorglich, aber bestimmt durch die U-Bahn-Station zur Caxton Street. Und da lag auch schon das Hotel. Es sah gediegen und einladend aus. Die breite Auffahrt flankierten irgendwelche heraldischen Bronzetiere. Es würde ihr sicherlich guttun, da ein Viertelstündchen zu verbringen, bevor sie die Heimfahrt antrat. Dominic Swayne geleitete sie durch das linke Portal und führte sie ins Foyer. Miss Wharton war von dem Ambiente – der Doppeltreppe, die zu einem geschwungenen Balkon führte, den glitzernden Lüstern, den Spiegelwänden und eleganten Säulen – zutiefst beeindruckt. Trotzdem fühlte sie sich sonderbarerweise wie zu Hause. Die edwardische Pracht, die gediegene, behagliche Atmosphäre, all das wirkte beruhigend auf sie. Sie folgte ihrem Begleiter über einen blau und rehfarben gemusterten Teppich zu einer Gruppe hochlehniger Stühle vor einem offenen Kamin.
Nachdem sie sich gesetzt hatten, fragte er: »Was würden Sie gern trinken? Eine Tasse Kaffee? Aber vielleicht sollten Sie etwas Anregenderes zu sich nehmen. Einen Sherry vielleicht?«
»Ja, darauf hätte ich Lust. Vielen Dank.«
»Einen trockenen Sherry?«
»Wenn's geht, nicht zu trocken.«
Im Pfarrhaus von St. Crispin hatte Mrs. Kendrick allabendlich vor dem Dinner die Sherry-Karaffe gebracht. Es war ein trockener Sherry gewesen, dessen säuerlicher Geschmack ihr nicht behagt hatte. Trotzdem hatte sie nach ihrer Heimkehr das abendliche Ritual vermißt. Wie schnell man sich an solche Annehmlichkeiten gewöhnen konnte! Dominic Swayne hob den Finger, worauf sich

ein Kellner beflissen näherte. Er servierte ihr einen öligen, bernsteinfarbenen, halbsüßen Sherry, der ihre Stimmung augenblicklich hob. Auf dem Tisch standen zwei Schalen, die eine mit Nüssen, die andere mit mürbem Gebäck gefüllt. Wie stilvoll und behaglich es hier war! Die lärmerfüllte Victoria Street schien Meilen entfernt zu sein.

»Sie sind also noch mal über die Morde befragt worden«, begann Dominic Swayne. »Hat man Ihnen schlimm zugesetzt?«

»Keineswegs! Darum ist es nicht gegangen.« Sie erklärte den Zweck ihres Besuches. Es fiel ihr leicht, mit ihm über Darren zu plaudern, über ihre Spaziergänge auf dem Treidelpfad, die Kirchenbesuche, ihre Sehnsucht nach dem Jungen. »Die Inspektorin, Miss Miskin, kann zwar beim Jugendamt nichts ausrichten, aber sie sagte mir, wo Darren zur Schule geht. Sie war sehr zuvorkommend.«

»Polizisten sind nur dann zuvorkommend, wenn's ihnen in den Kram paßt«, erwiderte er. »Mit mir sind sie anders umgesprungen. Sie glauben, ich wüßte etwas. Sie haben sich sogar eine Theorie zurechtgelegt. Sie meinen, meine Schwester und ihr Liebhaber hätten es getan.«

»Das kann doch nicht wahr sein!« rief Miss Wharton aus. »Das ist ja schrecklich! So etwas von einer Frau anzunehmen, die noch dazu mit ihm verheiratet war! Eine Frau kann den Mord nicht begangen haben. Wie kann man nur so etwas denken.«

»Vielleicht tun sie nur so. Sie versuchen jedenfalls, mich dazu zu bringen, daß ich ihnen sage, meine Schwester habe mich ins Vertrauen gezogen, mir die Tat gestanden. Wir stehen uns nämlich sehr nahe. So ist es von jeher gewesen. Wir hängen aneinander. Die Polizei nimmt an, meine Schwester würde es mir erzählen, wenn sie in irgendwelchen Schwierigkeiten steckt.«

»Das muß ja schlimm für Sie sein. Ich kann mir nicht vorstellen, daß auch Commander Dalgliesh dieser Meinung ist.«

»Er möchte endlich jemanden verhaften. In so einem Fall verdächtigt man zuallererst die Ehefrau oder den Ehemann. Ich habe jedenfalls peinliche Stunden hinter mir.«

Miss Wharton hatte ihren Sherry ausgetrunken. Flugs stand ein weiterer vor ihr. Sie nahm einen Schluck und bedauerte den armen, jungen Mann. Er nahm ein helleres, mit Wasser gemischtes Getränk in einem großen Glas zu sich. Wahrscheinlich war es Whisky.

Er setzte das Glas ab und lehnte sich über den Tisch. Ein männlicher, säuerlicher, alkoholgeschwängerter Geruch ging von ihm aus, der sie etwas verwirrte.
»Erzählen Sie mir von den beiden Toten!« forderte er sie auf. »Erzählen Sie mir, was Sie gesehen, was Sie empfunden haben.«
Sie spürte, wie ernst es ihm war. Auch sie mußte endlich einmal darüber reden. In vielen schlaflosen Nächten hatte sie versucht, das Grauen abzuschütteln, zu vergessen. Es war besser, wenn sie die Tür zur Sakristei noch einmal öffnete und der Wirklichkeit ins Auge sah. Flüsternd begann sie ihm alles zu erzählen. Sie befand sich wieder am Ort des Schreckens. Sie schilderte die klaffenden Wunden, Harry Mack mit dem Brustschild aus geronnenem Blut, den Geruch, der ihr im nachhinein noch durchdringender vorkam, die fahlen, leblosen Hände. Dominic Swayne hörte ihr wie gebannt zu.
»Das ist alles, woran ich mich erinnern kann. Nichts, was sich davor oder danach abgespielt hat, nur die beiden Leichen. Wenn ich davon träume, sind sie immer nackt, völlig nackt. Ist das nicht merkwürdig?« Sie kicherte verschämt und hob behutsam ihr Glas.
Er seufzte auf, als habe ihn die drastische Schilderung irgendwie beruhigt, lehnte sich dann zurück und atmete durch wie nach einem anstrengenden Lauf. »Und Sie haben die Sakristei, wo die Leichen lagen, überhaupt nicht betreten?« fragte er.
»Das wollte auch der Commander wissen. Er hat sich sogar unsere Schuhsohlen angeschaut. Nicht gleich am Anfang, erst als wir gehen sollten. Und am nächsten Tag kam ein Polizist und nahm die Schuhe mit. War das nicht sonderbar?«
»Sie haben nach Blutspuren gesucht.«
»Ja«, sagte sie nickend. »Überall war Blut.«
Wieder neigte er sich über den Tisch. Sein Gesicht war blaß und angespannt. Im linken Augenwinkel klebte ein Schleimklümpchen. Auf der Oberlippe standen Schweißtropfen. Miss Wharton trank einen Schluck Sherry. Wie gut das tat!
»Der Täter«, flüsterte Dominic Swayne, »das war kein Passant, der zufällig in die Sakristei eingedrungen ist. Der Mord war sorgsam, geradezu brillant geplant. Dazu braucht man Intelligenz und Kühnheit. Bedenken Sie nur, daß er nackt, das Rasiermesser in der Hand, in den Raum zurückkehrte, sich ihm stellte und ihn dann

umbrachte. Dazu gehört viel Mut.« Er lehnte sich noch weiter vor. »Das sehen doch Sie auch so, nicht wahr, Miss Wharton?«
War das Mut? fragte sie sich. Mut war doch eine Tugend. Konnte man so einen bösen Menschen als mutig bezeichnen? Darüber mußte sie einmal mit Pfarrer Barnes reden. Leider machte sich Pfarrer Barnes derzeit rar. Viel leichter war es, mit dem jungen Mann da zu sprechen. »Ich habe das Gefühl, daß Darren, als wir in der Kirche auf unsere Befragung warteten, etwas verschwieg. Daß er wegen irgend etwas ein schlechtes Gewissen hatte«, sagte sie.
»Haben Sie der Polizei davon erzählt?«
»Nein, ich habe nichts gesagt. Ich wäre mir töricht vorgekommen. Was könnte er schon verschweigen? Wir waren doch die ganze Zeit über zusammen.«
»Vielleicht hat er etwas bemerkt, das Ihnen entgangen ist?«
»Dann wäre es der Polizei aufgefallen. Es ist nur so ein Gefühl. Wissen Sie, ich kenne Darren mittlerweile recht gut. Ich merke es, wenn ihn irgend etwas bedrückt. Aber diesmal muß ich mich wohl irren. Vielleicht weiß ich mehr, wenn ich ihn getroffen habe.«
»Was haben Sie vor? Wollen sie ihn vor der Schule abfangen?«
»Ja, das habe ich vor. Miss Miskin sagte, die Kinder würden gegen halb vier die Schule verlassen.«
»Er wird nicht allein sein. Sie wissen doch, wie Jungen sind, wenn sie nach Hause wollen. Vielleicht will er sich von seiner Clique nicht absondern. Vielleicht ist es ihm peinlich, wenn Sie auf ihn warten.«
Vielleicht schämt er sich meinetwegen, dachte Miss Wharton beunruhigt. Jungen sind zuweilen sonderbar. Wie schrecklich, wenn er nicht stehenbleibt, obwohl er mich sieht. Wenn er mich schneidet.
»Warum schreiben Sie ihm nicht eine Nachricht?« schlug Dominic Swayne vor. »Schreiben Sie ihm, daß Sie ihn am gewohnten Ort treffen möchten. Er wird schon wissen, daß damit der Treidelpfad gemeint ist. Ich könnte ihm die Nachricht übergeben.«
»Würden Sie das wirklich tun? Aber Sie kennen ihn doch gar nicht!«
»Ich gebe den Zettel irgendeinem der Jungen. Er wird ihn schon Darren aushändigen, wenn ich ihm etwas Geld zustecke und sage, es sei dringend. Oder ich lasse mir Darren von einem der Jungen zeigen. Darren erhält die Nachricht, das verspreche ich Ihnen. Lassen Sie mich schreiben. Darren kann doch lesen?«

»Selbstverständlich! Die Mitteilungen am Schwarzen Brett in der Kirche hat er tadellos lesen können. Er ist überhaupt ein gescheiter Junge.«

Dominic Swayne winkte dem Kellner und flüsterte ihm etwas zu. Nach wenigen Minuten kehrte dieser mit einem Briefbogen und einem Kuvert zurück. Miss Whartons Glas wurde weggetragen und durch ein gefülltes ersetzt.

»Ich werde Ihre Nachricht und Ihren Namen in Druckbuchstaben schreiben«, erklärte Dominic Swayne. »Das kann er leichter lesen. Außerdem sollten wir angeben, daß Sie ihn nach der Schule treffen möchten. Sich am Vormittag aus der Schule zu stehlen dürfte ihm schwerfallen. Möglicherweise treffe ich ihn nicht heute, morgen aber ganz sicher. Legen wir als Zeitpunkt Freitag, vier Uhr, auf dem Treidelpfad fest? Sind Sie damit einverstanden?«

»Aber ja! Das paßt mir ausgezeichnet. Ich werde ihn auch rechtzeitig nach Hause schicken.«

Er schrieb schnell dahin, faltete den Briefbogen, ohne ihn ihr zu zeigen, und steckte ihn in den Umschlag. »Wie lautet sein Familienname?« fragte er.

»Wilkes. Er heißt Darren Wilkes. Es ist die Schule in der Bollington Road, Nähe Lisson Grove.«

Sie sah ihm zu, wie er den Namen mit Druckbuchstaben schrieb und das Kuvert in die Jackentasche steckte. Er lächelte sie gewinnend an.

»Trinken Sie in aller Ruhe Ihren Sherry aus, und machen Sie sich nur keine Sorgen«, munterte er sie auf. »Es wird schon klappen. Er wird kommen. Ich verspreche Ihnen, daß Sie ihn wiedersehen.«

Als sie das Hotel verließen und ins fahle Sonnenlicht traten, war Miss Wharton so dankbar und erleichtert, daß es ihr vorkam, als schwebe sie. Sie nahm kaum wahr, daß sie Dominic Swayne ihre Adresse angab, zu einem Taxi bugsiert wurde und der Fahrer eine Fünf-Pfund-Note erhielt. Dominic Swaynes Gesicht war, als er durchs Taxifenster schaute, unnatürlich groß.

»Machen Sie sich nur keine Sorgen!« wiederholte er. »Übrigens, die Fahrt ist bezahlt. Und vergessen Sie nicht: Freitag nachmittag um vier Uhr.«

Vor Rührung kamen ihr die Tränen. Sie streckte ihm die Hand entgegen und rang nach Worten. Mit einem Ruck fuhr das Taxi los, so daß sie gegen den Sitz geschleudert wurde. Sie verlor Dominic

Swayne aus den Augen. Während der Fahrt saß sie kerzengerade und drückte die Handtasche an die Brust, als habe sie etwas mit ihrem unverhofften Glücksgefühl zu tun. Ja, Freitag, murmelte sie, Freitag um vier Uhr.
Sobald das Taxi verschwunden war, holte Dominic Swayne das Kuvert hervor und las mit ausdruckslosem Gesicht die wenigen Zeilen. Dann befeuchtete er mit der Zunge den gummierten Rand und klebte den Umschlag zu. Zeitpunkt und Ort stimmten. Aber das Treffen sollte nicht am Freitag, sondern schon am Donnerstag stattfinden. Und nicht Miss Wharton, sondern er würde auf dem Treidelpfad warten.

2

Zehn Minuten nachdem Kate in ihr Büro zurückgekehrt war, kam Massingham herein. Er hatte zusammen mit Dalgliesh Dominic Swayne verhört. Kate hatte ihre Enttäuschung, daß sie an diesem ersten wichtigen Gespräch nach dem Aufspüren neuer Fakten nicht hatte teilnehmen können, verwunden und sich eingeredet, ihre Chance würde schon noch kommen. Aus Massinghams Miene konnte sie nun schließen, daß sie nicht vergeblich hoffte. Er warf die Akte auf den Schreibtisch und trat ans Fenster, als könnte die grandiose Aussicht auf die Türme von Westminster und die Themse seinen Ärger mildern.
»Na, ist was rausgekommen?« erkundigte sie sich.
»Fehlanzeige. Er saß nur da, den Anwalt an seiner Seite, lächelte und sagte immer weniger. Das heißt, er sagte ständig das gleiche. ›Ja, ich habe Paul Berowne am Flußufer getroffen. Ja, wir hatten eine kleine Auseinandersetzung. Er warf mir vor, ich hätte Theresa Nolan verführt. Und ich geriet in Wut, daß er mir seinen Bastard unterschieben wollte. Da ging er auf mich los, als sei er verrückt. Aber er hat mich nicht in die Themse geworfen. Er war längst weg, als ich zum Kahn hinüberschwamm. Nein, ich habe ihn nicht umgebracht. Ich war den ganzen Abend mit Miss Matlock zusammen. Man hat mich gesehen, als ich die Villa am Campden Hill Square betrat. Gegen acht Uhr vierzig telefonierte ich mit Mrs.

Hurrell. Ich blieb den ganzen Abend und ging hinterher in ein Pub. Dort war ich von Viertel vor elf bis zur Sperrstunde. Wenn Sie mir nicht glauben, müssen Sie schon Beweise vorlegen.‹«

»Wer ist denn sein Anwalt? Jemand von Torrington, Farrell und Penge?«

»Nein. Niemand aus dem Dunstkreis der Berownes. Ich habe so das Gefühl, daß sich Barbara Berowne von ihrem leicht anrüchigen Bruder distanziert. Er hat einen jungen Mann in Nadelstreifen von der Kanzlei Maurice und Sheldon engagiert, der ziemlich ausgebufft ist und sich vermutlich schon sein Honorar ausrechnet. Es gibt doch nichts Besseres als einen Fall, der Schlagzeilen macht, wenn man bekannt werden möchte. Außerdem scheint er seinem Klienten zu glauben. Swayne hat einfach nicht das Format für diesen Mord, sagt er. Auch das Motiv findet er nicht überzeugend. Er kann sich nicht vorstellen, wie Swayne die Villa hätte verlassen können, um den Mord zu begehen, ohne daß es Miss Matlock aufgefallen wäre. Daß sie lügen könnte, leuchtet ihm nicht ein. Obendrein ist er nicht davon zu überzeugen, daß Berowne ermordet wurde. Damit schließt er sich der Ansicht der Mehrheit an. Er sollte sich mal mit Dalgliesh unterhalten.«

Und wir müssen diese Evelyn Matlock zum Reden bringen, dachte Kate, mag sie sich noch so sehr von Lady Ursula gängeln und den Familienanwälten beraten lassen und diese halb störrische, halb triumphierende Miene aufsetzen, als würde ihr das selbstauferlegte Martyrium noch Spaß machen. Was mochte nur der Grund dafür sein? Haß, Rache, Überheblichkeit, Liebe?

»Wir haben bisher kein einziges Beweisstück, das Swayne mit der Tat verknüpft«, sagte Massingham und wandte sich vom Fenster ab. »Na schön, er hatte ein Motiv. Das haben die anderen auch.«

»Wir wissen aber, daß er ihn umgebracht hat«, entgegnete sie. »Jetzt müssen wir nur noch sein Alibi erschüttern und einen unwiderlegbaren Beweis aufspüren.«

»Das ist auch Swayne klar. Aber er ist überzeugt, daß so ein Beweisstück nicht existiert. Bislang laufen unsere Ermittlungen auf einen Indizienprozeß hinaus. Er behauptet, was auch die übrigen annehmen, daß Berowne diese Theresa Nolan geschwängert und dann sich selbst überlassen hat. Danach hat er sich umgebracht, weil ihm sein Gewissen arg zusetzte und der fiese Artikel in der *Pater-*

noster Review ihm deutlich klarmachte, daß es zu einem Skandal kommen würde. Ich kann Ihnen sagen, Kate, wenn Dalgliesh mit seiner Annahme schiefliegt, sind wir alle geliefert.«

Sie schaute ihn verdutzt an. »Ihnen wird man gewiß keine Vorwürfe machen«, erwiderte sie. »Der Fortbildungslehrgang im Januar ist Ihnen sicher.«

»Wenn mein Vater stirbt, steht mir eine schwere Zeit bevor«, sagte er gedankenverloren.

»Ist er denn krank?«

»Das nicht, aber er ist schon über siebzig. Seit dem Tod meiner Mutter im April ist er nicht mehr der alte. Ich würde gern ausziehen, mir eine Wohnung kaufen, aber das geht jetzt nicht.«

Erstmals hatte er von seiner Familie gesprochen. Diese Vertraulichkeit überraschte sie. »Wegen des Titels würde ich mir keine Gedanken machen«, meinte sie. »Ablehnen können Sie ihn immer noch. Eher wird ein Lord Dungannon Polizeichef als eine Kate Miskin.«

Er grinste. »Wenn Sie als Frau in die Marine eingetreten wären, könnten Sie auch nicht damit rechnen, Erster Seelord zu werden. Aber irgendwann wird schon mal eine Frau Polizeichef, wahrscheinlich zehn Jahre nach dem ersten weiblichen Erzbischof von Canterbury. Hoffentlich bin ich dann nicht mehr am Leben.«

Sie ging auf seinen Spott nicht ein. Sie merkte aber, daß er sie prüfend anschaute.

»Ist was los? Bedrückt Sie was?« fragte er.

Ich scheine wohl aus Glas zu sein, dachte sie. »Als Sie Swayne verhörten, kam Miss Wharton zu mir. Sie möchte unbedingt Darren sehen.«

»Und was spricht dagegen?«

»Sein Sozialbetreuer hat was dagegen, auch wenn Miss Wharton in den Jungen geradezu vernarrt ist. Sie scheinen einander gut zu verstehen. Er mag sie übrigens auch. Da liegt es doch auf der Hand, daß die Experten von der Sozialbetreuung die beiden nicht zusammenkommen lassen dürfen.«

Er lächelte belustigt und nachsichtig wie ein Mann, in dessen privilegierter Welt das Wort Sozialbetreuung keine Bedeutung hat. »Sie hassen diese Typen, nicht wahr?«

»Ich habe ihr die Adresse seiner Schule verraten und vorgeschlagen, sie könne ihn doch draußen abfangen.«

»Und jetzt fragen Sie sich, ob Ihnen das Amt für Sozialbetreuung dafür einen Orden verleihen wird?«

»Selbstverständlich ist mir klar, daß die das nicht gutheißen würden. Ich frage mich nur, ob es klug war. Außerdem«, fügte sie hinzu, als wollte sie sich beruhigen, »kann ich mir nicht vorstellen, wie ihm das Wiedersehen schaden sollte.«

»Kann ich mir auch nicht denken«, bestätigte er. »Was soll da schon passieren? Kommen Sie, ich lade Sie auf einen Drink ein.«

Kaum hatten sie die Tür erreicht, läutete das Telefon. Massingham hob ab und schwenkte dann den Hörer. »Für Sie, Kate.«

Kate nahm ihm den Hörer ab und lauschte wortlos. »Gut, ich komme gleich.«

Massingham musterte ihr Gesicht, als sie auflegte. »Ist was nicht in Ordnung?« fragte er.

»Es geht um meine Großmutter. Sie ist überfallen worden und wurde im Krankenhaus behandelt. Ich soll sie nach Hause bringen.«

»Das tut mir leid. Ist es etwas Ernstes? Geht es ihr gut?«

»Natürlich geht es ihr nicht gut! Sie ist über achtzig. Und da wird sie noch überfallen von diesen Schweinen. Schwer verletzt ist sie nicht, falls Sie das meinen. Aber man kann sie jetzt nicht allein lassen. Ich muß mir den Rest des Tages frei nehmen. Wahrscheinlich auch morgen.«

»Kann sich nicht jemand anders um sie kümmern?«

»Wenn es jemanden gäbe, hätte man mich nicht angerufen... Sie hat mich großgezogen«, fügte sie etwas ruhiger hinzu. »Sie hat sonst niemanden.«

»Dann gehen Sie jetzt besser. Ich werde es Dalgliesh sagen. Schade um den Drink.« Er sah sie immer noch an. »Kommt etwas ungelegen, was?«

»Das kann man wohl sagen«, erwiderte sie gereizt. »Aber wann kommt so was schon gelegen?«

Während sie neben ihm den Korridor entlang zu ihrem Zimmer ging, fragte sie plötzlich: »Was wäre, wenn Ihr Vater krank würde?«

»Darüber habe ich noch nie nachgedacht. Vermutlich würde meine Schwester mit der nächsten Maschine aus Rom kommen.«

Natürlich, er hat ja noch eine Schwester, die sich um so etwas kümmern kann. Ihre Abneigung gegen ihn, die sich, wie sie meinte, gemindert hatte, war stärker denn je. Gerade jetzt, da der Fall sein entscheidendes Stadium erreichte, würde sie nicht mitmachen können. Auch wenn sie nur anderthalb Tage wegblieb, hätte der Zeitpunkt nicht ungünstiger sein können. Als sie sich trennten und sie sein gleichmütiges Gesicht sah, dachte sie: Jetzt sind er und Dalgliesh wieder unter sich. Ganz so wie früher. Um den verpaßten Drink tut es ihm vielleicht wirklich leid. Aber das ist auch alles, worum es ihm leid tut.

3

Für Dalgliesh wurde der Donnerstag besonders nervenaufreibend. Zwar hatten sie beschlossen, Swayne eine Ruhepause zu gönnen und ihn nicht mehr zu verhören, aber die für den frühen Nachmittag angesetzte Pressekonferenz war dafür um so peinlicher. Die Medien wurden allmählich ungeduldig. Das ließ sich nicht allein auf den ausbleibenden Erfolg, sondern auch auf die mangelnden Informationen zurückführen. War nun Sir Paul ermordet worden, oder hatte er sich umgebracht? Wenn letzteres zutraf, sollten das die Familie und die Polizei doch endlich zugeben. Stimmte ersteres, dann wurde es Zeit, daß die Polizei mehr über ihre Erfolge bei der Suche nach dem Mörder preisgab. Im Yard wie auch außerhalb hörte man hämische Kommentare, daß sich das neue Dezernat mehr durch Diskretion denn durch Effektivität auszeichne.

Selbst die Klärung noch offener Fragen, so befriedigend das auch sein mochte, konnte Dalgliesh nicht aus seiner deprimierten Stimmung reißen. Massingham hatte von seinem Besuch bei Mrs. Hurrell berichtet. Sie hatte erzählt, daß ihr Mann kurz vor seinem Tod sein Gewissen erleichtert hatte. Als man nach der Wahl die Schlußabrechnung ausarbeitete, war eine geringfügige Summe für Wahlplakate nicht miteinbezogen worden. Sie hätte das gesetzliche Ausgabenlimit gesprengt und Berownes Wahlsieg zunichte gemacht. Hurrell hatte daraufhin die Rechnung aus eigener Tasche gezahlt und Sir Paul nichts davon gesagt. Später hatte er Gewissensbisse bekommen und die Tatsache vor seinem Tod noch Berowne anvertrauen wollen.

Dr. Lampart konnte man nun endgültig keine Mitschuld an Diana

Travers' Tod nachweisen. Massingham hatte Dr. Lamparts Tischgäste an dem Abend, als sie ertrank – es handelte sich um einen gefragten Schönheitschirurgen und seine junge Frau –, aufgesucht. Sie kannten sich übrigens, wenn auch nicht besonders gut. Bei einem Drink und nach der allseits befriedigenden Entdeckung gemeinsamer Bekannten erfuhr Massingham von ihnen, daß Stephen Lampart den Tisch während des Essens nicht verlassen hatte. Und danach hätten sie mit Barbara Berowne vor der Tür zum »Black Swan« nur wenige Minuten gewartet, während er seinen Porsche holte.

Sergeant Robins hatte ermittelt, daß Gordon Halliwells Frau und Tochter während eines Urlaubs in Cornwall ertrunken waren. Dalgliesh hatte zeitweilig den Verdacht gehegt, Halliwell könnte der Vater von Theresa Nolan sein. Zwar war ihm die Wahrscheinlichkeit gering vorgekommen, aber auch diese Möglichkeit hatte überprüft werden müssen. Damit waren diese Fragen geklärt. Aber in der Hauptsache waren sie nicht vorangekommen. Er hörte noch die Worte des Stellvertretenden Polizeichefs, als wären sie ein Slogan aus einer Werbesendung im Fernsehen: »Beschaffen Sie mir endlich einen handfesten Beweis!«

Sonderbarerweise war er eher erleichtert denn ungehalten, als ihm mitgeteilt wurde, Pfarrer Barnes habe ihn, während er in der Pressekonferenz war, angerufen und wünsche ihn zu sprechen. Die Angelegenheit, um die es Pfarrer Barnes ging, entbehrte nicht einer gewissen Skurrilität. Der Gottesmann wollte wissen, ob die kleine Sakristei wieder ihrem ursprünglichen Zweck zugeführt werden könne und wann man der Kirche den Teppich zurückerstatten werde. Kümmerte sich die Polizei um dessen Reinigung, oder sei das seine Sache? Mußte die Gemeinde warten, bis der Teppich dem Gericht als Beweisstück vorgelegt worden war? Bestand die Möglichkeit, daß das Entschädigungsamt für Verbrechen das Geld für einen neuen Teppich zur Verfügung stellen würde? Es war schon kurios, daß ein so weltabgewandter Mann wie Pfarrer Barnes auf den Gedanken kommen konnte, die Kompetenz des Entschädigungsamtes für Verbrechen erstrecke sich auch auf die Lieferung von Teppichen. Da Dalgliesh das Ansinnen belustigte, beschloß er, Pfarrer Barnes selbst aufzusuchen.

In der Pfarrwohnung reagierte niemand auf sein Läuten. Die Fenster blieben dunkel. Es fiel ihm ein, daß er bei seinem ersten Besuch auf dem Schwarzen Brett gelesen hatte, die Abendandacht finde donnerstags um vier Uhr statt. Vermutlich hielt sich Pfarrer Barnes in der Kirche auf.

Das Nordportal war nicht verschlossen. Als er die schwere Eisenklinke niederdrückte und das Portal öffnete, schlug ihm der vertraute Geruch von Weihrauch entgegen. In der Marienkapelle brannten Kerzen. Pfarrer Barnes, mit Chorrock und Stola geschmückt, las die liturgischen Gebete. Die Gemeinde war größer, als Dalgliesh vermutet hatte. Er setzte sich in die erste Stuhlreihe gleich neben dem Portal und hörte geduldig zu.

Die Andacht währte nicht lange. Pfarrer Barnes sprach zum Abschluß noch ein Gebet, in dem er Gott um Hilfe in schwerer Zeit anflehte, die Gemeinde murmelte ihr Amen, stand auf und zerstreute sich. Als Dalgliesh sich aufrichtete, um nach vorn zu gehen, kam ihm Pfarrer Barnes mit wehendem weißem Chorrock schnellen Schritts entgegen. Seit unserer ersten Begegnung, dachte Dalgliesh, scheint sein Selbstvertrauen enorm gewachsen zu sein. Auch sein Aussehen hatte sich gewandelt. Er wirkte nun gepflegter, sogar ein wenig rundlicher, als hätte ihm der ganze Rummel zu ein paar Pfunden mehr verholfen.

»Schön, daß Sie gekommen sind, Commander«, sprudelte er heraus. »Ich stehe gleich zu Ihrer Verfügung. Ich muß nur noch die Opferstöcke leeren, auch wenn nicht viel drin sein wird.« Er entnahm seiner Hosentasche einen Schlüssel, öffnete den Opferstock, der an dem Kerzenständer vor der Muttergottesstatue befestigt war, und steckte zählend die Münzen in einen kleinen Lederbeutel. »Über drei Pfund in kleinen Münzen und sechs Ein-Pfund-Münzen«, stellte er erfreut fest. »So viel war noch nie drin. Seit den beiden Morden erhalten wir auch bei den Kollekten mehr.«

Dalgliesh begleitete ihn zu dem Kerzenständer vor dem Ziergitter. Miss Wharton, die die Kniekissen aufgehängt und die Stühle in der Marienkapelle geradegerückt hatte, gesellte sich zu ihnen.

Als Pfarrer Barnes auch diesen Opferstock aufschloß, sagte sie: »Mehr als achtzig Pence werden es nicht sein. Ich habe Darren stets ein Zehn-Penny-Stück gegeben, damit er eine Kerze anzündet. Sonst wirft kaum jemand eine Münze in diesen Opferstock. Darren hatte seinen Spaß daran, wenn er die Hände durchs Gitter steckte, um an die Streichhölzer zu gelangen. An jenem schrecklichen Morgen ist er nicht dazu gekommen, eine Kerze anzuzünden. Sehen sie, da steht sie noch. Niemand hat sie seither angezündet.«

Pfarrer Barnes durchsuchte mittlerweile den Opferstock. »Nur sieben Münzen diesmal. Und ein Knopf. Ein ungewöhnlicher Knopf. Könnte aus Silber sein. Zuerst dachte ich, es sei eine ausländische Münze.«

Miss Wharton tat neugierig näher. »Das muß Darren gewesen sein«, sagte sie. »So ein Bengel! Ich erinnere mich, daß er sich draußen auf dem Weg mal gebückt hatte. Ich dachte, er wollte eine Blume pflücken. Wie unanständig von ihm, der Kirche etwas vorzuenthalten! Armer Junge, das muß ihn bedrückt haben. Kein Wunder, daß ich das Gefühl hatte, er sei irgendwie verstört. Wenn ich ihn morgen treffe, werde ich ihn zur Rede stellen. Sollten wir nicht die Kerze anzünden, Commander, und für den Erfolg Ihrer Ermittlungen beten? Ich glaube, ich habe ein Zehn-Pence-Stück.« Sie begann in ihrer Handtasche zu kramen.

»Dürfte ich den Knopf mal sehen?« wandte sich Dalgliesh an Pfarrer Barnes.

Und dann lag es schließlich auf seiner Hand, das langgesuchte Beweisstück. So einen Knopf hatte er schon einmal gesehen: an Dominic Swaynes italienischem Jackett. Ein einziger Knopf nur. Ein kleines, ganz gewöhnliches Ding, das aber von entscheidender Bedeutung war. Zudem konnten zwei Menschen den Fund bezeugen.

»Wann wurde der Opferstock zum letztenmal geleert?« fragte er.

»Vorletzten Dienstag. Das muß der 17. gewesen sein. Nach der Morgenmesse. Wie ich schon sagte, ich hätte ihn eigentlich schon am Dienstag leeren sollen, aber das habe ich vor lauter Aufregung vergessen.«

Er hatte ihn also am Morgen des Tages, an dem Berowne ermordet wurde, zum letztenmal geöffnet. »Und am vorletzten Dienstag befand sich der Knopf noch nicht im Opferstock? Oder haben Sie ihn möglicherweise übersehen?«

»O nein! Ich hätte ihn gewiß nicht übersehen. Ein Knopf befand sich damals nicht im Opferstock.«

Der Westteil der Kirche war nach der Entdeckung der Toten bis heute verschlossen gewesen. Selbstverständlich war es denkbar, daß ein Gemeindemitglied oder ein Besucher den Knopf hineingeworfen hatte. Aber warum ausgerechnet in diesen Opferstock? Der vor der Muttergottesstatue fiel doch mehr ins Auge. Wer würde schon das ganze Kirchenschiff durchqueren, um ausgerechnet in diesen Opferstock eine Münze zu werfen? Ein Versehen konnte es auch nicht sein. An diesem Ständer war ja keine Kerze entzündet worden. Aber solche Überlegungen waren ohnehin müßig. Er argumentierte da wie ein Verteidiger vor Gericht. Es gab nur ein Jackett, von dem dieser Knopf stammen konnte. Es war doch abwegig anzunehmen, daß jemand anders als Swayne den Knopf vor dem Südportal verloren haben könnte.

»Ich werde den Knopf«, sagte er, »in eines der Kuverts, die sich in der kleinen Sakristei befinden, stecken und bitte Sie, Ihren Namen quer über die Lasche zu schreiben. Außerdem können Sie den Raum wieder benützen, Pfarrer Barnes.«

»Ist der Knopf so wichtig?« erkundigte sich Pfarrer Barnes. »Ist das etwa ein Beweisstück?«

»Ja, er ist ein Beweisstück.«

»Meinen Sie denn«, fragte Miss Wharton verängstigt, »daß der Besitzer kommen wird, um nach ihm zu suchen?«

»Ich glaube nicht, daß er ihn überhaupt vermißt. Falls doch, dann ist trotzdem niemand in Gefahr, wenn er weiß, daß ihn mittlerweile die Polizei hat. Aber ich werde einen Beamten für die Bewachung der Kirche abstellen, bis wir den Mörder verhaftet haben.«

Die beiden fragten nicht, wem der Knopf gehörte. Er sah auch keinen Grund, warum er es ihnen sagen sollte. Er ging zum Wagen und rief Massingham an.

»Dann sollten wir schleunigst den Jungen herbringen«, meinte Massingham, nachdem er Dalgliesh zugehört hatte.

»Ja. So schnell wie möglich. Dann ist Swayne dran. Außerdem brauchen wir noch sein Jackett. Als wir Swayne in der Berowne-Villa vernahmen, ist mir nicht aufgefallen, daß ein Knopf fehlt. Wahrscheinlich ist es der Ersatzknopf. Möglicherweise kann das Labor die Stelle entdecken, wo er angenäht war. Schön wär's, wenn wir ermitteln könnten, wo Swayne das Jackett gekauft hat. Wir benötigen den Namen des Importeurs und des Einzelhändlers. Aber das hat Zeit bis morgen.«

»Ich werde mich darum kümmern, Sir.«

»Wir bräuchten auch ein Duplikat des Knopfes. Ich lasse das Beweisstück versiegeln und registrieren. Leider habe ich keinen Klarsichtumschlag dabei. Sie wissen doch, wie das Jackett aussieht. Sie besitzen nicht zufällig eins?«
»Leider nein. Dreihundert Pfund sind ein stolzer Preis. Aber mein Vetter hat so ein Jackett. Von ihm könnte ich einen Knopf bekommen... Meinen Sie, daß Miss Wharton oder Pfarrer Barnes jetzt in Gefahr sind?«
»Anscheinend vermißt Swayne den Knopf noch nicht. Oder er hat keine Ahnung, wo er ihn verloren hat. Trotzdem werde ich bis zu seiner Verhaftung einen Beamten für die Bewachung der Kirche abstellen. Schaffen Sie jetzt Darren her! Anschließend fahren wir zu den Berownes.«
»Wird gemacht, Sir. Es gibt eine Menge zu tun. Schade, daß Kate nicht dabei ist. Anscheinend ist das so bei Frauen im Polizeidienst: dringende Familienangelegenheiten im unpassendsten Augenblick.«
»So schlimm ist es nun auch wieder nicht, John«, entgegnete Dalgliesh kühl. »Kate ist da anders... Wir treffen uns in zwanzig Minuten.«

4

Zum zweiten Mal seit der Ermordung ihres Vaters suchte Sarah Berowne die elterliche Villa auf. Beim ersten Mal hatten vor dem Gartenzaun Photographen herumgelungert. Sie hatte sich unwillkürlich abgewandt, als sie ihren Namen riefen. Am nächsten Morgen hatte sie ihr Photo in der Zeitung gesehen. Wie ein ertapptes Dienstmädchen, das sich verstohlen ins Haus schleicht, hatte sie auf dem Bild gewirkt. Jetzt war der Platz menschenleer. Die hohen, regennassen Ulmen schienen gleichgültig auf den Winter zu warten. Die Äste wiegten sich träge in der feuchten Luft. Obwohl das Unwetter sich verzogen hatte, war es so dunkel, daß man in der ersten Etage das Licht eingeschaltet hatte, als sei es bereits mitten in der Nacht.
Sie besaß keinen Hausschlüssel mehr. Als sie ausgezogen war, hatte

ihr Vater ihr einen mitgeben wollen, als hätte sie als unverheiratete Tochter weiterhin ein Recht auf seinen Schutz und einen Raum in seinem Haus. Sie betrachtete die berühmte Fassade, die hohen, elegant gerundeten Fenster und wußte, daß es nie ihr Heim gewesen war und es auch nie sein würde. Wieviel mochte all das ihrem Vater bedeutet haben? Sie selbst hatte stets den Eindruck gehabt, er wohne nur darin, mache es sich aber ebenso wenig zu eigen wie sie. Hatte er in seiner Jugend seinen älteren Bruder wegen dieser leblosen, aber prestigeträchtigen Steine beneidet? Hatte er das Haus begehrt, wie er die Verlobte seines Bruders begehrt hatte? Was war ihm durch den Kopf gegangen, als er – ihre Mutter an seiner Seite – vor der gefährlichen Kurve das Gaspedal durchgetreten hatte? Mit welcher Erinnerung war er in der armseligen Sakristei der St.-Matthew-Kirche konfrontiert worden?

Während sie wartete, daß Mattie die Tür öffnete, überlegte sie, wie sie sie begrüßen sollte. »Wie geht es Ihnen, Mattie?« schien eine angebrachte Frage, doch war das nur eine sinnentleerte Formel. Hatte sie sich jemals wirklich darum gekümmert, wie es ihr ging? Was konnte sie als Antwort erwarten außer einer ebenso bedeutungslosen Floskel? Die Tür wurde geöffnet. Mattie schaute sie an, als sei sie eine Fremde, und sagte ruhig: »Guten Abend.«

Sie wirkt irgendwie anders, dachte Sarah. Aber haben wir uns nicht alle seit jenem unseligen Vormittag gewandelt? »Wie geht es Ihnen, Mattie?« fragte sie.

»Danke, mir geht's gut, Miss Sarah. Lady Ursula und Lady Berowne sind im Eßzimmer.«

Auf dem ovalen Eßzimmertisch lagen Briefe. Ihre Großmutter saß, den Rücken dem Fenster zugewandt, kerzengerade da, vor sich eine Schreibunterlage, zu ihrer Linken Schachteln mit Briefpapier und Kuverts. Sie faltete eben einen handgeschriebenen Brief, als Sarah auf sie zuging. Schon immer hatte es sie fasziniert, wie penibel ihre Großmutter gesellschaftliche Gepflogenheiten beachten konnte, obgleich sie sich zeitlebens über sexuelle oder religiöse Konventionen hinweggesetzt hatte. Ihre Stiefmutter dagegen hatte entweder keine Beileidsbriefe zu beantworten, oder sie überließ solche Verpflichtungen anderen. Sie saß am anderen Ende des Tisches und wollte offensichtlich ihre Nägel lackieren. Zögernd streckte sie die Hände nach den aneinandergereihten Flakons aus. Sie wird doch kein Blutrot wählen, dachte Sarah. Sie entschied sich schließlich für ein gedämpftes, unschuldsvolles, aber durchaus passendes Pink. Sie ignorierte Barbara Berowne und wandte sich an ihre Großmutter. »Ich bin gekommen, weil du mir geschrieben hast. Es tut mir leid, aber an dem Gedenkgottesdienst kann ich nicht teilnehmen.«

Lady Ursula schaute sie lange und prüfend an, als sei sie eine neue Kammerzofe mit etwas dubiosen Referenzen. »Der Gedenkgottesdienst findet nicht auf meinen Wunsch hin statt«, erwiderte Lady Ursula. »Seine Kollegen und Freunde bestehen darauf. Ich werde daran teilnehmen. Das erwarte ich auch von seiner Witwe und seiner Tochter.«

»Ich habe dir doch gesagt, daß ich nicht komme. Selbstverständlich komme ich zur Einäscherung. Denn das ist eine Privatangelegenheit und berührt allein die Familie. Aber ich stelle mich nicht in konventionellem Schwarz in der St.-Margaret-Kirche von Westminster zur Schau.«

Lady Ursula drückte eine Briefmarke auf ein angefeuchtetes Schwämmchen und klebte sie in die rechte obere Umschlagecke. »Du erinnerst mich an die Tochter eines anglikanischen Bischofs, mit der ich in meiner Jugend befreundet war. Sie verursachte geradezu einen Skandal, als sie sich weigerte, konfirmiert zu werden. Obwohl ich damals dreizehn war, wußte ich, daß ihre Bedenken nichts mit der Religion zu tun hatten. Sie wollte nur ihren Vater in Verlegenheit bringen. Das war durchaus verständlich, zumal wenn man ihren Vater näher kannte. Aber man kann auch ehrlich gegen sich sein.«

Ich hätte nicht herkommen sollen, dachte Sarah Berowne. Wie dumm von mir zu glauben, sie würde mich verstehen oder es zumindest versuchen. »Dir wäre es sicherlich lieber gewesen, wenn sie sich angepaßt hätte, selbst wenn ihre Bedenken echt gewesen wären, nicht wahr, Großmutter?«

»Ich glaube schon. Für mich rangiert Freundlichkeit vor dem, was du Überzeugung nennst. Wenn die ganze Zeremonie nur eine Posse ist – was, wie du weißt, auch meine Meinung ist –, dann hätte sie keinen Schaden davongetragen, wenn sie geduldet hätte, daß ihr der Bischof die Hände segnend auf den Kopf legt.«

»Ich möchte nicht in einer Welt leben, in der Freundlichkeit vor Überzeugung rangiert«, entgegnete Sarah gefaßt.

»Nein? Sie wäre zumindest leichter zu ertragen als die, die wir haben, und auch beträchtlich sicherer.«

»Bei dieser Posse werde ich jedenfalls nicht mitspielen. Ich habe seine politischen Ansichten nie geteilt, und das möchte ich öffentlich demonstrieren. Ich werde nicht daran teilnehmen und hoffe, daß die Leute meine Gründe verstehen.«

»Die Anwesenden werden es schon registrieren«, erwiderte ihre Großmutter gleichmütig. »Trotzdem wird der propagandistische Wert gering sein. Die Alten werden einander mustern, sich fragen, wer von ihnen wohl als nächster aus der Welt scheiden wird, und inbrünstig hoffen, daß ihre Urinblase der Strapaze standhält. Und die Jungen werden uns Alte abschätzig beäugen. Aber viele werden aus deiner Abwesenheit nur den Schluß ziehen, daß du deinen Vater gehaßt hast, daß du deine politische Abneigung übers Grab hinaus zeigst.«

»Ich habe ihn doch nicht gehaßt!« rief sie gequält aus. »Ich habe ihn lange Zeit geliebt. Ich hätte es auch noch länger getan, wenn er's nur zugelassen hätte. Er wäre bestimmt dagegen, daß ich an dem Gedenkgottesdienst teilnehme. Ihm selbst wäre so was zuwider gewesen. Gewiß, es wird alles höchst kultiviert ablaufen. Die richtigen Worte, die richtige Musik, die richtigen Leute. Aber ihr werdet doch nicht ihn ehren, ihn als Person, sondern eure Klasse, eure politische Einstellung, euer privilegiertes Dasein. Ihr könnt einfach nicht begreifen, daß die Welt, in der ihr aufgewachsen seid, tot ist.«

»Das weiß ich, liebes Kind«, entgegnete Lady Ursula. »Ich habe 1914 erlebt, wie sie zugrunde ging.« Sie nahm einen Brief vom Stapel, blickte aber nicht darauf. »Ich bin nie politisch interessiert gewesen«, sagte sie. »Trotzdem kann ich die Armen und die Dummen verstehen, wenn sie sich an den Marxismus oder eine seiner gerade gängigen Varianten hängen. Wenn man keine Hoffnung hat, dem Sklavendasein zu entrinnen, liegt es nahe, daß man für die effizienteste Form der Sklaverei eintritt. Aber mich widert dein Freund an. Er, der zeitlebens bestimmte Privilegien genossen hat, möchte nun ein politisches System durchsetzen, das keinem die Chancen gewähren wird, die er hatte. Es wäre noch entschuldbar, wenn er häßlich wäre; so ein Makel kann in einem Mann durchaus Neid und Aggressivität auslösen. Aber er ist nicht häßlich. Auch wenn ich fünfzig Jahre zu alt bin, um davon zu profitieren, erkenne ich doch, ob jemand eine erotische Ausstrahlung hat. Aber du hättest bestimmt auch mit ihm ins Bett gehen können, ohne dich mit all dem politischen Firlefanz zu belasten.«

Sarah Berowne wandte sich entmutigt ab, ging zum Fenster und schaute auf den Campden Hill Square. Das Leben mit Ivor und der Zelle ist vorbei, dachte sie. Es war kein ehrliches Leben. Ich habe an der Realität vorbeigelebt. Und dazugehört habe ich auch nicht. Aber hier ist auch nicht meine Welt. Ich bin einsam, habe Angst. Trotzdem muß ich meinen Platz finden. Ich kann nicht mehr zurück zu meiner Großmutter, zu meinem alten Glauben, zu einer vorgetäuschten Geborgenheit. Meine Großmutter mag mich nicht. Sie verachtet mich, wie ich mich selbst verachte. Aber das macht es mir auch leichter. Ich werde nicht in der St.-Margaret-Kirche paradieren als Enkeltochter, die endlich heimgefunden hat.

»Da ihr beide nun mal hier seid«, hörte sie die Stimme ihrer Großmutter, »muß ich euch was fragen. Hugos Pistole samt der dazugehörigen Munition ist nicht mehr im Safe. Wißt ihr, wer sie weggenommen hat?«

Barbara Berowne schaute von den Flakons auf, sagte aber nichts. Mit bestürzter Miene drehte sich Sarah um. »Bist du sicher?« fragte sie. Ihre Überraschung wirkte überzeugend.

»Deinem Gesicht nach hast du sie nicht genommen«, konstatierte Lady Ursula. »Wahrscheinlich hast du auch keine Ahnung, wer es gewesen ist?«

»Ich war's jedenfalls nicht. Wann hast du es bemerkt?«

»Vergangenen Mittwoch, bevor die Polizei kam. Ich hielt es für möglich, daß Paul sich umgebracht hatte, und hoffte bei seinen Papieren einen Abschiedsbrief zu finden. Deswegen habe ich den Safe geöffnet. Es war kein Brief da. Und die Pistole war verschwunden.«

»Wann könnte das passiert sein?« fragte Sarah.

»Ich habe den Safe seit Monaten nicht geöffnet. Deswegen habe ich auch der Polizei nichts davon gesagt. Vielleicht war die Pistole schon vor Wochen herausgenommen worden. Vielleicht hatte das nichts mit Pauls Tod zu tun. Warum hätte ich ihre Aufmerksamkeit auf unser Haus lenken sollen? Später hatte ich einen anderen Grund, nicht darüber zu sprechen.«

»Welchen denn?«
»Ich dachte mir, sein Mörder hätte sie entwendet, um sich umzubringen, sollte die Polizei den Fall aufklären. Das wäre das einzig Vernünftige gewesen. Warum hätte ich das verhindern sollen? Jetzt aber meine ich, wir sollten die Polizei informieren.«
»Das denke ich auch«, erwiderte Sarah nachdenklich. »Halliwell hat sie bestimmt nicht genommen, um ein Andenken zu haben, auch wenn er noch so sehr an Onkel Hugo hing. Allerdings hätte er was dagegen, daß sie in fremde Hände gerät.«
»Ich teile da seine Besorgnis. Aber in wessen Hände könnte sie geraten sein?«
Barbara Berowne hob den Kopf. »Paul hat sie vor Wochen weggeworfen«, sagte sie mit ihrer hellen, mädchenhaften Stimme. »Er sagte mir, sie aufzubewahren, sei ihm zu riskant.«
»Ebenso riskant war es, sie wegzuwerfen«, erwiderte Sarah mit einem prüfenden Blick auf ihre Stiefmutter. »Er hätte sie auch der Polizei geben können. Warum sie wegwerfen? Er hatte einen Waffenschein. Im Safe war sie sicher verwahrt.«
Barbara Berowne zuckte mit den Schultern. »Das hat er mir nun mal gesagt. Außerdem ist es belanglos. Er wurde ja nicht erschossen.«
Bevor Lady Ursula oder Sarah darauf etwas erwidern konnten, schellte die Türglocke.
»Das könnte die Polizei sein«, meinte Lady Ursula. »Sie kommen früher, als ich angenommen habe. Ich habe das Gefühl, daß sie am Ende ihrer Ermittlungen angelangt sind.«
»Für dich ist die Sache längst klar, nicht wahr?« sagte Sarah. »Du hast alles von Anfang an gewußt.«
»Mir ist gar nichts klar, und irgendwelche Beweise habe ich auch nicht. Aber das Dunkel lichtet sich allmählich.«
Sie lauschten, aber in der mit Marmorplatten gefliesten Eingangshalle ertönten keine Schritte. Mattie schien das Läuten nicht gehört zu haben.
»Ich mache auf«, sagte Sarah. »Hoffentlich ist es auch die Polizei. Es ist Zeit, daß wir uns endlich der Wahrheit stellen.«

5

Er fuhr zunächst nach Shepherd's Bush, um die Pistole zu holen. Er hätte nicht sagen können, warum er sie brauchte. Andererseits war ihm auch nicht klar, warum er sie aus dem Safe genommen hatte. In Shepherd's Bush konnte er sie nicht gut lassen. Er brauchte ein neues Versteck. Außerdem verlieh ihm die Pistole ein Gefühl von Macht. Mit ihr kam er sich unüberwindlich vor. Wenn er sie in der Hand hielt, ein imaginäres Ziel anvisierte, geradezu liebkosend mit den Fingern am Lauf entlangfuhr, empfand er so etwas wie Triumph. Nach diesem Gefühl sehnte er sich jetzt. Es verblaßte ohnehin so schnell, daß er manchmal versucht war, Barbara zu erzählen, was er für sie getan hatte, und zwar jetzt schon, lange bevor ein derartiges Geständnis ratsam oder klug war. Wie gern hätte er gesehen, wie sich ihre blauen Augen vor Entsetzen, Bewunderung, Dankbarkeit und auch Liebe weiteten.

Bruno war in seiner Werkstatt und arbeitete an seinem neuen Bühnenbildmodell. Wie abstoßend er aussieht mit seinem muskulösen, halbnackten, haarigen Oberkörper, dachte Swayne, mit dem lächerlichen Talisman, einem silbernen Ziegenkopf, den er sich an einem Kettchen um den Hals gehängt hat, mit seinen dicklichen Fingern.

»Bist du nicht für immer ausgezogen?« fragte Bruno, ohne hochzublicken.

»Ich hole nur den Rest meiner Sachen ab.«

»Dann kannst du mir auch gleich den Hausschlüssel geben.«

Wortlos legte Swayne ihn auf den Tisch.

»Und was soll ich der Polizei sagen, wenn sie vorbeikommt?«

»Sie wird nicht kommen. Die Polizei weiß, daß ich ausgezogen bin. Außerdem fahre ich für eine Woche nach Edinburgh. Sollten die Bullen kommen, kannst du es ihnen ja sagen.«

In dem kleinen Kabuff, das Bruno als Gästezimmer und Aufbewahrungsort für seine alten Modelle diente, wurde nie aufgeräumt oder geputzt. Swayne stieg aufs Bett, um das oberste, vollgestopfte Regal zu erreichen. Er tastete unter dem Modell der Burg von Dunsinane und ergriff die Smith & Wesson samt Reservemagazin. Er steckte sie – zusammen mit mehreren Sockenpaaren und etlichen Hemden – in einen Leinensack. Dann ging er, ohne sich von Bruno zu

verabschieden. Es war von Anfang an ein Fehler gewesen, hier einzuziehen. Bruno hatte ihn ohnehin nicht gemocht. Er wunderte sich selbst, daß er es in diesem Loch so lange ausgehalten hatte. Pauls Schlafzimmer in der Villa am Campden Hill Square paßte viel besser zu ihm. Leichtfüßig rannte er die Treppe hinab. Er war froh, daß er das Haus nie mehr betreten mußte.
Knapp nach halb vier, also viel zu früh, war er schon am Treidelpfad. Er war sicher, daß der Junge kommen würde. Seit dem Zusammentreffen mit Miss Wharton hatte er das Gefühl, daß ihm die Ereignisse entgegenkamen, daß er nicht mehr ein Spielball des Schicksals war, daß er triumphierend auf einer Woge von Glück und Hochgefühl ritt. Noch nie hatte er sich so stark, so zuversichtlich, seiner Sache so sicher gefühlt.
Selbst Darren die Nachricht zuzuspielen war leichter gewesen, als er zu hoffen gewagt hatte. Die Schule, ein altersgraues, zweistöckiges viktorianisches Gebäude, umgab ein Schmiedeeisenzaun. Er war in der Nähe umhergeschlendert und hatte darauf geachtet, nicht die Aufmerksamkeit der wartenden Mütter auf sich zu lenken. Erst als er das Geschrei der endlich vom Unterricht befreiten Kinder vernahm, hatte er sich der Pforte genähert. Den Briefumschlag hatte er einem Jungen anvertraut. Mädchen waren ihm zu neugierig. Ein Mädchen hätte alles mögliche registriert und Darren vielleicht über die Nachricht ausgefragt.
Er war auf einen der Jungen zugegangen und hatte ihn gefragt: »Kennst du Darren Wilkes?«
»Na klar! Das ist der da drüben.«
»Kannst du ihm den Brief hier geben? Er ist von seiner Mutter. Es handelt sich um eine äußerst wichtige Sache.« Er gab ihm den Umschlag und eine Fünfzig-Pence-Münze.
Ohne ihn genau anzusehen, als befürchtete er, Swayne könne sich anders besinnen, riß der Junge ihm beides aus der Hand und rannte über den Spielplatz, wo ein Junge einen Fußball gegen die Wand kickte. Swayne hatte gewartet, bis er sehen konnte, daß der Umschlag ausgehändigt wurde. Dann war er davongeschlendert.
Den Treffpunkt hatte er mit Umsicht gewählt. Nahe dem Kanal wuchs ein sperriger Weißdornbusch, der ihm Deckung bot. Von hier aus konnte er den Treidelpfad zu seiner Rechten und die Strecke von gut vierzig Metern, die zum Tunneleingang führte, im Auge behal-

ten. Rechts hinter ihm befand sich eines der Eisentore, durch die man zum Kanal gelangte. Unweit davon lag eine schmale Straße, die verschlossene Garagen, umfriedete Grundstücke und triste Gewerbebetriebe säumten. So eine Straße lockte gewiß keine Spaziergänger an, schon gar nicht an einem düsteren Nachmittag im Herbst. Aber im Notfall war es ein geeigneter Fluchtweg. Noch hatte er keinen Grund, sich Sorgen zu machen. Seit zwanzig Minuten hatte er keinen einzigen Menschen gesichtet.

Auch der Junge kam vor der verabredeten Zeit. Zehn Minuten vor vier erspähte er Darren, eine kleine Gestalt, die die Kanalböschung nach irgend etwas abzusuchen schien. Er sah geradezu adrett aus mit seinen offenbar neuen Jeans und der braun-weißen Windjacke. Swayne drückte sich gegen einen Baum und beobachtete Darren durchs schützende Laub. Plötzlich war der Junge nicht mehr zu sehen. Eine schlimme Befürchtung stieg in Swayne hoch, bis er nach einer Weile Darren wieder entdeckte, wie er, eine alte Fahrradfelge in der Hand, die Böschung hochkam. Er trieb die Felge auf dem Treidelpfad in seine Richtung. Swayne trat aus dem Versteck hervor und packte die Felge. Der Junge, der noch etwa zwölf Schritte entfernt war, blieb jäh stehen. Er musterte Swayne argwöhnisch und machte den Eindruck, als würde er gleich davonlaufen. Swayne lächelte ihn an und ließ die Felge zurückrollen. Der Junge fing sie, ohne seinen mißtrauischen Blick von ihm abzuwenden, schwang sie ein paarmal um seinen Kopf, stolperte und ließ sie dann los. Sie trudelte durch die Luft übers Wasser und stürzte ab. Das platschende Geräusch war so laut, daß Swayne befürchtete, es könne jemanden anlocken. Aber nirgendwo waren Stimmen oder Schritte zu hören.

Als die Wasseroberfläche wieder glatt war, schlenderte Swayne zu dem Jungen. »Hat einen schönen Krach gemacht, was?« sagte er leutselig. »Findest du öfters solche Dinge in dem Graben da?«

Der Junge schaute zum Kanal hinüber. »Manchmal schon, manchmal nicht«, erwiderte er.

»Du bist doch Darren Wilkes, nicht wahr? Miss Wharton hat mir gesagt, wo ich dich treffen würde. Ich bin Inspektor bei der Sicherheitspolizei. Du weißt doch, was das ist?«

Swayne holte seine Brieftasche mit den Kreditkarten und seinem alten Studentenausweis hervor. Es traf sich gut, daß er ihn nach seinem ersten katastrophal verlaufenen Semester nicht zurückgegeben hatte. Er zeigte den Ausweis mit seiner Photographie so, daß der Junge nicht viel wahrnehmen konnte.

»Wo ist denn Miss Wharton?« erkundigte sich Darren.

»Sie konnte nicht kommen. Sie läßt dir aber ausrichten, daß es ihr leid tut. Sie fühlt sich nicht wohl. Hast du ihren Brief dabei?«

»Was fehlt ihr denn?«

»Sie hat sich erkältet. Ist nicht weiter schlimm. Hast du ihren Brief dabei, Darren?«

»Ja. Hab' ich dabei.«

Er kramte in der Gesäßtasche und zog ihn heraus. Swayne schaute kurz auf den zerknitterten Papierbogen und zerriß ihn dann in kleine Stücke. Darren schaute wortlos zu, als er sie über dem Wasser verstreute. Zuerst trieben sie wie Blütenblätter dahin. Dann begannen sie träge zu kreiseln und versanken schließlich.

»Weißt du, ich darf kein Risiko eingehen«, erklärte Swayne. »Ich mußte mich vergewissern, daß du auch wirklich Darren Wilkes bist. Deswegen war der Brief so wichtig. Wir müssen miteinander reden.«

»Worüber?«

»Über den Mord.«

»Von dem Mord weiß ich nichts. Außerdem habe ich mit den Bullen schon geredet.«

»Sicher. Das waren aber normale Polizisten. Die sind in diesem Fall überfordert. Der Fall ist viel komplizierter, als sie denken.«

Gemeinsam gingen sie gemächlich kanalaufwärts Richtung Tunneleingang. Das Buschwerk war da dichter. Auch wenn das Laub schon abfiel, bot es einen guten Sichtschutz.

Swayne zog den Jungen in das Halbdunkel und sagte: »Ich vertraue dir, Darren. Ich brauche deine Hilfe. Wir vom Sicherheitsdienst meinen, daß es kein gewöhnlicher Mord war. Sir Paul wurde von einer Terroristenbande umgebracht. Du weißt doch, was der Sicherheitsdienst ist, oder?«

»Ja. Er macht Jagd auf Spione.«

»Richtig. Unsere Aufgabe ist es, Staatsfeinde unschädlich zu machen. Das muß aber unauffällig geschehen. Kannst du ein Geheimnis für dich behalten, Darren?«

»Na klar. Hab' ich schon dutzendmal gemacht.« Er warf sich in die

schmächtige Brust und schaute Swayne wissend, aber auch durchtrieben an. »Sind Sie deswegen dort gewesen?« fragte er unvermittelt. »Um sich alles anzugucken?«
Die Frage traf Swayne wie ein Faustschlag. Er wunderte sich selbst, daß er dennoch so gleichmütig antworten konnte. »Wie kommst du auf den Gedanken, daß ich dort war?«
»Na, darauf haben mich die komischen Knöpfe an Ihrer Jacke gebracht. Ich hab' dort so einen gefunden.«
Sein Herzschlag stockte. Sein Herz war nur noch ein schweres Gewicht in seiner Brust, ein totes Ding, das ihn niederzudrücken drohte. Doch als er spürte, wie es wieder regelmäßig zu schlagen begann, kehrte seine Zuversicht zurück. Jetzt wußte er, warum sie beide hier waren. »Wo hast du den Knopf gefunden, Darren?«
»Auf dem Weg vor dem Kirchenportal. Ich habe ihn aufgehoben. Miss Wharton dachte, ich würde eine Blume pflücken. Sie hat es nicht gesehen. Wie immer gab sie mir ein Zehn-Pence-Stück für eine Kerze. Für die HJM kriege ich immer ein Zehn-Pence-Stück.«
Einen Augenblick war Swayne verwirrt. Was wollte der Junge damit nur sagen? Er sah auf das spitznasige Gesicht hinab, auf dem ein vom Laub herrührender grünlicher Schimmer lag. Darrens Miene drückte gelinde Verachtung aus.
»Na, für die HJM. Für die Statue der Heiligen Jungfrau Maria. Miss Wharton gibt mir immer eine Zehn-Pence-Münze für den Opferstock, damit ich eine Kerze anzünde. Aber ich behielt die Münze und zündete keine Kerze an, weil sie mich ja zu sich rief.«
»Und was hast du mit dem Knopf getan?« Er ballte die Hände zu Fäusten, sonst hätte er sie dem Jungen um den Hals gelegt.
»Den habe ich doch in den Opferstock geworfen. Miss Wharton hat's nicht gemerkt. Und gesagt habe ich's ihr auch nicht.«
»Hast du es sonst jemandem gesagt?«
»Hat mich ja keiner danach gefragt!« Er schaute Swayne durchdringend an. »Miss Wharton wäre es bestimmt nicht recht gewesen.«
»Der Polizei auch nicht«, sagte Swayne. »Ich meine der gewöhnlichen Polizei. Sie würde es als Diebstahl ansehen. Du hast das Geld für dich behalten. Du weißt doch, was man mit Jungen macht, die stehlen? Man steckt sie in ein Heim. Das ist dir doch klar, oder? Das könnte dich in Schwierigkeiten bringen, Darren. Aber wenn

du mein Geheimnis für dich behältst, verrate auch ich nichts. Schwören wir's auf meine Pistole.«
»Sie haben eine Pistole?« Trotz aller vorgespielten Gleichgültigkeit konnte er sein Interesse nicht verbergen.
»Selbstverständlich. Wir von der Sicherheit sind stets bewaffnet.« Er zog die Smith & Wesson aus dem Schulterhalfter und zeigte sie dem Jungen. Darren schaute sie fasziniert an. »Lege deine Hand darauf«, sagte Swayne, »und schwöre, daß du niemandem von dem Knopf und unserem Treffen erzählen wirst!«
Beflissen streckte der Junge die Hand aus und berührte den Lauf. »Ich schwöre es!« sagte er.
Swayne legte nun seine Hand auf die des Jungen, die ihm winzig, schlaff, irgendwie sonderbar vorkam, als sei sie ein Fremdkörper. »Ich schwöre, daß ich gleichfalls nichts verraten werde«, sagte er betont feierlich. Als er Darrens sehnsüchtigen Blick bemerkte, fragte er: »Willst du sie mal in die Hand nehmen?«
»Ist sie geladen?«
»Nein. Ich habe zwar ein Magazin dabei, aber sie ist nicht geladen.« Darren ergriff die Pistole und richtete sie auf den Kanal, dann mit einem herausfordernden Lächeln auf Swayne und schließlich wieder auf die Wasserfläche. Er hielt sie mit beiden Händen, wie er es sicherlich bei Polizisten auf dem Bildschirm gesehen hatte.
»So ist's richtig!« lobte Swayne. »Wenn du erwachsen bist, könnten wir dich beim Sicherheitsdienst gut brauchen.«
In diesem Augenblick hörten sie, daß sich ihnen jemand auf dem Fahrrad näherte. Unwillkürlich zogen sie sich tiefer ins Gebüsch zurück. Sie erspähten einen Mann mittleren Alters, der, eine Stoffmütze auf dem Kopf, die Augen auf den glitschigen Treidelpfad gerichtet, langsam vorüberfuhr. Regungslos und mit angehaltenem Atem blieben sie geduckt stehen, bis er verschwunden war. Swayne wurde bewußt, daß er nicht mehr viel Zeit hatte. Bald würde sich der Weg entlang des Kanals beleben. Er mußte sein Vorhaben möglichst schnell und unauffällig zu Ende führen.
»Ist das Spielen am Kanal nicht gefährlich?« fragte er. »Kannst du überhaupt schwimmen, Darren?«
Der Junge zuckte ein paarmal mit den Achseln.
»Hat man dir in der Schule das Schwimmen denn nicht beigebracht?«

»Nee. So oft war ich nicht in der Schule.«
Sein Vorhaben kam ihm geradezu kinderleicht vor. Am liebsten hätte er aufgelacht, sich rücklings auf den matschigen Boden gelegt, durchs Ästegewirr zum Himmel emporgeschaut und einen Triumphschrei ausgestoßen. Er war unbesiegbar, man konnte ihn nicht fassen. Sein Glück und seine Gerissenheit beschützten ihn. Den Knopf konnte die Polizei nicht gefunden haben. Andernfalls hätte man ihm den Knopf längst unter die Nase gehalten und das Jackett mit den verräterischen Zwirnenden am Saum abermals zur Untersuchung mitgenommen. Die Stelle mußte ihnen doch aufgefallen sein. Sie mußten doch gesehen haben, als sie das Jackett untersuchten, daß der Reserveknopf fehlte. Ein ernst dreinblickender junger Polizist hatte es ihm kommentarlos zurückgebracht. Seitdem hatte er es aus einer abergläubischen Regung heraus, als sei es sonst mit seiner Glückssträhne vorbei, beinahe täglich getragen. Den Knopf aus dem Opferstock herauszuholen, konnte nicht so schwierig sein. Zuerst würde er die Sache mit dem Jungen erledigen und dann die Kirche aufsuchen. Aber nicht gleich danach. Er brauchte noch einen Meißel, um den Opferstock aufzustemmen. Sicherlich würde er einen in der Berowne-Villa finden. Aber ratsamer war es, wenn er einen im nächstgelegenen Woolworth kaufte. Unter so vielen Kunden konnte er nicht auffallen. Außerdem würde er nicht nur einen Meißel erstehen. Es war risikoloser, wenn er noch weitere Gegenstände mitnahm und dann zur Kasse ging. Der Kassiererin würde sich der Meißel schon nicht einprägen. Und die gewaltsame Öffnung des Opferstocks würde allenfalls wie ein gewöhnlicher Einbruch wirken. So etwas kam doch jeden Tag vor. Er glaubte nicht, daß man deswegen die Polizei informieren würde. Und sollte es dennoch dazu kommen, würde man den aufgestemmten Opferstock gewiß nicht mit dem Mord in Verbindung bringen. Aber dann kam ihm der Gedanke, daß man den Opferstock schon geleert haben könnte. Die Vorstellung ernüchterte ihn, wenn auch nur für einen kurzen Augenblick. Sollte das geschehen sein, hatte man den Knopf entweder der Polizei übergeben oder als wertlos weggeworfen. Die Polizei wiederum konnte ihn nicht haben, sonst hätte sie ihn schon längst als Beweis vorgelegt. Sollte ihn bedauerlicherweise jemand anderer haben, wußte ja nur der Junge, wo er ihn verloren hatte. Darren lebte ohnehin nicht mehr lange. Er

würde ertrinken. Ein Kind mehr, das leichtsinnig am Kanalufer gespielt hatte und dabei ertrunken war.

Als er aus dem Gebüsch trat, folgte ihm der Junge. Beiderseits des Treidelpfades erstreckte sich Ödland. Trübes, bräunliches Wasser floß im Kanal dahin. Ein kalter Schauer lief ihm über den Rücken. Einen Moment lang bildete er sich ein, daß es keinen Menschen mehr gab, daß er und Darren die letzten Überlebenden in einer toten, verlassenen Welt seien. Auch die Stille ringsum kam ihm unheimlich vor. Seitdem er hier war, hatte er kein Tier auf dem Boden dahinhuschen sehen, kein Vogelgezwitscher vernommen.

Darren hatte sich ein paar Schritte von ihm entfernt und kauerte am Ufer. Als er neben ihn trat, sah er, daß sich in einem träge dahintreibenden Ast eine tote Ratte verfangen hatte. Das Wasser bildete Wirbel um den glatten, länglichen Kadaver. Die Schnauze glich einem Schiffsbug. Er setzte sich neben den Jungen. Stumm blickten sie hinaus. Mit den starren Augen und den wie flehend herausragenden gekrümmten Vorderpfoten, dachte er, wirkt die Ratte im Tode irgendwie menschlich.

Fasziniert schaute er Darren zu, der das Zweigende packte und die tote Ratte im Wasser hin und her zog. Dann hob er sie etwas an. Kleine Wellenkringel brachen sich am Rattenkopf. Gekrümmt, vor Nässe glänzend, schien der Kadaver der stinkenden Brühe zu entsteigen.

»Laß das, Darren!« befahl Swayne.

Der Junge ließ den Ast los. Die Ratte plumpste zurück ins Wasser und glitt langsam kanalabwärts.

Sie schlenderten weiter. Swayne zuckte zusammen, als Darren plötzlich davonrannte und, einen schrillen Schrei ausstoßend, im Tunnel verschwand. Einen Augenblick dachte Swayne bestürzt, Darren habe seine Absicht erahnt und sei geflohen. Er hetzte ihm in das Halbdunkel hinterher. Dann atmete er erleichtert auf. Darren hüpfte, lauthals schreiend, die Tunnelwände entlang, sprang mit hochgereckten Armen empor und versuchte vergeblich, die Decke zu erreichen. Swayne war so erleichtert, daß er am liebsten mitgesprungen wäre.

Das war genau der geeignete Ort. Einen besseren würde er nicht finden. Es dauerte ja nur eine Minute, wenn nicht gar nur wenige Sekunden. Schnell mußte es geschehen, schnell, aber dennoch

überlegt. Dem Zufall durfte er nichts überlassen. Er konnte ihn nicht einfach in den Kanal stoßen. Er mußte sich niederknien und den Kopf des Jungen unters Wasser drücken. Der Junge würde sich wehren, aber gewiß nicht lange. Er war viel zu schwächlich, um Widerstand zu leisten. Er zog sein Jackett aus und legte es gefaltet über seine Schulter. Warum sollte das teure Jackett bespritzt werden? Am Tunnelausgang war der Treidelpfad betoniert. Er konnte also knien, ohne befürchten zu müssen, seine Hosen würden hinterher verräterische Erdspuren aufweisen.
»Komm mal her, Darren!« rief er freundlich.
Der Junge hüpfte weiter und versuchte abermals, die Decke zu berühren. Swayne wollte eben noch mal rufen, als der schmächtige Junge da vorne plötzlich schwankte, in der Hüfte einknickte, zu Boden stürzte und regungslos liegenblieb. Sein erster Gedanke war, Darren versuchte ihm einen Streich zu spielen. Erst beim Näherkommen sah er, daß Darren bewußtlos war. Er lag so nahe am Ufer, daß sein ausgestreckter, dünner Arm mit der kleinen, gekrümmten Hand fast das Wasser berührte. In seiner Bewegungslosigkeit wirkte er wie tot. Swayne hockte sich neben ihn und musterte das starre Gesicht. Der Mund mit den feuchten Lippen stand offen, so daß er die leisen Atemzüge hörte. In dem Dämmerlicht hoben sich die Sommersprossen wie goldfarbene Tüpfel von der weißen Haut ab. Die schütteren Wimpern glichen dünnen Borsten. Mit dem Jungen ist was nicht in Ordnung, dachte er. Er muß krank sein. Warum wäre er sonst ohne ersichtlichen Grund ohnmächtig geworden? Ein merkwürdiges Gefühl überkam ihn, dem Mitleid und Wut beigemischt waren. Armer Kerl, dachte er. Da schleppen sie ihn vor den Jugendrichter, verpassen ihm eine Sozialbetreuung, kümmern sich aber nicht um ihn. Merken nicht mal, daß er krank ist. Scheißtypen. Soll sie doch der Teufel holen.
Aber nun, da er sein Vorhaben mühelos hätte ausführen können – er brauchte dem Körper da nur einen leichten Stoß zu versetzen –, erschien es ihm plötzlich schwierig. Er schob den Fuß unter den Jungen und hob ihn sachte hoch. Das Gewicht war kaum zu spüren. Darren regte sich nicht. Ein kleiner Stoß nur, dachte er, ein kleiner Schubs. Würde er an Gott glauben, könnte er jetzt zu ihm sagen: »So leicht darfst du es mir nicht machen! So leicht nicht.« Ringsum war es still. Er hörte, wie Kondenswasser vom Tunneldach tropfte,

kleine Wellen gegen die Stegkante schlugen. Das Ticken seiner Digitaluhr war so laut, als trüge er eine Zeitbombe. Vom Kanal quoll ihm ein widerlicher, säuerlicher Geruch entgegen. Der Ausgang vor ihm und der Tunneleingang hinter ihm sahen aus wie helle, ferne Halbmonde. Er konnte sich gut vorstellen, daß sie gleich zu einem Lichtsaum schrumpfen, dann erlöschen würden und er mit dem leise atmenden Jungen allein wäre in einer dampfigen, stinkenden Finsternis.

Muß ich es überhaupt tun, überlegte er. Er hat mir doch nichts angetan. Paul Berowne hat den Tod verdient. Aber Darren? Außerdem wird er nichts verraten. Die Polizei interessiert sich nicht mehr für ihn. Und wenn ich den Knopf habe, kann es mir ja egal sein, wenn er dennoch reden sollte. Seine Aussage steht dann gegen meine. Was können sie mir schon ohne den Knopf beweisen? Er nahm das Jackett von der Schulter und zog es an. Er wußte, daß er sich damit entschieden hatte. Der Junge da durfte weiterleben. Ein ungeahntes Gefühl von Macht überkam ihn. Es war noch berauschender, noch erhebender als der Augenblick, als er Paul Berowne tot hatte daliegen sehen. So mußte sich Gott fühlen. Er hatte die Macht, Leben zu vernichten oder zu spenden. Diesmal wollte er gnädig sein. Er machte dem Jungen ein überaus großzügiges Geschenk. Darren würde davon keine Ahnung haben. Aber er konnte es Barbie erzählen. Eines Tages, wenn er kein Risiko mehr damit einging, würde er Barbie erzählen, daß er ein Leben vernichtet, ein anderes großzügig verschont hatte. Als er den Jungen von der Kante wegzog, stöhnte Darren auf. Die Augenlider zuckten. Als hätte er Angst, sich dem Blick des Jungen zu stellen, sprang er auf und rannte zum Tunnelausgang, dem Licht entgegen.

6

Sarah Berowne ließ sie ein. Wortlos gingen sie durch die Eingangsdiele zur Bibliothek. Lady Ursula saß am Eßzimmertisch, neben sich drei akkurate Stapel von Briefen und Dokumenten. Sie nickte Dalgliesh kurz zu und öffnete mit einem silbernen Brieföffner einen Umschlag. Sarah Berowne trat ans Fenster und schaute, die Schultern hochgezogen, angestrengt hinaus. Hinter den regennassen Scheiben schwankten in der feuchten Luft die schweren Äste der Platanen. Die vom Sturm zerzausten abgestorbenen, braunen Blätter hoben sich deutlich vom noch grünen Laub ab. Es war still draußen. Selbst das Zischen der Autoreifen auf der breiten Straße hörte sich nur wie fernes Meeresrauschen an.

Dalgliesh, dem die Atmosphäre im Haus noch nie friedlich oder behaglich vorgekommen war, spürte eine geradezu greifbare Spannung. Nur Barbara Berowne schien sie nichts anzuhaben. Sie saß am Tisch und lackierte ihre Nägel. Auf einem Tablett standen glänzende, kleine Flakons. Daneben lagen Wattebäusche.

Dalgliesh ging zu Lady Ursula und zeigte ihr den Knopf. »Haben Sie so einen Knopf schon mal gesehen?« fragte er.

Sie winkte ihn näher heran und beugte sich über seine Hand. Dann schaute sie ausdruckslos hoch und erwiderte: »Ich kann mich nicht erinnern. Vermutlich stammt er von einem Herrenjackett, das nicht eben billig war. Mehr kann ich Ihnen nicht sagen.«

»Und Sie, Miss Berowne?«

Sarah Berowne verließ ihren Fensterplatz und musterte flüchtig den Knopf. »Mir gehört er nicht«, erklärte sie.

»Das wollte ich nicht wissen. Mich interessiert, ob Sie so einen Knopf schon mal gesehen haben.«

»Selbst wenn's so wäre, kann ich mich nicht erinnern. Kleider und ähnlicher Firlefanz interessieren mich nicht. Da müssen Sie schon meine Stiefmutter fragen.«

Barbara Berowne schaute kurz herüber und wandte gleich wieder den Kopf ab. »Mir gehört er auch nicht«, sagte sie. »Auch Paul kann er nicht gehört haben. Ich habe jedenfalls so einen Knopf noch nie gesehen. Warum? Ist er so wichtig?«

Dalgliesh wußte, daß sie log. Aber sie tat es nicht aus Angst. Auch nicht, weil sie etwas vertuschen wollte. Für sie war es gleichsam eine natürliche Reaktion, wenn sie sich im unklaren war. So konnte sie Zeit gewinnen, Unannehmlichkeiten ausweichen, sich Probleme erst einmal vom Hals schaffen.

»Ich würde auch gern Miss Matlock befragen«, sagte Dalgliesh zu Lady Ursula.

Sarah Berowne ging zum Kamin und zog an der Klingelschnur.

Als Evelyn Matlock eintrat, schauten Lady Ursula, Barbara Berowne und Sarah sie durchdringend an. Sie wiederum warf Lady Ursula einen prüfenden Blick zu und ging dann wie ein Soldat, der in den Kampf zieht, auf Dalgliesh zu.

»Ich hätte gern eine Auskunft von Ihnen, Miss Matlock«, sagte Dalgliesh. »Aber lassen Sie sich Zeit, bevor Sie antworten. Überlegen Sie ruhig. Aber sagen Sie mir die Wahrheit.«

Ihre Augen hatten einen trotzigen, störrischen, tückischen Ausdruck. Dalgliesh konnte sich nicht erinnern, jemals soviel Haß gesehen zu haben. Er zog die Hand aus der Tasche und zeigte ihr den versilberten Knopf. »Haben Sie so einen Knopf schon mal gesehen?« fragte er.

Er wußte, daß auch Massingham sie genau musterte. Zu lügen, ein Nein zu sagen, war leicht. Viel schwerer war es, sich nichts anmerken zu lassen. Ihr gelang es gerade noch, ihre Stimme unter Kontrolle zu halten, ihm gleichmütig in die Augen zu schauen. Dennoch hatte sie sich verraten. Ihm war das nervöse Zusammenzucken nicht entgangen, das kurze Runzeln der Brauen. So etwas ließ sich nur schwer unterdrücken.

»Treten Sie doch näher, damit Sie ihn genauer sehen können!« forderte er sie auf, als sie noch immer zögerte. »Es ist ein auffälliger Knopf, der wahrscheinlich von einem Herrensakko stammt. Haben Sie so einen Knopf schon mal gesehen?«

Man merkte ihr an, daß sie überlegte. »Ich kann mich nicht erinnern.«

»Können Sie sich nicht mehr erinnern, ob Sie so einen Knopf schon mal gesehen haben, oder wissen Sie nicht mehr, wann es war?«

»Sie bringen mich durcheinander.« Sie schaute zu Lady Ursula hinüber.

»Wenn Sie einen Anwalt hinzuziehen wollen«, sagte Lady Ursula, »rufe ich Mr. Farrell an.«

»Ich brauche keinen Anwalt«, erwiderte Miss Matlock. »Wozu denn? Und schon gar nicht diesen Mr. Farrell. Für ihn bin ich ohnehin nur lästiges Ungeziefer.«

»Dann sollten Sie die Frage des Commanders beantworten. Sie ist doch recht simpel.«

»Ich habe so einen Knopf schon mal gesehen. Ich weiß nur nicht, wo. Solche Knöpfe gibt es doch zu Hunderten.«

»Versuchen Sie sich zu erinnern!« drängte Dalgliesh. »Wo ist es denn gewesen? Hier im Haus?«

Massingham, der Dalgliesh absichtlich nicht anschaute, hatte auf diesen Augenblick gewartet. Seine Stimme klang schroff, angewidert, aber auch ein wenig belustigt. »Sind Sie nicht seine Geliebte, Miss Matlock?« fragte er. »Deswegen schützen Sie ihn doch, nicht wahr? Sein Entgelt war eine halbe Stunde Beischlaf zwischen seinem Bad und dem anschließenden Abendessen. So billig kam er zu einem Alibi, nicht wahr?«

Massingham war ein Meister in solchen Provokationen. Jedes Wort war eine berechnete Kränkung. Warum lasse ich ihn immer die Drecksarbeit erledigen, dachte Dalgliesh.

Miss Matlocks Gesicht wurde puterrot. Lady Ursula lachte spöttisch auf. »Diese Beschuldigung ist nicht nur beleidigend, Commander«, wandte sie sich an Dalgliesh, »sondern auch lächerlich und grotesk.«

Miss Matlock drehte sich nach ihr um. Die Hände waren geballt. Sie zitterte vor Erregung. »Warum sollte das lächerlich oder grotesk sein? Sie können doch nur die Vorstellung nicht ertragen. Als Sie jung waren, hatten sie genügend Liebhaber. Das ist allgemein bekannt. Das weiß alle Welt. Jetzt sind Sie alt, kränklich, häßlich. Keiner will etwas von Ihnen, weder Mann noch Frau. Und jetzt stört Sie der Gedanke, daß jemand mich begehren könnte. Er hat mich begehrt, begehrt mich noch immer. Er liebt mich. Wir lieben uns. Er kümmert sich um mich. Er weiß, was für ein Leben ich in diesem Haus führen muß. Ich bin müde, überarbeitet, und ich hasse euch alle. Davon hatten Sie keine Ahnung, nicht wahr? Sie dachten, daß ich Ihnen dankbar sei. Dankbar, daß ich Sie wie ein kleines Kind waschen durfte, daß ich eine feine Dame bedienen durfte, die zu faul ist, ihre Unterwäsche vom Boden aufzuheben, dankbar für das schäbigste Zimmer im Haus, für ein Bett, ein Dach über dem Kopf, für das bißchen Essen. Das Haus war nie mein Heim. Es ist ein Museum. Es ist tot. Schon seit Jahren. Sie denken doch nur an sich selbst. Tu das, Mattie! Hol mir jenes, Mattie! Laß mir das Badewasser ein, Mattie! Dabei habe ich einen Taufnamen. Er nennt mich Evelyn. So heiße ich nämlich. Ich bin weder eine Katze noch ein Hund. Ich bin kein Haustier.« Sie wandte sich an Barbara Berowne. »Und nun zu Ihnen, Madam. Ich könnte der Polizei einiges über Ihren Vetter Dr. Lampart erzählen. Sie wollten Sir Paul schon,

als Ihr Verlobter noch gar nicht begraben, als Sir Pauls erste Frau noch nicht tot war. Nein, Sie haben nicht mit ihm geschlafen. Dafür waren Sie viel zu gerissen. Und Sie, Miss Berowne? Wie sehr haben Sie sich als seine Tochter um ihn gekümmert? Oder Ihr Freund? Den haben Sie sich ja nur zugelegt, um Ihren Vater zu kränken. Keine von Ihnen allen weiß doch, was Rücksichtnahme, was Liebe ist.« Sie wandte sich abermals Lady Ursula zu. »Kommen Sie mir jetzt bloß nicht mit meinem Vater! Ich soll wohl dankbar sein für das, was Ihr Sohn getan hat. Aber was hat er denn schon getan? Nicht mal das Gefängnis konnte er meinem Vater ersparen. Das Leben hinter Gittern hat ihn zerbrochen. Er konnte das Eingesperrtsein nicht ertragen. Es brachte ihn um. Was hat das Sie alle schon groß gekümmert? Sir Paul meinte, es sei genug, wenn er mir eine Anstellung verschaffte, ein Zuhause, was Sie alle so unter einem Zuhause verstehen. Er meinte, er würde für seinen Fehler zahlen. Das stimmt nicht. Ich allein habe gezahlt.«
»Ich habe nicht gewußt, daß Sie so fühlen«, erwiderte Lady Ursula. »Aber ich hätte es mir denken können. Es tut mir leid.«
»Nein, es tut Ihnen gar nicht leid. Das sind bloß Worte. Ihnen hat noch nie etwas leid getan. In all den Jahren nicht. Ja, ich habe mit ihm geschlafen. Ich werd's auch wieder tun. Sie können mich nicht daran hindern. Das geht Sie nichts an. Ich gehöre Ihnen nicht mit Leib und Seele, auch wenn Sie sich das einbilden. Er liebt mich, und ich liebe ihn.«
»Machen Sie sich nicht lächerlich!« entgegnete Lady Ursula. »Er hat Sie doch nur ausgenützt. Er hat Ihnen schöne Augen gemacht, um kostenlos essen und baden zu können. So brachte er Sie dazu, daß Sie seine Wäsche wuschen und bügelten und ihm schließlich ein Alibi verschafften.«
Barbara Berowne betrachtete ihre lackierten Fingernägel mit der selbstvergessenen Zufriedenheit eines Kindes. »Ich weiß, daß Dicco mit ihr geschlafen hat«, sagte sie beiläufig. »Er hat es mir selbst erzählt. Aber er hat Paul nicht umgebracht. So ein Gedanke ist doch absurd. Dicco hat mit ihr in Pauls Bett geschlafen, als Paul ermordet wurde.«
Evelyn Matlock fuhr herum. »Das ist eine Lüge!« schrie sie. »Er kann es Ihnen nicht erzählt haben. Das hätte er nie getan.«
»Er hat's aber getan. Er fand's amüsant. Deswegen hat er's mir auch

erzählt.« Sie schaute mit einem belustigten und gleichzeitig angewiderten Ausdruck zu Lady Ursula hinüber. »Ich fragte ihn noch«, redete sie mit ihrer hohen, ausdruckslosen Stimme weiter, »wie er es ertragen könne, sie anzufassen. Da sagte er, er könne mit jeder Frau schlafen, solange er die Augen schließe und sich einbilde, es sei jemand anders. Außerdem gehe es ihm vor allem um das heiße Bad und die Gratismahlzeit. Und so ein üble Figur habe Mattie auch wieder nicht. Nur das dümmliche Gerede hinterher gehe ihm auf die Nerven.«

Evelyn Matlock ließ sich auf einem der Stühle an der Wand nieder. Sie schlug die Hände vors Gesicht, blickte dann hoch und sagte so leise, daß Dalgliesh sich zu ihr hinabbeugen mußte: »Er ist am Abend noch mal weggegangen. Er müsse mit Sir Paul sprechen, sagte er. Er müsse herausbringen, wie Sir Paul Lady Berowne finanziell versorgen wollte. Als er ankam, seien beide schon tot gewesen, sagte er. Die Tür sei offen gewesen, und beide seien tot dagelegen. Er hat mich geliebt und mir vertraut. Wenn er doch auch mich umgebracht hätte!« Sie begann herzzerreißend zu schluchzen. Sarah Berowne ging zu ihr und strich ihr linkisch über den Kopf.

»Das ist ja unerträglich!« sagte Lady Ursula halblaut. »Bringe sie doch auf ihr Zimmer!«

Als seien die leise gesprochenen Worte eine Drohung gewesen, versuchte Evelyn Matlock ihr Schluchzen zu unterdrücken.

»Er kann es gar nicht getan haben«, sagte Sarah Berowne zu Dalgliesh. »So viel Zeit hatte er nicht, um die Morde zu begehen und sich hinterher noch zu waschen. Es sei denn, er ist mit dem Wagen oder dem Rad gefahren. Für eine Fahrt mit dem Taxi wäre das Risiko zu groß gewesen. Und hätte er das Rad genommen, hätte Halliwell ihn sicherlich gesehen oder gehört.«

»Halliwell war nicht da, hätte ihn also auch nicht hören können«, warf Lady Ursula ein. Sie griff nach dem Telefonhörer und wählte eine Nummer. »Kommen Sie bitte zu mir, Halliwell!« sagte sie.

Im Zimmer hörte man nur noch Miss Matlocks gedämpftes Schluchzen. Lady Ursula blickte sie nachdenklich, aber ohne die geringste Spur von Mitgefühl oder Interesse an.

In der marmornen Eingangsdiele hallten Schritte. Dann erschien Halliwell im Türrahmen. Er trug Jeans und ein kurzärmeliges Hemd mit offenem Kragen. Die dunklen Augen musterten flüchtig die Anwesenden. Er schloß die Tür und blickte ruhig, selbstsicher und gleichgültig zu Lady Ursula.

»Halliwell fuhr mich an jenem Abend zur St.-Matthew-Kirche«, erklärte Lady Ursula. »Schildern Sie dem Commander, wie alles abgelaufen ist, Halliwell!«

»Alles, Lady Ursula?«

»Selbstverständlich.«

»Lady Ursula rief mich gegen zehn vor sechs an«, berichtete er Dalgliesh. »Ich solle den Wagen startklar machen, sagte sie. Sie würde zur Garage kommen, und dann müßten wir möglichst unauffällig durch die rückwärtige Ausfahrt das Haus verlassen. Als sie im Wagen saß, sagte sie, ich solle zur St.-Matthew-Kirche in Paddington fahren. Ich mußte im Stadtplan nachschauen.«

Sie waren also fast eine Stunde vor Dominic Swaynes Ankunft losgefahren, dachte Dalgliesh. Die Wohnung über der Garage war leer gewesen. Swayne muß angenommen haben, daß Halliwell, da er ja seinen freien Tag hatte, schon abgereist sei.

»Wir erreichten die Kirche, wo ich auf Anweisung von Lady Ursula vor dem Südportal parkte. Lady Ursula läutete dann, und Sir Paul machte ihr auf. Nach einer halben Stunde kehrte sie wieder und sagte, ich solle gleichfalls hineingehen. Das muß gegen sieben gewesen sein. Ich sah Sir Paul und einen anderen Mann, offenbar einen Stadtstreicher. Auf dem Tisch lag ein Blatt Papier mit etwa acht handgeschriebenen Zeilen. Sir Paul sagte, er würde das Schriftstück unterzeichnen, und ich solle das durch meine Unterschrift bestätigen. Ich schrieb meinen Namen unter seinen. Der Stadtstreicher tat das gleiche.«

»Es war schon ein glücklicher Zufall, daß dieser Harry überhaupt schreiben konnte«, warf Lady Ursula ein. »Er war zwar ein alter Mann, aber das hatte man ihm in seiner Jugend noch beigebracht.«

»War er nüchtern?« fragte Dalgliesh.

»Er hatte eine leichte Fahne«, antwortete Halliwell. »Aber er schwankte nicht. Und er konnte seinen Namen schreiben. So betrunken war er jedenfalls nicht, daß er nicht wußte, was er tat.«

»Haben Sie gelesen, was in dem Schriftstück stand?«

»Nein, Sir. Das ging mich nichts an.«

»Womit war das Schriftstück geschrieben worden?«

»Mit Sir Pauls Füllfeder. Mit ihr schrieb er auch seinen Namen und gab sie danach mir und dem Stadtstreicher. Hinterher benützte er einen Löscher. Dieser Harry verließ dann den Raum durch die Tür rechts neben dem Kamin. Auch Lady Ursula und ich gingen. Sir Paul blieb in der Sakristei. Wir fuhren zu den Parliament Hill Fields und danach nach Hampstead Heath. Gegen halb zehn waren wir wieder hier. Lady Ursula setzte ich auf ihren Wunsch vor der Haustür ab. Ich parkte den Wagen, wie Lady Ursula es wollte, auf dem Campden Hill Square.«

Sie waren also unbemerkt weggefahren und wiedergekommen. Danach hatte Lady Ursula ihr Abendessen bestellt – Bouillon und Räucherlachs –, das ihr auf einem Tablett gebracht werden sollte. Niemand hatte sie gestört, bis später Miss Matlock kam, um ihr ins Bett zu helfen.

»Hat Sir Paul noch was gesagt, nachdem Sie das Schriftstück unterzeichnet hatten?« fragte er Halliwell.

Halliwell schaute Lady Ursula an. Aber diesmal erhielt er keine Anweisung.

»Hat er noch etwas zu Ihnen, diesem Harry Mack oder Lady Ursula gesagt?« wiederholte Dalgliesh.

»Harry Mack war nicht mehr da. Er war ja gleich hinausgeschlurft. Sir Paul sagte noch zu seiner Mutter: ›Paß gut auf ihn auf!‹«

Dalgliesh musterte Lady Ursula. Sie saß gelassen, die Hände im Schoß gefaltet, da und blickte zu den Platanen vor dem Haus hinaus. Wenn er sich nicht täuschte, umspielte ein Lächeln ihre Lippen.

»Sie haben mich also angelogen«, wandte er sich wieder Halliwell zu, »als ich Sie fragte, ob jemand an dem fraglichen Abend einen der Wagen oder das Fahrrad benützt haben könnte. Sie sind auch nicht den ganzen Abend in Ihrer Wohnung gewesen.«

»Ja, Sir«, antwortete Halliwell gleichmütig. »Ich habe Sie angelogen.«

»Er hat es auf mein Geheiß getan«, sagte Lady Ursula. »Was ich mit meinem Sohn in der Sakristei zu erledigen hatte, steht nicht mit seinem Tod in Zusammenhang, ob er sich nun selbst umgebracht hat oder ermordet wurde. Mir schien es wichtiger, daß Sie den Mörder dingfest machen, statt sich in eine Familienangelegenheit einzumischen. Als ich ging, war mein Sohn ja noch am Leben. Deswegen sagte ich Halliwell, er solle die Zusammenkunft verschweigen. Er ist gewöhnt, Befehle auszuführen.«

»Nicht alle Befehle, Lady Ursula«, entgegnete Halliwell.
Er blickte sie kurz an und verzog den Mund zu einem grimmigen Lächeln. Sie nickte ihm befriedigt zu. Dalgliesh konnte sich vorstellen, was die beiden aneinander band. Ihr Sohn, Hugo Berowne, war mal sein Kommandeur gewesen. Sie war Sir Hugos Mutter. Für sie hätte er nicht nur gelogen.
In diesem Augenblick sprang Barbara Berowne, die er beinahe vergessen hatte, auf und stürzte sich auf ihn. Die Hände mit den pinkfarben lackierten Nägeln packten sein Revers. Ihre blasierte Gleichgültigkeit war verschwunden. »Er hat es nicht getan!« schrie sie. »Dicco hat das Haus nicht verlassen. Daß Sie das nicht einsehen wollen! Mattie ist ja nur rachsüchtig, weil er sich nie etwas aus ihr gemacht hat. Warum sollte er auch? Schauen Sie Mattie doch nur an! Und die noble Familie Berowne hat ihn von Anfang an abgelehnt. Ihn und mich.« Sie drehte sich Lady Ursula zu. »Du warst doch von Anfang an gegen unsere Heirat. Ich war dir nicht gut genug für deine ach so prächtigen Söhne. Aber jetzt gehört das Haus mir. Es wäre besser, wenn du bald ausziehen würdest.«
»So ist es nicht«, konterte Lady Ursula. Schwerfällig drehte sie sich um und griff nach ihrer Handtasche, die an der Sessellehne hing. Nachdem sie mit ihren gichtigen Fingern mühevoll den Verschluß geöffnet hatte, holte sie einen zusammengefalteten Briefbogen hervor. »Mein Sohn hat in der Sakristei sein Testament unterzeichnet«, erklärte sie. »Und du, teure Barbara, bist darin angemessen, wenn auch nicht allzu üppig bedacht worden. Das Haus und seinen sonstigen Besitz hat er bis zur Geburt seines Kindes mir anvertraut. Sollte das Kind nicht am Leben bleiben, fällt alles mir zu.«
Barbara Berownes Augen füllten sich mit Tränen. »Warum hat er das getan?« rief sie weinerlich aus. »Wie hast du ihn dazu gebracht?«
Lady Ursula wandte sich an Dalgliesh, als gehe die Antwort allein ihn etwas an. »Ich habe ihn aufgesucht, um ihn zur Rede zu stellen. Ich wollte ihn fragen, ob er von dem Kind wisse, ob es sein Kind sei, was er zu tun gedenke. Erst die Anwesenheit dieses Landstreichers brachte mich auf die Idee mit dem Testament. Die zwei benötigten Zeugen waren zur Stelle, verstehen Sie? ›Wenn es dein Kind ist‹, sagte ich zu Paul, ›möchte ich seine Zukunft absichern. Solltest du heute nacht sterben, erbt sie alles, und Lampart wird der

Stiefvater deines Kindes. Willst du das?‹ Er gab keine Antwort, sondern setzte sich an den Tisch. Ich entnahm der obersten Schreibtischschublade einen Briefbogen und legte ihn vor ihn hin. Ohne Widerrede schrieb er sein Testament. Es waren nur die besagten acht Zeilen. Ein ausreichendes Jahreseinkommen für seine Frau und alles übrige, von mir treuhänderisch verwaltet, für das Kind.«

»Sie haben also gelogen«, sagte Dalgliesh, »als Sie angaben, Sie hätten spätabends noch mal mit Halliwell telefoniert. Nach der Entdeckung der Leichen wußten Sie, daß er sich in einer peinlichen Lage befand. Er würde Ihnen zuliebe falsch aussagen. Dafür schuldeten Sie ihm zumindest ein Alibi. Auch was den Terminkalender Ihres Sohnes angeht, haben Sie mich belogen. Sie wußten ja, daß er sich noch gegen sechs Uhr abends hier im Haus befunden hatte. Als General Nollinge anrief, sind Sie doch ins Arbeitszimmer gegangen und haben ihn aus der Schreibtischschublade geholt.«

»In meinem Alter«, erwiderte sie, »ist das Gedächtnis nicht mehr so gut. Ich glaube nicht, daß ich die Polizei je zuvor angelogen habe. Für Angehörige meiner Schicht gab es dafür selten einen Anlaß. Aber ich versichere Ihnen, daß wir es ebenso gut können wie andere Leute, wenn nicht noch besser.«

»Sie haben also abgewartet, bis Sie wußten, was wir herausgefunden hatten, daß nämlich die Mutter Ihres Enkelkindes keine Mörderin oder die Komplizin eines Mörders ist. Zugleich war Ihnen bewußt, daß Sie uns wichtige Informationen vorenthielten. Das hätte dazu führen können, daß der Mörder Ihres Sohnes unentdeckt geblieben wäre. Doch das wäre Ihnen gleichgültig gewesen, sofern der Fortbestand Ihrer Familie gesichert war, sofern Ihre Schwiegertochter einen Erben zur Welt brachte, nicht wahr?«

»Einen legitimen Erben«, verbesserte sie ihn mit sanfter Stimme. »Ihnen mag es vielleicht nicht so wichtig erscheinen. Aber ich bin nun über achtzig. Wir haben da andere Maßstäbe. Meine Schwiegertochter mag sich nicht durch besondere Geistesgaben auszeichnen, aber sie wird dem Kind eine fürsorgliche Mutter sein. Dafür werde ich schon sorgen. Meinem Enkelsohn wird es gutgehen. Für ein Kind ist es kein besonders reizvolles Erbe zu wissen, daß die Mutter an der Ermordung des Vaters durch ihren Geliebten nicht unbeteiligt war. Mit so einem Erbe sollte sich mein Enkel nicht herumschlagen müssen. Paul bat mich, für mein Enkelkind zu sorgen. Das tue ich. Den letzten Wunsch eines Verstorbenen sollte man erfüllen. In diesem Fall fiel er mit meinen Vorstellungen zusammen.«

»Ist das alles, was Ihnen am Herzen liegt?«

»Ich bin zweiundachtzig, Commander. Die Männer, die ich geliebt habe, sind alle tot. Was ist geblieben, woran ich mein Herz hängen könnte?«

»Dominic Swayne wohnt doch derzeit hier. Hat jemand von Ihnen eine Ahnung, wo er sich befinden könnte?« fragte Dalgliesh. Als er keine Antwort bekam, fügte er hinzu: »Dann werde ich bis zu seiner Rückkehr einen Polizeibeamten dalassen.«

In diesem Augenblick klingelte das Telefon. Barbara Berowne schreckte hoch und schaute Dalgliesh ängstlich an. Lady Ursula und Sarah Berowne ignorierten das Läuten. Massingham hob schließlich ab. Er meldete sich mit seinem Namen, lauschte stumm, sagte dann etwas so leise, daß niemand seine Worte verstehen konnte, und legte auf. Dalgliesh ging zu ihm.

»Darren ist endlich heimgekommen, Sir«, flüsterte Massingham. »Er will nicht sagen, wo er sich aufgehalten hat. Robins meint, daß er etwas verheimlicht. Seine Mutter ist noch nicht zurück. Keiner weiß, wo sie abgeblieben ist. Unsere Leute klappern weiterhin die von ihr frequentierten Kneipen und Clubs ab. Bis wir Swayne gefaßt haben, kümmern sich um Darren zwei Beamte.«

»Irgendeine Spur von Swayne?«

»Bis jetzt nicht, Sir. Der Bühnenbildner, bei dem er in Shepherd's Bush gewohnt hat, gab an, er hätte heute den Rest seiner Sachen geholt. Außerdem hätte Swayne gesagt, er würde nach Edinburgh fahren.«

»Nach Edinburgh?«

»Wahrscheinlich hat er dort Freunde. Robins hat Edinburgh verständigt. Man will ihn beim Aussteigen verhaften.«

»Wenn er überhaupt dorthin gefahren ist«, sagte Dalgliesh und ging zu Miss Matlock.

Obwohl ihr Gesicht vor Kummer verzerrt war, sah er ihren Augen an, daß sie Vertrauen zu ihm gefaßt hatte.

»Mr. Swayne hat Ihre Zuneigung ausgenützt«, sagte er. »Ihm kam es nur darauf an, daß Sie falsch aussagen. Das war ein Verrat. Aber was Sie füreinander empfunden haben, geht nur Sie beide etwas an. Nur Sie beide wissen die Wahrheit.«

»Er brauchte mich doch«, erwiderte sie. »Er hatte ja sonst niemanden. Es war Liebe. Es war Liebe.« Als Dalgliesh nichts darauf erwiderte, sagte sie so leise, daß er die Worte kaum verstand: »Bevor er das Haus verließ, steckte er eine Schachtel Streichhölzer ein. Ich hätte es nicht bemerkt, wenn nicht der elektrische Teekessel in der Küche kaputtgegangen wäre. Halliwell wollte ihn reparieren. Als ich den Gasherd anmachen wollte, mußte ich eine neue Zündholzschachtel holen, weil die am Herd verschwunden war.« Sie begann wieder zu weinen.

»Hat Mr. Swayne an jenem Abend außer Ihrem Wohnzimmer und der Küche noch einen weiteren Raum im Haus aufgesucht?« fragte Dalgliesh.

»Er hat nur seine Toilettentasche ins Bad gebracht.«

Swayne hätte sich also auch ins Arbeitszimmer schleichen können.

»Hatte er irgend etwas bei sich, als er wiederkehrte?«

»Nur eine Abendzeitung. Die hatte er schon, als er ankam.«

Warum hatte er die Zeitung nicht in ihrem Trakt gelassen? Wer ging schon mit einer Zeitung ins Badezimmer? Es sei denn, er hatte sie mitgenommen, um in ihr etwas zu verbergen, ein Buch, ein Schriftstück, irgendwelche Briefe. Wer Selbstmord verüben will, vernichtet zumeist irgendwelche Schriftstücke. Swayne hatte im Haus nach etwas gesucht, das er mitnehmen und verbrennen wollte. Vermutlich hatte er die Schreibtischschublade herausgezogen und den Terminkalender gefunden.

»Miss Matlock fühlt sich nicht wohl«, sagte er zu Sarah Berowne. »Eine Tasse Tee täte ihr sicherlich gut.«

»Sie verachten uns, nicht wahr? Uns alle?« erwiderte Sarah Berowne.

»Miss Berowne, ich ermittle nur. Eine andere Funktion steht mir nicht zu.«

Als er mit Massingham zur Tür ging, hörte er Lady Ursulas brüchige, aber selbstbewußte Stimme. »Bevor Sie uns verlassen, Commander, sollten Sie noch erfahren, daß aus dem Safe im Arbeitszimmer eine Pistole verschwunden ist. Es ist eine Smith & Wesson, die einst meinem ältesten Sohn gehörte. Meine Schwiegertochter sagt zwar, Paul habe sie weggeworfen, aber es wäre dennoch ratsam ...«, sie machte eine Pause und fuhr dann mit ironischem Unterton fort, »... anzunehmen, daß sie sich täuscht.«

»Könnte Ihr Bruder die Pistole genommen haben?« fragte Dalgliesh Barbara Berowne. »Kannte er die Safekombination?«

»Selbstverständlich nicht! Was sollte Dicco mit einer Pistole anfangen? Paul wollte sie loswerden. Er hat es mir selbst gesagt. Sie war ihm zu gefährlich. Er hat sie in die Themse geworfen.«

»Commander, Sie können sicher sein«, antwortete ihm Lady Ursula, als sei ihre Schwiegertochter nicht zugegen, »daß Dominic Swayne die Safekombination kennt. Mein Sohn hat sie drei Tage vor seinem Tod geändert. Er hatte die Gewohnheit, die neue Kombination mit Bleistift auf der letzten Seite seines Terminkalenders zu notieren, bis er sicher war, daß er und ich sie auswendig wußten. Er versah die entsprechenden Zahlen im Kalender des nächsten Jahres mit einem Kreis. Sie haben mich ja darauf hingewiesen, Commander, daß diese Seite fehlte.«

7

Gegen fünf Uhr nachmittags hatte er endlich den Meißel. Aus Zeitmangel war er nicht zu Woolworth gegangen. Er hatte den Meißel in einem Eisenwarengeschäft unweit der Harrow Road gekauft. Möglicherweise konnte ihn der Verkäufer wiedererkennen. Aber wer würde schon nach ihm fragen? Was er vorhatte, würde doch nur als belangloser Einbruch eingestuft werden. Danach würde er den Meißel in den Kanal werfen. Wie sollte man ihn mit dem aufgestemmten Opferstock in Verbindung bringen, wenn es den Meißel nicht mehr gab, der zu den Beschädigungen am Opferstock paßte? Da der Meißel für seine Jackettasche zu lang war, hatte er ihn zu der Pistole in den Leinenbeutel gesteckt. Er hatte keine Angst, daß man ihn aus irgendeinem Grund anhalten und durchsuchen könnte. Weswegen sollte man einen dezent gekleideten jungen Mann, der offensichtlich auf dem Heimweg war, durchsuchen? Aber seine Zuversicht hatte noch andere Gründe. Mit hoch erhobenem Kopf ging er die schäbigen Straßen entlang. Er war unbesiegbar. Er hätte lachen können über die vielen grauen, dümmlichen

Gesichter. Die Leute starrten stur geradeaus oder schauten zu Boden, als hofften sie eine verlorene Geldmünze zu finden. Sie alle waren eingezwängt in ein hoffnungsloses Leben, waren Sklaven von Alltagsroutine und Konvention. Er allein hatte den Mut zum Ausbrechen gehabt. Außerdem würde er sich in wenigen Stunden auf dem Weg nach dem sonnigen Spanien befinden. Niemand konnte ihn davon abhalten. Die Polizei hatte nichts in der Hand, was seine Verhaftung rechtfertigen würde. Das einzige Beweisstück, das ihn mit dem Mord in Verbindung bringen könnte, würde bald in seinem Besitz sein. Er hatte genug Geld, um die nächsten zwei Monate gut leben zu können. Danach wollte er Barbie schreiben. Jetzt konnte er sie noch nicht einweihen. Aber eines Tages würde er ihr alles erzählen. Sein Drang, sich jemandem anzuvertrauen, grenzte nahezu an Besessenheit. Fast hätte er der verschrobenen alten Jungfer im St.-Ermin-Hotel alles erzählt. Er brauchte jemanden, der seinen Erfolg, seinen Mut bewunderte – vor allem Barbie. Sie hatte auch ein Recht, alles zu erfahren. Er würde ihr sagen, daß sie ihm ihr Vermögen verdankte, ihre Freiheit, ihre Zukunft. Und sie würde wissen, wie sie ihm danken sollte.

Obwohl es noch Nachmittag war, wurde es immer dunkler, als sei die Nacht bereits angebrochen. Den Himmel überzog eine dichte Wolkendecke. Die Schwüle machte einem das Atmen schwer. Ein Gewitter kündigte sich an. Als er in die Seitenstraße einbog und die Kirche erblickte, brach das Unwetter los. Ein Blitz zuckte über den Himmel, dem gleich darauf grollender Donner folgte. Schwere Regentropfen platschten aufs Pflaster. Dann begann es heftig zu regnen. Swayne rannte zum überdachten Kirchenportal. Am liebsten hätte er laut aufgelacht. Selbst das Wetter war auf seiner Seite. Die Straße, die zur Kirche führte, war menschenleer. Die Häuser mit ihren Vorgärten schienen sich unter dem niederprasselnden Regen zu ducken. Gurgelnd schoß das Wasser den Bordstein entlang.

Leise drückte er die schwere Klinke nieder. Das Portal war nicht verschlossen, sondern nur angelehnt. Er hatte damit gerechnet, daß es offen sein würde. Denn mußten nicht Kirchen, diese Stätten der Zuflucht und des Aberglaubens, ihren Gläubigen stets offenstehen? Die Türangeln quietschten, als er das Portal schloß und in die weihrauchgeschwängerte Stille trat.

Die Kirche war größer, als er angenommen hatte. Außerdem war es im Inneren so kühl, daß ihn fröstelte. Licht kam nur von einer herabhängenden Deckenlampe, einem rötlich schimmernden Lämpchen in der Kapelle und zwei Kerzenreihen vor der Muttergottesstatue, die zu flackern begannen, als er das Portal wieder schloß. An dem Kerzenständer vor ihm befand sich ein Opferstock. Aber das war nicht der, den er suchte. Er hatte den Jungen genau befragt. Der Opferstock, in dem der Knopf sein mußte, war im Westteil der Kirche vor einem schmiedeeisernen Ziergitter. Er ließ sich jedoch Zeit. Regentropfen rannen ihm vom Haar übers Gesicht. Sie schmeckten irgendwie süßlich. Zu seinen Füßen bildete sich eine Pfütze. Gemächlich, beinahe tänzerisch, schlenderte er durchs Kirchenschiff zu dem Kerzenständer vor dem Ziergitter.

Den Opferstock sicherte nur ein kleines Vorhängeschloß. Auch der Opferstock selbst war nicht so stabil, wie er befürchtet hatte. Er zwängte den Meißel unter den Deckel und versuchte ihn hochzuwuchten. Zunächst widerstand das Holz. Dann hörte er, wie es leise splitterte. Der Spalt wurde größer. Als er den Meißel noch einmal hochdrückte, sprang das Vorhängeschloß mit einem lauten Knall ab. Gleich darauf donnerte es draußen. Die Götter, dachte er, applaudieren mir.

Dann bemerkte er, daß sich ein dunkler Schatten auf ihn zubewegte. »Wenn du den Knopf suchst, mein Sohn«, sagte eine ruhige sanfte Stimme, »bist du zu spät gekommen. Den hat schon die Polizei.«

8

Vergangene Nacht hatte Pfarrer Barnes der gleiche Traum überfallen, den er schon am Mordtag gehabt hatte. Das Entsetzen war noch nicht verblaßt, als er wach wurde. Selbst als er später darüber nachdachte, war ihm unbehaglich zumute. Wie nach jedem Alptraum hatte er das Gefühl, daß nicht irgendein Zufall die Ursache war, sondern eine schreckliche Macht in seinem Unterbewußtsein, die nur darauf wartete, wieder hervorzubrechen. Er hatte eine Prozession gesehen. Er selbst nahm nicht daran teil, stand allein und unbeachtet am Straßenrand. Angeführt wurde sie von Pfarrer

Donavan in seinem prächtigen Meßgewand. Die Gemeinde stürmte aus der Kirche, um ihm zu folgen: lachende Gesichter, herumhüpfende, vor Schweiß dampfende Menschen, das metallische Dröhnen von Blechtrommeln. Dahinter wurde das Altarsakrament unter einem Baldachin getragen. Aber als er näher herantrat, erkannte er, daß es kein Baldachin war, sondern der verschossene, schmuddelige Teppich aus der kleinen Sakristei von St. Matthew, und das Altarsakrament entpuppte sich als Berownes Leiche, rosafarben und nackt wie ein abgestochenes Schwein, mit einer klaffenden Halswunde.

Mit einem Entsetzensschrei war er aufgewacht und hatte nach dem Schalter der Nachttischlampe gesucht. Dieser Alptraum hatte ihn schon mehrmals gequält. Letzten Sonntag blieb er sonderbarerweise verschont. Seitdem konnte er, bis auf die vergangene Nacht, tief und ungestört durchschlafen.

Bevor er sich daranmachte, die leere Kirche – Dalgliesh und Miss Wharton waren längst gegangen – abzuschließen, betete er noch, daß ihm solche Horrorbilder heute nacht erspart bleiben möchten. Er schaute auf seine Armbanduhr. Obwohl es erst Viertel nach fünf war, schien es draußen so dunkel zu sein, als sei es mittlerweile Nacht geworden. Als er das überdachte Portal erreichte, begann es zu regnen. Im Grollen des nachfolgenden Donners schien die Kirche zu erbeben. Kein Wunder, dachte er, daß die Menschen von jeher den Donner gefürchtet haben, als verkünde er den Zorn Gottes. Vom Vordach des Portals schoß plötzlich in einem Schwall das Regenwasser herunter. Es wäre töricht, wenn er sich bei diesem Unwetter auf den Weg zur Pfarrwohnung machte. In wenigen Augenblicken wäre er bis auf die Haut durchnäßt. Wenn er nicht darauf beharrt hätte, das Opfergeld noch in sein Spendenbuch einzutragen, hätte Commander Dalgliesh ihn sicherlich nach Hause gefahren. Auf der Fahrt zum Yard wollte er Miss Wharton auch vor ihrer Wohnung absetzen. Jetzt mußte er eben warten.

Da fiel ihm Bert Poulsons Regenschirm ein. Bert, der als Tenor im Kirchenchor sang, hatte ihn nach der Sonntagsmesse im Glockenraum stehenlassen. Den konnte er doch nehmen. Er ließ das Nordportal angelehnt und durchquerte das Kirchenschiff. Nachdem er die Ziergitterpforte aufgesperrt hatte, ging er in den Glockenraum. Der Regenschirm war noch da. Vielleicht sollte er noch einen

Zettel mit einer Nachricht an den Haken heften. Wenn Bert am Sonntag in aller Herrgottsfrühe kam und den Regenschirm nicht vorfand, könnte er sich beschweren. Er war so ein Mensch. Pfarrer Barnes ging in die kleine Sakristei und entnahm der Schreibtischschublade einen Briefbogen, auf den er »Mr. Poulsons Regenschirm ist in der Pfarrwohnung« schrieb.

Er steckte gerade seinen Kugelschreiber in die Tasche, als er das Geräusch vernahm. Es hörte sich an, als würde etwas bersten. Es mußte ganz in der Nähe gewesen sein. Ohne lange zu überlegen, verließ er leise die kleine Sakristei und trat in den Gang hinaus. Hinter dem Ziergitter stand ein blonder junger Mann und hielt einen Meißel in der Hand. Der Opferstock war aufgebrochen.

Da wußte Pfarrer Barnes Bescheid. Er wußte, wer der junge Mann war, was er hier suchte. Er erinnerte sich an Commander Dalgliesh Worte: »Wenn er weiß, daß wir den Knopf gefunden haben, ist niemand mehr gefährdet.« Nur einen flüchtigen Augenblick lang empfand er Angst, eine alles überwältigende, lähmende Angst, die ihn sprachlos machte. Sie verflog. Dann war er wieder gelassen und konnte klar denken. Er hatte das Gefühl, daß er ohnehin nichts tun konnte, nichts zu befürchten hatte. Alles stand ja unter Kontrolle. Entschlossen ging er weiter, als müßte er ein neues Gemeindemitglied begrüßen, setzte auch die entsprechende freundliche Miene auf. Selbst seine Stimme klang völlig ruhig.

»Wenn du den Knopf suchst, mein Sohn, bist du zu spät gekommen. Den hat schon die Polizei.«

Die blauen Augen funkelten ihn an. Regentropfen liefen dem Mann über das noch jugendliche Gesicht, das jäh einen bestürzten, ängstlichen Ausdruck annahm. Der Mund öffnete sich, aber es kam kein Wort heraus. Pfarrer Barnes hörte den jungen Mann aufstöhnen und sah fassungslos, wie sich zwei zitternde Hände nach ihm ausstreckten. In einer war eine Pistole. »Nein, bitte nicht!« hörte er sich rufen und wußte doch, daß er kein Mitleid erwarten durfte. Es war nur ein letzter hilfloser Aufschrei vor dem Unvermeidlichen. Gleich darauf verspürte er einen dumpfen Schmerz und taumelte. Erst als er zu Boden fiel, registrierte er den Pistolenschuß.

Blut lief über die Fliesen. Er überlegte, woher die sich ausbreitende Lache wohl stammen könne. Das muß weggescheuert werden, dachte er. So etwas läßt sich nur schwer entfernen. Miss Wharton

und die anderen Damen werden davon bestimmt nicht erbaut sein. Das rötliche, zäh dahinfließende Rinnsal füllte die Fugen aus. So etwas hatte er schon einmal in einer Fernsehreklame gesehen. Irgend jemand ächzte. Es war ein lautes, gräßliches Geräusch. Damit sollten sie wirklich aufhören. Aber das ist ja mein Blut, dachte er dann, ich bin derjenige, der blutet. Ich werde sterben. Er verspürte keine Angst, nur einen kurzen Augenblick entsetzlicher Schwäche und danach die schlimmste Übelkeit seines Lebens. Aber das ging dann auch vorbei. Wenn das der Tod ist, dachte er, ist das Sterben nicht schwer. Er wußte, es gab Worte, die er jetzt sagen müßte, aber er war sich nicht sicher, ob sie ihm einfallen würden, und es war ihm egal. Ich muß mich fallenlassen, dachte er, einfach fallenlassen. Das war sein letzter Gedanke.
Er war bewußtlos, als die Wunde zu bluten aufhörte. Er nahm nichts wahr, als eine Stunde später das Portal sachte geöffnet wurde und ein Polizeibeamter schweren Schrittes auf ihn zuging.

9

Als Kate ihre Großmutter in der Unfallstation erblickte, wurde ihr klar, daß sie sich vor der Entscheidung nicht länger drücken konnte. Die alte Frau hockte auf einem Stuhl an der Wand, eine rote Krankenhausdecke um die Schultern, auf der Stirn einen Verband. Geradezu winzig sah sie aus, winzig und verängstigt. Das Gesicht war aschfarben und eingefallen. Die Augen fixierten mit furchtsamem Ausdruck die Tür. Kate fiel der herrenlose Hund im Notting-Hill-Revier ein, den jemand da abgegeben hatte und der danach ins Battersea-Tierheim geschafft wurde. Mit einer Schnur an die Bank gebunden, hatte er, am ganzen Körper zitternd, mit der gleichen Intensität die Tür angestarrt. Allzu deutlich waren die Anzeichen körperlichen Verfalls, nachlassender Vitalität und schwindender Selbstachtung, die sie bisher entweder nicht wahrgenommen hatte oder nicht hatte sehen wollen. Das Haar, das ihre Großmutter immer rot – im ursprünglichen Ton – gefärbt hatte, hing ihr in wirren weißen, grauen und orangefarbenen Strähnen ins abgezehrte Gesicht. Die mit Altersflecken übersäten Hände waren knochig

und glichen Klauen. Auf den Fingernägeln hafteten alte Lackreste. Ein säuerlicher Geruch ging von ihr aus.
Ohne sie zu berühren, setzte sich Kate auf den freien Stuhl neben ihr. Ich darf es nicht zulassen, daß sie mich abermals bittet, dachte sie. Diese Demütigung zumindest kann ich ihr ersparen. Von wem hätte ich meinen Stolz, wenn nicht von ihr?
»Es wird alles wieder gut, Oma«, versicherte sie. »Ich nehme dich bei mir auf.« Da gab es kein Zögern und auch keine andere Wahl. Sie konnte nicht in diese zum erstenmal wirklich verängstigten, verzweifelten Augen schauen und einfach nein sagen. Nur für ein paar Minuten verließ sie die alte Frau, um mit der Stationsschwester zu reden. Danach führte sie die Großmutter, die fügsam wie ein Kind mitging, zum Wagen und steckte sie zu Hause sogleich ins Bett. All die Diskussionen, die Rechtfertigung vor sich selbst, die Entscheidung, nie wieder mit ihrer Großmutter unter einem Dach zu leben, waren vergessen. So einfach und unausweichlich war alles gewesen.
Der folgende Tag war für beide hektisch verlaufen. Sie fuhr mit ihrer Großmutter zu deren Wohnung, wo sie Kleider und all die Habseligkeiten, von denen sich die alte Frau nicht trennen mochte, einpackte. Danach informierte sie die Nachbarn über den Vorfall. Es war bereits Nachmittag, als sie mit der Sozialhilfestelle und dem Wohnungsamt sprechen konnte. Sobald sie wieder im Charles Shannon House waren, machte sie Tee und räumte einige Schubladen und einen Schrank für die Sachen ihrer Großmutter leer. Auch ihre Malutensilien mußte sie anderswo verstauen. Gott weiß, dachte sie, wann ich das jemals wieder benutzen werde.
Es war schon nach sechs, als sie sich endlich auf den Weg zum Supermarkt in Notting Hill machen konnte, um Lebensmittel für die nächsten Tage einzukaufen. Hoffentlich konnte sie morgen wieder ihren Dienst antreten. Hoffentlich hatte sich die alte Frau bis dahin wieder erholt. Nach all den Anstrengungen wirkte sie erschöpft, und Kate befürchtete, sie würde sich am nächsten Morgen sträuben, abermals allein gelassen zu werden. Als die Jugendlichen sie überfallen hatten, hatte sie sich am Kopf verletzt und sich Schürfwunden am rechten Arm zugezogen. Wenigstens hatten sie ihr nicht die Zähne eingeschlagen, als sie ihr die Geldbörse entrissen. Kopf und Arm wurden geröntgt, und im Krankenhaus versi-

cherte man ihr, daß die alte Frau ohne weiteres zu Hause bleiben könne, solange sich jemand um sie kümmere.
Als Kate mit dem Einkaufswagen die Supermarktregale abfuhr, stellte sie mit Verwunderung fest, was sie alles benötigte, nachdem sich ihr Haushalt um eine Person vergrößert hatte. Sie brauchte keine Liste. Da sie jede Woche die Besorgungen für ihre Großmutter erledigt hatte, wußte sie, was die alte Frau mochte. Ingwerkekse etwa (»Nicht die weichen. Die harten sind besser zum Eintunken!«), Dosenlachs (»Nimm aber den roten. Den rosafarbenen mag ich nicht!«), Pfirsiche in Dosen (»Die kann ich noch beißen!«), Puddingpulver, in Klarsichtfolie abgepackten Schinken (»Der hält sich länger. Außerdem sieht man so, was man bekommt.«), in Beutel abgefüllten starken Tee (»In dem Zeug, das du letzte Woche gebracht hast, würde ich mir nicht mal die Hände waschen!«). Aber jetzt war alles ganz anders. Seit ihrem Einzug hatte die alte Frau nicht mehr gemäkelt, war nur bemitleidenswert und erschöpft dagesessen.
»Du wirst doch nicht lange ausbleiben?« hatte sie gefragt.
»Aber nein! Ich gehe nur zum Supermarkt am Notting Hill Gate.«
Als Kate gerade die Wohnungstür öffnen wollte, hatte sie ihr noch nachgerufen, als sei ihr Stolz plötzlich wieder erwacht: »Aber aushalten lasse ich mich nicht. Ich habe ja meine Pension.«
»Das weiß ich doch«, hatte Kate erwidert. »Wir werden uns schon einigen.«
Sturmböen fegten um das Notting Hill Gate, als sie den Supermarkt verließ, und wirbelten aufgeweichte Papierfetzen von den erhöhten Blumenrabatten. Auf der Umrandung saß ein zerlumpter alter Mann, prallvolle Plastiktüten zu seinen Füßen. Mit klagender Stimme schrie er etwas. Kate war nicht mit dem Wagen gefahren. In Notting Hill einen Parkplatz zu finden war ein hoffnungsloses Unterfangen. Die beiden Einkaufstüten waren schwerer, als sie angenommen hatte. Aber nicht nur das bedrückte sie. Sie würde mit ihrer Großmutter zusammenleben müssen, bis die alte Frau endlich starb. Bald war sie selbst zu alt, um sich ihre Unabhängigkeit zu bewahren. Vielleicht würde sie sich nach deren Verlust einreden, daß sie ein unabhängiges Leben nie wirklich angestrebt hatte. Aber wo konnte sie einen Platz im Altersheim – vorausgesetzt, ihre Großmutter würde da einziehen – oder eine Einzimmerwohnung

schon auftreiben, wenn auf den Wartelisten so viele Menschen standen, die eine Unterkunft weitaus dringender brauchten? Konnte sie ihrem Beruf nachgehen und zugleich eine bettlägerige Frau versorgen? Sie konnte sich gut vorstellen, wozu ihr die Bürokraten raten würden. »Nehmen Sie doch einen dreimonatigen Urlaub, oder suchen Sie sich einen Teilzeitjob!« Aus den drei Monaten würde ein Jahr werden. Aus dem einen Jahr drei oder gar vier Jahre. Mit ihrer Karriere war es dann vorbei. Sie würde gewiß keinen Studienplatz an der Bramshill-Akademie bekommen. Auch einen Führungsposten würde man ihr nicht mehr anvertrauen.

Das Unwetter hatte sich verzogen. Aber von den großen Platanen in der Holland Park Avenue fielen noch schwere Regentropfen und fühlten sich unangenehm kalt an auf der bloßen Haut. Der abendliche Verkehr rauschte an ihr vorbei. Es war ein ohrenbetäubendes Gedröhn, das sie sonst kaum wahrnahm. Der Sturm hatte am herbstlichen Laub der Bäume gezaust. Blätter schwebten träge zur Erde nieder und bedeckten das glitschige Pflaster. Als sie den Campden Hill Square erreichte, schaute sie zur Berowne-Villa hinüber. Sie widerstand der Versuchung, den Platz zu überqueren, um nachzusehen, ob der Polizei-Rover noch irgendwo vorm Haus parkte. Es kam ihr so vor, als sei sie nicht nur einen Tag, sondern schon Wochen ihrer Arbeit ferngeblieben.

Sie war erleichtert, als sie endlich in die vertraute stille Seitenstraße einbiegen und dem Lärm der Holland Park Avenue entkommen konnte. Ihre Großmutter reagierte nicht, als sie läutete und ihren Namen in die Sprechanlage rief. Aber sie hörte das Schnurren des Türöffners. Die alte Frau mußte neben der Tür gewartet haben. Sie ging mit den schweren Tüten zum Lift und fuhr – vorbei an leeren, stillen Korridoren – nach oben.

Sie öffnete die Wohnungstür und schloß sie dann, wie sie es sich angewöhnt hatte, sogleich ab. Sie trug die Einkaufstüten in die Küche, stellte sie auf den Tisch und ging zum Wohnzimmer. In der Wohnung war es ungewohnt still. Hatte denn ihre Großmutter nicht das Fernsehgerät eingeschaltet? Belanglose Dinge, die sie in ihrer gedrückten Stimmung nicht bewußt wahrgenommen hatte, machten sie nun stutzig. Die Tür zum Wohnzimmer war geschlossen. Hatte sie sie denn nicht offengelassen, als sie ging? Auf ihr Läuten hin hatte zwar der Türöffner geschnarrt, aber sonst hatte sie nichts gehört. Und jetzt noch die geradezu unheimliche Stille. Als sie die Hand auf den Knauf legte und die Tür aufmachte, war ihr klar, daß sich etwas ereignet haben mußte. Doch da war es schon zu spät.

Er hatte die alte Frau geknebelt und mit weißen Stoffstreifen, die vermutlich von einem Bettlaken stammten, an einen der Eßzimmerstühle gebunden. Er stand, den Mund zu einem Lächeln verzerrt, hinter ihr. Die Pistole hielt er mit beiden Händen. Sie überlegte, ob er wußte, wie man mit einer Schußwaffe umging, oder ob er diese Haltung einer Krimiserie im Fernsehen abgeschaut hatte. Sie beobachtete alles mit einer merkwürdigen Objektivität. Immer schon hatte es sie interessiert, wie sie mit einer Notsituation dieser Art umgehen würde. Ihre Reaktionen waren ganz normal und vorhersehbar. Ungläubigkeit, Entsetzen, Angst. Dann der Adrenalinstoß, und sie begann wieder klar zu denken.

Als sich ihre Blicke trafen, senkte er die Arme und drückte den Pistolenlauf ihrer Großmutter gegen die Schläfe. Die Augen der alten Frau waren vor Schreck geweitet. Noch nie hatte sie so einen flehentlichen Ausdruck gesehen. Mitleid überkam sie und ein derartiger Zorn, daß sie für einen Augenblick nicht zu sprechen wagte.

»Nehmen Sie ihr doch den Knebel ab!« sagte sie dann. »Außerdem blutet sie an der Lippe. Wollen Sie denn, daß sie vor lauter Angst stirbt?«

»Sie wird schon nicht sterben. Alte Weiber sind zäh. Sie leben ewig.«

»Sie ist kränklich, und eine tote Geisel nützt Ihnen nichts.«

»Dann habe ich immer noch Sie. Eine Polizistin nützt mir weitaus mehr.«

»Das ist mir egal. Ich bin nur ihretwegen besorgt. Lassen Sie mich den Knebel entfernen, wenn Sie wollen, daß ich mitmache.«

»Damit die Alte losschreit wie ein Schwein, das abgestochen wird? Ich bin nicht in der Stimmung, mir das anzuhören. Außerdem bin ich ziemlich lärmempfindlich.«

»Wenn sie schreit, können Sie sie ja wieder knebeln. Aber sie wird nicht schreien. Dafür sorge ich schon.«

»Meinetwegen. Neben Sie ihr den Knebel ab! Aber versuchen Sie keine Tricks. Die Pistole ist auf die Alte gerichtet.«

Sie kniete vor ihrer Großmutter nieder und streichelte ihre Wange. »Ich werde jetzt den Knebel lösen. Du darfst aber nicht schreien. Sonst knebelt er dich wieder. Versprichst du mir das?«
Die Augen blickten noch immer entsetzt drein. Aber dann nickte sie zweimal mit dem Kopf.
»Hab keine Angst!« sagte Kate. »Ich bin ja da. Bald ist alles vorbei.«
Die verkrampften Hände mit den geschwollenen, dünnhäutigen Knöcheln klammerten sich an die Stuhllehne, als seien sie festgewachsen. Sie fühlten sich trocken, kalt und leblos an. Als sie ihrer Großmutter sanft über die Wange strich, wunderte sie sich, daß sie diese faltige Haut einmal abstoßend gefunden hatte. Fünfzehn Jahre, dachte sie, sind wir ohne jegliche Zärtlichkeit miteinander umgegangen.
Sobald sie den Knebel gelöst hatte, bedeutete er ihr, zurückzutreten. »Stellen Sie sich da drüben an die Wand. Machen Sie schon!«
Sie gehorchte, während er sie mißtrauisch musterte.
Die alte Frau, weiterhin an den Stuhl gefesselt, bewegte die Lippen, als würde sie nach Luft schnappen. Mit Blut durchzogener Speichel lief ihr übers Kinn.
Kate wartete, bis ihre Wut abgeflaut war. »Warum diese Panik?« fragte sie. »Wir haben doch keine Beweise gegen Sie. Das wissen Sie doch.«
»Doch, Sie haben einen.« Ohne die Pistole zu senken, klappte er mit der linken Hand den Saum seines Jacketts hoch. »Den Reserveknopf. Ihren Leuten im Labor werden die Garnenden nicht entgangen sein. Die Knöpfe sind nun mal auffällig. Das kommt davon, wenn man einen extravaganten Geschmack hat. Schon mein Vater hat mir prophezeit, daß mich das mal in Schwierigkeiten bringen würde.«
Er sprach mit hoher, überschnappender Stimme. Seine Augen glänzten, als habe er irgendwelche Drogen genommen. Er ist sich seiner Sache nicht so sicher, wie er tut, dachte sie. Außerdem muß er getrunken haben. Wahrscheinlich ist er an meinen Whisky geraten, als er auf mich wartete. Das macht ihn noch unberechenbarer.
»Ein einziger Knopf genügt doch nicht. Seien Sie kein Narr! Lassen Sie den Unsinn. Geben Sie mir die Pistole. Gehen Sie nach Hause, und rufen Sie Ihren Anwalt an!«

»Das geht nicht mehr. Das geht wegen des neugierigen Pfaffen nicht mehr. Der Trottel wollte unbedingt den Märtyrer spielen. Na, hoffentlich hat's ihm Spaß gemacht.«
»Sie haben Pfarrer Barnes getötet?«
»Ich habe ihn erschossen. Jetzt werden Sie wohl endlich kapieren, daß ich nichts zu verlieren habe.«
»Wie haben Sie mich überhaupt gefunden?« fragte sie.
»Übers Telefonbuch. Die Angaben waren zwar dürftig, aber das konnten nur Sie sein. Es war auch nicht weiter schwierig, die Alte da zu veranlassen, daß sie mir die Tür aufmachte. Ich sagte, ich sei Chefinspektor Massingham.«
»Was haben Sie vor?«
»Ich will nach Spanien. Im Hafen von Chichester liegt eine Jacht, mit der ich umgehen kann. Die ›Mayflower‹. Ich bin schon mal mitgesegelt. Sie gehört dem Liebhaber meiner Schwester, falls es Sie interessiert. Sie werden mich dorthin bringen.«
»Aber nicht jetzt. Im Moment ist es zu gefährlich. Ich möchte ebenso gern weiterleben wie Sie. Ich bin nicht Pfarrer Barnes. Ich bin kein Märtyrer. Soviel Geld verdiene ich bei der Polizei auch wieder nicht. Ich fahre Sie nach Chichester, aber wir müssen warten, bis der Verkehr auf der A3 abgenommen hat, wenn wir durchkommen wollen. Verstehen Sie doch, jetzt sind die Ausfallstraßen überfüllt. Ich möchte nicht irgendwo in einen Stau geraten, während Sie mir die Pistole ins Genick drücken und die Autofahrer ringsum alles mitbekommen.«
»Warum sollten sie? Die Polizei wird nach einem einzelnen Autofahrer fahnden, nicht aber nach einem Mann, der mit seiner Frau und seiner lieben alten Großmutter unterwegs ist.«
»Ob die Polizei nun den Knopf hat oder nicht – man wird nach niemandem fahnden. Die Jagd auf Sie wird erst dann einsetzen, wenn man Pfarrer Barnes gefunden hat oder weiß, daß Sie bewaffnet sind. Wir können uns also Zeit lassen. Man vermutet sicherlich nicht, daß Sie von dem Knopf wissen. Wenn wir unbemerkt nach Chichester gelangen wollen, müssen die Straßen einigermaßen frei sein. Außerdem bringt es nichts, wenn wir meine Großmutter mitkarren. Sie wird uns nur behindern.«
»Mag sein. Sie kommt trotzdem mit. Ich will sie dabeihaben.«
Sie konnte sich denken, warum. Was er vorhatte, war klar. Wäh-

rend sie fuhr, würde er im Fond sitzen und die alte Frau mit der Pistole bedrohen. Und wenn sie im Hafen von Chichester waren, würden sie ihm helfen müssen, bis sie auf See waren. Und dann? Zwei Pistolenschüsse. Zwei Leichen würden ins Wasser klatschen.

»Na schön, wir werden warten«, sagte er, nachdem er eine Weile überlegt hatte. »Aber nur eine Stunde. Sind Lebensmittel im Haus?«

»Haben Sie Hunger?«

»Das auch, aber wir brauchen noch Proviant. Wir nehmen alles mit, was Sie haben.«

Diese Haltung konnte sie für sich ausnützen. Hunger, gemeinsame Bedürfnisse, gemeinsam eingenommene Mahlzeiten – all das fördert das Gruppengefühl. So konnte sie möglicherweise die Rücksichtnahme wecken, von der ihr Überleben abhängen würde. Ihr fiel ein, was man ihnen über Belagerungen beigebracht hatte. In so einem Fall solidarisierten sich die Geiseln nicht selten mit den Geiselnehmern. Der gemeinsame Feind, das waren die Beobachter da draußen mit ihren Schußwaffen, Abhörgeräten und irreführenden Parolen. Sie würde sich nicht mit ihm solidarisieren, und wenn es sie das Leben kosten sollte. Aber sie konnte die Situation entschärfen. Sie würde von nun an so tun, als zögen sie am gleichen Strang. Sie würde ihn nicht provozieren, sondern die Spannung abbauen, ihn notfalls auch bekochen.

»Wir könnten mal nachsehen, was im Haus ist«, sagte sie. »Wahrscheinlich Eier, Konservendosen, Nudeln. Ich könnte, wie ich es vorhatte, Spaghetti Bolognese kochen.«

»Wenn Sie kein Messer verwenden!«

»Ohne ein Messer kann man nicht gut kochen. Ich muß die Zwiebeln schneiden. Und die Leber. Laut Rezept brauche ich kleingeschnittene Leber.«

»Dann werden Sie heute mal darauf verzichten.«

Spaghetti Bolognese. Ein intensiver Geschmack. Konnte sie etwas in die Soße mischen, das ihn unschädlich machen würde? Sie überlegte, was sie in der Hausapotheke hatte. Doch dann verwarf sie den Gedanken. Swayne war nicht dumm. Auch er konnte auf den Einfall kommen. Er würde nichts anrühren, was sie nicht aß.

Ihre Großmutter versuchte etwas zu sagen.

»Lassen Sie mich zu ihr!« bat sie.

»Meinetwegen. Aber halten Sie die Hände auf dem Rücken.«
Sie mußte an die Pistole herankommen. Aber das war nicht der richtige Augenblick. Bei der geringsten verdächtigen Bewegung würde er abdrücken. Sie ging zu der alten Frau, neigte den Kopf und hörte sie flüstern.
»Sie möchte auf die Toilette«, sagte sie zu Swayne.
»Dann hat sie eben Pech. Sie bleibt, wo sie ist.«
»Das geht nicht, oder wollen Sie, daß es hier stinkt? Auch danach im Wagen? Ich würde es nicht aushalten. Lassen Sie mich die alte Frau zur Toilette bringen. Damit ist doch keine Gefahr für Sie verbunden.«
Er überlegte. »Einverstanden«, sagte er dann. »Aber lassen Sie die Tür offen. Und denken Sie daran, daß ich Sie im Auge behalte!«
Es dauerte eine Weile, bis sie die verschlungenen Knoten aufbekam, aber schließlich lösten sich die Lakenstreifen, und die Großmutter fiel ihr in die Arme. Als Kate sie aufrichtete, merkte sie, wie federleicht der ausgemergelte Körper war. Sie redete beruhigend auf sie ein und führte sie behutsam zur Toilette, wo sie ihr den Schlüpfer hinabstreifte und sie auf den Sitz drückte. Swayne stand, knapp zwei Meter entfernt, im Gang und hielt die Pistole auf ihren Kopf gerichtet.
»Er bringt uns um!« wisperte die alte Frau.
»Unsinn! Er bringt uns schon nicht um.«
Die alte Frau blickte haßerfüllt über Kates Schulter. »Dieser Strolch ist über deinen Whisky hergefallen«, zischelte sie.
»Ich weiß. Das ist jetzt unwichtig. Du solltest nicht soviel reden.«
»Er bringt uns um. Das spüre ich... Dein Vater war ein Bulle«, fügte sie unvermittelt hinzu.
Ein Polizist! Kate hätte laut auflachen können. Das erfuhr sie jetzt – in dieser Situation, zu diesem Zeitpunkt! »Warum hast du's mir nicht schon früher gesagt?«
»Du hast mich ja nie danach gefragt! Warum hätte ich's dir sagen sollen? Er ist vor deiner Geburt gestorben, bei einem Autounfall, auf einer Verbrecherjagd. Er hatte eine Frau und zwei Kinder. Die Pension reichte kaum für die drei, geschweige denn für dich auch noch.«
»Er hat also nichts von mir gewußt?«
»Nein. Und warum hätte es seine Frau erfahren sollen? Sie hätte nichts ändern können. Und Sorgen hatte sie genug.«

»Also hat man mich dir aufgehalst. Arme Oma. Viel Freude hast du an mir ja nicht gehabt.«
»Du warst nicht schlimmer als andere Kinder. Du warst schon in Ordnung. Ich aber nicht. Deinetwegen habe ich immer Schuldgefühle gehabt.«
»Schuldgefühle? Du? Aber warum nur?«
»Als sie starb, deine Mutter, da wünschte ich, du wärst an ihrer Stelle gestorben.«
Das war also der Grund gewesen für die Fremdheit zwischen ihnen. Ein tiefes Glücksgefühl überkam sie. Obwohl eine Pistole auf sie gerichtet war, obwohl sie im nächsten Augenblick erschossen werden konnte, hätte sie am liebsten gelacht. Sie zog die alte Frau zu sich empor und hielt sie fest, während sie ihren Schlüpfer hochstreifte.
»Daran ist doch nichts auszusetzen«, sagte sie. »Das war nur natürlich. Sie war doch deine Tochter. Du hast sie geliebt. Da lag es nahe, daß du mir den Tod gewünscht hast.«
»All die Jahre hat mich das gequält«, erwiderte die alte Frau.
»Damit ist jetzt Schluß. Wir haben noch viele Jahre vor uns.«
Sie hörte, daß er näher kam. Sein Atem streifte ihren Nacken. »Bringen Sie die Alte endlich raus! Schaffen Sie das Wrack in die Küche, und binden Sie es auf dem Stuhl neben der Tür fest.«
Sie befolgte seine Anweisungen, holte die Lakenstreifen aus dem Wohnzimmer und fesselte die Arme der alten Frau so locker wie möglich.
»Ich muß vor dem Kochen noch etwas erledigen«, sagte sie dann. »Ich muß meinen Freund anrufen. Er kommt sonst gegen acht zum Abendessen.«
»Das macht nichts. Lassen Sie ihn ruhig kommen. Bis dahin sind wir längst fort.«
»Wenn niemand da ist, weiß er doch, daß etwas nicht stimmt. Er wird nachschauen, ob mein Wagen unten steht. Dann wird er den Yard benachrichtigen. Wir müssen ihn abwimmeln.«
»Woher weiß ich, daß Sie ihn erwarten?«
»Sein Name steht hinter Ihnen an der Pinnwand.«
Sie hatte Alan angerufen, um die Einladung abzusagen, und hinterher vergessen, den mit Bleistift geschriebenen Namen auszuradieren. Jetzt war sie froh darüber. »Wir müssen in Chichester sein«,

redete sie weiter, »bevor jemand merkt, daß wir weggefahren sind. Mein Freund wird nicht überrascht sein, wenn ich ihn auslade. Wir haben uns beim letztenmal ziemlich gestritten.«
»Einverstanden. Wie heißt er, und wo ist er zu erreichen?«
»Er heißt Alan Scully und arbeitet in der Bibliothek des Hoskyns-Seminars. Er wird noch nicht nach Hause gegangen sein. Donnerstags bleibt er länger.«
»Ich rufe ihn vom Wohnzimmer aus an. Sie bleiben da an der Wand stehen und kommen erst, wenn ich's Ihnen sage. Was für eine Nummer hat er denn?«
Sie folgte ihm ins Wohnzimmer. Er ging zum Regal, wo sich das Telefon, der Anrufbeantworter und die aufeinandergestapelten Telefonbücher befanden. Sie überlegte, ob er es wohl riskieren würde, Fingerabdrücke zu hinterlassen. Als hätte er ihren Gedanken erahnt, zog er ein Taschentuch heraus und legte es auf den Hörer.
»Wird sich dieser Scully melden oder irgendein anderer Angestellter?«
»Mein Freund. Um diese Zeit ist er allein im Büro.«
»Hoffentlich. Und versuchen Sie nicht, mich zu linken. Sonst schieße ich zuerst Sie nieder und dann die Alte. Und die wird nicht auf der Stelle tot sein. Sie schon, aber die alte Hexe nicht. Mit ihr werde ich mich vorher noch ein wenig vergnügen, zum Beispiel den Elektroherd einschalten und ihre Hände auf die Kochplatte drücken. Denken Sie daran, wenn Sie mich austricksen wollen!«
Sie glaubte nicht, daß er dazu fähig war. Er war zwar ein Mörder, aber kein Sadist. Trotzdem lief ihr bei seinen Worten ein kalter Schauer über den Rücken. Seine Drohung mußte man ernst nehmen. Drei Menschen hatte er schon umgebracht. Was hatte er noch zu verlieren? Aber er brauchte sie. Schließlich sollte sie ihn ja nach Chichester fahren. Und später konnte sie ihm auf der Yacht behilflich sein.
»Was für eine Telefonnumer hat er nun?« wiederholte er ungeduldig.
Kate sagte es ihm. Das Herz schlug ihr bis zum Hals, als er wählte. Er lauschte stumm einige Sekunden, als sich sogleich jemand meldete, und reichte ihr den Hörer. Sie begann schnell und laut zu sprechen, um eventuelle Fragen gar nicht aufkommen zu lassen.
»Alan? Ich bin's, Kate. Heute abend geht's nicht. Ich bin zu müde.

Es war ein schwerer Tag. Ich habe keine Lust, wieder mal für dich zu kochen. Du brauchst mich auch später nicht mehr anzurufen. Komm morgen vorbei, wenn du Lust hast. Wir könnten zur Abwechslung mal ausgehen. Und bring das Buch mit, das du mir versprochen hast. ›Verlorene Liebesmüh'‹ von Shakespeare. Bis morgen also. Vergiß das Buch nicht!« Sie legte rasch auf. Hatte sie glaubwürdig geklungen? Hatte Swayne sich täuschen lassen? Er kannte Alan nicht und im Grunde auch sie nicht. Vielleicht nahm er an, daß sie tatsächlich so miteinander redeten.
»Alan wird bestimmt nicht mehr kommen«, sagte sie.
»Hoffentlich.« Er bedeutete ihr, zurück in die Küche zu gehen, wo er sich schußbereit neben ihre Großmutter stellte. »Haben Sie Wein da?«
»Das sollten Sie doch besser wissen. Sie haben sich ja umgesehen.«
»Das stimmt. Den Beaujolais nehmen wir mit. Auch den Whisky und das halbe Dutzend Rotweinflaschen. Ich habe so das Gefühl, daß ich eine kleine Stärkung brauche, bevor wir den Ärmelkanal überqueren.«
Ob er wohl ein erfahrener Hochseesegler war, überlegte sie. Und wie seetüchtig war überhaupt die »Mayflower«? Dr. Lampart hatte die Yacht zwar geschildert, aber sie konnte sich nicht mehr daran erinnern.
»Kochen Sie endlich!« herrschte er sie an. »Soviel Zeit haben wir nicht.«
Ihr war klar, daß sie jeden Handgriff langsam, überlegt, ohne das geringste Anzeichen von Angst ausführen mußte, daß jede plötzliche Bewegung tödlich sein konnte. »Ich hole jetzt die Pfanne vom obersten Regal«, sagte sie. »Dann brauche ich noch das Rinderhack, die Leber, Tomatenmark und die getrockneten Kräuter. Sie sind hier rechts auf dem Regal.«
»Sie sollen mir nicht das Kochen beibringen«, erwiderte er. »Und vergessen Sie nicht: keine Messer!«
Während sie in der Küche herumhantierte, dachte sie an Alan. Was machte er jetzt? Hatte er die Nachricht verstanden? Oder meinte er, sie sei betrunken gewesen? Er mußte doch wissen, daß sie sich nie betrank. Trotzdem konnte sie sich nicht vorstellen, daß er jetzt den Yard anrief und Commander Dalgliesh zu sprechen verlangte. Aber der Hinweis auf Shakespeares »Verlorene Liebesmüh'« war doch

unmißverständlich gewesen. Ihm mußte doch klar sein, daß sie ihm etwas hatte mitteilen wollen, daß sie sich in einer Notlage befand. Er konnte doch ihr Gespräch über die Figur in dem Shakespeare-Stück, die gleichfalls Berowne hieß, nicht vergessen haben. Er las doch Zeitungen, er mußte doch wissen, daß solche Sachen wirklich passieren. Es kann einfach nicht sein, daß ihm nicht bewußt ist, dachte sie, in welcher Welt wir leben. Außerdem sprach sie nie in diesem Ton mit ihm. Er kannte sie doch. Oder etwa nicht? Sie schliefen seit etwa zwei Jahren miteinander. Ihr Körper mußte ihm so vertraut sein wir ihr der seine. Aber bedeutete das auch, daß man einander wirklich kennengelernt hatte?

Swayne musterte sie, als sie das Tatar und die Leber aus dem Kühlschrank holte. »Sind Sie schon mal in Kalifornien gewesen?« fragte er.

»Nein, noch nicht.«

»Dort läßt es sich leben. Sonne, Meer, ein völlig anderes Lebensgefühl. Die Menschen dort sind nicht grau, verängstigt oder schon halbtot. Aber Ihnen würde es nicht gefallen. Menschen Ihres Schlags nicht.«

»Warum kehren Sie nicht dorthin zurück?«

»Ich kann's mir nicht leisten.«

»Den Flug oder das Leben dort?«

»Beides. Mein Stiefvater gibt mir Geld, damit er mich los ist. Wenn ich zurückkehre, ist es aus mit der Unterstützung.«

»Könnten Sie denn in Kalifornien keine Anstellung finden?«

»Auch dann bekäme ich Probleme. Da gibt's noch die Sache mit dem Seurat meines Stiefvaters.«

»Ist das nicht ein Maler? Was haben Sie denn mit dem Bild gemacht?«

»Ganz schön schlau. Woher wissen Sie das? Kunstgeschichte ist doch kein Lehrfach in der Polizeischule.«

»Was haben Sie angestellt?«

»Ich habe die Leinwand mit einem Messer zerschnitten. Ich wollte etwas kaputtmachen, an dem er hängt. Eigentlich hing er gar nicht so sehr an dem Bild, sondern an dem Geld, das es gekostet hatte. Ich konnte doch nicht gut meiner Mutter das Messer in den Bauch stoßen, oder?«

»Warum ausgerechnet Ihrer Mutter?«

»Weil sie zu meinem Stiefvater hält. Mehr oder weniger muß sie es. Das Geld hat er. Aber um uns Kinder hat sie sich nie groß gekümmert. Barbara ist zu schön für ihren Geschmack. Sie mag sie nicht. Wahrscheinlich hat sie Angst, meinem Stiefvater könnte sie zu sehr gefallen.«

»Und was ist mit Ihnen?«

»Ich bin ihnen schnurzegal. Beiden. Sie wollen nichts mit mir zu tun haben. Weder mein jetziger Stiefvater noch sein Vorgänger. Aber eines Tages werden sie an mich denken.«

Sie leerte das Hackfleisch vom Papier in die Pfanne und rührte es mit einem Holzschaber um. Während es schmorte, sagte sie leichthin, als würde sie ein ganz normales Abendessen zubereiten und mit einem vertrauten Gast plaudern: »Dazu gehören eigentlich noch Zwiebeln.«

»Lassen Sie die Zwiebeln weg!« sagte er schroff. »Wie ist denn Ihre Mutter?« fragte er nach einer Weile.

»Meine Mutter ist tot. Meinen Vater kenne ich nicht. Ich bin ein uneheliches Kind.«

Warum soll ich's ihm nicht sagen, dachte sie. Vielleicht weckt es in ihm eine Regung wie Neugier, Mitleid oder Verachtung. Nein, Mitleid wahrscheinlich nicht. Aber schon Verachtung wäre nicht schlecht. Wenn sie und ihre Großmutter am Leben bleiben sollten, mußte sie zu ihm eine Beziehung herstellen, die nicht auf Angst, Haß oder Aggressionen beruhte.

Er reagierte mit belustigter Gleichgültigkeit. »So eine sind Sie also! Uneheliche Kinder haben alle Komplexe. Ich muß es schließlich wissen. Ich kann Ihnen da eine Geschichte von meinem Vater erzählen. Als ich elf war, schleppte er mich zu einer Blutuntersuchung. Ein Arzt stach mir eine Kanüle in den Arm. Ich sah, wie mein Blut in ein Glasröhrchen gesaugt wurde. Ich war starr vor Angst. Mein Vater wollte beweisen, daß ich nicht sein Sohn war.«

»Wie kann man einem Kind nur so was antun?« erwiderte sie entrüstet.

»Mein Vater war schon ein Schwein. Aber ich hab's ihm heimgezahlt. Sind Sie deswegen Polizistin geworden? Um sich an der Welt zu rächen?«

»Nein. Ich wollte nur Geld verdienen.«

»Da gibt es andere Möglichkeiten. Sie wären eine klasse Nutte geworden. Davon gibt es nicht viele.«

»Gefallen Ihnen denn nur Nutten?«

»Nein. Was mir gefällt, findet man nicht so leicht. Unschuld etwa.«

»Zum Beispiel Theresa Nolan?«

»Sie wissen davon? Aber ich habe sie nicht getötet. Sie hat sich selbst umgebracht.«

»Weil Sie nicht Vater werden wollten und sie zur Abtreibung überredet haben?«

»Hätte sie denn das Balg austragen sollen? Woher wollen Sie überhaupt wissen, daß es mein Kind war? Das weiß man nie so genau. Falls mein Schwager nicht mit ihr geschlafen hat, dann wollte er es zumindest. Warum hätte er mich sonst in die Themse geworfen? Ich hätte eine Menge für ihn tun, ihm helfen können, wenn er's nur zugelassen hätte. Aber er redete nicht mal mit mir. Was bildete er sich überhaupt ein? Seiner Schlampe oder seinem Gott zuliebe wollte er meine Schwester verlassen, meine Schwester! Ist ja auch egal, warum. Er wollte auf jeden Fall die Villa verkaufen, uns alles nehmen, uns gesellschaftlich degradieren. Er hat mich vor Diana gedemütigt. Aber da ist er an den Falschen geraten.«

Vielleicht sollte ich ihn weiter ausfragen, dachte sie. Offensichtlich will er reden. Das wollen sie doch alle. Sie drückte das Tomatenmark in die Pfanne und nahm die getrockneten Kräuter vom Regal. »Sie wußten, daß Sie Sir Paul in der Sakristei antreffen würden«, sagte sie. »Er hätte das Haus nie verlassen, ohne zu sagen, wo man ihn notfalls erreichen konnte. Noch dazu, wenn die Möglichkeit bestand, daß ein Mann, der im Sterben lag, nach ihm verlangte. Sie brachten Miss Matlock dazu, daß sie uns anlog. Sie wußte, wo sich Sir Paul befand.«

»Er hatte eine Telefonnummer hinterlassen. Obwohl ich vermutete, daß es die der Kirche war, rief ich vorsichtshalber die Auskunft an. Die Nummer der St.-Matthew-Kirche, die man mir gab, war dieselbe, die er Evelyn aufgeschrieben hatte.«

»Wie sind Sie von der Villa zur Kirche gelangt? Mit dem Taxi? Mit einem der Wagen?«

»Mit dem Fahrrad. Mit seinem Fahrrad. Ich nahm den Garagenschlüssel aus Evelyns Küchenschrank. Halliwell war schon weg, was immer er der Polizei auch erzählt haben mag. In seiner Wohnung brannte kein Licht mehr, und der Rover war auch nicht da. Mit Barbies Golf wäre ich möglicherweise aufgefallen. Mit dem Rad war ich genauso schnell dort. Ich habe es auch nicht vor der Kirche abgestellt, wo man es hätte sehen können. Ich fragte Paul, ob ich es nicht im Gang stehenlassen könnte. Da es draußen trocken war, brauchte ich nicht zu befürchten, daß die Reifen auf den Fliesen Spuren hinterlassen würden. Sie sehen, ich habe an alles gedacht.«

»Nicht ganz. Sie haben aus der Küche eine Zündholzschachtel mitgenommen.«

»Ich habe sie wieder zurückgebracht. Die Zündholzschachtel beweist gar nichts.«

»Und er hat Sie so ohne weiteres mit dem Fahrrad eingelassen?« fragte sie. »Es will mir nicht in den Kopf, daß er Sie tatsächlich eingelassen hat.«

»Es ist noch merkwürdiger, als Sie jetzt denken. Viel merkwürdiger. Damals ist es mir nicht so aufgefallen. Erst später. Paul wußte, daß ich kommen würde. Er erwartete mich sozusagen.«

Ihr wurde unheimlich zumute. Am liebsten hätte sie ausgerufen: Das kann er nicht gewußt haben! Das ist unmöglich! Statt dessen fragte sie: »Und was ist mit Harry Mack? War es unbedingt notwendig, ihn umzubringen?«

»Es ging nicht anders. Warum ist er auch hereingeplatzt? So ist das arme Schwein ohnehin besser dran. Ich habe ihm nur einen Gefallen getan.«

»Haben Sie auch Diana Travers getötet?«

Er lächelte genießerisch. Sein Blick glitt über sie hinweg, als würde er ein angenehmes Erlebnis auskosten. »Das brauchte ich gar nicht. Das besorgten die Schlingpflanzen für mich. Ich schwamm auf der Stelle und sah zu, wie sie in die Themse sprang. Etwas Weißes tauchte ins dunkle Wasser. Ich wartete und zählte die Sekunden. Nach einer Weile erschien eine Hand, eine fahle Hand. Sonst nichts. Es war irgendwie unheimlich. Sehen Sie, so tauchte sie auf.« Seine Linke schoß mit gespreizten Fingern in die Höhe. Unter der milchweißen Haut spannten sich die Sehnen. Sie sagte kein Wort. Langsam krümmte er die Finger und senkte den Arm. »Wenige Augenblicke später war die Hand verschwunden. Ich wartete, aber nichts war zu sehen. Nicht mal das Wasser kräuselte sich an dieser Stelle.«

»Sie schwammen also weiter und ließen sie ertrinken?«
Er blickte sie durchbohrend an. Triumphierender Haß schwang in seiner Stimme. »Sie hat mich ausgelacht. Das lasse ich mir von niemandem gefallen. Von niemandem.«
»Was haben Sie nach dem Doppelmord in der Sakristei empfunden?«
»Ich hatte Lust, mit einer Frau zu schlafen. Und ich fand auch eine, zwar nicht ganz nach meinem Geschmack, aber man muß nehmen, was kommt. Außerdem war es ein kluger Griff. Ich wußte, daß sie mich hinterher nie verraten würde.«
»Miss Matlock. Sie haben sie also mehr als nur einmal ausgenützt?«
»Nicht mehr als die Berownes. Die meinen doch, daß sie ihnen ergeben ist. Wissen Sie auch, warum die so denken? Weil sie nie darüber nachgedacht haben, was in ihrem Inneren vorgeht. Sie war ja so tüchtig, so ergeben. Sie gehörte fast zur Familie. Aber nur fast. In Wirklichkeit hat sie nie dazugehört. Sie haßt die Berownes. Mag sein, daß sie es selbst nicht weiß. Aber eines Tages wird es ihr klarwerden. So ist es auch mir gegangen. Ich brauche da nur an Lady Ursula, dieses elende Weibsstück, zu denken. Ich habe es mit eigenen Augen gesehen, wie sie am liebsten vor Abscheu zurückgezuckt wäre, als Evelyn sie berührte.«
»Evelyn?«
»Für die Berownes Mattie. Dabei hat auch sie einen Vornamen. Aber die haben ihr einen Spitznamen verpaßt, als sei sie ein Hund oder eine Katze.«
»Warum hat sie sich nicht von ihnen getrennt, wenn sie sich seit Jahren schlecht behandelt fühlt?«
»Aus Angst. Sie hat mal durchgedreht. Und wer mal in der Klapsmühle gewesen ist und zudem einen Mörder zum Vater hat, wird von den Leuten schief angesehen. So einem Menschen kann man doch nicht so ohne weiteres die kostbaren Kinderchen oder die Küche anvertrauen. Die Berownes machten sich das zunutze. Die wußten schon, warum sie brav die Drecksarbeit machte und dem egoistischen alten Weib die Hängetitten wusch... Ich möchte nicht alt werden«, setzte er unvermittelt hinzu.
»Sie werden's aber«, erwiderte Kate. »Dafür wird man dort schon sorgen, wo Sie hinkommen. Mit gesunder Ernährung, täglicher Körperertüchtigung und reichlich Schlaf. So wird man alt.«

Er lachte auf. »Aber man wird mich wenigstens nicht umbringen, oder? Das können die sich nicht leisten. Und irgendwann komme ich wieder raus. Geheilt. Sie werden sich wundern, wie schnell ich mich heilen lasse.«
»Wenn Sie auch noch eine Polizeibeamtin umbringen, kommen Sie nie mehr raus.«
»Hoffentlich werde ich nicht dazu gezwungen... Wann ist das Zeug endlich fertig? Ich möchte losfahren.«
»Es dauert nicht mehr lange.«
Würziger Soßenduft verbreitete sich in der Küche. Kate griff nach dem Spaghetti-Glas und schüttete ein Bündel heraus, das sie in der Mitte brach. Das Knacken hörte sich unnatürlich laut an. Wenn Alan Scotland Yard informiert hatte, konnten die Kollegen schon eingetroffen sein. Vielleicht wurden sie bereits abgehört und beobachtet. Wie würden sie die Sache durchziehen? Telefonieren und sich auf langwierige Verhandlungen mit Swayne einlassen? Oder die Tür aufbrechen? Wahrscheinlich keins von beiden. Solange Swayne von ihrer Anwesenheit nichts ahnte, würden sie sich nur aufs Beobachten und Abhören beschränken. Früher oder später mußte Swayne ja mit seinen Geiseln die Wohnung verlassen. Das war der günstigste Augenblick, ihn unschädlich zu machen. Falls sie da waren. Falls Alan etwas unternommen hatte.
»Ist das eine spießige Wohnung!« sagte Swayne. »Aber Sie finden sie sicherlich schön. Sie sind vermutlich noch stolz auf sie, nicht wahr? Dabei ist sie spießig, langweilig, konventionell. Sechs scheußliche Tassen an den dazugehörigen Haken. Mehr brauchen Sie wohl nicht? Sechs Leute sind genug. Mehr können gar nicht zu Besuch kommen, weil nur sechs Tassen da sind. Im Geschirrschrank ist es nicht anders. Ich habe nachgesehen. Auch da die Sechserserie. Kein Stück ist angeschlagen oder sonstwie beschädigt. Sechs flache Teller, sechs Dessertteller, sechs Suppenteller. Himmel, ich muß nur in den Küchenschrank schauen, um zu wissen, was Sie für ein Mensch sind. Wollen Sie nicht endlich aufhören, das Geschirr zu zählen, und anfangen zu leben?«
»Sind denn Unordnung und Gewalt das wahre Leben? Das ist nichts für mich. Davon hatte ich in meiner Jugend genug.«
Ohne die Pistole zu senken, griff er mit der Linken nach oben und

öffnete den Geschirrschrank. Er holte einen flachen Teller nach dem anderen heraus und stellte sie auf den Tisch.
»Ist das hier die Wirklichkeit?« fragte er. »Die Dinger sehen aus, als seien sie unzerbrechlich.«
Swayne nahm einen Teller und schlug ihn gegen die Tischkante. Er brach in der Mitte auseinander. Dann packte Swayne den nächsten. Sie kochte gelassen weiter, während er Teller um Teller zerschlug und die Bruchstücke säuberlich auf dem Tisch auftürmte. Das Bersten des Porzellans war so laut wie ein Gewehrschuß. Wenn die Leute vom Yard, dachte sie, uns schon umstellt und ihre Abhörgeräte angebracht haben, werden sie sich fragen, was wir hier treiben.
Der Gedanke mußte auch ihm gekommen sein. »Sie haben Glück, daß die Bullen nicht draußen lauern«, sagte er. »Die würden nicht wissen, wie sie auf den Krach hier reagieren sollen. Es wäre nicht gut für die Alte, wenn sie die Tür aufbrechen. Kaputte Teller sind nicht so schlimm wie umherspritzendes Blut oder Gehirn.«
»Wie haben Sie es gemacht? Wie haben Sie es geschafft, ihn zu überraschen?« fragte sie. »Sie müssen doch halbnackt, das Rasiermesser in der Hand, auf ihn losgestürmt sein.«
Mit der Frage wollte sie seine Erregung dämpfen, ihm schmeicheln. Seine Antwort traf sie jedoch völlig unvorbereitet. Es sprudelte aus ihm heraus, als sei sie seine Geliebte und als habe er seit langem darauf gewartet, ihr alles zu gestehen. »Aber so begreifen Sie doch! Er wollte sterben. Dieser Scheißtyp suchte den Tod. Er hätte mich abwehren, um sein Leben flehen, mit mir reden, sich verteidigen, um Gnade winseln können. ›Nein, tu's bitte nicht! Bitte!‹ Das wollte ich nur von ihm hören. Der Pfaffe hat so reagiert. Aber Paul nicht. Er schaute mich nur verächtlich an. Und dann drehte er sich um. Er kehrte mir den Rücken zu! Als ich mit dem Rasiermesser halbnackt hereinstürzte, schauten wir uns nur an. Er wußte, was ich vorhatte. Ich hätte ihm nichts getan, wenn er mit mir geredet hätte, als ob ich zumindest ein halber Mensch sei. Den Jungen habe ich verschont. Ich kann auch gnädig sein. Der Junge ist übrigens krank. Wenn Sie aus der Sache lebend herauskommen, sollten Sie sich um ihn kümmern. Oder ist Ihnen so was auch egal?«
Die blauen Augen verschleierten sich. Er weint ja, schoß es ihr durch den Kopf. Ihm kommen ja die Tränen. Er weinte lautlos, ohne

das Gesicht zu verziehen. Ein kalter Schauer durchlief sie. Ihr war klar, daß sie jetzt mit allem rechnen mußte. Sie empfand kein Mitleid, nur distanzierte Neugier. Sie wagte kaum zu atmen. Sie befürchtete, daß seine Hand zittern, daß die Pistole, die er der alten Frau gegen die Schläfe preßte, losgehen könnte. Die Augen der Greisin waren weit aufgerissen und starr, als sei sie schon tot.
Doch dann gewann er seine Selbstbeherrschung wieder. »Das muß vielleicht ein Anblick gewesen sein!« sagte er schniefend. »Ich war fast nackt. Hatte nur einen Slip an. Und dann noch das Rasiermesser. Er muß es doch gesehen haben. Ich hab's ja nicht versteckt. Warum hat er sich bloß nicht gewehrt? Er schien nicht mal überrascht zu sein. Dabei hätte er doch Angst haben müssen. Nein, er wußte, was ich vorhatte. Er schaute mich nur an, als wollte er sagen: ›Du bist es also. Merkwürdig, daß es ausgerechnet du sein mußt.‹ So, als könnte ich nicht anders handeln. Als sei ich ein hirnloser Roboter. Aber ich hätte ja auch anders handeln können. Er auch. Er hätte mich davon abbringen können. Warum hat er's nicht getan?«
»Ich weiß es nicht«, erwiderte sie. »Ich weiß nicht, warum er nicht versucht hat, Sie davon abzuhalten... Sie sagten, Sie hätten den Jungen verschont. Welchen Jungen? Haben Sie Darren getroffen?«
Er gab ihr keine Antwort. Er sah sie an, als befände er sich in einer anderen Welt. »Diese Nachricht über Shakespeares ›Verlorene Liebesmüh'‹«, sagte er mit drohendem Unterton, »das war doch ein Code, nicht wahr?« Seine Lippen verzogen sich zu einem bösen, selbstzufriedenen Grinsen.
Er hat es durchschaut, dachte sie. Jetzt hat er endlich einen Grund, uns umzubringen. Ihr Herz begann zu hämmern. »Aber nein!« versicherte sie mit gespieltem Gleichmut. »Wie kommen Sie nur darauf?«
»Ihre Bücher haben mich darauf gebracht. Ich habe sie mir angesehen, als Sie nicht da waren. Sie sind 'n kleiner Autodidakt, was? All dieses übliche langweilige Zeug, das man sich zulegt, um Eindruck zu schinden. Oder versucht Ihr Freund, Ihnen ein bißchen Kultur einzutrichtern? Na, da hat er ja einiges zu tun. Auf alle Fälle haben Sie einen Shakespeare.«
Ihre Lippen waren so spröde, daß sie kaum reden konnte. »Es war kein Code«, wiederholte sie.

»Ich hoffe für Sie, daß es so ist. Ich habe keine Lust, mich in diesem Loch hier zu verkriechen, während die Bullen nur auf eine günstige Gelegenheit lauern, um die Tür aufzubrechen und mich umzulegen. Ich weiß doch, wie die vorgehen. Da es keine Todesstrafe mehr gibt, bilden sie eben ihre eigenen Hinrichtungskommandos. Aber nicht mit mir. An Ihrer Stelle würde ich darum beten, daß sie nicht kommen, daß wir ungehindert verschwinden können... Lassen Sie das Kochen. Wir hauen jetzt ab.«

Er meint es ernst, dachte sie. Es wäre besser gewesen, wenn ich nichts unternommen, Alan nicht angerufen hätte. Vielleicht hätte ich unterwegs mit dem Wagen einen Unfall bauen können. Doch dann stutzte sie. Irgend etwas hatte sich geändert. Und sie kam auch darauf, was es war. Das unablässige Dröhnen des Verkehrs auf der Holland Park Avenue war verstummt. Auch auf der Ladbroke Road schien kein Auto mehr zu fahren. Man hatte den Verkehr umgeleitet. Die umliegenden Straßen waren gesperrt worden. Man wollte das Risiko eines Schußwechsels so gering wie möglich halten. Sie waren bereits umstellt. Jeden Augenblick konnte es auch Swayne merken. »Die Spaghetti sind fertig«, sagte sie. »Wir können essen. Es dauert ja nicht lange. Unterwegs haben wir vielleicht keine Zeit dazu.«

»Ich möchte den Shakespeare sehen«, sagte er drohend. »Holen Sie den Schinken.«

»Sie sehen doch, daß ich beschäftigt bin«, erwiderte sie. »Holen Sie doch das Buch! Sie wissen ja, wo es steht.«

»Schaffen Sie das Buch her, oder Sie werden die Alte für immer los!«

»Schon gut.«

Sie mußte es wagen.

Mit der linken Hand knöpfte sie die obersten Blusenknöpfe auf, als sei es ihr in der Küche plötzlich zu heiß geworden. Die noch blutige Leberscheibe lag auf dem Abtropfbrett vor ihr. Sie griff mit beiden Händen hinein, knetete und preßte sie, bis beide Hände mit Blut besudelt waren. Es dauerte nur wenige Sekunden. Dann beschmierte sie blitzschnell ihren Hals, drehte sich mit weit aufgerissenen Augen und zurückgeworfenem Kopf herum und streckte ihm die bluttriefenden Hände entgegen. Den Moment des Entsetzens, das ihn ergriff, nutzte sie und warf sich auf ihn. Verknäuelt stürzten sie

zu Boden. Ein Schuß löste sich, als ihm die Pistole aus der Hand fiel und zur Tür hin schlitterte.
Swayne war so durchtrainiert wie sie und kämpfte mit der gleichen Verbissenheit. Außerdem war er kräftiger, als sie vermutet hatte. Mit einem Ruck entwand er sich ihr und warf sich keuchend auf sie, als wollte er sie vergewaltigen. Sie rammte ihm das Knie in den Unterleib, hörte ihn vor Schmerz aufschreien, befreite sich aus seinem Würgegriff und tastete mit ihren blutigen Händen nach der Pistole. Als er ihr die Daumen in die Augenhöhlen drückte, schrie auch sie auf. Die Körper ineinander verschlungen, versuchten beide verzweifelt, an die Waffe zu kommen. Doch sie konnte nichts mehr sehen. Vor ihren Augen zuckten Lichter. Seine rechte Hand ergriff die Pistole.
Der Schuß war so laut, als sei eine Granate explodiert. Gleich darauf ertönte ein zweiter Schuß, und die Wohnungstür sprang splitternd auf. Verschwommen sah sie, daß Männer mit gezogenen Pistolen auf sie zuhasteten und dann stehenblieben. Schattenhafte Hünen schienen sie zu umringen. Sie hörte Rufe, Befehle, einen Schmerzensschrei. Dann erblickte sie Dalgliesh im Türrahmen. Auch er ging auf sie zu, entschlossen, freundlich, im Zeitlupentempo, sprach dabei ihren Namen und wollte anscheinend, daß sie nur ihn ansah. Sie wandte jedoch den Kopf und schaute hinüber zu ihrer Großmutter. Die tiefliegenden Augen hatten immer noch diesen starren und entsetzten Ausdruck. Das verwaschen-rötliche Haar hing ihr immer noch wirr ins Gesicht. An der Stirn haftete noch das Pflaster. Aber sonst war nichts mehr da. Nichts. Die untere Gesichtshälfte war weggeschossen. Noch immer war sie mit den Leinenstreifen an den Stuhl gebunden, so daß sie nicht hatte umfallen können. Kate kam es so vor, als würde die alte Frau sie traurig und anklagend anstarren. Sie begann zu schluchzen und vergrub ihr Gesicht in Dalglieshs Jackett.
»Es ist ja alles gut, Kate«, hörte sie ihn sagen. »Es ist alles gut.«
Aber das stimmte nicht. Es war nie gut gewesen, und es würde auch nie gut sein.
Während ringsum barsche Männerstimmen ertönten, Befehle gellten und Schritte polterten, riß sie sich aus Dalglieshs festem Griff los, versuchte sich zu fassen und spähte über seine Schulter. Hinter ihm stand Swayne, in Handschellen. Seine blauen Augen musterten

sie triumphierend. Ein Beamter, den sie nicht kannte, versetzte ihm einen Stoß. Aber er starrte sie weiterhin an, als sei sie die einzige Person in dem Raum. Mit dem Kopf deutete er auf die Tote. »Jetzt sind Sie die Alte endlich los«, sagte er. »Wollen Sie mir nicht dafür danken?«

Siebtes Buch

Nachwirkungen

1

Massingham hatte nie verstanden, warum es Brauch war, daß Polizeibeamte an der Beisetzung eines Mordopfers teilnahmen. Es mochte einigermaßen gerechtfertigt sein, wenn das Verbrechen noch unaufgeklärt war. Allerdings hielt er nicht viel von der Theorie, wonach ein Mörder sich nicht selten unter die Trauergesellschaft mischt, um befriedigt zu sehen, wie sein Opfer begraben oder dem Feuer übergeben wird. Auch hatte er aus einem unerfindlichen Grund etwas gegen die Feuerbestattung. Seit Generationen wußte man in seiner Familie, wo die Gebeine der Verstorbenen ruhten. Im übrigen widerte ihn die Scheinheiligkeit an, mit der man versuchte, einem schlichten Akt hygienischer Kadaverbeseitigung einen Hauch von Würde zu verleihen.

Mrs. Miskins Beisetzung verschaffte ihm die Gelegenheit, all seinen Vorurteilen zu frönen. Schon ein prüfender Blick auf die Kränze – eine Ansammlung floristischer Unkultur entlang der Krematoriumsmauer – bestärkte ihn in seiner Abscheu. Noch ärger war, daß ein besonders kitschiges Gebinde von seinem Dezernat stammte. Wer mochte es nur ausgesucht haben? Galt diese Anteilnahme nun der toten Mrs. Miskin, die sie nicht mehr schätzen konnte, oder Kate, die sie bestimmt nicht wollte? Zumindest war die Zeremonie kurz, und glücklicherweise wurde in der benachbarten Kapelle zur gleichen Zeit mit vulgärem Pomp die Beisetzung eines Popstars zelebriert, so daß sich Gaffer und Presseleute für ihre schlichtere Feier nur mäßig interessierten.

Danach sollten sie sich in Kates Wohnung treffen. Während er im Wagen auf Dalgliesh wartete, hoffte er inständig, daß Kate genügend Erfrischungen bereitgestellt hatte. Noch nie hatte er sich so sehr nach einem anständigen Drink gesehnt. Die Totenfeier schien auch Dalgliesh die Laune verdorben zu haben. Auf der Fahrt nach London war er einsilbiger als sonst.

»Haben Sie den Artikel von Pfarrer Barnes in einer der Sonntagszeitungen gelesen, Sir?« redete Massingham ihn an. »Er behauptet, in der St.-Matthew-Kirche habe sich ein Wunder zugetragen. Paul Berowne habe nach der ersten Nacht in der Sakristei Stigmata an den Händen gehabt.«

Dalgliesh schaute geradeaus auf die Straße. »Ich hab's gelesen.«

»Denken Sie, es könnte wahr sein?«

»Genügend Leute wollen zumindest, daß es wahr ist, um die Kirche für die nächste Zeit voll zu bekommen. Sie brauchen einen neuen Teppich für die kleine Sakristei.«

»Warum hat er das nur getan? Pfarrer Barnes, meine ich«, fragte Massingham nachdenklich. »Lady Ursula wird davon gewiß nicht begeistert sein. Und Berowne hätte es angewidert, kann ich mir vorstellen.«

»Das glaube ich auch. Aber vielleicht hätte es ihn auch amüsiert. Wer kann das jetzt noch sagen? Was den Grund angeht – anscheinend ist sogar ein Priester gegen die Versuchung, den Helden zu spielen, nicht gefeit.«

»Mir ist eben Darren eingefallen«, sagte Massingham nach einer Weile. »Seine Mutter ist ja nun endgültig hinüber. Das Sozialamt will erreichen, daß das Jugendgericht die Aufsichtsanordnung aufhebt und der Junge zu Pflegeeltern kommt. Der Arme ist nun so richtig in die Mühlen unseres Wohlfahrtsstaates geraten.«

»Ja, ich habe davon gehört«, sagte Dalgliesh, die Augen auf die Fahrbahn gerichtet. »Das Sozialamt hat mich angerufen. So schlimm finde ich das nicht. Der Junge soll Leukämie haben.«

»Das auch noch.«

»Die Heilungschancen sind gut, da sie es ziemlich früh erkannt haben. Man hat ihn gestern ins Krankenhaus in der Great Ormond Street eingeliefert.«

Massingham lächelte versonnen.

»Was belustigt Sie, John?« fragte Dalgliesh.

»Ich mußte an Kate denken, Sir. Irgendwann wird sie mich sicherlich fragen, ob Gott diesen Harry Mack und Paul Berowne zu sich gerufen hat, damit Darren von seiner Leukämie geheilt wird. Denn erst Swayne hat ja darauf hingewiesen, daß Darren krank ist.«

Dalgliesh schien dem Spott nichts abgewinnen zu können. Seine Stimme klang kühl. »Das wäre eine etwas ungewöhnliche Ausbeutung menschlicher Rohstoffe, meinen Sie nicht auch?

Achten Sie auf die Geschwindigkeit, John. Sie fahren zu schnell.«
»Tut mir leid, Sir.« Er nahm den Fuß vom Gaspedal. Stumm fuhren sie weiter.

2

Als Dalgliesh eine Stunde darauf einen Teller mit Gurkensandwiches auf seinem Knie balancierte, dachte er, daß bisher alle Leichenfeiern, an denen er teilgenommen hatte, sich in ihrer Mischung aus Erleichterung, Betroffenheit und Unwirklichkeit seltsam glichen. Allerdings weckte diese Teegesellschaft eine tiefsitzende Erinnerung. Dreizehn war er damals gewesen, als er mit seinen Eltern nach der Beerdigung eines benachbarten Bauern, die sein Vater geleitet hatte, zum Bauernhaus in Norfolk zurückgekehrt war. Als er der noch jungen Witwe zusah, wie sie – in neuen schwarzen Kleidern, die sie sich eigentlich nicht leisten konnte – die Platten mit selbstgemachten Wurstbroten und Sandwiches herumreichte, ihm noch ein Stück von dem Obstkuchen, den er besonders mochte, auf den Teller legte, fühlte er sich zum erstenmal erwachsen. Zum erstenmal spürte er etwas von der Traurigkeit, die das Leben in sich barg, und nahm erstaunt wahr, mit welcher Gelassenheit arme und demütige Leute einen Schicksalsschlag ertrugen. Für demütig hatte er Kate Miskin nie gehalten, auch hatte sie mit der Witwe dieses Bauern nichts gemein. Aber als er die Sandwiches sah, die sie vor der Fahrt zum Krematorium noch gemacht hatte, die Frischhaltefolie darüber, den Obstkuchen, verspürte er wie damals eine gewisse Rührung.

Es war eine kleine, bunt gemischte Gesellschaft. Ihm gegenüber saßen würdevoll ein Pakistaner und seine hübsche Frau, einst Nachbarn der Verstorbenen. Alan Scully servierte mit selbstvergessener Unauffälligkeit den Tee. Dalgliesh, der zunächst angenommen hatte, Alan wollte nur nicht den Eindruck erwecken, er sehe Kates Wohnung auch als seine an, änderte sein Urteil. Alan Scully schien ein Mensch zu sein, den die Meinung anderer wenig bekümmerte. Während er ihm weiter zusah, fiel ihm ihr merkwürdiges Telefongespräch ein.

»Da war noch was«, hatte Alan Scully zum Schluß gesagt. »Als ich abhob, herrschte zunächst Stille. Dann begann Kate wie gehetzt zu sprechen. Ich glaube, daß jemand anders meine Nummer gewählt hat und ihr dann den Hörer gab. Dafür gibt es nur eine Erklärung: Sie muß sich in einer Notlage befinden.«
Während er den hochgewachsenen, schlaksigen Alan Scully betrachtete, die sanften Augen hinter der Hornbrille, das magere, markante Gesicht, das zerzauste blonde Haar, kam ihm der Gedanke, daß er sich Kates Liebhaber so nicht vorgestellt hatte – sofern Alan es überhaupt war. Erst als er sah, wie Alan Kate, die mit Massingham plauderte, anblickte, nachdenklich, sehnsüchtig, wurde ihm klar, daß er sie über alles lieben mußte. Und er fragte sich, ob sie davon eine Ahnung hatte. Und wenn dem so war, ob sie es zu schätzen wußte.
Alan Scully verließ als erster die Gesellschaft. Er verschwand einfach. Nachdem auch das pakistanische Ehepaar gegangen war, brachte Kate das Geschirr in die Küche. Während Dalgliesh und Massingham überlegten, ob sie ihr helfen oder gleichfalls gehen sollten, kehrte sie zurück und sagte, sie würde gerne mit ihnen zum Yard fahren. Sie sehe nicht ein, warum sie jetzt zu Hause bleiben sollte.
Dennoch war Dalgliesh ein wenig erstaunt, als sie ihm im Yard in sein Büro folgte und sich vor seinen Schreibtisch stellte, als sei sie herbeibeordert worden, um eine Rüge zu empfangen.
Eine zarte Röte überzog ihr Gesicht. Sie wirkte verlegen. »Danke, daß Sie mich in Ihr Team aufgenommen haben«, sagte sie schroff. »Ich habe eine Menge gelernt.«
Am barschen Ton ihrer Worte erkannte er, welche Überwindung sie dieser Dank gekostet hatte. »Das bringt unser Beruf so mit sich«, erwiderte er. »Deswegen ist er auch oft so qualvoll.«
Sie nickte bloß und ging steif zur Tür. Dort drehte sie sich jedoch plötzlich um und schrie: »Ich werde nie wissen, ob ich das alles wollte. Ihren Tod. Ob ich schuld daran bin. Ob ich es wollte. Ich werde es nie wissen. Sie haben ja selbst gehört, was Swayne mir zurief: ›Wollen Sie mir nicht dafür danken?‹ Ihm schien es klar zu sein.«
»Selbstverständlich haben Sie das nicht gewollt«, entgegnete Dalgliesh vorsichtig. »Sie werden zum selben Schluß kommen, wenn Sie mal ruhig und vernünftig darüber nachdenken. Nach so einem

Vorfall fühlt sich wohl jeder etwas schuldig. So geht es uns allen, wenn wir jemanden, den wir lieben, verloren haben. Das ist ganz natürlich, aber es ist falsch. Sie haben getan, was Sie für richtig hielten. Mehr können wir nicht tun. Sie haben die alte Frau nicht umgebracht. Das war Swayne. Sie war sein letztes Opfer.«

Aber bei einem Mord gibt es kein letztes Opfer. Keiner, der auf irgendeine Weise in den Mordfall verwickelt war, würde ungeschoren davonkommen. Weder er selbst noch Massingham, Pfarrer Barnes, Darren, noch die altjüngferliche Miss Wharton. Das wußte auch Kate. Warum dachte sie dann, bei ihr könne es anders sein? Seine tröstlichen Worte klangen falsch. Über manche Dinge kann man sich nicht hinwegtrösten. Etwas beginnt und zieht Folgen nach sich. Aber Kate war zäh. Sie würde es verwinden. Anders als Berowne würde sie ihre Schuld annehmen und damit fertig werden. Auch er hatte gelernt, sich mit seiner Schuld abzufinden.

3

Ein Kinderkrankenhaus hatte Miss Wharton vor fünfzig Jahren zum letztenmal von innen gesehen. Das war, als man ihr die Mandeln entfernte. Die Klinik in der Great Ormond Street war nicht dazu angetan, diese traumatischen Erinnerungen zu wecken. Es kam ihr vor, als besuche sie eine Kinderparty. Die Räume waren lichtdurchflutet, Spielsachen lagen herum, überall saßen Mütter mit ihren Kindern, und es herrschte eine heitere Geschäftigkeit. War das tatsächlich ein Krankenhaus? Doch dann sah sie die fahlen Kindergesichter, die dünnen Ärmchen. Sie sind ja alle krank, schoß es ihr durch den Kopf. Manche werden sogar sterben, und niemand kann es verhindern.

Darren saß aufrecht im Bett und betrachtete fröhlich die Laubsäge, die vor ihm auf einem Tablett lag. »An der Krankheit, die ich habe, kann man sterben«, sagte er wichtigtuerisch. »Das hat mir einer der Jungen verraten.«

»Aber nein, Darren!« protestierte sie. »Du wirst nicht sterben.«

»Nein, das glaube ich auch nicht. Aber es könnte ja sein. Ich bin jetzt bei Pflegeeltern. Hat man es Ihnen schon gesagt?«

»Ja, Darren. Ich freue mich auch für dich. Bist du glücklich bei ihnen?«
»Sie sind schon in Ordnung. Wenn ich hier rauskomme, nimmt mich der Onkel zum Angeln mit. Die kommen heute auch noch. Und ein Fahrrad habe ich auch.«
Er schaute zur Tür hinüber. Seit ihrer Begrüßung hatte er sie kaum angeblickt. Als sie auf ihn zugegangen war, hatte sie aus seiner Miene eine vage Verlegenheit herausgelesen. Und plötzlich sah sie sich so, wie er und all die Kinder sie wohl sahen: eine wunderliche, schußlige alte Jungfer, mit ihrem Geschenk, einem kleinen eingetopften Usambaraveilchen in der Hand. »Du wirst mir in der St.-Matthew-Kirche fehlen, Darren«, sagte sie.
»Tja, dazu werde ich jetzt kaum noch Zeit haben.«
»Das kann ich verstehen. Du wirst ja auch bei deinen Pflegeeltern leben.«
Aber es war doch eine fröhliche Zeit gewesen, nicht wahr, hätte sie gern hinzugefügt. Doch es kam ihr allzu demütigend vor. Außerdem hätte er ihr das, was sie hören wollte, gewiß nicht gesagt.
Selbst das Veilchen nahm er kaum wahr. Als sie ringsum all die Spielsachen betrachtete, wunderte sie sich selbst, warum sie es für ein passendes Mitbringsel gehalten hatte. Er brauchte es nicht. Er brauchte auch sie nicht. Er schämt sich meiner sogar, dachte sie. Er möchte mich los sein, bevor sein neuer Onkel kommt. Es schien ihm nichts auszumachen, als sie sich verabschiedete und davonhuschte. Das Veilchen schenkte sie draußen einer Schwester.
Sie fuhr mit dem Bus zur Harrow Road und ging von da aus zur Kirche. Dort gab es viel zu tun. Pfarrer Barnes, der eine längere Erholung ausgeschlagen hatte, war zwar erst seit wenigen Tagen zurück, doch seitdem der Zeitungsartikel über das angebliche Wunder erschienen war, hatte die Zahl der Gottesdienste sowie die Größe der Gemeinde beträchtlich zugenommen. Nach der Abendandacht würden viele Beichtwillige auf ihn warten. In der St.-Matthew-Kirche würde es nie mehr so sein wie früher. Sie fragte sich, wie lange sie dort wohl noch einen Platz für sich finden würde.
Es war das erstemal seit dem Mord, daß sie allein zur Kirche ging. Als sie den Schlüssel ins Schloß stecken wollte, stellte sie – wie an jenem schrecklichen Morgen – fest, daß es ihr nicht gelang. Das Portal war offen wie damals. Ihr Herz pochte, als sie es aufmachte.

»Pfarrer Barnes, sind Sie da?« rief sie.
Eine junge Frau kam aus der kleinen Sakristei. Sie trug ein Jackett und ein blaues Kopftuch und machte einen resoluten, aber keineswegs einschüchternden Eindruck. »Tut mir leid, wenn ich Sie erschreckt haben sollte«, sagte sie, als sie Miss Whartons erblaßtes Gesicht sah.
Miss Wharton lächelte verschämt. »Ich habe nicht erwartet, daß jemand hier ist. Kann ich Ihnen behilflich sein? Pfarrer Barnes kommt erst in einer halben Stunde.«
»Nicht nötig«, erwiderte die junge Frau. »Da ich mit Sir Paul befreundet war, wollte ich mal die Sakristei besichtigen, den Ort sehen, wo alles geschah, wo er starb. Pfarrer Barnes sagte mir, ich solle ihm den Schlüssel zurückbringen. Aber da Sie nun hier sind, kann ich ihn auch Ihnen geben.« Miss Wharton nahm ihn entgegen. Vor dem Portal wandte sich die junge Frau um. »Commander Dalgliesh hat recht gehabt«, sagte sie. »Es ist ein Raum wie jeder andere. Da gibt es nichts zu sehen.«
Sobald sie verschwunden war, schloß Miss Wharton, noch immer etwas verschreckt, das Portal und ging zum Ziergitter, von wo aus sie zum rötlich schimmernden Ewigen Licht hinüberblickte. Das ist ja nur eine ganz gewöhnliche Lampe, dachte sie. Poliertes Messing und rotes Glas. Man nimmt sie ab, säubert sie, füllt sie mit ganz gewöhnlichem Öl. Und die Hostien hinter dem Tabernakelvorhang? Das sind auch nur hauchdünne Oblaten aus mit Wasser vermengtem Mehl. Man bekommt sie säuberlich abgepackt in kleinen Kartons. Pfarrer Barnes nimmt so eine Oblate in die Hand und sagt die Worte, die sie in den Leib des Herrn verwandeln. Doch sie werden nicht wirklich verändert. In der kleinen Nische hinter der Messinglampe steckt Gott nicht. Er ist nicht mehr in der Kirche. Er ist verschwunden wie Darren. Dann fielen ihr die Worte ein, die Pfarrer Collins in seiner Predigt gesagt hatte, als sie erstmals die St.-Matthew-Kirche besuchte: »Wenn ihr meint, nicht länger glauben zu können, handelt so, als könntet ihr es. Wenn euch das Gebet nicht mehr tröstet, sprecht die Worte dennoch!« Sie kniete auf dem harten Fliesenboden nieder, hielt sich am schmiedeeisernen Ziergitter fest und sprach: »Herr, ich bin nicht würdig, daß du eingehst unter mein Dach, aber sprich nur ein Wort, so wird meine Seele gesund.«

Inhalt